中共云南省委宣传部
腾讯影业　润禾传媒

出品

周宇　张婵娟
杨宏　吴若佳

编著

上
册

中国出版集团
中译出版社

图片来源:《战火中的青春》剧照

图片来源：《战火中的青春》剧照

图片来源:《战火中的青春》剧照

新时代，新形式，新主题

白庚胜

中国作家协会副主席、第十三届全国政协常务委员

距离西南联大成立已经过去了八十多年。在这八十多年间，我们的国家经历了抗争、建设、改革、发展，发生了翻天覆地的变化。今天，我们再回望八十年前的那段历史，仍旧不失重要意义。

2020 年 1 月 20 日，习近平总书记来到位于云南师范大学校园内的西南联大旧址考察调研时指出，国难危机的时候，我们的教育精华辗转周折聚集在这里，形成精英荟萃的局面，最后在这里开花结果，又把种子播撒出去，所培养的人才在革命建设改革的各个历史时期都发挥了重要作用。这深刻启示我们，教育要同国家之命运、民族之前途紧密联系起来。

西南联大这段历史，彰显了中华民族的爱国主义精神。西南联大的精神，就是知识分子与国运和民族的命运联系在一起。要纪念、保护、传承好西南联大的精神，就要提倡读书学习，自觉地把自己的学习、工作、命运与国家和民族的命运联系在一起。

2019 年，基于剧集《战火中的青春》的创制，云南省和腾讯共同研发和发布了多条西南联大主题旅游线路，进一步推动发展红色历史文化旅游资源。目前，西南联大旧址内完整保留的历史遗存有十四个，包括西南联大纪念碑、西南联大教室原址、"一二·一"运动四烈士墓，闻一多、李公朴先生衣冠冢等。

2020 年，在全国政协会议上，我提交了《为合力构建西南联大文化，政企文旅融合，推动旅游景区提质扩容，打造一批高品质旅游景区，推进"互联网＋旅游"》的提案。随着《战火中的青春》制作完成和播出，以及腾讯影业、中译出版社等对

西南联大 IP 文化产品的多样开发，我们希望能从更深层次上带动文化和旅游的结合，打造满足不同需求的产品矩阵，并借助各方力量，用前沿数字技术全方位呈现西南联大的历史图景，提升旅游的文化内涵，推动优秀传统的活化与转换。

我更希望通过多样的方式，真实还原这段民族抗战历史奇迹，让西南联大文化 IP 与年轻人发生连接，让年轻人重温西南联大师生教书救国、读书报国的光荣历史和刚毅坚卓、救亡图存的奋斗精神，牢记新时代青年的使命和担当，让联大精神传播得更广、更久。

我们的西南联大，大家的西南联大

程　武

阅文集团首席执行官

在清华园主干道西侧的青草坡上，有一座复制的国立西南联合大学纪念碑。碑的正面刻有冯友兰先生撰写的碑文："联合大学之使命，与抗战相终始……三校有不同之历史，各异之学风，八年之久，合作无间……五色交辉，相得益彰，八音合奏，终和且平。"

每次回到清华，只要有机会，我都会争取到这片草地走走。天气好的时候，偶尔还会遇到老师带着学生们讲解甚至诵读碑文。虽然斗转星移，世事变迁，但作为清华学子，大家对西南联大都有一种特别的情愫。因为西南联大不仅是一段特殊的历史存在，更是一种隽永的精神存在。

记得二十多年前，我在清华大学物理系读书时，像叶企孙、邓稼先以及杨振宁等先生的故事，可以说都是耳熟能详。我们老师的老师，不少也是西南联大的学生。而且我当时作为学校艺术团话剧队的一员，更是有幸在大礼堂饰演过闻一多先生，像《红烛》《最后一次讲演》这些经典名篇，现在想来都还历历在目，就像在不久前一样。

也是从那时开始，在我心中埋下了一颗种子，期待着未来能有机会为西南联大，为"刚毅坚卓"的联大精神，为中国教育事业的薪火相传做些什么。西南联大虽然只存在了短短八年多，但它却是中国乃至世界教育史上当之无愧的奇迹。在极端困苦的条件下，清华、北大、南开三校精英云集于此，结茅立舍，精诚团结，弦歌不辍，不仅为国家培养了大批栋梁之才，更重要的，它也赓续了中华民族的文化血脉，保存了知识和文明的火种。

正如习近平总书记在考察西南联大旧址时深有感触地说，国难危机的时候，我们的教育精华辗转周折聚集在这里，形成精英荟萃的局面，最后在这里开花结果，又把种子播撒出去，所培养的人才在革命建设改革的各个历史时期都发挥了重要作用。

所以在2018年，当我了解到云南省委宣传部对于西南联大影视剧的相关规划时，非常兴奋，立马带着团队深度参与进来。事实上，在此之前，张丽影女士（《战火中的青春》出品人、总制片人，润禾传媒董事长）和她的团队，已经为这个项目奔跑了数年。虽然过程几经波折，甚至差点擦肩而过，但最终两个团队还是走到了一起。我们都有一个共同的信念，那就是必须要完整的传承西南联大"刚毅坚卓"的文化品格，真正将西南联大的精神发扬光大。

从影视创作角度来看，西南联大的故事，其实并不好讲。过去数十年来，关于西南联大的学术著作、回忆录，以及访谈文章，可以说层出不穷，但完整展现西南联大始末的影视剧集，却是寥寥无几。之所以会这样，就在于西南联大八年多的历程，实在是太璀璨和特别了，如何做到"举重若轻"，非常考验创作者的功力：

所谓"重"，就是必须要能把西南联大的价值立住了，这也是整部剧的筋骨。西南联大，是中国抗战史的重要组成部分，从国破家亡、教育救国、文化抗战，到南渡北归、反抗暴政，以及建设新中国，几十集的体量里，既要还原历史史实，也要对联大精神进行深度提炼，难度可想而知。

所谓"轻"，就是要能对这段历史进行故事化的戏剧演绎和呈现，这是剧集直接可见的内容。影视剧毕竟不是纪录片，绝大多数老百姓看电视剧，最先关心的还是故事好不好看。只有好看的故事情节，才能吸引大家，尤其是年轻人的关注，进而了解西南联大并从中感知背后的联大精神。

朝着这个目标，我们做了大量细致扎实的工作。像今天大家看到的这个剧本，仅创作过程就长达六年，前后修订过十四个版本。为了能真实还原当时的历史场景，主创团队也曾多次前往清华、北大、南开三校，以及昆明、蒙自等联大旧址采访学习。

在这里，我也要特别感谢闻黎明先生（闻一多先生长孙，西南联大校史研究专家）和郑光先生（郑天挺先生长孙，西南联大校史研究专家）。作为联大后人，两位先生一直非常关心剧集摄制的进度，他们不仅在史实细节考证上，给了我们很多专业指导和意见；同时也一直鼓励我们，文艺创作可以更大胆一些，不要拘泥于细节，关键是抓住西南联大的精神内核，更好地满足当下人的情感需求。

此外，我们也很荣幸地邀请到黄建新导演担任剧集的艺术总监。黄导在重大历史革命题材领域建树颇丰，对西南联大也充满感情。在创制过程中，对于如何把握历史题材虚实结合的度，黄导给了我们许多具体的指导和帮助，确保了整个作品的艺术水准和品质。可以说，正是在各方的全力支持和不懈努力下，最终才有了今天这部《战火中的青春》。

但我们也深知，影视创作是一门遗憾的艺术。尤其面对如此丰富的联大往事，无论我们准备得多么充分，始终挂一漏万，最终所能呈现的，也只可能是这段大历史的一个小切面。

与大家惯常看到的，以教授为主角讲述的联大故事不同，《战火中的青春》的故事，更多是从学生们的视角展开的。基于大量一手的历史资料、传记文章，我们在剧情上设定了六位来自三所学校的青年学生，并以他们为主线，通过他们的视角，回溯了联大八年多的恢弘历程。

这样做，有两个好处：一是更加聚焦。教育的目的，核心还是育人，西南联大的精神和价值，也是靠这些学生们，进一步发扬光大的；其次，就是对当下更好的照应。剧中的主角，无论程嘉树、林华珺，还是叶润青、毕云霄，他们初登场时，也都只有十七八岁，当他们被动地卷入到时代洪潮中时，当他们面临人生重大抉择时，当他们不得不为理想信念牺牲自我时……我们花了大量的笔墨，来描述他们的成长和拼搏。

通过这种隔空对望，我们希望能为今天的学子和青年们，打开一扇窗，让他们在思考生命价值，以及选择人生道路时，能够看到更多人性的光辉和人生的可能性，以及作为一个个体可以秉持的担当和使命。只有经过浴火淬炼，只有将个人命运与国家前途、民族命运相结合，我们才有可能在时代潮流中，真正成为中流砥柱，进而实现更大的人生价值。这一点，我想，也是西南联大带给我们最重要的启示之一。

怀抱同样的初心，依托《战火中的青春》的创制，这一次，我们还做了另一个大胆的探索。我们和云南省合作，尝试通过新文创的方式，对西南联大进行前置的影旅联动开发，进而推动西南联大遗址更好的保护，以及相关文旅产品的培育。

经过近两年的努力，目前，我们已经开发出了十条左右的联大主题路线。中国人自古有"读万卷书，行万里路"的传统。未来，我们将和云南一起，进一步推动西南联大游研学产品的开发，让更多人，尤其是年轻人，有机会在云南的大山大河中，亲身感受西南联大"如云如海如山，自如自由自在"的独特气韵。

在这个过程中，我们也欣喜地看到，在云南，原来还有那么多人在自发地为西南联大的薪火传续默默努力。从云南师大的龙美光先生，到先生剧社的董明先生，以及云南旅行社协会－研学旅游委员会的杨山先生等等，他们就像珍珠一般，散落在昆明各个角落，守护着西南联大和这座城市的血脉关系，同时也是西南联大蓬勃生命力的最好佐证。如果能通过影旅联动，主题旅游路线的打造，将他们串联起来，我相信，这将是一件非常有意义和价值的事。

2020年年初，借着剧组探班的机会，我也曾在昆明体验过福照楼西南联大主题文化餐厅。餐厅里挂着数百幅联大教授的肖像画，每一道菜也都与联大息息相关。酒过半巡，几个身着联大校服的工作人员，用不大标准的云南普通话，唱起了西南联大的校歌：

万里长征，辞却了五朝宫阙。暂驻足衡山湘水，又成离别。绝徼移栽桢干质，九州遍洒黎元血。尽笳吹，弦诵在山城，情弥切。

千秋耻，终当雪。中兴业，须人杰。便一成三户，壮怀难折。多难殷忧新国运，动心忍性希前哲。待驱除仇寇，复神京，还燕碣。

相比舞台上严谨的表演，这种原生的力量，让我更加有触动。我坚信，无论是影视剧集，还是文旅产品，都还只是一个开始。西南联大的精神，在任何时候都不会过时。无论是救亡图存的过去，民族复兴的当下，又或是充满未知的将来，它都将发挥重要的作用。

最后，我要再次感谢云南省委书记、省人大常委会主任阮成发先生，云南省委常委、宣传部部长赵金先生，云南省委常委、昆明市委书记程连元先生，云南省委常委、省委秘书长、副省长陈舜先生，以及云南省委宣传部文艺创作中心主任许秋芳女士。无论是在剧集创制过程中，还是在影旅联动开发中，我们都得到了云南省委省政府各级领导和主管部门的大力支持和帮助。

未来，随着社会各界更多仁人志士的参与，我相信，西南联大这棵大树，还会结出更多更丰硕的果实。西南联大，也一定能够真正成为我们的西南联大，大家的西南联大，照亮更多人前行的路。

穿越时空的青年对话

一部剧完成一部剧的任务，我不贪。我希望通过对八十多年前这段历史的呈现，建立一个穿越百年时空的对话空间，让前辈先贤的爱国热情感染今时的青年，让刚毅坚卓的西南联大精神鼓舞今时的青年。如果今天的青年人看了这部剧后，能够有所触动，我们就很满足了。

今天，值此《战火中的青春》剧本图书正式出版之际，出版社邀我作序，我不由得感慨万千。

在战火硝烟下，在民族危亡的关头，中国优秀知识分子群体与国家民族患难与共，为中华文化传继了火种；在至暗时刻承担起时代大任，挺起中华民族文化之脊梁；在中华教育史、文化史和革命史上书写了光辉的篇章。

回想 2013 年初，中共云南省委宣传部领导邀请我创作拍摄一部讲述西南联大历史的电视剧，我接受了这个艰巨的任务，并且许下郑重的承诺，要讲好这段八年八个月的历史。然而为了履行这个诺言，我也整整用了八年的时光。

我知道做西南联大的电视剧有多难。再难，民族血脉传承的故事，总要有人去讲述。我们不讲，要谁来讲？历史使命总要有人去承担！

但是，在艰难的剧本创作过程中，我痛苦过，绝望过。记不清有多少个夜晚通宵不眠，经历多少次打击和失望……我陷入深深的自我怀疑，但内心深处，总有一个声音告诉我，"西南联大"这样一座大山，我必须去攀登。我安慰自己：与当年西南联大师生的经历相比，与牺牲在抗日前沿阵地上的 1170 余名意气风发的年轻生命相比，我的困境并不算什么。

如何以电视剧的形式来表现这个宏大主题？我们的编剧团队秉承"历史真实和艺术真实并存"的创作原则，在尊重历史真实的前提下，最终选择以三校大学生的青春、热血、革命、理想来表现我们的主题，通过西南联大特定的历史遭遇和史实来观照现实，影响当代青年。

　　这是一部史诗大剧。它彰显了西南联大"刚毅坚卓"的品质和教育救国的精神。我们希望通过这部剧，让当代观众能够感受并触摸中华民族自强不息的文化精神、中华文人的血性与风骨。

　　这是一部年轻态叙事的青春剧。《战火中的青春》中的青年主人公，个个怀揣理想、信念和对未来的憧憬。他们英俊、阳光、才华横溢，无不散发着青春的气息。在家国巨变之时，他们最终选择了追随真理、追随光明。经过浴火淬炼，他们与西南联大共成长，完成了他们青年时期理想、信仰的塑造和确立，成长为国家栋梁。

　　这是一部深刻展现知识分子风骨的正剧，人物形象栩栩如生、呼之欲出。无论是青年演员还是优秀艺术家，都传神地把知识分子的风骨诠释得淋漓尽致，仿佛他们就是那些历史人物，向我们内心走来，定格历史，昭示未来。

　　全国疫情肆虐之时，《战火中的青春》正在进行紧张的后期制作。后期工作人员戴着两层口罩、一次性手套坚持工作。每一个画面、每一帧构图、每一句台词、每一段音乐、每一个场景的还原、每一次爆炸场面的震撼效果，都是我们对联大这段历史敬重情怀的结晶。

　　在中国电视艺术家协会主持召开的电视剧重大历史项目剧本论证会上，与会专家一致认为，《战火中的青春》剧本较好地完成了"为文化抗战立传，为知识分子立像，为青春理想立赞，为民族精神立碑"的创作宗旨，是一部高扬主旋律、弘扬正能量、唱响文化自信主题曲的优秀剧本。

　　在本剧创作拍摄过程中，我们得到了中共云南省委宣传部、中共昆明市委市政府、中国电视艺术家协会、腾讯影业的指导把关和大力支持。感谢担任该剧艺术总监著名电影导演黄建新，感谢所有台前幕后给予此剧帮助和支持的人们，电视剧《战火中的青春》是"我们的"！

从西南联大到"我们的西南联大"

黄建新

《战火中的青春》艺术总监，著名导演

西南联大是中国乃至世界教育史上的一个奇迹。在特殊时代背景下，西南联大虽然只存在了八年，但它在我们这个民族的精神史上，却有着举足轻重的地位。八十多年过去，西南联大依然是一个常说常新、备受关注的话题。

如何平衡历史的真实性和戏剧性，恰恰是拍摄电视剧《战火中的青春》面临的最大的难题。面对浩如烟海、纷繁复杂的历史事件，一方面，不能有大的史实硬伤，要能准确完整地还原西南联大的全貌；另一方面，也不能忽视当下观众的阅读品位，要能在前人的基础上，展现一个属于我们这个时代的"西南联大"。

所以，仅前期筹备，这部戏就用了六年的时间。我们研读了大量的史料和人物传记及采访资源，前后修改了十四稿。对我们来说，这是一个重要的学习过程，也是一个磨砺的过程。越了解西南联大，你就越能感受到它背后那些涌动的家国和民族情怀。

"家国情怀" & "个人成长"

被联大精神感召，整个剧组都展现出不一样的风貌。这部戏大部分的主演都是"90后"，甚至"00后"，为了让他们进入状态，我们提前进行了五个月的封闭培训，大家一起研读资料，一起去博物馆，一起排练，学习的氛围都非常浓。

像王鹤棣，在里面有不少危险的战争场面，几乎每个点都是他自己在跑，拍摄时的他，经常浑身都是土。再有像周也，跑炸点不小心造成骨裂，但为了拍摄进度，一直都在坚持。我们知道这些事情后，都非常感动。其实，这也是我们对刚毅坚卓的联大精神的最好实践。我相信，这也将成为这些年轻演员成长道路上非常宝贵的财富，会支撑着他们走向更远更好的未来。

谈到西南联大精神，就我粗浅的理解，有两个非常重要的关键词。一个是"家国情怀"。这一点，我想是不言而喻的，在那样极端的历史环境下，硝烟和西南联大始终是相伴相生。也正是有了这股精气神，西南联大才能培养出那么多蜚声海内外的栋梁之才。再有一个是"个人成长"。对一个个体来说，西南联大师生们的南渡北归，背后蕴含的是一个人生的主题——只有经历磨难，才有可能成长为更好更强的人。这个视角更微观一些，也更个人化一点，但却是西南联大精神中不可或缺的一部分。

"大事不虚" & "小事不拘"

我们常说，拍革命历史题材，有一个很重要的原则，就是"大事不虚，小事不拘"。"大事不虚"，说的是大的历史事件必须真实，不能虚构；"小事不拘"，说的是可以用合理的戏剧手段、虚构方式，让整个故事变得更加精彩，和观众贴得更近，让他们喜欢看。《战火中的青春》在立足"家国情怀"和"个人成长"的核心价值之上，努力遵循了这一点。

整个故事从1937年卢沟桥事变开始，以主角程嘉树的成长历程为主线，全程关联了整个西南联大发展过程，包括北平入校、南迁长沙、步行赴滇、求学蒙自，最后到昆明。同时，我们也为这群年轻人赋予了一条个人成长之线，从最初的无忧无虑，到在民族存亡之际，他们有的选择继续求学，有的选择教书育人，有的选择上阵杀敌。每个人都做出了自己的选择，这也是我们希望通过这部电视剧呈现的重要一面。

如果把西南联大比作一棵大树，《战火中的青春》就是它结出的一粒果实。这粒果实的核，是"家国情怀"和"个人成长"，是弦歌不绝的民族精神；这粒果实的肉，是这个热血青春的故事，是这些青年演员的创造和现代影视语言的丰富表达。通过这些"诱人"的果肉，吸引更多年轻人走过来，在享受果肉之时，发现里面原来还藏有更多的东西，能让人回味、能让人成长，那我想，就很好了，就实现我们这群人最初的目标了。

周 也 饰 林华珺

北京大学学生，父亲曾为老师，在华珺年幼时去世，华珺与母亲相依为命。优雅大方，多才多艺，独立而有主见。受父亲的影响，立志成为老师，传播知识的火种。起初拒绝程嘉树的热烈追求，认为程嘉树是纨绔子弟一时兴起，但在不断接触中逐步被嘉树的善良热情打动。

胡连馨 饰 叶润青

南开大学学生，叶润名的妹妹。热情开朗，敢爱敢恨。因家境殷实，又是小女儿，受到家人宠溺，脾气骄纵。但亲身经历了南开被轰炸、校园南迁、家中变故之后，她逐渐褪去稚嫩，成为意志坚定的抗日一员。

王鹤棣 饰 程嘉树

少时因为个性顽逆被父亲送到国外学习，1937年归国。擅长交际，性格叛逆，古灵精怪。对北大才女林华珺一见钟情后，决定报考北京大学。卢沟桥事变后，他目睹了校园被毁、家园零落、亲友抗争，决定随学校南迁，见证了西南联大的办学历程、师生的奋斗与牺牲，自己也不断成长。

叶祖新 饰 叶润名

清华大学学生，儒雅敦厚，思想进步，是清华学生领袖。他不仅是林华珺的明灯，也是程嘉树精神信仰的指路人。在危难环境下，主动协助学校完成南迁工作，并思考战时教育下自己究竟可以做些什么，而所谓信仰应该如何守护。

人物介绍

王劲松 饰 **梅贻琦**

字月涵，时任清华大学校长、西南联大校务委员会常委兼主席，实际主持联大校务工作。他是南开大学校长张伯苓的学生，第一批庚款留美学生，学成归国后留任清华，全部精力奉献给了教育事业。

王仁君 饰 **裴远之**

北京大学助教，中共地下党员，是叶润名思想上的引路人。悉心治学，从人生信仰层面启发引导学生。随学校一路南迁，并发展进步学生。

贺鹏 饰 **文颉**

原东吴大学学生，因战时学校停办，转入长沙临大就读，后随学校南迁入学西南联大。因自卑而格外自尊，将他人帮助误会为施舍，将他人劝诫误会为对立，最终走上歧途。

俞灏明 饰 **程嘉文**

程嘉树的哥哥，在政府任职，成熟稳重，大气隐忍。他尽职尽责地承担着大哥的角色身份，沟通协调弟弟与爸爸的关系，他牺牲自己，为所有他想守护的人默默奉献着。

夏 梦 饰 **沙玛阿美**

云南彝族人，哥哥沙玛阿旺是当地富绅，对西南联大办学甚是支持，阿美也因此与联大师生来往甚密。勇敢泼辣，性情刚烈正直。在与联大师生接触的过程中，受到进步思想的影响，并将朋友们对她的影响在云南当地散播开来。

王羽铮 饰 **毕云霄**

清华大学学生，程嘉树好友。行伍世家，父亲和哥哥均为军人。脾气火爆易冲动。卢沟桥事变后本强烈要求投笔从戎，后经父兄、师友劝说，随学校南下深造。

马 跃 饰 **闻一多**

字友三，时任清华大学教授，中国现代诗人、学者、民主战士。教授国文课程，代表作《红烛》《死水》等。1946年，因爱国民主言论和主张，被国民党特务暗杀。

王玥晞 饰 **方悦容**

清华大学图书馆管理员，中共地下党员，程嘉树表姐。卢沟桥事变后，方悦容放弃程家为她安排的去美国的机会，选择守着珍贵的图书和器材，在清华危难之际与学校一起南迁。

第一部

北平·离别

痛南渡，辞宫阙。望中原，遍洒血。

放映室　白天　内景

一间小型放映室正在放映新中国原子弹爆炸的资料片。

在倒计时中，巨大的蘑菇云腾空升起，人们在欢呼。

观众席上，时年四十六岁的程嘉树热泪盈眶。他比同龄人苍老许多，麻灰色的短发整齐而稀疏，病号服外套着一件外衣。

程嘉树：成功了，我们成功了！

程嘉树感染了周围的学生，学生们纷纷响应：成功了！程教授，我们成功了！

学生甲禁不住掉泪：如果不是突然病倒，您也可以在现场感受这份喜悦。

虽有遗憾，但程嘉树很淡然，他取下眼镜，擦了擦眼泪，微微一笑：我这不是感受到了吗？

学生甲：您自从58年调到设计院，就从未休息过，也没有回过家。现在您终于可以休息一下了。有什么家人或者老朋友需要我帮您联系的吗？等您出院后见见他们……

"老朋友……"

程嘉树默念着，他的思绪仿佛回到很久很久以前……

朝外关厢（朝外大街）　白天　外景

似火的骄阳。

随之而来的是"扒糕筋道……酸辣凉粉儿呦！""酸梅汤，玫瑰露，大碗的雪花酪咧……"的叫卖声……

十九岁的程嘉树，一张青春洋溢的面容，一身美国最时髦的打扮，骑着一辆德国产的摩托车轰鸣着经过朝外大街，穿过齐化门（朝阳门）。

（字幕：1937年7月　北平）

朝阳门大街（朝内大街） 白天 外景

北平城依旧如往日一般，车辆往来，行人匆匆，偶尔还有遗老遗少，提笼架鸟闲散逛街。

远处突然走来几个年轻学生，边散发传单，边呼喊着口号，传单上可见"日军卢沟桥频繁演习，武力侵略已蓄势待发。""保卫卢沟桥！援助二十九军，抗日到底！""宁为战死鬼，不做亡国奴！"等字。

程嘉树的摩托车驶过，他顺手拿了一张传单。

礼士胡同 白天 外景

程嘉树骑着摩托拐入礼士胡同，几个老汉在胡同口的大树下摇着蒲扇、乘凉下棋。

老汉甲：听说过贴身侍卫吗？我家老四，松田雄一的贴身侍卫。

老汉乙：（将军抽车！）不就一伺候穿衣洗澡的嘛。

老汉甲恼了：怎么说话的？

程嘉树显然认识他们，经过时打趣道：赵大爷，您中气还是那么足！两里地外就听见您这大嗓门！

老汉甲（赵大爷）听头一句还挺高兴，等到后一句就不舒服了，骂道：从哪儿冒出来的浑不吝？

摩托车已经开了过去，程嘉树扭过头：您不认识我啦？我嘉树啊……

程嘉树刚把头扭回去，突然从横向的小胡同里走出一个女孩，程嘉树急忙刹车，离得太近，程嘉树侧身硬掰车头，但还是撞上了女孩，摩托车失控撞到了墙上。

程嘉树赶紧起身，脱口而出：I am so sorry! Are you OK?

被撞倒的是二十岁的女大学生林华珺，只见裙子膝盖处已经磨破，渗出殷殷血迹。

林华珺生气地回了一句：我不 OK！

程嘉树意识到自己说得不妥当，连忙摘下墨镜：同学，没吓着你吧？

程嘉树伸出手想扶她，被林华珺躲过了。她转身一颠一簸地过去要捡书包，程嘉树眼疾手快地捡起递给林华珺。

程嘉树：哎，对不起啊！

看着林华珺的背影，程嘉树一时间出了神。

程家门口　白天　外景

大门打开，年轻的仆人双喜看着程嘉树，并不认识：你找谁？

程嘉树：我不找谁！我住这儿。

双喜认出了程嘉树：二少爷！你怎么长这么高了！我都认不出你了！

程嘉树敲了他一记头栗：我可记得你，小双喜。

双喜嘿嘿笑着揉头。

程嘉树：叫人把摩托车抬进来！

双喜：哎！（激动地朝院里喊了声）二少爷回来了！

程家院子　白天　外景

程嘉文挑开堂屋的帘子，程嘉树的母亲张淑慎匆匆往外走。

程嘉文：妈，您慢点！

张淑慎一眼看见进了院子的程嘉树，抑制不住自己的情绪：树儿！

程嘉树一把抱住母亲：妈！我想死你了！

整整六年未见，张淑慎眼泪不由自主地流了下来。

张淑慎捶打着程嘉树：你这个浑小子啊！一走就是六年，知道妈是怎么过来的呀！

程嘉树：打打，妈，打得好！儿子不孝，让您牵挂了！

程嘉文：妈，您就别捶他了！小心自个儿身子骨！

程嘉树朝程嘉文眨巴眼睛：妈，您再捶几下，您捶得舒服！

张淑慎破涕为笑：还是这么贫嘴！

张淑慎拉着儿子看着，眼中满是欢喜：哎呀，眼睛一眨都成大小伙子了！

程嘉树咧嘴一笑：美国的牛肉贴膘！

三人都笑了。

张淑慎：快给你爸问安去！

年届六十的程道襄在书房听着日本东亚放送局的广播。(广播内容是：日本的行动是顺应着世界历史的主流，真正地主张着国际正义……)

程道襄：狂妄无耻！

程嘉树随母亲和哥哥走进来，恭敬又有距离感地叫了声：爸！

程道襄转身看了很长时间，面前的这个男孩，对他而言，也是既熟悉又陌生。

张淑慎：怎么？连自己的儿子都得认半天？

程道襄眼睛里转了一丝柔意，看着多年未见的幼子。

程嘉树上前一步，走到程道襄面前，又叫了声：爸！我回来了。

程道襄缓过神来，抬起右手，用力拍了拍他的肩膀：都长这么高了，我够你还有点费劲！

程嘉树微微屈膝，以便父亲能够到：跟您差不多高。

张淑慎看着父子俩，心里面高兴得不得了。

程道襄许久才说出两个字：坐吧。

程嘉树很高兴地答了一句：哎！

程嘉文垂手在边上站着。

程道襄：你也坐。

程嘉文这才坐下。

张淑慎：瞧我这脑子，双喜，快把我亲手做的冰镇炒红果端来。

双喜端了过来：二少爷，太太一大早给你做的，快尝尝。

程嘉树接过去尝了一口：嗯！还是那个味！不过，妈，做这个太麻烦了。这天气来瓶冰镇可口可乐，那才叫一爽口。

程道襄刚端起茶，听到这个，脸上微微有些不快。

程道襄：我看你去美国这几年，洋墨水没喝多少，净喝那洋汽水了！

张淑慎赶紧戳了一下程嘉树。

程嘉树稍微收敛了一点：爸，您身体可好？

程道襄点点头：你在美国的学业怎么样？

程嘉树：都还行。

程道襄盯着他：还行？

程嘉树有些心虚：预科学业已经结束，给您过完六十大寿我就回美国备考大学了。

张淑慎赶紧岔开话题：树儿，你刚回来，去洗个澡，换身衣服，学业的事回头再说。

程道襄：在外面野了好几年，还想出去？既然回来了，就收收心。今年北大和清华联合招生，你准备下，就考清华。

程嘉树愣住了：考清华？

裁缝铺　白天　内景

林华珺从布帘后面走出，穿着新做的旗袍，衬托得整个人素雅大方。

林母满意地打量着：颜师傅的手艺，没得说。

年约五十岁的裁缝老颜：哪里哪里，林小姐穿什么都好，关键是料子和款式是林太太亲自选的，林太太有眼光。

两人开心地互捧着，但身穿新衣服的林华珺脸上却毫无笑意。

颜裁缝：林小姐穿着这么漂亮的旗袍，往清华园里一走，保证艳压群芳。

林母：老颜你太会开玩笑了，我们华珺是北大的。

颜裁缝：那就对了，北大的姑娘清华郎，绝配。

这时候有客人进来挑面料，颜裁缝走过去招呼新客。

林华珺把母亲拉到一边：妈，干吗花那么多钱给我做新旗袍啊？

林母：明天清华北大不是搞篮球友谊赛嘛，你就穿这身过去，请他来家里吃饭。

林华珺一愣：请谁来家里吃饭？

林母：你装什么傻啊？清华的叶润名！

裁缝铺门外街道　白天

林华珺有些生气地从裁缝铺里走出。

林母追着她出来。

林母：你们俩都交往这么久了，事儿早点定下来，妈也好放心。

林华珺：妈！我跟您说了多少回了，我跟叶润名的事，不是您想的那样！

林母：我不明白，你还在犹豫什么？人家叶少爷是银行家的公子，又是清华的高才生，别等人截了胡你再后悔。

　　林华珺：妈，请您别把我们的关系想得那么庸俗好吗？我今天跟您郑重声明，我跟叶润名的关系，是纯洁的友谊，高尚的情感，绝不是您想的那样。

　　林母：你这孩子，怎么就这么不懂事！情感再纯洁再高尚，不是也得结婚生孩子柴米油盐酱醋茶地过日子吗？妈拼了命供你上北大，给你花钱做衣服，不就是为了让你寻摸个富贵人家吗？眼下润名就是现成的……

　　林华珺：妈，我再说一次，我追求的不是那些处心积虑的利益婚姻，这您要还是不懂，最好把这旗袍给退回去！

　　说着，林华珺把旗袍塞到母亲手里，自己转身走了。

　　林母：这孩子，越来越不懂事！喂……明天篮球赛你穿什么啊！

程家堂屋　黄昏　内景

　　程道襄接着电话：的确是便宜，但我也不想进，这么打压无非是想逼我就范嘛……这点损失我还经受得起，大不了再少开几台织机嘛！

　　他挂了电话。

　　程嘉文：爸，商会又来推销东洋纱线？

　　程道襄：他会长周葆臣能弯得下腰，我这老骨头可没那么软。

　　张淑慎张罗着：吃饭了！

　　圆桌上摆着北平家常菜：四喜丸子、侉炖黄花鱼、白菜豆腐、葱爆羊肉、京酱肉丝，中间搁着一大碗面和炸酱面码。

　　张淑慎在亲自盛面条，小丫鬟在一旁帮佣。程嘉树在一边琢磨着心事。

　　张淑慎：树儿，想什么呢？快来吃饭。

　　程嘉树过来：京酱肉丝、四喜丸子、葱爆羊肉，都是我最爱吃的，还是我妈最了解我。

　　程道襄：你悦容姐在清华图书馆工作，明天你就去清华问问她具体情况。

　　程嘉树干笑了一下，转移话题：不急，我还想多陪陪您和妈，还有跟我哥好好聊聊。

　　程道襄：考上了清华，有的是时间陪我们。

　　程嘉树小声地：可是我想回美国。

程道襄：你当然想回美国，天高皇帝远没人管你，想怎么浪荡就怎么浪荡。我跟你一般大的时候，已经跟我的父亲坐在一起讨论济世经邦之道了。

程嘉树还想说什么，程嘉文使了个眼色，示意他不要顶撞父亲。

程嘉文：嘉树，清华有理学院、工学院，还有文学院、法学院，你可以选择你感兴趣的专业啊。你不知道，清华有些专业的前沿科学研究在世界上都是有名的。再说……

张淑慎：好啦，好啦，嘉树刚回来，都不让孩子好好吃个饭。

她夹了一筷子菜给程嘉树：快吃。

程嘉树郁闷地埋头吃饭。

西厢房程嘉树卧室　夜晚　内景

程嘉文端着可口可乐：怎么跟酱油一个色？

他喝了一口，不禁龇牙咧嘴：好辣，这根本就是辣椒水嘛。

程嘉树坏笑：活该！谁让你跟咱爸串通好了，一个唱红脸一个唱白脸地诓我去清华。

程嘉文：怎么就变成诓你了？你就那么想去美国？

程嘉树：我不是想去美国，我只是不愿意事事都让咱爸替我做决定。我就想自由自在，做自己人生的主人。

程嘉文愣了一下："父母在，不远游。"嘉树，爸妈年纪大了，没有几个六年了，你再去美国，还能见他们几面呢？

程嘉树怔了怔，有些无奈。

程嘉文：你好好想一想吧。

他起身离开。程嘉树郁闷地喝了一大口可乐，这时窗外有小提琴乐声隐隐传来。

程家院子　夜晚　外景

程嘉树循着音乐声一路找去，乐声越来越大，最后止于程家高高的围墙旁。

墙角旁一棵有些年头的大槐树，枝杈正好伸在围墙对面，程嘉树几下爬上了槐树，坐在枝杈上。

墙对面，是一座小杂院。小院中，一个长发女孩正闭着眼睛，忘我地拉奏着一把斑驳的小提琴，女孩正是林华珺。

程嘉树认出林华珺，很是意外，想打招呼却又不忍打断她演奏。

这是一支充满悲愤的曲子，似乎要向全世界呐喊。她的长发随着音乐的抑扬顿挫，在夏夜微风的助力下，肆意飘扬挥洒。

程嘉树着迷地看着她，静静地听完了整首曲子。

一曲奏毕，林华珺正准备收起小提琴，掌声从头顶响起，她被吓了一跳，抬头一看，程嘉树正坐在树杈上鼓掌。

林华珺认出了他：是你？你怎么在这儿！

程嘉树缓过神来，又恢复成原来调皮的样子：It must be fate。

林华珺能听懂英语，没好气地瞪了程嘉树一眼：谁跟你命中注定？！

程嘉树：一天偶遇两次，难道不是命中注定？

林华珺：你再不走我喊警察了。

程嘉树：你可以喊啊，不过，这棵树是我家的，道理上来讲，我是在我自己家跟你说话，不知道警察来了会怎么看。

林华珺：你家？你是程家人？

程嘉树：正是。自我介绍一下，程嘉树。请教姑娘芳名？

林华珺：噢！原来你就是程家那个"混世魔王"啊。

程嘉树：怎么就"混世魔王"了？你听谁瞎说的？哎，你什么时候搬来的？我记得以前这里住的是一户姓佟的人家。没想到我们居然是邻居啊！

林华珺四下找了找，翻出一把斧头，拿上板凳，就往树杈走去。

程嘉树：你想干什么？

林华珺站上板凳：这节树杈伸进我家院子，道理上来讲，算是侵占了我家空间，我有权砍了它。

程嘉树：别别别……你这一斧子下去，我摔你家院子里，万一落个残废，你也说不清不是？

林华珺：那就回你自己家去。

程嘉树：赶紧把斧子放下，你这双纤手还是适合拉 e 小调协奏曲。

林华珺：你懂音乐？

程嘉树：门德尔松也写过 e 小调协奏曲，热情活泼，可你偏偏挑了科玛洛夫斯基的，怎么，有心事？

林华珺掩饰：我随便拉的，你多想了。

（画外，林母喊了一声"小珺"）

林华珺返回了屋内。

程嘉树笑着喃喃自语：小珺。

林家林华珺卧室　夜晚　内景

林华珺的卧室摆设简陋却很整洁，小小的屋子里堆的大部分是书，书桌上摆着一张照片，照片上的男人显然是林华珺的父亲，照片中的林父正在拉奏小提琴，林华珺用的就是那把。

林华珺拿着小提琴进了屋。

林母的声音：明天还要去看叶少爷的篮球赛，早点睡，别忘了把新旗袍穿上，请他来家里吃饭啊！

林华珺权当没听到，最后镜头落在拉小提琴的林父照片上，林母还在喋喋不休。

清华大学门口　白天

清华大门白璧无瑕，巍然耸立，上面刻着那桐[1]题的"清华园"三个大字。

程嘉树穿着一身打网球的时髦服装骑着摩托驶入清华校园。

清华园　白天　外景

荷塘旁，三三两两的学生正在大声用英文诵读名著；校园里，有学生在打羽毛球、跳绳；布告栏前，学联的学生张贴着抗日的宣传画，写着板报。虽是暑期，但清华园里仍然一片生机勃勃之象。

程嘉树骑着摩托车经过。清华图书管理员方悦容正在林荫道上走着，她穿着朴素

1　那桐（1856—1925）：清末大臣。叶赫那拉氏，字琴轩。有《那桐日记》传世。

大方，模样秀丽。程嘉树在她身边停下，按了一下喇叭。方悦容转过头，仔细辨认着程嘉树。

程嘉树摘下墨镜：悦容姐，不认识我了？

方悦容：嘉树？真都快认不出你了！我正要去门口迎你。

程嘉树：爸叫我过来找你，商量报考清华的事。这不是，今天一早就被赶出来了。哎，今天是不是有篮球赛？

方悦容：消息还挺灵通。

程嘉树：那是，毕云霄告诉我的，考试的事待会儿说，带我去看球赛怎么样？

方悦容：那得赶快，马上就开始了！

清华大学篮球场 白天

篮球场上，正进行清华北大的篮球赛。横幅上写着"国立北京大学清华大学篮球联赛"。

一声哨响，比赛开始。

场上比赛如火如荼：毕云霄加油，传球啊，毕云霄传球。

高大帅气的叶润名拍球抢得先机，篮板前，毕云霄将球传给了叶润名，叶润名几个假动作，轻巧一投掷，球进了！

场边女生欢呼：叶润名！

场边，林华珺也在人群中，她没有穿母亲为她定做的昂贵旗袍，依旧穿着平常穿的裙子。

程嘉树与方悦容从边上走进了观众群。

球场上，学生们一边看球一边议论纷纷。

学生甲：哎，我们清华与你们北大组织篮球赛，大姑娘上轿头一遭啊。

学生乙：那是，你们清华的学生心高气傲的，不愿意搭理我们北大的。

学生甲：你们北大的还不是一样，鼻孔朝天。要不是局势紧张，这一次也不会破例两校联合招生。更不会组织篮球赛了！是不是方老师？

方悦容站在人群里，笑着看球赛。

方悦容：原因只有一个，团结起来，共同御敌。

叶润名和毕云霄配合默契频频进球，双方击掌庆祝。

场外双方拉拉队热情高涨，加油声此起彼伏。

全场沸腾！裁判吹响休息哨，球员纷纷下场。

程嘉树看到了毕云霄，不动声色地过去，一伸手从脖子后面揽住了他。程嘉树把水壶扔给他：要不是今天来找你，还看不到你在球场上的窝囊劲儿，人家两个假动作就把你给蒙了。

毕云霄：那你说怎么破？

程嘉树：这个东西，以你的脑子，短时间内教不会。

另一边，林华珺正把毛巾递给叶润名。

叶润名：没想到一场篮球赛，能吸引这么多的学生。

林华珺逗趣：大家一多半是来看你的吧。

叶润名：你也拿我打趣。

哨声又响起了。

毕云霄跟程嘉树说：你小子给我等着。

他跑步上场。

程嘉树无意中看到了人群中的林华珺，他很是惊喜，赶紧凑了过去。

林华珺正看得专注，一个人影突然挡在了她面前，她定睛一看，竟是程嘉树笑嘻嘻的脸。

林华珺也很意外：怎么又是你？

程嘉树：我也想说同样的话。

球场上，叶润名打球之余，目光会不经意地落在林华珺身上，此时却看到程嘉树正在跟林华珺搭讪。

林华珺白了程嘉树一眼：你挡住我了。

程嘉树：对不起。

他对林华珺旁边的同学：同学，麻烦你往那边挪挪。

程嘉树挨着林华珺坐了下来。

程嘉树：你该不会是清华的学生吧？

林华珺：不是。

程嘉树：那你怎么会在这里？

林华珺：跟你有什么关系？

程嘉树：那你是哪个学校的？

林华珺：你能不能安静一会儿？

程嘉树略微安静了一会儿：小珺是你小名吧？我还不知道你大名呢……

林华珺不耐烦到极点：我们不是邻居吗？问你家里人啊。

程嘉树：那多没劲，我啊……

他突然把头靠近了林华珺，轻声地：就要从你嘴里知道。

场上，叶润名看到这一幕，一个失神，没接住队友的传球，篮球直冲观众席而来，眼看就要砸中林华珺，程嘉树虽然背对着球场，却敏锐地感受到了突如其来的篮球，他用头漂亮地一顶，准确地把篮球挡了回去，两只手却同时故意多此一举地抱着林华珺往一旁闪去，一边喊着"小心！"

篮球飞回球场，不偏不倚，正中毕云霄面门。

裁判吹了暂停哨。

程嘉树跑过去查看情况：没事吧？

毕云霄捂着鼻子把头高高抬起：小伤！

他把球服脱下扔给程嘉树：你替我上。

程嘉树扭头打量叶润名，叶润名也看向了他。

微妙的气场在两个男人之间蔓延。

清华园　白天

几名北大的学生急匆匆地走来。

不时有学生加入他们，低声急促地议论着什么。

清华大学篮球场　白天

裁判哨响，两队再次对抗。

程嘉树穿上了毕云霄的清华背心，站在叶润名旁边跃跃欲试，叶润名朝程嘉树微笑着看去。

场外观众热情高涨，助威声不断。

场内，叶润名和程嘉树配合默契，程嘉树花式打法频频进球。

场外林华珺喊着：叶润名，加油！

场内叶润名向程嘉树投来赞许的目光，程嘉树更加起劲，躲闪，三步上篮，一个盖帽球进了，帅气的动作如行云流水，赢得场外一阵阵的欢呼声。

毕云霄：哇，太帅了。

就在这一瞬间，裁判吹响停止哨，两队的比分：38∶35

裁判宣布：清华队获胜！

学生们一阵欢呼！

忽然，几名赶来的北大学生冲进了球场，队员们和围观的师生围了过去。学生们正群情激愤地讨论。

李丞林：大家不要乱！不要乱！到底出了什么事？

学生甲：日本人今天把虚弹演习变成实弹演习，在长辛店开枪开炮。

李丞林：消息可靠吗？

学生甲：可靠，是家住长辛店的同学亲眼看到的！

学生乙：为了督促政府坚决抵抗，北大的同学已经到市政府去请愿了！

毕云霄：我早就说过，日本人狼子野心，只能痛击，不能妥协！

叶润名：政府和军队不作为，一味抱着和平幻想，妥协退让只会姑息养奸！

毕云霄：必须立刻让政府觉醒，让军队奋起抗战！

学生们纷纷响应：对，必须让政府觉醒！我们也到市政府去，支援他们！

学生们冲动地朝着校外走去。

方悦容：大家不要冲动，不要冲动！

但是热血的学生根本听不进劝阻，毕云霄带头，和同学们一起集结离开。

见毕云霄离开，程嘉树：悦容姐，我去看看。

他追了过去。

方悦容喊住叶润名：润名，你赶紧跟过去，注意保护大家，我去报告学校。

叶润名：好。

两人分头行动。

北平市政府门前（府右街）　白天　外景

"北平市政府"门前，一队警察在门前形成一道屏障，把前来游行的学生阻挡在外。

学生们激愤之情愈发高涨，口号声一浪高过一浪。

政府代表走了出来，程嘉树一看，正是自己的哥哥程嘉文。

程嘉文：同学们，同学们！你们的心情我可以理解，政府正在积极协商此事，一定会给你们一个满意的答复，请大家先回去，以免引得北平人心惶惶，好不好？

毕云霄：北平早该人心惶惶、人人自危了！日军就在卢沟桥外虎视眈眈，北平政府却还一味麻木不仁、粉饰太平，这才叫可笑！

叶润名：以政府的一贯作风，我们无法相信会得到一个满意的答复！

程嘉文看着毕云霄和叶润名：那依你们之见呢？

毕云霄：必须马上抵抗，给日军迎头痛击，让他们不敢再得寸进尺！

程嘉文：兹事体大，岂是你们区区学子和我个人能做得了主的？（低声劝告）云霄，快劝劝大家，事情闹大了我怕你们吃亏。

毕云霄：嘉文哥，我知道你做不了主，我们要见秦市长！

"对，我们要见市长！"

李丞林跑过来：秦市长从边门溜了。

学生们群情激愤，往边门涌去：胆小鬼！懦夫！

警察们迅速阻拦。

程嘉文看到了程嘉树，他想挤过去，混乱中却根本无法靠近，只能干着急。

在前排警察和学生的推搡之中，一个警察推倒了李丞林，毕云霄急了，也推了那个警察一把，没想到对方一脚踹了上来。

这一脚犹如导火索，瞬间点燃了双方努力压抑的情绪，毕云霄一脚还了过去，警察拿起警棍就朝毕云霄砸了下来。

程嘉文：住手！都给我住手！

他的声音却被淹没在沸反盈天中。

程嘉树一看毕云霄被揍，也急了，上前飞起一脚，踹走了那个警察。

叶润名认出了程嘉树，愣了一下，但他顾不上多想，因为警察和学生们已经打成一片。

混乱中，林华珺有些不知所措，就在这时，她看到一个警察拿着警棍就要朝混战中的程嘉树后脑砸下。

林华珺：小心！

程嘉树却没听到。

眼看警棍就要朝程嘉树砸过来，也不知道哪儿来的勇气，林华珺拿起书包，重重地砸在了那个警察头上。

程嘉树一回头，这才注意到林华珺美人救英雄的一幕，不由惊喜。

也就在这时，警哨声响起，更多的警察赶到。

北平警察局羁押处　白天　内景

学生们被关在羁押处，所有人无不鼻青脸肿，女生也不例外。

叶润名在查看同学们的伤情。

程嘉树来到林华珺旁边，对坐在她身旁的学生：同学，借个座，我女朋友。

林华珺：胡说什么！谁是你女朋友？

程嘉树一笑，凑到林华珺耳边：你今天救了我，我决定以身相许报答你。

林华珺涨红了脸：你！

叶润名也听见了程嘉树的话，起身走到林华珺跟前，拦住程嘉树。

叶润名：这位同学还请自重。我女朋友虽然侠义热肠，但也不想当东郭先生。

"女朋友"三个字让程嘉树有些意外，他看了看林华珺，林华珺并没有否认。

叶润名接着说：听说你们还是邻居，比邻而居更需要以礼相待。

说完，他在林华珺身边坐下。

程嘉树吃了瘪，有些尴尬。

毕云霄出来打圆场：叶学长别生气，我朋友开玩笑的。

毕云霄将程嘉树拉回原来的座位。

毕云霄：原来你说的姑娘就是她啊，别惦记了，人家已经名花有主了，你没戏。

程嘉树瞟了毕云霄一眼：结婚了吗？

毕云霄：嗯？

程嘉树：他俩没结婚吧？

毕云霄：没啊。

程嘉树：那不就得了，没结婚我就有权追求她。

毕云霄：我劝你还是别做无用功了——

他打量了一遍程嘉树，随后叹了口气。

程嘉树：什么意思？

毕云霄：对手太强劲。论人品才学，叶润名才华横溢，精通英、日、德多国语言。论家世，他爹是武汉的银行家。我劝你还是不要自取其辱了。

程嘉树：论人品才学，我也不差啊，美国麻省理工留学，也会多国语言；论家世，我爹是北平排得上名的富商，你能不能不要长他人志气灭自己威风？

毕云霄：你可算了吧，多国语言？你那半吊子的多国语言，都是交女朋友学来的吧？人家那是正儿八经的精通。

程嘉树：不想跟你这种书呆子多说什么。

毕云霄：哎……我只是实话实说而已……对了，他们抓的是游行学生，你不是我们两校的学生，你哥又是程秘书，跟他们说一声，让他们放你出去啊。

程嘉树：我虽然不是北大清华的学生，可我也是中国人。当缩头乌龟这种事我能干吗？！

毕云霄：少给自己戴高帽。

他指了指林华珺：是她不走，你才不想走吧。

程嘉树嘿嘿一笑。

北大校园　白天　外景

裴远之和李群正在打羽毛球。

李群比裴远之大十几岁，体力明显不支，但裴远之却不让他，一记击杀，李群根本无力迎接。

李群放下球拍，气喘吁吁地无奈笑着：你这个东道主，仗着年轻，也不让让我这半老头子。

裴远之：哟，一投入就忘了。不过，您正当壮年，我不让球才能激励您。

李群：你啊，在北大当了两年助教，又在学联历练了这么久，嘴皮子是越来越厉害了。给我两周时间，下次再战，我定要雪耻！

裴远之一笑：随时奉陪。

李群喝了几口水，表情开始凝重了：日本人这次搞实弹演习着实不是善举，山雨欲来啊！

裴远之：学生们听到这个消息一定会义愤填膺，学联需要做什么相应的工作吗？

李群：一定要发声，但是要有组织有计划地发声，保护学生是第一位的，一定要避免再出现流血事件。

裴远之点头。

李群：我先回书店了。

这时，一个学生匆匆跑来：裴助教，我们的同学被抓了！

李群和裴远之一惊。

北平警察局局长办公室　白天　内景

郑天挺[1]：我要求你们马上放人！

（字幕：北大秘书长　郑天挺教授）

警察局长往椅背上一靠：郑教授，抱歉，警察局的职责是保护政府、保护民众，所有企图伤害政府和民众利益的暴乱分子，一律羁押，不予释放。

郑天挺：暴乱分子？他们是学生！

警察局长：可他们组织参与暴乱了，非但如此，还殴打警察，羁押已经是从轻处置。学生表达自己的意愿没有错，但是他们的表达方式是错误的，我们惩罚的是他们的暴力方式。

裴远之：学生殴打警察？明明是警察殴打学生！"一二·九"事件才过去不到两年，没想到你们又一次把拳头砸向学生。学生游行叫暴乱？叫伤害政府和民众利益？伤害政府和民众利益的是卢沟桥的日本人，组织暴乱的是实弹演习的日军，你们警察局为什么不去羁押抓捕日军，反而来抓我们的学生？

警察局长被噎住了：外部矛盾不是我们警察局的职责，我们只管内部。

郑天挺：职责？你跟我讲职责？国难当头，匹夫有责！你们的枪杆子应该对准日本人，而不是学生！

警察局长：我知道你们教书先生的嘴皮子厉害，但是不好意思，人在我手上，放不

1　郑天挺（1899—1981）：中国历史学家、教育家。曾任西南联合大学教授、总务长，北京大学教授、文科研究所副所长。

放你们做不了主。

郑天挺：你们要怎么样才能放人？

警察局长：很简单，这次游行事件造成了恶劣的社会影响，但是当局考虑到犯事的毕竟是学生，所以决定从宽处理，只要每个学生都能写份保证书，保证不再进行任何抗日行动，我马上放人。

郑天挺和裴远之都冷笑了。

程家　白天　内景

张淑慎急得坐不住了：这孩子，才刚回来一天怎么就跑去游行了呢！嘉文，你就在那儿，怎么不拦着点啊？

程嘉文：当时情况乱，我拦不住啊。

张淑慎：你快想想办法，赶紧把嘉树领回来啊。

程嘉文：哎！

他正要出门。

程道襄：站住，不用去。

张淑慎：为什么？

程道襄：嘉树平时吊儿郎当的，这件事做得倒也还有点骨气。别的学生都还在里面，他们现在是战友，哪有扔下战友自己当逃兵的。

张淑慎：你忘了两年前那次学生游行，很多人被警察打伤的事了吗？万一树儿在警察局里被打了怎么办？

程道襄：那他也不能当逃兵！

程嘉文：妈，您别急，有我在，他不会吃什么亏的。一会儿我就去找曹局长，您放心吧。

张淑慎这才稍稍放心：时局一下变得这么乱，等树儿出来，我看还是赶紧让他回美国去。

清华大学教务长室　白天

办公室里，冯友兰[1]、潘光旦[2]或立或坐，焦急等待。

郑天挺从外面急匆匆走了进来。

郑天挺：潘先生，冯先生。

潘光旦：毅生，情况怎么样？

（字幕：清华大学教务长　潘光旦教授）

郑天挺拿出一张名单：我去了警察局，警察不让我见学生，好说歹说，只是把被抓的学生身份搞清楚了，这是名单。北大的六个，清华的九个。现在都关在警察局羁押处。

潘光旦一把拿过名单，飞快地看了一眼。递给了冯友兰。

潘光旦：这件事要尽快解决！不然会出大事的。

冯友兰：仲昂不必太焦虑，学生们进行反日请愿，跟警察发生冲突也不是第一次了。秦德纯虽然行伍出身，道理还是讲的，他不敢把学生怎么样。

（字幕：清华大学文学院院长　冯友兰教授）

潘光旦：我是担心这么紧张的局势下，日本人会拿这件事当借口挑起事端！那样秦德纯更是骑虎难下。你忘了两年前的"一二·九"了，当时下令大开杀戒的，就是这个秦德纯！这样的事情绝对不能再发生！

郑天挺：潘教授说的有道理，秦德纯不是个表里如一的正人君子，而日本人又在处心积虑地找借口挑衅。要真是拿我们的学生作为借口就麻烦了。

冯友兰：那些东洋强盗，他们不管怎么样都能找到借口，对这样的强盗，我们怕是没有用的，只有勇敢面对，坚决抵抗才行。

潘光旦：抵抗是需要的，但是不能叫学生吃眼前亏。

1　冯友兰（1895—1990）：中国著名哲学家、教育家。1918年，毕业于北京大学哲学系。1924年，获美国哥伦比亚大学哲学博士学位，师从约翰·杜威。回国后，历任清华大学教授、哲学系主任、文学院院长，西南联合大学教授、文学院院长。所著《中国哲学史》《中国哲学简史》《中国哲学史新编》《贞元六书》等，成为20世纪中国学术的重要经典。

2　潘光旦（1899—1967）：社会学家，优生学家，民族学家。1934年到清华大学任教，抗日战争时期随校南迁。1938年至1946年任西南联大社会学系教授。主要著作有《优生学》《人文生物学论丛》《中国之家庭问题》等，另有译著《性心理学》等。

郑天挺：要不，我马上召开记者招待会，把事情真相讲清楚，给秦德纯施加压力，要求立即放人。

潘光旦：远水解不了近渴，记者会召集起来费时费力，学生需要马上营救！

郑天挺：那我们就再去警察局，一定把学生给救出来！潘先生，冯先生，我们一起走！

旧书店二楼　白天

李群拿着被捕的学生名单，仔细看着，表情严肃。

裴远之：我和郑教务长分手后，他说去清华商量如何营救学生，现在应该去警察局了。

李群：警察局曹局长只是个傀儡，真正躲在幕后的是秦德纯。秦德纯现在是墙头草，在谨小慎微地关注局势发展。我们通过内线给他施加些压力，督促警察局尽早放人。

警察局局长办公室　白天

警察局曹局长坐在办公桌后面，头也不抬地用小锉刀挫着手指甲。

曹局长四十多岁，面相沉稳，老谋深算的样子。

程嘉文：曹局长，据我看这些孩子大都属于不懂事，听见风就是雨，为了日本人在卢沟桥实弹演习，一时冲动才跟警察动了手，情有可原吧。

曹局长：一时冲动？我怎么觉得这里面有人煽风点火呢？程秘书，根据我们掌握的情报，只要是学生运动，里面都少不了共产党！

程嘉文一愣：共产党？……

曹局长点点头：这才是我要刨根问底的原因。既然这样，一个一个审吧，我有的是时间和精力，这也算是意外收获了。

程嘉文看着曹局长，欲说还休。

一名警察急匆匆走了过来：报告！

曹局长：进来！

警察甲：局长，北大清华的几名教授要求见您。

曹局长接过警察甲递过来的名片，倏地从椅子上站起：赶紧把这些酸腐文人打发走，就说我不在。

手下刚要回答，传来声音（冯友兰）：已经打发不走了。

门口，郑天挺、冯友兰已经和教授们一起走了进来。

曹局长：大教授大学者们亲临警察局，我们这里蓬荜生辉啊！不胜荣幸，不胜荣幸！快请到会客室！

警察局会客室　白天

郑天挺：曹局长，我们就不必客套了。我们来，就是来解决学生的问题的。希望曹局长以大局为重，尽快把学生们放了。

曹局长：哎，我就是以大局为重才把学生们给关起来的。外面现在是什么局势，想必几位比我清楚。在这么关键的时刻，那些不懂事的学生还在这里游行示威，向政府抗议要求对日开战，这是什么行为？这简直就是授人以口实！就在刚才，我本来想给学生们台阶下，叫他们写下悔过书，签字放人。可是他们把好心当成驴肝肺，根本不配合。

潘光旦：大敌当前，日寇步步紧逼，明摆着要蚕食我华北，把平津变成第二个"伪满洲国"。这种时候，学生们喊几句口号，要求抗日，这难道有错吗？

曹局长：抗日不抗日那是政府的事，是军队的事，他们就应该在学校里老老实实地读书写字！跑到市政府来闹什么？这是有人在背后挑唆！

冯友兰：你说什么人在背后挑唆？

曹局长：共产党！

一句话把众人都说愣了，这个结果实在是出乎意料。

曹局长阴笑着：希望几位能谅解兄弟的苦衷，我把学生们关起来，真正的目的是要逐个审理，把藏在两校的地下党组织挖出来，这可是大事。

冯友兰：曹局长励精图治，建功立业，精神可嘉。我们也知道警察局为难，无法释放我们的学生，所以不再勉强。

几位教师都被冯友兰的话说愣了。

潘光旦：芝生……

冯友兰：仲昂，请不要打断我，叫我把话讲完。

冯友兰继续说着：我们不为难曹局长，只是麻烦曹局长一件事。

曹局长：请讲。

冯友兰：曹局长羁押的是我们北大清华两校的学生。北大清华从来有个传统，我们的学生在哪里，老师就到哪里授课。烦请曹局长在羁押室再给我们这些人腾挪几个空位。我们住进去教书。教书嘛，只要人在，哪里都是课堂，在北平警察局羁押室教授学生，倒也是教书匠的一出美谈嘛。麻烦曹局长了，我连毛巾牙刷牙粉都带来了，今天就没打算回去！

警察局长：你这是在为难我。

郑天挺：哦？为难？那亲手抓捕关押学生时，倒不见曹局长有半点为难之意嘛？还要挖什么共产党，我看曹局长是别有用心啊！

电话铃响，警察甲接电话。

警察甲：喂……秦市长！是！

警察甲把电话递给曹局长，曹局长接电话：……秦市长，……，哦好好，马上办。（挂了电话）诸位，秦市长刚刚下命令，马上释放所有学生！

林家堂屋　黄昏　内景

"还知道回来！"林母的声音压不住火气。

她身后的饭桌上是满满一桌子做好的菜，能看出是林母精心准备的。

林华珺正在洗脸。

林母：说好的请叶少爷吃饭，我巴巴地等了一晚上，也没把我这未来姑爷等上门。你也不拦着点润名，还跟他一起去凑什么热闹。还有，给你做那么贵的旗袍也不换，还穿着这条破裙子，你这样让叶少爷怎么看你？不行，我准备了这么一大桌子菜，你快换上衣服把他请回家来……

林华珺终于按捺不住了：他很忙，没这个时间来吃饭。我累了，去睡觉了。

她转身回了屋。

林母被关在了门外，生气地：你别忘了，我让你上北大是为了什么！

林华珺毫无回应。

程家堂屋　黄昏　内景

（特写）张淑慎从装着白药的瓷瓶里面挑出一点药粉，给程嘉树胳膊上药。

程嘉树：轻点儿。

张淑慎：知道疼啊？知道疼，就该心疼心疼你妈我，尽惹是生非，我和你爸担心得一宿没睡！

程嘉树：有我哥在，你们担心啥。

张淑慎气得捶了程嘉树一拳，程嘉树佯装吃痛地叫了一声。

程道襄：日本人在家门口耀武扬威，政府都躲着不表态，年轻人再没有个态度那还行？

张淑慎：老爷子你怎么还火上浇油啊？

父亲难得的认可让程嘉树很开心：妈，你忘了，我爸当年也是参加过五四运动的热血青年！

程道襄不苟言笑的脸上微微露出一丝骄傲。

张淑慎：爷俩倒是一唱一和上了！

程嘉文笑。

张淑慎：日本人已经拿真枪实弹吓唬我们了，北平城估计消停不了了，树儿要是考了清华，不得天天上街游行吗？这次只是关你两天，下次指不定会怎么样。

程嘉文：妈说的有道理，长辛店日本人的演习越来越频繁，这颗雷什么时候在北平乃至整个华北炸响，谁也不知道。

程道襄沉吟着。

张淑慎下了决心：树儿，等你爸过了六十大寿，你就回美国去。

程嘉树：妈，我不回美国了。

程道襄、张淑慎、程嘉文都愣住了。

张淑慎：你不是一心想回美国吗？

程嘉树：我想考北大！

程嘉文：考北大？你怎么突然想考北大了？

程嘉树一笑：因为——北大有我的梦想！

林华珺卧室　早晨　内景

林华珺正在睡梦中。

一阵阵持续的轰隆隆的声音远远地传来。

林华珺一下子从睡梦中坐了起来。

程家院子　早晨　外景

程家人闻声也出来了。

程嘉树睡眼惺忪地跟出来，抬头看了看天：大清早什么声音啊？

程嘉文似乎猜到了什么，脸色凝重。

（字幕：1937年7月8日清晨　日军炮击宛平城）

街道　白天　外景

报童在喊——"看报，看报！中共中央发出《中国共产党为日军进攻卢沟桥通电》。看报，看报，各地军政大员纷纷通电要求抗战！"

人们纷纷围过来买报纸看报纸。

中共北平市委处　白天　内景

裴远之在中共市委处。

李群：远之同志，中央的通电你看了吗？

裴远之点头：中央号召全国军民团结起来，共同抵抗日本侵略者。

李群：所以我们的工作也必须跟上，接下来你抓紧组织学联，积极响应中央的号召，呼吁全民抗日，保卫平津，保卫华北！

裴远之郑重地：好！

北平街道　日/夜　外景

一组蒙太奇——

叶润名和林华珺等几个学生张贴标语——"国家存亡 在此一战""四万万同胞投袂奋起 敌忾同仇""打倒日本帝国主义""一致对外 共御外侮"。

有些商贩帮着取过标语，张贴，卖果子干的红脸小贩要林华珺把标语贴在自己摊位后的电线杆子上。

毕云霄、李丞林也带人散发传单。

叶润名站在街头慷慨激昂地进行着演讲。

"武装保卫平津，保卫华北！

不让日本帝国主义占领中国寸土！

为全国同胞，政府与军队团结起来，筑成民族统一战线的坚固长城，抵抗日寇侵略，把日寇赶出中国！"

叶润名的演讲，赢得了群众的热烈欢呼。

程家院子　白天　外景

程嘉树从堂屋边上的廊子出来，正要出二道门，却看见双喜坐在门口。

双喜站起来拦住他：二少爷，太太说了，外面不太平，让我在这儿守着，不让你出门。

程嘉树：让开。

双喜为难：二少爷，您这不是为难我吗？

程嘉树不理他，推开他就要出去。

"站住！"张淑慎的声音响起，她从堂屋出来。

张淑慎：你就不能安生几天吗？

程嘉树：不就是卢沟桥响了几声炮，至于草木皆兵吗？我都在家待好几天了，妈，我就到胡同口看看。

正说着话，程嘉文从外面回来了：妈！

程嘉树：我哥不也天天往外跑吗？

张淑慎：你哥是有公职，你出去干什么？

程嘉树：哥，外面怎么样了？

程嘉文往堂屋里走：日本人已经停火，正在跟我们谈判，宛平城门已经关闭，城里暂时还是安全的。

程家堂屋　白天　外景

堂屋，程道襄闻声皱眉：谈判？跟他们有什么可谈的？日本人已经拔出军刀，还坐下来谈判？

程嘉文：委员长也有难处，中庸之为德，他还是希望能用宽容和忍让，求得跟日本邦交的正常化。

程道襄：什么中庸，就是窝囊！冲着这股窝囊劲儿，我就不信北平还能过几天太平日子。

程嘉文：妈，得多囤点粮食，往后物资会更紧张，有备无患。

张淑慎：好，我这就让人去买。

程嘉树不由担心起林华珺家，趁着他们说话的空当，程嘉树偷偷溜走。

林家堂屋连院子　白天　外景

林母怪林华珺：都什么时候了，你怎么还往外跑啊？

林华珺：我去找润名。

林母脸色马上变了：那你小心点啊，记得有空请他到家里来吃饭，……哎哎，把那旗袍换上。

林华珺没搭理，背着书包出门，突然，一个人从天而降，落在她面前，林华珺吓得惊叫一声。

再看，那人是程嘉树。

不等她反应过来，程嘉树却已经从她家跑了出去。

林母跑出来：怎么啦？

林华珺头也不回继续出门：见鬼了！

礼士胡同连街道　白天　外景

林华珺刚走出胡同口，程嘉树突然从墙角出来，她再次被吓了一跳。

林华珺：程嘉树！你就不能正常一点出现在我面前吗？

程嘉树：我妈不让我出门，不得已。

林华珺不想搭理他，准备独自离开。

程嘉树：你去哪儿？

林华珺：关你什么事。

她自顾自地往前走。

程嘉树紧跟在她身后。

程嘉树：你们家有没有囤点粮食什么的？

林华珺：怎么了？

程嘉树：听我哥说的，北平城估计接下来太平不了。如果你家有需要，我可以帮忙。

两人来到大街上。

沿途，报童的声音不断。

林华珺：你老跟着我干吗？

程嘉树：正好同路，你去北大，我也去北大嘛。过不了多久我们就是校友了。

林华珺：程嘉树，联考已经取消了。

程嘉树：取消了？

这时，一辆军卡开过来，卡车上，学生正唱着《义勇军进行曲》。车上同学认出林华珺，喊道：林华珺，我们要去 29 军劳军，你去吗？

林华珺：去！

同学伸手把林华珺拽了上去。

程嘉树：我也去！

他也跟着跳上了卡车。

29 军南苑前线　白天　外景

南苑前线，士兵们正在卖力地加固战壕，构建防御工事。

远处不时有零星的炮火。

毕云峰检查着战壕和工事：战壕挖深一尺，战时救你一命。宛平城是北平南大门的锁，我们南苑就是这扇门的门枢，如果门枢丢了，整个大门就会轰然倒下！这里是拱卫京畿的最后一道防线，退无可退！明白吗？

士兵：明白！

毕云峰：（指示一个士兵）把手肘台留出来，宽一点，脚踏夯结实了。

然后就看到有个人挖得不得劲，上去一把薅住他，一看是自己弟弟：云霄，你在这里干什么？

毕云霄不搭理他哥。

边上的士兵：报告毕连长，他非要跟我们一起挖战壕。

毕云峰：挖战壕是士兵的事，你一个学生娃凑什么热闹。

毕云霄：都快当亡国奴了，谁还有心思读书，我不当学生当兵行不？

毕云峰断然拒绝：不行！

毕云霄：我们物理系的胡宗祥都能跟你们一起打日本人，我为什么不行？

毕云峰：他们军训团学生军才刚刚完成新兵训练，连实弹射击都没打过几次，更别说实战呢。军长师长都跟宝贝似的拦着不让他们上前线！就凭你！你去送死吗！

毕云霄：临阵杀敌靠的是胆识和勇气！给我一把大刀，我一样杀日本人！

毕云峰从战壕里跳出来：来，先看看打不打得过我。

毕云霄摆好架势，刚冲上去，就被毕云峰一脚踹倒在地。

再冲上去，再次被踹倒在地。

毕云霄：毕云峰，你不让我当兵，我去找咱爸！

毕云峰：你以为咱爸就让你当兵吗？给我老老实实回你的战地服务团去！真想出力，在后方帮着运送伤员、输送弹药也一样是出力。

一阵炮火袭击，炮弹虽然落得远，但毕云霄也被震得够呛。

毕云峰对旁边的士兵：把他给我撵走。

毕云霄被士兵架起来拉走：毕云峰！你这是滥用职权。

毕云峰没理会他，继续检查战壕。

<hr>

29 军南苑驻地后方　白天　外景

<hr>

有很多学生和士兵正在忙碌着运送帐篷、物资和伤员。

军车停下，程嘉树和林华珺跟随同学们从车上下来。

程嘉树有些无措地打量着：这就是 29 军的驻地啊？

林华珺：这些全是我们战地服务团的学生，怎么？怕了？你要是怕的话就回去。

程嘉树：我会怕？

一辆运送伤员的车到了，医务兵大喊：快快！来人！

林华珺的眼神四下寻找着，程嘉树顺着她的视线看过去，发现叶润名和李丞林正抬着一名伤员往医疗帐篷里跑去。

林华珺和程嘉树跟过去，只见那名重伤员血肉模糊，肠穿肚烂。周边传来伤员的各种惨叫声。

第一次看到如此情景，程嘉树、林华珺和很多同学都呆住了，程嘉树和有些女同学没忍住，当场吐了。

林华珺虽然脸色苍白，但是挺住了。

这时，帐篷里出来一个医生，焦急地：有学过护理的吗？

林华珺举起了手：我！

医生：跟我来。

林华珺和两个女生进了帐篷。

叶润名从帐篷里出来，看到了一旁刚吐完的程嘉树。

叶润名：程嘉树，你怎么来了？

程嘉树看了一眼正进出医疗帐篷的林华珺：我的梦想在哪里，我就在哪里。

叶润名：这里是战场，不是你风花雪月的情场。请回吧。

说完，他帮李丞林一起支起了医疗帐篷，但是两人显然不够，这时，帐篷的另一端被人撑了起来。

叶润名一看，是程嘉树，他有些意外。

程嘉树：你能做的事，我也能。

裁缝铺门口　夜晚　外景

深夜，一辆人力车停在了裁缝铺的远处，一个头戴礼帽的人下车，待人力车走远后，他才后退十几米，来到裁缝铺门前，有节奏地敲了三下。

门开了，是老颜，他先四下探了探，确认无人后，迅速把来人让进了屋里。

裁缝铺　夜晚　内景

一进门，老颜接过来者脱下的礼帽。双方互相鞠了一躬。

老颜（日语）：松田君，辛苦了。

松田雄一（日语）：小林君，彼此彼此。

然后是两人一个大大的拥抱。

老颜：松田君，我真没想到是你！神户一别，这都多少年了。哎呀，真是想念家乡的清酒啊。

松田：你在北平待了十几年，还没吃惯这儿的酒？

老颜摇摇头：松田君，快说说，战况如何？

松田：我也没有想到29军反应如此激烈，军部原以为可以按照满洲国模式，依样画葫芦。现在看来，免不了有一场恶战。但北平已是我们囊中之物。接下来，我们需要有长远考虑。

老颜：请说。

松田：北平是文化古都，中国的知识精英大多集中在这里。你在中国多年，应该明白，只有在文化上征服他们，才能真正地征服整个国家。

老颜点头：这也是我迫切需要和你见面的原因。

老颜从一个夹层里取出一个账本，从里面抽出几张纸，递给松田。

老颜：我列了一份名单，这上面主要是北平国立的、私立的大学教授，分成三类，亲日的、中立的、反日的。

松田翻看着：清华、北大、燕京……

松田翻到反日名单里，里面有"清华冯友兰""北大郑天挺"：我们对这些人要做好说服工作，让这些教授为我们所用。

松田看到反日名单里"裴远之"下面画了线：北大裴远之……这画线是什么意思？

老颜：我觉得此人不光反日，而且有共产党的嫌疑。

松田：共产党在北平的学生和知识分子中影响不小，这样的人对帝国未来的事业损害很大。小林君，这些人请务必盯紧他们的一言一行，必要时，我们可以采取非常手段。

29军南苑驻地后方　夜晚　外景

灯光微弱的几盏马灯。炮火暂时停歇。

兵营里时不时传来伤兵的呻吟声，一名佩戴少将军衔的军官（毕保中）和毕云峰等人在查看伤员。

林华珺、程嘉树、毕云霄等学生靠坐在一个帐篷外，都已疲惫不堪。叶润名正端着饭盒，把里面的馒头逐一分给所有人。

他把馒头递给林华珺时，林华珺却摇摇头：我吃不下。

叶润名把自己的馒头掰开一半：累了一天，多少吃一点，明天可能会更累。

程嘉树：看了一天血，哪还吃得下东西。

叶润名想起什么，从口袋里取出一块巧克力：吃块巧克力吧。

林华珺：哪儿来的？

叶润名：前天润青托南开的同学给我带的，本来打算给你，没想到直接来了前线。

说着，他已经剥好了巧克力，林华珺这才勉强吃了一点。

毕保中等人从一个帐篷里出来，看到了毕云霄。

毕云霄：如果仗一直打下去，你们有什么打算？

李丞林：走一步看一步吧，你呢？

毕云霄：我想参军。

"好好的学不上，为什么参军？"一个声音响起。

众人回头。

程嘉树推推毕云霄：你爸！

毕云峰向大家介绍：这是我们29军37师副师长毕保中。

学生们纷纷起身问候：毕副师长！

只有毕云霄没有起身。

毕保中：同学们累了一天，都坐吧。

程嘉树：毕叔叔。

毕保中：这不是嘉树吗，几年不见，长个儿了。你这是放弃了美国悠哉的日子，跑我们这儿来吃苦了？

程嘉树：国家兴亡，匹夫有责！

毕保中笑了笑，也在篝火前坐下：看你们吃，我这肚子也开始叫唤了，还有馒头吗？

程嘉树把自己的馒头递给了毕保中：给，毕叔。

毕保中跟学生们一样啃起了馒头。

毕保中盯着毕云霄：说说，为什么好好的学不上，要去参军？

毕云霄：我不相信日本人真的会跟我们坐在桌前谈判，他们现在的做法，不过是为了给调兵争取时间，战争早晚会爆发。一旦战争爆发，国难当头，匹夫有责，比求学更重要的，是拿起武器，抵御外侮。

毕保中笑，转头看向程嘉树：你呢？

程嘉树：我不想回美国了，本想考北大，可是因为这场仗，北大的联考取消了。

林华珺：毕副师长，这场仗会打多久？

毕保中环顾大家，缓缓道：同学们，说心里话，我也不知道这场仗会打多久，我们能不能赢，但是，只要我 29 军还有一个军人活着，就不会让日军踏进我们的校园一步，只要 29 军还有一个军人没倒下，拿枪，就不是学生的事。

同学们感动。

毕云霄：毕副师长，难道为了读书，我们就眼睁睁地看着你们冲锋陷阵，自己却缩在象牙塔里当乌龟吗？

叶润名：地无分南北，人无分老幼，无论何人，皆有守土抗战之责。我们不怕牺牲。

毕保中点点头：我钦佩同学们的勇气。但我要告诉大家现实的情况，这次参战我军将士数倍于日军。为什么敌人却可以在不到一天的时间，就把我们逼到绝境？

毕云霄：因为我们上了日军的当，贻误战机，准备得太仓促。

毕保中：你们抬头看看，日军只需要十几架轰炸机，就可以在短短一上午时间，摧毁我们的防御工事，而我们却没有任何有力的武器可以还击。就算是军事训练团的学生军加上你们战地服务团所有的学生全部上了战场，又能怎样，无非是让这个战场上再多几具尸体。

程嘉树：那我们应该怎么做？

毕保中：军人报国，是在前线冲锋陷阵，你们报国，是在课堂上，在实验室里，在笔尖下，在手术台上。中国缺的是能够扭转国力的人才，这些人才锥藏何处？就在清华、在北大、在南开，在中国的每一所高等学府里，你们是中国最高学府的学子，是桢干之质，未来的长天大木，有一天，你们中的一个人，说不定可以抵得上一千人、一万人。你们的知识，就是国家的力量。

毕保中的话显然起了作用，原本或慷慨激昂，或迷茫的同学们，都若有所思。

29 军南苑驻地后方某处　夜晚　外景

毕云峰带着毕云霄过来，他退到远处，留下毕云霄和毕保中单独在一起。

毕云霄：爸。

毕保中拿出一块手表：上个月是你二十岁生日，托人买的，也不知道你喜不喜欢。

毕云霄没有接。

毕保中：你刚考上清华时就想要块手表，我一直没时间买。

毕云霄：之前做实验需要表，以后不读书了，用不着了。

毕保中：我今天说的你都没听进去？

毕云霄：您说的太长远了，我等不了。

毕保中：这是命令。

毕云霄：毕副师长，我不是您的兵。

毕保中：你是我儿子！

毕云霄：您什么事都带着我哥，不让我参军，不让我上军校，非逼着我考清华。人家都说打仗亲兄弟，上阵父子兵，你知道我多羡慕我哥！多想像他一样能跟您并肩作战，而不是像个缩头乌龟一样躲在学校里！

毕保中：毕云霄，你给我好好读书！

毕云霄：我的人生路怎么走由我自己决定！不用您管！

他忍不住想抽毕云霄，但手停在了半空中。

毕云霄转身走了。

毕保中手里拿着表，愣在原地。

毕云峰过来：父亲，云霄说什么了？

毕保中叹气，把手表交给毕云峰：也不知道还有没有机会见他，替我转交给他吧。

毕云峰明白父亲的意思，心情复杂地接过手表。

29 军南苑驻地后方　夜晚　外景

学生们已经熟睡，叶润名把自己的衣服披在林华珺身上，突然，一阵密集的枪炮声炸响。学生们全都醒了。

毕云霄第一个跑出去，拉住毕云峰：哥，怎么了？

毕云峰：你马上带着所有战地服务团的学生撤离。

毕云霄：为什么？

毕云峰：日军趁谈判期间，在塘沽卸下了十万吨军火，关东军的两个旅团已经抵达丰台。

所有学生都呆住了。

毕云霄：我早就说过，谈判不过是他们调兵遣将的借口！

毕云峰：说什么都晚了，这里是北平的最后一道大门，29 军就算是战至一兵一卒，也要保住这道大门！你快带大家往安全区撤离！

毕云霄：都什么时候了，我不撤！我要跟你一起上战场，兄弟齐心，其利断金！

毕云峰：别给我添乱！

叶润名：毕连长，我们可以不去最前线，可是我们可以负责照顾伤员，多一个人多一份力量，你们就可以腾出手多杀一个敌人！

29 军南苑前线　夜晚　外景

炮火连天，不时有敌机在头顶轰炸。

程嘉树初次亲历战火，第一次亲眼看到不断有人倒在日军的疯狂火力之下，心灵受到极大震撼。

叶润名和程嘉树两个人合力抬着担架，冲向驻地后方的医疗帐篷，此刻，两人眼中没有往日的敌意，只有齐心协力、同仇敌忾。

29 军驻地后方医疗帐篷　早晨　内景

医疗帐篷里，伤员更多，医护人员更为忙乱了。林华珺也累得脸色苍白。

程嘉树等人把伤员抬进医疗帐篷，叶润名放下伤员，又冲了出去，程嘉树也刚要出帐篷——"嘉树！"一个声音响起。

程嘉树回头一看，是自己的哥哥程嘉文：哥！

看到程嘉树，程嘉文总算松了口气：找了一天一夜，可算找到你了！你怎么也不跟家里人打声招呼，爸妈都快急死了。

程嘉树边走边说：如果我打了招呼，还不一定能来呢。

程嘉文拽住他：走，跟我回家。

程嘉树挣开他：要回你回，我不走，这里缺人手。

程嘉文：就缺你一个啊？天津驻军不战而退，廊坊一夜失守，你还留在这儿，不是存心让爸妈操心吗？

听到这里，林华珺焦急地上前：你说什么？天津驻军不战而退？

程嘉文：今天一早的广播……也难怪，你们在这里哪儿听得到广播。

林华珺：那天津现在怎么样了？

程嘉文：还能怎么样啊，守军不战而退，天津已经成了日本军队砧板上的鱼肉。

林华珺边脱护士服边对程嘉树：我有急事得马上去趟天津，这里就拜托你们了。

程嘉树：你好好的突然去天津干什么？

林华珺：叶润名的妹妹润青在南开，她是抗日积极分子，肯定会被日本人盯上，我得去找她。

程嘉树：你怎么去？

林华珺愣了一下。

程嘉树：哥，你开车来的吗？

程嘉文莫名其妙：对啊。

程嘉树从他身上抢过车钥匙：车借我用一下。

程嘉树拉起林华珺就走。

程嘉文：你疯了，你去凑什么热闹？

程嘉树头也不回：林华珺的事，就是我的事。

程嘉文：你给我回来！

林华珺感激地看了程嘉树一眼。

程嘉文拦都拦不住。

新闻发布会现场　白天　内景

中外记者云集，演讲台上，坐着几个日军军官。

居中而坐的是田中秀夫（上尉）。

田中秀夫：记者朋友们，今天，我还要宣布一件事情，我们决定要轰炸南开大学。

一语激起千层浪，记者席中一片嘈杂声。

记者甲：为什么？南开大学是学校，是非军事目标，即使交战期间，也不能无差别打击。

田中秀夫：可是南开大学有中国军队。

记者甲：南开大学是学府，怎么可能有军队？我今天早上正好在南开大学，并没有见到一个穿军装的人。

田中秀夫：南开大学的建筑很坚固，一旦中国军队利用了它们，将对我们大日本皇军造成极大的威胁。

记者乙：那么中国军队利用它了吗？

田中秀夫：如果我是中国司令官，我会这么做。

记者乙：这不过是你的个人臆测，是你们残忍轰炸一所学府的借口。

田中秀夫：我们并非空穴来风，南开大学一直是抗日基地，中国所有的大学都是抗日基地。

记者丙：所以，日本军队将要轰炸所有中国的大学？

田中秀夫：很抱歉，大日本帝国对于敌人，一向都不会心慈手软。所以，最好的做法，是不要与我们为敌。

天津街道　白天　外景

一辆汽车飞驰而过。

车上，林华珺拿着一张号外，只有几个大字"日军公开宣布轰炸南开大学"。

林华珺：他们今天就要轰炸南开，我们必须赶在轰炸前找到润青！

程嘉树把油门踩到底，朝着南开大学疾驰而去！

南开校园　白天　外景

林华珺和程嘉树跑进南开校园，见很多师生正将图书、仪器、行李往外运输。

林华珺拦住一个学生：请问你认识叶润青吗？

学生甲：不认识。

程嘉树又拉住一个学生：同学，你认识叶润青吗？

学生乙：认识啊。

林华珺：你知道她现在在哪儿吗？

学生乙：你去外文系找找吧。往前一直走到底右手边的三层小楼。

林华珺：谢谢！

她带着程嘉树赶紧往外文系的方向跑去。

木斋图书馆前　白天　外景

学生们正在图书馆前面唱着抗日救亡歌曲，叶润青手里拿着 8mm 摄影机，正记录着这一切。

叶润青的同学，白白胖胖、长得很喜兴的男同学唐晓华跑到叶润青跟前。

唐晓华献宝似地拿出一袋耳朵眼给叶润青：给。

叶润青：干吗？

唐晓华：以前每天都能给你买耳朵眼，今天天津乱，我跑了五条街才买到。

叶润青：我说糖墩儿，日本人都快把南开给炸了，你还跑五条街去买耳朵眼！

唐晓华依旧笑眯眯地：我不是怕你一天吃不到难受嘛。

叶润青：都什么时候了，谁还有心思吃这个。

唐晓华：那我就帮你留着，等你想吃的时候再吃。

突然，天空传来轰鸣，大家抬头一看，几架日机正在绕空盘旋！

有学生喊道：日本飞机！

唐晓华：润青，快跑！

程嘉树和林华珺正好穿过图书馆边上，飞机的声音和慌乱的人群喊叫声交织。

而程嘉树敏锐地捕捉到了"润青"两个字，循声找了过来。（而他不知道，林华珺继续前往外文系楼，两人分开）

唐晓华正拖着叶润青，想把她拽走。

程嘉树被混乱的人群挤得跌跌撞撞，但视线始终追随着叶润青的身影，他冲着叶润青的方向连续大喊了好几声：叶润青！

叶润青终于从飞机的轰鸣声和嘈杂的人声中辨听出了自己的名字，回头看了过来。

程嘉树总算跟她对视上了：你是叶润青吗？

叶润青：是啊。

程嘉树拉起她：跟我走。

叶润青警惕地挣开：你谁啊？

程嘉树：离开南开后我再跟你解释。

说着又要伸手去拖她。

叶润青：你干吗？

唐晓华把叶润青挡在了身后：你什么人，离润青远点。

程嘉树：你不认识我，总认识……

他回头找林华珺，林华珺已经不见了人影。

程嘉树朝刚才来的方向，在人群中搜寻半天，也没见到她，登时急了：林华珺！……林华珺！……

程嘉树转过头，只见一片混乱之中，叶润青却不慌不忙地还在用摄影机拍摄，而头顶，日机还在盘旋，随时可能投掷炸弹。

程嘉树迅速上前，一把抱起叶润青，扛在肩上就走。

叶润青：你干什么！（喊）糖墩儿！

唐晓华：你疯了！你放下润青！

他想去抢叶润青，但奈何程嘉树用身高优势，一只手就把他挡在身外，唐晓华也只好寸步不离地跟着他们。

叶润青尖叫：你放开我！

叶润青想挣脱却挣不开，只能一边拍打着程嘉树，一边任由他扛着离开。

南开校园门口　白天　外景

程嘉树扛着叶润青来到南开大学门外，他的车就停在这里，打开车门，程嘉树不客气地把叶润青扔进了车里。

叶润青：你要干什么！

程嘉树：闭嘴！

唐晓华：你是什么人？

程嘉树：你也给我闭嘴。

唐晓华看着程嘉树一脸怒气，不说话了。

程嘉树：就是因为你任性，害得林华珺不见了。

叶润青：林华珺？你说的是华珺姐？华珺姐来天津了？你是华珺姐什么人？

面对叶润青砸过来的一连串问题，程嘉树根本没有心情解释。

程嘉树：我现在要去找她，你给我老实待在车里，听见没？

叶润青：华珺姐不见了？我也去！

程嘉树：别给我添乱了行不行？！

他又指着唐晓华：还有你，你叫糖墩儿对吧！不想她被炸的话，就给我在这里好好看着她。

也不知道是不是慑于程嘉树的严肃，唐晓华竟然乖乖地点头。

南开校园　白天　外景

一片混乱之中，林华珺也在一边呼唤着程嘉树和叶润青的名字，一边焦急地寻找着他们。

程嘉树也在混乱中喊着林华珺的名字，到处寻找她。

29军前线　黄昏　外景

夜色之中，远处隐隐传来炮火声音，炮弹爆炸的火光在远处若隐若现。

战壕之中，毕保中和副官以及警卫员穿着皮靴的脚疾步走来，周边是恶战之后被炸毁的武器和废墟。

毕保中带领副官和警卫员急匆匆沿着战壕走向前线方向，眼前景象惨烈。

战壕已经被日军轰炸，硝烟弥漫，防护木板在燃烧，四处散落着损毁的武器。疲倦不堪的士兵蜷缩在坑道里休整，一言不发。

一阵嘶吼声传来——毕保中举目望去——一名士兵背着一名浑身鲜血的战士急匆匆跑来，嘶吼着，奔跑着，滑过毕保中眼前。

毕保中等三人继续前行。

一名腿部被炸伤的士兵，以步枪为拐杖，支撑起自己的身体，向毕保中敬礼——毕保中等三人还礼，继续匆匆前行。

两个战士抬着一名重伤员迅速跑来，跑向后方医院方向。

毕保中等三人继续走向前方战壕，眼前景象震撼——大批战士隐蔽在战壕之中，等待继续战斗。

一名士兵发现毕保中，想要给他敬礼却举不起来右臂，只好用左手敬礼。

一名士兵在沉默喝水，举起水壶，水壶已经空空，一个弹孔出现在水壶上。

三个战士正在狼吞虎咽最后的军用罐头。

一个左手已经失去行动能力的士兵（眼部包扎），一边用头夹着枪，一边用单手给自己的枪上着子弹。

毕保中带副官和警卫员继续走向前方——一阵哀鸣传来——一名士兵躺在战壕之中，因为大腿受伤，绝望地看着天空，听天由命——毕保中坐在一个弹药箱上，轻轻安慰着伤员，拿起一只水壶给伤员喂水。

一些士兵发现是毕保中来到战壕，逐渐围拢上来。

远处的炮火声音逐渐密集起来。

团长：师长！上方已经传令南撤保定！可我们一班将士如此撤退，我们咽不下这口气！是去是留，师长你发话吧！

毕保中：如果我们撤走，平津地区必定无险可守，日军必将长驱直入华北！如果撤退，丢失平津责任重大，无法向四万万国人交代！昨日一战，佟麟阁和赵登禹已经战死沙场！如今南苑危在旦夕！上方是有军令撤离，可我们撤了北平怎么办？我们走了谁保护北平的百姓！

毕保中摘下军帽，扔在一边：我是军人，服从命令是天职，但我更是个中国人！我要留在这里死守防线！今日一战，必将战死！是去是留，你们自己决定！愿意留下的，我带你们战死沙场！

毕保中捡起一支步枪，擦了擦枪上的灰尘，坐在了战壕角落。

众多士兵开始准备枪支，检查弹药。

一些伤员也奋力拿起枪支，准备战斗。

忽然传来炮弹爆炸声音，由远及近，日军展开了进攻。

一阵子弹密集打来，将战壕上方的掩体打出一些弹孔。

毕保中拿起武器向日军方向奋力还击，所有人进入了战斗状态。

所有战士和伤兵都开始迎战。

毕保中奋战，身边战士不断死去。

毕保中手里的步枪很快就打光了子弹，急忙寻找其他枪支——忽然一声枪响——毕保中右臂中弹。猛然一颗炮弹爆炸，气浪将毕保中掀翻在战壕里。

毕保中挣扎站起来，发现自己暂时失聪，周围忽然一片寂静。他四下观察——战士们在奋战，不断死去——远处的机枪手正在射击，忽然被日军远处射来的子弹击毙。

毕保中沿着战壕飞奔向机枪方向，身边枪声不断，炮弹爆炸。

毕保中终于跑到机枪旁边，抄起捷克轻机枪，向敌方还击，打光了所有弹夹里的子弹。

猛然一声枪响，毕保中的胸口中弹，子弹穿透身躯，紧接着一颗炮弹在他身边爆炸，气浪将毕保中吞没，毕保中阵亡。

南开大学校园　夜晚　外景

大多师生已经撤离，原本绕空的日机也不见了。

程嘉树还在寻找林华珺：林华珺！

迎面，却撞见了唐晓华和叶润青。

程嘉树恼火：不是让你们待在车里吗，过来干什么？

叶润青：我们一起找。这里我比你熟。

程嘉树：不行！我答应华珺要把你安全带回北平。

叶润青：你是华珺姐什么人？

程嘉树：恋人。

叶润青愣了一下，随即浮出一个嘲讽的笑容：追求者吧？林华珺的恋人是我哥，不自量力！

程嘉树：叶润名，他有这个福分吗？要不是为了华珺，就冲你那哥，我都懒得救你。

叶润青：谁让你救了？你是我哥的情敌，就是我的敌人。

程嘉树：你最好把我当敌人。林华珺是为了找你才不见的，你给我老实在校门外等着。

叶润青：你以为你是谁啊，我凭什么要听你的。

程嘉树不理她。

突然，头顶一阵轰炸机的嗡响，程嘉树抬头看了一眼，猛然明白了什么，条件反射地护着叶润青往后跑。

唐晓华：他们又来了！

叶润青：我看日本人也就是虚张声势！

也就在同时，日军开始炮击南开，炮弹落向了秀山堂。头顶的轰炸机扔下炸弹砸向了芝琴楼。

叶润青和唐晓华被惊得目瞪口呆。

初次经历这样的场面，程嘉树也震惊了。

好半天，他才缓过来：学校不能待了，快走！

他拖着叶润青、唐晓华向校外跑去，迎面，黄钰生[1]和几个师生却朝着相反的方向而去。

叶润青：黄先生，日军正在轰炸，危险！

黄钰生：你们还在这儿干什么，赶紧离开学校！

说完，黄钰生等人冲进了图书馆。

叶润青犹豫了一下，也转身跟了上去。

程嘉树拉住她：你干什么去？

叶润青：黄先生他们肯定是在抢救书籍，我是南开学子，这也是我的职责！

程嘉树：命重要还是书重要？

叶润青：我不知道，但我的老师们去了，我有义务跟他们共进退！

唐晓华：我也去！

程嘉树还想说什么，突然瞥见远处一个熟悉的身影，那是林华珺。

就是这一走神的功夫，叶润青已经挣脱了他，冲向了图书馆。唐晓华也跟了上去。

日军的轰炸机越来越多，密密麻麻的炸弹如天网一般，遮天蔽日地砸向南开校园的每一个角落。

林华珺显然也被这从未见过的可怕场面吓到了，条件反射地躲在一个石像后。

程嘉树想过去找她，却被炸弹阻拦，无法前进。

程嘉树大喊：林华珺！

失联一天，此时骤然重逢，林华珺难掩激动：程嘉树！

程嘉树：你待着别动，我过去找你！

林华珺：危险，你别过来！

程嘉树管不了那么多，大步向林华珺所在的地方冲了过去。

林华珺惊呆了。

突然，一颗炸弹在程嘉树前方炸响，程嘉树倒下了。

林华珺嘶喊：程嘉树！

顾不得轰炸，她也向程嘉树冲了过去，跑到程嘉树面前，发现他已然昏迷不醒。

林华珺惊慌失措地拍着他的脸：程嘉树！

1　黄钰生（1898—1990），教育家、图书馆学家。自南开中学毕业后，就读于清华学校，后赴美国留学。曾先后在南开大学、西南联大等高校任教，并担任西南联大湘黔滇旅行团的辅导团团长、西南联大师范学院院长等职，为联大的建设和正常运转付出很大心力，受到学生的广泛爱戴。

炸弹在两人身后不断落下炸响。林华珺拖着昏迷不醒的程嘉树往她刚刚躲藏的掩体方向走。

这时，程嘉树睁开眼睛，他只是被震昏了过去。

林华珺边拖拽边喊：程嘉树，你醒醒！

听到林华珺的哭喊，程嘉树的意识渐渐恢复。

程嘉树：林华珺……

话还没说完，一发炮弹在两人不远处炸响，猛烈的气浪将林华珺掀翻，倒在程嘉树身上。

程嘉树抱住她，一个转身，用自己的身体挡住飞溅的砂石尘土。

尘土落下，两人都成了泥人。

程嘉树：没事吧？

被程嘉树护在怀中，林华珺惊魂未定。

程嘉树拉起她，这才发现林华珺的脚扭伤了。程嘉树抱起她，终于成功逃到了掩体下。

程嘉树关切地查看林华珺的脚。

林华珺：扭到了，没关系。你没受伤吧？

程嘉树：我没事。

林华珺：你找到润青了吗？

程嘉树：找到了。她去图书馆了。

程嘉树看向不远处的图书馆。

木斋图书馆　夜晚　内景

图书馆内，黄钰生正带人收拾书籍，身后，叶润青和唐晓华也跟着一起忙活着。

一回头，黄钰生才注意到他们二人：你们怎么也跟来了？这里危险，赶紧出去！

叶润青：你们都不怕，我也不怕。

唐晓华：我也不怕。

黄钰生无奈地：你们整理好就赶紧先去地下室，下面还能躲炸弹。

叶润青点头。

黄钰生先运了一些图书往外走。

叶润青把手里的8mm摄影机打开，放在一旁的桌上，记录着这一切，她跟唐晓华一起收拾起来。

唐晓华招呼叶润青：润青，你快去书架三角区后面，要是炸弹落下来，还可以帮你挡一挡。

叶润青：那这些书怎么办？

唐晓华：我来整理。

叶润青犹豫，但被唐晓华推到了书架后面，唐晓华快速整理书。

突然，一枚炸弹从头顶落下……

叶润青大喊：小心！

刚喊出口，被轰烂的天花板碎石已经铺天盖地砸了下来，那一瞬间，唐晓华把整理好的书护在了身下……

南开校园　夜晚　外景

日军又是一阵炮击和轰炸，木斋图书馆上半部分已经全塌了，大火熊熊燃烧。

林华珺焦急，想冲过去。

程嘉树：你待在这里，我去。

林华珺：太危险了，我去。

她刚要迈步，脚却疼得无法落地。

程嘉树：别逞强了，乖乖待在这里，我保证把人给你带回来。

他毫不犹豫地冲向了图书馆。

林华珺感动，一瘸一拐地跟了过去。

这时，趁着轰炸的间隙，黄钰生正带人运着一批图书出来，炸弹再次投下，气浪顿时将人和书一起掀翻在地。

林华珺忍着脚伤冲过去，扶起黄钰生，和大家一起把书重新装好。

木斋图书馆　夜晚　内景

瓦砾之中，叶润青苏醒过来，她被压在书架下方。不远处，唐晓华和几个同学老师已经被埋在了数不清的瓦砾堆中。

叶润青的泪水夺眶而出。

悲伤过后，叶润青认清自己的处境，努力想推开书架，但无奈书架太沉，她根本推不动。

她无助地大喊：糖墩儿！

叶润青：黄先生！

无人应答。

叶润青终于忍不住抽噎着：我不想死……

眼看大火离自己越来越近，叶润青：哥……爸……妈……，我再也见不到你们了……

不远处，被炸弹震倒在一边的摄影机还在工作着，默默地记录下了这一幕。

就在这时，压在她身上的沉重书架被人推开了一条缝，一只大手从缝外伸向了她。

叶润青连忙拉住了那只手，对方一个使劲，把她拽了出去。

救她的人，正是程嘉树。

这一刻，叶润青终于忍不住，扑进了程嘉树怀里，紧紧地抱住了他。

程嘉树：别怕，有我在。糖墩儿呢？

叶润青看着糖墩儿的尸体，号啕痛哭，程嘉树过去一看，糖墩儿已经没有了呼吸，怀里还护着耳朵眼和一本明代的刻本——意大利文的《马可·波罗游记》。

叶润青悲从中来：糖墩儿！

头顶上嘎嘎作响，程嘉树：快走！这里很快要塌了！

他拿起那本《马可·波罗游记》和 8mm 摄影机，护着叶润青，穿越熊熊大火，往外冲去。房顶再次坍塌。

南开校园　夜晚　外景

林华珺跟着黄钰生他们一起把书运到安全区。

前方，木斋图书馆上方，轰炸越来越密集，整个图书馆已经笼罩在一片火海之中。所有人万分担忧，心如火烤。

此时，图书馆门口，火海之中，两个人影出现了——正是程嘉树和叶润青。

林华珺的泪水夺眶而出。一瞬间，所有的担心，都变为释然。

程嘉树把叶润青带到林华珺面前。

叶润青痛哭着：华珺姐……黄先生……糖墩儿死了……他就死在我的面前……

林华珺紧紧地抱住痛哭的叶润青。

所有人的眼泪也止不住了。

程嘉树把手里的《马可·波罗游记》递给了黄钰生。

黄钰生和几个师生死里逃生，抱着仅存的一些书籍痛哭。

黄钰生：木斋图书馆没了……南开没了……

看着沉浸在悲痛中的众人，程嘉树打量着眼前的南开——

镜头放慢，轰炸还在持续：

炮火中，李秀山的铜像轰然倒下……

木斋图书馆的塔顶陷落……

硝烟中，无辜的师生们抱头奔逃着，不时有人倒下……

宏伟的校门，被炸弹豁断……

湖边，一树紫薇被炸，鲜红的紫薇花在炮火中漫天飞舞……

原本美丽的校园瞬息之间已是千疮百孔，程嘉树胸中一股热流激荡，一把拿过叶润青的摄影机，站起身，开始拍摄……

他把镜头对准每个角落，把眼前的一幕幕全部记录下来……

郊外　早晨　外景

战地服务团的学生们撤到郊外。

叶润名正向几个同做护士的女生打听：你们看见林华珺了吗？

女生摇摇头。

有个女学生：叶学长，她昨天去天津了。

叶润名：去天津？

女学生：说是天津要沦陷了，她去南开帮你把妹妹带回来。

叶润名顿时心急如焚：她一个人去的？

女学生：那个叫嘉树的男生跟他一起去的。

叶润名反而放心了一点。

这时，一辆军卡停在了他们面前，车门打开，毕云峰跳了下来，他身上多处负伤，缠着纱布绷带。

毕云霄立刻上前：爸呢？

毕云峰哽咽着：他和 37 师三千弟兄，与南苑共存亡了。

毕云霄一震，险些没站住。

叶润名扶住他。

缓了一下，毕云霄四下寻找，从毕云峰腰间抽出一把军刀就要往战场的方向冲。

毕云峰赶紧拦住了他：云霄，你干什么！

毕云霄悲愤：我要跟他们拼了！……跟他们拼了！

纵是毕云峰如此强壮，却也拦不住他，叶润名和几个军人、学生一起过去，才压住了毕云霄。

毕云霄用尽全身力气挣扎着，他的脸被地面蹭出了血，却还是努力挣扎，直到耗尽了全身力气，嘴里还在嘶喊着：跟他们拼了！……

在场所有人都忍不住落泪。

毕云霄终于没有了力气，趴在地上，脸上分不清楚是血还是泪，已经将地面打湿，毕云峰跪在地上，抱着弟弟，泪水无声。

悲痛弥漫。

毕云峰和战士们准备离开，同学们送别，毕云霄也在人群中，一双血红的眼睛望着战场的方向。

毕云峰拿起毕云霄的手，把一块手表戴在他的手腕上，毕云霄一看，正是父亲想送给他，却被他拒绝的生日礼物。

叶润名走过来：毕连长，你们去哪儿？

毕云峰指了指不远处，那里，是刚从战场上撤下来的伤痕累累、疲惫不堪的 29 军余部。

毕云峰：我们有命令，要撤了。

叶润名：撤去哪里？

毕云峰：津浦线，一路往南。

祝修远：你们走了，北平怎么办？

毕云峰满面惭愧，无法回答。

李丞林：北平不能丢！

毕云峰突然眼眶湿润，抬手向学生们敬了一个标准的军礼，所有的 29 军余部全部抬手，向学生们和北平的方向，敬着标准的军礼。

军卡载着学生们，从将士们中间穿过，渐渐远去。

毕云霄呆呆地看着哥哥，毕云峰的眼泪泫然而下。

军卡上　早晨　外景

叶润名坐在毕云霄对面，他看着毕云霄，但毕云霄视线不知道看在哪里，表情木然。

车上　白天　内景

程嘉树开着车。

林华珺和叶润青沉默着。

三个人的心中除了悲愤，还有茫然，不知何去何从。

程嘉树突然一个急刹车。

三人向车外望去，前方已到朝阳门门口，他们愕然发现，原本的守军，已经换成了日军，城楼上飘着刺眼的太阳旗……

（字幕：1937 年 7 月 29 日　北平沦陷）

朝阳门大街到东四牌楼　白天　外景

程嘉树开车缓缓地驶过朝阳门大街，路线和他当时骑摩托车走过的是一样的，却已物是人非。

听不到叫卖声，店铺基本上都关着，有零星开张的店铺，居然已经挂起了日本旗。

行人也稀少，偶尔看见的都是带着轻装行李出去避难的。

街道零星散落着一些原来用于巷战的工事和沙包残留。

程嘉树、林华珺、叶润青一路默默地看着。

朝阳门大街　白天　外景

车路过一个巡警岗亭，只见岗亭里外躺着两具尸体，分别身着巡警的衣服，是被枪杀的。

路边是原来卖果子干的红脸小贩，程嘉树还记得他清脆的吆喝声，只见他浑身是血，被绑在边上的电线杆子上，那两只铜冰盏散落在边上。林华珺看到当时她贴着的抗日标语还有依稀的字样。

三人眼中的惊恐和悲愤到达了顶点。

空　镜

庐山，乌云蔽日。

（字幕：庐山）

张伯苓住处　白天　内景 / 外景

一个工作人员正在汇报：此次轰炸，木斋图书馆、秀山堂、芝琴楼、宿舍区均被炸毁，图书和资料损失殆尽，相邻的南开中学、南开女中、南开小学均无幸免。轰炸结束后，日军在校园内继续投弹、纵火，南开，已经化为一片废墟。

梅贻琦和蒋梦麟坐在沙发上，时刻关注着张伯苓的反应。

张伯苓一直面无表情，等工作人员汇报完毕后，他从沙发上站起，想迈步，却突然步履不稳。

梅贻琦和蒋梦麟赶紧上去扶——

"老师！"

"伯苓兄！"

张伯苓摆手示意自己尚能坚持，蒋梦麟和梅贻琦看着张伯苓颤颤巍巍地又跌坐回了沙发，半晌无语。

张伯苓强忍悲痛，缓缓开口：甲午战败后，我在"通济"轮的甲板上，目睹威海卫两天之内国帜三易，取下太阳旗，挂上黄龙旗，复又取下黄龙旗，挂上米字旗，当时说不出的悲愤交集，深觉我国欲在现代世界求生存，需靠新式教育，造就一代新人。幸得范孙先生（严修）[1] 知遇之恩，联手创办私塾，后改为新式中学。

1　严范孙（1860—1929），名修，字范孙，号梦扶，直隶天津（今天津）人。是中国近代著名教育家、学者，与华世奎、赵元礼、孟广慧并称近代天津四大书法家。也是革新封建教育、推进教育现代化的先驱。后来与张伯苓一起创办了南开系列学校，1919 年又创办了南开大学，被称为"南开校父"。

梅贻琦和蒋梦麟专注聆听。

张伯苓：四十一岁，我决心到美国读书，研究教育，很多人劝我，你已功成名就，干吗去和那些洋孩子同堂念书，甚至还说，这个脸你丢得起，我们丢不起，但我还是去了。过去的耻辱告诉我，能振作民心的唯有教育；而普通教育仅为国民教育之初步，高等学校乃国家发展之根本大计。回国后我便创设了南开大学、女中、小学，……今天，这些心血……

张伯苓强忍悲痛，看向梅贻琦和蒋梦麟。

张伯苓：月涵，兆贤兄，你们请先回吧，我想自己待一会儿。

在场的人默契地离开了房间。

门刚带上，房间里便传来了张伯苓悲怆到难以自制的哭声。梅贻琦和蒋梦麟相视，不胜唏嘘。

清华大学图书馆　白天　内景

号外上，刺眼的标题赫然在目——"日军野蛮轰炸　南开已成废墟"。

叶润名握着报纸的手颤抖着。

身后，李丞林等学生群情激愤。

"如此野蛮嚣张，简直无异于屠夫！"

"必须严厉声讨！"

把报纸一放，叶润名就匆匆往外跑去。

方悦容看到这一幕，赶紧上前拉住他：润名，你去哪儿？

叶润名：我妹妹在天津，我要去找她！

就在这时，"哥！"叶润青的声音响起。

"润青！"听到妹妹的声音，叶润名回头一看，叶润青、林华珺、程嘉树三人出现在图书馆门口。

叶润青已经飞奔过来，扑进叶润名怀中：哥！

话音未落，她已经泣不成声：我以为再也见不到你了！

叶润名拍着她的背：回来就好……回来就好……

众人看到这对兄妹重逢，皆感欣慰。

林华珺：多亏了程嘉树，我才能把润青带回来。

叶润名起身，走到程嘉树面前：程嘉树，谢谢你。

程嘉树：不用谢。

李丞林：润青，南开的情况，真如报纸所说吗？

叶润青的眼眶再次泛红，哽咽着说不出话来。

林华珺：从昨晚开始，日军不间断地对南开狂轰滥炸，他们专炸教学楼、图书馆、宿舍楼，根本不管里面有没有人。

叶润青：我的同学糖墩儿被他们炸死了……

程嘉树：死伤的师生，又岂止糖墩儿一人。

林华珺：炮击和轰炸结束后，他们唯恐炸得不彻底，又派了很多辆满载稻草和煤油的坦克和卡车，在学校里到处纵火……

程嘉树：我们走的时候，校园已是遍地火海，烟云蔽天。南开，已经没了。

说到最后，程嘉树的声音也哽咽了。

方悦容、叶润名、李丞林，以及图书馆里的所有学生，听到这里，无不悲痛落泪。

许久，方悦容才缓缓开口：日军公然违反日内瓦公约，轰炸南开。北平已经沦陷，清华、北大又能立足几日。

所有的师生，都陷入对命运的迷惘、担忧之中……

清华大学宿舍　白天　内景

毕云霄一个人坐在床边，呆呆地看着父亲留给他的那块手表。

程嘉树缓缓走到他身边，轻轻坐了下来。

毕云霄拿着手表：我二十岁的生日礼物，我从来没想到，父亲还会记得我的生日。

程嘉树：云霄……

毕云霄：他送我礼物那天，我不但没有收，还跟他大吵了一架。嘉树，如果我当时收下礼物，不跟他吵架，他会不会走得开心一些？

程嘉树无言安慰。

毕云霄：我们家世代从军，到了我这里，父亲却非要让我读书，他说读书可以"为天地立心，为生民立命，为往圣继绝学，为万世开太平"。无论我怎么跟他吵，他就是不让我参军。我只能看着他和29军的将士浴血牺牲，却什么也做不了！我多希望我是个军人，这样我就能跟他们一起上阵厮杀，我多希望我能挡下那些射向他的枪子！

毕云霄终于痛哭出声。

程嘉树也止不住眼泪了。

毕云霄哭诉着：嘉树，你告诉我，我们有不怕死的军人，为什么还会输得这么惨？是因为政府没有第一时间采取措施，给了日军调兵的时间吗？……嘉树，你告诉我，我们到底输在哪里啊？

毕云霄的情绪激动，放声大哭，这段时间憋在心里的情绪终于倾泻而出。

程嘉树不知所措，他只能揽住好兄弟，无声地安慰着他。

对于毕云霄的问题，他心里同样充满迷惘。

清华教务处　白天　内景

冯友兰、叶企孙、陈岱孙、吴有训、方悦容等教职人员聚在教务处，气氛凝重。

冯友兰：梅校长尚未回来，我们必须马上采取措施，我知道，很多人已经走了，或者正打算走，想走的，我们理解，任凭自由；愿意留下的，就跟我冯友兰一起留守清华，保护我们的学校。

某教授甲小声议论：我等升斗小民，赤手空拳，如何和虎狼抗争？

某几个教授附和。

某教授乙：冯先生，家中还有些事，我们先告辞了。

沉默中，有一些人默默离开了。

冯友兰、方悦容、叶企孙、陈岱孙、吴有训选择了留下。

冯友兰：感谢各位同仁，我不知道清华的命运如何，但只要我们在清华一天，便会护校一天。

北大教务处　白天　内景

孟森、汤用彤、罗常培等教职人员同样在开会。

罗常培：蒋校长和胡院长都在庐山，只剩秘书长毅生，可他夫人新丧，估计也无心操持，下一步怎么办？

汤用彤：能躲的都躲了，都不用等到日本人来轰炸，北大的人心已然散了。

"躲也是人之常情。"郑天挺和裴远之进来了。

罗常培：毅生？

郑天挺：北平沦陷，人人自危，我们无权评价别人的决定。北大的事务就暂时交给我吧。

罗常培：可是你家里还有年幼的子女，脱不开身吧？

郑天挺：活总得有人干。书生之力，不能跟日本人的钢枪利炮抗衡，为北大和诸位同仁、同学干点活，总归还是有能力的。

裴远之：我协助您。

郑天挺欣慰地点点头：远之，感谢你。（对其他人）愿意留下帮忙的，我感激不尽，想走却没有路费的，可以来向我申请。

被他的朴实打动，刚才灰心丧气的大家，又看到了一丝曙光。

林家院子　黄昏　外景

林母打开院门，林华珺出现在眼前，衣衫和脸上、身上都是脏的。

林母关切地：你这是怎么了？出什么事了？

林母看到还有一个男孩和女孩，女孩也是灰头土脸的。

林母疑惑地：这二位是？

叶润名上前，彬彬有礼：伯母您好，我是叶润名。这是我妹妹润青。

林母堆起笑容：哎呀，叶少爷啊！你好你好。早就让小珺请你来家里吃饭……小珺，你这孩子也真是的，叶少爷和叶小姐来了也不提前通知一声……

林华珺感到尴尬：妈，我们进屋说吧。

林母：对对对，光顾着说话了，快请进！

林家堂屋　黄昏　内景

林华珺拿了一条毛巾递给叶润青：先擦把脸。

林母殷勤地忙着给他们倒水：叶少爷，叶小姐，喝水。

叶润名：伯母，您叫我润名，叫我妹妹润青就好。

林母对叶润名很是满意：好好，润名！润青！这样叫着亲切！

林华珺想支开她：妈，我们都饿了。

林母：瞧我这脑子！我这就去准备。润名，你是武汉人，喜欢吃辣的，我没记错吧。

叶润名：谢谢伯母惦念。

林母：一家人客气什么，应该的。

林华珺瞪了她一眼：妈。

林母这才依依不舍地进了厨房。

林华珺：润青，你这几天就待在我家，跟我一起住。

叶润名点了点头：就拜托你了。

叶润青：哥！北平也沦陷了，对吗？

叶润名心疼地搂过妹妹的肩膀。

三人怅然不语。

程家堂屋　黄昏　内景

程道襄躺在躺椅上，程嘉文伺候他吃了药。

程嘉文：爸，周医生说了，高血压在于养心，您要保持心情愉悦。

程道襄：日本人都堂而皇之进了我们家门，我心情怎么愉悦得起来！

他努力调整了一下：你去厂子里走一趟，暂时把厂子关了，给大家先发一个月的工钱，……后面的事后面再议。

程嘉文：是。

他刚走到门口，张淑慎把他拉过去，红着眼眶：嘉树到现在都没回来，你再想想办法吧，我真怕他有个三长两短。

程嘉文：妈，您别担心，我正在托朋友找他。

正在这时，外面传来双喜的声音：二少爷！您可回来了！

张淑慎和程嘉文快步向外走去，程道襄也不自主地挺起了身板。

程嘉树已经掀开帘子进来：爸、妈、哥！

张淑慎一把抓住儿子，上下看着：怎么弄成这副样子？我看看有没有受伤。

程嘉树强颜欢笑：妈，我没事。

张淑慎眼泪哗啦下来了：你这浑小子，怎么就这么不让人省心！哪儿下刀子你往哪儿跑！你这是要存心气死我跟你爸啊？你爸高血压都犯了。

程嘉树几步走到程道襄身前：爸，您没事吧？

程道襄挥了挥手：吃了药，不打紧。也不全是你的事。

程嘉树内疚地：对不起……

张淑慎看到儿子的样子，也不忍继续责备了：饿了吧？快去洗把脸，饭菜都给你备着呢，周妈，快热饭。

说着，两人已经迅速忙活了起来。

程嘉文注意到，程嘉树跟以往完全不一样了，随便擦了一把脸后，便沉默地坐在饭桌旁，一言不发。

不一会儿，张淑慎和周妈已经热好了一桌饭菜。

张淑慎给他夹了很多菜：这两天肯定没好好吃饭，快吃。

程嘉树魂不守舍地往嘴里扒拉着饭菜，吃着吃着，他突然悲从中来。

张淑慎：树儿，怎么了？

程嘉树抑制不住自己的情绪，从南开到北平，他忍了很久，终于放声大哭。

张淑慎：树儿，到底发生什么事了？

程嘉树却口不能言，只是放肆地哭着。程嘉文想安抚，程道襄示意他不要，他起身过来，默默地坐在了小儿子对面。

哭了好一会儿，程嘉树的情绪终于稍稍平复。

程嘉树：这两天我看到了太多太多以前无法想象的画面，我看到日军居然在我们的国土上公然开新闻发布会，声称要炸我们的学校，而且他们还真的就炸了！一个跟我同龄的男同学，几分钟前还在我面前活蹦乱跳的，转眼就死在了日本人的炮火中！……一座那么美丽的校园，顷刻间化为人间地狱。还有街上，前几天还卖给我果子干的小贩被日军绑在电线杆上示众……

张淑慎、双喜等人被这些惊得瞪大了眼睛。

程嘉树吼了出来：我们的国家什么时候沦落到任凭他人践踏的境地？！

程道襄注视着满眼泪水的程嘉树：树儿，你这趟天津倒是去得值了。

程嘉树看向父亲，不太明白父亲的意思。

张淑慎：老爷子，你这是什么意思？

程道襄：一趟天津，让他找到自己的根了。

程嘉树明白了父亲的意思。

程道襄：无论你在美国待多少年，树儿，你要永远记住，你是中国人。国家的荣辱，同胞的尊严，都与你息息相关。

程嘉树重重点头。

张淑慎：可是我们小老百姓又能做什么呢？还是保命要紧，嘉文，你想办法赶紧弄几张去美国的船票。

程嘉文有些发愣。

张淑慎：树儿也别读清华北大了，继续回美国念书。嘉文和悦容也一起去。

程嘉文：我和悦容也去？

张淑慎：对，都去！日本人对南开都能下手，你在政府任职，悦容在清华，早晚要招上他们，还是早点去美国安全。

程道襄：你母亲说得在理，人为刀俎、我为鱼肉，你们没必要留下任人宰割。

程嘉文：那您跟我妈呢？

程道襄：我们老了，这里是我们的根，树叶会散，但树根是扎在土里的，我们留下，就是让日本人看清楚了，北平是谁的家。

头一次，程嘉树被父亲触动。

林华珺卧室　夜晚　内景

床上，叶润青用毯子盖着头，面对着墙壁，呆坐着。

林华珺：润青，怎么还不睡？

叶润青：华珺姐，我睡不着。耳朵里都是轰炸声，只要闭上眼，就能看到糖墩儿笑着把买来的耳朵眼拿给我，可我连一口都没吃……他直到死，都把那包耳朵眼小心地护在身子下面。

她泣不成声。林华珺只能拍着她的背抚慰着。

北大校园　夜晚　外景

裴远之睡不着，在校园散步。迎面，碰上了叶润名。

叶润名：裴先生。

裴远之：润名？你怎么来了？

叶润名：我睡不着，想找您聊聊。

裴远之似乎明白了，也不多问，等叶润名说。

这时不远处传来声响，两人看过去，只见有教授正拖家带口，拎着行李。

裴远之认了出来，喊了一声：冯教授……

冯教授朝他们尴尬笑笑，转身离开。

叶润名：又一个出逃的教授！

裴远之：算了，人各有志。

叶润名：日本人还没来轰炸，我们却已经支离破碎了。

一时，两人心间都弥漫着浓浓的悲凉。

叶润名：裴先生，我不明白，我亲眼看到 29 军的将士有多不怕死，可是为什么在日军的炮火下却那么不堪一击；北平城如此固若金汤，前几天满大街还一幅遛鸟下棋的太平景象，怎么一夜之间就沦陷了？ 南开被炸为平地，清华园里不断有教授连夜出逃，同学们很多也举家逃离了！ 我们组织学联，做了那么多宣传，却没能改变任何结果。如今，北平沦陷，我们以后的路该怎么走？ 我从未像现在这么迷茫。

裴远之：润名，我跟你一样震惊，震惊于你所震惊和迷惑的一切。我们组织学联做宣传，虽然没能改变北平沦陷的结果，但绝不是没有任何意义。我也在想，我们所做的一切意义究竟在哪里？ 我们不断埋下希望的火种，也许，它就在至暗时刻迸发，燃起熊熊大火。至暗时刻，也意味着光明将至。

叶润名的悲观缓解了一些，思索着裴远之的话。

裴远之：我记得"一二·九"学生运动刚认识你的时候，你那么热情、激进，就像是一团熊熊燃烧的火焰。国家危亡，所有人悲观绝望之时，更需要有人点燃希望。

叶润名：裴先生，我懂了，也知道该怎么做了。

裴远之：我也是在自勉。

两人看着对方，目光充满勉励。

空　镜

清华校园，晨光熹微。

宿舍　早晨　内景

李丞林匆匆跑进来：叶学长！

叶润名迷迷糊糊起来：怎么了？

李丞林：三个日本兵闯进我们图书馆了。

毕云霄整宿没睡，闻此讯息，噌地从床上坐起。抄起宿舍的棒球棍，一声不响就往外走。

叶润名见状，赶紧披上衣服，一边喊着"云霄"，一边追了出去。

城墙改屋顶　夜晚　外景

林华珺领着叶润青来到一处屋顶，叶润青有些茫然：华珺姐，你带我来这儿干吗？

林华珺：一会儿就知道了。

两人登上屋顶，只见前方有一个人正在摆弄一架天文望远镜。

林华珺：程嘉树。

程嘉树转头看向林华珺和叶润青：你们来了。

叶润青好奇地看看程嘉树，又看看他的望远镜。

程嘉树：小时候我奶奶说，她死了以后就变成天上最亮的星星，我想她的时候看星星就认出她了，我相信了很多年，后来接触了天体物理学，知道她在哄我，可我还是相信她。你们看到那颗星星了吗？

他指着天空中最亮的那颗星。

林华珺：哪颗？

程嘉树：最亮的那颗。它叫天狼星，从那以后，我就把它当成我奶奶。

叶润青似乎有了兴趣，她走到望远镜前，认真地看了好一会儿，指着一颗星星问程嘉树：那颗叫什么名字？

程嘉树：它叫范马南星，是荷兰天文学家范马南发现的一颗白矮星。

林华珺：什么是白矮星？

程嘉树：白矮星是一种低光度、高密度、高温度的恒星，因为它是白色的，体积比较矮小，所以被命名白矮星。

林华珺：它就像糖墩儿一样，虽然不引人注目，却很有温度，一直默默地关心着同学。

提到糖墩儿，叶润青红了眼眶，她抬头出神地望着那颗星星。

程嘉树从旁边拿出一个小盘子，盘里装着的是几块耳朵眼。

程嘉树：叶润青，我想，糖墩儿最希望看到的，应该是你吃下你最爱吃的耳朵眼。

叶润青接过那盘耳朵眼。

闪回——

糖墩儿拿着耳朵眼，笑嘻嘻地对她说：我跑了五条街才买到。润青，你快吃吧。

接回现实——

叶润青的眼泪滑落，拿起耳朵眼，认认真真地一口口吃下。

糖墩儿憨厚地看着她，笑得是那么纯真和满足。

叶润青和着眼泪，一口一口，把所有的耳朵眼都吃完了。

程嘉树和林华珺对视一眼，颇感欣慰。

夜空，星星闪烁。

三人并肩坐着。

叶润青的情绪也缓和了不少，她转头看向程嘉树，真诚地道谢：程嘉树，谢谢你。

程嘉树：突然对我这么好声好气，我倒不习惯了。

叶润青不禁笑了，虽然很短暂，但却是她这几天来第一次有笑容。

叶润青：华珺姐，也谢谢你。

林华珺微微一笑，抬头看向夜空：愿逝者安息。

叶润青：南开没了，往后会怎样，我还能上学吗？

林华珺：只要北大和清华还在，我们就还有学校，还能上学。

叶润青：北平沦陷了，清华和北大在日军手上还能幸免于难吗？

林华珺也沉默了。

程嘉树：总有办法的。我不是在安慰你们，当黄钰生先生带着师生顶着炮火去图书馆抢书的时候，我就坚信这一点。

林华珺：你呢？继续回美国读书吗？

程嘉树顿住了，他想了很久，回答道：我也不知道。

三人再次沉默了，各自思考着未来的道路。

清华图书馆　早晨　内景

一个宪兵拿着相机，通过拍照记录下图书馆的陈设。

宪兵队长拿着一张单子在做记录。

毕云霄冲进图书馆，上前要抢走他们手中的相机。

毕云霄：你们干什么！滚出去！

毕云霄举着棒球棍，两名日本宪兵迅速拔枪，枪口对准了毕云霄。

叶润名、李丞林带着一群学生赶来。

叶润名用日语：住手！

叶润名一把拉住冲动的毕云霄：云霄！冷静点！

毕云霄激愤：我跟他们拼了！

宪兵队长见状，走过来按住一名宪兵：放下枪！（日语）

两名日本兵放下了枪。叶润名也按下了毕云霄手中的棒球棍。

叶润名（日语）：这是我们清华校园，你们有什么权利来这里？

宪兵队长（日语）：大家都别激动，这么好的图书馆，我们不过想参观一下。

这时，图书馆门口传来了方悦容的声音：这里不欢迎你们。

方悦容：我是清华图书馆的管理员，你们无权进入，请离开。

同学们似乎受到了鼓舞，纷纷冲日本宪兵喊道"这里不欢迎你们"，尤以毕云霄最为激动。

叶润名用日语：请你们离开！

日本宪兵队长环视一周，见方悦容眼神坚毅，学生们毫不害怕和退让，他向两名宪兵下达了离开的命令。

宪兵队长冷笑道（不流利的汉语）：同学们，我们后会有期。

在同学们的目光中，三名日本兵离开。

大家聚拢到方悦容身边，议论纷纷。

"方老师，他们这是要做什么？"

"还能做什么，在记录咱们图书馆都有哪些东西！"

"他们敢对南开下手，就不会放过清华北大。"

方悦容：同学们，我看日本人很可能还会再来，我们必须尽快转移图书。现在是暑假期间，学校人少，你们马上分头召集人手。

程家门口连院子　白天　外景

叩门声。

双喜开门，一看是赵大爷（下棋耍赖的那位）：赵大爷。

赵大爷手里拿着一块白布，还有一些通行证，也不理会双喜，径自往里走，边进边喊：程老爷子在吗？

程嘉树从堂屋里出来：赵大爷！

赵大爷皮笑肉不笑地：哟！二公子。

程嘉树：您无事不登三宝殿，什么事啊？

赵大爷瞅瞅堂屋里头，笑笑，清了清嗓子：这个表回头让你爸填一下，你们家拢共几口人，都干什么的，填仔细了。这是日本人发的出入证。

程嘉树：什么证？

赵大爷：进出城的通行许可证。回头把照片贴上，到维持会来，我给你们盖个戳。

程嘉树没好气：我们在自己家走来走去，为什么要他们许可？笑话！

赵大爷提高嗓门：二公子，现在是人家说了算，你不要的话，就出不去也进不来。

赵大爷又把白布递给他。

程嘉树：这又是什么？

赵大爷：回头找点颜料，中间画个实心的红圈。

程嘉树接过白布，冷笑一声：这玩意儿挺好，我家正好缺块抹布。

赵大爷：哟，那可使不得，弄不好落下个反日的罪名。

程嘉树冷冷地把表格和白布扔在地上。

赵大爷：行，该说的我已经说了，你们自己看着办吧。

赵大爷离开。

程嘉树也转身往里走，这时，身后传来叶润名的声音。

叶润名：程嘉树。

程嘉树停步回头，只见叶润名、林华珺、叶润青三人走了过来。

叶润名捡起地上的表格和白布。

程嘉树：你干什么？

林华珺：姓赵的也给我家送了。

叶润青：拿着吧，我哥说，没有通行证连城都出不了。

看到三人脸上的无奈，程嘉树不情愿地从叶润名手里接过表格和白布：你们这是要去哪儿？

林华珺：日本人去清华图书馆拍照做记录，不知道会不会有下一步的行动，我们去搬书。

程嘉树：算我一个！等会儿，我去开车。

清华图书馆　白天　内景

四人刚来到图书馆，毕云霄等学生正在帮忙整理书籍。

毕云霄看向程嘉树：你也来了。

程嘉树：虽然联考取消了，但我还是考生，当然得来！

话音未落，裴远之也带着一些学生过来。

叶润名、林华珺同时：裴先生！

裴远之：听说日本人进了清华，我带着北大的学生急忙赶过来了，没耽误吧？

方悦容闻声过来：没有，谢谢。

她向裴远之伸出手：清华图书管理员方悦容。

裴远之：北大助教裴远之。

方悦容：北大怎么样？

裴远之：日军还没进城，暂时还算安稳。

方悦容：时间紧急，客气话就不多说了，我们干活吧。

裴远之：方老师，你对图书馆的库存最清楚，以防万一，我建议先把最珍贵的孤本典籍整理好运出去。

方悦容点头：我也是这么想的，林华珺、程嘉树，你们几个跟我来。

大家快马加鞭地搬卸孤本。

清华园门口　白天　外景

裴远之、方悦容几人押着两辆装满书的板车，准备出校园。

没想到，大门口几个日本宪兵迎面过来，双方正好遭遇。

宪兵队长（日语）：车上装的什么？

裴远之（用日语）：我们的私人物品。

宪兵队长掀开车上的盖布，看到里面满满当当的书，他也不说话，只是对手下的宪兵下达命令：（日语）扣下。

两个宪兵推开车夫，准备抢夺推车。

叶润名、毕云霄、程嘉树拦了上去，挡住了他们。

方悦容：这些书是我们的私人物品，你凭什么扣下？

宪兵队长（日语）：这些书都是清华的校产，现在由大日本帝国看管它们，各位不用担心。

叶润名（日语）：清华校产，怎么就成你们日本人的了？我们在自己的校园，搬运自己的书，不需要你的许可。

宪兵队长（日语）：那你们就试试看。

宪兵们立起枪，拦在了门口。

毕云霄：试试看就试试看！

学生们一起上前，挡在了宪兵的枪口前。程嘉树也站到了学生当中，和大家一样，做好了冲突准备。

气氛一点即燃。

就在这时，一辆日本军用吉普开了过来，停在了学校门口，车门打开，松田雄一下车，此时的他，已是一身日本军装。

宪兵们赶紧毕恭毕敬地（日语）：中佐！

松田雄一（日语）：哟，这不是北大的裴助教嘛，怎么也在清华？

裴远之（用日语）：我站在自己国家的土地上，有什么问题吗？

松田雄一笑，并不计较，随后对宪兵队长（日语）：这里是中国最高等的学府，怎么可以对师生如此无礼？对待精英人才，我们向来都是礼遇有加，绝不能失了风度。他们也只是运这些私人物品嘛，放行。

宪兵队长赶紧站直（日语）：是！

松田雄一对方悦容：请。

方悦容看了他一眼，确定后，示意车夫拉着车出门。

松田雄一用一口流利的汉语：请问，你们学校的主事人是哪位？

"是我。"人群后，冯友兰已闻讯赶来。

松田雄一微笑着：冯友兰教授，我们谈谈？

清华大学教务处　白天　内景

冯友兰：你想谈什么？

松田雄一：我们日本政府，包括我本人，对教育业向来都是支持并保护的，打打杀杀的事，不适合发生在校园里。只要冯教授肯劝导清华的师生们摆正心态，照常开学、上课，那么一切都恢复正常。

冯友兰：照常开学、上课？怎么个照法？

松田雄一：一切课程都跟以前一样，只不过多了一点小小的要求。

冯友兰：什么要求？

松田雄一：教材、读物全部换为日语、汉语两种语言。

冯友兰：文学院有专门的日语系，系里所用教材、读物如你要求。

松田雄一：呵呵，跟冯教授说话，用词得准确且小心。我指的是学校的全部教材，而且日语是全校师生的必修课。

冯友兰：那恐怕会令你失望了，冯某和不少同仁教授的东西多是自己的经验之论，鲜有笔记教材，且我向来懒惰，不好学习，尤其是语言方面。

松田雄一：冯教授的确巧舌能辩，我就不跟你绕弯子了。你如果口头能答应我的条件，我保证，以后清华园的安全都由日本皇军来负责。

冯友兰：看来松田先生有空可以来我们哲学系听一堂课——逻辑学。

松田雄一疑惑：此话怎讲？

冯友兰：南开大学被轰炸的硝烟尚未散尽，我们清华的安全由你们日本军队负责这句话，恐怕你自己也不会信吧。

松田雄一依旧笑面相迎：我们为什么轰炸南开，相信冯教授也很清楚。清华跟南开是不一样的，水木清华、钟灵毓秀，我衷心地希望，像清华这样名师汇聚、人才济济的美丽学府，能够像往日一样，继续桃李春风。

冯友兰：子曰："人而不仁，如礼何？人而不仁，如乐何？[1]"不知你明白我的意思吗？

1　出自《论语·八佾》

松田雄一依旧不恼：那这样，只要冯教授肯做说客，任何要求，我们都可以满足你。

冯友兰：我只有一个要求。

松田雄一：什么要求？

冯友兰：请你离开我的校园。

松田雄一的表情僵了片刻，但很快又挤出了笑容：我今日前来，并非跟冯教授商量，而是知会，中国有句古话我很喜欢，敬酒不吃吃罚酒，先生恐怕也不想看到如此美丽的清华园，重蹈南开之覆辙吧。

冯友兰：如果我答应了你，是能保护清华校园，但清华的精神却会毁灭，清华之所以存在，不是因为这片校园，而是因为这股精神。

松田雄一的笑容终于凝固了，起身愤然离开。

清华园　夜晚　外景

冯友兰拎着水桶，正在认真地浇树。

吴有训过来。

（字幕：清华大学教授　吴有训）

吴有训：芝生兄，此情此景，此树若有知，定当感恩你这园丁的厚爱！

冯友兰拿起修花剪，修理树枝：人有情，树亦有感，也不知道以后还有没有机会再见到，最后再伺候伺候它们。

吴有训一时如鲠在喉，拿起水瓢，跟他一起忙活起来。

吴有训：清华园从来没有这么安静过，安静得可怕。

冯友兰停下，环顾清华校园，长叹一声：似此星辰非昨夜，为谁风露立中宵……[1]

道不尽的悲凉。

张伯苓住处　白天　内景

屋里聚集了很多记者，正在向张伯苓提问。原本被气得倒下的张伯苓，此时仍然

1　语出清代诗人黄景仁（1749-1783）的《绮怀》。黄景仁诗负盛名，和王昙并称"二仲"，和洪亮吉并称"二俊"，为毗陵七子之一，诗学李白，所作多抒发穷愁不遇、寂寞凄怆之情怀，也有愤世嫉俗的篇章。著有《两当轩集》《西蠡印稿》。

病容憔悴。

记者：张校长，您知道日本人为什么选择轰炸南开吗？

张伯苓：日本人很清楚，要想真正击垮一个民族，是摧毁其精神。南开被无差别轰炸，就是日本居心摧毁中国教育，仇视中国文化最近显之证据。

记者：听说他们已经开始掠夺清华和北大的校产，似乎也印证了您的说法。

张伯苓：他们绝不会放过平津的任何一所高校。

记者：南开、清华、北大等校的数万师生已经四散飘零、无家可归，您觉得日本人的目的达到了吗？

张伯苓：绝无可能。敌人此次轰炸南开，被毁者为南开之物质，而南开之精神，将因此挫折而愈益奋励。南开之精神，同样是清华之精神，北大之精神，中国教育之精神，中华民族之精神。

所有人都被这番话深深打动和鼓舞。

张伯苓住处　白天　内景

梅贻琦扶着张伯苓，蒋梦麟和王秘书（教育部）陪伴在旁。

王秘书：张校长，南开的校园被毁，南开为中国牺牲，教育部委托我向您转达，有中国则必有南开！

张伯苓眼眶湿润。

王秘书：教育部设立临时大学计划纲要草案，南开、清华、北大以及中央研究院南迁，在长沙设立临时大学，暂由三位校长担任临时大学筹备委员会常务委员。

有惊喜，有伤感，三位校长百感交集。

三位校长喃喃道：临大幸甚！学子幸甚！

清华大学图书馆　白天　内景

方悦容、程嘉树、林华珺、叶润名、叶润青、毕云霄、裴远之等人仍在拼命地整理装卸图书。

林华珺够不着上层的书，叶润名和程嘉树同时去帮忙，程嘉树手快一步，帮她拿了下来。

林华珺说了声"谢谢",随即又认真地投入到工作中。

方悦容正搬着沉重的书箱。

裴远之:我帮你。

裴远之用力一搬,没想到居然没搬动,他再次发力,书箱还是没动,一时很尴尬。

方悦容笑了笑:图书馆很多体力活,经年累月练出来的。

也就在这时,门外踏踏的军靴声传来,一大队日本宪兵冲了进来。

宪兵队长(用不流利的汉语):从今天起,清华园由帝国皇军正式接管,所有无关人员,立刻离开校园。

叶润名和毕云霄想站出来,被裴远之拦住了。

裴远之:别冲动!

这时,冯友兰走了进来,看着一个个汗流浃背的师生,眼眶微微泛红。

冯友兰:我们已经运走了大部分孤本典籍,现在大势已去,不要做无谓的反抗和牺牲,走吧。

带着万般眷恋,一群人离开了图书馆。

清华园　白天　外景

众人从图书馆出来,但见校园,已经到处是日本宪兵。

迎面,一些教授也被从教务处驱逐了出来。

松田雄一站在冯友兰面前:冯教授,您真愿意看着这些跟您同患难的师生无家可归吗?现在回心转意,我们仍然愿意以博大的胸襟包容你们。

冯友兰:真有这份心,就让我们这群被驱逐出自己家门的人,再跟自己的家,做个最后的道别吧。

松田雄一:请便。

清华大会堂　白天　内景

留校的所有师生已经聚集于此。松田雄一站在后门口。

演讲台上,冯友兰:程嘉树同学早就想给大家看一些东西,今天恰逢其时。

程嘉树打开放映机,投放在大会堂的银幕上——

先是叶润青拍摄的被轰炸前美丽南开的一幅幅照片，以及师生们无比欢乐的笑颜。

随后，画面一转，激愤昂扬的南开学生们，接着镜头一晃，变为在硝烟废墟中哭泣说话的叶润青出现在画面的角落里。最后变为了南开被轰炸时，程嘉树所拍摄的画面。

一幕幕画面里，原本美丽的南开，化为断壁残垣，一片火海硝烟。

这剧烈的变故，刺痛着每个观看者的心。

冯友兰：不久前，我邻居家曾经有条狗，它的家被夷为平地，家人早已消失不见，这条丧家之犬每日出去觅食，但晚上总要回来守在自己家，哪怕那个家已经不复存在，但家，永远是家。刚才画面上的是今日之南开，或许也是明日之清华、北大，我南开、清华、北大三校师生，如今亦如同那条丧家之犬，但我相信，无论将来流落在哪里，终有一天，我们会回家的。

教室　白天　内景

吴有训收起备课本，依依不舍地环视工作多年的地方。

清华园　白天　外景

冯友兰抚摩着自己浇过的树，离开。

宿舍　白天　内景

叶润名和毕云霄把宿舍打扫干净，锁上宿舍门。

清华大学门口　白天　外景

所有师生被驱逐出校园，最后回望学校，依依难舍。

四

正阳门　白天　外景

骄阳似火。

日本兵守着城门，背着各式行李的百姓屈辱地接受着检查，敢怒不敢言。

街上三三两两的店铺开张着，行人也不多，裴远之走在路上，偶尔有日本军人经过。趁无人注意，他闪进一间书店。

书店内间　白天　内景

裴远之进来后，李群在后把门插上。

裴远之：路上耽搁了一小会儿。

这时一个背对着他们的女同志站了起来，裴远之意外地：方老师。

方悦容看到裴远之，同样有些意外。

李群：你们二位第一次在这样的场合见面，都没想到吧？

裴远之：还真有点不习惯。

方悦容向裴远之伸出手：重新认识一下，远之同志。

裴远之也握住她的手：悦容同志。

李群：你们坐。是这样，北平、天津的国立、私立大学南迁已成定局，届时许多师生都要南下复学。组织上决定，学校的地下党员、"民先"队员和学联的同志，除了准备奔赴抗战前线的，如没有特殊情况，都随校南迁，开展抗日救亡工作。

方悦容：服从组织安排。我会做好家里工作的。

裴远之：我希望能留下，北平沦陷了，更需要有人担负起这里的抗日工作。

李群：远之同志，你在北大有可供隐蔽的社会身份，也有较深根基，长沙鸿蒙初辟，相比于北平，那里更需要你。

裴远之：好吧，我服从组织决定。

李群：明确一下工作分工，此次南迁，裴远之同志接受方悦容领导，单线联系，隐蔽为主。

裴远之和方悦容互相点头。

李群忽然有点伤感：远之，约好的羽毛球一战，怕要无限延期了。

裴远之：我相信不会等太久的。

六国饭店叶润青房间　白天　内景

这是一个套房，留声机转着，叶润青在外间守着，里间，叶润名、林华珺在桌子前用小型油印机印刷，程嘉树穿梭其中收集他们印好的文章，统一交给毕云霄整理、装订成杂志《燃烧》。每个人都是满头大汗。

这时，毕云霄订好了一摞《燃烧》，搬起杂志放到旁边，突然挥拳往桌上重重一砸。

毕云霄：憋屈！太憋屈了！

他的这句话引起了所有人的反应。

程嘉树也把杂志拍在桌上：我也憋得慌！

叶润青：我也是！

只有叶润名和林华珺还在印刷着，只不过手上的动作慢了很多。

毕云霄：日军扬言三个月灭亡中国，咱们却只能每天窝在这租界饭店里！

叶润名：我知道大家心里都不好受，我也同样憋闷得很。

毕云霄：那我们一起报名去参军好了！

叶润名却思索着。

毕云霄：你们真觉得我们写的这些文章有人看吗？你们去街上看看，北平的老百姓现在想的只有逃命！我等不了了！嘉树，你去吗？

程嘉树却没有当即回答他。

叶润名：云霄，这些天我其实一直在思考一个问题，我们不缺视死如归的军人，可为什么北平还是沦陷了？

程嘉树：我也一直在想这个问题，那天云霄问我，我们到底是为什么输的，我竟然答不上来。这几天，我常常想起毕叔叔的那句话——我们输就输在什么都不如别人。

叶润青：对！所以日军敢公然开发布会要轰炸南开，而我们连反击的空军都没有！

叶润名：所有的根源，都因为我们的国家不够强大，就算我们都去参军了，能改变得了根本吗？

林华珺：也许我们现在才真正理解了毕副师长那天所说的话，我们的国家需要的是多一个兵，还是多一个学生？

所有人都沉默了。

好一会儿，毕云霄开口：那怎么办？就这样永远憋着吗？

叶润名：所以我们才要做杂志，把我们所有的憋屈，所有的愤怒，都化作文字，笔诛墨伐，去唤醒民众，只要多一个觉醒者，我们的国家就多了一个强大的战士。

叶润青：我哥说得对，我们手里的这些杂志就是武器！

说着，她重新加入了印刷的队伍，其他人也重新开始了手上的工作。

这时，敲门声响起，大家马上噤声，叶润名拿起布盖上油印机。叶润青去开门，来人是裴远之。

叶润青：裴先生来了。

众人迎上前。

裴远之：告诉大家一个好消息，你们很快就可以继续上学了。教育部已经决定将三校迁往长沙，组成临时大学。

叶润青：真的吗？太好了！我们终于又可以上学了！

叶润名也很开心：裴先生，我们什么时候可以出发？

裴远之：随时都可以。只要大家各自准备好，就可以出发。

大家都很高兴，讨论得热火朝天，程嘉树却有些心事重重。一直沉默的毕云霄更是拿起书包，站了起来。

毕云霄：看样子我们要提前告别了！

程嘉树：你干吗？

毕云霄：我可不想当逃兵，去什么长沙！你们刚才说的或许有道理，可眼下日本人已经打进家门了！不把他们赶出去，何谈科学救国？！我想好了，我要参军，跟日本人真刀真枪地干一场！

说完，毕云霄开门离去，程嘉树想追，被裴远之叫住。

裴远之：别追了，你拦不住他的。

程嘉树叹了口气。

叶润青：程嘉树，你会跟我们一起去长沙吧？裴先生，考生能去长沙吗？

裴远之：当然可以。

叶润青很开心：听见没，你们考生也能去！

程嘉树却没有拿定主意：说实话，我真没想好。

林华珺：你父母让你回美国？

程嘉树点头。

叶润青有明显的失落。

叶润名岔开了话题：华珺，你想什么时候出发？

林华珺：我回去跟我妈商量一下。

叶润名：好，到时候咱们就在这里集合，一起出发。

林家堂屋　夜晚　内景

林母正在叠衣服，听闻林华珺带来的消息，停下了手里的动作。

林母：长沙？

林华珺：对！

林母：妈就关心，润名去不去？

林华珺：他当然去，润青也去。

闻言，林母一句话没说，就走向林华珺卧室。

片刻，她左手提了个空箱子，右手抱着一摞衣服回到堂屋。

林华珺：妈，你这是干什么？

林母：帮你收拾行李啊！

林华珺：我们还没这么快走。再说了，这不是跟您商量嘛，如果我去长沙上学，您一个人在北平怎么办？

林母：傻孩子，这有什么好商量的，你当然要去长沙，只要叶少爷去，你就一定要去。妈问你，你们会路过武汉吗？

林华珺：应该会吧。

林母：那刚好可以登门拜访一下润名的父母。（翻了翻林华珺的衣服）不行，这些衣服不够，我还得给你做几身像样的！

林华珺：妈，现在是特殊时期，能凑齐学杂费已属不易，其他的能省则省。

林母听闻顿了一下：你不用考虑钱的事，妈有办法。再说了，你要是嫁入叶家，妈不是什么都有了。

林华珺很无语：妈，你要再这么说，我就不去长沙了。

林母：说什么胡话呢！

这时，一颗果子砸在了堂屋窗户上。

程嘉树拿起果子正要扔，结果看到林华珺出来，将果子顺势塞到了嘴里。

林华珺：大晚上的，你又要干吗？

程嘉树：你打算什么时候走？

林华珺没有回答，反问他：你呢？什么时候回美国？

程嘉树叹了口气：其实，我不想回美国了，只不过我家人都让我去，我有些矛盾。

林华珺：那么听话？这可不像你。

程嘉树：那你觉得我应该什么样？反抗？

林华珺：我认为你要遵从自己的内心，这是你的人生，不是你父母哥哥的。

程嘉树：我也不知道。要搁刚回来那会儿，我肯定想都不用想直接坐船走了。那时候我觉得只有美国才适合我，无拘无束，享受自由。但短短这些天发生了这么多事……当我看到前赴后继的29军士兵、听到毕叔对我们学子的期望，看到日本人对南开做的那些惨无人道的事，听到冯先生、裴先生的慷慨陈词，我忽然觉得，这些事并非跟我毫无关系。父母让我回美国时，心里总有种说不上来的感觉。

林华珺：我知道那种感觉是什么。

程嘉树：你知道？

林华珺：休戚与共。

程嘉树愣住了，显然，林华珺说对了。

林华珺：29军将士流血牺牲你会难过，因为他们是你的同胞；南开被炸你痛心疾首，因为它是你的家园。国破家亡，生灵涂炭，你的父母家人尚在水深火热之中，你无法安心地像鸵鸟一样遁去美国。

一席话，完全说到程嘉树心坎里了，程嘉树看着林华珺的眼神像在看知己。

程嘉树：林华珺，我以前只觉得你美丽、有才华、高傲，没想到你竟然这么细腻，这么了解我，就像能看到我的心一样，说得一点都没错。

林华珺：谈不上多了解，只不过这些天经历了这么多，我对你改观了一些，你内心深处并不完全是个纨绔子弟，我想是去是留你自己心里会有一个答案。

程嘉树点头：林华珺，谢谢你。

他看向林华珺的眼神里，又多了一分爱慕。

林华珺：不客气。

程嘉树看着她离开的背影：我可能真的爱上你了。

他跳下树，回到自己家。

程家院子　夜晚　外景

程嘉树终于不再犹豫，此刻的步伐也是轻盈而又喜悦，没想到迎面撞上了程嘉文。

程嘉文：干什么呢，这么高兴？

程嘉树：哥，我不去美国了。

程嘉文很吃惊：不去美国？你又瞎鼓捣什么主意呢？

程嘉树：我要跟着北大一起南迁去长沙。

程嘉文：你想都别想！咱爸妈那关你就过不了！

程嘉树没吭声。

程嘉文：别以为我不知道你在想辙，我劝你趁早死了这份心，美国你是去定了！

程嘉树耸耸肩，不以为意，开始认真琢磨对策。

程家堂屋　早晨　内景

程嘉树睡眼惺忪地走到饭桌前坐下，看到周妈领着林母走出程家。

程嘉树：妈，谁这么早来咱们家？

张淑慎：隔壁林太太。

程嘉树：华珺妈？

张淑慎点了点头：可怜天下父母心啊。

程嘉树：怎么了？

张淑慎：林太太为了女儿能去长沙读书，把房子卖给咱家了。看，房契都拿来了，前两年刚买的房子。

程嘉树若有所思。

林家堂屋　白天　内景

林华珺走出里屋，看到母亲在数钱，钱分成三份。

林母自言自语：学费 22 块，伙食 72 块……（看到林华珺）小珺，这个是你去长沙的旅费、学费和杂费，我都打了富裕。你收好了。

林华珺疑惑地：妈，您到底有多少积蓄？

林母也没回答她：这个呢，一会儿给你做衣服。

林华珺：妈，我用不着。从今往后的日子也不会好过，这些钱您自个留着。

林母：傻孩子，妈不用你担心……

这时，有人敲响了林家的门。

林母走出堂屋。

林家院子　白天　外景

院门打开，是程嘉树。

程嘉树：伯母好！

林母：是程家二少爷吧？来，进屋坐，进屋坐。

程嘉树把房契还给林母：我妈说了，咱都是邻居，房契您收回去，钱您先拿着用。

林母一时间反应不过来：这……

不等林母拒绝，程嘉树已经离开。

林母刚转身，只见林华珺站在身后，她下意识地想藏房契：小珺……

林华珺也不说话，转身回屋拿起桌上的钱，向程嘉树追了过去。

林家门口　白天　外景

林华珺：站住。

她追上程嘉树：这些钱你拿回去。替我跟你母亲说声谢谢！钱我们不需要了！

程嘉树愣住。

林华珺转身回屋。

程嘉树追上去：林华珺……

刚追到门口，林华珺把门一关，程嘉树吃了个闭门羹。

林家堂屋　白天　内景

林母看到桌上的钱不见了，见林华珺回来：钱呢？

林华珺：如果去长沙需要变卖家产，我是无论如何都不会去的。

林母：即使变卖家产，那也是咱自己的，我们一不偷二不抢，堂堂正正！

林华珺：妈，明明咱们已经负担不了了，您为什么不跟我说？

林母心虚地：谁说负担不起，不还有这院子吗！

林华珺正视着：妈，您告诉我，这些年您到底典当了多少东西？

林母迟疑着：你真想知道？

林华珺点头。

林母跑到里屋，拿了一堆字据出来，摊在林华珺面前。

林母眼中泛起了泪：小珺，妈已经没有退路了。但看到你出落得如此优秀，我一点也不后悔。

林华珺见状，声音也软了下来：妈，我们有什么样的能耐就过什么样的日子，没钱也有没钱的活法。我可以退学，可以去找工作养活我们！

林母：说什么气话、傻话？！你要真想报答妈，就好好跟润名相处，等你嫁到了叶家，别说钱了，妈什么都有了！

林华珺：莫说我现在还未打算嫁给润名，即便是有朝一日想嫁给他，也只是嫁给叶润名，而不是叶家。

林母：华珺，你还年轻，根本就不懂嫁人对一个女人的重要性。妈妈辛苦培养你读书，就是希望你能飞上枝头变凤凰，叶家就是你的枝头，你必须好好把握。

林华珺：妈，感谢您如此直白。但是您恐怕要失望了，我读书不是为了飞上枝头。

林母：女孩子读书不为改变命运，那还读它干什么？

林华珺：既然您觉得女孩读书没用，那我不读了，留在北平陪您！

林母不自觉又提高音量：陪我？陪我做什么，我们娘俩大眼瞪小眼，好日子就会从天而降？总有一天你还是要嫁人。

　　林华珺：那我就不嫁了。

　　林母：你今天是要气死我是不是？！

　　林华珺：妈，我读书是为了充盈自己，去体验不一样的人生。

　　林母：你爸读了一辈子书，到头来不还是个教书匠，窝囊了一辈子。

　　林华珺：我爸一点都不窝囊，他教我识字，教我阅读，教我音乐，教我理解和体会。

他把知识带给了很多人……如果非要在教书和嫁入豪门之间做选择，我会选择教书。

　　林母急了：最后落得跟你爸一样的下场吗？

　　这话太重了，两人都沉默了，林华珺的眼眶瞬间红了。

　　林华珺看着母亲，像不认识一样，眼神里涌出了一种决绝，拿起书包离去。

　　林母：你干什么去？

林家门口　白天　外景

　　程嘉树还傻站在林家门口，手里拿着钱，不知所措。

　　林华珺冲出来，从他身边经过，跑出家门。

　　程嘉树：林华珺！

　　程嘉树想追过去，林华珺：别跟着我！

　　程嘉树只好放弃，他拿着手里的钱，对自己的好心办坏事颇为懊恼。

北海边　白天　外景

　　林华珺心情复杂，在北海边走着，她手里拿着一本泰戈尔的《飞鸟集》。林华珺翻开一页，纸上的诗歌将她带回过去。

　　闪回——

北大校园　白天　外景

　　"假如生活欺骗了你。"

"不要悲伤，不要心急。"

"忧郁的日子里须要镇静。"

桃花林中坐着一群青春洋溢的年轻男女，林华珺正在朗诵诗歌，一袭长裙的她分外出众。

林华珺：相信吧，快乐的日子，终要来临。[1]

林华珺念完，同学齐鼓掌。

这时，女生们的目光都投向了另一个方向，林华珺跟着看过去，看到一位高大潇洒的男生正朝这边大步走来，他正是叶润名。

叶润名：各位，抱歉，印刷室有事耽搁，来晚了。

同学甲：我介绍一下，叶润名，清华文学系的才子。

叶润名：过奖了，只是喜欢些诗词而已。

同学甲介绍林华珺：林华珺，北大文学系的才女，我们诗社的召集人，现代诗写得极好。

林华珺看向叶润名，两人眼神相接，四目相对了半晌。

同场转——

同学乙：听说叶润名和林华珺的外文水平颇高，二位不妨念些外文诗让大伙儿学习学习吧。

叶润名：我可不敢在北大文学系面前班门弄斧。

女同学们一起撺掇：来吧来吧。

叶润名拗不过大家：我对泰戈尔先生的句子略熟一些。

女同学：就这个了。林华珺也喜欢泰戈尔。

叶润名望向林华珺：女士优先。

林华珺：女士请男士优先。

叶润名：那我就献丑了。

叶润名酝酿了半晌：你微笑地看着我，不说一句话。（英文）

林华珺：而我知道，为了这一刻，我已经。（英文）

---

1 以上诗句出自俄国诗人普希金《假如生活欺骗了你》。

叶润名：等了很久，很久。（英文）[1]

两人的眼神交汇在一起，已然掩饰不住倾慕之情……

接回现实。

北海边　黄昏　外景

叶润名赶到，见林华珺一人来回踱步，叶润名跑上前。

叶润名：华珺，等久了吧？

林华珺摇摇头：还好。

叶润名兴奋地：裴先生和我定好了时间，后天中午启程，我会提前来帮你拿行李。

林华珺：润名，你后天不用来找我了。

叶润名：为什么不来？我们要结伴走的啊！

林华珺：我不去长沙了。

叶润名愣住了：你家里要是有事耽搁，我们可以等你。

林华珺：没有，是我不想去。

叶润名：为什么？

林华珺：我不放心我妈一个人在北平生活。

叶润名：我们可以带伯母一起去，生活方面你不用担心……

林华珺打断他：润名，你的好意我心领了。

叶润名陷入了沉默之中。

林华珺：我们分手吧。

叶润名急了：为什么？即便你在北平，我在长沙，也不用分手啊。

林华珺：不是这个原因。

叶润名：那是为什么？

林华珺：前些天，我妈一直让我邀请你去我家吃饭，我明白她的意思，可不知为什么，我心中却很抗拒，也是从那时起，我开始思考我们的关系，你很优秀，优秀到我没有任何拒绝你的理由，但是我忽然不确定了，我跟你在一起，究竟是因为无法拒绝完美，还是因为真的爱你。

1　英文原诗为 "You smiled and said nothing to me. And I think I \ 've been waiting for this for a long time."

叶润名被林华珺突然的直白震得沉默了好一会儿。

叶润名：华珺，谢谢你如此坦诚。如果可以，你愿意再给我们一些时间，去证实你心中的疑问吗？

林华珺：原本我是想去证实的，可惜现在，我们没有时间了。

林华珺把手里的《飞鸟集》递给了叶润名：还给你。

叶润名看了下封面，眼眶有些红：你真的决定了？

林华珺点头，眼眶也红了：决定了！

叶润名不知说什么好。

林华珺轻轻拥抱了他：长沙的菜比你们武汉的还要辣，你胃不好，少吃。

叶润名：华……

林华珺笑笑，冲叶润名挥挥手：回去了，后会有期！

没等叶润名把话说完，林华珺就转身离开了。

叶润名流泪。

转身往前没走几步，林华珺强忍的眼泪也下来了。

闪回——

林华珺和叶润名合作朗诵诗歌，眼中无限柔情蜜意。

篮球场上，林华珺为叶润名助威。

警察局羁押处，叶润名和林华珺相依偎。

接回现实——

林华珺越走越快，把眼泪抹掉。

叶润名擦干眼泪，转身难过地离去。

裴远之房间　白天　内景

方悦容帮着裴远之把一个木箱打开，裴远之取出里面的考生名单，把封存好的试卷装入另外的皮箱里。

方悦容：这些是？

裴远之：两校联考试卷和考生名单。幸好郑先生未雨绸缪，我们学联的同志冒着生命危险运了出来。还有学校教职员名录和一些紧要公文，这些不能落入日本人手里。

方悦容手脚麻利地把东西分类好，放入皮箱，两个人有条不紊、又很默契地干着活。

裴远之：日军已经进驻北大第一院和灰楼了。郑先生还要留守北大一段时间，负责料理校产保管事宜和还未脱身的先生们的生活。他委托我们把这些东西一并带往长沙。

方悦容：清华还有一些图书典籍，寄存在郊外的马助教饭店，我们此行还真是任务艰巨。

裴远之：心之所向，身之所往。虽道阻且长，行则将至，做则必成。

两人对视，目光笃定。

河北保定　29 军募兵处　白天　外景

路边是几个临时搭的棚子，每个棚子前面都排上了长队，荷枪实弹的士兵在棚子之间来回走，警惕地环顾四周。

毕云霄刚走到队尾排队，就看到哥哥毕云峰过来了，立刻躲到前面那名学生的右侧，避免他看到自己。

毕云峰在毕云霄面前停下，示意他站出来，但他装作没看见，不搭理。

毕云峰：毕云霄，你给我出来！

毕云霄继续装作没听见。

沉默了半晌后，毕云峰把弟弟猛地拉出了队伍。

毕云峰：谁让你来的？

毕云霄：天下兴亡，匹夫有责！

毕云峰：父亲说的话是不是没用？

毕云霄看了看排队的人：我和大家一样，要上阵杀敌！

毕云峰一拳打在弟弟胸膛上，毕云霄疼得龇牙咧嘴。

毕云峰：就你这样上阵杀哪门子敌啊？！

毕云霄：我可以训练！可以拼命！

毕云峰的表情越来越严肃：再给你一分钟决定。

毕云霄：已经决定好了！

毕云峰又一拳捶了上去，很是愤怒。

多位学生上来拉开了两人。

毕云峰的表情有所缓和：跟我来。

毕云霄不为所动。

毕云峰大吼：过来！

毕云霄只好过去。

军帐内　白天　内景

毕云峰将两颗手榴弹放到毕云霄前面的地上。

毕云峰：指给我看，哪个是咱们的，哪个是日本人的。

毕云霄看了看，发现两者区分非常明显，一种做工精细，个头不大，一种锈蚀严重，且看起来十分笨重。

毕云霄愣在原地。

毕云峰极力克制情绪：指。

毕云霄不情愿地指了下那颗锈蚀严重的手榴弹：这是咱们的。那个是日本人的。

毕云峰指着那颗锈蚀严重的手榴弹：拿起来，扔下试试。

毕云霄迟疑。

毕云峰：里面没炸药，炸不死你。

毕云霄拿起，手榴弹非常重，要扔出去需要用非常大的力气。

毕云峰：快点！

毕云霄咬牙把手榴弹甩了出去，脸都涨红了，但甩得并不远。

毕云峰：士兵，如果是在战场上，你现在在哪里？

毕云霄完全说不出话。

毕云峰：在战场上，这种手榴弹更多炸死的，是我们自己的士兵。

毕云霄：是太重吗？

毕云峰：是太差！几十年了，没有任何改进。

毕云霄：是缺军费吗？

毕云峰：是，我们缺的不光是军费，更缺的是能把军费变成武器的人！

毕云霄有些震惊。

毕云峰：淞沪战场，我军每天伤亡数以千计！为什么？不是我们的将士不善战，而是我们的军备太差！

毕云峰的情绪有些激动：还记得父亲说的话吗？

毕云霄点点头。

毕云峰拿起日本人的手榴弹：云霄，我们面临的也许是一场旷日持久的战争。你是清华物理系的，咱们的兵工厂能不能制造出这样精良的武器，就指望你们了！

毕云霄憋着眼泪。

毕云峰：回去好好念书！别丢我毕家的脸！

毕云霄：哥，你等着，将来我一定会造出比日本人更好的武器！

六国饭店叶润青房间　白天　内景

叶润青诧异：什么？华珺姐不去？

叶润名想避开话题：她要照顾妈妈。

叶润青：可她之前还说要去的……该不会是华珺姐找的理由，你没追问？

叶润名：没有。

叶润青：不行，我得找她去！

叶润青一拉开房门，门口站着程嘉树。

六国饭店（同上一个场景）　白天　内景

叶润青：所以说华珺姐不去长沙是因为没钱？

程嘉树点头：再次声明，我没兴趣当君子，实在是因为林华珺不接受我的帮助……

叶润青：程嘉树，你不是君子这件事我们都知道。

叶润名：润青。

叶润青：哥，凭什么他知道华珺姐不去长沙的真正原因，而你不知道。

程嘉树：就是呀，你这还当人男朋友呢，要不是华珺不去长沙读书可惜了，我也不想来当这个君子。

叶润名沉默了。

程嘉树问叶润名：华珺那么要强，你想好怎么说服她了吗？

叶润青：程嘉树，这就不用你操心了。对了，你到底去不去长沙？

程嘉树：怎么，你这么想让我去啊？

叶润青脸红了：谁想让你去了！自作多情。

一旁，叶润名思索着。

北大校园　白天　外景

运动场上的绿茵还在，四周的树木依然葱郁，但已没了往日学子们的欢声笑语。

教学大楼也都还在，但都被日本人贴上了封条。

林华珺走到了灰楼前，看到二楼最右边房间里的郑天挺教授和几位同学。

林华珺望着他们，望了好久才起身上楼。

上楼时，林华珺看到两名日本宪兵正在把"中国语言文学系"的牌子换成"联队附属将校室"。

林华珺上前捡起那块被日本人丢在一边的牌子，默默地放进自己的书包里。

北大教务处　白天　内景

林华珺进来时，领完路费的同学纷纷出去了。

郑天挺将早已准备好的大洋递给她：华珺，尽量结伴出行，路上小心。

林华珺犹豫了一下，终究还是没有接大洋：郑先生，路费我就不领了。

郑天挺：为什么？

林华珺：我不去长沙了。

郑天挺很意外：不去长沙？好好的不去长沙读书，留在北平干什么？

林华珺：留在北平也挺好的。

郑天挺看她不愿说，也不再追问：这些钱你先拿着，距离临大开学还有些时日，说不定你就改主意了。

林华珺：多谢先生好意，还是留给需要的同学吧。

郑天挺沉默了半晌：你是我最好的学生，不去太可惜了……唉，世事难两全，别放弃学习，学习不止在校园。

林华珺点头。

北大校门口　白天　外景

一群人在校门口准备合影。

林华珺和郑天挺一起走出校园。

一个学生对郑天挺：郑先生，就要离开了，我们跟学校最后拍一张合影吧。

郑天挺回看校园，点头：好。华珺，一起吧。

林华珺：我来帮你们拍。

郑天挺：你也是北大的，怎么能少了你。

林华珺：以后，我就不再是了。

她捧着相机，为师生们拍下最后一张合影，那一刻，她湿了眼眶。

林家堂屋　白天　内景

林华珺走进自家堂屋时，看到母亲和叶润名正在交谈。

叶润名：伯母您放心，到了长沙我一定会好好照顾华珺的。

林母：我放心，放一百个心！

林华珺看到桌上放着的精致礼品，瞬间就明白了叶润名此行的目的。

林母很开心：小珺回来啦！润名都来半天了。他说会好好照顾你的，你就跟润名一起去吧。

林华珺急了：妈，我读书的费用为什么要别人出？

林母：润名怎么是别人呢，都是一家人！

叶润名：伯母，我可以跟华珺单独谈谈吗？

林母：好好，你们俩好好聊！小珺，记住妈跟你说过的话。

林家院子　白天　外景

林华珺和叶润名在院子里来回踱步，彼此都很沉默。

叶润名：华珺，对不起，来的时候你没在家，所以未能事先征求你同意。

林华珺：没关系，你也是好意，我会跟我妈解释清楚。

她转身要回去。

叶润名：华珺……我刚知道你不去长沙的真正原因，我只是希望能帮助到你，没有别的意思。

林华珺：我知道，谢谢你，但我不想接受。

叶润名：你是不愿意接受我的帮助，还是不愿意接受任何人的？

林华珺：叶润名，你知道吗？我妈告诉我，她供我读书，只是希望我能配得上一个更好的家庭，她让我去长沙读书，根本上只是希望我能抓住你，嫁入叶家。

叶润名愣了：所以你觉得，与其这样，还不如不读书？

林华珺点头，哽咽着：我忽然不知道我读书的意义是什么了。

叶润名打量着林华珺：华珺，我忽然觉得此刻的你才是真实的。

林华珺不解其意。

叶润名：昨天在北海，你说你不知道是因为无法拒绝我，还是真的爱我。其实，你在我心中又何尝不是完美的，你总是那么坚定，我甚至觉得有时候你比我还明白心之所向，但现在的你，有了矛盾、软弱，才是最真实的你。

林华珺：你也会矛盾、软弱吗？

叶润名：当然，从你昨天跟我说分手后，我才知道自己有多软弱，甚至没有勇气告诉你我有多不想离开你。

林华珺头一次觉得叶润名跟往日不同。

叶润名：我知道你很好强，如果你愿意的话，可以给我打借条，再慢慢偿还。我只是希望，你的任何决定都忠于自己的内心，你问问自己的心，你想继续读书吗？

林华珺思索着他的话。

叶润名把《飞鸟集》重新放到林华珺手上：我们后天中午十二点从六国饭店出发。如果你找到了答案，并且还想重新认识那个不太完美的叶润名，你就来。……我会等你到最后一刻。

叶润名又认真看了一眼林华珺，转身离开。

清华园门口　白天　外景

一辆人力车在清华园门口不远处停下。

有人探出了脑袋，清华门口站着日本宪兵。

车夫：先生，到了。

赵忠尧：怎么全是日本兵？

车夫：您还不知道吧，清华早就被日本人占了！要不以前拉一趟二三毛，今天要两块。就这都没人愿意拉！

赵忠尧：大个子，再跟你打听打听，老师学生都去哪儿了？

车夫：都被赶走了。

赵忠尧：掉头，去燕南园。

车夫：好嘞！

车夫拉着赵忠尧又出发了。

冯友兰家（燕南园 57 号）　黄昏　内景

冯友兰正在打包行李，有人敲门，开门后发现是赵忠尧。

冯友兰：忠尧兄。

赵忠尧：芝生兄，突然上门打扰，实在是冒昧了。

冯友兰看出了赵忠尧脸上的焦急神情。

冯友兰：进屋说。

赵忠尧把门关上。

冯友兰家门外　黄昏　内景

不远处，老颜抱着一摞衣服走来，看见赵忠尧进了门，门被关上了。老颜四下看看没人，凑近门边偷听。

冯友兰招呼赵忠尧坐下。

冯友兰：你不是回老家了吗，怎么又回来了，你没接到迁校的通知？

赵忠尧：接到了。可是我有件很重要的东西还在清华园，想前去取回。虽然价值不高，但对物理学研究很有帮助，若被日本人拿去了，对我和物理系同仁会是一个不

1　赵忠尧（1902—1998），浙江诸暨人，物理学家，中国核物理研究和加速器建造事业的开拓者。

小的打击。

　　冯友兰：你说的是你从欧洲带回来的……

　　冯友兰话还没说完，忽然听到门外传来犬吠声。

　　冯友兰：谁在外面？

　　老颜马上敲了敲门。

　　冯友兰打开门，只见一条狗正在冲着老颜狂吠：颜师傅？

　　老颜镇定自若：冯先生，衣服已经为您做好，看您一直没来取，我就登门来送了。

　　冯友兰：多谢多谢。

　　老颜：不客气，应该的。冯先生，要不您试试。

　　冯友兰：不用试了。

　　冯友兰付钱给老颜，老颜趁机朝屋里看了一眼，看到冯友兰打包的行李。

　　老颜收了钱离开，冯友兰把门关上。

　　赵忠尧也注意到冯友兰打包的行李：芝生兄准备今夜启程吧？

　　冯友兰默认。

　　赵忠尧：那就不麻烦你了，我自己想想办法。无论如何，东西一定要取出来。

　　冯友兰：清华园已被日本人占领了，就算能进去，那群强盗也不会允许我们拿走实验室里的任何东西！

　　赵忠尧：天无绝人之路。

▽
五

裁缝店　夜晚　内景

老颜给松田雄一倒了一杯茶：松田君，我已经和孙教授约定，明天他会亲自前来拜会。

松田雄一：很好，有一个愿意留下，就会有第二个、第三个。

老颜：今天去冯友兰家，他打包了八件行李。还有，最近老有学生上街买箱子、口袋，已经得到确切情报，他们要逃往长沙。

松田雄一：清华和北大是中国的最高等学府，两校的师生是中国最顶尖的人才，我们必须尽可能将他们留下。

老颜：何不逮捕他们？

松田雄一：逮捕他们只会引发中国人更强烈的反抗。

松田雄一想了想，拿起电话，拨号（日语）：我是松田雄一，传我命令，从明天开始在各交通要道设卡，遇到清华、北大等北平学校的师生，一律拦下！

老颜：松田君，今天我还在冯友兰家里遇到了清华物理系教授赵忠尧，我打听到，他有一件非常重要的东西放在清华的实验室，是他从欧洲带回来的。

松田雄一：哦？

老颜：赵忠尧曾经在英国剑桥大学卡文迪实验室，与卢瑟福[1]一起工作，我猜他说的那个非常重要的东西，和核物理有关系。

松田雄一：如此说来，我们必须找到他，把他留下来！

1　欧内斯特·卢瑟福（Ernest Rutherford, 1st Baron Rutherford of Nelson, 1871–1937），英国著名物理学家，为原子核物理学之父。

林家院子　白天　外景

林华珺坐在院子里发呆，突然头顶上传来了声音，她抬头一看，程嘉树坐在槐树上打呵欠。

林华珺：你什么时候上树的？

程嘉树：早上来了，看你发呆看得我都困了。

林华珺：腿在你身上，请便。

程嘉树：不亲耳听到一句谢谢，我不走。

林华珺：谢你什么？

程嘉树：原本我想道歉的，但仔细一想，你应该谢谢我。要不是我无意间捅了娄子，你也不会知道真相。长痛不如短痛，总比以后到了长沙，没有回头路来得强。

林华珺：程嘉树，我现在没有心情和你插科打诨。

程嘉树：我也很认真。你好好听我说，如果哪里不对，你就把这棵树砍了。

见林华珺默认了，程嘉树继续往下说：你不应该去长沙。

林华珺：那你还找来润名说服我？

程嘉树：我只是把实情告诉他，至于他来不来找你，我管不着。

林华珺：我为什么不应该去长沙？

程嘉树：你还记得那天晚上你是怎么说我的吗？

林华珺：我说什么了？

程嘉树：你说我是鸵鸟。如果你不去长沙，我们就当一对鸳鸯鸵鸟，正合我心！

林华珺不想理他了，起身要往屋里走。

程嘉树：哎，等等，等等。

程嘉树一激动，险些掉下去。

程嘉树：再听我说一句。

林华珺还是停住了脚步。

程嘉树：现在你正好可以选择，是接受帮助去长沙读书，还是为了自尊留在北平嫁给我。

林华珺：谁说我要嫁给你了？

程嘉树：你想啊，伯母心中的最佳乘龙快婿去了长沙，而你留在了北平，她能不着急吗？！放眼望去，北平城没有人比我还符合伯母的要求了，难保她不动这念头……

程嘉树又补充道：不过呢就是可惜了。

林华珺：什么意思？

程嘉树：教书和嫁人，显然，一个独立自由的女教师，比起锦衣玉食的金丝雀，要迷人得多。要不，你考虑考虑，晚儿年再嫁给我？

这时，程嘉树家里传来了双喜的喊声：二少爷，大小姐回来了，可以开饭了。

程嘉树：来咯！

林华珺突然明白了他的用意：程嘉树，我承认，你的激将法奏效了，我会去长沙的。可你呢，得不到家里的同意，说不定还是要回美国当鸵鸟。

程嘉树：放心，我已经想到办法了。

他跑回了屋。

<hr>

程家客厅　白天　内景

<hr>

一桌俭朴的菜，中间放了几个寿桃。

张淑慎拿出了几张船票：按说明天才是正日子，可你们的船票是明天，咱就提前给你爸过个寿。

程道襄看着三个儿女，缓缓说道：过什么寿啊，其实就是一家人最后一次一块儿吃个饭。

他这话一出，悲伤的氛围立刻笼罩在所有人心头。

张淑慎：呸呸呸，乌鸦嘴，怎么就最后一次了，也就是孩子们离家前最后一次，等北平太平了，他们也就回来了。

方悦容：姨父姨母，你们的好意我感激不尽，但是我已经决定，跟学校一起去长沙。

大家都很意外。

张淑慎：长沙那么远，你一个女孩子，这一路颠沛流离的，到了那里也不知道是个什么情况，我不放心，你还是去美国吧。

方悦容：姨母，清华要南迁至长沙，我是学校的职员，应该尽自己的职责，护送图书前往，与学校共进退。

张淑慎：可是……

程道襄：悦容，你有这份担当，我很欣慰。只是，你从前吃过太多苦，我跟你姨母都希望你能安稳顺遂。

张淑慎眼眶红了：你要是有个三长两短，我怎么跟你泉下的父母交代啊。

方悦容起身，跪倒在程道襄夫妇面前，给二老磕了个头。

张淑慎连忙上前拉起方悦容：这孩子，你这是干什么？快起来。

方悦容：我从前虽然颠沛流离，但幸得姨父姨母待我如亲生女儿，如今却不能尽孝。等把日军赶走，清华得以复校，我一定回来报答养育之恩。

程道襄：都是一家人，谈什么恩情。家门永远对你敞开着，我们随时等你回来。

方悦容强忍眼泪点头。

程嘉文：父亲，母亲，我也不打算去美国了。

张淑慎：为什么？

程嘉文：我想留在北平照顾你们。

张淑慎：我们有胳膊有腿的，再说还有周妈、双喜，不需要你照顾，你去了美国周周全全的，就是对爸妈最大的孝心。

程嘉文："父母在，不远游。"我是长子，守护二老和这个家是我的责任。您二老留在北平情况未卜，我去了美国即便再周全，也无法安心一天。

张淑慎还想再说什么。

程嘉文：从小到大，我从没忤逆过您和父亲，但今天，请让我做一回主吧。

程道襄：嘉文，难为你这个当大哥的了。

程嘉树和方悦容看向程嘉文，眼神充满感激和歉疚。

终于，张淑慎忍不住抹起了眼泪。

程嘉树赶紧上去抱她：妈……您这眼泪可金贵着呢，不能说掉就掉。

张淑慎：妈就盼着你们都平平安安的，所以才做这一番安排，可如今，你们自己都各有主意，妈理解你们，可我这心怎么能放得下。

她越说越难过，眼泪停不下来。几个孩子也忍不住跟着难受。

程嘉树缓和气氛：今天给爸祝寿，咱一家人得高高兴兴的不是？哥、姐，我们一块儿敬爸爸，祝咱爸福如东海、寿比南山。

程道襄：我只有一个念想，咱们祖辈都生活在这北平城，无论你们走到哪儿，走多远，都要记住，这里是你们的根。

程嘉文：谨记父亲教诲！

大家一起碰杯，各自心中五味杂陈。

这时，照相师进来了。

程嘉文：是我约的照相师，来为我们一家照张全家福。

张淑慎赶紧擦掉眼泪：对对，要留张全家福。

一家人站在一起。

照相师：大家都笑一笑。

张淑慎一时无法从难过的情绪中走出来，只能努力挤出一个笑容。

照相师：老爷子也不要那么严肃嘛。

一向不苟言笑的程道襄也挤出了一个笑容，尽管所有人的笑都有些勉强，但时间定格在了这一刹那。

程嘉树卧室里外　夜晚　内景 / 外景

程嘉树拎着一个小皮箱，悄悄地把门带上，刚回身，吓了一大跳。

程嘉文就站在门口。

程嘉树忙把箱子背到身后，笑嘻嘻地：哥，大半夜的你怎么还没睡啊？

程嘉文：别藏了，说吧，打算溜去哪儿？

程嘉树尴尬地嘿嘿两声：去长沙。

程嘉文：我就知道。

程嘉树：哥，现在国难当头，我不想躲去美国当个鸵鸟，我要去长沙考临大。

程嘉文：嘉树，你能有这份心我其实挺为你开心的，但是我跟悦容已经违背了父母的意愿，要是你也不去美国，他们能受得了吗？爸妈年纪大了，操不起这份心了。

程嘉树：我是去读书，又不是上刀山火海，也没什么好担心的，再说了，华珺他们都去。

程嘉文：别的都好说，就这件事没得商量。

他把程嘉树推进屋里：双喜！

双喜不知道从哪儿冒出来：哎！

程嘉文：你就在二少爷房门口打个地铺。他如果跑了，我拿你是问。

双喜：哎！

空镜：白天　外景

日出北平。

六国饭店叶润青房间　白天　内景

裴远之、叶润名和几位同学，打包着大小行李。

程嘉文送方悦容过来，裴远之接过程嘉文手里的行李。

程嘉文：裴先生，润名，这一路上，就拜托你们多照顾悦容了。

裴远之：请放心吧。

叶润青从里屋出来：悦容姐，程嘉树呢？

程嘉文：嘉树他今天就回美国了。

叶润青愣住了，沮丧不已：嘉文哥，请你代我转告程嘉树，他是个胆小鬼！

众人一愣。

叶润名：润青！

叶润青赌气坐到一边。

程嘉文笑了笑：叶小姐的话，我会转告的。（叮嘱方悦容）到了长沙给家里写信，报个平安。

方悦容：嗯。

程嘉文：我回去了。

方悦容点点头，目送程嘉文离开。

叶润名抬眼看饭店墙上的挂钟，还有不到十五分钟就到十二点。

清华校园门口　白天　外景

四名日本宪兵守着门口。

不远处，赵忠尧从人力车上下来，他戴着一顶帽子，正朝清华园走来。

日本宪兵手里拿着赵忠尧的照片，眼睛像鹰一般，盯着进出清华的人员。

而此刻赵忠尧并没有意识到危险正在等着他。

正当赵忠尧快来到日本宪兵面前时，突然有个人一把拉住他。

毕云霄：姚师傅，你走错地方了！

赵忠尧看到拉住他的人，正是自己的学生毕云霄。毕云霄边说边将赵忠尧拉走。

赵忠尧：毕云霄？你干什么？

毕云霄小声地：别说话，日本人正到处找你呢！

赵忠尧错愕，他们俩的举动已经引起日本宪兵的怀疑。

日本宪兵：嘿！你们两个，过来！

毕云霄低声：快跑！

几名日本宪兵端着枪追来。

毕云霄机灵地将赵忠尧拉进一条小巷……

小巷　白天　外景

毕云霄拉着赵忠尧在纵横交错的巷道里拐了几个弯。

拐弯时，毕云霄把赵忠尧的帽子转扣到别人头上，那个人的衣服颜色和赵忠尧的差不多。

追过来的日本兵一把拉住这个戴帽子的人，脱下他的帽子，拿着照片对了半天。

另一小巷　白天　外景

毕云霄和赵忠尧躲到小巷的一个角落里，终于把日本兵甩掉了。

赵忠尧已经体力不支。毕云霄扶着他，靠着墙根坐下。

毕云霄：甩掉他们了，您坐下歇会儿。

赵忠尧大喘了几口气，向毕云霄道谢：毕云霄，谢谢你。

毕云霄：赵先生，您做了什么，让日本人盯上了？

赵忠尧：恐怕但凡是清华北大的教授，他们都不会放过。

毕云霄：赵先生，三校南迁您知道吗？

赵忠尧：知道。

毕云霄：日本人好像也知道了，正想方设法阻止教授学生离开北平。您不能再待了，尽快设法出城。

赵忠尧：不行，我必须回清华一趟！

毕云霄十分不解：为什么？

赵忠尧：取一件东西。

毕云霄：什么东西这么重要啊？今天是咱俩跑得快，要不然，落到日本人手里，不定把您怎么样！

清华物理实验室　白天　内景

两名日本宪兵拿着一叠纸正在看。

纸上是中文字，上面写着：实验室物料进出库单。

一名宪兵正在仔细查阅，他看到一张入库单上记录着：民国二十年八月二十日，物理学系教员赵忠尧，放射性元素镭，五十毫克。

小巷　白天　外景

赵忠尧：是五十毫克镭。

毕云霄：您说的是居里夫妇研究的镭吗？原子序数88？

赵忠尧：对。是恩师卢瑟福赠送给我的，我费尽力气才从欧洲带回来，决不能丢。

毕云霄：这个镭有什么用途？

赵忠尧：目前我们国家还没有真正开始核物理的研究，镭是开展这方面研究很重要的元素，因此我带回来以后就一直保存在清华的物理实验室里。

毕云霄：难道日本人找您，就是为了这五十毫克镭？

赵忠尧：据我所知，日本京都大学的仁科芳雄[1]正在从事原子物理学理论及实验研究。这五十毫克镭决不能落在他们手里！

毕云霄：难怪。

赵忠尧一番话让毕云霄责任感油然而生。

毕云霄：我知道了。赵先生，您去目标太大，还没进学校肯定就被日本人发现了。

1　仁科芳雄（Nishina Yoshio, 1890–1951），生于日本冈山县的庄町，毕业于东京帝国大学，主要从事原子核物理学理论及实验研究，以及对宇宙射线的研究，是日本原子物理学的开拓者。

这样，我去。

赵忠尧：不行，使不得，这样太危险了！

毕云霄：日本人认识您，又不认识我。

赵忠尧不知如何是好：毕云霄，别为了我——

毕云霄再次打断：不是为了您，我和您一样，都是为了咱们清华，为了国家的物理研究！就这么说定了。

赵忠尧：那你有什么办法？

毕云霄：您别急，这个事得容我琢磨琢磨。五十毫克只有小黄米粒那么点大吧，您放在实验室里什么地方了？

赵忠尧：在实验室东南角的柜子里，我藏在……

他压低了声音。

六国饭店叶润青房间　白天　内景

（手表特写）十二点十五分。

叶润名：已经过了十五分钟了，我们出发吧。

裴远之：要不再等等。

叶润名：不用了，她应该不会来了。

正当叶润名他们准备出发时，有人敲门。

叶润青过去把门打开。

林华珺和林母站在门口。

叶润青高兴地：华珺姐！伯母！

林母：润青！（亲切地）润名！

叶润名惊喜，深情地望着林华珺，好一会儿才意识到忘了打招呼：伯母好！

他上前接过林华珺手中的行囊，两人微笑着对望，一切尽在不言中。

林母：润名，我把华珺交给你了！

叶润名：伯母您放心，我会照顾好华珺的。

林华珺：妈，我会照顾好自己的。

林母：长沙潮湿，华珺怕冷，手脚容易冰凉……

叶润名：伯母，我记住了。

林华珺：妈……

林母自顾自往下说：华珺这孩子从小就懂事，什么都要靠自己，但这毕竟是她第一次出远门。

林母忍住眼泪，故作轻松：她刚才坚持不让我送，我是自己硬跟过来的。我这女儿啊，虽然面儿上看起来很要强，但她到底还是个女孩儿……

林华珺也有些悲伤：妈，北平就您一个人了，您要照顾好自己。

林母点头：妈一个人怎么都好办，只要你好好的，妈就放心了。快去吧，妈走了。

林母一扭头，狠心地走了，眼泪终于止不住流了下来。

林华珺站在原地，目送着妈妈离开的背影，也忍不住落泪。

程嘉文车上连路边　白天　内景

程家的车行驶在通往天津的路上。

程嘉树被程嘉文和双喜左右夹困着。

程嘉树佯装睡着了，其实眯着右眼在看车窗外。

程嘉文：别装了，你睡没睡着我还不知道吗？

程嘉树：睡个觉还不行了？

程嘉文：我还不知道你，你是在找机会想跳车逃跑吧，我劝你断了这念想，否则摔断了腿吃亏的是你自己。

程嘉树：为什么就不能是在看着风景好好反思？哥，我想明白了，美国，我还是要去的。

双喜嘿嘿一笑。

程嘉文：这话，双喜都不信。

程嘉树转头瞪了双喜一眼，双喜连忙收起笑容。

程嘉树：不去，爸就不会给我生活费，不给我生活费我不就饿死了吗？

程嘉文：知道怕了。

程嘉树：知道，我就是寄生虫嘛。

程嘉文：什么寄生虫，我们是为你好。

程嘉树：对了，今天是爸六十大寿的正日子，要不咱回去，我给爸端一碗长寿面，让他吃了我再走？

程嘉文瞥了一眼程嘉树，看穿他的心思：你少跟我来这套！

程嘉树：哥，我再浑也不能没了孝道吧？

程嘉文：真有那份孝心，你就给我老老实实到天津上船。

程嘉树郁闷地看向车窗外：行行行，反正我就是个浑小子。

离别在即，程嘉文心里也不好受。

程嘉树：哥，这次回来，我真的觉得爸妈老了。我不在，你多陪陪他们。

难得这个没正形的弟弟说一句人话，程嘉文有些动容。

程嘉文：到了美国别再瞎玩了。

程嘉树：嗯。哥，拜托你一件事。

程嘉文：你说。

程嘉树：林华珺去了长沙，她妈一个人留在北平，怪可怜的，你多关照关照。

程嘉文：你还挺多情。放心吧。

这时，车经过一片高粱地。

程嘉树突然捂住肚子：哎哟。

程嘉文：怎么了？

程嘉树：肚子有点不舒服。可能是昨天半夜吃了冷馒头……

程嘉文：冷馒头？

程嘉树：哎哟，不行了，停车！快停车！

司机回头看程嘉文，程嘉文吩咐司机：停车。

程嘉树捂着肚子下车：手纸，手纸，快给我拿手纸。

双喜警惕地：二少爷，你不会是又骗人，想跑吧？

程嘉树狠狠瞪了双喜一眼：你们仨看着我，我跑得了吗？快点啊，憋不住了，手纸！

双喜下车，打开后备箱，在行李里翻找。

程嘉树一把抓过手纸，窜进高粱地。双喜要跟着。

程嘉树瞪了一眼：上茅房你也要跟着！

双喜无奈等在路边。

程嘉文：嘉树，你抓紧点啊！

程嘉文抬头看看天，太阳晃着眼睛，时间过去了一会儿。

程嘉文追问了一句：程嘉树，你好了没有？

双喜：大少爷，你看！

远处的高粱晃动得厉害。

程嘉文气急：嘉树！你小子就没一句实话，快追！

高粱地　白天　外景

程嘉树跑得飞快，程嘉文和双喜紧追不舍。

程嘉文：程嘉树，你给我站住！你这样跑了，我回去怎么跟爹妈交代？！

程嘉树大声回应：你就说我去美国了！

程嘉文：你胡说些什么，我怎么可能跟你一样骗他们！

程嘉文跑了一段便上气不接下气，一个不慎摔倒在地。

双喜停下脚步：大少爷，你没事吧？

程嘉文：哎呀，别管我，快追！

此时的程嘉树已经跑没影了，只能听见他的声音。

程嘉树（画外音）：哥，你就按我的说吧，回头我会写信跟他们说明一切的，你回去说我跑了，还会让他们担心，哥，你听我的，我不会乱来的，我就是想去长沙好好读书！

双喜循着声音追去，却已经看不见人影了。

程嘉文又气又无奈，冲着高粱地大喊：到了长沙，记得给我来信！

正阳门　白天　外景

脚夫拉着板车，板车上放满了裴远之等人的行李，众人朝着城门走去。

叶润青还不时地看看后面，期盼着程嘉树会出现。

叶润青：哥，要不我们还是等等程嘉树吧，万一他改了主意呢？

叶润名笑：你才认识他几天，就这么心心念念惦记他？

叶润青脸一红，嘟起嘴：谁惦记他！

叶润名：程嘉树要是真改了主意，他会去长沙的。

叶润青这才稍微宽了些心。

说话间，众人已经临近城门口。

城门口传来一阵喧哗。有学生在冲着驻守城门的日本兵抗议：凭什么不让我们过去？

裴远之和方悦容停下了脚步。

裴远之转头对叶润名三人：你们等一下，我过去看看。

叶润名：我跟你一起。

两人走上前，看到人群中几个学生模样的人。

叶润名：出什么事了？

清华学生：日本人不让学生和老师出城。

裴远之放低声音：你们是哪个学校的？

清华学生同样放低声音：我们是清华的，您是北大的裴先生吧？

裴远之点头。

学生：前面那几个同学是北大的。

这时，几个跟日本兵争执的学生情绪越发激动起来：咱们人多怕什么！大家冲过去！

几个学生作势就要向前冲，为首的日本宪兵立刻朝天鸣枪示警。

在场所有人都被枪声惊着了。那几个学生虽然气愤，也不敢往前冲了。

裴远之对叶润名：让那几个同学回来。

叶润名点头，挤进人群，将那几个北大的学生喊了回来。

一名学生看向裴远之：裴先生，这可怎么办啊？

一旁，一直在观察的方悦容拉了拉裴远之的袖子示意了一下，裴远之顺着她指的方向观察了一会儿，立刻明白了她的意思，原来，日本兵阻拦的只有学生，对寻常百姓却是放行的。

裴远之：日本人只拦学生和老师？

学生：嗯，他们会翻看行李，但凡有校服和书籍的，一律不准出城。

裴远之和方悦容对视一眼，两人同时看向板车上的行李。

六国饭店　夜晚　内景

毕云霄从二楼楼梯快步走下，身旁跟着个服务生，一脸焦急。

服务生：先生，我说过了，你们清华的方老师已经走了。您别再去敲门了，会打扰到其他客人。

毕云霄：还有其他清华的学生吗？

服务生：没有了。今天下午日本宪兵来了，说是不得再接待任何学生和老师。

毕云霄一听就怒了：日本人让你们干什么你们就干什么吗？

服务生：我们也没办法。

毕云霄：走狗！

服务生：你怎么骂人啊！

毕云霄懒得再理他，大踏步往外走。这时，程嘉树从门口进来，先看到了毕云霄，很是惊讶：云霄？

毕云霄：嘉树！

程嘉树：你怎么在这儿？你不是当兵去了吗？

毕云霄：不当兵了。你知道叶润名他们在哪儿吗？

程嘉树：我也是来找他们的，怎么，他们已经走了？

毕云霄：对。

程嘉树：看来，只有咱俩结伴去长沙了。

毕云霄：你也要去长沙？你哥你爹同意？

程嘉树：当然是不同意，我逃出来的。有路费吗？我身上可是一个子儿都没有。

毕云霄打量了下程嘉树：要我给你出路费也行，但你得帮我办件大事。办成了，别说路费，未来你的吃喝拉撒我全包了。

程嘉树：不会是掉脑袋的事吧？

毕云霄拉起程嘉树：真要死，我也会死在你前头！

程嘉树佯装惊恐：你吓着我了。

清华园门口　夜晚　外景

两人来到清华园不远处，看到门口看守的日军士兵，程嘉树拉住毕云霄。

程嘉树：我们不能这么大摇大摆进去啊。

毕云霄：就说我们是清华的学生，回学校拿点东西。

程嘉树：没脑子。

毕云霄：那你说怎么办？

程嘉树：还记得咱们小时候吗？

毕云霄瞪大眼睛：又是我驮你。

程嘉树：少啰唆，快找地方。

清华园围墙和科学楼外　夜晚　外景

程嘉树从围墙处跳下，毕云霄也跟着跳下，两人贴着墙，毕云霄领着程嘉树朝科学楼走去。

清华园里已经看不到学生和教授的身影。

两人快步来到科学楼附近，科学楼里大多地方是一片黑暗，只有零星几个房间亮着灯。只见校园里的路灯下有几名巡逻的日本兵，两人赶紧躲到角落里。

毕云霄：楼上那几间房的灯是不是亮着？

程嘉树视线随之转过去，看到那间房确实亮着灯，里面有人影晃动。

程嘉树小心翼翼地：到底要干什么，这么神神秘秘的？

毕云霄声音放低：我们系的赵先生，在实验室存放了五十毫克镭，必须要赶在日本人发现之前拿回来。

程嘉树：镭？原子序数 88 的放射性银白色碱土金属？

毕云霄无奈：是，是，是，就是那个，您老果然见多识广啊。

程嘉树：那是，我好歹也是在 Massachusetts Institute of Technology[1] 就读……

毕云霄鄙视：打住，打住，别吹了，一个预科生……

程嘉树：那就赶紧找去吧，还那么多废话。

刚才巡逻的日本兵转了一圈又回来了。

毕云霄小声地：看样子从正门是进不去了。你跟着我……

两人踱步进黑暗处，一路躲着日本兵，转到了科学楼的背后。

清华园科学楼后面　夜晚　外景

毕云霄把程嘉树拉到大楼后面，指了指两层楼之间的横梁：先上。

程嘉树看了看，横梁距离第二层有些远：不太可能吧。

毕云霄：我推你。

程嘉树咬了咬牙，伸手去抓住了横梁，在毕云霄的托举下，爬上了第二层。

1　美国麻省理工学院的英文名称。

程嘉树上去后，毕云霄身手矫健利落地上去了。

毕云霄爬到二楼，熟练地从一扇玻璃窗里翻进了二楼走廊，程嘉树也紧随其后。

清华科学楼二楼走廊　夜晚　内景

两人潜入科学楼二楼走廊，程嘉树跟着毕云霄一起躬身踱步。程嘉树一边走一遍观察二楼的布局和结构。

每个房间都上锁了，上方挂着门牌。

"杂物间"在二楼靠北的位置，程嘉树好奇地往里看了一眼，里面堆放着一摞摞报纸、工具等。

两人继续往前走，经过了不同的实验室，"生物实验室""化学实验室"……每过一间，程嘉树都看进眼里，记在心里。

放置镭的物理实验室在二楼楼梯上来右手边第一间的位置。

两人踱步到门边，试探性地往里看，看到两名日本兵正在实验室内四处搜查。

程嘉树小声地：这架势，咱先回去吧，想想办法，智取。

毕云霄：那不行，我答应赵先生明天要交给他的。

毕云霄拉着程嘉树紧贴楼梯壁。实验室内两名日本兵在说话。

程嘉树做了个让毕云霄安静的手势。

日本兵甲（日语）：这根本就找不到啊！

日本兵乙（日语）：是啊！五十毫克还没有我的眼屎大！

程嘉树微微探出头，看到一名日军小队长巡逻走了过来。他紧张地缩回脑袋，并示意毕云霄有人来了。

两人紧张得冒汗，好在小队长直接走进了物理实验室，程嘉树和毕云霄才稍稍松了口气。

物理实验室里，两名日本兵立刻向小队长行礼（日语）：报告，我们没有找到。

小队长（日语）：不用找了。

两名日本兵（日语）：是！

小队长（日语）：明天下午两点，松田中佐会带物理学家过来。你们看好这里，别让任何人进来！

两名日本兵（日语）：是！

清华科学楼外　夜晚　外景

从科学楼出来后，程嘉树和毕云霄穿过林荫道，两人来到无人处。

毕云霄：他们说什么了吗？

程嘉树：我只听得懂一些，什么下午两点，物理学家……

说着说着，程嘉树突然意识到了什么，和毕云霄对视，两人都明白了。

毕云霄不由分说地要往科学楼方向去。

程嘉树拉住了他：干吗去？

毕云霄：还能干吗！

程嘉树：你疯啦，日本兵守在那里。而且照这架势，他们肯定哪儿也不去，就盯着！

毕云霄：我引开他们，你进去拿！大不了跟他们拼了！

程嘉树：你想为国捐躯，我可不想，我的梦想还在长沙等着我呢！

毕云霄：程嘉树，我没心情跟你开玩笑！

程嘉树：我也没心情跟你开玩笑。

程嘉树陷入了思索。

程嘉树：哎，我问你，我们经过的杂物间里堆的那一摞纸是什么？

毕云霄：嗯？……哦，校报，过期的校报。

程嘉树：你肯定？

毕云霄：肯定！有一次上实验课，我刚好看到其他系的同学抱着校报过来。我还问了一嘴。

程嘉树转头，隔着距离又打量了一眼科学实验楼。

程嘉树：杂物间朝哪个方位？

毕云霄：大门朝东，杂物间朝西，物理实验室那一溜都是西向。所以我们实验课都在上午上。

月色清亮，星光满天。不远处的科学实验楼被月光映衬得格外耀眼。

毕云霄不无感叹道：听学长和老师说，自我们系建系，大家就一直在这里上实验课。叶企孙[1]先生聘请了一批教授来这里授课，梅校长也曾经执教物理系。嘉树，你知

1　叶企孙（1898—1977），名鸿眷，字企孙，上海人，物理学家、教育家、中国近代物理学奠基人、中国物理学界的一代宗师。

道玻尔吗？

程嘉树：Of course！他把量子论普遍化到任何原子的结构和原子的光波，也因为他对原子结构及其发出的辐射的研究，获得了诺贝尔物理学奖。

毕云霄点头：6月的时候，吴有训先生请来了玻尔先生，他作了有关原子理论发展的讲演，我也在场！要不是因为战争打响……

沉默了半晌，毕云霄平复了心情。

毕云霄：嘉树，现在这件事，不仅因为我答应了赵先生，还是身为一名物理系学生的责任。

程嘉树抬头看了一眼天空，自言自语：明天肯定是个大晴天。

夜晚，清华园内仍然有夜间打扫的工作人员，程嘉树看着他们，突然有了主意。

程嘉树：走，先去弄两套清洁工的衣服。

毕云霄：干什么用？

程嘉树：我自有妙计！

程家堂屋　夜晚　内景

几个简单的菜肴，程道襄夫妇却没动筷子。

周妈：老爷、太太，你们先吃两口垫垫。

张淑慎看了一眼墙上的钟：再等等，下午两点的船，嘉文差不多该回来了。

程家围墙　夜晚　外景

一个人影从围墙外探出头来，正是程嘉树。

从这个位置可以看到堂屋。程嘉树看到爹娘落寂的样子，心里有些酸酸的。

这时，大门口传来汽车声。

程嘉树低头看向扛着他的毕云霄：我哥回来了。

随即响起程嘉文的声音：爸，妈。

程家堂屋　夜晚　内景

周妈高兴地：大少爷回来了！我把菜拿厨房再热热。

程嘉文和双喜进屋：你们等急了吧。

程道襄：怎么才回来？

程嘉文：回来路上日本人设的关卡多，等过关等的久了些。

张淑慎：树儿上船了？

程嘉文：嗯……上船了。

程家围墙　夜晚　外景

程嘉树听到程嘉文骗爸妈，一笑：果然是我亲哥。

围墙下的毕云霄冲程嘉树喊话：喂，我扛不住了！

程嘉树用手势示意毕云霄小点声：行动。

程家堂屋　夜晚　内景

张淑慎：你身上怎么这么脏啊？

程嘉文：呃……上船的人多，蹭的。

一旁的双喜心虚地挠了挠头。

程道襄看出端倪：出什么事了？

程嘉文正想开口。

程道襄：双喜说。

双喜一下子怂了，正要开口。

这时，门外传来司机的声音：有贼！快抓贼！

程家门口　夜晚　外景

夜色中，司机揪住了正往驾驶座里钻的程嘉树，大喊：快来人啊！有贼！

一旁的毕云霄上也不是，不上也不是，一脸为难。

程嘉树：愣着干啥，快上车啊！

司机听出程嘉树的声音，停下了手，吃惊地：二少爷，怎么是你啊？

程嘉树无奈地扭头过去，看着司机：老孙，平时怎么没见你这么机灵呢？

这时，全家人都走出门来，看到门口狼狈的程嘉树和毕云霄，所有人愣住。

张淑慎：树儿？！你怎么在这儿！

程家堂屋　夜晚　内景

程嘉文扑通跪在程道襄面前：爸，都是我的错，我没能看住嘉树，让您和妈操心了。

程道襄：你错不在看得住看不住，你错在不应该和他合起伙来骗我们！

程嘉文：是。

他拽着程嘉树想让他一起跪下认错。

程嘉树：我不跪，我又没做错什么，哥，你也起来，是我跑了，你认什么错？

程道襄：你没做错什么？欺骗父母你还有理了？

程嘉树：我只是怕你们担心，我想去长沙考临时大学，你们知道了会让我去吗？

张淑慎：怎么好好的你也要去长沙？你悦容姐去长沙是为了工作，你读大学在哪儿不能读？

程道襄情绪反而缓和了一些：你说说，为什么想去长沙？

程嘉树：在美国的这几年，我崇尚自由，无拘无束，日子过得很快乐。可这次回来，我看到了很多，也经历了很多，特别是南开被炸，日本人强占清华、北大，屠杀那些手无寸铁的人，我还能安心一个人回去吗？

程道襄缓和了很多：坐下说吧，嘉文，你也起来。

程嘉树的眼眶有些泛红：中国积贫积弱这么多年，才会给了日本人今天这样欺负我们的机会。林则徐说"苟利国家生死以，岂因祸福避趋之！"爸，妈，哥，我也是中国人，我不能在国家危难之际拍屁股走人！

程道襄：你不走，那你告诉我，你留下来可以做什么？

程嘉树：是，我只是一个平头百姓，或许能做的微不足道，就像蝼蚁无法撼动大树。可是中国有四万万同胞，如果每个人都能为国而战，那我中华大地岂能有日本人撒野的机会！

张淑慎：可是树儿，你什么都不管不顾，想过这个家和爸妈吗？

程嘉树：妈，如果国都亡了，哪里还会有家呢？您和爸给了我生命，但人的身上该有两条命，一条是生命，一条是使命！在必要的时候，使命会高于生命！爸，您也曾经年轻过，妈告诉过我，您当年也参加过五四风雷，您也有过热血青春，也许我当不了兵，上不了战场，但是我也一样可以为赶走日寇贡献我的力量！

此刻程嘉树身上充满了一股力量。这样的小儿子是程道襄和张淑慎没有见过的。

程嘉文看着一贯调皮捣蛋的弟弟，一时间也愣住了。

程道襄沉吟了一会儿：那你说说你能贡献什么力量？

程嘉树：爸，您当年留学日本，求的是救国图强之道，您让我回来考清华，也是为了求得经世济民之道，中国之所以变成今天这样，不就是因为我们贫穷、落后吗？我要报考长沙临时大学，我要跟林华珺、叶润名、毕云霄他们一起南迁，就是为了救亡图存，用我们学到的知识改变这个国家！

程道襄没有再说话，看了程嘉树良久，站起身离开堂屋。

不一会儿，他回来了，走到程嘉树身边，把手上的车钥匙交给他。

程道襄：去吧。

程嘉树激动：谢谢爸！

程道襄没再说什么，转身回屋。

看着父亲的背影，程嘉树的眼泪下来了。

一处民宅堂屋　夜晚　内景

叶润名心情沉重：听北大的同学说，日本人抓了不少进步学生，把他们全关进了北大第一院的地下室……

裴远之和方悦容听闻此讯，都表情凝重。

叶润名：还有一件事，陈寅恪[1]先生的父亲陈三立老先生已经绝食好几天了。

方悦容重重地叹了口气：陈老先生德高望重，一生持节不染，日本人自是不会放过他。

看着心情无比凝重的叶润名和方悦容，裴远之：陈老先生之精神，正是我中国之精

---

[1] 陈寅恪（1890—1969），历史学家、古典文学研究家、语言学家、诗人。曾任教于清华大学、西南联大等高校。著有《隋唐制度渊源略论稿》《唐代政治史述论稿》《元白诗笺证稿》《金明馆丛稿》《柳如是别传》《寒柳堂记梦》等。

神，诚如日军炸得了一个南开，却炸不毁南开之精神一样。他们抓捕了我们的学生，但我们还有这么多同学、教授正在赶往长沙，日军企图在文化上征服中国，是注定要失败的。

叶润名看着炕上的几大箱资料和书籍，还有装着联考试卷的皮箱：现在日军的主要抓捕目标就是老师和学生，这些东西目标太大，过关卡的时候很容易被发现，一旦发现大家都走不了。

方悦容：要不然我们分头走吧。我来带书，能带得出去就带出去，带不出去，至少不会牵连所有人都走不了。

裴远之：不能让你一人涉险。这批资料和书籍我们一定要想办法运出去，不光运书，我们人也同样要全身而退。别担心，一定有办法可行。

程道襄房间　夜晚　内景

程道襄正在看那张全家福。

敲门声响起，他赶紧放下照片。

程嘉树端着一碗面进来。

程道襄：明天一早就出发了，还不赶紧收拾收拾睡觉？

程嘉树：今天是您六十大寿，儿子亲手给您煮的长寿面，吃点吧。

程道襄：什么时候学会煮面了？

程嘉树挠挠头：刚学的，现学现卖。

程道襄一笑，接过程嘉树递过来的筷子，认认真真地吃了起来。

程嘉树唱起了生日歌：Happy birthday to you, happy birthday to you, happy birthday to dear Daddy, happy birthday to you!

门口张淑慎也走了过来，和程嘉文一起看到屋里的情景。张淑慎心里不舍，又落泪。

唱着唱着，程嘉树的眼圈红了。

程道襄也忍不住红了眼圈。

镜头定格在全家福上。

一处民宅堂屋　夜晚　内景

叶润名换了一身西装。林华珺和叶润青从旁边的厢房走了出来。两人都改了装扮。

林华珺的长发盘起来了，看着像新妇。叶润青也换了学生装，扮成了富家小姐。

叶润青：我们三个站在一起简直就是一家人，我都忍不住要叫华珺姐一声嫂子了。

林华珺：就爱瞎说。

叶润名：你们的学生证不能带了，带这个，会好出城一些。

他把手里的东西发给大家，叶润青拿起一看，立刻把它丢到地上，一个劲踩。

叶润青：呸！呸呸！这个什么通行证太侮辱人了，坚决不带，就不信没了它就出不去了！

叶润名：润青，别闹，有它我们能尽快出去，多拖一天大家就多一分危险。

林华珺：为了继续学业，我们先忍耐一时。

叶润青撇了撇嘴，把地上的通行证捡了起来，刚捡起，她突然叫了起来：呀，怎么这么臭！

民宅院子　夜晚　外景

三个人在房间里焦急地等待着。

林华珺：方老师跟裴先生能找到出城的办法吗？

叶润名：放心吧，他们两个肯定能把我们带出城的。

叶润青：光我们出城还好说，主要是这几箱子书和试卷怎么办啊？

叶润名：裴先生说了，这些书和试卷必须都运出去。

正说着，方悦容与裴远之走了进来。

方悦容拎着一大包衣物。

方悦容：快，你们几个，把这里面的衣服换上。

叶润名等人打开一看，里面是从医院拿出来的医生和护士服。

林华珺：护士服？我们穿护士服出城？

裴远之：对，我们都要假扮成医生和护士，这样才能出城。

叶润青：那这些书籍和试卷怎么办啊？

方悦容：放心，我们找到了一辆汽车，把东西全都放到汽车上。

几个学生有点发蒙地看着两个人。

裴远之：别愣着了，快换衣服！

城市街道　白天

街道上，一辆白色的救护车在街道上飞驰而过。

救护车上　白天

几个人全都换上了医务人员的服装。

裴远之坐在副驾驶的座位上。

方悦容把几个棉纱口罩递给大家。

方悦容：大家别紧张，出城的时候如果遇到盘查，就说我们是协和医院的，要到通县去给冯老太爷家救治病人。

几个人纷纷把口罩戴上。

林华珺：真没想到，我们居然要用这样的方式出北平城。

叶润青：裴先生你真厉害，变魔术一样，居然弄到了救护车。

裴远之笑着：这不是我厉害，是大家听说我们的学生要出城，都愿意帮助我们。大家都说，帮助学生也算是支持抗战了。

方悦容：所以大家不要紧张，会有越来越多的人帮助我们的。一定能把日本人赶出中国去。

正阳门　白天

城门里，很多老百姓在排队接受检查，等待出城。

一名日军小队长带着几个日军士兵在盘查出城的人。

救护车从远处开来，老百姓给汽车让开路。

日军小队长伸手拦住了汽车。

救护车停下。

裴远之探出头，用日语：我们是协和医院的，要到通县去抢救病人。

日军小队长：证件。

司机将一份证件递给了日军小队长。

日军小队长看了一眼写满英文的证件。

日军小队长：把车门打开。

裴远之下车，走到后面，将救护车的后门打开。

日军小队长站在车门口，仔细打量着车上的众人。

裴远之走过来（日语）：这几位都是我们的医生和护士。

日军小队长突然伸手，指向叶润名。

日军小队长：你，下车！

叶润名一愣，只好走下汽车。

日军小队长：你是医生？

裴远之：实习医生。

日军小队长：跟我来！

日军小队长说完，朝着边上的哨所走去。

裴远之低声地：沉住气，千万别紧张。

叶润名点点头，跟着日军小队长走去。

车上的几个人全都紧张地望着叶润名的背影。

林华珺：方老师，叶润名被带走了……

方悦容一把抓住她的手：别出声，润名一定能有办法脱险的！

方悦容透过车窗，望着叶润名，眼里充满了忧虑。

叶润名跟着日军小队长，走进了哨卡。

正阳门哨卡　白天

叶润名跟着日军小队长走进了哨卡。

哨卡里的长椅上，躺着一个日本哨兵甲，痛苦地用手捂着手臂。

他的小臂上有伤，缠着纱布。

日军小队长指着哨兵：看好他。

叶润名紧张地点点头，走向哨兵甲。

哨兵甲捂着胳膊，痛苦得龇牙咧嘴。

叶润名（日语）：解开，我看一下。

哨兵难过地点点头。

叶润名把哨兵的纱布解开，里面是一处深深的割伤，已经有些化脓了。

叶润名想了一下，站起身，朝外走。

日军小队长：喂！干什么！

叶润名：我去车里，拿药！

日军小队长盯着叶润名，不置可否。

正阳门　白天

几个人都已经从救护车上下来，站在边上等待着。

裴远之看了一眼方悦容，凑到她身边。

裴远之：叶润名懂日语吗？

方悦容：懂，他的第二外语就是日语，一般的交流应该没问题。

裴远之：我不明白，为什么日本人会把他叫进去？

方悦容：我也在想这个问题。

裴远之：不会是露出什么破绽了吧？

方悦容：应该不会，沉住气，再等等。

忽然，叶润名从哨卡里走出，朝着救护车走来，身后跟着日军小队长。

裴远之：润名！

叶润名：裴先生，把我们准备的云南白药给我，里面有个伤员，需要救治。

裴远之恍然大悟，转身到副驾驶室，从包里取出一瓶云南白药，递给叶润名。

叶润名转身把云南白药递给日军小队长（日语）：这是我们云南出产的白药，专门治疗外伤，撒在伤口上，每天两次，一周就好。

日军小队长接过云南白药，仔细看了看，点点头。

日军小队长（日语）：谢谢。你们赶快出城吧！

众人顿时松了口气，大家纷纷上车。

救护车朝着城外开去。

程家院子　白天　外景

张淑慎正指挥着双喜和小丫鬟把程嘉树的行李还有好多吃的往外运。

程嘉树和毕云霄从后院过来，手里提着一个盖了盖的桶。

张淑慎：你们到了长沙好好念书，不许再胡闹了。

毕云霄边走边答应着：知道了，伯母。

双喜和小丫鬟回来搬东西。

张淑慎嘱咐双喜：路上要小心，一定要照顾好二少爷！

双喜：夫人放心，双喜定会护二少爷周全！

程嘉树看着双喜就烦：妈，我一个人在美国生活了六年，不是好好的嘛，干吗非要让我带个仆人啊，别让他跟我行不行？

张淑慎：不行！

程嘉树嘀咕：你们就是想派个人监视我。

张淑慎瞪了儿子一眼：到了就给家里写信！双喜，嘉树喜欢吃的酱肘子……

双喜：都在车里头。

程嘉树：妈，别装了，天气这么热，会坏的。

张淑慎：不碍事，路上吃，吃不了分给同学吃。

这时，程嘉文从外面进来。

程嘉树调侃：哥，帮我多备个轮胎，这么多吃的，我怕走到半路，胎就给压爆了。

程嘉文：早准备了，油都加满了，你照顾好自己就行。

程嘉树：我爸呢，还没起？

张淑慎：他一夜就没睡。

程嘉树朝堂屋方向望了望。

程家堂屋　白天　内景

程道襄坐在椅子上，默不作声。

程嘉树快步走了进来，程嘉文和张淑慎也跟了进来。

程嘉树：爸，我走了啊。

程道襄很平淡：走吧。

张淑慎：儿子要走了，你就不能好好跟儿子说句话？

程道襄：该说的都已经说了，你好自为之吧。

程嘉文走过来，手里拿着前几天拍摄的全家福。他递给程嘉树：把这张全家福带上，想家的时候看看。

程嘉树接过照片，犹豫了一下，突然朝父母跪下。

程道襄很是惊讶。

程嘉树：都说"父母在，不远游"，儿子不孝，这些年一直没在您和妈身边。等儿子学成归来，再行孝道。

说完，程嘉树重重地磕了三个头。

张淑慎的眼泪终于忍不住滑落下来。

城外土路　白天　外景

救护车停在路边。

裴远之、方悦容等人都换回了自己的衣服。

叶润名、叶润青等人从救护车里抬出了那两个木头箱子，放到地上。

方悦容走到司机身边：辛苦你啦，小韩！回去替我向魏院长道谢。

司机甲：好的，别客气，我只能把你们送到这儿了。

裴远之：回去多加小心，再见！

救护车朝着北平城开去。

叶润青：方老师，那救护车为啥就送到这儿啊，直接把我们送到保定多好？到了保定就能坐火车了！

方悦容笑了：他们是铁路警察——各管一段。这里就是他们的目的地。

叶润名：那后面的路，我们怎么办啊？关键还有这两口大箱子呢。

裴远之：放心，方老师都安排好了，接我们的人马上就到！

正说着，一辆大马车从远处跑了过来，车上一个中年男人赶马，他叫老赵。

马车停下，老赵：是北平城里的方老师、裴老师吧？

方悦容：对。您是大柳树村的老赵？

老赵：对了！我就是老赵！可算是赶到了，快，快上车！

老赵说完，跳下车，帮着几个人把木头箱子搬上车。

老赵：挤一挤，正好都能坐下。

几个学生坐在马车上，有些不太适应。

老赵：坐稳了！我们出发啦！

响鞭一甩，马车飞快地朝南跑去。

程嘉树车上　白天　外景

程嘉树开着车，毕云霄坐在副驾驶，双喜坐后座。

毕云霄看向程嘉树，又用眼神瞟了瞟双喜（英语）：这个累赘怎么办？

程嘉树（英语）：别着急，我有办法。

双喜：少爷，你俩打什么馊主意呢？欺负我听不懂。

程嘉树：哪有，路途漫漫，我们正好温习温习外语。对吧？

毕云霄（英语）：对对对。

车外传来小贩的叫卖声：杏仁豆腐，雪花酪，酸梅汤！

程嘉树一踩刹车，转头吩咐双喜：双喜，下去给我买几碗雪花酪。

双喜：买那个干吗？

程嘉树：吃啊。

双喜：二少爷，你不是打小最讨厌吃雪花酪吗？

程嘉树：我是不喜欢，你不是爱吃吗？毕少爷也爱吃！咱们马上就要离开北平，什么时候能再吃上还不知道呢，快去！

双喜咽了咽口水：那我多买一点！

程嘉树：去吧。

双喜下车，朝小贩走去。

毕云霄：你可真能忽悠！

程嘉树一笑，一脚油门踩下去，绝尘而去。

双喜瞠目。

清华大学围墙　夜晚　外景

两名日本兵围绕着程家的汽车，正在检查。

程嘉树和毕云霄从墙头跳了下来。

两名日本兵听到了动静，拿着手电照向远处的程嘉树和毕云霄。

日本兵（日语）：你们是干什么的？

程嘉树和毕云霄愣了一下，迅速跑向黑暗之中。

清华园科学楼外　白天　外景

程嘉树和毕云霄一人拿着大扫把，另一人拎着桶和拖把，看着眼前这栋三层高的楼。这是程嘉树第一次在白天打量这栋楼。

暗红色的砖墙，灰色坡顶，黄铜大门，青瓦钢窗，门额上镌有铁铸的汉文"科学"和英文"SCIENCE BVILDING"，十分端庄古朴。[1]

楼门口，把守着日本士兵，时不时还来回走动巡逻。

两人按昨晚的路线，再次绕到了楼的后方。

毕云霄打量四周，看到暂时没人，便放下扫把，帮着程嘉树拿出放大镜。而此刻，程嘉树一边观察着天气状况，一边看着楼层。

毕云霄看了一眼手表，已经下午一点半了：嘉树，一点半了。

程嘉树将放大镜对着太阳一看，又迅速拿开。

程嘉树神情严肃：夏至，太阳光直射北回归线，从这天开始，直射点逐渐南移。

毕云霄：这就是你问我科学楼朝向的目的？

程嘉树点了点头：云霄，铁棍。

毕云霄将铁棍递给程嘉树：当光线从一种介质进入另一种介质中时，光线会发生

1　清华大学科学馆为英文古体拼写 BVILDING。

偏转，就形成了光的折射。

程嘉树：托我一把。

毕云霄托着，程嘉树举着放大镜在窗台上移动，试图寻找到能通过凸透镜，折射到报纸堆上的聚光点。

毕云霄：好没好？我快撑不住了。

程嘉树：再坚持一会儿。

程嘉树集中注意力，又摆弄了一会儿放大镜，终于，他看到强烈的光照透过放大镜在报纸堆上形成了焦点。

程嘉树用铁棍在窗台的红砖缝间轻轻凿着，将放大镜平行于窗玻璃，小心翼翼地放置并固定好。

程嘉树：大功告成！

程嘉树跳回地面，掸了掸衣服，两人分别拿起各自的工具，佯装打扫。

程嘉树：我算过了，太阳高度角如果以正午十二点为 0 度计算，每一小时为 15 度。我们这是在二楼，下午两点时分，这里的光线最强，利用凸透镜把太阳光集中在同一点，就会产生巨大的热量，足以使报纸自燃。

清华园科学楼杂物间　白天　内景

光点聚焦到了校报堆上，冒起了烟。

清华科学楼外　白天　外景

巡逻的日本宪兵刚好经过这里，见到清洁工模样的程嘉树和毕云霄，大声呵斥（日语）：谁让你们在这里？

两人装作唯唯诺诺，朝楼正面走去。

程嘉树小声对毕云霄说：再等几分钟火烧着，日本兵救火时，我掩护你，你去取镭。

毕云霄郑重地点了点头。

科学楼入口处，两人见还是有日本兵在楼前把守。

他们被日本兵拦住。

日本兵甲（日语）：你们去哪里？

程嘉树：我们是清洁工，清洁工，后勤科派我们来打扫科学楼。

程嘉树比画着手里的扫把和桶，示意进去打扫卫生。

两名日本兵上下打量程嘉树和毕云霄，其中一人上前搜查两人，另外一人检查两人的工具，没有发现什么问题。

日本兵甲挥挥手，让他们进去。

两人拿着工具前后脚进了实验楼。

清华科学楼　白天　内景

两人一前一后进入实验楼。

程嘉树拉着毕云霄轻手轻脚地来到楼梯前，向二楼观望，楼上有人影在来回晃动。

两人一边拖地，一边上了二楼。

科学楼二层物理实验室门口　白天　内景

程嘉树拿着拖把在实验室外的走廊里拖地。毕云霄与他间隔了一些距离。

果然，物理实验室是重镇要地，门口有两名日本兵把守着。

两人渐渐往杂物间所在的那一侧移动，等待杂物间起火。

时间一分一秒过去。

毕云霄背过身偷偷看手表，已经下午一点四十五了，他指了指手表，冲程嘉树使眼色。

科学楼二层杂物间　白天　内景

聚光点让报纸堆烧出了一个小洞。

然而，屋外的光线却毫无预警地暗了下来。

报纸上的火光灭了，只起了烟。

科学楼物理实验室外走廊　白天　内景

毕云霄冒险拎着拖把等工具，凑到程嘉树身边。

毕云霄：怎么回事？

程嘉树看了眼窗外，天阴了。

程嘉树：你看外面，阴天了。

毕云霄着急了：那怎么办，就剩十分钟了。

程嘉树也心急如焚：看来只能听天由命了。

毕云霄：不行，拼命也要拿出镭。

毕云霄突然想到了什么，便往走廊的深处走。程嘉树不放心，佯装扫地，紧跟着他。

程嘉树：你干什么去？

毕云霄根本没空搭理程嘉树，走到一个房间门口，程嘉树抬头一看，上面挂着"化学实验室"的牌子。

程嘉树：你别冲动。

毕云霄：别啰唆，帮我挡着。

程嘉树还是照做了。

实验室门被一把挂锁锁住，毕云霄开门闪了进去。

不远处，宪兵小队长巡逻至物理实验室门口，他的站位正好挡住日本兵。

程嘉树见状，提着清洁工具，也悄悄溜进了化学实验室。

科学楼化学实验室　白天　内景

化学实验室里，规整地摆放着各种各样的化学试剂。

毕云霄打开柜子在寻找着什么，终于他看到了——一个广口试剂瓶上贴着"白磷"的标签。试剂瓶里盛有冷水，白磷密度比水大，因此沉于瓶底。

程嘉树也看到了白磷，十分紧张：你要干啥？

毕云霄：时间来不及了。我去杂物间放火，吸引日本兵的注意力，你去取镭。

程嘉树按住毕云霄：你不要命啦？被他们抓到怎么办？

毕云霄：那就跟他们拼了！嘉树，你不用管我，一定帮我把镭带给赵先生。

正在他们僵持之际，化学实验室的门突然被推开。

一名巡逻的日本兵把枪口对准了他们。

日本兵（日语）：你们干什么的？！

气氛十分紧张，毕云霄看着程嘉树，又看着日本兵。

毕云霄：我，我……

程嘉树马上接过话茬：我们是清洁工，清洁工，刚才正在这里打扫和拖地。

程嘉树仍旧比画着扫把和拖把。

日本兵将信将疑，用枪比画着（日语）：你们手里的是什么？放下！

毕云霄只得将手中的试剂瓶慢慢放下。

科学楼化学实验室　白天　内景

日本兵一步步逼近，走到程嘉树和毕云霄身边打量着他们，两人强装镇定。

日本兵的手接触到试剂瓶，正要举起时，门外走廊里传来了混杂的脚步声和呼喊声。

"着火啦！"（日语）

"杂物间起火了……"（日语）

日本兵放下试剂瓶，离开，毕云霄和程嘉树额头都冒出了冷汗。

毕云霄：好险啊！

程嘉树：差点被你害死了。

两人突然想起什么，对视后走到窗边，往外一看。

窗外，光照强烈。

程嘉树：老天爷真给面儿！

毕云霄：咱们走。

科学楼二层走廊　白天　内景

走廊已经浓烟滚滚，连看守物理实验室的日本兵都赶去救火。

程嘉树和毕云霄用眼神互相确认后，两人趁乱往物理实验室的方向走去。

物理实验室　白天　内景

两人溜进了实验室,已是满头大汗。

物理实验室明显被整理过,很多该有东西的地方也都被搬空。

毕云霄努力回想赵忠尧教授告诉他的位置。

毕云霄自言自语:东南角的柜子……

他满心期待打开了柜子,却发现里面空空如也,毕云霄傻眼。

这时,站在门后的程嘉树看到实验室的门被人推开,有个人影朝毕云霄快步走去。

程嘉树抄起拖把就要朝这个人影打去。

毕云霄猛地回头,认出此人:阎老师!

程嘉树赶紧收回拖把,差点摔个趔趄。

阎老师:你们进来的时候,我就看见了。你们在找什么?

毕云霄:我们来帮赵先生取镭。嘉树,这位是我们物理系实验室技师阎老师。

阎老师:找到了吗?

毕云霄摇摇头:赵教授说放在这个柜子里了,可是,这里已经被日本人翻乱了。

阎老师连忙帮忙一起翻找:我记得镭是用一个金属盒装的,好像藏在一本书里……

阎老师看到角落里堆放着一个纸箱,里面放着一摞摞书。

三人一本本翻过去,都是些科学著作。

毕云霄找到了那一本 *A Course of Pure Mathematics*(纯数学教程),翻开书,书芯被掏空,里面藏了一个特制的金属盒——这就是他们要找的镭了。

毕云霄:找到了!

大家都很激动。

走廊　白天　内景

毕云霄、程嘉树和阎老师谨慎地从物理实验室溜出。

即使内心十分迫切,他们仍默默提着水桶拖把,假装取水救火。

他们一边喊着"救火",一边离开了这是非之地。

科学楼走廊　白天　内景

三人快要出科学楼时，程嘉树一把拉住毕云霄和阎老师，躲到楼梯角。

程嘉树向外指了指，毕云霄和阎老师这才看到科学楼大楼门口，停着一辆黑色轿车，一名日本士兵跑到松田雄一跟前，把一个放大镜交到他手中。

日本士兵（日语）：是这面放大镜引起的火灾。

程嘉树注意到，那正是他们放置在科学楼的放大镜。

松田雄一（日语）：哪里来的放大镜？你们怎么看守的！

程嘉树和毕云霄对视一眼。

程嘉树：糟了。

阎老师：那火是你们放的？你们胆子也太大了！

毕云霄低声说：阎老师，我们来引开他们的注意力，您随后再出来。

阎老师：不行！

毕云霄：阎老师，放心吧，他们不会把我们两个学生怎么样！请您一定把它交给赵先生。我们长沙见！

毕云霄把藏镭的铁桶交到阎老师手中。毕云霄在其耳边，小声说了句话。

接着，两人不由分说，拿着拖把和水桶，从楼里大胆走出。

清华科学楼外　白天　外景

两人低着头从士兵面前经过，然后往右一拐。松田觉得奇怪，便叫（汉语）：你们两个，站住！

程嘉树和毕云霄头也不回，越走越快，松田掏出枪，朝天鸣枪。

程嘉树和毕云霄扔掉桶，撒腿快跑，一拐弯没影了。

几个士兵持枪追了上去。

松田和戴眼镜的日本人急匆匆进了科学楼，阎老师看着他们上了二楼后，悄然出了大门。

清华园　白天　外景

　　熟悉地形的毕云霄带着程嘉树七拐八拐钻进树丛，避开了后面追的日本兵，来到一处墙角（就是他们昨天晚上翻过的地方）。

清华园附近　白天　外景

　　程嘉树和毕云霄翻过墙，走到停在清华园附近的轿车前。

　　程嘉树：大功告成！上车！

　　两人迅速脱了清洁工的衣服，上车。

　　程嘉树点着车，突然抬头看见对面站着两个日本士兵，举着枪。

　　程嘉树和毕云霄一惊。

　　日本兵甲走到车窗边（日语）：下车！

　　程嘉树摇下车窗（日语）：这位长官，有事吗？

　　日本兵甲见程嘉树会说日语，更是疑惑：你们到底是什么人？为什么会穿着清洁工的制服？这是你们的汽车吗？下车！

　　程嘉树和毕云霄意识到露馅了。

　　程嘉树脚下一踩，油门轰到底，直冲着举枪的日本兵乙驶去。日本兵乙大惊，扣动扳机，一声枪响，子弹击碎了前挡风玻璃，擦着程嘉树的耳边飞过。

　　但程嘉树的车还是冲了过去，一路加速疾驰……

通往马助教家饭店的土路上　白天　外景

　　林华珺、叶润名、叶润青、裴远之、方悦容、老赵五人坐在车上。烈日当空，众人都是汗流浃背。

　　叶润青：哥哥，我们还要走多久啊？

　　叶润名：累了？

　　叶润青：颠死我了。再坐下去，我的腰都快折了。

　　叶润名：娇气！你瞧人家林华珺，跟你一样是女孩子，人家啥都没说。

林华珺：我是比较能忍，其实我也快受不了了。

方悦容：大家都辛苦了，前面就快到保定了，到了保定我们就能休息了。

叶润名：还有多远？

裴远之：不远，再有一个时辰保证能到！大家坚持一下。

路上　白天　外景

程嘉树仍然把油门踩到底往前飞奔，一旁的毕云霄死死抓着把手，面如土色。

程嘉树：毕云霄，你看着这么强壮，结果身子这么虚啊。

毕云霄：日本人没追来，你能开慢点吗？

这时，程嘉树从后视镜里看见一辆日军军车追了上来，随即枪声再起。

程嘉树：你个乌鸦嘴！

日本兵不停地向程嘉树的车开枪。

枪击了一段时间之后，他们的车轮胎被打爆，直接冲下了路基。

程嘉树：车胎爆了，下车！

程嘉树和毕云霄随即下车，行李也不要了，跑进了路边的树林。

树林　白天　外景

程嘉树和毕云霄不管不顾地往前跑。

两个人拼命跑着，身后的日本兵一刻不停地追着，不时地朝他们开枪。

又一声枪响，子弹穿过程嘉树的衣袖，程嘉树吓得跌坐在地。

两人连滚带爬地落入了一个深坑里，毕云霄正要起身，程嘉树赶紧拽住他。这个深坑是一棵大树的树根，正好可以藏人。

程嘉树划拉着周边的树枝，两人使劲躲进树根底下。

日本兵追到附近，见没了人影，便四处寻找。

程嘉树和毕云霄大气不敢出一口。

日本兵端着枪，站到了树边上，几乎在程嘉树的头顶。

突然，远处有动静（动物），日本兵开枪射击，往那边追去。

程嘉树和毕云霄松了口气。

旅馆　夜晚　内景

突然一阵急促的敲门声响起，守在门边的赵忠尧立刻拉开了门。

只见一身朴实低调打扮的阎老师出现在门口，手中拎着一个铁桶。

赵忠尧：阎老师？

赵忠尧看见阎老师手中的铁桶，心中便有了数。

赵忠尧：快请进！

阎老师：赵先生。

赵忠尧朝门外警惕地看了一眼，把门关上。

阎老师从铁桶中取出那一个特制金属盒子，郑重地交到赵忠尧手中。

阎老师：这次多亏了毕云霄和程嘉树两位同学，这个镭才没有落到日寇手里！

赵忠尧双手接过，感叹不已：让你们冒险了！

阎老师：早就听叶先生说过，在物理学家眼里，这镭是比生命还贵重的东西。

赵忠尧：谢谢，太谢谢你们了！

阎老师：今天取镭已经惊动了日本人，赵先生，您要尽快离开北平才行。

赵忠尧：天亮我就启程去长沙。

土路上　白天

灰头土脸的程嘉树和毕云霄步行而来。

程嘉树：哎，我记得你昨天说什么来着，只要我帮你办成这件事，未来几年，我的吃喝拉撒你全包了，对吧？

毕云霄有些尴尬：我的行李也在你车上。

程嘉树：也就是说你现在身无分文？不但兑现不了承诺，还要我出路费？

毕云霄：想怎么着吧，别弯弯绕。

程嘉树一笑：吃喝拉撒不用你包，脏衣服臭袜子你全包。

毕云霄：想得美！别忘了，你也好不到哪儿去！身上有几个大子儿？

程嘉树：我实在是有点走不动了，咱们到前面找地方休息一会儿吧！

毕云霄：走，前面好像到城镇了。

两个人走去。

保定仙客来大旅社　　白天　　外景

僻静的街道，没有什么行人。

旅社上挂着仙客来大旅社的牌子。

旅社门口，老赵赶着马车走了过来。

老赵：到啦！伙计出来接客人！

伙计甲跑了出来：哎呀老赵，怎么这么晚才到啊，王掌柜都等急了。

老赵：路上不太平，绕了点路。这两位是方老师跟裴老师。

伙计甲鞠躬：方老师，裴老师，一路辛苦啦！快请进！

伙计甲与老赵开始帮忙抬箱子。

方悦容带着众人走进了旅社。

保定仙客来大旅社　　白天　　内景

朴素的客房，里面是一张大炕。

房门打开，王掌柜带着方悦容、裴远之走了进来。

王掌柜：给你们留了两间客房，这一间还有隔壁的一间，男女分开。

方悦容不经意地说暗语：出门能遇到掌柜的这样的朋友，真是幸运。

王掌柜回答暗语：没什么，只要出门在外，肯定能找到一条路上的朋友。

方悦容眼睛一亮：您就是王平同志？

王掌柜：是，但是现在大家都叫我王掌柜的。

方悦容：见到您真是太好了，这位是北大的裴远之同志，也是我们的同志。

王掌柜与裴远之紧紧握手。

裴远之：我们这一次南迁，遭到日本人的堵截。一路上得到交通站同志的帮助，心里真是太踏实了，太感谢了。

王掌柜：不用客气。上级通知我们，只要是南迁的师生，都要多加照顾，何况是自己的同志。你们先休息，我出去看一下。

王掌柜说完，转身走出。

裴远之：方老师，你把两位女生叫过来休息吧，我出去转一圈，摸摸情况。

方悦容：多加小心。

保定仙客来大旅社　白天　外景

裴远之从旅社里走出，查看着周围的情况。

程嘉树和毕云霄从远处走了过来，原来他们一路搭车也来到了保定。

这时，毕云霄看到从饭店里走出来的裴远之。

毕云霄大喊：裴先生！

裴远之也很高兴：云霄！嘉树！

裴远之：哎呀，你们这两个家伙，怎么跑到这里来了？

毕云霄：一言难尽，裴老师，有吃的吗？我们俩快饿死了！

裴远之：快跟我来！

仙客来大旅社客房　白天　内景

客房的圆桌边，大家围在一起吃着简单的午饭。

桌子上摆着馒头，稀粥，还有些青菜。

毕云霄与程嘉树都狼吞虎咽地吃着。

叶润青：……我就说嘛，你哥怎么可能关得住你！

程嘉树看向林华珺：可不，为了我的梦想，拼了这条命我也得逃出来！

程嘉树热辣的目光，让林华珺有些尴尬。

叶润名大度一笑。

方悦容：嘉树，你们俩这是怎么回事？你是逃出来的？

程嘉树：本来是逃出来的，后来又被我爸发现了。然后，我就成功说服了我爸。

叶润名伸出手：程嘉树，欢迎你报考国立长沙临时大学！

程嘉树握住叶润名的手：真心的？

叶润名：当然是真心的！我这个妹妹可一路上都惦记着你呢。

叶润青闻言，立刻羞红了脸：瞎扯！谁惦记他了！

裴远之：云霄你慢点吃，不够还有！

毕云霄已经被噎得说不出话来了。

仙客来大旅社门口　白天　外景

几名大学生拎着行李走来，朝旅社里观望。

伙计甲走出：几位，需要住店吗？

大学生甲：你这里贵不贵啊？

伙计甲：您去城里打听打听，我这里是最便宜的，而且我们老板对学生优惠，每天每个人只收一块五。几位是从北平过来的吧？

大学生乙：您怎么知道？

伙计甲：看你们这身打扮就知道了。不瞒几位，我们店里已经住了好几位清华跟北大的学生了。还是老师带着呢。

大学生甲：真的？清华的是谁在这儿呢？快带我们进去看看。

仙客来大旅社内　黄昏　内景

程嘉树和毕云霄边吃边跟大家聊天。

裴远之等人得知两人冒险帮助赵忠尧取出镭的事后，大为赞叹。

叶润名：行啊！嘉树、云霄，长沙临大尚未开学，你俩就为学校立了首功！

程嘉树很得意。

叶润青兴奋地看着程嘉树，很佩服：你们被日本人追？

程嘉树：追了十几公里，这小子都快歇菜了。

毕云霄窘迫：吃你的吧，哪儿那么多废话！

林华珺的目光落在程嘉树衣袖的弹孔上：你衣服上是弹孔吗？

程嘉树看向林华珺，一笑：还是你看得仔细。

林华珺没好气地瞪了程嘉树一眼。

程嘉树对林华珺微妙的感觉被叶润青看在眼里。

程嘉树抬起胳膊，向众人展示弹孔：日本人的枪法不咋地。

方悦容：命都差点丢了，还这么嬉皮笑脸。

程嘉树又看向林华珺：你针线怎么样，帮我补补呗？

叶润青有些莫名的醋意：华珺姐又不是你家仆人，凭什么要帮你补衣服？

林华珺并没有察觉叶润青的小醋意：脱下来吧。

程嘉树开心一笑，脱下衣服，交给林华珺，然后挑衅地看了叶润青一眼。

叶润名：要不要给你来瓶二锅头，压压惊？

毕云霄刚想说要。

程嘉树：瞧不起人，好歹我也见过大轰炸的，一颗子弹能把我吓着？

这时，又有几名北大学生带着行李进来了。

学生甲：裴先生，这么巧。

裴远之：你们是？

学生甲：我们是哲学系的。

裴远之：出来就好，都有路费吗？

学生甲：有。

叶润名看见另外两名女学生神情悲痛。

叶润名：你们怎么了？

学生乙欲言又止的样子，从自己的包袱里拿出了一张报纸，把报纸递给裴远之。

裴远之接过报纸，看到上面头版写着：著名诗人陈三立昨日绝食去世。

裴远之喉头一哽，眼眶立刻就红了。

众人齐齐看向裴远之。

裴远之哽咽：陈老先生绝食五日，于昨日逝世。

悲怆的情绪在众人之间蔓延。

旅社外一处山坡　黄昏　外景

残阳如血，裴远之走上一处山坡，眺望北平方向。众人紧随其后。

裴远之：听到这个消息，我和大家一样悲伤，一样心痛，但我不沮丧，有陈三立先生这样的气节在，我们的国家、我们的文化不会亡，我们艰苦求学是有意义的，并且是有巨大意义的。古诗有言，"长风破浪会有时，直挂云帆济沧海。"

这时，叶润名先开口了：覆国迎千劫，移家续一年。

众人随即接上：

饱扬鹰已怒，突出蚁相连。

气夺扬尘道，冤攀掌梦天。

弄戈对把笔，留命作痴颠。[1]

众人激昂的声音回荡。

程家中堂　黄昏　内景

程嘉文在数落双喜：你说说你，打小就跟嘉树一块儿长大，吃过他多少回亏，他肚子里那十八般武艺你哪一样没领教过？怎么就不长记性呢？

双喜：是我太蠢了，老爷、太太、大少爷，你们罚我吧。

程道襄：能怨得着双喜吗？你不也一样着了你弟弟的道？那小子什么样你们心里不清楚？就是派十个双喜，也不一定能看得住他。

张淑慎问程嘉文：那现在怎么办？这孩子一刻不让人省心。

说话间，外面突然传来嘈杂声。

仆人慌张地进来：老爷，日本人来了。

程嘉文看向父亲。

几人向外走去。

程家院子连中堂　黄昏　外景

刚到院内，张淑慎惊呆了，只见院内闯进来了十几个荷枪实弹的日本士兵，正在四处搜索，几个仆人正试图阻拦。

程嘉文：住手！你们干什么？！

门口，松田雄一进来，他身边陪着的，是北平警察局长。

程嘉文：曹局长，什么情况？这些日本兵想干什么？

松田雄一使了个眼色，士兵这才停手。

曹局长：程秘书，这位是日军驻北平宪兵队队长松田雄一中佐。他是专程来拜访你父亲的。

1　陈三立的《庸庵同年赋诗见怀时眼中兵起先发袭击感而次》。

程道襄：曹局长，咱们就开门见山吧，有何贵干？

曹局长尴尬地笑笑：程老先生是个干脆人，那我就直说了。现在北平城也消停了，咱们商会这段日子救济、安抚灾民，皇军都看在眼里（看了一眼松田，松田点头）。但是，北平的这些大工厂，比如像您的纱厂、呢子厂，吴老板的面粉厂都在停工，希望程老板出面招呼一下，您振臂一呼，恢复开工，对北平稳定民心，也起到一个带头作用。

程道襄不紧不慢：什么时候外人走了，消停安生了，人心也就回来了，再复工也不迟。

曹局长语塞。

松田开口了：程老先生，我很喜欢研究中国的历史，特别是古都北平。这北平城，几百年来，进进出出的帝王将相多了去了，老百姓不一样你唱你的戏，我做我的生意。

程道襄：那些个是家里头的事，就像叔伯兄弟打架，可今天不一样。

松田脸色变了：看来，程道襄先生是不愿意与我们共走这个康庄大道啊。

程道襄：一把老骨头了，走也走不动了。

松田：走不动没关系，可以坐车嘛！

程道襄：你什么意思？

松田：（这里，松田改口，不称呼您了）你府上的车在吗？那辆黑色福特汽车？

程道襄微微一愣，注视着松田。

程嘉文看父亲没有说话，插了一嘴：我家的车有什么问题吗？

松田雄一没有理睬程嘉文：你只要回答我，在还是不在？

程道襄悠悠地：我家的车，被我小儿子开走了，有什么问题吗？

松田雄一：开去哪里了？

程道襄：跟你有什么关系？

松田雄一：你小儿子可是清华学生？

程道襄：跟你又有什么关系？

程嘉文打圆场：我弟弟刚从国外留学回来，不是清华学生。

松田雄一：既然话说到这个份上了，那我就不跟你绕弯子了。就在今天早上，有人开着一辆黑色福特汽车，进入清华校园，盗取了重要校产。

程道襄：哦……且不说清华校产跟你们日本人有什么关系，我的儿子开着我家的汽车，在我们自己的土地上，去做他自己的事，跟你们有一丝一毫关系吗？

松田：程先生，我想你的理解有些偏差。7 月 29 日之前，这件事跟我们没有关系，

7月29日之后，所有的物产就都是大日本帝国的了，也包括你的所有工厂……请问有没有关系？中国有句话叫作先礼后兵。程先生，今天我礼到了，告辞！

松田起身离开。

他们刚一走，张淑慎走进来，眼泪差点急出来：嘉树这次可闯了大祸了，这可怎么办呐！

程道襄：怕什么。虽然我不知道嘉树那小子干了什么，但既然是让仇者痛的，就一定是大好事。行得正坐得端，无愧于天，怕什么魑魅魍魉！

仙客来大旅社外 夜晚 外景

程嘉树拿着根树枝在地上划拉着：露从今夜白，月是故乡明。

毕云霄站在背后接话：有弟皆分散，无家问死生。

程嘉树笑了：你瞧你接的，正应和咱俩现在的处境。

毕云霄：怎么了？这才出来一天，就想家了？

程嘉树：我在美国几年逍遥自在，从来没有这样的感觉。今天突然想我妈了。

毕云霄：嘉树，是我把你拉下水的。

程嘉树：说什么话呢！这么畅快淋漓的事，你不叫上我，还能叫上谁？再说了，就凭你的脑子，怎么能从日本人眼皮子底下把东西偷出来？

毕云霄：日本人一定在追查，会不会给你们家带来麻烦？

程嘉树不置可否：我也不知道。

方悦容不知什么时候到了他们身后：嘉树、云霄，裴先生回来了，进来吧。

程嘉树：悦容姐，家里会出事吗？

方悦容看出两人的担忧，安慰道：没凭没据的，就拿着一辆车说事？姨父也不是头一回和日本人打交道了，别担心。

程嘉树这才稍稍安下了心，与毕云霄一起，跟着方悦容进了饭店。

仙客来大旅社 夜晚 内景

叶润名、叶润青、程嘉树、林华珺、毕云霄五人已经各自换上一身明显成熟于他们年龄的装扮。

还有一些同学，也是男女搭配好。

程嘉树：裴先生，我们干吗穿成这样？

裴远之：火车站有好多日本宪兵，盘查得很严。我和方老师商量了一个办法，大家兵分两路。我和方老师绕开保定，从唐县走，唐县县长可以帮我们弄到一辆卡车，装这些图书够用了，日本人的手暂时还伸不到那里。你们几个年轻人由叶润名带领，分别扮成几对夫妻，混在百姓里面，坐火车。

叶润名：我们和你们一起走吧，你们东西多。大家可以搭把手。

程嘉树马上：是啊，悦容姐，我也不放心。

方悦容：你还是和云霄、润名照顾几个女生，你和润名都会日语，容易过关。大家互相有个照应。你们的任务就是安全抵达汉口，运输图书和资料的工作就交给我们老师来完成。

程嘉树看了一眼林华珺：好吧。

叶润青看了看程嘉树，又看了看叶润名和林华珺：哥，华珺姐，你俩站在一起，一看就是一对夫妻。

叶润青边说边走到两人身边：再加上我这个妹妹，就是一家三口。毕云霄，你人高马大的，干脆给我们当脚夫。

程嘉树：那我呢？

叶润青：你不是会说几句日语吗？一个人也没问题吧。

叶润名：一个人太惹眼，润青，不如你和嘉树扮成一对夫妻。

叶润青脸一红，还来不及表态，程嘉树立刻跳起来反对：别，和她扮夫妻，还不如我一个人走！

被程嘉树当场拒绝，叶润青自尊心受挫，脸涨得通红：程嘉树！……好心当成驴肝肺，我才懒得管你！

程嘉树目光看向林华珺，叶润青立刻捕捉到：你看华珺姐干什么，她和我哥是一对，你想都不用想！

程嘉树：行，我自己走，行了吧。

叶润名：润青，别闹小孩子脾气。裴先生，你放心，我会安排好的。

裴远之点了点：大家再仔细检查一遍行李，书、学生笔记之类的一定不能带，先寄存在这里。

裴远之对叶润名等人：大家分头准备，我们武汉见。

叶润名：武汉见。

方悦容：嘉树，照顾好自己。

程嘉树：裴先生，请您代为照顾好我悦容姐。

裴远之：放心吧。大家抓紧时间准备吧。

保定火车站进站口　黄昏　外景

（平汉铁路时刻表：保定站发车是晚上六点二十分一班　半夜一点十五分一班）

日本宪兵盘查每个进站的人，翻看着手，不时扣下人带走。

进站口，很快轮到程嘉树，他把车票交给了检票员，检票员划了票，程嘉树准备往里进。

日本宪兵甲拦住了他（汉语）：证件！

程嘉树拿出通行证递给宪兵。

日本兵甲看了看，通行证上写着姓名：林术　年龄：25。

日本兵甲翻看了程嘉树的手，神情疑惑。

程嘉树用日语询问：长官，有什么问题吗？

日本兵甲见程嘉树会说日语，态度稍稍缓和了一些：你看起来没有二十五岁。

程嘉树摸了摸自己光溜的下巴：这个问题也一直很困扰我。

日本兵甲看了看车票：去武汉做什么？

程嘉树：打理家里的生意。

日本兵甲：什么生意？

程嘉树：纱锭。

日本兵质问：你出门做生意连个行李都不带吗？

程嘉树愣了一下。

就在这时，一个声音忽然响起：林术！你走也不跟我说一下！

林华珺拎着小皮箱心急火燎地来到程嘉树面前，一边跟其他旅客道歉：对不起啊！对不起啊！借过一下！

程嘉树心领神会：哎哟，我的太太，你怎么才来啊！

林华珺一边把票给了检票员一边很凶地数落：我怎么了？你就不能等我一会儿吗？

程嘉树很殷勤地接过箱子，一边打自己：我错了，我错了不行吗？

边上的旅客还有检票员在笑。

日本兵甲：你们是夫妻？

林华珺：他说什么？

程嘉树：他问我们是不是两口子？

林华珺：不是，谁摊着你谁倒霉！

程嘉树嬉皮笑脸地翻译：长官，我这个太太外号母老虎，凶得很。

日本兵看了看林华珺：进去吧。

程嘉树拉着林华珺的手进了站，林华珺想甩开：放开！

程嘉树：别闹了！ 林太太！

身后，叶润名几人也松了口气。

<h2 style="text-align:center">程家中堂　白天　内景</h2>

程嘉文匆匆回来。

张淑慎一直等在中堂，看到他，赶紧过去：怎么样了？

程嘉文：打听了，的确在查。

张淑慎：这可怎么办呐！

程嘉文：妈，您先别急，算算时间，嘉树应该已经出了北平城。我已经安排双喜前往长沙，一旦找到嘉树，马上给家里拍电报。

张淑慎：好好，你有没有叮嘱双喜，家里的事千万不要跟嘉树说。

程嘉文：叮嘱了。

张淑慎这才稍稍放心：那纱厂呢？ 怎么样了？

程嘉文表情凝重：纱厂已经被日本人占了，复工了。

张淑慎惊得放大了声音：复工了？！

她正吃惊时，身后却已经传来了手杖落地的声音，两人回头一看，但见程道襄不知道什么时候已经出来了，脸色难看。

程嘉文：父亲……

程道襄：呢子厂呢？

程嘉文：也复工了……

程道襄一个站立不稳，险些倒下。

程嘉文：父亲！

他和张淑慎赶紧冲过去，把他搀到了椅子上。

程嘉文：父亲，厂里的工人也难，一边是日本人的枪口，一边也要养家糊口，他们也是被逼的。

程道襄：就是饿死，那也比被人戳脊梁骨强！我原本以为，只要人心不垮，早晚北平还是我们的，没想到……

就在这时，门外突然传来嘈杂声，紧接着是踏踏的军靴声。一队日军冲了进来。

程嘉文：你们这是干什么？

日军队长示意了一下旁边的中国翻译。

翻译：从现在起，这里由日本驻北平宪兵司令部征用，请你们马上离开。

程嘉文：胡说八道！这是我家！

翻译：是不是你家，不是你说了算。

程嘉文正想说话，一个茶碗已经朝着日军队长砸了过来。

原来是程道襄砸的。

日军的枪口纷纷对准了程道襄。

程嘉文迅速拦在父亲身前。

双方对峙着。

程嘉文终于开口：搬，我们这就搬！

翻译朝着日军队长说了几句话，日军队长一个手势，所有枪口这才放下。

张淑慎已是泪流满面。

程嘉文转身，正要扶父亲。

程道襄却已经轰然倒下，他中风了！

程嘉文：父亲！

张淑慎：老头子！

武汉闻一多家　白天　内景

闻一多正在读信。

（字幕：清华大学文学系教授　闻一多）

妻子高孝贞在身后一边织着毛线，一边担忧地看着他。

闻一多把信一合：帮我收拾行李吧。

高孝贞：决定去长沙了？

闻一多点头。

高孝贞放下手里的针线：我希望你能接受战时教育问题研究委员会的工作，留下来……更何况，你的假期尚未结束。

闻一多：学校的信已经讲得很明白了，长沙现在需要老师。

高孝贞：长沙需要你，我们也需要你。你接受了这份工作，便可以在汉口安心留下，一起照顾家里。

闻一多：学校太困难了。三校教职员，谁不抛开妻子跟着学校跑？连以前打算离校，或已经离校了的，现在也回来一齐去了。

高孝贞有些生气：这么好的机会你不留下来，抗战兵荒马乱的，好不容易咱们团聚在一块儿，现在又分开了。

闻一多横下心：你是知道我的，我不愿做官，也实在不是做官的人。你要我应下委员会的工作，实在是强人所难！再则，我是不会放弃临大的。

高孝贞闻此：你就愿意放弃我们！

高孝贞越想越生气，闷着头开始流眼泪，闻一多走到她身边，想安慰她：孝贞……

可高孝贞太难受，起身往里屋去，也不再与闻一多说话。

北平郑天挺家　　白天　　内景

郑天挺和大女儿从外面回来，提着两袋米。（家里还放着夫人的遗像。）

小女儿和小儿子在帮着打包行李，最小的孩子一边独自玩耍，都很懂事。

郑天挺看到孙乾道坐在客厅里。

小女儿：爸爸，这位孙先生等您很久了。

（字幕：清华大学日文系教授　孙乾道）

看到郑天挺，孙乾道迎了上来：郑秘书长。

郑天挺关照大女儿和小女儿：把米拎进去。

小儿子也过来帮忙，费力地拿着米进去。

郑天挺：孙先生？你找我，有何贵干？

孙乾道：你我虽不同校，但都是人师，我就开门见山直说了，我希望你不要离开北平。

郑天挺：为什么？

孙乾道：你总该为北大考虑吧，你身为北大秘书长，你走了，北大怎么办？

郑天挺：可是北大已经落到了日本人手里。

孙乾道：无论在谁手中，只要教师在，学生在，北大在，我们照样可以办学。

郑天挺：孙先生，我明白你是想为谁做说客了，很抱歉，让你失望了，北大不会做亡国奴，我也不会。慢走，不送。

孙乾道一脸尴尬，只好离开。

两个女儿和一个儿子探着头，听着。

郑天挺把门关上，回头看到女儿和儿子。

大女儿郑晏：爸爸，你能不走吗？

郑天挺：爸爸也不想离开你们，但是爸爸有更多的孩子要去照顾，等爸爸把他们安顿好了，再想办法来接你们。

大女儿郑晏：爸爸，在这里教书和在那里教书不都一样吗？

郑天挺：我在那里可以上我自己想上的课，在这里就得听他们的，用他们的那套东西去教书。你懂了吗？

大女儿郑晏点点头。

郑天挺：晏儿，你每月到东城的沙鸥老师家去领取生活费。

女儿郑晏乖巧地点点头。

郑天挺：你们姐弟几个要听大姐的话，彼此相扶。

几个孩子都听话地点头。

郑天挺抱起最小的儿子，亲了亲，把怀里的小儿子放到大女儿怀中，终于痛下决心，起身拎着行李离开。

郑天挺家门外　白天　外景

郑天挺坐上门口的人力车。

几个孩子站在门口，目送着他。

人力车拉远。

孩子们这才拉着手，追了上去，喊着：爸爸！等你回来！

郑天挺忍着不回头。他再也忍不住，回头看了一眼，已经没有孩子的身影，眼泪决堤。

武汉闻一多家　夜晚　外景

闻一多转身看了一眼房门，仍紧闭着，妻子还在里面。

他定睛看了一会儿，随即去到另一个房间。

房间里，几个子女躺在床上熟睡。

闻一多轻轻摇了摇大儿子闻立鹤，立鹤睁开蒙眬睡眼。

闻一多轻抚儿子的头：鹤儿，我走了啊。

闻立鹤：父亲，您还是要去长沙吗？

闻一多：我必须去。

闻立鹤：可是母亲想你留下来……

闻一多：总有一天，你母亲会理解我的。好了，别起来了，等我在长沙安顿下来，就接你们过去。

闻立鹤点点头。

这时，二儿子闻立雕也醒了：父亲。

闻一多声音有些哽咽：雕儿也醒了啊。我要走了，你们要乖，别让你们的母亲烦心。

小弟闻立鹏也揉了揉眼，迷迷糊糊地睁开。

闻一多刚唤了声"鹏儿"，喉咙管便硬了，话没说完，眼泪流了出来。

他哽咽嘱咐闻立鹤：照顾好弟弟们，照顾好母亲。

闻立鹤和闻立雕点了点头。

闻一多抱了抱几个孩子：睡吧，别起来。

武汉闻一多家外　早晨　外景

闻一多回望了一眼家门，虽然留恋不舍，他还是毅然转身，奔赴长沙。

（字幕：1937年，北平沦陷后，北大、清华、南开三校师生，
纷纷前往长沙，踏上了南下办学、求学之路……）

程嘉树一家合影（剧照）

↑ 程嘉树骑着哈雷摩托穿梭于北平城内（剧照）

↑ 林华珺在清华大学观看清北学生篮球赛（剧照）
↓ 叶润名在抗日军队驻地后方用巧克力安慰林华珺（剧照）

↑ 冯友兰与方悦容在清华教务处谈话（剧照）
↓ 1934 年的清华大学图书馆阅览室

↑ 程嘉树与清华学生在篮球场上（剧照）
↓ 旧时清华学生在校门口合影

第二部

长沙·暂驻

驻衡湘，又离别。罗三校，兄弟列。

七

火车上　白天　内景

三等车厢里塞得满满当当,都是逃难的民众,几乎连落脚的地方都没有。

程嘉树拿着搪瓷水杯从车厢的接口处往座位那边小心地迈过来,有孩子和女人在角落里低声哭泣,边上的男人目光呆滞、无助。

叶润青:从郑州一下子上来这么多人,越来越挤了。

林华珺:能上车就是幸运的,还有好多人没上来,跟家人被迫分离的。

林华珺指了指那对夫妇和孩子。

叶润名点头:我们尚有落脚之处,他们才是真正地流离失所。

程嘉树:来,大家喝口水!

叶润青喝了一口,差点没吐出来:什么味啊?

毕云霄:是铁锈吧。估计车站根本没时间换水。

毕云霄接过水杯,喝了一口,递给林华珺,林华珺也并不介意喝了一口,虽然很难喝。

程嘉树:大小姐,有这点水喝就不错了。

叶润青叹了口气:来时和去时真是天壤之别啊!

叶润名心疼地摸摸叶润青的头:再坚持一下,马上就到家了。

叶润青点点头。

林华珺:真羡慕你们,一家人能团聚。

程嘉树:想家了吧,你放心,我哥会照顾伯母的。

叶润青一听这话不得劲,捅了捅叶润名,叶润名想了想:我们在汉口下车后,先不着急坐船去武昌转粤汉线,我想请大家一起到我家休整两天。

叶润青打趣道:正好华珺姐也可以见见我的父母。

叶润青说完,故意挑衅似地看了一眼程嘉树。

程嘉树想说什么,叶润青截住他的话:华珺姐,我父母人特别好,他们一定会喜欢你的，你也一定会喜欢他们的。

林华珺有些尴尬。

叶润名见状打圆场：华珺，一路走来，大家困乏疲惫，只是在我家休整两天，如果你有顾虑，可以住我家附近的汉江饭店。

林华珺闻此，倒也坦荡：没顾虑，既然大家都去，我当然也一起。

叶润青朝程嘉树瞪眼，程嘉树回以白眼。

武汉火车站　白天　外景

下车的人群中，叶润名护着林华珺，程嘉树也护在林华珺一侧。

这时毕云霄扯了他一把：人家都要见父母了，你就别往上凑了。

叶润青被挤得东倒西歪，毕云霄帮她挡住了拥挤的人群，叶润青对他感激一笑。

程嘉树：真热！立秋了还这么热！名副其实的火炉！

早已等在站外的叶家管家丁叔和仆人看到了他们，高兴地迎了上来，冲着叶润名、叶润青：少爷，小姐。

叶润名：丁叔。

叶润青：丁叔，我快想死你们了。

说着很自然地把行李放进了丁叔手里。

丁叔身后，停着两辆车。

一个仆人上来接过叶润名和林华珺的行李。

丁叔把车门打开：老爷和太太也很想念少爷和小姐。

叶润青一屁股坐了进去，喊林华珺：华珺姐，快来。

林华珺跟她一起坐在后座。

见程嘉树也朝这辆车走来，叶润青立刻制止：程嘉树，你和毕云霄坐后面那辆吧。

叶公馆大门　白天　外景

汽车驶入叶公馆大门，公馆面积很大，显见豪门望族气派。

汽车一直往前开去。

叶公馆院子　白天　外景

汽车在叶公馆院内停下，众人下车。丁叔和仆人往下卸行李。

叶润青拉着林华珺往里面走。

毕云霄不禁感慨：叶家可真气派。

说者无意，听者有心，程嘉树没好气地白了毕云霄一眼。

毕云霄：你对林华珺还是知难而退吧。

程嘉树：你这忘恩负义的家伙，就知道长他人志气灭自己威风，信不信我吃穷你，让你学费都交不起。

这时，叶润名的父母迎了出来。

叶母：润名，润青。

叶润名：父亲，母亲。

叶润青冲上去抱住了母亲：妈，我想死你了！

叶母：妈也想你，让妈看看。

想起在南开的死里逃生，叶润青的眼泪涌了出来：我以为我再也见不到你们了！

叶母心疼落泪：我和你爸听说南开被轰炸，魂都吓没了。

叶父：好了，你的宝贝儿子女儿不都平平安安回来了嘛，别哭了。

叶母赶紧擦干眼泪。

叶润名：父亲、母亲，这几位都是我的同学，这位是——

叶母：是林小姐吧？

林华珺落落大方：伯父、伯母好。

叶母看着林华珺，微笑：润名和润青经常在信里提到你，今日一见，果然如润名所言，才情并茂。

林华珺：伯母过誉了。

叶润名正要介绍程嘉树。

程嘉树已经抢先自我介绍：伯父、伯母好。我叫程嘉树，没想到伯母您这么年轻，要说您是润青的姐姐我都相信。

叶母笑了：润名，你这位同学可真会说话。

叶润青：他才不是我们的同学，他啊，现在只能算……考生！

程嘉树：临大恢复招生，我肯定能考上。

叶润青：考上了，你也是我们的学弟。

众人笑。

叶润名继续介绍：这是我同宿舍的，毕云霄，物理系的。

毕云霄：伯父、伯母好。

叶父：欢迎你们！

叶母：一路奔波，都累了吧。房间都给你们安排好了，润青，带林小姐上楼休息。

叶润青：华珺姐，走。

叶润青拉着林华珺进屋。

叶父也招呼程嘉树和毕云霄：别客气，就当自己家。

叶家客厅　夜晚　内景

叶润青和林华珺下楼。叶润青精心打扮过了，光彩照人。林华珺依然朴素。

毕云霄愣愣地看着，程嘉树捅了一下发呆的毕云霄。毕云霄回神，忙移开视线。

程嘉树笑了起来：叶润青，没想到你打扮起来还挺漂亮的。

叶润青脸微微一红。

紧接着程嘉树又说：把云霄都看傻了。

毕云霄脸唰地一下就红了。

林华珺也笑了起来。

叶润青没好气：要你多嘴！

叶润名走过来：开饭了。

叶家餐厅　夜晚　内景

一桌中西合璧的精致菜肴。

众人落座。

叶父率先端起酒杯。

叶父：润青来信讲过南开遇险之事，华珺、嘉树，感谢你们二位对小女的救命之恩！

叶母同时端着酒杯，起身敬酒。

林华珺、程嘉树也赶忙端起酒杯站起身回敬。

林华珺：伯父，您言重了，如果说感谢，救润青的也是程嘉树。

程嘉树：要是没有你，我也不会去天津，应该感谢的是你。

叶父：两位都是润青的救命恩人，年纪轻轻却不居功自矜，更令人感佩。

叶母：大恩不言谢。从此以后，这里就是你们的家。

程嘉树：伯母，看到这道京酱肉丝的时候，我就已经没法当自己是外人了。

叶母：喜欢就好。你们尝尝，地不地道？云霄，你也别客气，多吃点。

毕云霄：谢谢伯母。

女仆把盘里的京酱肉丝盛到毕云霄面前的盘子里。

丁叔到林华珺面前，盛了一点鱼子酱到林华珺的盘子里。

林华珺：谢谢。

叶润名：我妈喜欢法国菜，这是从法国运过来的鱼子酱，你尝尝。

叶母看向林华珺：华珺，他们兄妹在北平，经常受到你的照顾，这里就是你的家。

林华珺：伯母您太客气了。得伯父伯母资助，华珺才能得以南下求学。大恩不言谢，此番恩情，华珺只能留待将来回报了。

叶润青：华珺姐，你太见外了。我爸妈可是早就把你当一家人了。

林华珺自然听得懂叶润青的弦外之音，但当着众人的面，又不能辜负叶家的情分。

叶母：华珺，听润名说，你母亲独自一人留在北平，生活上可有难处？昨天我和你伯父还在商量，不如接她来武汉？

林华珺连忙婉言拒绝：多谢伯父伯母挂怀，家父去世得早，母亲独自一人抚养我长大，相信她在北平能照顾好自己。

看出林华珺的窘迫，程嘉树打个圆场：我家和华珺是多年的邻居，若有难处，我哥不会坐视不管的。

叶润青瞪了程嘉树一眼：邻居之间，能有多周到的照顾？！华珺姐，你是不是觉得，你只是我哥的女朋友，现在就把伯母接来，名不正言不顺啊？

叶润青的话让林华珺一时间竟不知如何回答。叶润青也没有给她思考的时间，接着提议：不如这两天你和我哥把婚订了，这样就名正言顺了！

大家都齐刷刷看向了林华珺，程嘉树更是紧张得筷子停在嘴边，等待命运的宣判。

林华珺的脑子嗡的一下，竟不知如何应对。

叶润名有些懊恼于妹妹的口无遮拦，正想说什么，不料，叶母先接过话茬：润青的提议正合我们心意呢。

林华珺终于绷不住了，脱口而出：不行！

此话一出，气氛顿时像凝固住了一般。唯有程嘉树暗暗地松了一口气。

林华珺：我还是个学生，还没有考虑过终身大事。

因为紧张，林华珺还来不及措辞，说得十分直白。

叶润青愣住。叶父叶母的表情难掩失望，也有些尴尬。

叶润名也有些尴尬，但还是站出来打圆场：爸，妈，我和华珺都想先完成学业。

林华珺抱歉地看了叶润名一眼，叶润名微微一笑，示意她不要介意。

叶父：也好，先完成学业。

叶润青：只是订……

叶润名打断她：润青！

叶润青只好闭嘴。

没有人再说话了，安静得让人尴尬。

这时，程嘉树开口了：毕云霄，你这是暴殄天物啊！

众人看向毕云霄，只见毕云霄用金属汤匙吃着鱼子酱。

毕云霄一脸懵：咋了？

程嘉树拿起贝壳汤匙，舀了一勺鱼子酱。

程嘉树：金属汤匙会破坏鱼子酱的香气，得用贝壳！

毕云霄尴尬，没好气：就你懂得多！我土老帽行了吧！

程嘉树这一"闹腾"反倒圆了场，大家也从紧张的氛围里解脱了出来。

程嘉树夹了一筷子京酱肉丝放进嘴里，一脸享受的表情：嗯，这京酱肉丝做得还真地道！

叶父书房　夜晚　内景

叶父边看着报纸，边说：润名的同学们个个都顶有意思。

叶母：也都个顶个的有性格。

叶父：能考入清华北大的孩子都是天之骄子，哪能没有个性。

叶母：华珺这孩子我是很喜欢，可是我怎么觉得她和润名之间……

叶父：感情的事让他们自己去摸索吧，我们就不要掺和了。

这时，书房门响。

叶父看了一眼叶母，放下报纸：进来。

房门推开，叶润名走了进来。

叶润名：父亲，母亲。

叶母：来，坐，妈有话跟你说。

叶母走到书桌前，从抽屉里取出一个精致的首饰盒，放到叶润名面前。

叶母：这是我和你父亲订婚的时候，你祖母给我的。现在我把它交给你。

叶润名接过首饰盒，打开，里面是一枚祖母绿戒指。

叶润名自然明白母亲的意思：母亲，我和华珺……

叶父：婚姻大事，你自己做主。我和你母亲都相信你的眼光。

叶母拍拍叶润名的手：至于什么时机给，你自己把握。

叶润名重重点了点头。

叶母：你父亲还有事找你聊，我先出去了。

叶润名：谢谢母亲。

叶润名起身目送母亲出门，然后坐到父亲面前。

叶父：润名，你还有一年就毕业了，想好毕业后做什么了吗？

叶润名摇头。

叶父：听说平津沦陷，我就想让你们兄妹中断学业回家，没想到三校能联合南迁办学。你要继续完成学业，也算是做事有始有终，我赞成。等毕业了，你就来银行帮忙吧。

叶润名：父亲，虽然我没想好毕业以后做什么，但是我不想回来继承家业。

叶父：为什么？

叶润名：我想去寻找救国之道，寻找改变中国命运的方法。

叶父：救国之道？润名，你志存高远，修身自励，律己不辍，我一直都很欣慰，并以你为荣。想武昌首义时，我和你现在年纪相当，满腔热忱，以为国家从此可以走上富强之路，但残酷的现实随时都可以击破理想。救国说说容易，但有时候你连自救都难。

叶润名愣住了。

叶润名：父亲，可青年人总应该走向社会去做点什么，尽我们的能力去改变现状。

叶父打断了他：好了，润名。我们家是一个民主的家庭，你们兄妹离家去长沙读书，我不拦着，我只求你们平平安安。你记住，我们家这些年积累的资本，足够你们兄妹一生生活富足。我和你母亲都不希望有一天白发人送黑发人，就像润青这次在天津，差点连性命都搭上。

叶润名沉默了。

良久，叶润名才开口：父亲，如果国都没了，家还能保全吗？如果活着就是苟且偷生，那生命又有什么价值？

林华珺卧室　夜晚　内景

林华珺坐在床边，脑海中依然是晚饭时的情景。

不知什么东西从窗外飞了进来，林华珺捡起一看，是颗果子，她探头往外看去，只见楼下院子里，程嘉树正笑着对她挥手。

叶家院子　夜晚　外景

林华珺来到程嘉树面前。

程嘉树也不说话，看着林华珺控制不住地咧嘴笑，还越笑越开了。

林华珺：程嘉树，你居然笑我？

程嘉树：对不起，对不起，实在控制不住。看到你在饭桌上的回绝，我开心啊！

林华珺生气：你如果继续卖弄你那张嘴皮子，我就回去了。

程嘉树：别啊，你回屋也睡不着，不如和我聊聊。

程嘉树从身后拿出一包东西，递给林华珺。

林华珺一看，是几个烧麦。

程嘉树：晚饭肯定没吃饱，肚子早咕咕叫了吧。

林华珺嘴硬：我不饿。

话刚说完，她的肚子突然传来咕噜咕噜的声音。林华珺顿时尴尬了。

程嘉树哈哈大笑起来：你的胃可比你的嘴诚实。

林华珺被笑得倔强劲上来了，不再掩饰自己的情绪，拿起一个烧麦，大口大口地吃了起来。

程嘉树：这才对嘛！做人还是诚实一点的好，就像你在饭桌上说的，我还是个学生，没考虑过终身大事。

在程嘉树的引导下，林华珺不自觉地开始倾诉：我当时脑子一片空白，这只是我的本能反应。

林华珺叹了口气：我很后悔，也许我因此伤害了润名的父母。

程嘉树：在大理石餐桌上，用勺子吃一份鱼子酱是吃，站在树下用手抓着烧麦也是吃；没有哪个比哪个好，怎么自在怎么来，最关键的是，做你自己，尊重你的心。再说，叶家伯父伯母都是开明的人，感情的事不能勉强，这个道理他们懂的。

林华珺心里宽慰了许多：程嘉树。

程嘉树：嗯？

林华珺：谢谢你的烧麦。

程嘉树站起身，像个绅士般：美丽的小姐，我十分乐意为你效劳。

林华珺终于忍俊不禁。

忽然，背后传来叶润名的声音：华珺，原来你在这儿。

林华珺和程嘉树转头，叶润名走了过来。

林华珺：润名。

叶润名：嘉树也没睡啊。

程嘉树：我一向睡得晚。

叶润名看向林华珺：我看你房间亮着灯，敲门你却不在。你晚饭几乎没怎么吃，饿不饿，我让丁叔给你做点消夜？

林华珺：嘉树拿了几个烧麦给我吃。

叶润名这才看见林华珺手里的烧麦。

程嘉树：你们聊，我先去睡了。晚安。

叶润名、林华珺：晚安。

程嘉树离开。

叶润名看了看程嘉树的背影：你这个邻居快要让我吃醋了。

林华珺知道叶润名这句吃醋只是玩笑话：对不起。

叶润名：别这么说，是润青不懂事，她说话从来不考虑别人的感受。

叶润名：你不要有心理负担，我说过，我希望你的任何决定都是忠于自己内心的。

林华珺感动，想说什么，叶润名轻轻地把手指放在她的唇边：什么都不用说。

叶润名抬头，月色朦胧。他轻轻拉起林华珺的手：今晚月色很美，我们走走好吗？

叶家客房　夜晚　内景

程嘉树已经回到他和毕云霄的房间。透过窗户，能看见叶润名和林华珺手拉着手散步。原本雀跃的心情渐渐降温。

毕云霄不知何时站到了程嘉树身后：别看了。

程嘉树转头。

毕云霄：虽然今天林华珺拒绝订婚，但不代表你就有戏！

程嘉树：只要她一天不嫁，我就还有希望。

程嘉树把窗帘一拉：睡觉！

叶家院子　白天　外景

叶润青正指挥着仆人一箱箱往车里搬行李。

叶润青：慢着点，这箱全是我的唱片。

程嘉树惊呆了：叶润青，你这是去读书，还是去安家啊？满满两车全是你的行李！

叶润青：管得着吗你！

程嘉树：得，我不管，武汉有人帮你，到了长沙可别使唤我当你的搬运工。

叶润青：那不行，你这几天吃我的住我的，总该帮我搬几件行李报答报答。

程嘉树：你这是讹诈。

毕云霄：我帮你。

叶润青：听听，你这个人的道德品质，还比不上人家毕云霄。

程嘉树：你这话听着，怎么也不像夸云霄啊。

大家都笑了，他俩的惯常抬杠，所有人都已习以为常。

叶母：润名、润青，你们离家总算近些，要多照顾你的同学。

叶润名：我知道了，这是分内之事。

程嘉树：谁照顾谁还不一定呢，叶伯母，您放心，他们兄妹，就交给我了。

叶母笑：好，那伯母就把他俩交给你。很快就入冬了，长沙湿冷，容易长冻疮，这些衣服你们带上。

大家都很感动：谢谢伯母。

叶母特意走到林华珺跟前：华珺，安心读书，有什么困难只管跟润名、润青说。

叶家父母的大度让林华珺十分感动：我会的，谢谢伯父、伯母。

另一边，程嘉树把一封家书交给丁叔。

程嘉树：丁叔，这里有封信，时间太赶，麻烦您帮我寄一下。

丁叔：程少爷放心，一定稳妥地给您寄出去。

程嘉树：谢谢丁叔。

叶父：好了，你们也该出发了，上车吧。

林华珺等人：伯父、伯母再见。

叶润青突然扑进叶母怀中，用力地抱了抱母亲，眼眶湿润。

叶母顿时也湿了眼眶。

叶润名也深情回看了父母一眼，上车。

叶父轻轻揽着妻子的肩膀，两人目送几辆车不断远去……

长沙圣经书院门口　白天　外景

一辆卡车开到门口。

一位校工已经在此等候。

方悦容和裴远之下车，环顾学校，两人如释重负。

长沙黄启威家　白天　内景

裴远之、方悦容、吴磊伯等人聚在黄启威家。

（字幕：长沙临时大学党支部书记　吴磊伯）

吴磊伯指着身边一名中年男子。

吴磊伯：我给大家介绍一下，这是湖南临时省委的胡进同志。

胡进：同志们好。

裴远之等人与胡进握手，大家坐在桌前。

吴磊伯：今天，长沙临大党支部就正式成立了，直接受湖南临时省委长沙临时市委领导，由胡进同志具体负责。

众人鼓掌。

黄启威在厨房端着两碗香喷喷的牛肉米粉过来：快来帮忙！

（字幕：中共长沙临时党支部　支部委员　黄启威）

大家笑了。方悦容也起身帮忙，他们一起把几碗香喷喷的米粉端上了桌。

长沙小吴门火车站　白天　外景

火车轰鸣着到站。

火车上　白天　内景

叶润青抬头看着行李架上自己的行李，傻眼了。

程嘉树装没看见，起身大摇大摆地便下了车。

叶润青：程嘉树……程嘉树！……你这个忘恩负义的家伙！

叶润名、毕云霄各自帮叶润青分担了两件行李，就连林华珺，也单手拎着自己的箱子，用空下来的另一只手帮她拿了一个箱子。

尽管如此，行李架上仍有许多。

叶润名：润青，你的行李的确太多了，这样吧，你在这里等着，我和云霄一会儿再来接你。

叶润青只好点头。

这时，几个车站搬运工上来了：在哪儿？

程嘉树走在前面，指着叶润青：就那儿。

搬运工们挤了过来：这位小姐，是你要搬行李吗？

叶润青开心：就知道你不会丢下我不管。

程嘉树：不用感激我，要不是怕累着云霄，我才懒得管你。

叶润青：程嘉树，你这人就不会说句好话？！

程嘉树：叶小姐，您下车慢点。

叶润青扑哧一笑。

长沙小吴门火车站　白天　外景

一行人下车。

没想到却被眼前的景象震撼到了。混乱不堪的人群，夹杂着时不时有人提着大包小包从身边挤过。

耳边的声音也此起彼伏——

"南开的在哪儿报到？"

"我们是清华的，清华的去哪儿？"

"北大的也不知道要去哪里报到。"……

大家都很茫然，目光也都在寻找着什么。

叶润名拉住一位从他们身边经过的同学，问道：同学，你知道在哪里报到吗？

同学回答：不知道，我们也在打听。

毕云霄看着乱成了一锅粥的现场，不满和焦躁的情绪涌现：这么乱，还怎么开学，说是来长沙报到，可是我们上哪儿报到去啊？

林华珺突然看向了某一处：是在那边吗？

大家随她目光望过去，只见不远处，一群男男女女的年轻人挤在一起。很快，他们便散开，显然并不是接待处。

人影晃动间，叶润名和毕云霄同时看到了一个人。

叶润名大步流星地走了过去：雷正！

雷正：叶学长！云霄！你们都到了！

叶润名：你是学校派来接待学生的吗？

雷正点头：对，我们是来给老师帮忙的。大家跟我走。

雷正领着一行人穿过混杂着学生和难民的混乱人群。

长沙小吴门火车站临时接待处　白天　外景

雷正：这里是临时接待处。

从大家的视线看到，所谓临时接待处，依旧一片乱哄哄的。有同学在一张纸壳做的牌子上写下"长沙临时大学接待点"，有几个同学在往这里搬桌子。

雷正：大家先在这里登记一下。

一张简陋的桌子上，摊着一本破旧的本子，上面已经零星有些同学登记了。

大家陆续在本子上写上自己的名字。

程嘉树问：那我写什么？

叶润青：你就写"临大考生　程嘉树"

雷正已经帮他们几个登记完姓名：叶学长，我带你们去新校舍。

叶润名：好，远吗？

雷正：不远，四五百米。同学们，跟我走。

长沙圣经书院女生宿舍门口　白天　内景

宿舍里熙熙攘攘，挤满了人，不光是人，行李也堆满在地，连立足的地方都没有。

门口，林华珺等人望着他们的一大堆行李，再看看拥挤的走廊和宿舍，大家都傻眼了。

雷正：这几天来校报到的学生越来越多，圣经书院的宿舍一下就全满了。

程嘉树：来的路上想过条件可能差一些，没想到乱成这样。

说话间，身后仍不停有同学到达，不断传来大家的声音——

"连住的地方都没有，还怎么开学？！"

"我听说教室也不够，老师都没来几个。"……

听到同学们的讨论，大家的心情更糟了。

叶润青：这可怎么办？我们住哪儿啊？

叶润名：雷正，现在来了多少学生了？

雷正：五六百人。

叶润名：才五六百人，就已经快挤满了，三校到时候报到的学生肯定远不止这个数。

雷正：听说学校也在想办法，但目前能找到的，只有这座圣经书院了。大家先将就一下吧。

叶润青：这哪儿挤得下啊，塞进去个人都难，更别提我那十几箱行李了。

叶润名：润青，你去饭店订几间房，我们几个住过去，至少可以空出几个铺位，留给后续来的学生。

叶润青：我赞成。华珺姐，你跟我一起住。

林华珺：我还是不去了，我住在学校。

叶润青：可是这里环境这么差。华珺姐，放心，钱不用你出。

林华珺摇了摇头：我还是住学校吧。

程嘉树虽然觉得不尽如人意，但林华珺如此表态，他也说道：虽然挤是挤一点，别的同学能住，我们也能住。

叶润青：好心当作驴肝肺。你们不去算了，我自己去！

她噘嘴离开。

林华珺：润名，你带润青去住饭店吧。

叶润名了解林华珺的脾气，不再勉强：好吧，那我先送润青去饭店。

林华珺点头。

看着叶家兄妹离开，毕云霄：你程大少爷真能在这儿打地铺？

程嘉树：小瞧人！

雷正：云霄，嘉树，男生宿舍就在旁边。

林华珺：你们赶紧过去吧。

说着，林华珺拿起自己的行李走进宿舍。

林华珺：同学，能不能给我挪个铺位？

同学们把原本就紧挨着的铺位再挤了挤，终于挤出六七十厘米的位置，林华珺铺上被子，叹了口气。

长沙圣经书院男生宿舍　白天　内景

程嘉树和毕云霄跟着雷正来到了男生宿舍。两人也跟着傻眼了。

相比较女生宿舍，男生宿舍更是人满为患，行李要靠堆叠，每个人要经过都得抬腿跨过行李。

空气中混杂着各种体味，让程嘉树忍不住掩鼻。

毕云霄焦躁的情绪又起：宿舍没有，教室没有，何谈开学？我就应该当兵去！

程嘉树：既来之，则安之。

毕云霄：你要真受得了，就别捂鼻子！

程嘉树被毕云霄这么一激将，只好放下手。他强忍着难闻的气味，走到一堆行李前。

程嘉树：同学们，能不能把行李挪挪，给我们腾个地儿？

有同学抱怨，男生甲：怎么还有人往这间宿舍挤啊，没看见已经住满了吗？

清华的学生祝修远看了毕云霄和程嘉树一眼，转头看向同学甲：这位同学怎么说话的？哪间宿舍没住满？难不成要让新来的同学睡走廊，睡院子？

说着，祝修远看向毕云霄和程嘉树：清华的吧？

毕云霄点点头：物理系毕云霄。

祝修远：土木工程系祝修远。

程嘉树：咱们好像一起蹲过北平警察局。

祝修远一笑：正是！

祝修远转头招呼清华的同学：同学们，大家把行李码整齐。

几名清华的同学纷纷走过来，将堆得乱糟糟的行李重新码放。

围坐在男生甲身边的几个学生是北大的。

男生乙：咱们也去帮忙吧。

男生甲：他们清华不是爱抱团嘛，关咱们什么事。

男生乙：三校联合，以后大家都是同学，还分什么清华、北大、南开。

在男生乙的招呼下，北大的学生也走过来整理行李。

另一小撮南开的同学也就近整理行李，好让宿舍腾出更多的空间。

一番整理，毕云霄和程嘉树终于铺好了被褥。

程嘉树：饿死了，吃东西去。

毕云霄闹脾气：我不去。

程嘉树：你可想好了，过时不候。我找华珺一块去。

说着，程嘉树把东西一搁，就离开了。

毕云霄又看了一眼糟心的宿舍：等等我。

长沙八角亭　黄昏　外景

长沙老街热热闹闹，可与之截然相反的却是情绪不高的毕云霄和林华珺。

程嘉树走在最前方，回头看了看他们，动着心思想怎么能安抚到大家。

经过一个小吃摊时，毕云霄突然皱紧了眉头：什么味儿，这么臭！

程嘉树：是臭豆腐。要不要尝几块？

毕云霄连连摇头。

程嘉树：这你就不懂了，听说长沙臭豆腐闻着臭吃着香，你们等着。（程嘉树回身走到吃摊前）老板，来一份。

卖臭豆腐的是一对父子，儿子大约六七岁。

三伢子爹：呷微辣的还是重辣的？

程嘉树：你们怎么吃的？跟你们一样！

三伢子爹"哈"了一声，很快帮他装好了一份。

程嘉树率先吃了一块，辣得眼泪都快下来了，但他装作若无其事，连连赞叹：香，太香了！云霄，来，尝一块。

毕云霄捏着鼻子：哎哟，臭死了。

程嘉树：来，华珺，尝一块，你肯定觉得好吃！

林华珺尝了一块，也被辣得不行，显然超出了她的承受范围。（程嘉树朝她眨眼）。

林华珺会意，强忍住，同样装作没事人一样：云霄，真的很好吃，你尝一口。

看着程嘉树和林华珺貌似都吃得很香，毕云霄终于鼓起勇气吃了一块，没想到，这一口下去，辣得他直跳脚。

再看这两个本来若无其事的人，此刻全都伸舌头辣得直吸溜着，他这才知道上了当。

毕云霄：好啊你们，华珺，连你也学坏了，跟着程嘉树一起骗我！

毕云霄一边辣得咳嗽，一边笑了出来。看着毕云霄笑了，林华珺也笑了。

见两人从刚才的低落情绪里稍稍缓了过来，程嘉树又心满意足地吃了一块臭豆腐，辣得直伸舌头。

几人的样子，把卖臭豆腐的父子俩都逗笑了。

三伢子爹：你们几个是学生伢子吧？

程嘉树：你怎么知道？

三伢子爹：这几天，火车站来了好多学生伢子。我们家三伢子，就喜欢听你们这些学生伢子讲话。

程嘉树看着旁边的小孩：你叫三伢子？

三伢子羞涩地点点头。

程嘉树从身上拿出一个果丹皮，递给三伢子：尝尝这个。

三伢子回头看看父亲。

程嘉树：这个可好吃了。

得到父亲的许可，三伢子才接过果丹皮。

程嘉树满意了，对毕云霄：付账。

毕云霄：你买的凭什么我付账？

程嘉树理直气壮：你的钱我的钱不都一样嘛！

毕云霄哑口无言，只好乖乖从口袋里掏出仅有的几毛钱。

他们刚走出没多远，三伢子追了上来，把钱塞回给毕云霄。

毕云霄不解：三伢子，你这是干什么？

三伢子嚓了一口果丹皮：我爹说，这碗不收钱。

他对着众人灿烂一笑。

程嘉树回头问三伢子爹：老板，这里离湘江远吗？

三伢子爹：走一会儿就到了。

程嘉树灵机一动：我有个好主意。

湘江边　夜晚　外景

夜色如水，程嘉树、林华珺、毕云霄坐在江边的一艘废弃船的船头。

林华珺：程嘉树，这就是你的好主意？

程嘉树：对啊。

毕云霄：你疯了吧，黑灯瞎火的你带我们来看湘江，你看得见吗？还是你想冻死我们？

程嘉树：嘘……谁说非要用眼睛看了？

三个人都不再出声。

沉默中，只有湘江的水浪翻动的声音，竟有种宁静肃穆之美。

林华珺：迟日园林悲昔游，今春花鸟作边愁。独怜京国人南窜，不似湘江水北流。[1]

程嘉树：独怜京国人南窜，不似湘江水北流。好诗！

林华珺：程嘉树，这个世界上有让你犯愁的事吗？

程嘉树：有啊。

林华珺：说来听听。

1　唐朝诗人杜审言（约645—708）的《渡湘江》，杜审言为杜甫的祖父。

程嘉树：你。

林华珺没好气，想起身，程嘉树连忙拦住她。

程嘉树：开个玩笑，别生气。我知道，大家心里都不好受，我也一样。

林华珺和毕云霄被他说中了心事，都很哀伤。

程嘉树：在美国，烦恼的时候，我都要到查尔斯河边去坐一坐，看水流澎湃，听水声潺潺。子在川上曰："逝者如斯夫！不舍昼夜。"

程嘉树抬起头，林华珺、毕云霄也随他抬头看去，只见天上繁星满空，星光洒在江面上，在江水的律动下，犹如璀璨的星河，天上星河与水上星河相接，辽阔无垠。

程嘉树：以前我一个人飘啊飘，没有方向。但现在我有了追求的目标，困难虽大，希望还在。还有什么好愁的呢？

林华珺紧皱的眉头缓缓舒展开，渐渐换成了平静、安谧，似乎很享受眼前的美景。

林华珺：云霄，我觉得嘉树说得对，学校还在，希望还在，还有什么好愁的呢。

望着林华珺，程嘉树也微微笑了。

璀璨星河之中，三个少年的背影在船头，那么美……

圣经书院女生宿舍门口　夜晚　内景

"出去了？"叶润名很是诧异，他手上提了很多好吃的，显然是来看林华珺的。

叶润名：什么时候出去的？

一个女生回答他：好几个小时了吧。

叶润名：她一个人吗？

女生：跟一个男生，就是一起来送她的那个。

叶润名的脸色僵了一下：没说干什么去了吗？

女生：好像是去哪儿玩了。

叶润名：哦，麻烦您帮我把这个放到她的铺位上。

他把手里的东西交给女生。

圣经书院门口不远处　夜晚　外景

程嘉树三人说说笑笑地回来。

毕云霄：我要是冻感冒了，你小子得天天给我床前伺候。

程嘉树：你一大老爷们，这么不扛冻，还好意思说。

毕云霄：你怎么不把外套披我身上呢？

正说笑间，林华珺停下了脚步，因为她看到了校门口正在寒风中等待的叶润名。

林华珺把披在身上的外套拿下来，还给程嘉树。

林华珺有点尴尬：润名？

叶润名：回来啦。

程嘉树：我带他们去湘江边临江听风，叶润名你也应该一块儿来，很是惬意。

林华珺：你等很久了？

叶润名：没多久。今晚星星多，江景应该很好看。

林华珺点头：的确很美。就是江风很大。你怎么来了？

叶润名：华珺，你说的对，我们是学生，应该住在学校。

叶润名拉起林华珺的手，往学校走去。

程嘉树看得心塞。

圣经书院女生宿舍　夜晚　内景

回到宿舍，林华珺第一眼看到的，是叶润名留在自己床头的食物，她摸了摸食物，已经凉了，顿时心生愧疚。

这时，旁边的女生发出痛苦的呻吟。

林华珺：同学，你怎么了？

女生：好冷。

林华珺摸了摸同学的额头：这位发烧了。谁有水？

同学甲：我有。

同学甲端来了一碗水，递给林华珺：水来了。

林华珺和其他女生一块，轻轻扶起发烧的女同学，缓缓地喂她喝水。

同学乙：长沙阴冷，晚上怎么也睡不暖，好几个同学都生病了。

圣经学院男生宿舍　夜晚　内景

叶润名在程嘉树和毕云霄身边打好了地铺。

程嘉树：你不回去了？

叶润名：不回去了。

程嘉树：这里可不比酒店舒服，你堂堂叶公子扛得住？

叶润名：你扛得住吗？

程嘉树：那当然了！

叶润名：那我就更没问题了，不信，我们比一比！

说着，叶润名在程嘉树身边躺下。

圣经学院女生宿舍　夜晚　内景

林华珺和其他同学刚把发烧女生缓缓放平，为她盖上被子。

正在这时，门外突然传来嘈杂声，雷正带着一批女学生来到门口。

雷正：同学们，能再挤一挤吗？

女生宿舍顿时炸了锅。

同学甲：还怎么挤啊？

同学乙：根本挤不下了！

雷正也很无奈：大家想想办法嘛！

同学丙：你自己看，哪还有半点空位？！

林华珺：大家小点声，有同学生病了！

林华珺的声音淹没在群体抗议声中……

圣经学院男生宿舍　夜晚　内景

女生宿舍的抗议声传到男生宿舍。

程嘉树：女生宿舍怎么这么吵？

叶润名：应该是又来了新同学。走，去看看。

圣经学院走廊　夜晚　外景

叶润名和程嘉树、毕云霄等人从男生宿舍走出来，只见走廊上站满了刚到的女生，足有二三十个，叽叽喳喳地乱成一团。

雷正被这些女生围着，已然是焦头烂额。

雷正：同学们不要吵，不要吵了！

焦躁的女生们根本不听雷正的。

"难不成让我们露宿街头吗？"

"我们去找校长！"

"找校长也没用，根本就没有宿舍。"

"呀，我行李……"

"有人晕倒了……"

雷正连忙去查看那个晕倒的女生，场面更加混乱。

程嘉树：这怎么办啊？

叶润名：看来，只能把男生宿舍让出来了。

圣经书院男生宿舍　夜晚　内景

男生宿舍所有人齐刷刷地看着叶润名。

祝修远：把咱们的宿舍让出来，那我们住哪儿？

叶润名看向走廊：走廊。

程嘉树：走廊怎么睡人？

叶润名：天气还不是太冷，先将就几天吧。

毕云霄：将就几天？

毕云霄那好不容易被臭豆腐和湘江治愈的情绪又变得焦躁了起来，他逼问雷正：学校到底什么时候才能解决问题？

雷正不知如何回答：学校正在努力……

祝修远：雷正，这话我们已经听了好几天了！

之前被祝修远怼过的北大男生甲率先站了起来。

男生甲：我同意让出宿舍，总不能让女生睡走廊。

其他北大的学生也纷纷站起来，抱着被褥往外走。反对声顿时平息了下来。清华和南开的学生也相继抱着被褥往外走。

雷正对所有人：谢谢，谢谢大家！

圣经书院走廊　夜晚　外景

男生们在走廊打起了地铺，睡成一排。

女生们拎着行李走进男生宿舍，沿途纷纷向男生们致谢。

程嘉树、叶润名、毕云霄三人挨着，正好在女生宿舍的窗户外。

林华珺推开窗户，小声地：辛苦你们了，晚上气温低，可千万别着凉了。

程嘉树：没事儿，睡在走廊，至少空气新鲜，没有脚臭味。

叶润名：你早点睡吧，不用担心我们。

林华珺：你们也早点睡。

林华珺关上窗户。

程嘉树：叶润名，你堂堂银行家的公子当真也睡走廊？

叶润名：这还有假？

程嘉树：你不会到了后半夜，再偷偷跑回饭店住吧？

叶润名笑：不小心把自己的心声说出来了吧。你若真受不了，就去饭店住，房费我可以借给你。

程嘉树：用不着。

叶润名在地铺上躺下：晚安。

空　镜

黎明时分，雨落纷纷，空气中蒙上了一层白雾。

圣经书院走廊　早晨　外景

程嘉树睡得正香，雨滴不断地打在他的脸上，他猛然惊醒：谁！谁泼我水！

他醒后才意识到自己做梦了，扭头一看，发现下雨了。

雨滴在风的带动下，不断飘落在走廊里，打湿了很多人的被褥枕头。

程嘉树刚才那一嗓子，已经惊醒了很多人，大家看到下雨，纷纷把靠走廊外侧的被褥向里挪着。

有人打开伞，把伞撑在头上，继续睡去。有的人则把油布盖在被子上，照样昏睡。不时有人咳嗽。

叶润名则已经起来，见旁边的程嘉树还没起床的意思，便将自己的伞放到他身边挡住风雨，又将自己的被褥盖在毕云霄身上。

圣经书院　早晨　外景

校园里，蒋梦麟和张伯苓撑伞走来，远远地看到学生睡在走廊上。

蒋梦麟忧心：走廊怎么能住人？这些孩子们是来求学的，怎能让他们连个觉都睡不好？倘若是我的孩子，我就不要他住在这里。

张伯苓：倘若是我的孩子，我一定让他住在这里。艰难困苦，玉汝于成，道理一样。

叶润名和同学们看到蒋梦麟和张伯苓，走上前打招呼：张校长早，蒋校长早。

蒋梦麟：同学，你早。真是辛苦大家了。

叶润名：两位校长，同学们仓促之间转移到长沙，眼下很多同学因为没地方住生病了。但大家关心的还都是能否按时开学。

张伯苓：瞧瞧，咱们的孩子个个都是好样的。

蒋梦麟点点头：但长此以往不是办法。请同学们放心，我们一定会尽快解决校舍问题，学校也会按时开学。

圣经书院走廊　早晨　外景

程嘉树裹着被子，蜷缩着。

这时，叶润青走来，看到走廊里的一幕，十分吃惊，走到程嘉树身边：你们怎么睡在走廊？

程嘉树眯瞪着双眼：叶大小姐，你放着饭店里温暖的香榻不睡，大早上跑来一惊一乍干吗啊？

叶润青：我哥呢？

程嘉树：不知道。

毕云霄洗漱完回来，听见叶润青的问话：你哥应该是去小吴门火车站了，昨天说好的，今天要一起去火车站给雷正他们帮忙。

叶润青踢了踢程嘉树：那你还睡，快起来。

程嘉树：帮忙也不急于这一时半会儿，我要再睡会儿。

叶润青：下这么大雨，你睡得着吗？

程嘉树裹紧了被子：冷是冷了点儿。

这时，林华珺的声音传了过来：润青，我跟你们一起去。

听到林华珺的声音，程嘉树一个激灵站了起来：等我五分钟。

叶润青：谁管你，我们走。

程嘉树：三分钟！

叶润青拉着林华珺、毕云霄就要离开。

程嘉树已经麻溜地卷好铺盖，屁颠屁颠地跟了上来。

八

长沙小吴门火车站　白天　外景

天空中还飘着细雨。

又有一批南下的学生抵达，他们见雷正像是组织者，便上前问他。

同学甲：同学，我们听说没有宿舍住，是真的吗？

雷正：现在确实有些困难需要同学们克服，不过学校已经在着手解决了。

新来的一批同学不置可否。

雷正指了指旁边一张简陋的桌子：新到的同学们来这里登记。

林华珺和叶润青负责登记。

雷正和叶润名看着排队登记的同学，很是犯愁。

雷正：昨晚已经打地铺了，今晚可怎么办啊？！

叶润名：总会有办法解决的。

程嘉树没事做，目光落在了不远处的油布摊贩身上，顿时眼前一亮。他把毕云霄拉到一边。

程嘉树：给我点儿钱。

毕云霄赶紧捂住口袋：你又想干吗？

程嘉树：买油布！

毕云霄：买那个做什么？

程嘉树：你傻啊，这个盖在被子上，雨不就打不湿了嘛。

毕云霄小心翼翼地从口袋里数了两块钱给他。

程嘉树：不够。

毕云霄：买油布又不是买绸布。

程嘉树：走廊那么多人，得多买点！

毕云霄烦躁的情绪又冲上了头顶：就算买一百张又能解决什么问题？！

程嘉树：我说能不能别这么大火气？

毕云霄：你说这怎么上学，要是在战场上，我说不定都杀了不少鬼子了。

程嘉树懒得再听毕云霄的抱怨，朝油布摊贩走去。

正在这时，一个熟悉的声音忽然在他身后响起——

"二少爷！"

程嘉树回头一看，竟是双喜！他正拎着大包小包，从火车站里出来。

大喜过望的程嘉树快步奔上前，一把搂住双喜：我的好双喜，你来得太好了！

双喜被程嘉树突如其来的热情整得有些不适：二少爷，二少爷，你松手，这么多人看着呢，我真不知道你这么想我。

程嘉树：可不，我想死你了！（表情微微一沉）家里，都还好吗？

双喜闻言，怕程嘉树察觉出什么，他装作轻松道：都好！

程嘉树：日本人没来找什么麻烦？

双喜：没有没有。

程嘉树：看着我的眼睛，说实话。

双喜硬着头皮说：二少爷，真的没有。走之前，大少爷还特意关照让你放心，好好读书。

程嘉树开心地笑了：那就行！带了多少钱？

双喜：我说你这么想我……

程嘉树：拿来！

双喜无奈：二少爷，这里不方便。你放心，都在呢！

毕云霄看到双喜，走了过来：双喜，你怎么来了？

双喜：毕少爷，我来找二少爷。

程嘉树重重拍毕云霄的肩膀：行了，从今往后，你的吃喝拉撒，我全包了。

毕云霄：那就多谢程少爷了！

程嘉树：你在这儿帮忙，我先带双喜回学校。

程嘉树走到油布摊前：老板，这些油布我包了！

老板：要得！一共20块！

双喜：少爷，你买这么多油布干什么？

程嘉树：少废话，付钱。

程嘉树抱起一摞油布，大步流星地走。

第二部 长沙·暂驻

双喜：少爷，你瘦了。

程嘉树叹了口气：你都不知道，最近我过得那叫一个……一会儿你就知道了！

双喜看到程嘉树，突然一阵心疼，但他什么也不能说。

圣经学校走廊　白天　内景

雨已经停了。双喜大包小包跟在程嘉树身后，走进了圣经学校。

他看着前方领路的程嘉树活跃地和同学们打着招呼，走廊里来来去去的都是临大的学生。同学们热情的目光看向双喜，双喜有些不知所措，冲他们傻笑。

程嘉树边走边喊：来来，大家来领油布，把这个盖被子上！

一路走，一路热情地分发给同学。

长沙天气潮湿，走廊地上仍有雨水的痕迹，程嘉树走到一块方寸间，站定。手里就剩一块油布了。

程嘉树：我的房间到了！

双喜不明所以：哪儿？

程嘉树跺了跺脚：就这儿！

双喜反应过来，不可置信：地铺？

程嘉树：可不，人生头一次打地铺！早上一口凉水咽到肚子里，才发现下雨了。

双喜眼眶红了：老爷、太太要知道了，一定会心疼。二少爷，真不是我想说你，好好的美国不去，在这里受这份罪？

程嘉树把刚买的油布往地上一铺，一屁股坐下：我爸不是常说，就该让我吃吃苦嘛，你回去以后，跟他说，他儿子也是打过地铺的人了，没啥苦是我吃不了的！

双喜：我不回去了，老爷、太太让我留在你身边照顾你。

程嘉树：谁要你照顾？

双喜倔强：我听老爷、太太的。

这时，新来报到的同学们也大包小包经过程嘉树他们身边，大家看到眼前窘迫的住宿环境，都一脸难以置信。

"就住这儿？"

"我们愿意吃苦，也得有地儿打地铺啊！"

"看样子，还得出去租房住。"

程嘉树看到越来越狭小的地铺空间，听着同学们的讨论，心里生出了一些想法。

程嘉树：老爷、太太让你留下照顾我，那你就留下吧。拿来！

双喜：什么拿来？

程嘉树：钱拿来！老爷给你的钱，让你好生照顾我的钱！

双喜：老爷说了，让我管住你的花销，钱不能给你！

程嘉树瞪大了眼睛：你是少爷，我是少爷？

见程嘉树要生气了，双喜背过身，从上衣内袋里取出一些钱，都是十块的，拿了几张往程嘉树手里一拍。

程嘉树一把全拿过来，数了数：才一百？打发谁呢！

双喜：这是长沙，不是北平，一百块足够一家人吃一个月！

程嘉树：三百！

双喜：老爷、太太交代过了，钱要省着花。

程嘉树：四百！

见程嘉树还要往上数，双喜只能妥协，他背过身，从又一处内袋取出一百。

双喜：两百！不能再多了。

程嘉树仍有不甘：双喜！

双喜也强硬起来：大家都看着呢，你还能打死我不成？

程嘉树咬牙：行，今天先放过你！

见程嘉树让步了，双喜也放软语气：少爷，好日子不经过，咱得悠着点……

程嘉树肚子饿得发出了咕咕声：啰唆，走！带你去尝尝长沙小吃。

长沙八角亭　白天　外景

三伢子和爹在摊前叫卖，程嘉树带双喜来到这里。

程嘉树：三伢子，臭豆腐和红油粑粑，一样来两份。

三伢子：好嘞！

三伢子在炸臭豆腐的同时，双喜一把捂住了鼻子。

双喜：二少爷，这么臭不是傻了吧？

程嘉树接过了三伢子递给他的臭豆腐，用竹签戳了一块给双喜。

程嘉树：尝尝不就知道了。

三伢子把剩余的小吃打包给程嘉树。

三伢子：程少爷，您拿好，一共两毛钱。

双喜使劲闻了一闻，勉强放入口中。

程嘉树潇洒地大手一挥，给了三伢子十块钱：不用找了！

听到程嘉树这话，双喜一惊，臭豆腐被一口咽下，辣得直咳嗽。

三伢子和他爹连声道谢：谢谢程少爷！谢谢程少爷！

程嘉树：客气啥！

双喜喘上气：什，什么就不用找了，两毛钱的东西……

程嘉树一把拉起双喜就走：本少爷给出去的钱，你还想要回来怎么的？我告诉你，他们对我有恩！

双喜：恩？啥恩？

程嘉树：我刚到的时候，三伢子他爹见我们没钱，白送了我们一碗。你不知道，当时我心里的那种感动，无法用言语形容。

双喜很无奈。

程嘉树：人家做点小买卖的尚且能够好善乐施，我怎么能不知恩图报呢？

双喜默默地叹了口气，小声嘀咕：败家呀。

再看程嘉树已经走远，双喜：少爷，你去哪儿呀？

空镜：白天　外景

一幢美式风格的独栋洋房展现在程嘉树和双喜面前，质朴大气。

偌大的院子里有棵大树，院前矗立着一个木牌，上面写着：吉屋出租。

洋房　白天　外景

程嘉树把钱交给了一个洋人后，洋人递给了他一串钥匙。程嘉树用纯正的美国英语说了一声：谢谢。

然后，转身朝双喜得意地晃了晃钥匙。

双喜瞠目结舌：一个月租金多少？

程嘉树：租金九十押金一百。我说我是临大的学生，身上只有一百九，他便爽快地同意了。怎么样，你少爷我还算会过日子吧？

双喜捂脸，不想再说话了。

程嘉树：哎，我没钱了！

无奈的双喜又从内衣口袋里拿出一百块，递给程嘉树：就一百！

洋房　白天　内景

洋房大门推开，美式家装风格，整洁明亮。

双喜跟在程嘉树身后，有些难以置信。

双喜：没想到长沙也有这样的房子。

程嘉树：孤陋寡闻了吧，临大的校舍圣经学院就曾经是美国教会学校所在地。长沙有很多美国人建的房子。

双喜：二少爷，你租个房子是应该的，可没必要租这么大的吧。

程嘉树：怎么没必要，又不是只给咱俩住。学生打地铺，悦容姐肯定也好不到哪里去。还有云霄，再打几天地铺，他真能弃笔从戎当兵去。还有华珺……

程嘉树边说边走到洋房的饭厅，饭厅里一张巨大的长方形饭桌。饭桌上还摆着花瓶，一侧是壁炉，边桌上有台唱片留声机。

程嘉树：这儿还有留声机，so romantic！

双喜：你刚才说还有谁？

程嘉树没有回答双喜，兴奋地一溜烟上了楼梯，来到了洋房的二层，双喜也紧跟在他身后。

洋楼二层共有三个房间，一间主卧带卫生间，两间次卧室。程嘉树走进主卧打量了一圈，表示满意，颇有点指点江山的意味。

程嘉树：这间我的。

程嘉树从房间里退出，站在房间门口左右打量。他注意到与主卧一墙相隔有间仅次于主卧的卧室，宽敞明亮，视野甚好。

程嘉树：这间留给华珺。

双喜：留给谁？

程嘉树：留给华珺啊！

双喜：林小姐？

程嘉树：双喜，你快去找悦容姐，我去找华珺他们，今天就搬过来，天这么冷，绝对不能让他们再打地铺睡走廊了！

小吴门火车站　白天　外景

站前接待处，叶润青举着纸壳做的"长沙临时大学"的牌子，一边向出站口张望。

叶润青：哥，快看！又有一批出来了，我觉得像。

叶润名顺着妹妹所指方向看去，在难民人群中，几个年轻有朝气的面孔特别引人注目，他们四处张望，似在寻找着什么。

叶润青兴奋地朝他们挥手：同学，同学，在这里！

叶润名上前：你们好！长沙临时大学的请跟我走。

年轻人中，一个特别精神的小伙子，眼里带着对未来的憧憬。

小伙子看到叶润青，有一瞬间的愣神。

罗恒：你是叶润青学姐？

叶润青：你认识我？

罗恒脸有些微微泛红：南开外文系谁不认识鼎鼎大名的叶润青？我叫罗恒，刚考入外文系，我在南开中学的时候就知道你了。

叶润青听到罗恒也来自南开，十分兴奋。

叶润青伸出手：罗恒你好，欢迎你！

罗恒带着一丝紧张羞涩，他双手紧紧握住叶润青的手：你好！你好！

叶润名伸出手：罗恒同学，你好。我是叶润名。欢迎来到长沙临时大学。

罗恒：叶学长你好！

叶润名：罗恒同学，还有各位同学，请去那边登记一下。

罗恒：好的。

热情的叶润青灿烂一笑：我带你去。

林华珺负责为学生们登记住处，本子上的表格里已被写得密密麻麻。

叶润青领着罗恒走来：华珺姐，这是我们南开外文系一年级的，他叫罗恒。

林华珺：你好。

罗恒：学姐好。

林华珺提笔登记，却发现表格已经满了，她不得不找了个空白处，一笔一画认真写上了罗恒的名字。

叶润青转头看向罗恒：登记完了，润名学长会带你去学校注册。

罗恒：谢谢！润青学姐！

叶润青：又有新同学来了，我先走了。再见。

罗恒：再见！润青学姐！

叶润青：叫我润青就行！

罗恒：哎！

看着叶润青俏丽热情的背影，罗恒心间一阵激荡，这时叶润名走到他身边：罗恒，跟我走吧。

罗恒向林华珺道了一声再见后，跟着叶润名离开。

林华珺盯着已经写满的本子发愁。这时，突然有个人影慢慢地罩到她跟前，双手撑在桌上。

林华珺并未抬头：同学，你叫什么名字？

程嘉树：我叫程嘉树，请多关照！

林华珺抬起头，看到程嘉树一脸坏笑站在面前。

林华珺：程嘉树，大家都在忙，你不帮忙，反而来捣乱。

程嘉树：谁捣乱了？！有一件正事要跟你说！

林华珺瞟了程嘉树一眼，那眼神仿佛在说"你还能有什么正事"。

程嘉树读懂了林华珺的眼神：我真的有正事跟你说。

林华珺无奈地：说吧。

程嘉树看看写满了名字的本子，又看着陆续涌来报到的学生：越来越多同学来报到，没地方住，我也想做点事，给学校减轻点负担，为新来的同学腾个地铺。

林华珺：你不考临大了？

程嘉树：不不不，我考。

林华珺：那你想说的是？

程嘉树下定决心：华珺，我租了个房子，我想邀请悦容姐、云霄，还有你，一起过去住。

程嘉树一边说一边观察着林华珺的反应。

程嘉树：……就当是给学校减轻负担。对了，如果你有要好的同学没地方住，也欢迎。

林华珺：你说真的？其他同学也可以一起住？

程嘉树：当然是真的！房子虽比不上北平的家，不过五间房，二楼三间，一楼两间，还有一个院子……

林华珺：房子这么大？

程嘉树：你看见过的，就是昨天咱们路过的那栋。哦，对了，双喜来了，你要是吃不惯长沙菜，双喜可以给咱们做饭……你觉得如何？

林华珺：太好了，今天又来了好多同学，我们正发愁呢……

程嘉树难以置信地看着林华珺：你同意了？不能反悔！我这就回去把屋子打扫干净！

程嘉树跑出几步又折回来。

程嘉树：五点我去学校接你。

林华珺被程嘉树的样子逗笑了。

林华珺：不用不用。谢谢你，嘉树。我们自己过去就好。

程嘉树：行，那我在家等你。

这时，叶润青走了过来，显然她听到了程嘉树刚才说的话。

叶润青看着程嘉树的背影，自言自语道：这个程嘉树，也不邀请我和我哥。

学校图书馆（圣经学院礼堂） 白天 外景

阳光下，圣经学院礼堂外的院子里，晾晒着图书和设备。

方悦容从室内抱着一摞书到礼堂外，细心地把书平摊在长凳上。

她又折返回室内，吃力地挪出了一台实验设备，裴远之经过，见状立即上前帮忙。

裴远之：我来吧。

方悦容：谢谢。

裴远之从方悦容手中接过实验设备，摆在院子里。

两人看着阳光下院子里的图书和设备，相视一笑。

方悦容：长沙太潮了，难得出太阳。

裴远之：你真细心。

方悦容莞尔一笑：快开学了，三所学校大部分图书、仪器都没来得及运出，只有这些，也不知能不能如期开课？……

裴远之：我听说，临大和北平图书馆各出资四万元，订购图书、杂志。

方悦容：湖南省政府建设厅还将国货陈列馆图书室的藏书借与我们临大，也算是聊解燃眉之急。

裴远之：特殊时期只能特殊对待了，相信同学们能理解。

方悦容：嗯，大家齐心协力，定能渡过难关。

一阵风吹来，方悦容有些冷地抱紧了自己，裴远之注意到了。

裴远之：长沙温度虽然比北平高，却更阴冷。你带够衣服了吗？

方悦容：我有。就是担心同学们，他们大部分从敌占区逃难来，匆匆忙忙的，衣服学校可以补贴解决，铺的盖的就麻烦了……

方悦容和裴远之交谈间，双喜也寻找到了这里。他拎着包，向图书馆院内张望，久别重逢的喜悦在他脸上浮现。

双喜：大小姐！

方悦容回头看见双喜。

方悦容迎上前：双喜？你怎么来长沙了？

双喜：老爷、太太不放心二少爷，让我跟着他。大小姐，可算见到你了。

裴远之：你们聊，我去看看还有什么要搬的。

方悦容：好，谢谢裴先生。

裴远之朝图书馆里走去。

方悦容压低声音嘱咐双喜：双喜，在学校不要叫我大小姐。

双喜愣了愣：啊？

方悦容：叫悦容姐就好。

双喜疑惑。

方悦容见状微微一笑，进一步解释道：双喜，在学校我的身份是一名职员。这里追求自由、平等，人与人之间本就不应有等级之分。所以，你叫我悦容姐便好。

双喜：这……不太好吧？

方悦容：怎么，我还当不了你姐了？在学校不讲家里那套规矩。

双喜：行，那我以后就叫你悦容姐。

双喜笑了，方悦容也笑了。

方悦容：家里还好吗？

双喜：家里发生了很多事。日本人也来了……

方悦容：日本人来家里了？嘉文哥给我的电报里没提这事！

双喜欲言又止：也，也没什么。

方悦容：双喜，你别瞒我。是不是因为嘉树那事？

双喜点点头：二少爷走了以后，日本人就到家里了，说二少爷开着家里的车进了清华校园，他们根据车牌找上了门。

方悦容点点头，嘱咐道：双喜，这事别跟嘉树说。

双喜：放心吧，老爷、太太也交代我了。大小姐，哦，悦容姐，二少爷租了一栋洋房，可好了。你来跟我们一块住吧，也有个照应。

这时，裴远之从图书馆又搬出了一摞书，他也听到了方悦容和双喜的对话。

方悦容：我就不去了。这些书和仪器，是学校师生冒着生命危险，通过封锁线才运送到这里的，只有守护着它们我才安心。再说开学还有很多校务工作要处理，实在走不开。你好好照顾嘉树，有需要就来这里找我，我宿舍也在这里。

双喜：可是这里条件……

方悦容：放心，慢慢适应就好了。

双喜：那好吧，悦容姐。方悦容目送双喜离开。

裴远之走到她身边：这里条件太差，你还是住过去吧。我就住在旁边，这些书和仪器，我可以照看。

方悦容目光坚定地看着裴远之：谢谢！不用了，这点苦我还是吃得了的。

程嘉树住处门厅　白天　内景

程嘉树对镜整理新换的西装和仪容。

程嘉树住处饭厅　白天　内景

程嘉树看了下手表，还差十分钟就要五点了。

程嘉树在留声机上放上一张唱片。

程嘉树：双喜，让你准备的花呢？

后厨传来了双喜的应答声：来咯！

双喜抱着一束鲜花，花瓣上还有一颗颗清莹的水珠。

双喜：少爷，长沙真好！不仅豆腐嫩、猪肉肥，花也新鲜。你看，多水灵。

程嘉树：不错！

双喜：二少爷，我还是不敢相信林小姐同意来住。

程嘉树嘚瑟地：都跟你说了，她已经开始有点喜欢上你家少爷了。

这时，门铃响起，程嘉树抱着鲜花，又整了整仪表。

程嘉树：比叶润名如何？

双喜勉强地笑了笑。

程嘉树住处门厅　黄昏　内景

程嘉树手捧鲜花，走到门口，打开房门的同时，程嘉树致欢迎词。

程嘉树：Welcome!

只是突然间，程嘉树原本灿烂的笑容有些僵住了，他预料到林华珺可能会带同学来，只是没想到这么多。

门外，林华珺带着十几个同学光临程嘉树的洋房，叶润名、叶润青、毕云霄、雷正、罗恒、李丞林等都身在其中。每个人都背着行囊而来。

程嘉树发蒙的表情，正好被叶润青手中的 8mm 摄影机记录了下来。

叶润青接过程嘉树手中的鲜花，一脸得意的表情。

叶润青：谢了。还这么用心准备鲜花迎接我们。

叶润青丝毫不把自己当客人，从程嘉树身边挤进了房间里。毕云霄也跟着走进去。

毕云霄：嚯，这房子够大！再来十个人都住得下！

林华珺见程嘉树发蒙的样子，走上前：嘉树，刚才学校又来了一批同学没地方住，大家就一起过来了。对不起啊，人太多了。

叶润青：程同学，如果你不乐意，就把这房子转租给我吧。

程嘉树回过神来：谁说我不乐意了，人多，人多热闹！

叶润青更加来劲了：程同学如此慷慨仗义，如此有觉悟，还真让我刮目相看呢！

雷正、罗恒、李丞林等同学也都纷纷表示感谢：程嘉树同学，谢谢你！

程嘉树不好意思地笑着：不客气，不客气。

叶润名：程嘉树同学乐于助人，咱们理应共同分担房租。一会儿请大家把住宿费伙食费交给华珺，统一给程嘉树同学。

雷正：咱们不能白住白吃！理应分担！

同学们：对对！

程嘉树：不用，不用！

从看见这么多人开始，双喜就在盘算着开销，听到这，双喜连忙接话。

双喜：住宿费就算了，大家交点伙食费就行！

双喜一边说，一边朝程嘉树使眼色。

不等程嘉树开口，双喜接着招呼大家：大伙都别站着了，进来吧！

程嘉树住处客厅　黄昏　内景

大家都进了屋。

叶润青摆弄着留声机：太好了，辛辛苦苦从武汉运来的唱片总算有了用武之地。

她打开箱子，拿出一张唱片，放置在留声机上。留声机里传出美妙的音乐。

叶润青随着音乐轻轻摇摆哼唱，罗恒的目光始终追随着她。

叶润名：嘉树，你为大家提供住宿，也是为学校减轻了负担，我代表学生会谢谢你。

程嘉树：将来大家都是同学，应该的。不过，只有五间房。

叶润名：没关系，男同学可以打地铺。

众同学：对对对，我们可以打地铺。

程嘉树：那就辛苦大家了。

随后看向林华珺：你的房间在二楼，我带你上去。

叶润青闻言，凑过来：我的房间是不是也在二楼？

说着，叶润青兴奋地抢先一步跑上二楼。

程嘉树住处二楼　黄昏　内景

一群人又浩浩荡荡地来到二楼，叶润青从一间跑到另一间，十分欣喜。（背景里，毕云霄、雷正、罗恒和李丞林等男生走向了另一处房间。）

叶润青：这里视野真好。程嘉树，你住哪间？

程嘉树小声地：要你管。

程嘉树走进为林华珺准备的房间，房间里还摆放着一束鲜花。

程嘉树：华珺，这间房是我特意留给你的。宽敞明亮，学习累的时候还能远眺放松心情。你看院子里的这棵树像不像我们北平家里的槐树？我呢，就住隔壁，咱俩还像在北平那样当邻居。怎么样，你还满意吗？

叶润青：我很满意！

不知何时，叶润青走进房间，来到程嘉树身后。

叶润青：这面墙的架子刚好够放我的唱片。

程嘉树：叶大小姐，你说你干吗放着那么舒服的饭店不住，非要跑到这里来，跟华珺挤一间房？

叶润青：我乐意！

叶润青一把挽住林华珺的手臂撒娇。

叶润青：华珺姐在哪儿，我就得在哪儿！

程嘉树：华珺昨晚打地铺，也没见你跟着打地铺。

叶润青：程嘉树！

林华珺笑了起来：行了，你俩别斗嘴了。咱们去把行李拿上来吧。

程嘉树：你们自己安排，我去看看云霄他们。

程嘉树离开房间，叶润青开心地跑出去。

叶润名拎着林华珺和叶润青的行李走进来：总算安顿下来了。裴先生说，学校也在联络校舍和住处，相信很快就能解决。（看看窗外）这房间不错。

林华珺：润名，我住在这儿，你……

叶润名：你和润青有了落脚处，我就放心了。只是，要辛苦你忍受我家那位叶大小姐了，多担待。

林华珺和叶润名默契地相视而笑。

程嘉树住处厨房　黄昏　内景

程嘉树走进厨房，双喜连忙招呼他。

双喜：少爷，你来得正好，我算了一下，这一天的伙食每人每天少说得三毛钱，你跟林小姐说一下……

程嘉树：打住！你能耐了，敢做我的主了？

双喜：如果按你说的，就毕少爷和林小姐来住，我也就不说啥了。可你数数今天来了多少人？十二个！十二个人十二张嘴，多少钱都不够造！少爷，往后日子还长着呢，咱花钱得省着点，不能大手大脚，老爷、太太……

程嘉树：你再啰唆，我就把你扔回北平！

这时，毕云霄倚在厨房的门边，听到两人的谈话，笑了起来。

毕云霄：程嘉树，敢情你是偷鸡不成蚀把米？

程嘉树：我管你吃，管你住，你还挖苦我？有没有良心！

说着，程嘉树拿起一个土豆砸向毕云霄，正好林华珺走过来，那颗土豆险些砸到林华珺，幸亏毕云霄眼疾手快接住了那颗土豆。林华珺吓一跳。

程嘉树一惊，立刻就怂了：对不起，吓着你了吧。

林华珺：没事。

毕云霄：进来就是跟你说一声，大家都饿了，抓紧点。

说罢，毕云霄把土豆扔回给程嘉树，然后"逃"出后厨。

程嘉树看了一眼林华珺身后：叶润名呢？

林华珺：客厅呢，帮着同学们打地铺。

程嘉树：他也住这儿？

林华珺：润名说学校事务繁杂，为了方便帮裴先生，他就不住这儿了。

程嘉树：太好了！

话已出口，程嘉树又觉得自己失言：我的意思是叶润名不愧学联的，为学校不辞劳苦，尽心尽力。

林华珺自然知道程嘉树那句"太好了"是什么意思，不再继续这个话题，转而看向双喜。

林华珺：双喜，来这么多人，给你添麻烦了。

双喜：不麻烦，不麻烦，少爷说了，人多，热闹。

程嘉树：你去休息吧，饭马上就好了！

林华珺：我来煮点姜汤。昨天打地铺，好几个同学着凉了。

双喜：哪能让林小姐你动手，您去歇着吧。

林华珺：还是我来煮吧。姜在哪儿？

双喜和程嘉树见状，便也不再推却。

双喜：我拿给您。

双喜拿了几块姜递给林华珺,林华珺利落地卷起袖子,熟练地清洗生姜。

双喜也归位,接着准备伙食。

程嘉树看到这一副和谐、其乐融融的样子,开心地哼起了小曲。

程嘉树住处客厅　黄昏　内景

客厅一角,叶润名、毕云霄、李丞林帮着男生们打地铺。

林华珺拎着一壶姜汤从厨房走到客厅。

林华珺:着凉的同学快来喝姜汤吧。

几名同学朝林华珺聚拢过去。

这时,一名同学拿着报纸兴冲冲地从外面跑进来,情绪十分激动。

同学甲:号外,八路军平型关大捷!

大家纷纷凑向这位同学身边。雷正、罗恒、叶润青等刚好从二楼往下走。

叶润名念出了号外上的标题:八路军一一五师歼灭日军第五师团第二十一旅团主力及辎重队一千人,对日作战取得了首次胜利。

大家的情绪瞬间被点燃。

毕云霄挥拳,情绪激动:干得好!

李丞林:我就知道在长沙待不了几时,临大临大,顾名思义,用不了多久咱们就要回北平了。

雷正:抗日统一战线收获了战果,咱们在长沙的地铺打不了多久。

同学们纷纷响应。

毕云霄:我收到我哥来信,他们被扩编为第一集团军,驻守华北。我哥说,高志航带领着中国空军迎战迫近筅桥机场的日军战斗机,一机未损,并击落敌机多架。

叶润青情绪激愤,高声说道:中国决不放弃领土之任何部分,遇有侵略,唯有实行天赋之自卫权以应之。

叶润青两眼熠熠发光,罗恒仰慕地看着她。

这时,程嘉树和双喜端着菜从厨房出来,凑到了他们身边。

程嘉树好奇地探头:聊什么呢,这么高兴?

毕云霄把号外递给程嘉树:你看,用不了多久咱们就能回北平了。

程嘉树接过报纸,双喜也激动地凑上去:真的? 咱真的能回去吗?

林华珺：中华民族团结起来，抗日胜利就已经不远了！

程嘉树：华珺说得对，胜利一定是属于我们的！来，咱们开饭庆祝平型关大捷！

乐观的情绪洋溢在年轻人的脸上，此前因打地铺带来的迷茫沮丧已然烟消云散。

程嘉树点亮了餐桌上的蜡烛，放上他先前精心挑选的唱片。

毕云霄：需要这样吗？

程嘉树：那当然，气氛很重要！大家请吧。

同学们纷纷入座，人挤人地十分热闹。只是偌大的桌子上，只有孤零零的几盘菜——李和盛牛肉、大黄鱼、青菜烧嫩豆腐、小炒猪肉、米线。

同学们盯着这几盘菜，都不知该如何下筷。程嘉树见状，率先夹了一块肉送进了自己嘴里。

程嘉树：大家吃呀，别愣着！菜虽然不多，但饭还是管饱的！

众人见此情形，也纷纷放开手脚，二十个人如饿狼般分食五盘菜。

学校图书馆　夜晚　内景

临时用布帘隔的简陋宿舍内，方悦容在一盏油灯旁伏案写信。这时，一位女同事抱着一床被子进来。

女同事：悦容姐，裴先生让我给你送床被子。

方悦容接过被子，向外张望。

方悦容：谢谢，裴先生人呢？

女同事：交给我后他就走了，说天色太晚不便打扰。

方悦容再次向女同事道谢后，坐回到了油灯下。

案台上，一张白纸上有方悦容的字迹，可以看到"嘉文哥"的抬头字样。

她接着在信纸上写道：你好，请代问姨父姨母好。离家多日，甚是惦念。今见双喜，听闻家中受日本人滋扰，益增担忧，盼来信告知。嘉树和我一切都好，请告姨父姨母安心。

圣经学院布告栏　白天　外景

开学、报到及注册选课日期公告

报道注册日期：十月十八日起至十月廿四日止。

开学日期：十月廿五日。

选课日期：十月廿五日起至廿七日止。

上课日期：十一月一日。

上课后一星期不到者，本校不再为其保留名额。

布告栏前聚集着一群同学，叶润名也在其中。

程嘉树住处饭厅　白天　内景

一群人围坐在叶润名身边，目光灼灼地盯着他。

毕云霄：11 月 1 日，你确定？

叶润名：布告已经张贴出来了。

毕云霄：不现实啊，现在学校要啥没啥。先生到的也少，实验设备恐怕也捉襟见肘。

叶润名：千真万确。为了能按时开课，校方正在尽一切所能。

雷正：咱们还算幸运，听说工学院的一些同学要寄宿在湖南大学。

林华珺：每一次去小吴门火车站迎接新生，我都能从难民中一眼分辨出哪些是临大的同学。从北到南，旅程虽痛苦，可大家眼神里的朝气和笃定是抹不掉的！

叶润青：我盼这一天盼了好久。咱们辛辛苦苦心惊胆战坐火车，被检查被盘问，稍有迟疑命就没了，为的是什么，不就是这一天吗！校舍图书全不全又有什么重要的，我们在，学校就在。而且，开学升了二年级，我就不是最小的了。

雷正：你不是最小，那谁最小？

叶润青指向一旁的程嘉树——大家正在热烈地讨论，程嘉树却并未参与，而是翻看着手里的康德著作《实践理性批判》。

叶润青：他啊，11 月 1 号开学后可就是我的学弟了。

发现大家的目光都汇在自己身上，程嘉树这才抬头：你刚说什么时候开学？

叶润青：11 月 1 号。

林华珺突然想起：程嘉树，你还不是临大的学生！

毕云霄：对啊，嘉树还只是个考生。

所有人这才意识到这个问题。

叶润青：还真是，我们都忘了这点了。那怎么办啊？程嘉树，你上不了临大了。

程嘉树：叶润青，你什么意思？我考上了不就可以入学了吗？

毕云霄：程嘉树，你考得上吗？

林华珺：嘉树，马上就要开学了，这么短时间考上临大不是件容易的事。

程嘉树突然眨巴眨巴眼睛，凝视林华珺。

程嘉树：有你我肯定能考上。

林华珺：什么意思？

程嘉树：有你这位出色的家教，我还怕考不上？

林华珺：你想让我辅导你？

程嘉树指了指洋房，指了指眼前的住客。

程嘉树：辅导费我可都出了，大家住在这里、吃在这里，还附带水果。

这时，双喜送来一盘九如斋美味果脯，看到之前的水果已空盘，又听到程嘉树这番话，十分崩溃。

林华珺骑虎难下，望向叶润名。

叶润青激动地弹起身：程嘉树，你想干吗？

叶润名：华珺，看来这个辅导老师，你不当也得当了。嘉树，即使有状元师父也未必有状元徒弟。你的自信和勇气确实让人佩服！一言既出——

程嘉树：驷马难追。

程嘉树和叶润名之间形成了一股奇妙的气场。

林华珺为难地看着程嘉树和叶润名。

程嘉树看向林华珺：从现在开始，你就是我的辅导老师了。

林华珺看看叶润名，叶润名一笑。

程嘉树住处卧室　白天　内景

林华珺在墙上为程嘉树贴上了复习倒计时时间表，离考试还有不到二十天的时间。

林华珺：既然要补习，我们就严格按照时间计划来。

程嘉树双手杵在脸颊上，看着林华珺：听你的！

林华珺：正经点。

程嘉树马上变得正经严肃。

林华珺见状，也稍稍松弛下来：你将面临一次很严苛的考试，学校实行通才教育，不管你考哪个系，每一门功课都需要细心准备。我为你制订的复习计划就包括文理科。你在美国读的预科，我们就不复习英文了。

程嘉树：没想到你对我这么细心。

林华珺用眼神警告程嘉树。

程嘉树：你接着说。

程嘉树打开笔记本，摆出一副听讲的模样。

林华珺：我推测你在古文方面可能稍显薄弱，我们先从这里开始。这是我为你准备的考题，你看看考试难度，好心里有底。

林华珺翻开自己的笔记本：这道考题，需要加标点符号。

林华珺的笔记本上摘抄了一段话——"自入莱芜谷夹路连山百余里水陆多行石涧中出药草饶松柏林藿绵蒙崖壁相望或倾岑阻径或回岩绝谷清风鸣条山壑俱响凌高降深兼惴栗之惧危蹊断径过悬度之艰未出谷十余里有别谷在孤山谷有清泉泉上数丈有石穴二口容人行入穴丈余高九尺许广四五丈言是昔人居山"。[1]

程嘉树欣赏着林华珺娟秀的字体：字如其人。

林华珺眼一瞪，程嘉树秒变严肃。

林华珺：还有这道题，改正下列成语中的错别字。

林华珺的笔记本上同时还摘抄着六个成语——"因咽废食、开书有益、折衡樽姐、谆谆善诱、临崖勒马、鞠躬尽粹"。

这时，叶润青走了进来。

程嘉树：你来干什么？

叶润青：我来保护华珺姐。程嘉树，你老实听课。

林华珺：润青，别乱说。

程嘉树：这儿就不劳烦叶大小姐了。

叶润青：怎么是劳烦，当然不劳烦啦！华珺姐的事就是我哥的事，我哥的事就是

1　1922 年北京大学入学试验国文题。

我的事。程嘉树，我必须看着你。

叶润青歪着头，得意地看着程嘉树，继续发号施令。

叶润青：别耽误时间了，快复习吧。

程嘉树：明明是你在耽误我的时间。

林华珺感到无奈又好笑。

林华珺：嘉树，题目我已经给你了，不会做的话可以问润青。我去厨房看看。

说完，林华珺转身离开了房间。

程嘉树：华……

叶润青：喂，答题！

程嘉树狠狠地瞪了叶润青一眼：知道啦！

厨房　黄昏　内景

林华珺走进厨房，将一叠钱交给双喜：双喜，这是十天的伙食费，你先拿着。

双喜有点不好意思：少爷不让收。

林华珺：他要是不收，我们就只能搬回学校了。

双喜：那我就不跟你客气了。林小姐，你快出去吧，厨房油烟重，别熏着你了。

林华珺不但没有离开，反而麻利地穿上围裙：每天做这么多人的饭，辛苦你了。今天你歇会儿，我来给大家做点北平的家常菜，京酱肉丝怎么样？

双喜：好，好！少爷最爱吃京酱肉丝了。

林华珺娴熟地切起了肉丝。

双喜看着林华珺，喃喃自语：二少爷还真是有眼光……

林华珺：你说什么？

双喜：没，没什么。林小姐，这点肉也不够做京酱肉丝啊。

林华珺：那就多搁葱。咱得省着点花。

双喜：好嘞，我这就洗葱去！

程嘉树住处卧室　黄昏　内景

程嘉树盯着笔记上的题若有所思，一抬眼看到叶润青坐在旁边，正不怀好意地对他嘻嘻笑。

程嘉树不胜其烦，放下手中的笔，拖着椅子坐到叶润青跟前。

程嘉树：我问你，你希望我考上临大吗？

叶润青脱口而出：当然希望！

程嘉树：哦？我以为你讨厌我。

叶润青意识到自己无意间把真实想法说出，咳了咳，掩饰自己的失态。

叶润青：我是讨厌你，你考上了我才能天天气你，气死你。

程嘉树：好！你希望我考上临大，那你也帮我补习吧。

叶润青不明白程嘉树葫芦里卖的什么药。

叶润青：可以啊。

程嘉树：刚才华珺给我留了题，让我复习文科。我理科也不行，这里有几道数学题，你帮我解一解？

叶润青：可我是外文系的。

程嘉树：对，你不会！

叶润青：谁说我不会。

程嘉树：你不是外文系的吗？

叶润青：外文系就不能会吗？别瞧不起人！

程嘉树：对呀，你那么聪明肯定会。

叶润青：这还差不多。

程嘉树从抽屉里取出了两道数学习题递给叶润青。

叶润青看了一眼题目，念出来：试证抛物线以焦弦为直径的圆一定垂直于准线。第二题，《九章算术》中，将底面为长方形且有一条侧棱与底面垂直的四棱锥称为阳马，将四个面都为直角三角形的四面体称为鳖臑。（如图）证明 $PB \perp$（垂直于）平面 DEF，试判断四面体 $DBEF$ 是否为鳖臑。若是，写出其每个面的直角；若不是，说明理由。

叶润青看得目瞪口呆，面露难色。

程嘉树：怎么，不会啊？

叶润青：会，会……你在旁边我心烦，我回自己房间再看。

程嘉树：慢走。

叶润青拿着题目皱着眉头走出房间。

程嘉树住处饭厅/客厅　夜晚　内景

众人围坐在饭桌边，林华珺端上最后一道菜——京酱肉丝。

程嘉树两眼放光，毕云霄、雷正、罗恒等人也发出了惊呼声，叶润青眉头紧锁，思绪还在那两道数学题上。

双喜为大家端上米饭。

程嘉树：还是华珺有心，知道我最爱吃京酱肉丝了。

林华珺问所有人：有人不爱吃京酱肉丝吗？

大家齐声回答：没有！

程嘉树夹了一大口就往嘴里送。

程嘉树：双喜，给我多盛点米饭。

双喜答应了一声。

大家都动筷了，唯有叶润青恍恍惚惚。

罗恒：润青学姐，快吃饭吧。

叶润青：哦，好。

叶润青还是没有动筷子。

林华珺：你在想什么，这么出神？

程嘉树：有两道数学题我不会，她说她会，我就请教了她。叶润青，你要是也不会就算了。

叶润青：谁说我不会？

罗恒：什么数学题，给我看看？

叶润青：不用，晚上我一定解出来给你。

程嘉树看出叶润青明显嘴硬，觉得好笑。叶润青心里也是一团火，看程嘉树夹什么菜，她就夹什么菜，两人颇有些"针锋相对"的架势。

叶润青房间　夜晚　内景

夜已深，灯下，叶润青苦思冥想，铅笔头都快被她咬烂了。面前两道数学题的解答处，仍空空如也。

她写了又用橡皮擦掉，反反复复……

程嘉树卧室　早晨　内景

程嘉树脸上盖着林华珺给他的笔记本，突然有人把他脸上的本子掀掉，推醒了他。

叶润青挂着黑眼圈，可又藏不住兴奋的神情。

叶润青：程嘉树，快醒醒！

程嘉树睡眼惺忪，迷迷糊糊地看到叶润青站在他床前，突然惊醒：你干什么？

叶润青：我还能干什么，起床！那两道题我解出来了！

叶润青特别自豪地把两道题的解答拍在程嘉树面前：好好学习学习，不懂的地方可以问我。

程嘉树看了看，随后拿起笔，像改卷一样批注叶润青的解答步骤。第一道题，刚打了几个"√"，就开始打"×"。一旁的叶润青，原本还是扬扬得意，看到程嘉树打的"×"之后，就变得不好了。

叶润青：你干吗？

程嘉树：这一步错了，根据抛物线的定义，抛物线上的点到准线距离等于到焦点距离，$FA=AA_1$，$FB=BB_1$，所以 MA 是等于 MB，等于 $1/2$ $(FA+FB)$，又等于 $1/2$ (AA_1+BB_1)。

程嘉树接着看下一题。

叶润青的脸涨得通红。

林华珺不知何时走了进来，只是程嘉树并没有看见她。

程嘉树：《九章算术》里曾记载，"邪解堑堵，其一为阳马，一为鳖臑。"

叶润青已经变得焦躁不安：你别闹了，回家养马吧。

程嘉树：鳖臑和阳马是对特殊锥体的称谓，"阳马居二，鳖臑居一，不易之率也。"这道题你连题目都没解对，后面的步骤根本不用看。

程嘉树在叶润青的解答上又画了一个大大的"×"。

林华珺吃惊地看着程嘉树，她确实没想到程嘉树有如此学识。

叶润青的自尊心受到了极大的侮辱，一把夺过试题，把纸揉成一团。

叶润青大怒：明明你什么都会，还假惺惺让我指导，程嘉树，你安的什么心，故意羞辱我、看我出丑，你就开心了是吗？为了解这两道破题，我整晚都没睡。世界上怎么会有你这么讨厌的人!

程嘉树:谁让你在我面前充学姐。不过,我还真没想到,你如此刻苦!

林华珺:程嘉树,看来我不需要帮你补习了!

程嘉树一愣,这才看见林华珺。

林华珺:你知道《九章算术》,还能说出"阳马居二,鳖臑居一,不易之率也",文理科你都不差。我当不了你的补习老师,你来帮我们补习还差不多。

程嘉树:不不不,跟你比我可差远了!叶小姐,对不起,我错了!

叶润青:哼!我再也不理你了!

说完,叶润青甩手走人。

林华珺也转身想走,程嘉树喊住她。

程嘉树:华珺,还有一道数学题我怎么也解不出,你帮我看看,好不好?

林华珺:你不会也想戏弄我吧?

程嘉树:我怎么敢。

林华珺:什么题?

程嘉树飞快地在作业本上写下一道算术题目——证明 $5x^2-6|x|y+5y^2=128$

林华珺认真审题,想了半天,却不知如何解答。

林华珺:这道题,我想想吧。

程嘉树笑:好。

这时,窗外传来了一阵嘈杂声。

程嘉树起身走到窗边,推开窗户,看到街上涌动着很多难民,身上打着绷带、缺胳膊缺腿,状况十分惨烈。

长沙八角亭街边　白天　外景

毕云霄、叶润名、程嘉树、林华珺、叶润青等人从家走到街上。

这里比往日多了不少背井离乡的难民，小脚老妇、黄发儿童、抱着孩子的妇女、残腿的伤兵……他们神情呆滞，眼神里充满着恐惧、彷徨。

见此情形，大家都增添了肃穆和悲愤。

这时有人扒拉毕云霄的裤脚，毕云霄发现门口旁边躺着一位伤兵。

伤兵：能给口吃的吗？两天没吃了。

程嘉树招呼：大家快去拿点水还有吃的。

林华珺看到有几个伤兵伤口已经溃烂了：嘉树，家里有白酒和纱布吗？

程嘉树明白：白酒有，纱布……我找找！

林华珺：还有剪刀。

大家纷纷回去拿些碗和水过来给伤兵喝，拿了点吃的给难民和儿童。

伤兵和难民们狼吞虎咽，哗啦啦又来了好多人，一下子抢光了。

程嘉树：双喜，家里还有吃的吗？

双喜也被眼前的阵仗吓到了，小声地：少爷，咱架得住这么救济吗？

程嘉树：能救多少是多少。

双喜：家里吃的都拿出来了。

程嘉树琢磨，看到不远处的三伢子：你去三伢子那里把糖油粑粑全买过来，快去！

双喜无奈：哦！

另一边，林华珺拿着白酒在帮着几个伤兵换纱布、消毒。叶润青在一边想帮忙，却又不敢直视伤兵的伤口。

叶润名：你们是从哪里过来的？

伤兵：淞沪战场，我们的部队被打光了。

毕云霄：打光了？

伤兵：一个团上去，不到半小时就死光了，日本人的机枪、大炮、轰炸机，满天都是，满天都是……

伤兵的形容和他眼中的绝望，让众人揪心。

双喜和三伢子端着糖油粑粑过来分发给难民，大家都帮着分发。

这时，三伢子的爹急匆匆地回到摊前，手里拿着一个护身符。

三伢子爹：三伢子，快戴上。

三伢子爹把护身符挂在儿子脖子上。

三伢子爹：爹一早去庙里排队求来的，保平安。戴上它，咱就能平平安安的。

叶润青：三伢子爹，这是封建迷信！

三伢子爹：我们就是小老百姓，除了求神拜佛保佑，还能做啥呢？只能自求多福。

三伢子爹的一席话让众人哑口无言，老百姓在战争面前是那么无助又恐惧。

程嘉树住处客厅　白天　内景

双喜正张罗着端饭：就剩这点米饭和咸菜了，先将就着吃点吧。

但所有人的情绪都很低落，没人上桌吃饭。

双喜：吃完还得去学校呢。

叶润青：学校？如果淞沪战场守不住了，国家是不是就保不住了？大家还有学上吗？

程嘉树：临大还能如期开学吗？不会又像北平那样，取消联考吧？

忽然，毕云霄握紧拳头，低头走开。

程嘉树：你去哪儿？

毕云霄没有理会程嘉树，快步走了。

林华珺：我不知道淞沪战场能不能守住，我只知道，那些将士浴血守护着的，正是我们脚下的国土，他们还在拼命，我们却已经丧失斗志，这一定不是他们想看到的。

叶润名：华珺说得对，一味的消极解决不了任何问题，帮不了前线的忙，还会乱了后方的阵脚。我们不能变成恐惧的奴隶，而是应该做点什么，让日本人知道中国人不是软弱可欺的。

叶润青：可是我们能做些什么呢？

林华珺：也许我们可以做一些力所能及的事，比如帮助那些难民。

雷正：我听说有几处难民营，我们可以去帮忙。

林华珺：想去的举手。

叶润青和罗恒同时举手：我去！

程嘉树：我也去。

叶润青：你去什么去，你还得留下备考呢！

程嘉树：可我总得做点什么吧？

林华珺：嘉树，你现在最迫切要做的事，就是考上临大。

程嘉树只好悻悻地点头。

<hr />

圣经学院院子连教室　　白天　　外景 / 内景

秋寒料峭。

圣经学院的教室前堆放着一些旧棉被和桌椅板凳，都是长沙百姓捐赠的物品。

几个衣衫单薄的学生被秋风冻得上下牙打战。叶润名将旧棉被分发给他们。其中一名男生咳嗽得厉害，叶润名便将自己身上的外套脱下来，给他穿上。

裴远之远远地看见这一幕，走过来。

叶润名：裴先生。

裴远之：你把外套给了同学，自己呢，还有衣服吗？

叶润名：每次出门，家母都会给我备足衣物。

裴远之：那就好。听说很多同学感冒，你给大家买药，花了不少钱。

叶润名：临大各种困难摆在眼前，而我能做的仅此而已。

裴远之感受到叶润名内心的彷徨和忧虑，拍了拍他的肩膀。

裴远之：你已经做了很多，做得很好！

裴远之的目光落在登记本上，本子上密密麻麻记录着湖南民众为长沙临时大学捐赠的钱物。

裴远之：你看，这么多百姓自发地为我们捐钱捐物，我们有什么理由怀疑临大不能如期开学，怀疑这场战争最后的胜利不是属于我们的？

这时，一个小女孩走了过来，手里拿着一条红色的围巾。

小女孩声音稚嫩：哥哥，你冷不冷，这条围巾送给你。

叶润名蹲下身：小妹妹，你叫什么名字啊？

小女孩：我叫小芳。

叶润名：谢谢你，小芳妹妹。

小女孩把围巾围在叶润名的脖子上，然后蹦蹦跳跳地走了。

叶润名看着小女孩的背影，眼眶微微泛红，在登记本上写下：小芳，约五岁，围巾一条。

这时，方悦容回来。

裴远之看到她，招呼道：方老师，我正好要找你。

方悦容点点头，两人一起走进图书馆。

图书馆　白天　内景

裴远之注意到方悦容满脸疲态，给她倒了杯水：又去筹经费了？

方悦容一饮而尽：跑了很多地方，磨破了嘴皮子，唉……

裴远之：还差多少？

方悦容：只筹到了九牛一毛。

裴远之拿出一个油纸包，交给方悦容：这是党支部同志们个人捐助的款项，大伙儿的一点心意，你先收下吧。

方悦容：谢谢同志们。

裴远之：纺织厂那边怎么说？能先赊借吗？

方悦容：廖厂长也很为难，收了预付款就开始生产被褥和校服，我们付全款提货是约定好的。逾期都近十天了。

裴远之：要不这样，我跟你再去找廖厂长说明一下情况。

方悦容：是我们失约在先，这个口怕是很难开。

裴远之：不试怎么知道没可能呢？

方悦容这才勉强打起精神。

纺织厂门口粥棚　白天　外景

裴远之和方悦容来到纺织厂门口，正要进去，却看到门口已经搭好了一个粥棚，很多灾民正在排队领粥。

方悦容看到了正在给灾民施粥的廖厂长。

他们没注意到，粥棚里，林华珺、叶润青等几个学生也在帮忙照顾、救治受伤、患病的难民。林华珺有一点护士经验，所以很多难民都围着她求助。

方悦容：廖厂长。

廖厂长也认出了她：方先生。

方悦容有些难以启齿。

裴远之：廖厂长你好，我是临大教员裴远之。是这样的，本来学校向您预订了一批冬装和被褥，只是学校暂时拿不出这笔经费，现在天气骤寒，许多学生都冻病了，能否请您先赊借？

林华珺听到了这番话，不禁注意起他们的谈话。

廖厂长：赊借？请看看眼前，更需要帮助的是这些难民吧？

裴远之：可是……

廖厂长：我们厂能拿出的费用都已经用在难民身上了，还等着你们的校服和被褥款补贴不足呢！我认为，学校的衣被经费应该找教育部解决，对于我来说，更需要救济的是难民，也许一件校服的钱，就可以救活一个快饿死的人。

裴远之和方悦容哑口无言。

廖厂长：对不住了，请回吧。

说着，他已经兀自忙去了。

林华珺若有所思。

鞭炮店　白天　外景

长沙一家鞭炮店，挂着各色品种的鞭炮和烟花。

毕云霄走到店前，停住了脚步，认真地观察思索。

毕云霄拿出小本子做记录。

程嘉树住处　白天　内景

程嘉树在客厅看书，毕云霄从外面进来。

程嘉树：你也去难民收容所了？

毕云霄面色凝重：没有，借我点钱。

程嘉树：要多少？

毕云霄：五十块。

程嘉树：五十？你要干啥？

毕云霄：别问那么多，过段日子你就知道了。

程嘉树把口袋里的钱都给了毕云霄，毕云霄接过钱，转身又出去了。

程嘉树：哎，你又出去啊？

毕云霄头也不回。

程嘉树：这小子。

纺织厂门口粥棚　白天　外景

廖厂长还在忙活着。

林华珺带着叶润青等二三十个女学生走了过来。

林华珺：廖厂长。

廖厂长看着她，有些讶异。

林华珺：我是临大的学生林华珺。这两天，我们一直在粥棚帮忙，也因此了解到，您慷慨解囊，几乎是耗尽厂里的资产在资助难民，而因为战乱，您厂里的很多工人也陆续返乡，您的纺织厂人手不足。

廖厂长：你这个女学生知道的还不少，有什么事直说吧。

林华珺：刚才我听到您和裴先生的谈话。所以我们想跟您商量一件事，能否用劳力换取这批被褥棉服？我们的同学太需要它们御寒了。

廖厂长：劳力换？怎么换？

林华珺：我和我的这些同学给您当工人。您看行吗？

廖厂长有些震惊，看着林华珺和这些女学生，不由被震撼。

廖厂长：你们给我当工人？你们是会织布，还是会缝纫？

林华珺：我们愿意学！

同学们纷纷响应：对！我们愿意学！

林华珺：廖厂长，请您相信我们！

望着大家殷切的目光，廖厂长终于动容：廖某知道，你们在家都是娇生惯养的孩子，难得竟能有这般吃苦耐劳的精神。孩子们，你们的手是拿笔的手，不是拿纺锤的手。我也是为人父母，将心比心，怎会忍心让你们受寒冷之苦？被褥和棉衣我先赊借给你们！

林华珺和同学们感动不已，面对着廖厂长深深鞠躬：谢谢廖厂长！

教委会　白天　内景

方悦容面含歉意地站在郑天挺面前，裴远之陪在她一旁。

郑天挺：没关系，方老师，你为同学们已经尽力了，这事现在由学校负责。我会再跟常委们反映，务必请他们解决剩余费用。

正在这时，窗外传来嘈杂声，打断了他们的谈话。

郑天挺不由起身向外走去。

圣经学院院子　白天　外景

只见叶润名等男生正和纺织厂的工人一起，从车上卸下被褥校服。

林华珺等女生正在给学生们分发。

方悦容走过去：润名，这是怎么回事？

叶润名：方先生，华珺她们请求廖厂长，用劳力换取这批被褥校服，廖厂长很感动，答应先赊借给我们！

方悦容、裴远之、郑天挺很动容，看着忙碌的学生们，很是欣慰。

程嘉树住处院内杂物间　白天　内景

毕云霄扛着一麻袋东西回来，没有进屋，而是直奔后院的杂物间。

杂物间东西不多，毕云霄清理了一下，腾出一块空地，然后把麻袋里的东西一股脑儿倒在了地上，是一大堆鞭炮和烟花……

程嘉树住处客厅　黄昏　内景

林华珺、叶润青、雷正、罗恒等人纷纷穿着新棉衣回来。

程嘉树听到动静，从二楼跑了下来，眼热地看着他们的新棉服。

程嘉树：你们今天的壮举我都听说了！华珺，你们太棒了！哎，我的呢？

叶润青：程嘉树，这是临大校服，只有临大学生才有份，你想要，就看你考不考得上吧。

程嘉树有些悻悻然：你等着吧，迟早的事。

林华珺：你这两天复习得怎么样了？

程嘉树立刻把练习本递给林华珺：你给我准备的习题，我都做完了。请林老师指正！

林华珺翻看着练习本，忽然想起：对了，上次你给我的数学题，光顾着忙难民营和校服的事了，我给忘了，抱歉，我明天就解。

程嘉树狡黠一笑：没关系，你累了这么久，先休息，不着急。

圣经学院　白天　内景

叶润名和林华珺一起盯着那道数学题"证明 $5x^2-6|x|y+5y^2=128$"，百思不得其解。

叶润名：真把我难住了。

林华珺：是啊。

这时，叶润名看到临大算学系同学从走廊经过，叫住了他。

叶润名：宗华，有道数学题帮忙求解。

宗华停下脚步，看了看题目。

宗华：这道题，$6xy$ 中的 x 带绝对值，所以要分开两部分讨论，一种是大于零的情况，另一种是小于零的情况。

宗华边说边在纸上进行公式拆解。

宗华：这里不能直接证明等于128，而是要把128移到左边，右边变成零。我们来证明左边等于右边。

叶润名和林华珺似懂非懂地看看宗华，又看看稿子。稿纸上又出现了一个坐标轴。

宗华：接下来从图像入手，我用赋值法把图像画了出来，数形结合嘛，慢着……

只见宗华在稿纸上点了几个坐标点后，连成了一个心形。

宗华会心一笑：想不到叶学长还挺浪漫的。

此话一出，林华珺和叶润名都颇为尴尬。

宗华看看两人，笑着离开。

叶润名看着稿纸上的心形图案：这个程嘉树还真是花样百出，我对他又有了新的认识。

林华珺气得说不出话来，拿起稿纸就走。

叶润名：华珺……

程嘉树卧室　白天　内景

林华珺给程嘉树的断句题，对程嘉树来说完全是小意思，此刻，他正欣赏着林华珺娟秀的字迹，轻声朗读。

程嘉树：自入莱芜谷，夹路连山百余里，水隍多行石涧中，出药草，饶松柏，林藿绵蒙，崖壁相望，或倾岑阻径，或回岩绝谷，清风鸣条，山壑俱响……

林华珺走到程嘉树面前，把手里拿着的那一道心形数学题摆在了程嘉树的桌上。

程嘉树看到题目已经解出来了，佯装惊讶：你解出来了，我看看……哦，原来是这样。

林华珺不说话，神情严肃地看着他。程嘉树这才察觉到林华珺脸色不对。

程嘉树：你，你别生气，这只是一个玩笑。

林华珺：这些日子我们每天在难民所，看到衣衫褴褛的难民等待救济，他们没有地方住，在草席搭的粥棚边勉强栖息，还有淞沪战场下来的伤兵，你真应该看一看那些凄惨悲壮的场景。大家都在拼尽全力，想要活下去，让自己有意义，可你呢，你在做什么？

程嘉树：我……

程嘉树能感觉到林华珺语气中的严肃，恐怕这一次他真做了错事。

林华珺：从今往后，我不会再帮你补习了。

说完，林华珺离开了房间。

程嘉树看着桌前那道心形数学题，陷入了沉默。

纺织厂门口粥棚　黄昏　外景

程嘉树来到纺织厂门口的临时难民所，他被眼前的景象震撼了，料到悲惨，没想到如此触目惊心。

他与难民们的眼神接触，都能感觉到他们无助又灼热求生的目光。

顺着程嘉树的视线，能看到林华珺、叶润名等人已早早来到难民所。

他们回头，也看到了程嘉树。

叶润名：嘉树来了。

程嘉树点头，有些犹豫，不知该不该走向前。

林华珺回头也看到程嘉树了，两人对视，都有些尴尬。

这时，一位难民突然晕倒，大家有些手忙脚乱。

叶润青：程嘉树，你还愣着干什么，快来帮忙呀。

程嘉树这才反应过来，应了一声：来了!

程嘉树急忙跑到跟前，在叶润青和叶润名的协助下，将难民背到一边。

浑身脏兮兮的难民靠在程嘉树身上，程嘉树丝毫没有嫌弃，主动为他喂粥，没想到难民一时无法进食，刚喝进去的粥全部呕吐出来，吐在了程嘉树身上。

程嘉树连眉头都没皱一下，拍了拍他的背，喂得更加小心。

林华珺心中的怒火渐渐消退，拿出手帕递给程嘉树。

程嘉树感激地看了她一眼。

程嘉树卧室　夜晚　内景

程嘉树看着窗外，此时天空中挂着一轮明月，依稀还有星光。

回想白天在难民收容所的情景，林华珺的话再次在耳边回响。

林华珺画外音：大家都在拼尽全力，想要活下去，让自己有意义，可你呢，你在做什么？

程嘉树翻开林华珺给他准备的考题，开始答题。

有人敲他房间的门，程嘉树起身开门。

来的人竟然是林华珺，程嘉树有些不敢相信。

林华珺看到桌上打开的笔记本：你在做题吗？

程嘉树低着头，不敢直视林华珺：对不起，你白天去难民收容所，晚上还帮我准备考题，我却不好好学……

程嘉树脸上的惭愧，让林华珺感到欣慰。

程嘉树：从今天开始，我会认认真真备考！我一定会考上临大的！

林华珺：我相信！

一句认可，让程嘉树颇为意外。

林华珺：我也向你道个歉，昨天我说的话太重了。

程嘉树：不不，你骂得对！我该骂！

林华珺：嘉树，你本可以去美国，过逍遥自在的日子，可你却和我们一样背井离乡，在不知道是否能考进临大的情况下，冒着生命危险来到长沙。你很聪明，基础也好，知识面之广出乎我的意料，不要浪费自己的天赋和才华。我相信你完全可以凭借自己的实力考上临大。

林华珺将手里的笔记本递给程嘉树。

林华珺：这是润名帮你收集的考题，加油！

说完，林华珺离开。

程嘉树拿着笔记本回到座位上，继续做题。

突然，院子里传来一阵爆炸声，程嘉树吓了一跳，抬头一看，居然还有烟花在院子上空升起。

<h2 style="text-align:center">程嘉树住处院子　夜晚　内景</h2>

屋里其他同学跟程嘉树一样也被这爆炸声惊着了，纷纷跑了出来。

雷正：出什么事了？

程嘉树穿过一团烟雾，发现毕云霄满脸焦黑倒在地上不省人事。

程嘉树紧张地摇晃毕云霄：云霄，毕云霄！

<h2 style="text-align:center">程嘉树住处客厅　夜晚　内景</h2>

毕云霄微微睁开眼，很多人围绕着他。

林华珺替他号脉，又拨了拨毕云霄的眼皮，为他检查。

林华珺：他没事，不过被震晕了。

程嘉树为毕云霄擦去脸上的灰。

程嘉树：毕云霄，到底发生了什么？大晚上你在院子里做什么。

雷正从院外捡来一些被炸剩下的鞭炮和烟花纸屑、木炭。

雷正：毕云霄，你不会是在研究黑火药吧？

双喜：还好，你没把这座房子炸塌。

程嘉树白了双喜一眼，双喜嘟囔着走开。

毕云霄挣扎着坐起来：我恨，恨死日本人了。我要炸死他们。

程嘉树：还没炸死他们，你就先把自己炸死了。

毕云霄：我一定会研究出比日本人更好的手雷！

程嘉树：我说你最近神神秘秘天天关在房间里，饭也不吃，就鼓捣得把自己炸晕。亏你还是物理系的学生，给赵先生丢脸了吧。

雷正：嘉树，那是化学。云霄实验失败正常，当年诺贝尔和他的父亲、弟弟研究炸药，就曾经发生过意外爆炸事故，这需要时间。

程嘉树：房子也就够你炸一回的了。你难道忘了你在战场上看到的，忘了毕叔跟你说的了。

毕云霄：我没忘！也正是因为没忘，所以我才要做点什么，而不是每天在这里混吃等死！

情绪一激动，毕云霄头痛欲裂，倒在沙发上。

而众人也被毕云霄的话说得沉默了。

程嘉树房间　白天　内景

程嘉树坐在椅子上打瞌睡，头不时往下掉。

休息了一晚上，毕云霄感觉自己精神好点了，他从床上坐起身，发现自己躺在程嘉树的床上。程嘉树还没醒。毕云霄看着天花板，叹了口气，对自己很失望。

这时，敲门声响，程嘉树醒了：云霄，你醒了。

毕云霄：对不起。

程嘉树没好气地白了他一眼，然后去开门。门外叶润名来了，大家也都来了。

叶润名：毕云霄好点了吗？

程嘉树：已经醒了。

众人进屋，见毕云霄精神好多了，大家都放了心。

叶润青：毕云霄，你这一炸，我整墙的唱片都震落到地上了。

毕云霄：对不起。

叶润青：算了。

毕云霄：因为我的实验让大家受到惊吓，这不是我的本意，实在抱歉。

程嘉树：何止是惊吓，小命差点都没了。

毕云霄：对不起……同学们，我不知道你们能不能理解我的心情，看到长沙难民越来越多，自己却无能为力的心情。民众生活在水深火热之中，如何能不急。我迫切地想有所作为、改变现状，可我能做什么，即使天天去难民收容所也改变不了现状。我答应我哥要好好念书，可现在能否按时开学，开学能来多少教授都还是个未知数。

雷正：我也有同感，一切遥遥无期。曾经以为胜利就要到来了，可现在看来是我们想得太简单了。如果这场战争旷日持久，难道我们就一直躲在后方，住在大房子里享受这偷得的安宁吗？

毕云霄：现在的每分每秒都让我煎熬，不做点什么就感到对不起自己，更对不起生养我的国家。

雷正：前些天我遇到了湘雅医学院的同学，他们组织了战时服务团，即将去往前线。而我们却在这里等待开学上课。

叶润名：云霄、雷正，不瞒你们说，看到惨痛的现状却使不上劲的感觉糟透了。可越是这种情况下，我们越不能着急，越着急就越容易乱了阵脚。

毕云霄：说得容易做起来难！

雷正：狗急了还会跳墙，更何况人呢。

叶润名：控制住急躁的情绪，这确实很难……但教授们、校工们都在克服困难，从四面八方聚拢过来，努力让按时开学成为现实，我想我们也应该尝试着调整心态，专注地去做自己该做的事情。

大家都沉默了。

毕云霄：国势危殆，如大厦将倾，灾难重重，如不拯救，那真是国将不国了。

叶润名：如不拯救，国将不国。我问下同学们，何以救中国？

毕云霄：也许是我身上流淌着军人的血液，我恨不得立刻像我爸、我哥一样去拼杀。在 29 军募兵处，我亲眼看见咱们和日本人军备上的差距，当时我就下定决心，不管通过什么样的方式，造武器也好，上战场也罢，只要能冲到第一线，我就当仁不让！

叶润青一直歪着脑袋听着：有道理，如果我们在军备上足够强，或许日本人就不敢轻易轰炸南开了。

雷正：云霄，我支持你，为你的实验搭把手。再找几个化学系的同学一起。

毕云霄很感动：谢谢！

雷正：至于润名问的"何以救中国"，我有答案：自加入学联起，我心里就有了一盏明灯，总有一天我要朝那里奔去。

叶润名听着，也跟着点了点头。

林华珺：我的父亲是一名教师。母亲一直觉得他不过就是个教书匠，平凡得不值一提。但我不这么看。父亲教我知识，给我观察和思考的角度，他带我认识这个世界，他也将知识传递给了很多人，我希望自己能成为像他一样的人，燃烧自己，照亮他人。

程嘉树和叶润名等都对林华珺投以欣赏的目光。

叶润青：华珺姐，你说得真好！

程嘉树：我亲眼看到南开在日本人的轰炸下被摧毁，这一幕刻在我的脑海，刺激我，激励我。从北平到长沙，一路的所见所闻，又让我觉得心里沉甸甸的，感同身受着苦难的压迫，我真切地感受到了一种责任。

叶润名：我想，如果追根溯源，何以救国？唯有唤醒民众。两年前的"一二·九"，正是我们学生的抗日宣传游行，唤起了各界爱国人士的支持响应，掀起了抗日民主救国运动的高潮。也正是从那时候起，我就明白，只要我们努力去唤醒民众，去开启民智，去身体力行做好自己的事，国家就有希望，民族就有希望。我相信：民众觉醒之时，就是中华民族崛起之时。

叶润青：哥，你说得真好！你们说的都对，我都同意！

林华珺：有一首我很喜欢的诗歌想与大家分享，"白日不到处，青春恰自来，苔花如米小，也学牡丹开"。[1] 即使环境再恶劣，愿我们不要丧失生发的勇气。

圣经学院教师宿舍　夜晚　内景

门被推开，朱自清把闻一多的行李往地上一堆：这就是我们的宿舍了！

闻一多风尘仆仆地站在后面，打量了一下：不错。

朱自清：走，带你去尝尝长沙的臭豆腐。

---

1 清代诗人袁枚的《苔》。

闻一多：明天吧，我还有事。

说着，他先在行李里翻找了一下，找出了笔和信纸，铺在桌上，连凳子都没找，站着便开始写信。

"贞："

朱自清瞥了一眼，不禁笑了：听你提及跟夫人离别时的情景，夫人的情绪也是人之常情，你至于这么分秒必争吗？

闻一多：夫人的事，无小事。

不顾朱自清的调侃，他已经开始专注地写了起来。

朱自清摇头笑笑，轻轻替他掩上了门。

一组蒙太奇镜头——

程嘉树在灯下复习备考，林华珺从他屋门前路过时，关切的眼神。

原本因为开学宿舍不够、忧心前线的同学们，如今也已安下心来，开始各自预习功课。

粥棚，林华珺、叶润青等人在帮忙，程嘉树匆匆跑来，加入了他们的队伍。

雷正抱了一沓书给毕云霄，封面清晰可见，为化学理论书籍。

林华珺和叶润青、罗恒等帮助方悦容给同学们分发校服。

叶润名、毕云霄和雷正帮助裴远之为课堂安置桌椅。

程嘉树参加考试，进行笔试。

学校布告栏前，程嘉树看到自己的考试成绩，名列前三。

程嘉树看着自己长沙临时大学的入学通知，领到了新校服，开心地笑了。

照相馆　白天　内景

程嘉树身穿临大新校服坐在幕布前，不断调整姿势。

程嘉树问一旁的双喜：怎么样？这个姿势和表情行吗？

双喜：这衣服……怎么把人穿得肿了一圈，还没有你以前的衣服好看，你确定要穿这身照相吗？

程嘉树：你懂什么！这可是临大的校服！

程嘉树一脸骄傲地看向镜头。

摄影师看着取景框，手捏相机快门线。

摄影师：好，这样就好。三、二、一……

咔嚓一声，画面被永久定格。

程家小杂院程道襄房间　夜晚　内景

程嘉文拆开一个信封，从中取出了一张照片。他看了一眼照片，憔悴的脸上浮现出一丝难得的笑容。

程嘉文又将照片递给了张淑慎，张淑慎也红着眼眶笑了。

张淑慎走到床前，把照片拿给躺在床上的程道襄看，程道襄虽然已经中风，说不出话了，但欣慰之情溢于言表。

照片中，身着临大校服的程嘉树灿烂地笑着。

程嘉文摊开信，为父亲母亲念道：爸，妈，哥，家里一切是否安好？上一封从武汉寄出的家书不知你们收到了吗？今时不同往日，我已成为临大的正式学生，没给程家丢脸。请你们放心，不用太记挂我。哥，爸妈就拜托你多照顾了。嘉树。

程嘉文望着苍老的父亲母亲，唏嘘不已，恍如隔世，他有种深深的挫败感。为了不让父母看到红着的眼眶，他默默走出了程道襄的房间。

简陋的厅堂，几近一贫如洗，除了简易的家具外已经不剩什么了。

相隔不一会儿，张淑慎也从程道襄房中走出，手中拿着一个首饰盒。

程嘉文轻轻喊了一声：妈。

张淑慎将盒子塞到儿子手中：嘉文，拿着。

程嘉文：妈，这已经是您剩下的最后一件嫁妆，不能再当了。

程嘉文把首饰盒又推回给张淑慎，但张淑慎还是执意给了程嘉文。

张淑慎：家里的米又没了，总不能让你爸吃共和面吧，还有你爸的药钱……能撑多久算多久吧。

程嘉文眼眶红了：妈，对不起，让您和爸承受这些……

张淑慎温柔地摸了摸程嘉文的脑袋：傻孩子，说什么对不起，你辞了差事，不给日本人办事，是好样的，咱们是一家人，你忘啦？

程嘉文狠狠地点头。

张淑慎折身回屋。

程家小杂院程嘉文房间　夜晚　内景

摊开信纸，程嘉文给程嘉树回信。

程嘉文：嘉树，两封手书皆已收到，祝贺你考入临大，全家都为你感到高兴。随信寄来的照片也已裱入相框，摆在家中。嘉树，请你一定好好读书，不负父亲的期待。家中有我，无须挂念……

程家院子　白天　外景

程嘉文回头看了一眼门楣低矮的小杂院，便沿路朝前走去。相隔不远，原本自己的家已被日本人占用。

大宅门口钉子般地杵着两个日本兵，门楣上挂着日本国旗。

程嘉文步伐沉重，仿佛做了一个慎重的决定，他走到其中一个日本兵身边。

程嘉文：我找松田中佐。

日本兵应答了一声，便朝院内小跑去。

程嘉文站在院子正中，仰起头，再一次审视自己原来的家宅，心情复杂。

（画外音："程嘉文为了父母和家中生计，不得不答应国军北平军统站的条件，与日军松田中佐进行了公开的合作。"）

圣经学院　白天　外景

走廊和楼梯拐角处，方悦容和裴远之看着正在陆续进教室的学生们，与之前初来长沙时相比，所有学生的神态都已大变，不再慌乱不安，而是身穿新校服、神采奕奕、面貌一新。

裴远之：看来大家的心终于定下来了。

方悦容点头。

两人都露出了欣慰的眼神。

圣经学院礼堂　白天　内景

同学们鱼贯而入，林华珺、叶润青刚坐定，就看到程嘉树也从礼堂门口走进。

叶润青：程嘉树，这里。

程嘉树径直坐到了叶润青和林华珺的背后。

叶润名、雷正、李丞林和罗恒也在程嘉树身边坐下。

叶润青扭头：没想到，你还挺人模人样的。

程嘉树一脸自豪，并不介意叶润青的嘲讽：谢谢叶大小姐的夸奖。

叶润青：臭美！

这时，礼堂前，张伯苓、蒋梦麟、梅贻琦等人走进了台前中央。

前一刻还交头接耳的同学们，此时也安静了下来。

梅贻琦：同学们，今天是长沙临时大学开学的第一天，我们请闻一多先生作为教授代表给大家说几句。

瞬间台下爆发出热烈的掌声。

闻一多走到台前。

闻一多：同学们，看着你们面貌一新，我十分为大家开心。虽然办学条件艰苦，但学校为了在 11 月 1 日能够开学可谓克服困难、竭尽所能了。

台下，同学们目光灼灼而坚定，不少人都低头又打量自己身上的衣服。

闻一多：不只学校，不只教授员工，我相信，每一位能够坐在课堂里的同学没有谁是轻松容易的，都有自己克服困难、历经艰辛的故事。因为有这些苦难，我恳请各位能坚守本心，沉潜精进，专注学问。

同学们再次鼓掌。

程嘉树也使劲鼓掌，只是这一刻，他似乎有了一种力量，让他坚定下去对得起这一身校服的力量。

闻一多：但愿我们不是战时古城的难民过客，而是抗战烽火中的文化传人。

同学们鼓掌得更热烈了。裴远之也欣慰地看看同学们，又看看闻一多，仿佛只有掌声才可以抒发此刻的心情。

这时，礼堂外突然响起了空袭警报，原本还在兴奋情绪中的同学们变得慌乱和躁动。

梅贻琦：同学们，别慌。

叶润青把头伸出窗外一看，顿时吓傻了。

叶润青：日本飞机来了……日本飞机来了……

梅贻琦：大家保持镇定，跟我去地下室。

所有教师和同学离开礼堂。

圣经学校　白天　外景

同学们惊呼着跑过走廊，往地下室的方向奔去。依稀能够看到天空中，日本轰炸机在盘旋。

圣经学校地下室　白天　内景

在裴远之的护送下，同学们鱼贯而入来到地下室。没多久，方悦容也来了。

地下室阴暗潮湿，大家一个挨着一个坐着，裴远之和方悦容在清点人数。

大家依稀还能听到飞机轰鸣的声音。

程嘉树问毕云霄：你闻到了吗？

毕云霄：闻到了。

程嘉树：这是什么味儿？

毕云霄用手指往墙上一抹，手上有黑黑的颜色。

毕云霄：烟煤吧。

程嘉树扯了扯衣服领子。

一个女生担心地：我们会不会被闷死在这里啊？

已经有女生开始小声啜泣，受到感染，很多女孩子都开始小声哭泣，林华珺小声劝慰身边的同学。

方悦容：同学们，不要怕，飞机只是绕空，并没有轰炸。这里地下室空气是流通的，不会窒息，我们在这里是安全的。

她的一通安抚，才让女生们的哭泣声弱了下来。

一旁，平时活泼的叶润青却一直沉默不语。

叶润名担心地看着妹妹：润青，你还好吗？

叶润青摇摇头，身体微微有些颤抖。

叶润名心疼地揽过妹妹的肩膀：不怕，有哥在。

寺庙外　白天　外景

叶润名等人经过寺庙，看到很多老百姓在烧香拜佛，庙里香火很旺。

人群当中，竟也有身穿临大校服的学生。叶润名表情凝重。

叶润青和林华珺的房间　夜晚　内景

睡梦中的叶润青眼珠仍在骨碌碌地转着，额头上慢慢沁出了汗珠。

叶润青大叫一声，从噩梦中惊醒。她发现叶润名、林华珺都守着自己。

林华珺用毛巾为叶润青擦了擦额头：润青，你做噩梦了？

叶润青：哥，华珺姐。

这时，程嘉树和罗恒、毕云霄也从隔壁房间过来了。

程嘉树：怎么样，润青烧退了吗？

叶润名：烧是退了。

林华珺递给了叶润青一杯水，轻轻地拍着叶润青的背：慢点喝，没事的。

程嘉树：你有什么想吃的吗？我让双喜去做。

叶润青摇摇头。

叶润青：我一闭眼就梦到南开被炸那天。

罗恒：润青学姐，日军飞机真有那么可怕吗？

林华珺也回忆起了那天：我躲在掩体后，亲眼看到图书馆上方，轰炸机往下投弹，一瞬间木斋图书馆就倒了，整个南开都变成了瓦砾场。嘉树拉着我……

林华珺看向程嘉树。

林华珺：我们朝掩体后跑去，早一秒或晚一秒都可能被炸得粉碎。

罗恒：我要是能开飞机，上天去打他们才痛快！

众人一阵沉默。

程嘉树默默地起身，走出房间。

程嘉树住处客厅　夜晚　内景

打地铺的同学都还没睡。

程嘉树从他们脸上看到了和叶润青一样的恐惧和彷徨。

程嘉树来到留声机前，放入一张唱片，是马斯奈的《泰伊思冥想曲》。

悠扬又静谧的小提琴曲在房间响起。

叶润青和林华珺的房间　夜晚　内景

音乐治愈和抚慰着在场每一个人不安的心。

林华珺安抚着叶润青：睡吧，别怕。

罗恒看着仍心有余悸的叶润青，内心受到了极大的震动。他悄悄离开了房间。

紧接着，毕云霄也轻轻退出了房间。

叶润青总算慢慢闭上了眼睛，入睡了。

守在她床旁边的叶润名和林华珺，见状也轻轻起身。林华珺又给叶润青盖好了被子。

林华珺：润名，你去休息吧。

叶润名看了一眼妹妹，轻声带上了房门。

圣经学院礼堂　白天　外景

教室门口，一条长长的队伍已经排到了拐角处。

圣经学院礼堂　白天　内景

叶润名、林华珺、程嘉树、叶润青和罗恒等坐在长凳上，认真听讲。

台上讲课的是外文系主任叶公超，他在黑板上写下了一句话 "I am very well"。

叶公超：请每位同学起立，朗读出这句话。

同学们依次起立，轮到叶润名了。

叶润名：I am very well.

叶公超：你是武汉人，下一位。

叶润青：I am very well.

叶公超：也是武汉人，next one.

林华珺：I am very well.

叶公超：北平来的。到谁了？

程嘉树：I am very well.

叶公超侧耳一听，没听出来。

叶公超：One more time, please!

程嘉树：I am very well.

叶公超：美国来的？

程嘉树：叶先生，我也是北平人。但我在美国留学六年。

叶公超：哦！

所有同学都向程嘉树投去了羡慕的目光，尤其是叶润青，眼里冒着崇拜的光亮。

圣经学院礼堂　白天　内景

排队的同学们也能听到教室里发生了什么。

同学甲：这不是哪里请来的神算子吧？

同学乙（李丞林）：同学，你是新生吧。

同学甲：对啊，你怎么知道？

毕云霄：大名鼎鼎的叶公超先生，外文系主任是也！

同学乙（李丞林）：叶先生有个习惯，每学期开学都要在黑板上写下一句话，请每个学生大声朗读，他能马上判断出学生的籍贯，几乎没有失手的时候。

同学甲：这也太神了！

毕云霄：学校里神奇的老师很多很多，每一天都会有惊喜。

同学甲脸上露出了好奇的目光。

雷正有些不耐烦，探头朝教室里看了看。

雷正：咱们到底要等到什么时候？我觉得，既然教室紧缺，学校何不开设一些可以在野外上的战时课程？

同学甲：什么战时课程？

雷正：打靶、军训，还有一些为战争服务的课程。云霄你说对不对？！

毕云霄：对！我在北平时就参加了青训团，经常去前线劳军，做战地服务。

雷正：我们应该向校方建议，实行战时教育。

这时，突然又响起了防空警报，同学们乱作一团。（已经不像第一次那么慌乱了）

圣经学院礼堂　白天　内景

叶润名和林华珺第一时间先朝叶润青跑去。

叶润名安抚着叶润青：润青，别怕，勇敢点。

叶润青已经比上一次坚强了，她点点头。

人群中，程嘉树在寻找林华珺的身影，当他看到林华珺跟叶润名在一起时，失落是难免的，但至少她是安全的。

程嘉树放下心来，顺手护着身旁几个惊慌失措的女生：大家镇定点，快跟我走！

他护着几个女生离开了教室。

圣经学院另一处　白天　外景

在跑向地下室的路上，程嘉树发现了一个西装革履、身材瘦小的男生，正神色慌张、四处乱窜。

程嘉树停下脚步，冲那个男生喊道：快往地下室跑啊！乱窜什么！

但人群太混乱了，那个男生没听到，依旧像无头苍蝇一样东躲西窜。

程嘉树急了，跑过去，一把拽着那人就走。

那个男生慌了一下，想挣扎，却哪里敌得过人高马大的程嘉树，被硬拽着向地下室跑去。

圣经学院地下室　白天　内景

程嘉树拽着那个男生走进了地下室。

地下室里已经聚集了很多躲警报的同学，程嘉树拖着一个陌生男生出现，引起了毕云霄、叶润名等人的关注。

毕云霄：程嘉树，这是谁？

程嘉树：不知道，一个人像无头苍蝇一样乱转，慌里慌张的也不知道躲。我怕他出事，就把他带过来了。

文颉感激地：这位同学，太谢谢你了！

程嘉树：你是我们学校的吗？怎么飞机来了也不知道往地下室跑？

文颉：我是第一次来临大，对这里不熟，听到警报一下就慌了，不知道往哪儿躲。

叶润青：不是临大的，那你是哪个学校的？

文颉：东吴大学，我是东吴大学文学院的一年级新生，我叫文颉，文雅的文，仓颉造字的颉。

毕云霄：可是东吴大学在苏州啊，距离长沙近千公里，这个时候也该开学了，你不去你们学校报到，怎么会跑来我们学校？

文颉忙解释着：我真是东吴大学的。

说着，他打开行囊，取出了自己的入学证书递给程嘉树。

程嘉树看了一眼递给毕云霄，毕云霄看了一眼又递给了叶润名，就这样一直传递，最后传回了文颉手里。

文颉神情流露出悲伤：我本来是打算去我们学校报到的，可是去了才发现，因为战乱，学校师生已经四散流离了。

雷正：停办了？

文颉点头。

大家不由有些同情他。

文颉：我看到报上说，凡是在教育部立案、性质相当的，现已停办的学校学生都可以来临大借读。所以，我就来了。

文颉边说边蹲下身，从行李里取出了一份报纸。因为动作很大，程嘉树注意到文颉光鲜西装之下，是一件打满补丁的毛衣。程嘉树的视线顺着文颉的行李往下移，他注意到文颉的皮鞋里穿着的，同样是一双打满补丁的袜子。程嘉树不由有些困惑。

文颉把报纸展示给大家看：我就看到这张报纸才来的。

程嘉树：你是哪里人呀？

文颉：江浙。你们呢？

毕云霄：我和程嘉树都是北平的，雷正是长沙本地人。叶润名是武汉的。

程嘉树：你是怎么过来的？一路很辛苦吧。

文颉：坐火车。

毕云霄：肯定坐火车来的嘛，你看他西装革履、皮鞋锃光瓦亮的，要是走路来的能是这个样吗？

程嘉树：我还真以为他是走路来的，所以连袜子都磨破了……

文颉这才注意到自己的脚踝露在外面，袜子上打满了补丁，他赶紧重新坐正，掩饰住刚才露出的补丁。

叶润名热情地伸出手：你能在学校停办的条件下，还跑这么远来读书，值得钦佩，我叫叶润名，欢迎你。

文颉连忙握住叶润名的手：谢谢。

不远处，林华珺安抚着叶润青：没事吧？

叶润青点点头：我没事！

叶润名在她们身边坐下。

这边，程嘉树等人的话题转到了战时教育上。

毕云霄：同学们，我们应该向学校呼吁增加战时的特殊教育课程。

雷正：我同意，现在这样天天绕空、拉警报，正常的课都上不了，天天躲在地下室，太窝囊了。

同学甲：可是第一次世界大战时，参战国调大学生去前线打仗，伤亡惨重。战争结束后，国家发展的人手明显不够了。

叶润名听到他们的讨论，受到启发，突然想起了一件事。

叶润名：华珺，我找了一出原来学联的话剧《一二·九》，不论主题还是内容，都很适合用来提振士气，昂扬精神。

林华珺：哦，我记得这出话剧。不过……

林华珺犹豫了。

叶润名：华珺，但说无妨。

林华珺：我记得这是一出群戏。

叶润名点头表示认同：确是如此。

林华珺：虽然同是宣传抗日，传递精神力量，但我觉得从更贴近百姓的角度切入，以情感人，或许更好。

叶润名：你具体点。

林华珺想了想：比如，我们可以表现一对恋人，他们面对分离时的态度，他们的选择，他们的情感命运，和国家、和抗日的关系。

叶润名很快就产生了共鸣：我们也曾面临过分离。

林华珺：这样的时局，一定还有很多亲人、恋人正在或者即将要面对分离。

叶润名欣喜：你这个点子太好了！回去我就这么改。

林华珺：当真？

叶润名点点头：等着看排练吧！

就在这时，防空警报解除了……

毕云霄：同学们，警报解除了！

大家纷纷议论：太好了！可以继续上课了。

大家开始纷纷撤离地下室。

圣经学院　黄昏　外景

程嘉树开心得吹着口哨往外走，他注意到文颉在他前方。

程嘉树：文颉。

文颉回头，看到喊他的居然是程嘉树。

程嘉树小跑两步到他跟前，从口袋里掏出十块钱，递给文颉。

程嘉树：给你的！

文颉：你什么意思？

程嘉树：给你买毛衣。

文颉拉紧了西装，瞬间脸色大变。

程嘉树：长沙冬天阴冷。喏，拿着，买件新毛衣过冬吧。咱们以后就是同学，互帮互助！

文颉：毛衣破了我自己会买，不需要你的施舍。

程嘉树：你别开玩笑了，你要有钱的话，不是早就买了！

文颉脸色更难看了：程嘉树是吧，我也没得罪你，不知道你为什么要来羞辱我？

说罢，文颉愤恨地离去，留程嘉树一人在原地莫名其妙。

程嘉树自言自语：我羞辱他？莫名其妙！

正巧，林华珺也从地下室撤离，目睹了这一幕，看着文颉离开的身影，她能理解文颉内心因为自卑而生的自尊心。

教委会　白天　内景

教授和校委们齐聚一堂，商议近期校园内讨论得沸沸扬扬的战时教育与常态教育的问题。

梅贻琦：近期，日机轰炸不断来袭，学校里不光学生们，老师之间也在讨论战时教育与常态教育的话题，要求学校在课程设置上有所取舍和侧重。事关临大办学方针，今天还请各位畅所欲言。

闻一多：我听说有人建议，高中以上学校与战事无关者，应予改或停办，放弃正规教育而应付战时需要；甚至还有人主张变更正规教育体制，突出战争主题，加紧抗战军事实践，为抗战量身定做一套教育纲要……我以为这样的想法太荒谬了，战时须作平时看，以维持正常教学为主旨。

教授甲：我这里有一份学生们的联名建议书，我给各位读一下：我们所处的是一个民族生死存亡大决战的非常时期，然而我们所受的教育，却与战争毫不相关。我们想要尽量地参加各种后援工作，然而不重要的课程却束缚住了我们；我们要想学习活的教育，活的知识，然而目前考试求学分的课程却不能满足我们；我们要热烈的紧张的生活，然而眼前的学制体系却要我们读死书、死读书。

冯友兰：我以为，我们切不可忘记战时须作平时看，切勿为应急之故而丢却了基本。我们这一战争，一方面是争取民族生存，一方面就要于此时期中改造我们的民族，复兴我们的国家。所以我们的教育着眼点，不仅在战时，还应当看到战后。

教授甲：抗战已经开始了四个多月了，然而我们的精力、时间都还在背公式，读古典，应考试！这不是浪费时间是什么？

教授乙：我同意战时须作平时看。战时教育，只须把平时教育加紧，更须加重军事体育训练，加强国家民族意识，就可以了。

闻一多：听说，还有人倡议学生从军抗日，但是一个学生将来要创造的价值，远高于他去当一个士兵的价值，学生报国应该从事更艰深的工作才对。因此，非万不得已，绝对不能只从国防的需求着想，把大批学生送往前线。

圣经学院布告栏　白天　外景

裴远之在学院布告栏前张贴通知，叶润名小跑到裴远之身边，帮他一块贴。

叶润名：裴先生，有件事我想还是应当跟您沟通。

裴远之：请说。

叶润名：最近同学们关于战时教育的呼声越来越高，大家都很想知道学校的态度。

裴远之：这事啊，学校也马上要公告了。经过校常委会和教授会的讨论，考虑到战时要求，学校会面向全体同学开办强化军事训练课，也会有针对性地训练抗战所需要的各种专门技术人员，具体课程有专门的军事人员负责。

目前学联的主要任务还是要做好同学们的思想工作，努力完成学业，宣传抗日、唤醒民众。我记得"一二·九"的时候，你们学联也排过一出戏剧，发挥了很好的作用。

叶润名：裴先生，咱们的想法不谋而合，我已经写了一出戏剧，希望能唤醒民众的抗日意识，今天下午就正式开始排练。

裴远之：润名，太好了！我一定去为你们加油鼓劲。

程嘉树住处院子　白天　外景

叶润名和叶润青在程嘉树的院子里排练话剧。程嘉树、林华珺在观看。

叶润名所写的话剧叫《破晓》，讲述了一对青年男女恋人，男孩少卿即将奔赴战场，女孩月茹支持他，一对恋人在人生重要关口，互道离情别绪的故事。

眼下，叶润名饰演少卿，叶润青饰演月茹，两人正在排练一场离别的重头戏。

戏中戏——

月茹（叶润青）在为少卿（叶润名）收拾行装。

月茹：少卿，三年多前与你相遇的情景，仿佛就在我眼前。你还记得吗？

少卿：我怎能忘记。那天，我们两所学校组织了诗歌交流会……

少卿说话时，月茹一直含情脉脉地凝视着他。

这时，饰演月茹的叶润青突然爆发出一阵剧烈的笑声，并且大笑不止。

叶润青边笑边捂着肚子：对不起，对不起，实在太好笑了。哥，没想到你深情的时候都快对眼了。

叶润名：润青，你投入点。

叶润青：哥，看到你的脸我怎么投入嘛。

叶润青知道自己过分了，立刻收拾了情绪。

叶润青：好好好，对不起，我们接着排练。

戏中戏——

少卿：那天，你站在树下，一袭白裙，人群中，我一眼便看到了你……

月茹：人群之中，我也同样一眼看到了你，你像一道阳光照进了我的生命里，我知道从此我也不同了。

最后一句还没说完，叶润青又笑场了。

叶润青：对不起，哥，对你表白……看着你的脸，真是要了我的命，让我笑一会儿。

叶润名无可奈何。

程嘉树：你们演得一点恋人的感觉都没有。

叶润青：他是我哥，看着我哥要我怎么找到恋人的感觉……

叶润名：算了，咱们歇一会儿再排练。

叶润青：哥，对不起啊，你大哥的形象实在太深入我心了，一时我转不过来。

叶润名：没关系，先休息一下。

叶润青：话说回来，哥，你干吗非得让我演女主角啊？这女主角华珺姐是最佳人选啊。（转向林华珺）华珺姐，要不你来演吧。

林华珺：我哪里演得了，我在台上就是个木头人。

叶润青：你来试一试啊！

林华珺：润青，别取笑我了。这演戏我实在没有经验，还容易紧张怯场。

程嘉树住处客厅　白天　内景

程嘉树跷着二郎腿，坐在客厅吃水果，叶润青也抢着吃。

叶润名从二楼走下来。

叶润青：哥，吃水果。

程嘉树：你还真是不拿自个儿当外人。

叶润青：你上我家那会儿不也没把自己当外人嘛，我都是跟你学的。

这时，叶润青看着程嘉树，突然心生一计。

叶润青：哥，咱们换不了女主角，可以换男主角呀。你不会介意不是自己演吧？

叶润名：当然不会，我在意的是能否诠释出话剧意境的表演。

叶润青：喏，这不就有现成的吗？

叶润青和叶润名一起看向了程嘉树。程嘉树感受到两个来意不明的眼神。

程嘉树：你们想干吗？

叶润青冲程嘉树微笑，使劲眨眼睛。

程嘉树：不会想让我演男主角吧？

叶润青笑着点头：真聪明！

程嘉树：我演男主角，你演女主角，你对着你哥找不到恋人的感觉，对着我就能？

叶润青：试一试，没准能。

程嘉树：你能我不能啊。

叶润青不高兴了：程嘉树，你什么意思？

程嘉树：我怕对着你，笑场。

叶润青刷地起身：不演就不演，大不了都不演了！

她扭身就走回自己房间，重重地关上了房门。

程嘉树有点慌了：开两句玩笑怎么就真生气了。

他起身追了过去：哎，叶润青……叶大小姐……

叶润青卧室　白天　内景

叶润青眼圈泛红，捂住耳朵不搭理他。

对切——

程嘉树：我说叶大小姐，这是你亲哥的话剧，你说罢演就罢演，他的场子你都不捧，那大家还不都得撂挑子不干。你哥的辛苦不就打水漂了吗？

叶润青：别假惺惺地充好人，你要是真为我哥着想，你为什么不演？

程嘉树气场又弱了三分：我没说不演啊……

叶润青：你那意思就是不演，你不想演我的恋人，我还不稀罕演你的恋人呢！

程嘉树：哎呀，戏里戏外，两码事。我演，我演还不行嘛！

门突然打开，叶润青的眼泪还挂在眼角：真的？

程嘉树被吓了一跳：敢有假吗？

叶润青的心情瞬间晴朗，但仍然带着点娇气：你要是敢笑场，我就罢演。

程嘉树：行行行，不笑，不笑。

叶润青这才满意地走出卧室：走吧，继续排练。

等程嘉树看不到她的表情时，她才窃笑了一下。

程嘉树住处院子　白天　外景

程嘉树饰演少卿，叶润青饰演月茹在排练对戏。

戏中戏——

少卿：月茹，三年多前与你对视，我便知往后的日子，将体会牵肠挂肚的滋味。只是没想到，它来得这么猝不及防。

月茹：这三年多的时光将会是我这一生中最难以忘却的，时间没能将我们冲散，谁能想到战争把我们残忍地分开。

少卿：月茹对不起，国难当头，我坐立难安，无心读书。我们背井离乡，辗转千里，是为了将弦歌传诵，是为了笔耕不辍，可如今……

月茹：少卿，我理解你。我知道下定决心弃笔从戎这个决定并不容易做，但无论怎样我都无条件支持你。我会目送你走向光明！

少卿：月茹。

少卿和月茹两人互相握住了对方的双手，接着拥抱在了一起。

月茹：三年多前我为你试穿的校服，三年多后我一针一线织的新衣，我将为你披上战袍。

月茹为少卿穿上了新的"战袍"。

月茹：少卿，愿你不忘记敌人的暴行，不忘记死难的将士和同胞，奋勇杀敌。

排演之中，裴远之和方悦容也出现在了围观排练的人群中，他们跟着叶润名、双喜、毕云霄等使劲鼓掌。叶润名注意到，大家都叫好的同时，唯独林华珺没有鼓掌。

毕云霄：程嘉树真没看出来，你小子演得像模像样，我差点都被你带沟里去了。

双喜：我们家二少爷就是有才。

方悦容十分欣慰：嘉树长大了！

裴远之：第一次见嘉树的时候还是个公子哥，没想到这才过了几个月就判若两人。

叶润名：嘉树，你演得真好，让我刮目相看。

程嘉树：我让你刮目相看的地方还少吗！

程嘉树有些没羞没臊地接受着大家对他的表扬。

毕云霄：说你胖你还喘！

叶润青莫名地娇羞，双颊发红。

罗恒对她竖起了大拇指：润青学姐，真是太有感觉，太打动人了。

程嘉树和叶润名同时看向了林华珺，两人都期待着她的反馈。

程嘉树凑上前：华珺，我演得好不好？

林华珺：好！润青演得也好。

程嘉树和叶润青都乐不可支。

但叶润名却注意到了林华珺微微蹙起的眉头。

叶润名：怎么了？

林华珺想了想：你有没有觉得哪不对？

叶润名：哪里不对？

林华珺：我一时也说不上来，总觉得少了点什么。

程嘉树住处院子　　夜晚　　外景

深夜，林华珺独自在院子里仰望星空，今天看到这一出《破晓》勾起了她的回忆。

程嘉树不知何时出现在她身后，他故意咳了几声，林华珺的思绪被打断。

程嘉树打量着院子，走到那棵树前。

程嘉树：你看这棵树像不像北平院子里的老槐树？我当时一眼看中的就是它。

程嘉树突然开始爬树。

林华珺：程嘉树，你干什么？

程嘉树把手伸向林华珺：上来。

林华珺：大晚上的你能不能消停点？

程嘉树：你就不想知道晚上在房顶上看这个世界，是一种什么样的视角吗？

林华珺有些动摇了。

程嘉树固执地伸着手。

林华珺终于把手递给了他，被程嘉树拉上了树干。再顺着树干爬上房顶。

两人坐在房顶上。

程嘉树：这里既能俯瞰长沙城，又距离天上的星空更近了，是不是跟站在院子里的视角完全不一样？

林华珺看向西北方：北平是那个方向吧。

程嘉树：想家了？

林华珺一脸认真：《破晓》让我想起了父亲。

程嘉树拍拍自己：我这位男主角愿闻其详。

林华珺：我父亲是一名教书匠，他也曾经为了自己的理想，离开了母亲和我。我记得他离家时，母亲哭得很伤心，但还是为他做了一件新衣裳。

在林华珺的讲述中往事闪回——

林华珺家　白天　外景

曾经是一名教书匠的林华珺父亲为追逐理想，提着行李，向林母和年幼的林华珺挥手告别。

林母虽然不甘、抱怨，却还是为林父亲自披上了一件新衣。

家门关上后，林母独自伤心难过，小小的林华珺为母亲拭去眼泪。

上海城郊　夜晚　外景

死寂的夜。

林父和一群共产党人被反绑双手跪在坑前，身后，几个国民党兵举起步枪，扣动扳机。

枪声响起，林父倒在血泊中。

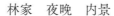

林家　夜晚　内景

林母接过临行前给林父穿上的新衣，只是衣服上已经布满血迹和弹孔。

林母和小小的林华珺抱在一起，泣不成声。

闪回结束。

程嘉树住处院子　夜晚　外景

林华珺微微红了眼眶。

程嘉树掏出手帕，林华珺摇了摇头：我觉得很多时候，人都容易站在自己的角度看问题。就拿《破晓》的剧本来说，难道你不觉得月茹和少卿都太理性，太理想化了吗？

程嘉树看到林华珺眼里闪着光，林华珺的观点也说到了他心坎里。

程嘉树：确实，我也有这种感觉。尤其是月茹，恋人上战场，她怎么可能内心没有波动，只是一个劲地鼓励和支持？这不是爱人啊。

林华珺：是的！面对生离死别，月茹太冷静了。

程嘉树：如果我是月茹，我一定要死赖着少卿，不让他走。

林华珺：也不一定，我觉得，月茹的内心一定是挣扎的，她能深切体会到一别即永诀，跟所爱之人生离死别的感觉有多痛苦，只不过，她无法说出口，因为她知道，在少卿眼里，理想和信仰是高于一切的，包括生命和爱情，她的小情小爱，在他的追求面前，太过渺小。

程嘉树：但月茹应该告诉少卿她内心真正的想法。

林华珺：对！说不说，是月茹的事，走不走，那就是少卿的选择了。至少这样的月茹和少卿，更真实，更鲜活。

程嘉树：哈！华珺，没想到咱们这么心有灵犀。你不演女主角太可惜了。

程嘉树欣赏地看着林华珺。林华珺打量着程嘉树，今天的程嘉树，让她实在意外。

林华珺：我们试着把台词改一改？

程嘉树：还等什么，走！

一组蒙太奇——

程嘉树住处程嘉树房间　夜晚／早晨　内景

程嘉树和林华珺一起修改剧本。

林华珺说一句台词，程嘉树便记录下来。

程嘉树也想到一句台词，林华珺便记录下来。

窗外，天色渐亮，两人却不知疲倦……

闪回结束。

客厅　白天　内景

林华珺和程嘉树一人手里拿着一本剧本，那是他们修改的成果。

叶润名和叶润青坐在沙发上，认真地听着。

程嘉树念少卿的台词，林华珺念月茹的台词。

程嘉树（少卿）：月茹对不起，国难当头，我坐立难安，无心读书。我们背井离乡，辗转千里，是为了将弦歌传诵，是为了笔耕不辍，可如今长沙也被轰炸，民众死的死、伤的伤，我无法置之不理……

林华珺（月茹）：少卿，你可能不知道与你在一起之后我曾经打过退堂鼓……

叶润名发现台词变了，不由愣了一下。

林华珺（月茹）：我想离开的原因，是因为我知道你是什么样的人，在你心中，理想是高于一切的，高于你的生命，甚至高于我们的爱情。

程嘉树（少卿）：月茹，我想让大家知道，我们不是茫茫然而来，也不是茫茫然而去，而是要奔赴坚持抗战的地方去。

林华珺（月茹）：我懂，我都懂，今天，你就要奔赴战场去抗日，我知道凭我微弱的力量更是无法阻挡。我不该那么自私，我爱你，爱你的生命，更爱你的崇高，我会为你送行，等待你凯旋。因为，你的理想可以换来更多人的幸福和明天。

念到这儿，林华珺和程嘉树停了下来，看向叶润名和叶润青。

程嘉树：你们觉得怎么样？

叶润名一直有些愣神。

叶润青的注意力却在两人疲惫而兴奋的脸上：你们……改了一夜？

程嘉树：可不，我俩到现在连早饭都没吃呢！快说说，你觉得怎么样？

叶润青看向叶润名：哥，你觉得呢？

三个人的目光都看向叶润名。

叶润名回过神来，他其实是被这段戏深深感动了，他从沙发上站起，为林华珺和程嘉树鼓掌。

叶润青也跟着鼓掌。

林华珺：你们喜欢我们的修改？

叶润名：昨天你跟我说，总觉得少点什么。我思考一夜，也没找到答案。今天你们给了我答案，那就是普通人最真实的情感。

得到叶润名的认可，林华珺和程嘉树忍不住击掌。

看着程嘉树和林华珺的默契，叶润青心里有一种异样的感觉。

街边　白天　外景

来这里也有些日子了，文颉在长沙的街上溜达，沿路很多小吃摊，他顶多就是看看而已。浙江人从未吃过臭豆腐，突然一股很奇怪的味道传来。

文颉停在了三伢子的臭豆腐摊前：来份臭豆腐。

顾客较多，三伢子爹顾不上：先生，客人比较多，得劳烦您多等会儿了。

文颉皱眉：快点儿。

三伢子见状，想帮帮父亲，个头比油锅高不了多少的他拿着几片臭豆腐想放进油锅，哪知一个不小心，油溅到了文颉的西装上。

三伢子吓坏了：对不起、对不起。

他一边道歉，一边想上手帮文颉擦掉油渍。

文颉反手就是一巴掌：把你的脏手拿开，你知道这衣服多贵吗？

三伢子：对不起先生，崽伢子也是不小心的。

文颉：一句不小心就可以了吗？

三伢子爹：先生，实在不是故意的，那……那您说怎么办？

文颉：怎么办，赔钱呀。

这时文颉身后传来了一个声音。

毕云霄：你说吧，赔多少钱？

文颉一回头，发现是程嘉树和毕云霄，立刻收敛住了凶狠的嘴脸。

程嘉树：十块钱够赔你的西装不？

文颉堆起笑容：哦，是云霄和嘉树啊。

程嘉树一把揽住被吓坏的三伢子，看着文颉。

程嘉树：三伢子，你别怕。

三伢子哭着：对不起……您别让我爹赔钱，三伢子会炸臭豆腐赔您的钱。

文颉：三伢子乖，不哭，刚才哥哥被油烫到了，说的气话，不会让你们赔钱的。这是两份臭豆腐的钱，算作哥哥向你们赔礼道歉。

他前后态度的大翻转，让三伢子和他爹更怕了。

程嘉树和毕云霄拳头打在棉花上，也不好再说什么。

文颉：嘉树、云霄，我还有事，先回学校了。

程嘉树、毕云霄护着三伢子父子，看着文颉离开臭豆腐摊。

离开之后的文颉，脸上露出一丝阴郁。

圣经学院礼堂　白天　内景

上午当临大师生还在上课时，周围又响起了防空警报。经过了多次洗礼，同学们已经显得相当从容。大家有秩序地离开教室，往地下室的方向走去。

毕云霄看到文颉神神秘秘地抱着一包东西朝宿舍方向去。

圣经学院地下室　白天　内景

或许是大家习惯了一天中漫长的地下室生活，大多都带着课本和笔记来到了这里。

叶润青对照课本朗读着毛姆的《河之歌》（ "The Song of the River" ）：You hear it all along the river. You hear it, loud and strong, from the rowers as they urge the junk with its high stern, the mast lashed alongside, down the swift running stream...（沿着河流一路都可以听到这歌声。这是桨手的歌声，响亮有力。他们奋力地划着木船，顺急流而下，船尾翘得老高，桅杆猛烈地摆动……）[1]

1　见《西南联大英文课》，中译出版社，2019年。

朗读间隙，叶润名、李丞林和林华珺等人不断加入进来。

算学系等理科同学在埋头解题……这里仿佛成了临大学生的第二课堂，人走到哪里，课堂就在哪里。

另一侧，程嘉树、毕云霄等几个男生站在一块。

毕云霄：你们发现没有，敌机不断来轰炸，而且这段时间都在圣经学院周围绕飞。

雷正：不可能吧，难不成他们的目标是圣经学院？

罗恒：糟了，会不会像日军轰炸南开那一次。

毕云霄：如果要炸不是早就炸了，等这么多次做什么？

雷正突然想到什么：他们该不会是在侦察吧！

罗恒：侦察？

雷正：对，就是一次次校正位置，好等待时机一击即中。

雷正这一番话让大家都有些害怕。

程嘉树：你们别自己吓自己，说得跟真的似的。

雷正：你不觉得奇怪吗？想想最近我们是不是总躲警报？

程嘉树：是啊。

雷正：那不得了。

程嘉树：会不会因为圣经学院离小吴门火车站近？轰炸总爱找地标性建筑物，所以才一次次绕飞。

雷正：我觉得没有那么凑巧的事。

雷正环视了一圈地下室的同学，煞有介事。

雷正：你们看，现在谁不在，很有可能就是内应。

受雷正影响，毕云霄、程嘉树等也疑神疑鬼地环顾四周。

程嘉树：既然大家都怀疑有内应，我们出去找内应不就行了？

雷正：正响警报呢你出去，疯了？

程嘉树：都说是侦察，就不可能现在炸。我出去看看。

毕云霄：我也去！

雷正、罗恒：我也去！

四个人一起离开。

圣经学院走廊　白天　外景

几个大男生在走廊上来回张望，四处寻找。空中，还有敌机轰鸣的声音。找了半天，但一无所获。

雷正：会不会在宿舍啊？

毕云霄：走，去看看！

男生宿舍　白天　内景

程嘉树等人走进了男生宿舍。

程嘉树一眼看到角落的床架附近有个人正背对着他们，鬼鬼祟祟的，那人手里拎着个红色的东西。

程嘉树拉住毕云霄，指了指。

毕云霄：他手里抱的什么？

雷正：不好，我听巡逻队说，间谍都有工具，或明或暗地发信号引导敌机。

毕云霄：雷正堵门，罗恒守窗，嘉树，我们上！

两人冲上前一把压住了那个人。

等把他的头掰过来一看，大家傻了。

程嘉树：文颉？！

毕云霄：好啊文颉，你居然给日本人当间谍！

文颉傻了：什么间谍啊？

毕云霄指着他手中红色的东西：人证物证俱在，你还想抵赖！走！

地下室另一处　白天　内景

裴远之几位老师在为接下来教室的安排作部署。几个男生突然出现。

毕云霄：裴先生，有紧急情况要汇报。

裴远之看看在座的各位教授，教授们点点头表示默许。

裴远之：说吧。

跟在毕云霄身后的还有程嘉树、雷正和罗恒，他们押着文颉。

雷正：裴先生，文颉是间谍！

文颉：我不是。

程嘉树：你不是？那你手上抱的红色袋子是什么？

文颉更加抱紧了手中的红袋。

裴远之：慢慢说。

毕云霄：裴先生，事情是这样的。最近日军飞机绕空频率很高，我们大家分析很可能是在侦察，学校里可能有间谍配合。结果大家发现，就在警报响起，所有人都往地下室跑的时候，文颉却鬼鬼祟祟跟大家背道而驰，朝宿舍跑去。

程嘉树：算一算时间，正好和文颉到临大的时间重合了。我记得文颉刚来那天，也鬼鬼祟祟东张西望，当时我们也没往这里想，被他蒙混过关。今天再一回想，就是他！

文颉：不是我，不要血口喷人，我不是间谍。

毕云霄：你不是间谍，为什么大家躲警报你跑宿舍？

文颉：我……我……总之我不是。

程嘉树：就是你，鬼鬼祟祟的。不是你是谁，还有你手里抱的是什么？

雷正：那是引导敌机的工具。

文颉：不是，别诬陷我。

裴远之：好了，大家不要吵了。你们松开文颉，有话好好说。文颉，既然你说自己不是间谍，那请你也说明白。

文颉支支吾吾：我……

毕云霄：说啊！

文颉终于下定决心，他把红色袋子打开，所有人都傻眼了。

红色袋子里是文颉刚到临大时穿的西装。

程嘉树、毕云霄等人面面相觑，这个结果实在出乎了所有人的预料。

文颉还从口袋里掏出了租赁凭证。

文颉：我没去躲警报，是因为要去还西装。今天是最后的归还期限。

大家看了一眼租借凭证，上面果然写的是今天的日期。

裴远之：这……解释清楚了就好。

程嘉树、毕云霄等也很尴尬，一时大家都不知道说什么好。

文颉涨红着脸，解释：我刚来临大，怕同学们看不起我，才租了一套西装……

裴远之：文颉同学，在临大不以贫富分亲疏，也不会以衣着外貌取人，这方面的担忧你大可不必有。

毕云霄：对不起啊，是我们误会你了。

这时空袭警报解除了。

文颉没看程嘉树和毕云霄，也没再说什么，他向教授们深深鞠了一躬，拿着红色袋子走了出去。

学校操场　白天　外景

外面下起毛毛细雨，文颉一脸阴郁地站在草坪上。

一把伞撑在他头上，文颉愣了一下，回头一看，竟是林华珺。

林华珺：事情我都听说了。他们这几个同学大都是单纯的人，没什么心眼。可能阴差阳错产生了误会，路遥知马力，日久见人心。

文颉：我和你们不一样，你们有大把的时间，可是我没有。

林华珺：为什么？

文颉：我只是个借读生，你们是临大的正式生，可以无所顾忌，可我不行。（苦笑）只怕误会还没解除，我就要滚蛋了。

林华珺：文颉，你不必太悲观。虽然你是借读生，但通过转学考试后，就可以成为正式的临大学生。门就在那里，就看你要不要往里走了。

文颉：真的吗，华珺学姐？

林华珺点头。

文颉：我对古典文学感兴趣，一直有个梦想，希望有朝一日能师从闻一多先生。

林华珺鼓励文颉：既然有梦想，为什么不试一试呢？

文颉看着林华珺，内心干涸的土壤里竟感觉到了一滴雨水的滋润。

教务处　白天（雨）　内景

林华珺带着文颉来到了教务处。

裴远之：是华珺和文颉。文颉，你还好吧？

文颉：谢谢裴先生记挂。

林华珺：裴先生，文颉想考取临大正式生资格，我知道，正式入学考试的时间已经过了，但文颉对古典文学特别有兴趣，一心想师从闻一多先生，不知道还能不能争取到单独考试的机会？

文颉：是的，闻先生的文章我也都研读过。（诚恳又有点卑微）裴先生，我从苏州一路辗转过来，一心想投奔临大，希望您能帮我通融一下，谢谢裴先生了！

裴远之想了想：确实已经开学有些时日了，不过临大是不会拒绝任何一个有见地的学生的。既然你说对闻先生的文章著作有研究，不如写篇文章谈谈你的感想？闻先生这里，我可以帮你去争取。

文颉向裴远之深深鞠一躬：太好了，谢谢裴先生。

林华珺：谢谢裴先生。

文颉开心地看向林华珺，对她更是多了一份信任和感激。

程嘉树住处客厅　白天　内景

程嘉树和叶润青在排戏。

程嘉树（少卿）：月茹，我想让大家知道，我们不是茫茫然而来，也不是茫茫然而去，而是要奔赴坚持抗战的地方。

叶润青（月茹）：我懂，我都懂，今天，你就要奔赴战场去抗日，我知道凭我微弱的力量更是无法阻挡。我不该那么自私，我爱你，爱你的生命，更爱你的崇高，我会为你送行，等待你凯旋。因为，你的理想可以换来更多人的幸福和明天。

程嘉树（少卿）：月茹！

他深情地看着叶润青，握住了她的手。

这是程嘉树第一次握叶润青的手，面对他炽热的目光，一瞬间，叶润青恍惚了，脸红心跳，低下了头。

程嘉树在等她的反应，叶润青却半天没有反应。

程嘉树只好按照剧本，紧紧地拥抱住了叶润青。

叶润青更是像被电击了一样，一动不动。

程嘉树抱了一会儿，松开她：润青，你的反应不对。

叶润青：啊……

程嘉树：当少卿深情看着月茹时，月茹也应该深情地回望他，然后两人紧紧相拥。他俩是相恋三年的恋人，月茹不可能害羞，也不可能被抱的时候没有反应。

叶润青窘迫得满脸通红：谁害羞了，我……我刚才只是肚子疼。

正在这时，家里门铃响，程嘉树去开门。

叶润青总算找了个台阶，她轻轻地给了自己一巴掌：叶润青，你能不能出息点！

程嘉树打开门，一看，是文颉。

程嘉树住处门厅　白天　外景

文颉目瞪口呆，没想到程嘉树会在这里。

程嘉树：文颉？

文颉：我找林华珺。你怎么在这儿？

程嘉树：这是我家，也是华珺家。她不在，你找她有事吗？

文颉手上拿着一个油纸包，他犹豫一下，藏了起来：没事。

说完，文颉转身离开。

程嘉树看着他的背影想了想：喂，那个事，对不起啊。

背对着程嘉树的文颉没有回头。

程嘉树住处外　白天　外景

离开程嘉树的家门，文颉把手里的纸包扔在路边，那是一包糖油粑粑。

程嘉树住处　白天　内景

林华珺正拿着一张清单在清点：戏服——

程嘉树检查：全了。

林华珺：帽子——

雷正：在。

林华珺：月茹送别时拉的小提琴——

毕云霄举着小提琴对她挥挥手。

林华珺：好，服装道具都已经齐了。

程嘉树：出发！

长沙天心阁　白天　外景

叶润名和罗恒站在长凳上挂横幅，横幅上写着"抗日救亡宣传话剧《破晓》首演"，两人一左一右举着，叶润青在他们身后指挥。

叶润青：哥，往上一点。

叶润名将横幅往上挂了点。

叶润名：这样可以了吗？

叶润青：可以了。罗恒，你别动，就刚才那样，再往下一点。

罗恒听话地又把横幅往下微调。

忽然，天空中传来了飞机的嗡鸣声，叶润青被巨大的声响吸引。她站在舞台正中央，对空望去。

叶润青惊呆了，脑中回闪出南开被轰炸的记忆。她通过机翼上圆形的血色日军徽记认出了这是日军的轰炸机。

叶润青恐惧：轰炸机……轰炸机……

罗恒放下了手中的横幅：润青学姐，你说什么？

叶润青突然大声地：日军的轰炸机！

叶润名：你不要吓唬自己，防空警报都没响，怎么可能是轰炸机？

叶润青：是日本轰炸机，我认得！那个标志跟轰炸南开的飞机上的标志一模一样！

叶润名意识到她说的是真的，脸色倏变：糟了，轰炸机飞的是学校的方向！

三人赶紧往学校方向赶去。

长沙八角亭　白天　外景

程嘉树等人路过臭豆腐摊。

程嘉树一把搂住三伢子：三伢子，走，上天心阁看你嘉树哥演戏去。

三伢子：爹，我能去吗？

三伢子爹笑道：这几天天天念叨，去吧去吧，爹今天买卖也不做了，跟你一起去。

三伢子：太好咯！有戏看咯！

大家一起帮着三伢子爹收拾摊位。

这时，头顶上有飞机飞过。

三伢子指着天空：嘉树哥哥你快看，好多飞机！

大家都抬起头看向天空，一批飞机飞过。

正在这时，几个小黑点突然从飞机的肚子里掉了出来。伴随着尖锐的声音，小黑点很快就变成了头尖脚圆的像小孩子一样大的"亮晶晶的家伙"。

程嘉树：是炸弹！快找地方躲！

程嘉树拉起三伢子，林华珺催促周边的同学：快！快！

紧接着，周围巨大的爆炸声四起，残渣碎石崩入空中，随之腾起了烟火。

另一处街道　白天　外景

叶润名拉着妹妹和罗恒往学校方向狂奔，他们能看到在学校和火车站方向，一团火球腾空而起。伴随着此起彼伏的轰炸声，日军进行了又一轮的轰炸，火焰升腾、黑烟滚滚。

叶润名心里一惊，拉着叶润青和罗恒加快了脚步。

叶润名：快跑！

圣经学院图书馆　白天　内景

猛烈的轰炸声中，方悦容赶到了图书馆，她发现裴远之也在，还有一些其他教师。裴远之正在把架子上的书往地上搬运，方悦容也立即加入他的行列。

爆炸声中，图书馆的书架和门窗被震得轧轧乱响。

突然，门窗被震得瞬间坍塌，劈头盖脸向他们砸来。

裴远之把方悦容和书紧紧地护在了身下。当他们四目相对时，怦然心动的感觉在彼此心中埋下了种子。

一组画面——

一处民居里，炸弹引爆后的巨大冲击波将门窗"轰"地震垮，木棍与玻璃碎片四处纷飞，人们慌乱地四处逃窜。

日机再次实施俯冲，又一轮炸弹呼啸而来。（航拍的俯拍画面）

一处院子，院墙上的砖头、石块随着腾起的火焰向外迸飞。

教室里，闻一多上着课，突然门窗、屋顶被震落，包括文颉在内惊慌失措的学生们朝地下室逃奔，闻一多在护送同学们都离开教室后，才淡定地走出，愤恨地看着天空。

梅贻琦校长仍保持着自己的风度，撑着一把张伯伦式雨伞，一边走一边疏散大家，组织学生往地下室去。

地下室里，吴宓带领着人心惶惶、极度惊恐的师生一起祈祷。

画面结束。

街道　白天　外景

在慌乱中，从天心阁跑回学校方向的叶润青远远看到了程嘉树。虽然隔着战火和硝烟，她依然辨认出了程嘉树的身影，他正指挥和护送民众，大声喊着：大家别乱！

街上人头涌动，每个人都在逃命，慌乱不已，少有人听他的。

这时，林华珺也出现在叶润青的视野里。

林华珺帮着程嘉树一起搀扶老幼。等程嘉树回过头来，林华珺不慎摔倒，程嘉树扶起林华珺，两人脸上是默契和淡定的笑容，丝毫没有轰炸的恐惧。

叶润青看到他们俩的情感关系，蒙了，呆站在原地。可很快，轰炸声和撕心裂肺的人声又把她拉回了现实。相较于身边危急逃难的人们，她算是有经验之人。叶润青回过神，立刻护送身边的民众朝安全的地方跑去。

三伢子看到自家的摊子翻了，好多红油粑粑散落在地上，忍不住过去捡。

这时，林华珺看到三伢子身边的一堵围墙已经快要塌了，着急地喊着：三伢子！三伢子，别捡了！

叶润青也看到，奋不顾身地往前冲过去：三伢子，别站在墙边！

这时，只听叶润名喊了一声：润青，当心！

叶润名一把扑倒了妹妹，可是已经来不及了。叶润青左侧的一堵墙倒塌，叶润青的手部受了重伤。

叶润青再往刚才三伢子所站的位置看去，一大面墙已倒塌，三伢子不见了踪影。

程嘉树和林华珺也晚了一步。

终于，天空中不见了日军轰炸机的影子。被轰炸后的长沙满目疮痍，街道上血液横流,尸首分离的景象让人触目惊心。

叶润名、林华珺、程嘉树、叶润青、毕云霄等拨开了一片废墟,小小的三伢子倒在了血泊中,程嘉树抱出了被炸死的三伢子。

三伢子爹在一旁号啕大哭:崽伢子,你醒醒!

林华珺:三伢子,你怎么不说话了,你答应我们还要去看演出的!

程嘉树:三伢子,你还要来看嘉树哥演男主角。

叶润青泣不成声,说不出话了。

毕云霄对着天空吼着:畜生!你们冲我来啊!

林华珺发现三伢子手中还紧紧攥着什么。

她轻轻拨开了那紧攥的小手,原来是当初三伢子爹为他求来的护身符。林华珺拿起带血的护身符,紧紧攥在手心,心痛不已。

三伢子爹:老天,如果你真的有眼,还我崽伢子,他命不该绝啊。老天,如果你真的有眼,告诉我们怎么才能活着……

大家都眼含热泪,看着眼前的一片废墟,悲痛的情绪久久地延宕……

（字幕:1937年11月24日,4架日本飞机侵入长沙上空。从东瓜山、小吴门、经武门,直扑火车北站,炸死炸伤铁路员工及当地居民300余人,沿途商店及住房被炸得无一完整,墙倾屋塌,残肢断体,死尸累累,伤者的呻吟,死者亲人的哀哭构成了一幅悲惨血泪的情景……）

圣经学院礼堂　白天　外景

方悦容、裴远之、叶润名、林华珺、程嘉树、毕云霄、文颉等人,和很多老百姓一起,正在收拾轰炸后的残局。

刚经历过战争的残酷,所有人此时都沉默着,各怀心事。

第一次遭遇到轰炸的文颉尤是如此,他尚未完全从死亡的阴影中走出来,不时警惕地看着天空,唯恐敌机再次来袭。

叶润青受伤了,罗恒正在给她包扎。

文颉:叶学长,咱们的戏还演吗?

毕云霄:为什么不演?

文颉:日军说不定还会来轰炸。

毕云霄：让他们炸！我就不信他们能炸得完！

裴远之：云霄说得有道理，日军的轰炸无非是要在精神上吓倒我们，越是如此，我们越不能害怕。

叶润名：演！不仅要演，还要把长沙轰炸和三伢子的死也写进去，呼吁民众不要忘记敌人的残暴行为，不要忘记死难的将士和同胞，挽救中华民族的危亡迫在眉睫。

程嘉树：可是润青的胳膊受伤了，肯定演不了了，没有女主角怎么办？

林华珺站了出来：我来。

叶润名和程嘉树都惊喜地看向林华珺。

轰炸废墟边　白天　外景

叶润名、叶润青、毕云霄、双喜、裴远之、方悦容、胡进等坐在了观众席的第一排。演出已经开始了。

叶润名看了一眼身后，往来的百姓似乎对话剧并没有什么兴趣，观众并不是很多。

他用眼神鼓励程嘉树、林华珺，两人也明白了他眼神的意义，丝毫没有被没有观众的情况影响，坚定地演了下去。

戏中戏——

程嘉树（少卿）：月茹，三年多前与你对视，我便知往后的日子，将体会牵肠挂肚的滋味。只是没想到，它来得这么猝不及防。

没有演过戏的林华珺一开始有些不自然：这三年多的时光将会是我这一生中最难以忘却的，时间没能将我们冲散，谁能想到战争把我们残忍地分开。

程嘉树（少卿）：月茹，对不起，国难当头，我坐立难安，无心读书。我们背井离乡，辗转千里，是为了将弦歌传诵，是为了笔耕不辍，可如今长沙也被轰炸，炮弹就落在我们脚下，落在这些无辜民众的头顶，这是我们的国土、我们的家，我们的百姓却在自家门口任人践踏，我忍不了！昨天还生龙活虎地给我们盛臭豆腐的三伢子，他才几岁，他有什么错，需要为战争付出年幼的生命？

演到这里，程嘉树不由热泪盈眶，林华珺也动了情，拿出了三伢子那个带血的护身符，泪如泉涌。

台下，百姓们纷纷动容，驻足观看。三伢子爹早已泣不成声。

程嘉树（少卿）沙哑着嗓子：月茹，对不起，经历了这一切，我更加无法置之不理。对不起……

林华珺（月茹）点点头：少卿，你可能不知道与你在一起之后我曾经打过退堂鼓……我想离开的原因，是因为我知道你是什么样的人，在你心中，理想是高于一切的，高于你的生命，甚至高于我们的爱情。我理解你的理想，却更热爱你的生命，你那么年轻，那么美好，我多么希望你能长命百岁。我不能做你理想的拦路者，更不愿目送你为理想而殉道，所以只能离开。

台下，叶润名认真地听着。他发现，百姓已经越来越多了，原本空荡荡的观众席，此刻已经聚满了观众。有些观众眼含泪花。

程嘉树（少卿）：月茹，我想让大家知道，我们不是茫茫然而来，也不是茫茫然而去，而是要奔赴坚持抗战的地方，为了保护我们的国土，保护我们的百姓，让三伢子的悲剧不再重演。

林华珺（月茹）：我懂，我都懂，今天，你就要奔赴战场去抗日，我知道凭我微弱的力量更是无法阻挡。我不该那么自私，我爱你，爱你的生命，更爱你的崇高，我会为你送行，等待你凯旋。因为，你的理想可以换来更多人的幸福和明天。

说完，她颤抖着手，把三伢子的护身符郑重挂在了程嘉树脖子上。

两人紧紧地拥抱在了一起。

叶润名被这段戏深深感动，尤其程嘉树和林华珺的合作默契确实让他刮目相看。叶润名带头鼓起了掌，观看演出的长沙民众群情激愤，掌声雷动。

叶润青心里有一种异样的感觉，但马上也鼓起了掌。

双喜也被感动得眼含热泪，转头对旁边不认识的群众说：那是我家二少爷！

胡进、吴磊伯和黄启威带头喊起了抗日口号，"打倒日本帝国主义""万众一心、誓灭倭寇"。

裴远之唱了起来：起来，不愿做奴隶的人们——

叶润名也跟唱了起来：把我们的血肉，筑成我们新的长城。

在他俩的带动下，所有人都一起跟唱了起来——

"中华民族到了最危险的时候，每个人被迫着发出最后的吼声。"

"起来！起来！起来！我们万众一心冒着敌人的炮火，前进！冒着敌人的炮火，前进！前进！前进！进！"

一首《义勇军进行曲》激情昂扬、震彻云霄，终于让大家从悲愤低迷的情绪中走了出来。

三伢子的护身符被风吹得不停晃动着。

黄启威家　白天　内景

裴远之、方悦容、吴磊伯、胡进等人都聚在黄启威家。

裴远之：临大文法学院搬往衡山圣经学校，朱自清、闻一多、冯友兰等十九名教授和部分学生已经在那里开课了。我从明天开始还会分批带领学生前往衡山。

方悦容：在临大，这次轰炸造成的影响很大，原本的空袭警报变为血淋淋的轰炸现实，原以为南迁找到了可以安心求学的避风港，没想到才数月不到，便被日军的几架轰炸机打破了幻想。

裴远之：现在学生思想很不稳定，要么生活在恐惧之中，要么热血涌动，想冲上前线投入战斗。临大校方也相应调整了教育方案，强化军事训练课，曾昭抡先生还准备在化学课上讲授炸药生产和毒气防护的方法。

胡进：你们一定要发动骨干，做好学生的思想工作，坚定抗日的信念和决心。

方悦容：好。我们坚决落实省委的指示。另外，为疏导学生情绪，校方正延请各界名流来校演讲，我建议请八路军驻湘办事处代表徐特立先生来演讲，并与同学们交流。

胡进：好，徐老来演讲再合适不过。我会向上级报告，一定争取促成。

前往南岳的山路上　白天　外景

几辆军用卡车开在盘山公路上，车篷内坐着临大文法学院迁往衡山的师生。

山路上　白天　外景

山路蜿蜒。同学们扛着行李、书籍一路步行上山，异常艰难。

罗恒上前抢走了叶润青手中行李箱：润青学姐，我帮你！

叶润青：谢谢！

罗恒微微羞涩：不客气！

叶润名走在队伍之中抬眼望去——林华珺背着小提琴、拎着行李箱走在前面的队伍之中，气喘吁吁，异常吃力——叶润名加快脚步，走向林华珺，正想帮她——忽然，程嘉树捷足先登，伸手抢下了林华珺的箱子。

程嘉树：我来吧！我是属骆驼的！

林华珺莞尔一笑，跟随程嘉树前行而去。

叶润名迟疑片刻，只好跟随继续攀山。

叶润青气鼓鼓用胳膊肘撞了叶润名一下——叶润名一笑而过。

学生们登上一处平坦山坡，停步歇息，驻足远眺——远处山峰，层峦叠嶂。

程嘉树：万丈融峰插紫霄，路当穷处架仙桥……

林华珺接上了下句：上观碧落星辰近，下视红尘世界遥。

叶润青埋怨地回头望着叶润名——叶润名又是一笑，但已经心事重重。

衡山圣经学校女生宿舍　黄昏　内景

大门被女生们从外面霍然推开，一道阳光照射进来——女生们拎着各自的行李出现在门口，愣愣地望着潮湿阴暗的宿舍。

众人缓缓走进宿舍，打量着四周——破旧的床铺、潮湿的墙面。

叶润青：这里这么潮湿，又脏，叫人怎么住嘛……

林华珺：润青，没关系，我们一起打扫一下，弄干净了还是可以住的。

叶润青回头瞟了林华珺一眼，放下箱子，转身走出宿舍。

林华珺看着叶润青的背影，觉得莫名其妙。

男生宿舍外　白天　外景

程嘉树走到宿舍外，望着衡山秀美的风景。叶润名走了过来。

叶润名：这两天忙着搬来衡山，一直没机会跟你聊一聊。

程嘉树：聊什么？不会想跟我聊林华珺吧？

叶润名：也算是吧。

程嘉树：我不会放弃的，除非她嫁给你了。

叶润名笑：我知道你不会放弃，我也没打算劝你放弃。而且，我发现你比我更理解她。

来自情敌的褒奖让程嘉树有些招架不住。

程嘉树：你这是真心话，还是有什么目的？要是真心话，你就太虚伪了；要是有什么目的，你也别拐弯了，直说。

叶润名笑了：我只是在陈述一个事实，信不信在你。

程嘉树有些怀疑自己的耳朵，反复审视着叶润名：话是没错，不过从你嘴里说出来，怎么就有点不是那个味呢……

叶润名：就像那天，你和华珺一起修改的剧本。文如其人，我的剧本过于理想主义，但人性却是现实的。只有在真实复杂的人性面前，才能彰显信仰的力量，否则，过于纯粹的理性就没有了感动。谢谢你们让我看到了自己狭隘的一面。

程嘉树：我们改戏的时候也没想那么多，只不过是从人之常情出发而已，你也别妄自菲薄了。

叶润名：程嘉树，说实话，我很羡慕你的真实。

程嘉树：行了行了，你别再夸我了，再这么夸下去，我都不好意思跟你抢林华珺了。

叶润名哈哈大笑，十分自信：你抢得走吗？

程嘉树也笑了：走着瞧。

叶润名：不过话说回来，你跟我当初在北大看到的那个程嘉树，还真是大不一样了。从南开救人，南下求学，到难民收容所做的一切，包括考临大，还有这次改话剧，你真是变了不少。

程嘉树微微一笑。

男生宿舍　白天　内景

叶润名和程嘉树回到宿舍。

叶润名摸了摸程嘉树的薄被子：这衡山上比长沙气温要低多了，你的被子这么薄，小心别冻着！从我这拿一床吧，我多带了一条，你随便拿去用。

程嘉树：不用不用，我火力壮，没你那么瘦弱，一床被子足够了。

两人相互推让，关系透着融洽。

程嘉树另一旁邻床的是文颉，他正在一丝不苟地给自己铺床，被子叠得像豆腐块，床上干净平整得像一面镜子。

叶润名：这次我们排戏，没想到最后会引起观众那么大的反响。看来戏剧对于唤醒民众来说，是很有力量的一件武器。等过些日子，咱们再排一出话剧怎么样？

程嘉树：好啊，我最喜欢的话剧是莎士比亚的《哈姆雷特》，我在百老汇看过著名演员奥利弗演过这部作品——场场爆满！一票难求！To be, or not to be—that is the question!

讲到兴高采烈处，程嘉树一屁股就坐在了文颉的床上。

文颉的脸色唰地变了：你，你别坐我的床……

程嘉树赶忙站起身：哎哟，对不起……没想到你这人还挺讲究。

程嘉树一句无心之语在文颉听来却是讽刺。

文颉：你什么意思？

程嘉树愣了一下：没什么意思啊。

文颉在程嘉树坐过的地方拍了拍，床上又恢复得跟镜面一样平整。

文颉：只有你这种阔少爷才能讲究吗？

叶润名连忙打圆场：文颉，嘉树只是无心之语，你别多想。

文颉不再说话，拿起自己面盆出门去了。

男生宿舍外　早晨　外景

天刚蒙蒙亮，文颉拿着一本书在宿舍门外不远处用他不标准的国语背诵着《最后一课》。

文颉：画眉在树林边婉转地唱歌；锯木厂后边草地上，普鲁士士兵正在操练。这些景象，比分词用法有趣多了；可是我还能管住自己，急忙向学校跑去。

程嘉树端着杯子，拿着牙刷走出宿舍，在门外听到了文颉的声音，来到他身后，一边刷牙，一边听他继续背诵。太过专注的文颉完全没有察觉到身后有人。

文颉：铁匠瓦希特带着他的徒弟也挤在那里看布告，他看见我在广场上跑过，就向我喊："用不着那么快呀，孩纸，你反正是来得及赶到学校的！"

听到这句，程嘉树被文颉浓重的口音逗得一口水喷了出来，刚好喷在文颉的鞋上。文颉吓了一跳，这才发现程嘉树。

文颉：你干什么？

程嘉树：你笑死我了，你的国语是谁教的？铁匠华希特，不是瓦希特！孩子，不是孩纸！来来，跟我念，孩子。

文颉的脸涨得通红：程嘉树，你有什么了不起？

说完文颉转身就回了宿舍。

程嘉树一愣，不明白自己又触到文颉哪根筋了，冲着文颉的背影大喊：喂，我好心教你，你这人怎么不识好歹啊？

走向宿舍的文颉更加生气，脸色由红变白。

教室外　白天　外景

林华珺和同宿舍的几个女同学去往离宿舍不远的教室。

在她们身后，裴远之带着文颉往教师办公室走去，文颉似乎很紧张。

文颉看到林华珺，和她打招呼。

林华珺：你这是去哪儿？

文颉：裴先生带我去见闻先生，今天他面试我。

林华珺：那你要把握住机会哦，有信心吗？

文颉：我不知道，挺紧张的，我怕我自己表现不好，我有口音，连国语都说不好，英文就更不用说了……

林华珺拍拍文颉的肩膀：别担心，有口音也没关系，你看我们学校很多先生都有口音呢，只要你表达清晰、情感真挚，闻先生会感受到的！

文颉：谢谢你，你总是帮我！你一说话我心里就平静踏实很多！

林华珺：以后我们就是同学了，别那么见外，你快去吧！

文颉点点头，跟着裴远之往闻一多办公室走去。

闻一多办公室　白天　内景

书桌上摆着闻一多正在阅读的《诗经》等资料。

闻一多和裴远之坐在桌前，文颉站在两人对面。

裴远之：文颉同学，你先向闻先生介绍一下自己吧。

文颉：闻先生好，我叫文颉，江苏宝山人，是东吴大学文学系一年级新生，现在长沙临大借读。

闻一多看着文颉，点了点头：我听说你家里和你们学校都遭遇战乱，在这样的情况下你能克服困难，继续求学，难能可贵。

文颉：谢谢闻先生，您能给我这次面试的机会，是我前世修来的福分。我从小就对闻先生您非常崇拜，您的《红烛》《死水》和《七子之歌》我都能倒背如流！所以我特别希望能成为您的学生！

闻一多微微一笑：我看过你写的文章，文风和文笔都还不错。不过我们临大课程设置跟你们东吴大学有些不同，不知道你能否适应啊？

文颉：闻先生，如果我有幸成为您的学生，我一定会加倍努力，决不让自己拖同学们的后腿。我在学校还选修了英文，我想用英文朗诵都德的《最后一课》，请先生指正。

闻一多有点意外：哦？你为什么选《最后一课》？

文颉：因为我们的国家，正如课文里小弗朗士的国家一样，遭受着侵略者的践踏，我的心情也跟小弗朗士一样。

闻一多点点头：国难当头，你我心情大抵相同。请开始吧。

文颉拉开架势，声情并茂地朗诵：I was very late for school that morning, and I was terribly afraid of being scolded, especially as Monsieur Hamel had told us that he should examine us on participles, and I did not know the first thing about them...

文颉用尽全力，声情并茂，饱含着感情，他用余光瞥了一眼闻一多，只见闻一多也被他的情绪感染，深深动容，甚至眼眶泛泪。

对于他的反应，文颉很是满意，更加自信从容了。

教室外　白天　外景

文颉满面春风地走过来，林华珺迎面看到他。

林华珺：文颉，祝贺你啊！

文颉：谢谢你林华珺，多亏了你对我的帮助。否则闻先生也不可能收我做学生。

林华珺：那是你自己努力的结果。

文颉：你的帮助也很重要。林华珺，你是我到临大后第一个想分享好消息的人，你愿意跟我做朋友吗？

林华珺：难道我们不是朋友吗？

文颉闻言，开心极了。

教室　白天　内景

文法学院教室，一年级学生都端坐在课桌前，等候老师来上课。

裴远之拿着一本手抄本和一盒粉笔走进了教室，学生们起立向裴远之致敬。

众同学：裴先生好！

裴远之：同学们好！请坐！

裴远之拿起自己的手抄本，继续对大家说：离开北平时太多资料和教材都来不及带上。我把教学的主要内容都摘记在这个本子上了，同学们预习或者有课堂笔记要查缺补漏的，都可以课后找我借阅誊抄。

同学们专注地看着裴远之。

裴远之：同学们，日寇入侵，生灵涂炭，中华民族遭遇黑暗时刻，正因为如此，我们心中更要燃起赤子之火！《红烛》是闻一多先生在1923年完成的诗作，用红烛的意象表达了他的一颗赤子之心，这是闻先生心中之火，更是我们心中之火！我现在请同学们一起朗读一遍《红烛》！

同学们开始朗诵：

红烛啊！

这样红的烛！

诗人啊！

吐出你的心来比比，

可是一般颜色？

红烛啊！

是谁制的蜡——给你躯体？

是谁点的火——点着灵魂？

为何更须烧蜡成灰，

然后才放出光来？

一误再误；

矛盾！冲突！

红烛啊！

不误，不误！

原是要"烧"出你的光来——

这正是自然的方法。

红烛啊！

既制了，便烧着！

烧罢！烧罢！

烧破世人的梦，

烧沸世人的血——

也救出他们的灵魂，

也捣破他们的监狱！

红烛啊！

你心火发光之期，

正是泪流开始之日。

红烛啊！

匠人造了你，

原是为烧的。

既已烧着，

又何苦伤心流泪？

哦！我知道了！

是残风来侵你的光芒，

你烧得不稳时，

才着急得流泪！

红烛啊！

流罢！你怎能不流呢？

请将你的脂膏，

不息地流向人间，

培出慰藉的花儿，

结成快乐的果子！

红烛啊！

你流一滴泪，灰一分心。

灰心流泪你的成果，

创造光明你的原因。

红烛啊！

莫问收获，但问耕耘。

学校办公室　夜晚　内景

裴远之在办公室冒着严寒，一边搓手一边默写教材。门外传来敲门声。

裴远之：请进！

叶润名推开屋门，带着林华珺和叶润青走了进来：裴先生。

裴远之：润名，你们怎么来了？

叶润名：我听华珺说您在准备教材，我们就想一起过来帮您，多个人多把手。

裴远之：好啊，你们快坐，我正发愁呢。古典文学作品有好多内容你们以前都学过，你们就把以前学过的写出来就行。

林华珺：那我们就开始吧。润青，你给裴先生当助手，我和润名一组。

裴远之从抽屉里拿出纸笔，交给叶润名，叶润名接过放在桌子上。

叶润名：华珺，你记性好，背得扎实，你说我来记。

林华珺：好，这样效率就高多了。

正说着，办公室外程嘉树端着一个火盆走了进来，盆里装着一大袋木炭。

程嘉树：叶润名，快搭把手，我扛了好远了，累死我了！

叶润名和林华珺忙上前接住程嘉树端着的火盆和木炭。

叶润青在一旁看到好奇地问：火盆，还有木炭！程嘉树，你从哪儿搞到的这些啊？

程嘉树：找山上的老乡买的啊，他们有自己烧炭的，说了一堆好话才卖给我这些。这么冷的天，快冻死我了！来，咱们点上吧。

裴远之出去拿了几根柴火进来，用火柴点着，放在火盆里，把木炭引着。办公室里暖和了许多，程嘉树往里加木炭，大家继续围炉背写。

林华珺：红藕香残玉簟秋。轻解罗裳，独上兰舟。云中谁寄锦书来，雁字回时，月满西楼。花自飘零水自流。一种相思，两处闲愁。此情无计可消除，才下眉头，却上心头。[1]

程嘉树边看林华珺背诵边发呆，完全沉浸在林华珺背的诗词意境当中。此时，山中传来虎啸声，众人一惊。

裴远之发话：大家不用紧张，衡山上有虎，不过都在深山里，离咱们这儿远着呢！

程嘉树：老虎好啊，我还怕它不来呢，来了我就要弄个打虎英雄当当！

叶润青嗤之以鼻：哼，你还打虎英雄，采花大盗还差不多！

程嘉树：我要是采花大盗，你就是无花果。

叶润青：什么意思？

程嘉树：无花可采，哈哈哈。

叶润青：程嘉树！我这就开门去把老虎放进来，让它吃了你这个采花大盗。

大家都被这对欢喜冤家逗笑了。

林华珺：我有个提议。外语系肯定也缺教材，不如让润青和程嘉树一组，默写一些外语教材。

裴远之：这个提议好。

程嘉树长叹了口气。

叶润青：程嘉树，你叹气是什么意思？

程嘉树：没什么意思。开始吧。

叶润青：我背，你记录。

程嘉树：你确定？

叶润青：别小看人！沃尔特·惠德曼的《草叶集》我能倒背如流！

程嘉树拿过纸笔：请开始！

1　宋代女词人李清照《一剪梅·红藕香残玉簟秋》。

叶润青开始背诵：

O Me! O life! of the questions of these recurring;

Of the endless trains of the faithless—of cities fill'd with the foolish;

Of myself forever reproaching myself, (for who more foolish than I, and who more
   faithless?)

Of eyes that vainly crave the light—of the objects mean—of the struggle ever renew'd;

Of the poor results of all—of the plodding and sordid crowds I see around me;

Of the empty and useless years of the rest—with the rest me intertwined;

The question, O me! so sad, recurring—What good amid these, O me, O life?

   Answer.

That you are here—that life exists, and identity;

That the powerful play goes on, and you will contribute a verse.

她的声音抑扬顿挫，完全诠释了这首诗的意境，煞是好听，程嘉树沉浸在意境中，
险些忘了记录。他回过神来，赶紧拿笔补上。

在叶润青的朗诵声中，大家围着炉子，窗外雪花纷扬，此情此景，无比温暖……

办公室外　夜晚　外景

雪夜中，办公室外不远处，文颉站在屋檐下看着程嘉树、叶润名等人在和裴远之
一起工作，心里挺不是滋味，伸手折下旁边一棵树的树枝，然后转身离开。

一组蒙太奇——

衡山圣经学校　白天　内景 / 外景

同学们的《红烛》朗诵声音传来，插入如下画面：
日军侵入清华园图书馆……
日军战机轰炸天津南开大学……
程嘉树、叶润名等同学在南苑战场上运送伤员……
圣经学院遭遇轰炸，同学们躲避……

林华珺拉着小提琴……

冰天雪地中，叶润名和程嘉树等人在打篮球，有的同学瑟瑟发抖地在教室里读书，有的在树下打雪仗，有的不畏严寒在雪中背诵……

课堂上，闻一多一袭黑色长衫，一边抽着烟，一边给大家声情并茂地讲课，教室里挤满了听课的各个年级的学生，走廊门口都站满了人。

长沙临大校园化学实验室　白天　内景

毕云霄、雷正正在实验室内做化学实验。

蒙太奇结束。

教室　白天　内景

学生们在教室自修。裴远之走进了教室。

裴远之：有个消息要告诉大家，三天后，国民革命军第十八集团军高级参议、八路军驻湘代表徐特立先生也将到我们长沙临大校园来演讲。

叶润名：徐特立？是毛泽东中学时期的老师徐特立先生吗？

裴远之点头。

叶润名显然很兴奋。

裴远之：他演讲的主题就是动员群众，抗日救亡！他还会跟大家介绍一下陕北延安的情况。

同学们一听非常兴奋，纷纷站起身。

程嘉树：那我们可以回长沙去听徐先生的演讲吗？

裴远之：没问题啊，我们可以一起回长沙，想去的同学可以去叶润名同学处报名，然后大家一起回长沙。

裴远之看着叶润名，叶润名点点头。

一群同学马上涌向叶润名，程嘉树看看林华珺和叶润青。

程嘉树：你俩肯定也去对吧，那咱们就一起吧。

林华珺看看身后的文颉，问他：文颉，我们大家都回长沙去听演讲，你跟我们一起去吧……

文颉摇摇头：我还是不去了，我学习有点跟不上你们，再说闻先生这几天不舒服，需要人照顾，我就留下来照顾他吧。

长沙圣经学校礼堂　白天　内景

台下的师生们一阵热情洋溢的掌声，裴远之陪着徐特立缓缓走上讲台。

台下的学生中有程嘉树、叶润名、叶润青、林华珺、毕云霄、雷正和罗恒。

徐特立走到台中央，他一身粗布衣服，显得十分朴素。

（字幕：国民革命军第十八集团军高级参议八路军驻湘代表　徐特立）

徐特立朝大家挥了挥手，师生们安静下来。

徐特立：各位同学，大家都听说过共产党吧，我，就是共产党。我知道国民政府以前把我们共产党宣传成洪水猛兽。你们可以看看我这个老头，跟你们学校里扫地做饭的校工没有什么区别吧？

台下坐着的学生们一阵哄笑。

雷正：真没想到徐特立先生说话这么平易近人！

毕云霄：我见过的大官儿多了，这共产党的领导还真不一样。

台上的徐特立继续演讲：今天我来就是给大家讲讲共产党是怎么联合老百姓一起抗日的。众所周知，过去共产党和国民党有过龃龉，所以我离开了长沙，现在国共重新开始合作了，我就又回来了。现在日本侵略者已经打到了我们家门口，两党过去的账我们都不算了，我们决定联合起来，一致对外，共同对付日本人！

大家鼓掌。雷正问毕云霄：毕云霄，我怎么看着徐特立先生就有一种亲切感，我觉得他很像我爷爷，当年我爷爷在私塾教书的时候就和他很像。

毕云霄笑：你是看到共产党觉得亲切吧。

雷正：你以前认识共产党人吗？

毕云霄摇摇头。

叶润名：我听说徐特立先生是毛泽东在湖南一师求学时的老师，他在四十二岁时还去了法国勤工俭学，回国后一直从事教育，是湖南乃至全中国的教育界名流。

台上的徐特立继续演讲：不团结抗日，就不能求得民族的生存。我们共产党人以国家民族为重，我们的抗战一定会经历艰难曲折的过程，我们进行的是反侵略的正义战争，最终的胜利一定是属于我们的！

同学们掌声雷动,深受鼓舞。

徐特立:我们中国共产党提出了《抗日救国十大纲领》,具体内容同学们可以从报纸上、从杂志上去了解一下,这是我们的基本政治纲领。我们既是这么说的,也是这么做的。我们也欢迎同学们去延安看看,看看那里的新气象,看看中国共产党带领的军队和人民是怎么和日本侵略者作斗争的……

程嘉树和林华珺、叶润青等人热烈鼓掌!

礼堂外　白天　外景

演讲结束,同学们一边热烈讨论,一边成群结队走出礼堂。

裴远之正在送徐特立。

叶润名、雷正、毕云霄赶紧追了过去。

叶润名:徐老,您有时间吗?我们能跟您聊聊吗?

徐特立很和蔼:好啊。

叶润名:原来我对共产党提出的共产主义有些一知半解,但听到徐先生说的思想和主张,真是醍醐灌顶,心里模糊的概念逐渐变得清晰了。刚才您提到了延安,我们想知道延安到底是什么样的?

雷正:是啊徐老,我以前听人提到延安,都说那里只是个落后的陕北小镇。

徐特立笑了:现在的延安啊,早已不是那个落后的陕北小镇喽。在那里,共产党带领人民扫除文盲,实行民主,破除迷信,发展文艺,提倡科学。延安一派生机勃勃,早就换了一副崭新的面貌。

雷正:以后要是有机会,真想去那儿走一走,看一看!

徐特立:随时欢迎,那里的人会热情欢迎你的。

叶润名:我也一定会去的,不但要去延安,如果有机会,还要游遍祖国的大江南北,做社会调查,更加深入地了解中国社会,了解普通劳苦大众的生活。

徐特立赞许:我很欣赏你的想法,要想改变中国,必先了解中国,要想指引人民走向富强,必先了解人民。

叶润名:听说您是毛泽东先生的老师,我反复研读过毛泽东先生的《反对日本进攻的方针、办法和前途》,不知道有没有机会跟您做更深入的交流?

徐特立:随时欢迎你和同学们来八路军驻湘办事处找我。

叶润名兴奋。

徐特立：那我就先告辞了。

裴远之、叶润名、雷正等人：徐老再见。

徐特立：再见。

目送徐特立离开，裴远之：润名，既然你对毛泽东先生的书很有兴趣，一会儿我再拿几本给你，有《矛盾论》《实践论》，你看了一定会很有收获的。

叶润名：那我现在就跟您去拿。

说完两人直奔裴远之宿舍而去。

程嘉树住处　夜晚　内景

程嘉树住处客厅里，大家热火朝天地议论着白天徐特立的演讲，还有对抗战前途的分析。

毕云霄：抗日战争已经全面展开，目前我们国军处于极大劣势，国家已经到了生死存亡之际。

雷正：你说得太对了，临大开学已经一个月了，还有很多先生都没到，后面的课程是不是可以正常教下去，我们谁也不知道。淞沪会战失利，南京危在旦夕。

罗恒：是啊！都到这个时候了，我们竟然还在两耳不闻窗外事，一心只读圣贤书。

雷正：真想现在就去参军作战！

毕云霄：我也想去！

罗恒：我也想！听说中央航校正在全国招生，真想去学开飞机！

叶润青眼睛一亮：你想当空军？

罗恒：嗯，我想打得日军轰炸机再也不敢来我们国家。

叶润青：等那天到来，我一定全力支持你！

罗恒激动地看着叶润青，重重点头。

程嘉树：说得我都想当空军了。

话音刚落，双喜当头一盆冷水：少爷，老爷、太太让你来长沙读书的，不是去当兵打仗！

程嘉树：哎呀，啰唆！

叶润青：可惜，我们只能想想。

在大家热烈讨论和牢骚中，一旁看书的林华珺并未参加讨论，她只是听着，思考着。

程嘉树卧室　早晨　内景

天刚蒙蒙亮，窗外街道的嘈杂声传进程嘉树的房间，程嘉树从睡梦中醒来。

程嘉树：怎么了这是，怎么这么吵啊！

他披了一件外衣，走到墙边，推开窗户。只见街上人群嘈杂，人声鼎沸。

报童在大声叫喊：号外号外！首都南京已于昨日沦陷，华东告急，全国告急！

程嘉树脑袋嗡的一下，连忙穿上衣服，跑出房间，隔壁的林华珺和叶润青也被吵醒，跑了出来。

客厅　白天　内景

程嘉树、林华珺、叶润青三人下楼，毕云霄、罗恒、雷正等人正围在一起看报纸。

雷正念号外上的标题：日本军队由中华门开入我们的首都，开始放火抢劫，大屠杀。

罗恒：南京城陷，头两天之内，保卫战伤亡达五万人，妇孺老弱惨遭屠杀者十余万人。

报纸上日军屠杀南京老百姓的照片触目惊心，所有人看得头皮发麻。叶润青和林华珺脸色苍白，眼泪直流。众男生也都悲愤不已，红了眼眶。

毕云霄：这些日本兵简直是惨无人道，禽兽不如！我恨不能身在南京，跟他们拼了！

雷正：不能再忍了！

他起身出去，众人也一同跟了出去。

临大校园　白天　外景

黄启威、吴磊伯正带人在悬挂白色标语，周围已经挂满了"驱除仇寇　努力救国""慰我同胞　痛念国耻"等各种标语。

很多老百姓，以及叶润名、雷正等学联的同学们已经自发在校园的一角摆上了鲜花。百姓、同学们围在一起，祭奠在南京失去生命的军民同胞们。

程嘉树、林华珺和叶润青等人走上前，叶润名给他们每人递上一朵小白花，和同学们站在一起，学生们越聚越多……

"同学们！"人群中，雷正突然大声道，"同学们！不能再逃避了，我们应该立刻、马上、立即上前线去！古人云，将军百战死，壮士十年归！我们难道连古人都不如吗？！走，同学们，让我们扛起枪，跟日本兵结结实实地干一场！为了国家，为了民族，为了拯救同胞于水火之中，掉脑袋算得了什么！走！跟我一起上前线去！"

雷正一番慷慨陈词，迅速引起同学们的热烈响应。

众同学大声疾呼：上前线，我们要上前线！

梅贻琦站在窗口，往下看着群情激愤的同学们，转身回到会议桌前。蒋梦麟、张伯苓和郑天挺，还有湖南省教育厅刘副厅长都已在座。

梅贻琦：各位都听到了，现在同学们热血沸腾，上前线为国捐躯的热情恐怕是谁都挡不住，我认为学校必须拿出一个态度来，国难当头，同学们何去何从，还有我们这些教师该何去何从，都应该让大家有正确的选择。

蒋梦麟点点头：月涵说的是，原本学校就因为战时教育和常态教育有过争执，好多同学都不理解学校的选择，现在南京沦陷，他们都是一群热血青年，怎么可能无动于衷呢？毅生，你刚刚到长沙，一路过来战局你也非常了解，你怎么看？

蒋梦麟转头向郑天挺发问。

郑天挺：战局发展至今，华北、华东都已经沦陷，华中、华南也危在旦夕，不止学生们想扛枪打仗，就连我，有时候都会生出恨不能也去前线跟日军决一死战之心！所以我建议校方不宜干涉同学们的爱国热情，由他们自由选择。

刘副厅长：几位先生话说的虽然不错，可是请别忘了，他们还只是二十岁左右的年轻人，一没有受过正规的军事训练，二没有见识过战争的残酷。目前战事胶着，前线将士浴血奋战，死伤无数。这些学生都是日后建设国家的栋梁之才，如果就这么上战场白白牺牲，实在太过可惜啊！

众人沉默，梅贻琦看看张伯苓：老师，您的意见呢？

张伯苓低头想了一会儿：夜阑卧听风吹雨，铁马冰河入梦来。犬子锡祜刚刚为国牺牲，老朽心内痛楚不已。但这群孩子个个心怀爱国之情，笃行报国之志，实在可敬可佩。我认为对于此事，应该在疏，而不在堵，学校应该为从军学生提供一切便利，保留学籍，只要战争结束回来上学，学校一定为他们敞开大门。

梅贻琦点点头：我的意见和老师一样，学校确实不宜干涉学生自由，应任由学生自己选择，或继续学习，或报名参军，学校均应予以尊重。但此事牵涉过多，非临大所能定夺，我积极上报，以定何去何从！

圣经学校校园　白天　外景

裴远之搬着一张桌子走到校园的黑板前，放下桌子拿出一张海报，贴在了黑板上，同学们都围了过来。

程嘉树看着海报上的内容念了起来：凡学生至国防机关服务者，无论由学校介绍或个人行动，在离校前，皆须至注册组登记，以便保留学籍。

凡教职员工及学生，均可至校国防工作介绍委员会开具参加抗战工作介绍信……

刚念到这儿，同学们就一阵欢呼。

毕云霄：太好了，我们可以上前线了，临大万岁，校长万岁！

雷正看着身边欢呼的毕云霄和罗恒：你们想好去哪支军队了吗？

罗恒：中央航校，我考定了！

毕云霄：我当然要去国军最前线的王牌部队，要不然怎么能第一时间走上战场，手刃敌人！

一时间群情高涨。一旁，林华珺看着他们狂热的态度，有些无措。

裴远之站出来朝学生们挥挥手。

裴远之：同学们，大家安静一下。临大常委会研究决定，尊重同学们自己的选择，想上阵报国的同学，可以在我这儿填表，学校会给你们发介绍信，送你们前往前线各部。

众多男同学一拥而上，拿笔抢着填表报名。

毕云霄和雷正最积极，率先签了名。

罗恒和程嘉树也签了名。

叶润青从程嘉树手里抢过笔，正要签名。

裴远之：叶润青，你也报名？

叶润青：对啊，我也要报名上前线！

程嘉树作势要抢回笔：你是女生，不能报名。

叶润青：女生怎么了，女生就不能参军打仗，就不能报效国家吗？

程嘉树：打仗是我们男人的事，你就别添乱了，省得我们在战场上还要照顾你！

叶润青：这是性别歧视！在战争面前哪有什么男女之分，学校应该男女平等，一视同仁！

裴远之：学校绝无性别歧视的意思。这样吧，润青，你可以报名，但是军队收不收你，就要看军队的意思了。

叶润青：谢谢裴先生！

她开开心心地签上了自己的名字，然后把笔交给了叶润名：哥，该你了。

叶润名也签上了自己的名字，他把笔往身后传递，站在他身后的是林华珺。

林华珺接过笔，走到签名簿前。看着签名簿上密密麻麻的名字，她突然犹豫了。

叶润青在她身旁：签啊，华珺姐，裴先生说了，女孩也能报名！

林华珺放下笔：我还没有想好。

叶润青愣了一下：没想好？这还需要想吗？

林华珺没有回答叶润青，转头看了一眼人群中激愤的叶润名和程嘉树、毕云霄、雷正等人，转身离去。

这时，张伯苓从办公室来到了同学们中间。

张伯苓：同学们，我敬佩你们抗日的勇气和热情！作为你们的校长和父辈，我以你们为荣！如果有想去延安参加八路军的同学，我可以给你们写介绍信。我们南开的校友周恩来先生，是中国共产党的重要领导人。他跟我说过，共产党八路军的大门是敞开的，欢迎各界人士共同参与抗战！

雷正闻言走到张伯苓面前。

雷正：张校长，我想去延安参加八路军，您给我写一封介绍信吧！

张伯苓：好啊。

张伯苓从身边的助手那儿接过纸笔，在桌上就写起了介绍信。

程嘉树和毕云霄、雷正等人正要离开，身后传来声音。

方悦容：嘉树，程嘉树。

程嘉树回头看到不远处的方悦容：悦容姐，你找我？

方悦容：是的，你过来，我有话跟你说。

程嘉树跟毕云霄等打招呼：你们先回去吧，我去去就回来。

圣经学校校园某处　白天　外景

程嘉树和方悦容走在校园里。

方悦容：嘉树，我问你两个问题。第一，你确定自己真的要上前线打仗吗？第二，这么大的事，不打算跟你父母商量一下吗？

程嘉树：悦容姐，我原来是打算一直上学读书的，可是时局现在变成这样，谁还能安心读书呢？南京已经沦陷了，长沙又能有几天安宁，与其在这里等着被日本人的飞机炸死，倒不如上前线，战死沙场，也当一回英雄！

方悦容：什么叫在这里等着被日本人的飞机炸死？你考上临大，就要安心读书，成长为国家有用之材。再说你理解的上战场，就是当英雄吗？这么大的事，你怎么能不征求父母和兄长的同意？

程嘉树：悦容姐，你不用再劝我了，战场上的每个将士，谁又没有父母，谁家的父母又不担心呢？反正我已经决定了，就算你告诉家里，也改变不了我的决定！

方悦容：嘉树，你……

程嘉树也不多说，撒腿就跑开了。

方悦容满脸担忧。

圣经学校教室门外走廊　黄昏　外景

叶润名和裴远之边走边聊。

叶润名：裴先生，我真没想到李丞林也会报名参军，他可是手无缚鸡之力，平时体育课从来没有及过格。

裴远之：这就是爱国的力量。现在一共有多少人报名了？

叶润名：我这统计的已经有138了。

一个戴眼镜的学生甲走过来：裴先生，他们说眼睛有近视的不能参军，你说军队能收我吗？

裴远之：军队正在用人之际，去当兵不一定就是扛枪打仗的，你可以去做文职工作。

学生甲连连点头：谢谢裴先生！

叶润名：裴先生，我会把所有报名参军同学的个人资料整理好，以及他们的参军意向也一并交给您。

裴远之点点头：好。

裴远之先走。

叶润名的目光透过窗户看到林华珺独自一人坐在教室里。

圣经学校教室　黄昏　内景

叶润名走进教室：华珺。

林华珺抬头看着叶润名。

叶润名并不知道林华珺没有签名，他激动地走到林华珺面前：你知道同学们有多热烈吗？不到两小时，报名的已经有138人了，外面还有更多的同学在排队。华珺，我想好了，就去延安，张校长可以替我们做介绍，我们参加八路军，跟着共产党去抗日！

林华珺：我们？

叶润名：是啊。

他这才察觉林华珺的状态有些不对：难道你不愿意跟我一起去吗？

林华珺：润名，我没有报名。

叶润名愣了一下。

林华珺：润名，我觉得太突然了。当看到报纸上那些文字、那些照片时，我也热血激荡。可是……我的内心深处有个声音在问我，我们不读书了吗？

林华珺的话让叶润名之前的激动平复下来。

林华珺接着说：我迟疑了，我问自己，我是受日军在南京的罪行刺激，冲动之下做了决定，还是我真的想中断学业，奔赴战场？

叶润名突然明白为什么林华珺会独自坐在教室。

叶润名：所以，你一个人待在这儿。你想好答案了吗？

林华珺摇摇头：没有。

叶润名转头看了看窗外，很多同学还在激烈地讨论着，黑板前的报名处，报名参军的同学依旧排成长龙。

叶润名：华珺，你觉得我们冲动了吗？

林华珺：润名，我知道你志向高远，心向革命，你此刻的决定也许并非冲动。如果你真的想好了，我支持你。

叶润名：但你却不一定跟我同行。

林华珺：对不起。我还没想好。

两人陷入沉默。

这时，两位同学来到教室门口。

同学甲：叶学长，我们找你半天，原来你在这儿啊。

同学乙：我们也想去延安，帮我们一起报名吧。

叶润名：好啊。

叶润名看了林华珺一眼，林华珺用眼神示意叶润名去忙。叶润名起身离开。

教室里剩下林华珺一个人，林华珺翻开面前的书，熟悉的书本让她情绪平复下来，不再迷茫无措。

程嘉树住处　夜晚　内景

毕云霄和程嘉树已经在各自收拾行李。

程嘉树：双喜，我那件蓝色衬衣呢？双喜？

没听到回应，程嘉树起身去找双喜，刚一回头，呆住了——只见双喜正拿着一把菜刀站在自己面前，程嘉树吓了一跳。

程嘉树：双喜，你干什么？！

双喜把菜刀架在自己脖子上，对着程嘉树说：少爷，你不能去打仗，我死也不会让你去，你如果非要去，我就死给你看！

程嘉树：你干什么呀？要死要活的。快把刀放下！

双喜：不行，我不放，除非你答应我不去当兵！

叶润青闻声从房间出来：双喜，中国被日本人欺负成这样了，你还在这拖你们家少爷后腿！

双喜：老爷、太太把少爷托付给我了，我不能让他去送死！

此时林华珺回来了，看到众人乱成一团，双喜看见林华珺。

双喜：林小姐，你替我评评理，你说我们家少爷明明是来读书的，现在却要去当兵打仗，子弹不长眼睛，要是他有个三长两短，我怎么向我家老爷、太太交代啊！

程嘉树：双喜，你以为林华珺是什么人，能像你这么狭隘？

林华珺看着双喜，又看看程嘉树和叶润青。

林华珺：不上前线就是狭隘吗？我也不想上前线。照你的意思，那我也挺狭隘的。

她这么一说，程嘉树倒有些愣住了。

程嘉树：华珺，你不也报名了吗？

叶润青有些不爽：她没有报名，说是没想好。华珺姐，你到底在想什么？大家都报名了，你还有什么好想的？

　　林华珺：我在想，我们读书到底为什么？如果我上了前线，在战场上能起到多大作用？

　　叶润青：不管多大作用，只要我们去了，就多了一个战士！

　　林华珺：战士？嘉树，我们都在29军服务过，当看到那些血淋淋的战士被抬回来时，你吐了；润青，我们经历过南House轰炸，小吴门轰炸，当炮弹砸下来时，我们什么也做不了，甚至连糖墩儿和三伢子都保护不了。我们上了战场，又能保护得了谁呢？

　　程嘉树和叶润青一时说不出话来。

　　林华珺：还有毕云霄，你应该也没有忘记你父亲，毕副师长说过的话。

　　毕云霄下意识地看了看戴在手腕上父亲送的手表。

　　林华珺：这就是我今天一直在想的问题，无论你们觉得我狭隘也好，怯懦也罢，我已经决定留下来继续读书。我也希望你们能冷静下来想想，你是真的做好了投笔从戎的准备，还是一时冲动之下头脑发热？

　　毕云霄：人各有志，留下来读书也没错，我不会觉得你狭隘怯懦！

　　林华珺：谢谢，如果你奔赴前线，我会为你祈福。

　　林华珺说完转身上楼。程嘉树看着她的背影，陷入了沉思。

程嘉树卧室　　夜晚　　内景

程嘉树躺在床上，辗转反侧，脑子里一直在想林华珺说的话，彻夜难眠。

叶润青卧室　　夜晚　　内景

叶润青和程嘉树一样，被林华珺一番话说得左翻右滚，睡不着觉。

圣经学校校园　　白天　　外景

还是在校园的黑板前报名处，还有几名学生在看学校贴出的通知。毕云霄和程嘉树经过报名处，毕云霄看程嘉树有些魂不守舍的样子。

　　毕云霄：程嘉树，你可别让我鄙视你啊！

程嘉树：什么话，你凭什么敢鄙视我？

毕云霄：嘿嘿，那可不好说，我看你是被林华珺那番话说得想当逃兵了吧？你别忘了那天要求上前线的时候你是怎么说的！

程嘉树：我……我才不会！说好的去我就会去！

毕云霄指着程嘉树的鼻子问：你敢说昨晚上听了林华珺的话以后没有迟疑过？

程嘉树：我，我当然有仔细考虑过。（程嘉树蹲了下来）我恨日本鬼子，我也想为国家为民族而战。不过林华珺说的有道理，我没有想过自己是否具备上阵杀敌的能力，我也没做好当军人的准备。不只是我，你难道不是，你就确定自己想清楚了吗？

毕云霄：你！你难道不知道一鼓作气再而衰三而竭的典故吗？上阵杀敌如果不凭着一腔热血和勇气，思前想后，那还打什么仗，杀什么敌？！

圣经学院走廊　白天　外景

一个衣衫褴褛的身影出现在学校门口；此人抱着一个咸菜坛子，挂着一根木棍，步履蹒跚地走进校门。他正是赵忠尧。

走廊狭长。梅贻琦和一位临大年轻教师走出办公室。

梅贻琦：近日学生参军报国呼声渐起，可以理解，但也令我担忧！此时更要留意学校安全，不可出现闪失！

临大年轻教师：校长考虑周全，我抓紧落实！

赵忠尧的声音传来：梅校长！

梅贻琦：（似乎听到叫声，却没有留意到赵忠尧，继续嘱咐临大教师）这些日子辛苦你了！你先回去吧！

临大教师远去。

梅贻琦反身走向办公室。

赵忠尧：（再次呼唤）梅校长！

梅贻琦沿着走廊已经走出几步，听到叫声，回头望去。

赵忠尧颤巍巍站在走廊之中。

赵忠尧：（声音颤抖）是我，梅校长……

梅贻琦终于认出是多日不见的赵忠尧，见他衣衫褴褛，形如乞丐，满眼含泪。

梅贻琦：赵先生……

校长办公室　白天　内景

梅贻琦一把抱住赵忠尧，激动地：忠尧！

赵忠尧声音嘶哑，眼眶湿润：梅校长！

梅贻琦：忠尧，你受苦了！快快！坐坐！

赵忠尧：梅校长，这下我总算是可以睡个安稳觉了！

毕云霄上前扶着赵忠尧坐下，程嘉树赶紧倒了杯水递给赵忠尧。

赵忠尧把咸菜坛子放在茶几上，一口气把水喝干。

程嘉树又给倒上一杯。

梅贻琦指着坛子：这是……

赵忠尧：这是 50 毫克实验镭。

梅贻琦惊讶。

说罢，赵忠尧又喝水，有点呛着了。

梅贻琦：忠尧，慢慢喝。说说你是怎么来长沙的？

赵忠尧：一路上为了不让这坛子被日本人发现，我只能白天藏起来，天黑了才敢上路，我也不敢走大路，只能走些人迹罕至的荒野小路。我路上把所有东西都扔掉了，只有这个坛子是我的宝贝，它比我的生命还重要啊！今天总算到家了！

一番话说得梅贻琦也热泪盈眶，他握住赵忠尧的手。

梅贻琦：忠尧，风餐露宿，朝不保夕。不辱使命，砥砺前行！临大有你，学子有你，幸甚！

程嘉树和毕云霄也异常感动。

宿舍　白天　内景

赵忠尧已经换了一身干净衣服，狼吞虎咽地吃着饭。

程嘉树：赵先生，刚才我和云霄真没认出您。

毕云霄：差点把您当作乞丐了！

赵忠尧：当成乞丐就对了，这样我才能逃过日本人的追查啊！

毕云霄：赵先生，您还不知道吧，我们都报了名准备上前线打鬼子！

赵忠尧：有多少人报名了？

毕云霄：有三分之一的学生！大家斗志昂扬！士气十足！

赵忠尧放下筷子：糊涂！

赵忠尧指着那个坛子：知道这个坛子里装的是什么？

毕云霄：不是镭吗？

赵忠尧：是镭，但更是能拯救中国的希望！

毕云霄不服气：我们参军也是为了拯救中国！

赵忠尧：你们是一腔热血，上前线打仗了，可你们想过没有，我们一个泱泱大国为什么打不过小小一个岛国？归根结底，是器不如人，技不如人，人不如人！没有强大的科学，没有过硬的技术，没有出色的人才，就造不出先进的武器。到了战场上，就只有用血肉之躯，去对抗钢铁大炮！从七七事变，从淞沪抗战到南京保卫战，你们还没看到血淋淋的事实吗！

赵忠尧：毕云霄，程嘉树，你们一定要想想生命存在的价值和意义！是奉献一时的自己，还是用所学知识造福和惠及更多的普罗大众！

圣经学校礼堂　白天　内景

全体学生都坐在台下，台上坐着张伯苓、梅贻琦和蒋梦麟三大校长，以及校委会的其他成员。

梅贻琦走到主席台前，看看台下的众师生。

梅贻琦：同学们，我先给你们介绍一位先生，可能很多同学都认识他，清华物理系的赵忠尧先生。

梅贻琦指向身后的赵忠尧，赵忠尧站起身来朝学生们致意，然后坐下。

梅贻琦：赵忠尧先生原本早就应该到长沙临大报到了，可是，他直到昨天才到长沙，他走了一条我们根本不能想象的路线。为了躲避日本人，他历经千辛万苦，命悬一线，才和我们汇合。可能同学们要问，为什么赵先生不跟大伙一起，走大路，坐火车。赵先生身负重任，他如此小心，就是为了保护他从国外带回来的研究成果，在整个中国都绝无仅有的50毫克实验镭。可能大家都觉得，国家都被日本人占了一半了，应该保家卫国才对，这黄米粒大小一样的东西能跟国家的危亡相比吗？同学们，这50毫克实验镭在许多人看来也许毫无意义，但在赵忠尧教授看来，这也许就是将来能拯救中国的希望。历史告诉我们：永远也不要低估科学的发展给世界带来的变化。同学们，国家目前的确需要成千上万士兵报效国家，但政府要求同学们的是保持镇静，坚守本业，为国家将来复兴做准备，因为无论是目前的中国，还是将来的中国，最缺乏的都是有知识的人才。这些人才就是你们在座的各位，你们是国家最后的希望，是"国宝"，倘国之大器，皆化为炮灰，则将来国家形势必定更加严峻。我们应当为我国家和民族"死中求生"留下火种，中国奋起、复兴更需人才，慷慨赴死易，委曲求生难，同学们要成为栋梁之材，要追求的是后者。继续求学，还是投笔从戎，这两条路没有对错，都是你们作为国之精英应当承担的责任。要去当兵的同学，学校大力支持，会为你们保留学籍，但你们别忘了，除了保家卫国以外，你们有着比普通士兵更为重要的责任！这也是国家，是政府，是社会各界想尽办法组建临时大学，继续教学下去的原因。

台下，程嘉树、叶润青、叶润名受到触动。

林华珺房间　白天　内景

林华珺在房间里看书。

卧室门没关。

程嘉树从她卧室门口经过，喊着双喜：双喜，把我的行李收起来。

双喜：收起来？少爷你啥意思？

程嘉树：让你收你就收，哪那么多废话！

双喜兴奋的声音：你不去当兵了！太好了！我这就去收！

程嘉树在林华珺卧室门口站定，敲了两下。

林华珺放下书，回头看他。

程嘉树：我想好了，不走了。

林华珺云淡风轻地点了点头：嗯。

程嘉树：华珺，谢谢你。

林华珺：嗯。

双喜拎着大箱子走到程嘉树身边，兴高采烈地：少爷，箱子里的东西我给您放哪儿啊？

程嘉树：我的东西放哪儿你还不熟啊，哪儿拿出来的，再放哪儿去呗！

双喜：好嘞！

屋外，传来叶润青的声音：双喜，帮我把行李收一下。

程嘉树住处　白天　内景

双喜：叶小姐，你也不去了？

叶润青（刚回来）：不去了。什么叫也？程嘉树，你该不会也不去了吧？

程嘉树耸耸肩。

叶润青：你该不会是怕了吧？

程嘉树：我怕？开什么玩笑！你是自己怕了吧？

叶润青：我叶润青才不是胆小鬼呢，我只不过是觉得梅校长说的有道理而已。

程嘉树：那你哥呢？

林华珺房间　白天　内景

林华珺听到了，心里一动。

程嘉树住处　白天　内景

叶润青：你怎么突然关心起我哥了？

程嘉树：同为临大学子，互相帮助、互相关心嘛！

叶润青：哼！你还没说你为什么不去呢！

程嘉树：我为什么要告诉你？

叶润青：你该不会也是因为梅校长的演讲吧？

程嘉树：你猜。

叶润青翻白眼。

程嘉树：哎，你还没说你哥到底怎么打算？

叶润青：你猜？

林华珺房间　白天　内景

屋外，程嘉树和叶润青的日常抬杠继续着。

林华珺略有所思。

圣经学院校园　白天　外景

叶润名和裴远之散步，不时还能看到激动的学生在演讲和宣传。

叶润名：裴先生，这两天我想了很多，我觉得梅校长说的很有道理，土地没有了还可以夺回来，我们的文化根基没有了，那就真的是什么都没有了。只要内心坚定抗日信念，何处不是抗日战场？我想，我还是应该先完成学业。

裴远之赞许地：不错啊，润名。面对具体问题，你学会了客观分析，从长计议。你我虽分属清华、北大，又各为学生、教员，但从两校联合招生再到如今的临大，我为你的每一个进步而高兴！润名，我赞成你的决定，等你完成学业，再到抗日前线投身革命。

叶润名：您给我的《矛盾论》和《实践论》我都看完了，感触很多。下一步，我觉得可以更深入开展学联工作，抓主要矛盾，扩大我们学联在临大的影响力。

裴远之：好啊，给你个建议：革命的样式有很多种，宣传方式也有很多种，你之前搞的话剧就很好，舞台是我们面向普通民众的一种绝好的宣传方式，好好利用起来！我相信你一定会成为一个优秀的革命者！

湘江边　白天　外景

湘江边有人在钓鱼，林华珺和叶润名走在堤岸上，两人心中各有所想，很长时间都没有说话。江风很大，叶润名脱下自己的外套，披在林华珺身上。

叶润名打破了沉默：也许《破晓》还有另一个结局。

林华珺：什么结局？

叶润名：长卿选择了留下。

林华珺愣了一下：但那就是另一个《破晓》了。其实，长卿离开或者留下都没有错。只要他遵从自己的内心，月茹就不会怪他。

叶润名：我仔细想过，长卿那时的离开，还有现在的留下，都是长卿内心的想法，也是我的。在战场杀敌需要勇气和激情，在教室读书需要智慧和理性。我知道，现在去战场上做一个普通士兵，我可能不合格，但在临大，我可以发挥士兵不能起到的作用。何况在武汉的时候，我也答应过父亲，善始善终完成学业，这是我对他们的承诺。

林华珺：你决定了？

叶润名：决定了。

林华珺：无论怎样，我支持你的决定。

叶润名看着她的侧脸：华珺，我发现你的变化太大了。你的冷静，你的理性，你的坚定，似乎都不像我从前认识的林华珺。

林华珺想了一会儿：我们都经历了这么多，怎么能没有变化呢？无论怎么变，或许我不再像你以前认识的林华珺，但我都是你以前认识的林华珺。

两人不约而同想起了那天在教室的谈话。

闪回——

林华珺：润名，我知道你一直心向革命，你的决定也许并非冲动。如果你真的想好了，我支持你。

叶润名：但你却不一定跟我同行。

林华珺：对不起。

接回现实——

叶润名下意识地拉起林华珺的手，像害怕失去。

叶润名：华珺……

叶润名欲言又止。

林华珺：嗯？

叶润名：没事。

江风更大了。

林华珺：我们回去吧。

叶润名：好。

两人一路同行，却再也无话。

程嘉树住处　夜晚　内景

毕云霄和雷正、罗恒三人在收拾行李，程嘉树给他们帮着忙。

罗恒：我已经打听清楚了，中央航校目前正在全国范围内招收学员，只要过了身体检查这一关，考上中央航校肯定没什么问题！

毕云霄：那太好了，我也想去我哥的部队。

雷正：我想的跟你们不一样，我上次听了徐特立先生的演讲，我觉得中国的希望在共产党身上，我要去延安看看！

毕云霄：只要是抗日，不论是国民党还是共产党，枪口一致对准日本人，我们就一定能取得胜利！

程嘉树收拾着行李，一句话也插不上。这时房间外有人敲门，他跑去打开房门，叶润青进来，看到里面的行李。

叶润青：他们三个真的都要走啊？

程嘉树耸耸肩。

罗恒：是的，我们的志向都在战火纷飞的前线，虽然求学也重要，但是我想等我们凯旋以后，再继续我们的学业也不迟！

毕云霄：太对了，我家祖辈几代都是军人，现在国难当头，我不能辱没了毕氏的家风，日寇不除誓不回家！

叶润青点点头：你们不会觉得我们不去的人是胆小鬼吧？

雷正：什么话，人各有志，况且你们继续学业以后也是要为国做事的啊！

叶润青：谢谢你们的理解。

说完她从口袋里掏出一枚指南针，递到罗恒面前。

叶润青：送给你的！

罗恒接过去拿在手上看了看：指南针，为什么会送我这个？

叶润青：因为上面有家的方向，祝你每一次都能顺利起航，也希望你每次都能平安回家。

罗恒动容：谢谢你！

黄启威家　白天　内景

裴远之跟方悦容、吴磊伯、胡进聚在黄启威家。

裴远之向吴磊伯汇总结果：这次大规模从军潮中，有很多同学参加了八路军、新四军，有的则直接奔赴了延安，有的投入了保卫武汉的战斗行列中，还有四十几个同学参加了湖南青年战地服务团。

吴磊伯点头。

方悦容：远之同志汇报得很全面了。我们还有一个想法，就是组织上能不能想办法给这些从军的同学提供一些帮助。

胡进：好。你们想得很周到！组织上一定会全力支持同学们的爱国行动，不管是去武汉的，还是去延安的，我们都会设法联系沿途军民给予他们帮助，让他们顺利到达。

圣经学校草坪　白天　外景

同学们都在各自道别，有些拥抱，有些抽泣。程嘉树和叶润名、叶润青等人一起在送别即将远行的同学。

程嘉树拍拍毕云霄的肩膀：到了前线就马上给我写信，战场瞬息万变，做任何事别冲动！

毕云霄：放心，我命硬，子弹遇着我都躲着走！

叶润名和雷正握手：雷正，你放心去吧，你是物理系的高才生，抗日前线正需要你这样的人才！

雷正：谢谢你，叶学长。我在延安等你。叶润名点头。

大家正在说着话，裴远之面色凝重地走了过来。

雷正向裴远之打招呼：裴先生。

裴远之没有回答，直接走到毕云霄面前。

裴远之：云霄，你跟我去一趟办公室吧，有事要跟你谈一下。

毕云霄有点摸不着头脑：啊？什么事？

裴远之：你跟我来。

裴远之没有跟其他任何人打招呼，带着毕云霄离开。

学校办公室　白天　内景

裴远之带着毕云霄走进办公室，打开抽屉取出几件物品，其中有一顶国军军官的帽子，还有一封信，都放在了桌子上。

裴远之：云霄，我要告诉你一个不幸的消息，你哥哥毕云峰在前线的战斗中牺牲了！这些是他的遗物，这封信是他牺牲前三天写给你的。

毕云霄闻言犹如晴天霹雳。

毕云霄：裴先生，这不可能，他们肯定搞错了，我哥上个月还给我写信了，他怎么可能会牺牲呢?！

裴远之：你哥所在的第一集团军在河北邢台，与日军打了一场遭遇战，他们一个连的战士全部阵亡，他本可以撤退，但他没有丢下战士们，战至最后一刻……

毕云霄泪如雨下。

毕云峰画外音：云霄吾弟，见字如面。日前接到你的来信，得知你对投笔从戎一事一直耿耿于怀。我的意见是你不应该再走为兄这条路，原因有二：其一，在北平时我们就谈过，今天中国缺的不是一兵一卒，缺的是先进的军事工业，只有你们在后方呕心沥血，认真学习，用你们学来的东西制造出现代化的军备，改善我们的国防，才能缩小我们与日寇之间的差距，前方作战的我们才有必胜之把握；其二，这亦是父亲殉国前遗愿，谆谆教诲，言犹在耳，父亲泉下有知，请你三思后行。

毕云峰：云霄，你一定要完成你的学业，今后民族的复兴，国家的崛起，就全靠你和你的同龄人了。我坚信你们可以担负起这一重任！兄云峰手示。

在信的画外音中，一组蒙太奇——

三百学生各自踏上了抗战前线，雷正和罗恒也在队列中。但毕云霄没有出现。

毕云霄远远地目送参军队伍离开，死死地握着拳头，泪如泉涌，手腕上戴着那块父亲留给他的表。

毕云霄把哥哥的军帽和信小心翼翼地收藏好。

长沙街道的画面。

南岳巍峨群山的画面。

程嘉树、林华珺、叶润名、叶润青、毕云霄等人重新回到课堂。课堂上，毕云霄不时地咳嗽。

老师讲课的画面。

战争画面。

季节的转换。

长沙街道　白天　外景

报童奔走喊道：号外号外，昨日武汉遭日军飞机大规模轰炸！

校委会办公室　白天　内景

校委会成员们开会，三位校长以及郑天挺、经济系教授秦瓒、化学系主任杨石先等人在座，大家面色凝重。

梅贻琦：各位不用我说也都知道了，日军已经逼近武汉，一场大战在所难免，而长沙距离武汉只有三百公里，一旦武汉失守，敌人必然溯水而上，长沙也独木难撑。临大面临再次迁址，大家对临大新址有什么看法？

蒋梦麟：目前可供我们选择的校址也就是昆明、重庆或者广西几个地方了。这几个地方各有利弊，但我们首要考虑的还是地理位置的安全以及人文环境。各位都曾经在这些地方考察过，希望大家畅所欲言。

（字幕：经济系教授　秦瓒）

秦瓒站起发言：几位校长，诸位先生，我建议临大迁往云南昆明。昆明钟灵毓秀、人杰地灵，我父清末担任云南学台期间，就和当地的政界、学界建立了很好的关系，本人也从小在昆明长大，如果临大迁往昆明，我定将全力寻求云南各界的鼎力支持。

张伯苓点点头：我支持秦先生的意见。除了地理人文优势，昆明还有滇越铁路可通海外，不仅采购图书设备较为方便，更重要的是，一旦内陆全部被日军攻占、封锁，还可通过滇越铁路在西南之地，甚至海外予以周旋。目前昆明应该是我们最好的选择。

郑天挺：我也同意。

众人：同意。

梅贻琦：既然大家都同意，那我们先报请国民政府，学校这边也先由秦先生为先遣队队长，和杨石先先生一同前往昆明勘察，尽快找到临大的新校址。

蒋梦麟：我会代校委会将临大迁往昆明一事报请国民政府，请政府出面协调，帮助我们顺利西迁。

程嘉树住处毕云霄卧室　白天　内景

毕云霄闭着眼睛躺在床上，脸色很差。

医生正在给他挂吊瓶。

程嘉树、叶润名、林华珺、叶润青担心地守在一边。

医生挂完吊瓶：病人需要好好休息，出去说吧。

大家出去。

程嘉树住处　白天　内景

林华珺轻轻地带上房门。

程嘉树：医生，他怎么样了？

医生：他肺部感染，恢复起来没那么快。他是不是遇到什么事了？

程嘉树：他哥哥战死了。

医生：哦，怪不得，他这是积郁成疾。你们好好照顾他，虽然他的肺炎已经得到了控制，但一定要卧床静养，不能从事体力劳动。

叶润名：知道了，谢谢您了。

医生：明天我再来。

众人送别医生。

叶润青：程嘉树，照顾毕云霄的任务只能交给你和华珺姐了，我跟我哥得马上回趟家。

叶润名：润青，不用回去了。

叶润青：为什么？日军已经在轰炸武汉了，你不担心爸妈吗？

叶润名：我刚刚收到家里的电报，父母说家中一切安好，战乱之际，让我们切勿冒险回去。

叶润青：可是我担心他们！

叶润名：我又何尝不担心，可是就算我们回去，又能起到什么作用？反而会增加累赘。

就连一向沉稳的叶润名，此刻都有些乱了方寸。

林华珺默默地握紧了他的手。

程嘉树看着三人，感觉气氛无比低沉。

程嘉树住处　黄昏　内景

双喜把菜端到饭桌上，喊道：吃饭了。

林华珺和叶润青先后出来。

大家都有点食欲不振。

程嘉树最后出来，看到桌上只有两个盘子：一盘白萝卜，一盘大白菜。

程嘉树：就这俩菜？

双喜：嗯啊。

程嘉树：一丁点油水荤腥都没有，双喜，你糊弄谁呢？把我们当兔子喂呢？

双喜：少爷，你是不知道现在长沙的肉价有多高，咱得省着点。我也不是一点肉都舍不得买，我都算好了，一天一顿，今天中午已经吃过肉了，晚饭就凑合一下。

程嘉树：双喜，你得寸进尺了，拿个鸡毛当令箭。

林华珺：双喜也有难处，现在战乱，物价确实高了。再说了，晚上少吃点油水，也没什么坏处。

程嘉树：我吃口肉都得他批准哪！再说了，云霄也得补身体哪！把钱交出来。

双喜：不交。

程嘉树：我再问你一句，你交不交？

双喜：老爷说了，全部交给我管。

程嘉树：信不信我现在就把你赶走？

双喜：我不走！是老爷让我来长沙照顾你的。

程嘉树：老爷老爷，你除了老爷还能搬动谁！

林华珺：嘉树，你就别为难双喜了，他什么性子你又不是不清楚。

程嘉树缓了缓：行，看在华珺给你说情的份上，我不让你交钱了，你给我二百。

双喜：二百？！你要那么多干吗？

程嘉树：你以为我一个人花啊？房租不得交？还有云霄的药费不得出啊？你只知道肉价高，不知道药价也高？

双喜：你们在南岳的时候，我就和房主说好了，我给他看房子，不用交房租。现在你们都住学校宿舍，只在这里开伙，也不用交房租了。只能给你一百。

程嘉树险些背过气去：还跟我讨价还价？你不给，我自己找！

双喜：我藏起来了。

程嘉树：藏哪儿了？

双喜一副打死不说的表情。

"嘉树！"方悦容的声音响起。

大家回头一看，方悦容不知道什么时候来了。

程嘉树：悦容姐，你怎么来了？

方悦容：嘉树，我有话想跟你说。

程嘉树会意，起身进了卧室，并打开门。方悦容也跟了进去。

程嘉树房间　夜晚　内景

程嘉树：悦容姐。

方悦容：嘉树，你不要太由着性子。你们这次从南岳搬回来，真懂得双喜的难处吗？姨父给双喜的钱是有数的，他必须精打细算。

程嘉树：不够可以问家里要啊。实在不行我去要，就快过年了，因为打仗，大家本来就没法回家过年，还不能吃几顿好的吗？

方悦容沉吟片刻，才开口：北平沦陷后，家里也不好过。

程嘉树一愣：家里怎么了？

方悦容掩饰：没什么……

程嘉树：真的没什么？

方悦容：嗯。沦陷区的日子本就不好过，物价也不停上涨，这仗不知道要打到什么时候，未雨绸缪，你还是节约一些吧。

程嘉树想了想：我知道了，悦容姐，我不难为双喜了。

方悦容拉着程嘉树的手，把一百元纸钞放在他掌心：我知道你是个懂分寸的孩子。拿着，过年时大家一起改善一下。

圣经学院　白天　外景

郑天挺手里拿着一封电报，高兴地走向校长办公室。

临大校长办公室　白天　内景

郑天挺：梅校长，秦先生刚刚从云南发来电报。

说着他把电报交给梅贻琦：对于临大迁往昆明一事，云南省主席龙云和教育厅厅长龚自知非常欢迎和支持。

梅贻琦：那就好，那就好。有了他们的态度，这件事就算是尘埃落定了。

郑天挺：那要不要我现在就通知全体师生，为迁校做准备？

梅贻琦：不着急，等我们接到指令，再通知下去。

郑天挺点头。

圣经学院告示栏　白天　外景

学生们围在告示栏前，告示栏里已经贴上了新通告。

程嘉树、林华珺、叶润名、叶润青、毕云霄、文颉等人也在人群中，各自面对着自己关心的内容。毕云霄目光聚焦在"欲至国防机关工作者"，文颉关心着"借读生"等内容。

布告　五十三号

本校商承教育大格局迁往昆明，嗣后关于设备之充实，教学之整理，务集众长，提高效率。凡学生志愿专心求学而成绩合格者，得按规定手续，请求许可证，随往新址，笃志学问。迁移时本校各予川资津贴二十元。来迁移新址后，学宿各费暂行免收，惟膳食须行自筹。其有志服务，不去昆明而欲至国防机关工作者，本校当竭力介绍，以成其志，并按本校规定办法，为之保留学籍。至借读生，入学之初本规定暂准试读，至学期考试时，从严考核去取，凡成绩优良、操行勤谨者，本校必予录取，准其随迁新址，以后待遇视同本校之学生。除赴滇手续及路程另行公布外，特此报告，仰各知照。

长沙街景　白天　外景

鞭炮声响。

雪花飘飘洒洒，纷扬而下。

很多人家已经在贴春联了。

程嘉树住处　白天　内景

程嘉树拖着一堆东西回来，客厅里却一个人都没有，无比冷清。

程嘉树招呼着：哎哎，都窝在房里干吗呢？赶紧出来，出来……

没人回应。

程嘉树：华珺、云霄、润青、双喜——

林华珺、叶润青和双喜出来，看到他买的东西。

叶润青：程嘉树，这都什么啊？

程嘉树逐一拿出来：春联、福字、韭菜，外加一袋面，就是没有鞭炮没有肉，为了节省开支嘛……

叶润青：程嘉树，你心怎么这么大啊？学校都要迁去昆明了，你还想着写春联吃饺子啊？

双喜：是啊，二少爷，学校才从北平迁到长沙几个月，这又要搬去什么昆明？我听说那个地方可远了去了，你还有心情过年。

程嘉树：今晚就是除夕夜了，有没有心情，年都得过，来，一块儿包饺子，备年夜饭。

没人动弹。

程嘉树：快来帮忙啊！双喜，你是想让你家少爷伺候你啊？

不等双喜动弹，倒是林华珺主动上手帮起了他。

程嘉树：看看，看看……华珺，还是你体贴。

林华珺：我只不过怕你包的饺子难吃。

见状，双喜和叶润青也加入了他们。

学校办公室　白天　内景

赵忠尧正在埋头写论文。

敲门声响。

赵忠尧：请进。

进来的是程嘉树：赵先生。

赵忠尧：嘉树啊！你怎么来了？

程嘉树打开怀里的饭盒：我来给您送饺子了。

赵忠尧：太好了！谢谢。没想到在长沙过年还能吃到饺子。你包的吗？

程嘉树：我哪会包饺子啊，都是拉着华珺、双喜包的。

赵忠尧：云霄的病情怎么样了？

程嘉树：好多啦，再休养些日子应该就差不多了。

他无意中瞄到赵忠尧的论文，忍不住多看了两眼。

赵忠尧：怎么？感兴趣？

程嘉树点头：我看过您发表在英国《自然》杂志上的论文——《硬 γ 射线与原子核的相互作用》，您发现的"反常吸收"实际上是 g 射线在物质中产生电子对的效应。

赵忠尧：看来云霄说的对，我也看过你入学考和期末考的成绩，理科明显好于文科，为什么没选择理科，而选择文科了呢？

程嘉树想了想：我认为学习文科，将来可以从事教育，开启民智，以一人之力影响、改变数人，才是更好的救国、改变国民的方法。

赵忠尧笑了笑，并没有反驳他：你这个脑瓜子聪明，既能学文，也能学理嘛，不要浪费了自己的天赋。寒假结束后，就要开始新学期了。怎么样？有没有兴趣下学期来听我的课？

程嘉树：我？我是文科生，也可以旁听吗？

赵忠尧：当然，你还可以跟我们一起参加实验。

程嘉树发自内心地开心：好！我愿意！

赵忠尧欣慰地点头。

程嘉树住处院子　黄昏　外景

梯子上，程嘉树也在贴春联。

林华珺一手帮他扶着梯子，另一只手帮他拿着糨糊碗。

叶润青指挥程嘉树：左边点……再右边点……再左边点……

程嘉树：叶润青，你斗鸡眼啊？还有没有个准了？

叶润青：谁斗鸡眼啊，是你手脚不协调吧？

正说话间，叶润名、裴远之、方悦容进来。

叶润青：悦容姐，裴先生，哥，你们都来啦。

裴远之：贴春联哪？

程嘉树：裴先生，你可来晚了，你要是来早点，这春联就该归你写了。

双喜从屋里出来：开饭啦！

↑ 叶润青在细雨中的长沙（剧照）

↑ 程嘉树与林华珺排练话剧（剧照）

↓ 联大话剧社当年的演出剧照

↑ 梅贻琦在临大发表讲话（剧照）
↓ 长沙圣经学院（临大校址）旧照

战火中的青春

第三部

入滇・办学

更长征，经峣嵘。抵绝徼，继讲说。

程嘉树住处餐厅　夜晚　内景

一桌俭朴的年夜饭已经准备好。

大家聚在一起，就连大病未愈的毕云霄也坐在了桌前。

毕云霄：裴先生，我们真的要去昆明吗？

裴远之：国民政府已经下了指令，应该不会变了。

毕云霄：又是当逃兵，上次是从北平逃到长沙，这次直接逃到昆明，下次再逃，是不是就要去越南了？那干脆直接出国，把国土全部对日本人拱手相让得了！

毕云霄一激动，又咳嗽起来。

程嘉树：云霄，你看看你，大家话还没说完你倒先急了，病都没好，火气不小。

裴远之：不是我们要当逃兵，而是偌大的长沙，也快容不下一张书桌了。

叶润名：是啊，云霄，若非情不得已，谁也不愿轻易迁校，迁校也是为了在炮火之下，为我们寻求一个没有硝烟的校园。

双喜捧着一张地图出来：叶少爷，那个昆明到底是在哪儿啊？

叶润名指着地图上昆明的位置给他看。

双喜用拇指和中指在长沙和昆明之间比量了一下，又在长沙和北平之间比量了一下。

双喜：倒是比北平到长沙少了半拃。

他又在昆明和北平之间比了一下：这么远！少爷，咱不能去，这要是去了，可就离老爷、太太和大少爷天远地远的了，想见一面太难了。少爷，悦容姐，这个昆明咱不能去，还是回北平算了。

程嘉树：双喜，我多要是知道你不但不陪读，还不让我读书，还不把你腿打断！

双喜：谁能保证这个昆明将来就不打仗？到了昆明就能安心读书？

林华珺：双喜的担心也不是没有道理，战争形势谁也无法预判，万一将来昆明也笼罩在硝烟之中，我们还能继续求学吗？

方悦容：不管怎么样，无论是从地理、文化环境，还是交通上，昆明已经是学校所能选择的迁校最佳地点了。

程嘉树：想那么远干吗，我们现在既回不了北平，也没法留在长沙，不去昆明，还能上哪儿去？听说昆明四季如春，遍地鲜花，天蓝得像华珺身上这件裙子，漫天的白云像棉花一样，伸手就能够得着，多好的地方啊！怎么到了你们这就这么苦大仇深的。

裴远之：嘉树说得对极了。"忧则失纪，怒则失端。爱欲静之，遇乱正之，勿引勿摧，福将自归。"[1]

双喜：裴先生，您说这是啥意思啊？

方悦容：就是说，无论什么时候，都要保持嘉树这种乐天精神。

双喜：二少爷那不叫乐天，那是没心没肺。

程嘉树作势要揍他，双喜赶紧躲了。

众人笑了。

程嘉树端起酒杯：来，今朝有酒今朝醉，至少我们现在还有酒喝，虽然不是什么好酒，有饺子吃，虽然没有肉，但凭什么不高兴？这是我们大家一起在长沙过的第一个年，为了团聚，干杯!

大家都举起酒杯，唯有叶润青闷闷不乐。

叶润名：润青，你怎么了？

叶润青：昆明是好，可是我们都去了昆明，父母怎么办？

她的一句话，说得所有人都沉默了。

叶润青红了眼圈：从小到大，我每一个除夕夜都是跟爸爸妈妈在一起。现在，也不知道他们怎么样了，是不是待在安全的地方，有没有年夜饭吃，爸爸妈妈年纪都那么大了，要是轰炸来了，他们跑得过炸弹吗？

说着说着，她忍不住抽泣起来。

叶润青：你们就不想家吗？

她这话一问出口，林华珺也跟着红了眼圈。

就连叶润名和程嘉树两个大男人也不好受。

在每个人的视角中，闪回他们的家庭（都是主观视角）——

1　语出《管子·内业》。

林华珺母亲跟她依依惜别；

程嘉树母亲在为他做京酱肉丝；

程嘉树为父亲端上一碗长寿面；

临走时，程嘉树向父亲跪别；

程嘉文去监狱接他；送他去坐船。

叶家书房，叶润名父亲跟他长谈；

叶润名父母一直目送儿女离开，直到再也看不到他们。

接回现实——

程嘉树很快掩饰掉了伤感，强挤出笑容：那就借这杯酒，祝愿远方的父母、家人平平安安，新年快乐。

说着，他把酒杯塞进了叶润青手里。

叶润青端起杯子。

叶润名：祝走上战场的雷正、罗恒，以及所有的同学平平安安。

裴远之：保佑所有正在战场上抛头颅洒热血的将士们驱除倭寇，荣归故里。

毕云霄摩挲着手腕上的手表：敬我爸、我哥，敬所有为这场战争献出生命的英灵。

林华珺：愿我们的校园不再有炮火硝烟。

方悦容：愿我们的国家不再有战争，愿所有的家人早日团聚。

所有人的酒杯碰在了一起。

圣经学院礼堂　白天　内景

（字幕：1938 年 2 月 18 日）

所有师生已经齐聚学校礼堂。座位不够，很多人都站着，就连校长张伯苓，也站在人群中。

闻一多进来了，他一袭灰色长袍大衫，围一条白色羊毛围巾，笃笃有声地走上了讲堂。他把茶杯和烟斗放在讲台上，目光炯炯地盯着每一个在座者，然后转身朝着黑板，拿粉笔写下了四个苍劲有力的大字——"最后一课"。

闻一多：同学们，今天，是寒假结束后的第一节课，我接到了校方通知，说这是一堂国文课，由我来主讲。我要给大家讲的，是一篇法兰西小说，名字叫《最后一课》。

这是一篇大家都很熟悉的小说。大家上中学的时候，一定已经读过这篇小说了。你们的弟弟妹妹……如果他们今天还能有幸坐在书桌前头，也许此时正在读这篇课文。可是，我们每一个人是不是都把它读懂了？这篇小说讲述的是普法战争时期，发生在阿尔萨斯省的故事……下面就请林华珺同学来朗读一下这篇课文。

林华珺上台。

闻一多对她点点头。

林华珺开始朗诵，一组同场叠化——

林华珺在大声地朗诵着，师生们安静地听着：

林华珺：我的孩子们，这是我最后一次给你们上课了。柏林已经来了命令，阿尔萨斯和洛林的学校只许教德语了。听着听着，师生们的表情逐渐变得凝重。

林华珺：他说，法语是世界上最美的语言——最明白，最精确；又说，我们必须把它记在心里，永远别忘了它，亡了国当了奴隶的人民，只要牢牢记住他们的语言，就好像拿着一把打开监狱大门的钥匙。

林华珺：窗外又传来普鲁士士兵的号声——他们已经收操了。韩麦尔先生站起来，脸色惨白，我觉得他从来没有这么高大。

"我的朋友们啊，"他说，"我——我——"

但是他哽住了，他说不下去了。

他转身朝着黑板，拿起一支粉笔，使出全身的力量，写了几个大字：

"法兰西万岁！"

然后他呆在那儿，头靠着墙壁，话也不说，只向我们做了一个手势："放学了，——你们走吧。"

林华珺朗诵完毕，她的眼圈已经泛红。

礼堂里，很多女学生已经开始小声抽泣，男学生或沉默，或义愤，或悲怆。

闻一多环顾着在座的每一个人，他的声音似乎失去了往日的高亢。

闻一多：同学们，此时此刻，此情此景，再听到这篇课文，你们是不是每一个都懂了？一个民族，当它不能用自己的语言，去表达其愿望的时候，即或它的子孙在肉体上依然生存着，可是，那又能有什么意义呢？失去自由的苟活，在任何情况下都只能是痛苦的代名词。用不着我说，大家都知道了，明天，我们又要去漂泊，去到一个遥远而又陌生的地方。我希望你们每一个人，带好自己的国文课本，无论你学的是电子物理、生物医学或者是拉丁文，这都不重要，因为你首先是一个中国人，珍惜你们手中的教科书吧。到了昆明，我要给你们讲诗经、讲楚辞、讲庄子、讲屈原，讲五千年以来，中华古国最灿烂、最辉煌的篇章！同学们！中国，不是法兰西，因为，中国永远没有最后一课！

礼堂里响起雷鸣般的掌声。

程嘉树、林华珺、叶润名、叶润青、毕云霄等人早已热泪盈眶，热血激荡。

黄启威家　白天　内景

裴远之、方悦容等人聚在黄启威家。

吴磊伯：鉴于长沙临时大学迁往昆明，省委和市委对临大同志们的工作进行了调整。我宣布一下决定：宋平、何锡麟同志前往延安；丁务淳、吴继周等同志留在长沙、武汉等地继续开展地下工作；裴远之和方悦容等党员同志，以及"民先"[1]队员随校迁往昆明，继续开展工作。

裴远之和方悦容同时：服从组织决定。

吴磊伯：周副主席也非常关注临大的迁徙，经与省委市委商量决定，任命王亚文同志为青年工作特派员，临大党员的组织关系，由他带到昆明接转。

裴远之和方悦容点头。

圣经学院教室　白天　内景

一张大地图挂在黑板上。

同学们不解其意，正小声议论着。

黄钰生：同学们，此次西迁，学校拟定所有师生分成三路赶赴昆明。第一批，由陈岱孙、朱自清、冯友兰、郑昕、钱穆等十余名教授，乘汽车——

他对着地图比画着路线：经桂林、柳州，到达南宁，专程为广西当局热情邀约联大前往广西办学之诚意表示感谢，再取道镇南关进入越南河内，再转乘火车，经滇越铁路抵达昆明。

1　即中华民族解放先锋队，中国先进青年组成的抗日组织。

黄钰生：第二批，则走水路，由樊际昌、梅关德和钟书箴先生率领，成员包括教师眷属，全体女生及体弱男生，分批经粤汉铁路至广州，取道香港，坐海船到达越南海防，再乘火车经滇越铁路到达昆明。

程嘉树：黄先生，第二批是全体女生和体弱男生，那剩下的男生怎么走？

黄钰生：步行。

很多同学都颇感意外。

程嘉树：从长沙到昆明三千里路！就靠两只脚走过去？

叶润青：是啊，为什么放着好好的船不坐啊？

黄钰生：此次西迁，相信大家都听到了声音，这些声音有的来自外界，也有的来自同学内部，说民族危亡之际，理当奔赴前线，而非逃往后方。但我们心如明镜，大家从平津万里流亡来到长沙，如今又将三千里跋涉，绝非苟全性命，皆因国家文化之重任、民族复兴之命脉，全在诸君身上，我们和那些奔赴前线的将士们，虽去向相反，然目的相同。从长沙步行去昆明，要跋涉三千里路，途经三省，翻越无数崇山峻岭，筚路蓝缕，以启山林，栉风沐雨，砥砺前行，我们就是要用两条腿，去向世人昭示，我们这群为保存中国文化而艰难跋涉的人，不是什么"逃兵""懦夫"！

话音未落，同学们已经按捺不住地纷纷主动举手请缨——

"我们不是逃兵、懦夫！"

"我愿意加入步行团！"

"我也愿意！"

一片激动的请缨声中，只有程嘉树一脸懵懂，他不明白大家为什么那么积极。另外一个没那么积极的，是文颉。

好不容易等大家冷静了下来，有个同学问道：黄先生，我想请问一个问题，步行三千多里，沿途的开销怎么办？

黄钰生：这点请同学们放心，步行团的一切费用皆由政府供给，所有加入的师生，学校会统一发放补贴。

闻言，文颉也突然积极地举起了手。

黄钰生看到台下的学生里，除了程嘉树，几乎所有人都举起了手。

黄钰生：同学们，我知道你们都很积极，但是步行这条路最为艰难，所以对身体素质是有要求的，想加入步行团，必须先通过体检。

毕云霄：体检？

圣经学校礼堂　白天　内景

礼堂里已经聚满了男生，他们正在排队体检。

叶润名站在秤上，登记的男护士在登记表体重一栏上写下了"67kg"。

男护士：体重合格。

叶润名下秤：谢谢。

他拿着自己的报名表去往下一个脏器听诊器项目。只见毕云霄正在哀求校医徐行敏。徐行敏正是给毕云霄治疗肺炎的医生。

毕云霄：我已经好了，真的好了！

徐行敏：你的肺部还有杂音，为了你的健康，旅行团[1]你不能参加！

徐行敏在毕云霄的体检表上写下"不合格"三个字。

叶润名：云霄，听医生的，跟润青他们坐船吧。

毕云霄郁闷不已，抓起表格离开。

正在这时，人群里传来骚动声，大家看过去，闻一多竟也来了。

文颉：闻先生，您也来报名旅行团吗？

闻一多：是啊。

文颉：学校不是安排教师和家眷坐船吗？

闻一多：你们走得，我有什么走不得的？火车我坐过了，轮船我也坐过了，但对于中国的认识其实很肤浅。我要用自己的脚步，去触摸那些沧桑，国难当头，我们这些掉书袋的人，确实应该感知国情，体察民情。我们的迁移之举本身就是教育之旅，怎么能少得了教师呢？

周围的同学纷纷鼓掌：闻先生说得太好了！

文颉：听了您的这番话，更坚定了我报名旅行团的决心。

文颉侧身让闻一多先体检：先生，您先请。

闻一多：谢谢。

他站到秤上。

男护士测量后：闻先生，您的身高体重达标。这是您的报名表。

1　全称"湘黔滇旅行团"，因师生全程步行，有时也简称"步行团"。

闻一多接过报名表。

文颉接着站到秤上。

男护士：体重61公斤，这位同学，你的体重偏轻，步行到昆明恐怕会吃不消，你还报吗？

文颉：报！当然报。

闻一多：文颉，这不是逞强的事，你这么瘦弱，挺得住吗？要不你还是坐船吧。

文颉：像您这样的大教授，都能放着车船不坐，跟我们一起遭这份罪，您能挺住，我一个二十出头的人有什么挺不住的？

看到闻一多赞许的目光，文颉放松了许多，笑了。

徐行敏医生走到了众人面前：体检完的同学先别急着离开，我还要重申下旅行团的卫生问题。

众人都安静了下来。

徐行敏：咱们这次经贵州到云南，云贵川原始森林都有瘴气之地。这瘴气就是疟疾的一种，人若得上，发作起来非常凶险，但有一种预防的方法，就是吃金鸡纳霜丸，这个请同学们务必记住。再则，野外行走，一定要当心伤寒和肺炎，出发前必须要打预防针，有一部分同学已经打过，没有打的，请尽快去打……

程嘉树住处客厅　白天　内景

程嘉树把一个大包放在客厅的几案上，里面装满了他刚买到的东西。

叶润青转过来看。

程嘉树一件件拿出来交给林华珺：你没坐过船，肯定会晕船，这是晕船药……海上太阳大，太阳镜、遮阳帽也是必需品……花露香水，坐火车的时候它可以防蚊虫……巧克力，路上要是没饭吃的时候吃一块……

叶润青的脸色难看极了，她已经忍无可忍：别人的女朋友，自然有她男朋友操心，用得着你这么惦记吗？

程嘉树：别人女朋友怎么了，她还是我邻居呢，我答应林妈妈要照顾她。

叶润青：那我的呢？你不也答应我父母要照顾我吗？

程嘉树：你不是有哥吗？

叶润青：你知道我还有个哥就好。

林华珺当然听得出来叶润青这话是对程嘉树和自己说的，有些尴尬。

程嘉树：行行行，我的晕船药和巧克力都给你！

叶润青：这还差不多。

忽然叶润青想到什么：哎，什么叫你的？难不成你也坐船？

程嘉树：当然，不然怎么照顾你们？

林华珺有些意外：你不参加步行团？

程嘉树回答得理直气壮：能坐船，我为什么要参加步行团？

叶润青讥讽：黄先生说女生和体弱男生坐船，请问你是女生，（上下打量程嘉树）还是体弱男生？

程嘉树一副死猪不怕开水烫的德性：我体弱，行了吧。

叶润青：你体弱？毕云霄都去报名参加步行团了！

程嘉树：他还是个病秧子，体检肯定过不了，也得跟我们坐船。

叶润青急了：程嘉树，你就是个逃兵、懦夫！

程嘉树：叶润青，你一个劲地逼我去参加步行团，你怎么不让你哥去？

林华珺：润名已经去报名了。

程嘉树愣了一下：他不跟你们坐船？

林华珺：润名说，跟步行团去昆明，固然辗转辛苦，但对于我们埋头书本的学生来说，却是个难得的机会，可以借此切切实实地去了解我们的国家。

叶润青：听见了吧，我哥才不像你呢！

林华珺：如果我是男生，我会毫不犹豫选择步行团。

原本理直气壮的程嘉树此刻脸上有点挂不住了。

林华珺：润青，我们上楼准备行李，让嘉树再好好想想。

两女孩上楼。

这时，郁闷的毕云霄走了进来。

程嘉树：就知道你体检过不了。

毕云霄郁闷地坐到桌边，看到桌上一堆的太阳镜、晕车药……

毕云霄：你准备这些东西，不会是想坐船吧？

程嘉树有些心虚了：坐，坐船，不行啊？

毕云霄怒了：你要是坐船，以后别说是我兄弟！

毕云霄狠狠地鄙视了程嘉树一眼，上楼去了。

程嘉树有些烦躁地挠了挠头，身后传来双喜的叫声。

双喜：少爷，少爷，行李我收拾好了，你看看还需要什么？

程嘉树：别烦我！

双喜：咋了这是？

程嘉树噌地站起身：我不坐船了！

双喜：啊？

程嘉树大步往外走。

双喜追了出去：你去哪儿？你不会要参加步行团吧？

程嘉树头也不回：别跟着我！

圣经学院告示栏　白天　外景

告示栏上张贴着"赴昆明旅行团名单"。

学生们正挤在名单下寻找自己的名字。

叶润青、林华珺、毕云霄、叶润名都在查看告示栏。

叶润青：（惊叫一声）旅行团怎么有程嘉树的名字？他不是要跟我们坐船吗？

毕云霄：是呀！这家伙是唱的哪一出啊！

程嘉树的声音传来：怎么？不能给你们个惊喜啊！

众人回头望去——程嘉树正站在布告栏旁边。双喜跟着他。

程嘉树：润名！咱俩一路走！

双喜很担心：少爷，你从小到大没有吃过苦，参加旅行团，你能行吗？

叶润青：双喜，你能不能少操点心？养孩子呢？我哥那身板都能参加旅行团，你家少爷那块头，走点路怎么了？

双喜：叶小姐，你怎么还火上添油呢？

林华珺：你家少爷已经不是小孩子了，总得给他机会历练吧。

林华珺看向程嘉树，程嘉树：不就三千里路嘛，有什么好怕的！别人走得，我也走得！

叶润名：双喜，你别担心，有两百多位同学[1]参加步行团，不会有事的。

318 / 319

1　参加步行团的学生人数为244人。

在一旁的毕云霄却长叹了一口气。

叶润名：云霄，你是不是遗憾不能参加旅行团？

毕云霄：连嘉树都去旅行团了，我一个大男人，却要和一群女生一起坐船！

叶润名：你不要想太多，想历练，将来到了昆明多的是机会。

正在这时，一个同学过来：林华珺，你的电报。

他把电报交给了林华珺。

林华珺拆开看了一眼，脸色骤变。

叶润名和程嘉树同时：怎么了？

林华珺表情恢复自然：家里寄来的，询问我的情况。我去给我妈回一封电报。

叶润名：我陪你。

林华珺：不用了。明天就要出发了，你们快去准备吧。

林华珺快步离开。

叶润名和程嘉树没有多想，这时有同学走过来招呼大家。

同学甲：参加旅行团的同学请跟我去领取甲种赴滇就学许可证。

圣经学院角落　白天　外景

走到角落，林华珺这才用颤抖的手重新打开电报，只见电报上赫然写着：华珺，令堂病危，速归。嘉文。

林华珺眼泪奔涌而出，她死死地捂住嘴，不让自己哭出声。

圣经学院操场　白天　外景

男生们正聚在操场上练习打绑腿。

程嘉树拿着刚领到手的许可证过来：学这个干吗？

查良铮递给他一块长布条：步行团全部施行军事化管理，到时候统一都穿军装，当然要学了。

（字幕：临大文学院学生　查良铮）

程嘉树尝试着打了半天，却怎么也打不好。

叶润名已经打好绑腿，他拆掉了自己的绑腿，又把程嘉树扔掉的布条交回给他。

叶润名：看好了，我示范一遍。

程嘉树：我怎么知道你示范得对不对。

叶润名：放心，我之前在29军学过，教不坏你。

程嘉树没再说什么，开始跟着他学。

叶润名：从鞋帮开始，绕腿部平裹，每两圈翻个面……

那些不会打的男生们，全部跟着叶润名的动作开始学习……

圣经学院图书馆　白天　内景

图书馆的图书大多数已经被分门别类装好箱，方悦容正在忙活收尾。

"都收拾得差不多了吧？"裴远之的声音在身后响起。

方悦容回头，微笑：就剩最后两箱了。

裴远之注意到方悦容头发上沾了灰，他指了指自己的头：这里……

方悦容明白了他的意思，赶紧擦了擦，但显然没擦对地方。

裴远之想了想，拿出手帕帮她仔细擦拭起来。

两人都有些僵硬，脸色微微泛红。

方悦容为了缓解尴尬：你呢？都安排好了吗？

裴远之小心翼翼地折好手帕：我明天就走。

方悦容愣了：这么快？

裴远之：我要随外文系叶公超和陈福田先生去香港筹办招待处，为过往师生订票、办理签证。所以来跟你道个别，下次碰面，就要在广州了。

方悦容：恐怕广州碰不了面。

裴远之：为什么？

方悦容：我要先跟董树屏先生他们一起去趟武汉，处理运输图书的事。

裴远之有些失落：哦……

他想起什么，拿出一个纸袋：你也是北方人，估计没坐过船，我买晕船药的时候顺便帮你带了些。

方悦容感动地：谢谢。

两人都想对对方说些什么，但相视片刻，却无从说起。

裴远之清了清嗓子：那……昆明见。

方悦容：昆明见。

裴远之有些恋恋不舍：保重。

方悦容：你也保重。

裴远之离开。

方悦容仔细地把晕船药放进行李中。

这时，门口传来双喜的声音。

双喜：悦容姐。

方悦容：怎么了，双喜？

双喜：二少爷要跟着旅行团走着去昆明，我想跟着他。但是他说我不是临大的人，不能去。

方悦容：嘉树已经是大人了，他以前自己在美国都独立生活过，你没必要非得跟着他去昆明啊。

双喜：可这是老爷的吩咐。悦容姐，老爷的脾气你又不是不知道。

方悦容：这样吧，你不是会做饭吗？正好旅行团需要厨师，如果你愿意的话，我带你一起去申请一下。

双喜：愿意，愿意！谢谢悦容姐！

程嘉树住处院子　黄昏　外景

程嘉树揉着酸疼的胳膊腿回家，抬眼一看，林华珺竟坐在房顶上，他被吓了一跳。

程嘉树：华珺，你在那儿干吗？

林华珺：不是你说的吗？视野开阔。

程嘉树也轻松地爬上房顶，坐在她旁边，仔细观察林华珺。

程嘉树：有心事？

林华珺摇了摇头。

程嘉树：家里没出什么事吧？

林华珺：没有。

程嘉树不太放心，还想追问。

林华珺：程嘉树，你说，昆明是在哪个方向啊？

程嘉树：西南……应该是那边吧。

他指着西南方向：这里又看不到，你很快就去了，到了那里随便逛。

林华珺：昆明真远啊……

从林华珺的表情语气中，程嘉树察觉到一丝不对劲，还没来得及问，叶润青回来了。

叶润青：大晚上的你俩坐房顶上吓唬谁呢！华珺姐，去广州的车票我已经买好了，你赶紧收拾收拾行李吧。

林华珺：好。

她下来，接过叶润青递给她的火车票。

看着她的背影，程嘉树总觉得有些不放心。

程嘉树住处林华珺卧室　夜晚　内景

去广州的火车票放在桌上。

林华珺正在收拾行李，她把书本一本本地放进行李箱中，放着放着，她突然控制不住情绪，趴在床上失声痛哭，为免被人听到，她把脸紧紧地裹在被子里。

好一会儿，敲门声打断了她，门外传来程嘉树的声音：华珺……

林华珺赶紧止住了哭，努力平复了下情绪：什么事？

程嘉树：我总觉得你今天怪怪的，是不是家里……

林华珺打断他：没有，你想多了。我行李还没收拾完，不跟你聊了。

程嘉树：真没事？

林华珺：没事！你明天一大早还得去打疫苗，早点睡吧。

程嘉树：好吧，你也早点休息。

关上房门，林华珺深吸一口气，平复情绪，继续收拾行李，一张纸从《飞鸟集》中掉落出来，林华珺拿起一看，正是当初程嘉树向她表白的那道数学题。

她整整齐齐地叠好，重新夹进《飞鸟集》里。

圣经学院操场　白天　外景

旅行团的师生们都已经身穿土黄色军装，佩戴着"湘黔滇旅行团"的臂章，各自身负干粮袋、雨伞，齐聚在操场上，一边打着绑腿，一边和自己的同学、家眷告别。负责人正在统一发放军用水壶。

叶润青、毕云霄也来跟程嘉树和叶润名道别。

叶润名对叶润青：照顾好自己，要服从集体，尽量不要给老师和同学添麻烦。

叶润青：知道了。

叶润名：云霄的身体还没彻底康复，多照顾他。

叶润青点头：知道了。

叶润名对毕云霄：云霄，记住你的任务，养好身体。

毕云霄：程嘉树，你要是半途而废，我会瞧不起你的。

程嘉树：你要是到了昆明病还没好，我也瞧不上你。

叶润名和程嘉树同时发现了林华珺没来。

叶润名正想问，程嘉树已经抢了先：林华珺呢？

叶润青：她要晚点过来！

"少爷！"双喜的声音传来。

程嘉树扭头看去，只见双喜竟也一身军装，正背着行李兴冲冲地向他们走过来。

程嘉树：双喜，你怎么也穿了身军装？

双喜得意地咳了两声：我现在的身份是长沙临时大学赴昆明旅行团后勤部——炊事员！

程嘉树：哎哟，你挺有能耐啊，是不是找悦容姐帮忙了？

双喜挠挠头：什么都瞒不过二少爷。

程嘉树：华珺呢？

双喜：林小姐说她要赶在上火车之前给家里回封电报，就不来送你们了。

程嘉树和叶润名都有些失落。

黄钰生带着四位军官一起过来。

黄钰生：诸位老师、同学，我是此次湘黔滇旅行团的辅导团团长黄钰生，与植物学教授李继侗、文学系教授闻一多等十一位先生、同事，一起承担学术辅导职责。省主席张治中特派黄师岳中将担任旅行团团长，大家欢迎！

所有人热烈鼓掌。

黄师岳年约五十岁，他先向所有师生敬了个军礼：各位教授、同学好，鄙人黄师岳，奉张主席之命护送各位远赴昆明。本团长接获的军令是保证你们每一个人都完好无恙地抵达昆明。因此，从现在起，你们就不再只是教授、学生，还有一重身份，那就是军人。军人以服从命令为天职，本团长要求也仅此一项：服从命令。只有绝对服从命令，我们才能完成使命。能做到吗？

　　所有人齐声地：能！

　　黄师岳：好！下面我宣布：旅行团首先从长沙乘船出发，在益阳下船，之后步行，途经湖南、贵州和云南！此次搬家，步行意义甚为重大，是为保存国粹，保留文化！

　　黄师岳继续宣布：旅行团实行军事化管理，军事教官毛鸿任旅行团参谋长，所有成员分为两个大队，分别由教官邹镇华、卓超任大队长。

　　毛鸿、邹镇华和卓超听到自己的名字之后分别出列，挺拔站立，各自向师生敬了军礼。

　　黄师岳：下面，请宣誓。

　　毛鸿举起右拳做宣誓状：我自愿加入旅行团——

　　所有成员也纷纷举起右拳宣誓：我自愿加入旅行团。

　　毛鸿：严格执行命令，遵守旅行团规，绝不当逃兵。

　　师生们表情肃穆：严格执行命令，遵守旅行团规，绝不当逃兵。

　　庄严的宣誓仪式中，送别的家眷和女生们注视着这一切，目光中充满崇敬和笃定。

圣经学院门口　　白天　　外景

　　前方，两辆卡车运载着旅行团成员的行李，旅行团踏着整齐划一的步伐，浩浩荡荡地出发。

　　送别的人群中，叶润青用 8mm 摄影机记录着旅行团出发……

　　　　　　（字幕：1938 年 2 月下旬，长沙临时大学旅行团所有成员，前往码头乘船，下湘江，
　　　　　　　　　　入洞庭，告别衡山湘水，踏上前往云南昆明的求学之路。）

　　查良铮诗词独白：

　　黄昏，幽暗寒冷，一群站在岛上的鲁滨逊

　　失去了一切，又把茫然的眼睛望着远方

　　凶险的海浪澎湃，映红着往日的灰烬

　　一扬手，就这样走了

　　我们是年轻的一群

　　独白声中，送别的人群外围，林华珺恋恋不舍地目送着旅行团离去，目光紧紧地追随着队伍中的叶润名。

林华珺摘下衣服上长沙临时大学的校徽，收进了衣兜。

林华珺抬起手，红着眼眶，无声地跟叶润名告别着……也跟自己的同窗师生默默地告别着……

程嘉树住处　白天　内景

叶润青和毕云霄回来。

叶润青看着空荡荡的房间：虽然只住了几个月，可真要走了，还有点舍不得。

毕云霄：时间差不多了，我们也出发吧。

叶润青点头，敲林华珺的门：华珺姐，你回来了吗？

没人应声，叶润青轻轻一推，门开了。

她愣住了，只见林华珺房间已经空空荡荡，行李箱也不见了，床铺上只留下了一把她的小提琴。

叶润青走过去，只见小提琴上放着一封收信人为叶润名的信，另有一张没有信封的留言纸。

叶润青拿起留言纸，上面写着——

润青、云霄，对不起……

长沙街道　白天　外景

留言化为林华珺的独白：突然接到家母病重的消息，我无法跟你们一起前往昆明了。为免你们担心，原谅我只能不辞而别。烦请将小提琴和信带给润名。愿诸君旅途平安、学业顺利。

独白声中，一辆人力车急匆匆穿过狭长的街道——林华珺独自坐在车上，一脸落寞；行李箱摆放在人力车上。

人力车一路远去，逐渐消失在清冷的街道之上。

湖南路上　白天　外景

平坦的大道上，卡车在前面缓缓行驶。

步行团成员像正规军一样，满脸朝气昂扬，整齐划一地走在汽车后面。

队伍后面，文颉跟闻一多走在一起。

文颉贴了过去：闻先生，我帮您分担一些吧。

闻一多笑了：小瞧我了吧，这点东西我还是背得动的。

袁复礼（低声说道）：行千里路，破万卷书！几位先生加油啊！

李继侗：路遥知马力！

曾昭抡：玄奘曾一路西行游学取经！我们南迁，会不会也遭遇妖魔鬼怪？

闻一多：几位先生兴致勃勃啊！我提议我们一路南迁，一路教学授课如何？

吴征镒：那太好了！

队伍之中，程嘉树按捺不住，小声问叶润名：叶润名……

叶润名扭头看他：怎么了？

程嘉树：林华珺是不是有什么事瞒着你啊？

叶润名：说不好！

众人跟随队伍一路远去。

常德军山铺镇老乡家院子　黄昏　外景

（字幕：常德　军山铺镇）

"热茶来了——热茶来了——"

几位老乡热情地端着热茶出来。院子里，步行团的师生们正在歇脚。走了一天，他们显然已经很疲倦，解绑腿的解绑腿，捏脚的捏脚，接过老乡送来的热茶，纷纷道谢着。

几位教授围坐在一张木桌旁喝茶。

曾昭抡身上长衫纽襻歪斜，衣襟长短不一，鞋袜破旧，难以蔽足。

袁复礼：（打量着曾昭抡的衣装，谈笑起来）曾先生衣着潇洒朴素，不修边幅！在学校是一道风景！

曾昭抡：（笑谈回应）哪里哪里！对了，我有一个谜语供各位先生玩味！

袁复礼（上身西装，下身马裤，十分帅气）：说来听听！

曾昭抡：谜面是天不知地知，你不知我知。请各位先生破解吧！

袁复礼（瞟了一眼曾昭抡的双脚）：是曾先生的袜子！

李继侗：怎么是袜子呢？

吴征镒：曾先生的袜子常常有洞，但又藏于鞋中，那不就是天不知地知，我们不知他知吗？

闻一多抽着烟斗，扑哧笑了；随后众人大笑。

闻一多：品茶！品茶！

女主人带着几个妇女，抱着稻草向屋内走去。

文颉留意到，跟着进去。

常德军山铺镇老乡家卧室　黄昏　内景

几位校工正跟老乡一起，把门板等东西拼成了一个大通铺，往上面铺着稻草。

文颉一眼就注意到，靠墙角处有一张原本属于这间房的单独床铺。

文颉赶紧走了过去，把行李放在床上先占了下来，又从通铺上拿过一些稻草，加铺在那张床上。

铺好后，文颉赶紧走到门口。

常德军山铺镇老乡家院子　黄昏　外景

文颉赶紧拉起正在歇脚的闻一多：闻先生，快跟我来。

他一边拉起不解其意的闻一多，一边顺手把闻一多的行李也一起拿上。

常德军山铺镇老乡家卧室　黄昏　内景

文颉把闻一多带到床铺前，把自己的行李拿开，又把闻一多的行李放了上去。

文颉：闻先生，床铺我已经帮您选好铺好了，我试了试，很厚实，累了一整天，您晚上可以好好睡个踏实觉了。

闻一多打量了一眼：不用，我就跟大家一起睡通铺。

文颉：您是先生，怎么能跟我们挤在一起呢。

闻一多：我现在跟你们一样，都只是步行团的一员，没什么区别。

正说话间，黄钰生进来了：闻先生，找了半天，您在这儿啊。

闻一多：黄先生，有事吗？

黄钰生：老师们的房间已经安排好了，十一个老师睡一间，在隔壁房，走吧，我带您过去看看。

闻一多：行。文颉，你费心了。

说着，他拿着自己的行李，跟着黄钰生走了出去。

文颉的殷勤落了空，有些失落。

这时，双喜和程嘉树进来了。

双喜一眼看到文颉留给闻一多的床，赶紧过去把行李放了上去：这张床好，少爷，你就睡这里。

文颉皱眉：这是我留给闻先生的。

双喜：你哄谁呢！当我不知道啊，所有老师都住在隔壁。

文颉：就算闻先生不住，也轮不到你们。

双喜：怎么就轮不到我们了？谁先看到的就归谁。

文颉：那你睁大眼睛看看，我的行李是不是在上面？

双喜：在哪儿呢？在哪儿呢？

文颉指着床脚下自己的行李：这是什么？

双喜：这是在地上，又不是在床上。

文颉语塞。

双喜不管他，把程嘉树的行李放好，开始铺床。

文颉：也对，大少爷嘛，总比我们特殊些。

他上前，挤开双喜，把床上刚才加铺的稻草重新搂了回去。

文颉：这些稻草是我铺上的，你们总不能抢了铺位，连稻草也一起抢吧？

双喜还想上去争论。

程嘉树：双喜，行了。睡哪儿不一样啊。

双喜瞪了文颉一眼，不再说什么，开始默默铺床。

常德军山铺镇老乡家院子　黄昏　外景

一大锅粥已经熬好，大家的搪瓷饭碗都摆在地上，双喜等人负责给每个碗舀饭，旁边有黄师岳、毛鸿等人监督着炊事员的分饭。

常德军山铺镇老乡家卧室　夜晚　内景

大家已经洗漱完毕，正坐在自己的铺上各自忙活着，很多人都在挑着脚上的血泡。

叶润名铺开了日记本，开始记录：2月23日，抵达常德军山铺，夜宿老乡家。由于没有长途步行的经验，同学们的脚上都磨出了血泡，有些同学开始叫苦连天，但仍有不少同学斗志昂扬……

双喜过来要帮程嘉树挑脚底的血泡：少爷，我来帮你挑！

程嘉树：我自己没手哪！

双喜：你不会挑，挑不好，明天更疼，连路都走不了。你这已经连着几天不好好吃饭了，要是脚再疼得厉害，可就走不到云南了。

程嘉树只好把脚伸给他。

双喜帮他挑完。

程嘉树：还真是不怎么疼了，（一竖大拇指）双喜，行啊你！

双喜尽管有点不好意思，笑容中还是带上了一丝骄傲。

旁边铺位上，查良铮拿着一本英文辞典，正在背诵。

原本厚厚的字典，却被撕掉了很多页，查良铮背完这一页，又直接撕去了。

程嘉树好奇地：查良铮，好好的辞典，你撕它干吗？

查良铮：因为我背完了啊。

程嘉树：那也没必要撕啊，你将来要是忘了呢。

查良铮：我这么做，就是切断后路，只有撕掉它，它才真正属于我。

程嘉树：倒有几分道理。

常德军山铺镇老乡家教师住处　夜晚　内景

夜已深，月光洒入卧室。

教授们却辗转反侧无法入眠。

闻一多干脆坐了起来，就着月光开始读书。

李继侗的腿疼，也并未入睡：闻先生，你不睡了吗？

闻一多：这些稻草到底还是太硌了，睡一晚上骨头都要断掉，不如起来看会儿书，还舒服些。你的腿可还行？

李继侗：无大碍。

曾昭抡"啪"地拍了一下自己的脖子，也坐了起来。

曾昭抡：闻先生，你要是不睡，这些跳蚤少了一个餐桌，怕是要把我们的血吸干。

闻一多和李继侗几人都忍不住笑了。

常德军山铺镇老乡家卧室　夜晚　内景

很多同学都在身上不停地抓挠着。

程嘉树不停地翻身，抓挠，终于，他忍不住了，爬起来在床铺上开始捉跳蚤。

常德军山铺镇老乡家院子　夜晚　外景

黄钰生从外面回来，看到黄师岳还在院子里检修装运行李的汽车轮胎。

黄师岳：黄先生，这么晚你干吗去了？

黄钰生：我去老乡家看看能不能借到些被褥，稻草太硌，好多人都睡不好觉。

黄师岳：借到了吗？

黄钰生摇头：老乡的日子也不好过，家家户户都没有多余的被褥。这还没出湖南，就已经这么苦了。

黄师岳：做好心理准备吧，以后还会更苦。

常德军山铺镇　白天　外景

步行团已经收拾好行装，准备再次启程。

师生们的精神面貌明显不如刚出发时，此时一个个军姿不再标准，站得东倒西歪，很多人因为脚上的水泡，不停地切换左右脚。

黄师岳：这才出发几天，刚走了两百里路，一个个就都不行了？要是扛不住，我们现在就回长沙。扛得住吗？

众人强打精神，齐声地：扛得住！

黄师岳：大声点！

众人再次大声地：扛得住！

黄师岳总算满意了：出发！

步行团行进路上　白天　外景

教授李继侗拿着从路边采摘下的一枚植物标本，小心翼翼放到旁边学生手里拿着的硬纸盒里。

李继侗：前日在桃源洞采集的那枚大花标本可保存好了？

学生点头：放心吧教授。

李继侗：这一路行来，湖南境内所见植物多为马尾松林、油茶、油桐和柑橘，唯有在桃源洞发现的这枚单叶大花，还是头一次见。

学生语带兴奋：等到昆明，就可以查下它到底是什么植物了。但愿咱们这个简陋的标本箱能坚持到底，千万别半路罢工呀。

旁边生物系的同学正放下一只昆虫，拿起本子，接话：你们还可以采集标本，我们生物标本没有条件做，只能先给这些昆虫做个文字记录喽。

不远处，袁复礼教授手持地质锤，腰系罗盘，敲打着一块岩石，站在路边给地质系的学生讲着地质现象。

袁复礼：同学们，这便是板溪系地貌特征，厚度巨大，岩性特殊，韵律发育变质明显，属于浅海相沉积的泥沙质岩系……

同学们边听边拍照，采集标本。

另外一些学生则在不远处进行测绘，绘制地质图。

队伍继续行进，走在后面的黄钰生紧了紧绑腿，起身念道：行年四十，徒步三千……

旁边有人接：……腰缠万贯，独过山岗。

黄钰生回头看，是靠在路边写日记的曾昭抡，哈哈一笑：你这个走路不离官道半步的老夫子，也知道我这首打油诗啊？

曾昭抡：都念了一路了，也不怕给劫道的听见……

黄钰生：不怕不怕，等到昆明，我还要刻章一枚，纪念这次阔气愉快、思想和学术双丰收的长途行军！

两人一起大笑。

闻一多趁着休息的间隙，给父母写信。

闻一多旁白（穿插步行团饮食起居的日常画面）：双亲大人膝下：出发后寄上明信片数张，计已入览。三月一日自桃源县舍舟步行，至今日凡六日始达沅陵。第一至第三日各行六十里，第四日行八十五里，第五日行六十里，第六日行二十余里。第四日最疲乏，路途亦最远，故颇感辛苦，此后则渐成习惯，不觉其难矣。如此继续步行六日之经验，以男等体力，在平时实不堪想象，然而竟能完成，今而后乃知"事非经过不知易"矣。至途中饮食起居，尤多此生从未尝过之滋味，每日六时起床（实则无床可起），时天未甚亮，草草洗漱，即进早餐，在不能下咽之状况下必须吞干饭两碗，因在晚七时晚餐时间前，终日无饭吃，仅中途约正午前后打尖一次而已。所谓打尖者，行军者在中途大休息，用干粮、饮水是也。至投宿经验尤为别致，六日来惟今日至沅陵有旅馆可住，前五日皆在农舍地上铺稻草过宿，往往与鸡鸭犬豕同堂而卧……

写到这，闻一多不禁笑了起来。

某村外　白天　外景

山势陡峭，岩谷幽深，林木茂密。

步行团来到某村外，远远地却看见一队国军正押着不少壮丁在前行，壮丁们用绳子绑着，连成一串。

步行团和他们擦肩而过，对于这一幕，师生们显然感到诧异。

一旦有壮丁走得稍慢了些，立刻便遭受到鞭打。

一个骨瘦如柴的壮丁显然体力不支，跟不上队伍，旁边的军官几鞭子下去，那个壮丁直接倒地，难以再爬起来，军官继续狠狠抽打着。

国军军官：你个懒鬼！就你这样怎么打仗！

叶润名实在看不下去了：住手！

国军军官这才停下手，看了一眼叶润名。

叶润名：凭什么打人！

国军军官：因为他偷懒。

叶润名：可他确实走不动了。

国军军官：多抽几鞭就走得动了。

程嘉树也走到近前：他们是人，不是牲口，未来是跟你们一个战壕作战的兄弟，有你们这么对待兄弟的吗？

国军军官：我们怎么带兵，用不着你个学生娃狗拿耗子，滚一边去！

说着，他用力推开了叶润名，继续抽打那个壮丁。

叶润名正要再度上前，程嘉树抢先一步攥住了国军军官的手腕。

国军军官恼羞成怒：你干什么？放手，信不信我连你们一起抽！

黄师岳走了过来：放肆！

国军军官一看黄师岳的军衔，赶紧敬礼：对不起长官，属下也是执行命令。

黄师岳拿过鞭子扔掉：长官要爱护士兵，当如兄弟手足。

国军军官：长官教训的是。

黄师岳：找两个弟兄扶着他走。

国军军官：是。

两个士兵拖起那个壮丁，队伍再次前行。

黄师岳拍了拍叶润名的肩膀以示安慰。

叶润名：黄团长，我们沿途多次看到国军抓壮丁的情景，这些人大多骨瘦如柴，甚至有古稀老翁……

黄师岳：前线兵力不足，这也是无奈之举。

程嘉树：既然抓他们是为了补充兵源，那他们就是战友，为什么要用绳捆鞭打这样对待敌人的方式去对待他们？

叶润名：黄团长，今天因为您的官阶高，他服从您的命令，可转过头没两分钟，他们还会照旧捆绑打骂。您信不信？我们听徐特立先生做过演讲，人家八路军可是官兵一致，人人平等，老百姓都抢着参军！

黄师岳答不上来了。

程嘉树好奇地望着叶润名。

礼士胡同　白天　外景

程家门前的胡同，林华珺终于返回北平。

经过程家门口，她愣住了——只见程家大宅的门口钉子般地杵着两个日本兵，门楣上挂着日本国旗。

大门紧闭，林华珺看不到里面。惊诧之余，她也无从询问，只好先回自己家。

林家院子　白天　外景

林华珺回到自己家，家里的一切都没有变，小杂院打扫得依旧很干净。

林家　白天　内景

林华珺走进屋里，喊道：妈……

屋里没有人应声，林华珺掀开母亲卧室的门帘，床铺很整洁。但是母亲此刻却不在，林华珺心慌不已。

"林小姐。"一个声音从身后传来。

林华珺回头一看，竟是程家的仆人周妈。

林华珺：周妈，你怎么在这里？我妈呢？

周妈：你妈妈在医院，是大少爷让我在这里等你的。

林华珺：她怎么样了？

周妈：住了好些天院了。

林华珺的泪水夺眶而出。

周妈：林小姐，你也别太担心，我先带你去医院，说不定你妈看到你回来，一高兴，病就好了呢。

林华珺点头，随周妈往外走，边走边问：周妈，程家发生了什么事，门口怎么都是日本兵？

周妈：哎，三言两语也说不清楚。

北平德国医院病房　白天　内景

周妈带着林华珺走进病房。

林母躺在病床上睡着了，鼻子里插着氧气管，显然比以前瘦弱多了。

林华珺极力控制住就要掉下来的眼泪，在母亲床前坐下，轻声唤道：妈。

林母睡得很沉，林华珺不忍再喊，轻轻地拉起母亲的手。

这时，医生走了进来。

医院走廊　白天　内景

医生：林小姐，您母亲患的是肝病，没有多少日子了，这段时间，你还是多陪陪她吧，能多陪一天是一天。

林华珺的眼泪扑簌簌直落。

身后，程嘉文过来，正好看到了这一幕。他等了好一会儿，才轻声喊道：华珺。

林华珺赶紧抹掉眼泪，回头：嘉文哥。

林华珺：嘉文哥，多谢您帮我母亲治病，我现在还没有钱还您，不过您放心……

程嘉文打断了她：不用跟我见外，我们是邻居，你跟嘉树又是同学，我答应过他，会帮你照顾母亲。

这时，护士出来：病人醒了。

林华珺赶紧走进病房。

医院病房　白天　内景

林华珺快步来到母亲床前，看到眼前的林母，有些不敢相认，相较于几个月前已经换了模样，此刻的林母脸色蜡黄憔悴，整个人消瘦了很多。

林华珺颤抖着声音喊道：妈……

林母：小珺……

林华珺瞬间泪如泉涌。

林母：润名呢？

林华珺没说话。

林母：他没跟你一起回来？

林华珺点头。

林母：为什么？他不愿意跟你一起回来？

林华珺：不是……

林母：那他为什么不回来？

林华珺：妈，都什么时候了，你能不能不要老提润名了。

林母慌了：你们该不会是分开了吧？

林华珺：没有，妈，你别乱想……

林母：你别瞒着妈，妈虽然没见过润名几回，但能看出来，他是个重情义的孩子，他不回来一定有问题。我早就叮嘱过你多少遍，一定要抓牢他，怎么会弄成现在这样！

她气急攻心，突然剧烈咳嗽起来。

林华珺赶紧上去抚慰：妈，你想多了！我跟润名挺好的，是我压根没告诉他电报的事。

林母：你为什么不告诉他啊？

林华珺：这是我们家的事，为什么要告诉他？

林母：什么我们家他们家的，他是你的男朋友，也就是我的未来女婿，你懂不懂妈让你带他回来的苦心，你知不知道妈已经没多少日子了！

说到这里，她已经哽咽。

林华珺的泪水再次夺眶：妈，你别说了！

林母：你这傻孩子，死犟死犟的，你这样让妈怎么放心走！

林华珺：妈！你好好的，把病养好了再说！

路上　白天　外景

渐入山区，行军的道路显然比之前难走了很多。

原本整齐的队伍，此时已经速度快慢不一，三五成群，各走各的。

程嘉树身强体壮，依旧走在队伍前列，叶润名虽然有些吃力，但还是努力地没有落后于程嘉树。

经过一处坡度很陡的小路时，队伍后面，一位同学想借助树枝的力量，结果一个没抓牢，摔了下去，倒地不起。

旁边的同学赶紧喊道：医生！医生！

徐医生赶了过来，检查了一下：没有大碍，体力消耗过度，加上有些低血糖，先送他上车休息吧。

黄师岳：大家都累了，先原地休整半小时。

命令刚下，很多人直接一屁股坐在了地上，大家显然已经疲惫不堪。

闻一多脱下鞋子，只见袜子上已经血迹斑斑，他小心翼翼地想撕开袜子，但因为结痂，血肉剥离的过程痛苦不堪。

文颉过来：闻先生……我帮您去徐医生那里讨了些药。

闻一多：谢谢！自己来吧！

闻一多接过药膏，涂抹在脚上。

曾昭抡和李继侗都脱下鞋子，亮出了双脚。

曾昭抡：（望着血迹斑斑的双脚，自嘲着）出血了！美中不足！

李继侗：（望着也是血迹斑斑的双脚）放宽心！无足轻重！

曾昭抡和李继侗：（一起望着袁复礼）袁先生怎么样？

袁复礼：（猛然脱下袜子，露出几乎完好的双脚）抱歉！两位，我是个异类！百足不僵！

四位教授相视而笑。

叶润名坐在一块石头上，正在日记本上记录：行军以来，沿途却看到了数起抓壮丁现象，这些壮丁们无不骨瘦如柴、席地而睡，食不果腹，更惨的是逃跑被抓回惨遭枪毙的壮丁，尸横山野、无人掩埋。我无法理解，为何这些老百姓已经贫困不堪，却还要遭受自己同胞的折磨？可我听说八路军官兵一致……

程嘉树悄然出现在叶润名背后，窥视着叶润名的笔记本。

程嘉树：（失望地）我还以为你写情书呢？

叶润名：（收起了笔记本）你这家伙！

程嘉树：你说八路军真是官兵一致，人人平等吗？

叶润名：徐特立先生演讲里不是说了嘛！

程嘉树：那打起仗来谁听谁的呢？

叶润名：（一时语塞）这……这我可说不好！

程嘉树：那要是有一天八路军和国军再打起来，你说谁胜谁负？

叶润名：那我更说不好了！

程嘉树：你就当回算命先生算一卦嘛！

叶润名：老百姓喜欢谁谁就胜呗！

双喜的声音传来：少爷！

双喜过来：少爷，你脚疼不疼？有没有再起泡？

程嘉树：没有！你挑得好！没得说！

双喜得意：那是，不把少爷伺候好，我回去没法交差！

忽然，一阵"咯咯"声音传来。

程嘉树、叶润名和双喜同时望向附近的草丛之中——一只母鸡带着三四只小鸡从他们面前走过。

程嘉树：（直勾勾望着鸡）双喜，这几只鸡你想怎么吃？

双喜：（也咽着口水）红烧！拔了毛，剁成块，葱姜爆锅，大火翻炒，加上洋葱，撒上酱油，小火慢炖！哎呀，吃进嘴里香啊！

程嘉树：（直勾勾望着还在不远处徘徊的几只鸡）我看辣子鸡好！红辣椒，绿辣椒，黑花椒，红胡椒，大火爆炒！嗯！美味！

双喜：那我去抓鸡啊？

程嘉树：还用说！

叶润名：你是抓母鸡还是小鸡？抓了母鸡，小鸡没了妈妈！你抓了小鸡，母鸡没了孩子！算了吧！

程嘉树和双喜无奈，点点头，继续直勾勾望着不远处的几只鸡。

路边老乡家外　白天　外景

程嘉树循着声音来到一户老乡家，一眼看到老乡家院子里的几只鸡。

程嘉树：双喜，你还记得烤鸡腿什么味吗？

双喜舔了舔嘴：记得，那是这世上最香的味。

程嘉树：我们有多久没吃过肉了？

双喜擦了擦口水：感觉有一辈子了。

程嘉树：你去老乡家里买只鸡。

双喜有些为难：可是，这合步行团的规矩吗？

程嘉树：我们自己花钱买的，有什么合不合规矩的？

双喜：那我去买。

程嘉树：记住，多少钱都买。

双喜点头。

路上　白天　外景

午饭时间，文颉领着一个满脸怒火的老乡过来，在同学群里挨个寻找着。

双喜正在打饭，看到老乡，有些心虚，赶紧侧过头去，看向角落里的程嘉树。

文颉注意到他的目光方向，带着老乡径直走了过去。

角落里，程嘉树正背着大家，一手一个鸡腿，大快朵颐。

"就是他！"文颉的声音突然在背后响起。

程嘉树回头一看，文颉带着一个老乡站在他身后，批判地看着他。

老乡：好啊你！果然是你偷了我家的鸡。

程嘉树一脸莫名其妙：谁偷了你家的鸡？这是我买的。

文颉：程嘉树，你少装蒜了，人家都找上门了，你还敢抵赖？

几人的声音吸引了同学们，大家纷纷看了过来。

当看到程嘉树手里的鸡腿时，大家都惊呆了——

"程嘉树，你怎么有鸡腿吃？"

"是啊，哪来的？"

程嘉树：这是我买的。

文颉：别听他瞎扯，这明明是他从老乡家偷的，人家都找上门了，这是人家家里的下蛋鸡。

老乡：我们家就这一只下蛋鸡，你怎么能偷呢！

程嘉树：这真是我买的！双喜，双喜！

双喜唯唯诺诺地过来。

程嘉树：这鸡是我们买的，双喜可以做证。

双喜却一脸心虚。

老乡：我认识你，你是找我买过鸡，我没同意卖你。

双喜支支吾吾着不说话。

程嘉树：双喜，到底怎么回事？

双喜：我是去买了，可他不卖，我就偷偷把鸡带了回来，但是我把钱留在了鸡窝，不信你回家去看看！

文颉：你这就是偷！人家不卖，不告而取谓之窃！

双喜：我没偷！

程嘉树把鸡腿扔在地上：双喜，别说了！

双喜努力忍着眼泪：我家少爷好些天没好好吃饭了，我就是想给他补补。

程嘉树：别说了！

他转向老乡：大爷，对不起，是我们的错，可是这鸡我也已经吃了，没办法再给您还回去了，您说吧，多少钱我都愿意赔。

文颉：程嘉树，你仗着家里钱，所以就要强买强卖吗？这是你的钱吗？

同学乙：人家是大少爷嘛，我们吃苦耐劳，人家体验生活，不光吃得比我们好，住得也比我们好。

同学丙：人家来步行团是花钱买舒服的。

同学丁：那干脆坐船去，还来什么步行团啊。

双喜急哭了：你们别说我家少爷，是我偷的，要说什么都冲我来。

同学甲：听听，还口口声声少爷呢。

双喜再也忍不住，蹲在地上抱着头抽噎起来。

叶润名：行了！大家不要为难双喜和嘉树了。

他走到老乡面前：大爷，我们这两位同学并不是故意的，这些钱给您，您再花钱买一只，行吗？

老乡想了想，叹口气：只能这样了。

叶润名：对不住了。

老乡这才离开。

叶润名去拍了拍双喜的背：双喜，别难过了。

同学丁：不就说两句嘛，哭什么啊。

同学乙：还不都是让你给逼的。你啊，就是嫉妒，想吃鸡腿，你也找个仆人过来，天天给你铺床叠被挑水泡偷鸡吃啊。

这话听在程嘉树耳朵里，更加不是滋味了。

程嘉树：双喜。

双喜抹掉眼泪，站起身：少爷……

程嘉树：从现在开始，你只是步行团的炊事员，不是我的仆人，不准再叫我少爷！你的职责是照顾步行团所有人，不是我程嘉树个人，不管吃穿住行，都不许再对我区别对待。听到了没？

双喜张了张口，只得悻悻地：知道了。

程嘉树本来想离开，又站住了，返回刚才的地方，捡起地上的鸡腿，对上面的土视而不见，几大口啃完，鸡腿肉塞满了腮帮。

双喜也走了过去，捡起另一只鸡腿，大口啃着。

原本看他们笑话的同学们，此刻也觉得无趣，纷纷散开。

叶润名走到虽然早已食之无味但还在咀嚼着的程嘉树身边，拍了拍他的背。

老乡家院子　黄昏　外景

闻一多一行人来到老乡家门口，闻一多带头走进院子里，李大爷正在劈柴，小孙子在旁边玩耍，闻一多主动上前打招呼。

闻一多：老乡，你好啊，我们是长沙临时大学的老师和学生，他们几个吃了你家的鸡，我带他们来向你赔礼！

小孙子见众人穿着国军的军装，本能地躲到李大爷身后。

李大爷还没消气：你们不是有钱吗？给钱了还赔什么礼？

程嘉树上前一步，对老乡鞠躬：对不起李大叔，我们不该私自拿您家的鸡。

双喜也上前对老乡鞠躬：李大叔，是我拿了您家的鸡……我们从长沙走到这，路上就没吃过几回肉，天天啃干粮，实在是馋得慌。这里离集市又远，所以我就……鸡已经没了，您老要打要骂都行！

李大爷不说话，起身去捧旁边的柴，双喜连忙上前帮忙。

双喜：我帮您劈柴！

李大爷：用不着！

双喜：那我帮您挑水！

程嘉树：我也可以帮您干活！

李大爷：行了，行了，你们别在这给我添乱了。

见大家诚心道歉，李大爷的气消了一半。

李大爷：刚才村长过来，说你们不是兵，是学生？

叶润名：我们是北平来的学生。这位是我们的闻先生。

李大爷听闻是"先生"，眼神里多了一份恭敬。

闻一多：李大爷，对不住啊，我的学生不懂事。

李大爷：算了，一只鸡而已，他们也给了钱。我刚才以为你们也是那些吃人不吐骨头的国军，话说重了些。

李大爷对国军的怨念让大家有些意外，正想询问，天下起雨来。双喜连忙将劈好的柴挪到屋檐下。程嘉树和叶润名也上前帮忙。

李大爷招呼大家：大家进屋坐吧。

老乡家　白天　内景

大家随李大爷进了屋。这个家虽然家徒四壁，却很整洁。

李大爷招呼大家坐下，倒上茶。

闻一多：老乡，听你刚才那话，这里的国军盘剥百姓？

李大爷：何止是盘剥！我的两个儿子和我的大孙子都被抓去当兵了，就剩我这把老骨头了。我的大孙子还不满十四。

说着，李大爷眼眶红了。

再一次听到抓壮丁给百姓带来的伤害，大家都沉默了。

李大爷：不说了，也是为了打鬼子。

屋外的雨越下越大，可是老乡家的茅草屋顶却一点也不漏雨。

闻一多听着雨打在屋顶上的声音，好奇地看着屋顶，发现屋顶铺着一层帆布。

闻一多：老乡，你这屋顶铺的是帆布啊？

李大爷还没来得及解释，小孙子抢先一步回答：是红军伯伯给我家修的！

众人大为惊讶。

叶润名：红军？

闻一多：此地处湘黔交界，红军长征经过此地当有可能。老乡，红军来过您家？

342 / 343

李大爷：来过，三年前，差不多也就这个时候，来了百十号人，在村里住了五天。他们走之前两天下大雨，我这草棚子差点塌了，他们就找木头替我把房子给加固了。后来，他们的张师长看我这是外面下大雨，屋里下小雨，就把他的帐篷拿来给我铺了屋顶。从那以后我这就再也没漏过雨了。

程嘉树感到不可思议：真没想到红军还能帮百姓修屋顶！

李大爷：红军跟国军可不一样，不光是帮我们修屋顶，一进村子就没闲着，砍柴、挑水、扫院子、干农活，哪家有事他们就去哪家帮忙，还从来不拿百姓的东西，吃饭吃菜都给我们钱，一笔笔算得清清楚楚，说是红军有纪律，那纪律怎么说来着……

小孙子接过话：要上门板，捆铺草，说话和气，买卖公平，借东西要还，损坏东西要赔，洗澡避女人，不搜俘虏腰包。

伴着渐渐沥沥的雨声，小孙子奶声奶气地背着红军的《三大纪律八项注意》。这般朴实的纪律让大家十分意外。

双喜笑了起来：上门板，捆铺草，这是什么纪律？

听小孙子背完，闻一多的神情从意外渐渐变成了欣赏：朴实无华，具体细致，句句都是为民着想的大实话。

小孙子爬到床头，从床头的木箱里拿出一枚五角星。

小孙子：红军伯伯还给了我一个五角星，你们看！

小孙子骄傲地向大家展示他的五角星。

闻一多颇为感慨：共产党不可小觑啊！

屋外雨越下越大，李大爷看着众人。

李大爷：这雨下的，我看今天夜里你们就在我家凑合一宿吧。

闻一多点点头：好啊，那就给您老添麻烦了。

某山村小路　白天　外景

大雨滂沱，山路泥泞，运送行李的汽车陷入了泥沼，在黄师岳的指挥下，众人正奋力冒雨推车，车子却一动不动。

黄钰生从前边绕过来，雨声滂沱，他只能扯着嗓子问道：黄团长，怎么样了？

黄师岳也扯着嗓子：陷进去挺深的，加上这大雨，一时半会儿恐怕走不了了。

黄钰生指着一个方向：我刚到前面查看了下，那里有个祠堂，我看不如让大家先驻扎下来，等雨停了再走！

黄师岳：只能这样了！

吴征镒的声音传来：标本！标本！

程嘉树和叶润名回头望去——吴征镒正在不远处的泥泞道路上，抱着一个木箱子叫嚷。

程嘉树和叶润名急忙跑过去：吴先生，怎么了？

吴征镒：这都是李先生沿途采集的标本！不能被水侵蚀！不能！

叶润名撑起雨伞：吴先生！我们送你！

程嘉树脱下军装，包裹住木箱子，往祠堂方向奋力跑去。叶润名撑着雨伞，在后面护送吴征镒。

某小村祠堂　白天　内景

叶润名（画外音）：行进第 21 天，进入湘贵交界处……

祠堂门外，大雨哗哗下着，叶润名坐在地上，看着外面的雨，在本子上记日记。

叶润名（画外音）：道路越来越难走，连日大雨，步行团无法行进，被迫滞留……

在叶润名的日记独白中，一组蒙太奇镜头——

一堆升起的篝火前，师生们有的烤着湿透的衣服，有的在添柴，有的在挑脚上的水泡。火光的映衬下，众人脸庞疲惫，胡子拉碴。

村外路上　白天　外景

大雨滂沱。黄师岳和黄钰生各自撑着一把伞，望着泥泞的道路——陷入泥泞之中的汽车正在路上。两人忧心忡忡。

某小村祠堂　白天　内景

叶润名（画外音）：连续艰苦行军，加之气温骤降，很多同学都生病了……

火光中，有的同学脸色显出异常的潮红色，间或传来咳嗽声。

医疗组的徐行敏和两个男护工正蹲在地上，把温度计从一个躺倒在地、神色痛苦的同学身上取出。

医官对男护：39.5，还是高烧。这是第几个了？

男护：九个，哦不，第十个了。

叶润名（画外音）：……爱打桥牌的先生们，此刻也安静了下来……李先生的腿病也越来越严重了……

某小村破屋　白天　内景

闻一多和曾昭抡等教授正在看书，雨水不断从房顶漏下。闻一多举目望去——门外大雨如注。

闻一多忧心忡忡。

李继侗因为腿病靠在床头。

曾昭抡关切询问：要不要请徐医生过来看看？

李继侗摇摇头，还是那句：无大碍。

某小村祠堂　白天　内景

祠堂里的咳嗽声此起彼伏，随团的徐行敏正在给大家分药。

叶润名也忍不住咳了起来。

徐行敏把药递给了叶润名，叶润名忙摆手，示意自己不需要，他依旧记着日记。

叶润名（画外音）：……所有人都倒下了，而有一个人，非但没有生病，却好像还有用不完的精力。

祠堂外　白天　外景

瓢泼的大雨中，程嘉树一脸焦躁，在祠堂前面的空地上发泄式地绕圈狂奔。

双喜撑着一把伞，努力地跟跑着，想为他挡雨。

双喜：少爷……

程嘉树瞪了他一眼。

双喜：程嘉树同学，你赶紧回去吧，这么大的雨，会感冒的！

程嘉树不理会他，加快了步伐。

双喜也赶紧加快步伐追了上去。

程嘉树：双喜，你能不能别老跟着我！我烦着呢！

双喜：你再这么折腾，早晚也得像他们一样躺下。

程嘉树：我就要跟这破天气较较劲，看看是这雨先停，还是我先躺下。

双喜无奈，只能继续跟着为他撑伞。

查良铮正倚着门框一边咳嗽一边背单词，看到这一幕，不禁感慨道：程嘉树同学，美国的牛肉你果然是吃得不少！

某小村破屋　白天　内景

黄师岳和黄钰生来看望教授们。

黄钰生：好在几位先生身体和精神都还健朗无恙，减轻了我的焦虑。尤其是李继侗先生，腿有炎症，可从没听他叫过一声苦；闻一多先生，年纪大学生们一倍，劲头却一点不输少年，着实叫我敬佩。

闻一多：我们几个倒没什么大问题，就是学生们的情况不太好。

曾昭抡：是啊，本来就都病了，祠堂里又阴冷潮湿，好几个都高烧不退。

徐医生：我们备用的药已经不够了，雨要是再这么继续下下去，我担心情况会越来越严重……

黄师岳：药品，我们已经在和本地政府协商补给了，雨的势头也在减小，应该就快停了。

闻一多：其实，身体上的病痛都还能治，关键是心理，我看很多孩子都已经快绷不住了。

黄钰生：这次西迁，对于所有人来说都是一次淬炼，尤其是这些一直在象牙塔里埋头苦读的学子。只不过，路途比我们想象的要更艰难一些。现在只能请诸位务必树立信心，以坚定学生之信念。

几位教授教师都点头。

闻一多：对，人就是要有这么一股劲。我出发前，杨振声对人说，一多要参加步行团，应该带具棺材走——我就不信这个邪，（拍拍胸脯）这一路走来，我可曾落后半步？

众人都笑了起来。

祠堂门口　夜晚　外景

雨势明显小了，程嘉树坐在祠堂门口，伸手接了一滴飘零的夜雨，一时愣神。

一只手拍了拍程嘉树的肩膀。

程嘉树回头，是叶润名的笑脸。

叶润名：睡不着啊？

程嘉树闷闷的：你不也没睡吗？

叶润名笑：睡不着和没睡可不是一回事。怎么，几天大雨就把你给下郁闷了？

程嘉树：我就是想不明白，坐火车、坐船、坐汽车，条条大路通云南，我们干吗非得翻山越岭、吃糠咽菜地受这份罪，本来十几天就能走完的路程，结果才走了三分之一不到，现在又被困在这里，就算雨停了，你一个文弱书生，一路病恹恹的，猴年马月才能到昆明啊？这不是白白浪费时间、糟蹋生命吗？我真的不理解，为什么一定要用这种方式来证明自己并非象牙塔里的懦夫？

叶润名想了想：你真的觉得，坐船和走路的意义是一样的吗？

程嘉树：都是到达昆明，意义有什么不同？

叶润名：我给你看样东西。

他起身，从自己的铺位上拿过来一个东西，打开，原来是一本速写本。

叶润名：这是我一路上画的素描。

叶润名把一盏煤油灯移到身旁，一手挡风，一手翻开速写本。

程嘉树意外，好奇伸头看。

叶润名边翻看边介绍：你看，这是洞庭湖，碧波荡漾；这一幅是桃源县的桃林，看这桃花轻红，还有赶集日上的苗族青年男女，他们在对歌……

程嘉树接过速写本，自己翻看。

叶润名轻轻地：虽然只走了三分之一，我却第一次近距离看到了祖国的大好山河，发现自己原来对我们的国家了解这么肤浅。这么美的山河，要是毁在侵略者手里，岂不让人心痛？

程嘉树抬头，听着。

叶润名出神：也是在步行的过程中，我思考了许多，躲在屋内读书是一种成长，用脚步丈量天地是另一种。知识武装头脑还不够,加上强健的体魄,才能真正保家卫国。这一趟行走,我们代表的不仅是自己,更是我们的民族,我们的国家……

叶润名:就比如你程嘉树,如果没有这趟步行,你不会对双喜说再也不要把你当少爷看。这些,都是其他交通方式永远不会带给你的。

程嘉树:这话我受用。叶润名,我又得对你刮目相看了!

叶润名:怎么了?

程嘉树:我发觉你这人虽然好为人师,但有些话听起来还有那么点道理!

叶润名重新看向外面,忽然欣喜地:雨停了!

程嘉树也噌地站起身,冲到外面一看,兴奋地:真的停了!

叶润名微笑道:雨下得再大再久,也总有天晴的时候。我们也该重新上路了。

程嘉树朝叶润名点了点头,眼神比刚才亮了许多。

陆续有几个同学醒来,大家发现雨停了,焦虑的心情有所缓解,七嘴八舌地议论着。

就在这时,不远处突然传来几声枪响,众人一惊,纷纷朝枪声传来的方向跑去。

军卡停放处　夜晚　外景

黑夜中,卡车不远处,黄师岳手下的几个士兵正举枪追击,几个黑影一边开枪还击一边后退,逐渐消失在夜色里。

程嘉树和叶润名跑到近前,黄钰生等几位教授也赶了过来。

黄钰生:发生什么事情了?

叶润名:我们也是听到枪声刚刚赶过来的。

这时,黄师岳赶回来了:刚才是一小股土匪出来活动。

程嘉树:土匪?这里怎么这么多土匪?

黄师岳:过去几个月,这里抓过好几次壮丁,五个壮丁当中就有四个被抓,那些不愿意当兵的就逃到山里去了。

叶润名皱眉:又是抓壮丁闹的。

黄师岳:大家不要惊慌,他们已经被我们打退了。

黄钰生:他们抢了什么东西没有?

黄师岳:毛参谋长,你和邹队长、卓队长立刻组织各部负责人检查损失。注意,不要惊扰学生,造成不必要的军心紊乱。

毛鸿：是！

毛鸿对叶润名和程嘉树等学生：你们也先回去吧。

叶润名和程嘉树等人只好往回走，迎面，被惊醒的同学们已经纷纷赶了过来。

查良铮：是响枪了吗？

文颉：听说这里很多土匪出没，是不是土匪来抢我们的东西了？

同学甲：大家快去看看！

众人就要往卡车方向去。

叶润名拦住了大家：同学们先不要慌，是有一小撮土匪来骚扰，已经被打退了，黄团长和黄先生正在善后，大家都先回去休息吧，雨已经停了，明天还要赶早出发呢。

同学乙：我听说土匪从不放空枪的，没捞着好处绝对不会善罢甘休，强龙压不住地头蛇，这里是人家的地盘，他们能轻易放过我们吗？

同学丙：该不会已经把我们的东西全部抢走了吧？这里荒山野岭的，要是东西都被抢了，我们不就无路可走了吗？

程嘉树：不要瞎猜了，黄先生他们已经去统计了，有没有被抢，被抢走了多少，明天不就见分晓了吗？

尽管他这么说，但忧虑的情绪还是在学生中间蔓延着……

祠堂门外　白天　外景

晨曦微露，天空已然放晴，学生们三三两两聚集在祠堂门口，等待出发，由于昨晚枪声的扰乱，大家的精神面貌似乎更差了，焦虑的情绪弥漫。

穿着长衫的闻一多迈着大步走了过来。

闻一多：同学们，同学们，静一静——

闻一多双手往下压，做着安静的手势，他的沉静安然让同学们收住了议论，看向他。

闻一多：大家听我说几句。不错，昨晚是有一些土匪开枪，但他们任何东西也没抢走。何况有些东西，他们永远抢不走，那就是我们每个人身上的决心和勇气。大家说是不是？

众人点头称是。

闻一多：我们几位老师和黄团长商量了下，生病和体弱的同学，克服下病痛，坐车走；身体强健的，一起继续步行，打起精神来！只要迈开步，目的地就会越来越近。

同学甲犹豫了下，刚想说话，叶润名朝他点点头。

叶润名：闻先生安排得好，我们听闻先生的。

文颉：对，我们听闻先生的。

其他同学也不好再说什么，都勉强跟着点头。

闻一多：那就——出发！

闻一多转身带头往前走，不慎脚下一滑，文颉紧跟其后，忙上前搀扶，自己的身体也跟着晃了一晃。

闻一多看了看文颉，发现他脸色苍白，脚步虚浮。

闻一多：你的病也没好吧，别照顾我了，坐车走吧。

文颉：闻先生，我跟你走，我身体还行。

闻一多制止地把手放在他胳膊上：不行，你不能硬撑，快去坐车吧。你不是说了听我的吗？

文颉这才点点头。

行进路上　白天　外景

队伍继续向前进发，学生们走在前面，黄钰生、黄师岳、闻一多、曾昭抡等人走在队伍后面。

黄钰生：闻先生，多亏你刚才那番话，要不然今天队伍估计都很难开拔。

闻一多看着前方萎靡不振的学生们，却叹了口气：我刚才那番话，充其量也就是在发烧患者头上捂一块冰毛巾，治标不治本，我看得出来，大家并没有真正听进去，恐怕撑不了多久。

黄师岳同样很担心：前方的丘陵越来越多，要想顺利过去，极需要体力，以现在队伍的面貌，估计会很难。

队伍前方，程嘉树和叶润名并肩行走，程嘉树留意到叶润名脸色苍白，额头一层虚汗，身体状况并不太好。

程嘉树：撑不住就去坐车。

叶润名：撑得住。

程嘉树：前面的路越来越难走了，别逞强。

叶润名：越是这个时候，越得挺着，逼自己一把，就熬过去了。

林华珺把勺子从林母的嘴边移开，看母亲咀嚼下咽后，拿起手绢擦了擦她的嘴角，又端起碗，准备继续喂。

　　林母抬手，示意自己不吃了。

　　林华珺：妈，不好吃吗？

　　林母：润名一天不回来，妈就没心思吃。

　　林华珺：妈……润名已经去昆明了，怎么可能回来？

　　林母：你现在给他发电报，让他马上赶回来。

　　林华珺：妈，为什么就一定要让他回来呢？

　　林母：他答应过我要给你一个归宿，我必须要在闭眼之前把心里这块石头落定了。

　　林华珺：你这不是逼他吗？

　　林母：你们两情相悦的，怎么就成逼他了？我现在这情况，指不定能撑到哪天，说不定明后天就走了，我不找个能照顾你的人，我能走得安心吗？

　　林华珺的眼眶又红了：妈，别说了，求你了！

　　林母：我知道你不愿意听，可是这些事是我们躲不掉的，妈最放心不下的就是你，没个人照顾你，妈就是在黄泉路上都走不踏实。

　　林华珺：我可以照顾自己。

　　林母：别说傻话了，你才二十出头，一个孤苦伶仃的女人想在这世间好好地活着，你知道有多难吗？妈不想让你走我的老路。听妈的话，快给润名发电报让他回来。

　　林华珺：他跟着步行团走着去昆明，就算是发了电报，他也收不到。

　　林母愣住了，想了一会儿：我托你嘉文哥给你买票，你明天就回昆明。

　　林华珺：为什么要回昆明？我不回，我要留下照顾你。

　　林母：我用你照顾吗？你回昆明，陪在润名身边，千万要抓牢他，等他一毕业，你们就结婚！

　　林华珺：妈，我求求你了，能不能不要再提润名，不要再提这件事了，都什么时候了，我现在只想在你身边，好好地陪着你。这两天我看你气色好了很多，我以后一日三餐都给你做饭，吃得好病就好得快，等你病好了我再去……

　　林母打断了她：净说傻话！妈的身体妈了解，陪一个半死不活的人有什么意义，只要能看着你这辈子有一个好归宿，妈就是死，也会瞑目的。

　　林华珺：妈！……你不要再说了，我已经决定了，只要你还在，哪怕一天，一分钟，我就不可能离开北平的。

　　林母长叹了口气，没再说话。

　　林华珺以为母亲同意了，继续端起碗，给母亲重新喂起了饭。

北平医院病房走廊　白天　内景

　　病房。林华珺在嘤嘤抽泣。

　　林母躺在病床上昏迷不醒，脸上扣着氧气面罩。

　　程嘉文站在旁边，脸色阴郁。

　　病房房门打开，林华珺失魂落魄走出病房。缓步走在走廊里，程嘉文跟随一旁。

　　林华珺忽然停步，抽泣起来。

　　程嘉文：华珺！坐一会儿吧！

　　林华珺走到一张长椅上坐下，默默抽泣。

　　程嘉文坐在林华珺身边。

　　程嘉文：华珺！你应该听妈妈的话！

　　林华珺：妈妈现在病成整个样子，我真不愿意再回学校了！

　　程嘉文：你怎么这么固执？

　　林华珺：（忍不住泪流满面）可妈妈的病，妈妈的病，她的肝病，我担心，她……

　　程嘉文：（努力安慰着）妈妈的病会慢慢好转的！我会安排找个更好的医生给你妈妈治疗！你放心吧！你妈妈想让你和叶润名在一起，也是她一番苦心，但我认为情感的选择，应该由你自己决定！

　　两人沉默片刻。

　　林华珺：嘉文哥，你们家，你们家现在到底怎么样了？

　　程嘉文沉默不语。

程家小杂院门口　黄昏　外景

林华珺打量着眼前的院子，这是一座门楣低矮的小杂院，林华珺有些不敢置信，敲了敲门。

门开了，周妈意外：林小姐？你怎么来了？

林华珺：周妈，程家真的搬到这来了？到底是因为什么啊？

周妈叹口气，正要说话，屋内传来咣啷一声器物落地碎裂的声音，接着是程父伴着咳嗽的怒骂声。

程家小杂院卧室　黄昏　内景

程嘉文低着头，毕恭毕敬地站着，他浅色的西装被泼上了很多药渍，脚边是刚刚摔碎的药碗，额头上被砸出了一道伤口，正流着血。

程道襄躺在床上，相较于以前的神采奕奕，此刻的他显得极其瘦弱。他面部有些歪扭，显然是中过风。

程道襄举起全身上下唯一一只能动弹的手，指着眼前的程嘉文，口齿不清却极其愤怒地：走……走狗！……汉奸！

张淑慎拿着药过来，心疼地给程嘉文包扎着：怎么说他也是你儿子，下手怎么这么没轻没重。

程道襄口齿含混：……我没有……这样的儿子！卖国求荣！……走狗！……汉奸……滚！……滚！

他一激动，剧烈地咳嗽了起来。

程家小杂院　黄昏　外景

林华珺已经进了程家院子，她显然听到了里面的对话，满脸吃惊。

林华珺问周妈：发生什么事了？程伯伯为什么骂嘉文哥啊？

周妈叹气：家里都快揭不开锅了，大少爷也是没办法。

林华珺：到底怎么回事？

周妈小声说：还不是日本人闹的！他们把家里的房子和产业全给占了，老爷气得中了风，现在还在床上躺着。看病要花钱，一家老小这么多张嘴也得等着吃饭，大少爷也是没法子，才在政府里又谋了职位，哪知道老爷发这么大脾气。

林华珺终于明白了。

程家小杂院卧室　黄昏　内景

张淑慎赶紧过去帮丈夫捶背：又动气，又动气，也不看看自己现在身体状况……

程道襄：滚！……让他滚！……

程嘉文没有动弹。

程道襄伸手抓摸，摸到了自己的手杖，努力想挣扎起来去打程嘉文：滚！

程嘉文纹丝不动，任由手杖打在自己身上。

程母：嘉文，你还是先出去吧。

程嘉文：是，母亲。

程道襄这才稍微平息了一些。

张淑慎眼圈红了：这都是造的什么孽啊！

程家小杂院　黄昏　外景

程嘉文走出卧室，迎面看到了林华珺。

程嘉文：华珺？

程家小杂院卧室　黄昏　内景

林华珺：伯母，您别倒水了。

张淑慎：你坐着，你是客，一杯茶总是要喝的。

张淑慎为她端上一杯茶，抱歉地：老爷现在卧床不起，家里又成了这个样子，一切只能从简了，华珺，你别介意啊。

林华珺摇摇头：伯母您千万别客气，伯父身体怎么样？

程母叹气：要是不生气，静养些日子，还不算太坏。可是现在这情况，哪天都不清净啊……唉，你母亲好点了吗？

林华珺眼睛黯淡了下去。

程母明白了，叹道：真是多事之秋啊，家家都没有安生日子……有需要我们帮忙的，你尽管开口，千万别客气。

林华珺点头，看到床上的程道襄一直热切地看着自己，抬起手，似乎想问什么，却没有张口。

张淑慎也注意到了这点，替程道襄问道：嘉树在长沙怎么样啊？

林华珺：他很好，刚到长沙时，我们宿舍不够住，他主动租了房子，邀请大家去住；还靠自己努力，顺利通过了入学考试，凭自己的本事考进了临大。

张淑慎惊喜：真的？

林华珺点头：而且嘉树成绩很好，我以前也没发现，他原来是个通才，什么功课都好，尤其是理科。

程道襄心情显然好了很多，他似乎又想问什么。

张淑慎看了丈夫一眼，明白了他的意思，替他问道：嘉树还像以前那么爱闯祸吗？

林华珺微笑摇摇头：不了！还经常帮助别人，就连街头卖臭豆腐的一对父子，他都一直帮助他们。日本人轰炸小吴门火车站后，他演了一出话剧，而且还是男主角，狠狠抨击了日本人的罪行，那出话剧的反响特别好。

程道襄既有掩饰不住的高兴，又带着疑惑，嘴里吱吱呀呀：他……怎么……

张淑慎再次替丈夫问道：他怎么突然变得这么快，这么懂事？

林华珺：嘉树一路南下求学，经历了那么多，比以前懂事多了。这次学校搬迁去昆明，他主动提出参加步行团，去接受更多的历练。程伯伯，程伯母，嘉树真的成长了。

程道襄脸上的喜悦突然消失，他努力想把头扭向靠墙那侧。

张淑慎赶紧帮他把身子翻过去。

程道襄面朝墙壁，背对着张淑慎和林华珺。

张淑慎和林华珺都不解其意。

不一会儿，程道襄突然从嗓子眼里发出沙哑的哭声。

这一声哭，瞬间让张淑慎和林华珺也酸了鼻子。

程道襄老泪纵横，那分明是欣慰和喜悦的泪水……

行军路上　白天　外景

（字幕：贵州）

旅行团进入了贵州地界，山水贫瘠，田野荒凉，路旁，瘦弱无神的农民诧异地看着旅行团。

旅行团的成员们显得更加疲乏，所有人都口干舌燥，勉强地向前挪动着。

闻一多坐在路边歇息片刻，望着眼前贫瘠的土地，膝盖上放着他写给父母的信。

闻一多旁白：双亲大人膝下，沅陵奉上一禀，想已达览。十七日至晃县出发，步行三十日抵达贵阳。贵州境内遍地皆山，故此半月中较为劳苦，加之天时多雨，地方贫瘠，旅行益形困难。本地谚云"天无三日晴，地无三尺平，人无三两银"，盖得其实矣……

曾昭抡和李继侗来到闻一多身边，发着感慨。

曾昭抡：看到如此荒凉的景象，就知道民生多艰啊。

闻一多：不走这一遭，我们这些掉书袋的人，根本认识不到真正的中国！

李继侗：快到镇远了吧。

黄钰生：前面的路程更难了，这一带，在古代叫"夜郎"，多是崎岖山路，还常下雨，路滑山险，非常难走。

旅行团的后方，程嘉树脚步虚浮，被叶润名搀扶着，背着东西的双喜不时焦灼地看向程嘉树。

程嘉树虚弱地：想不到你病好了，我反倒病倒了！这病是不是排着队找人，躲都躲不开啊？

叶润名：谁让你下雨去跑步了？跟天气较劲，病不找你找谁啊？

程嘉树：那它也没较过我，雨停在先，我病在后。

队伍的最前方，一探路士兵来到黄师岳面前。

士兵敬礼：报告，前面没有路了，净是些荆棘杂树。

黄师岳沉吟了下：那就砍掉荆棘，开出一条路来！

士兵：是！

黄师岳：传令下去，原地休息。

士兵：是！

峭壁前　白天　外景

先行的几个士兵终于砍完荆棘了，看到眼前的情景，却傻眼了——

横在他们面前的，是一座极其险峻陡峭的峭壁。

步行团所有成员已经聚集在峭壁下方，打量着眼前的峭壁，所有人都颓然不已。

双喜：少爷……

程嘉树瞪了他一眼：要我提醒你多少次？

双喜：程嘉树同学，该不会让我们翻这座山吧？这座山就连我都翻不过去，更别提你这软面条的身体了。

人群外围无人处。

毛鸿正在向黄师岳汇报：已经派人四处打听过了，没有其他路，要想过去，只能翻过这座山。

黄师岳看着眼前的山：山上有路吗？

毛鸿：有倒是有，只是……

黄师岳：怎么了。

毛鸿：峭壁中隐约可见一条小路，甚至不能称之为路，估计是附近采草药的山民走出来的，以师生们目前的体力，恐怕无法过去。

山下休憩地　白天　外景

教授们和医生们聚在一起。

闻一多：我认为还是应该继续前行，没路都能开路，何况有路可走呢。

教授甲：路是有，可您看看，这条路也太难走了。

黄钰生：我赞同闻先生的，路是人踏出来的，既然有人走过，我们就能走。

年轻教师：话是这么说，可是这种峭壁，就算健壮的男人也未必能翻得过去，何况长途跋涉之下，学生们体力本就下降了很多，现如今还有很多病号。

徐行敏：我也不太赞成翻山，勉强翻山，万一体力不支出事怎么办？还有李先生的腿病。

众人看向不远处的李继侗，他正被人搀扶着。

闻一多：那怎么办？就这么回去吗？

没人能答得上来。

闻一多：眼前是遇到了困难，如果因为困难就退缩，那我们当初为什么要出发？

所有人都沉默了。

另一边。

黄钰生：同学们，这一路，大家表现得都很勇敢，不管是病还是弱，没人叫苦叫累，现在我们已经走出了湖南，咱们再加把劲，过了贵州，离昆明就不远了。

学生甲：黄先生，不是我们不想走，这连路都没有，怎么走？我们刚才都试过了，连五米都爬不过去。

这时，黄师岳的声音突然响起：所有人，站起来，立正！

除了闻一多等几个教授和查良铮、文颉之外，几乎没人动弹。

黄师岳：我的命令没人听了吗？

依旧无人响应。

黄师岳：你们忘了我们这个队伍叫什么名字了吗？湘黔滇旅行团！我们出发时约定过，全部军事化管理，绝对服从命令，我是团长，我现在命令你们马上起来，整理军容，向前出发！

还是无人响应。

黄师岳：不听令是吧？行。那就别听，继续做象牙塔内的懦夫去吧！

学生乙：黄团长，不是我们想当懦夫，想翻过这座山，不是摔死，就是被山上的毒蛇虫蚁咬伤咬死，我们去昆明是想读书，而不是送死。

黄师岳：那些去前方战场跟敌人厮杀的同学们呢？他们就不怕死吗？不试一试，怎么就知道过不去呢？你们出发时的凌云壮志呢？就这么轻易被这点困难打趴下了吗？

学生丙：可就算是死，我们也更愿意死在敌人的子弹之下！

一时间，双方僵持不下。

这时，行李车旁有人突然叫了起来：抓贼！……快抓贼！……

黄师岳等人赶紧过去：怎么了？

学生：有个人偷走了我们装钱的包袱，张宗玉他们已经去追了。

黄师岳：往哪个方向跑了？

学生指着一个方向：那里。

黄师岳：追！

黄师岳、毛鸿、叶润名等人和几个年轻力壮的学生追了过去。

闻一多、程嘉树等人也跟了过去。

双喜一边埋怨，一边跟上去：少爷，你还生着病呢！

路上　白天　外景

几人追到了村庄旁边，看到眼前的一片花海，却愣住了。

一个学生问道：这是什么花？

黄师岳答道：罂粟。

所有人都震惊了。

正在这时，张宗玉回来了。

黄师岳：抓到了吗？

张宗玉：抓到了，只不过……

黄师岳：什么情况？

张宗玉为难地：还是您自己去看看吧。

贵生家　白天　外景 / 内景

黄师岳、闻一多、叶润名、程嘉树等人跟随张宗玉走进了一户农家，却被眼前院落的贫苦、破败震撼到了。

几人进屋，看到两张木板床上，一张上面躺着一个形容枯槁、垂死的中年男人，另一张上面躺着一个骨瘦如柴、病恹恹的中年女子，女子床前，十四五岁的半大男孩贵生正一手给她喂药，一手哄着背上正在哇哇啼哭的女婴。

闻一多等人面面相觑。

张宗玉：偷我们钱的就是这孩子。

贵生听到声音，回过头来，冲着黄师岳、闻一多就跪下了。

贵生：先生，求你们救救我娘吧！

闻一多扶着他：到底怎么回事？

贵生家院子　白天　外景

大家都已经在院子里坐下。

贵生背上的女婴也已经在屋里睡着了。

贵生：我爹……你们也看到了，他抽大烟已经抽得没了人样，家里全靠我娘一个人撑着，不曾想我娘年初又得了重病，要是再不看大夫，她就死了。先生，你们的钱我已经都给了大夫，求你们发发善心，大发慈悲，救救我娘。等我做出新的烟膏，我就拿烟膏抵你们的钱。

程嘉树：你爹抽大烟，你还做烟膏？

贵生：我们这里家家户户祖祖辈辈做烟膏，再说，不做烟膏，我娘跟我妹妹就没人养活啊。

大家听到这里，不由一声叹息，深感无奈。

黄师岳：我们的钱不用你还了，拿去给你娘看病吧。等你娘病好后，换条活路。

贵生：可是除了这条路，我还能有什么活路？

大家一时沉默了。

正在这时，门突然从外面被推开，一小队国军闯了进来。

国军甲：哪个是蒋贵生？

看到众人来势汹汹，没人回答，贵生下意识地往后躲。

保长站了出来，指着贵生：是他。

国军甲：抓！

贵生正想跑，几个国军已经冲过去按住了他。

贵生：放开我！

程嘉树等人站了出来：你们干什么抓人？

国军甲：干什么？征兵！走！

说着，他们就要带贵生走。

贵生：我不走！放开我！我还有娘和妹妹要照顾！

黄师岳、毛鸿等人拦在了国军前面。

国军看到黄师岳几人身穿军装，倒有几分忌惮。

黄师岳正想说话，闻一多已经抢先开口：征兵？你们睁眼看看他，他才多大，还是个半大孩子，怎么当兵打仗？

国军甲：怎么就半大孩子了？这不是也十好几岁了吗？带走！

黄师岳：他家里就剩这么一个劳动力，他娘和妹妹还需要人照顾，算了吧。

国军甲：长官，我也是执行上命，统计表上清清楚楚写着这个家两个壮丁，我们只征一个，已经够合情合理了，总不能让我无法交差吧？

叶润名：两个壮丁？你去看看他爹，连床都下不了了，还算壮丁吗？

国军甲：没死吧？只要没死，就是劳动力。

程嘉树：简直胡搅蛮缠，那你们怎么不放了贵生，去抓他爹啊？

国军甲：我们征兵名单上写的是蒋贵生，就抓蒋贵生，走！

贵生哭着：我不能走！我要走了，我娘和妹妹也活不成！

黄师岳拦在他们面前，闻一多、叶润名、程嘉树等学生们也纷纷拦在前面，一时间双方僵持不下。

黄师岳：把人放了。你的长官要是有意见，让他找我。

国军甲：您是？

黄师岳：军事委员会中将参议黄师岳。

国军甲看着越来越多的师生，终于下了决心：放人！

一队国军离开。

贵生哭着就要下跪：谢谢长官，谢谢先生们！

黄师岳等人赶紧扶起他。

程嘉树突然开口：双喜！你身上还有多少钱？

双喜下意识地捂紧了口袋：你想干什么？

程嘉树：拿出来。

双喜犹豫。

程嘉树：拿出来。

双喜只好把钱袋拿出来给他。

程嘉树把钱袋交给贵生：这些钱你拿着，给你娘治病，不够的话，等我回去再给你寄，等治好你娘的病后，你就带他们离开这个地方。

贵生：谢谢！谢谢先生。

闻一多、叶润名却陷入了思索。

山脚下破庙　夜晚　外景／内景

木门霍然打开——师生们站在门口。

程嘉树和叶润名举着火把走进房间，四下望去——破庙内摆着几具棺材。

其他师生也缓步走进破庙，四下打量。

查良铮：我们真的要住这里吗？

程嘉树：有的住就不错了，棺材板正好当床使，比地上舒服。

听他这么说，大家也只好开始往棺材板上铺稻草。

一小堆篝火摇曳。

程嘉树带着心事，直接躺在棺材板上。

叶润名：程嘉树，有心事啊？

程嘉树叹了口气，重新坐起来：以前从来没想过，我们的土地上，竟然有如此贫瘠的地方，如此贫困的家庭。岂曰无衣，与子同袍，我们回去后就各尽所能，去帮助他们。

"靠什么帮助？"闻一多的声音响起。

大家：闻先生……

闻一多：捐钱捐物吗？

程嘉树点头：对。

闻一多：以程家的家业，你觉得能帮助多少像贵生这样的家庭？

程嘉树：能帮多少是多少。

闻一多：再加上叶家的家业，还有诸位的倾囊相助，我往大了说，也许能帮得了这个镇子？那下一个镇子呢？下下个镇子呢？话再说回来，即便你们帮了十个贵生，你们也只能改变得了他们一时的命运，改变不了他们一世的命运。

大家沉默了。

程嘉树：闻先生，那我们要怎么做，才能真正帮助他们？

闻一多：你们帮不了他们。你们连眼前这座山都没有信心爬过去，度己尚且不能，何谈度人？

所有人都有些惭愧。

程嘉树：闻先生，您说得对！贵生这么小就已经承担起一个家庭的责任，而我却还要依赖家庭，我连贵生都不如，又怎么能帮他？

闻一多：要想对他人有用，首先自己要成为一个有用之人。

查良铮：什么才是有用的人？

闻一多：相对于别人有用的人，就是有用之人。一棵树苗有用吗？有用，因为它可以发挥光合作用，可以成为木材。你们现在是树苗，但我们之所以一路从北平南下，正是因为栽种树苗的土壤被战火侵袭，我们要将你们这些树苗移植栽种到遥远的昆明，期望你们能在健康的土壤中成长，将来变成大树，化作这片国土所需的桢干之质，去发挥更大作用，从根本上改变像贵生这样的家庭之命运。

停顿了片刻，闻一多：只可惜，我们没有被战火吓倒，却被一座山给击垮了。

程嘉树：一路上，我总觉得饭菜难以下咽，住宿越来越差，最后唯一通往昆明的路也走不下去了，我们已经陷入绝境，可是相比贵生的境遇，我们这又算得了什么？

叶润名：贵生的境遇，只是一个家庭的情况。我们看到的大片罂粟花田和那么多壮丁背后，不知道有多少跟贵生一样不幸，甚至比他更不幸的家庭，而这些家庭，这些正处在水深火热中的人，竟然都是我们的同胞。我们作为一届学子，确实应科学救国！

曾昭抡：（坐在篝火旁边，缝补着自己的破袜子）科学救国，可何谓科学呢？

程嘉树：Science! The careful and systematic study!

曾昭抡：Right! 可何谓科学之道呢？

曾昭抡成竹在胸，注视着众人。

程嘉树一时语塞——所有师生都静静聆听。

曾昭抡：科学，它必为人所用！但一定要为善良的人所用！不能被法西斯所用，成为他们的帮凶！科学让我辈发现了世界和宇宙的奥秘，让脆弱的人类更加强大！可法西斯利用科学技术制造飞机大炮，四处屠杀掠夺，让善良的人们受尽折磨，让无辜者走向死亡！

曾昭抡逐渐激动起来。

所有师生也被曾昭抡所感染。

曾昭抡：我辈不幸，生于战乱，让我们受尽磨难，但也让我们洞察人性！战争让我们体察到了人类灵魂最黑暗的时刻，也让我们洞悉了人性最光辉的善良！我们不能恐惧，要坚信法西斯终将走向灭亡！他们罪恶的炮弹发出的隆隆声只是他们灭亡之前发出的悲鸣！他们会消逝的，会死亡的！

曾昭抡已经泪流满面。

师生们泪水涟涟。

曾昭抡：我辈苦苦求索的科学在恶魔的手中成了杀人利器！他们图谋将我们赶尽杀绝，将我们的民族推向深渊，将我们的文化碎尸万段！但科学也是我们的武器，我们要奋起抗争！他们罪恶的战争吞噬了我们的生命，但我们正义的战争终将带来和平！

所有师生一片寂静，陷入沉思。

破庙外　白天　外景

双喜和厨子们做好了饭，是一锅野菜粥。大家正在排队打饭。

有同学抱怨着：这粥是越来越稀了，喝了这一碗，连半个小时都撑不住又饿了。

很多同学端着粥难以下咽。

程嘉树端着饭碗过来，双喜只为他盛了一点。

程嘉树：跟他们一样的分量。

双喜有些意外：少爷，你又不爱吃这个，我身上还有点余钱，一会儿上老乡家给你买些鸡蛋。

程嘉树：盛满。

双喜只好给他打满。

程嘉树端着饭碗蹲到一旁，狼吞虎咽起来。

所有人都惊呆了，纷纷望向了他。

在大家惊异的目光中，程嘉树一口气把整碗粥都喝完了。

查良铮：嘉树，你都喝光了？

程嘉树：喝光了，你们也快点喝，喝完我们好有力气爬山。

查良铮：爬山？

程嘉树：对啊，不爬山怎么到昆明？

查良铮：可是……

同学甲：程嘉树，就你这病恹恹的，翻得了这座山吗？

程嘉树：只要我翻得过去，你们就都得翻过去。

同学甲：当然。

程嘉树走到黄师岳面前：报告黄团长，国文系程嘉树请求翻山。

双喜赶紧过去拽住他衣角：少爷，你疯了！

程嘉树却挣开了：黄团长，请批准！

黄师岳：撑得住吗？

程嘉树：没问题！

叶润名：算我一个。

程嘉树：你行吗？

叶润名：行不行，试试不就知道了？

查良铮：我也去！

双喜：少……程嘉树，你去我也去！

闻一多：我的学生都能带病翻山，我这个当老师的还能做缩头乌龟吗？我也去。

李继侗：带上我。

一时间，很多师生纷纷加入，想走的人站在一边，占了大多数。

原本那些不想走的、生病的师生们犹豫着……文颉先作出了决定，迈出了步伐。

文颉：闻先生，我也一起。

一个带病的学生：程嘉树都能带病翻山，我也想试试看。

他走了过去。

其他师生受到感染，也全部加入了他们。

黄师岳感动：既然我们全团一心，那大家就相互扶持，没病的牵着生病的，强壮的拖着瘦弱的，一个也别落下，我有信心，一定能跨过这座山，你们有信心吗？

片刻后，所有师生齐声爆发出整齐的声音：有！

这一刻，所有人脸上多日来所有的颓靡、恐惧、焦虑，全部烟消云散，取而代之的，是砥砺前行的坚定信念。

北平医院病房走廊　白天　内景

林华珺正拎着装食物的保温瓶往病房走去，却发现母亲病房前，医生护士正奔忙着，一片混乱。

林华珺心中突然不安，赶紧跑了过去。

门口，医护人员正推着急救床出了病房，向抢救室跑去。

林华珺看到急救床上的正是她母亲。

林华珺脸色大变，随手抓住一个护士，颤抖着嗓子：我妈怎么了？她怎么了？

护士：病人把自己的氧气管拔了，正准备抢救。

林华珺手中的保温瓶掉落在地。

抢救室外　白天　内景

林华珺站在抢救室门口，没有哭，也没有说话，只是定定地盯着抢救室的门，眼睛一眨不眨。

程嘉文看着她的样子，很是担心：华珺，你别太担心，要相信医生。

林华珺仍然一言不发。

程嘉文把她拉到椅子旁，抚着她的肩膀让她坐下。

程嘉文：都怪我，应该安排个人照看的，我怎么都没想到，伯母她会突然……

林华珺打断了他：因为我……都是因为我。

程嘉文：因为你？

林华珺再次沉默，死死地咬着嘴唇，浑身微微颤抖着。

程嘉文很是不解，但也不便追问。

这时，抢救室的灯灭了，林华珺立刻起身快步走向门口，医生和护士开门出来。

医生：病人抢救过来了，没事了。

林华珺总算松了口气。

程嘉文正想安慰她。

林华珺突然跑开，躲在角落里，缩成一团，泣不成声。

北平医院病房　夜晚　内景

林母已经从抢救室出来，正躺在病床上输液。

门口传来声音，林华珺进来了。

林母：小珺……

林母看到女儿哭肿了眼睛，却不愿她靠近。

林母：别怪妈狠心。妈知道自己的身体，撑不了太久，没必要为了这么个废身子，耽误你一辈子。

看着以死相逼的母亲，愤怒、自责、内疚，种种情绪在林华珺心底翻滚。

林华珺浑身颤抖：如果今天医生没能把你抢救回来，你觉得我这辈子还能好过吗？

林母撑起身子，靠在床头，冷静而决绝地看向女儿：至少你会了了妈的心愿，嫁给叶少爷。

林华珺：你怎能这般逼迫我？！

林华珺的音量引来了走廊里的护士：病人情绪不宜激动。

林华珺：对不起。

护士离开。

林华珺深吸了一口气，在床边的椅子上坐下，好让自己冷静下来。

一阵沉默。

林母：你啊，从小性子就像你爸，清高固执。妈知道，你打心眼里觉得妈世俗，可你不明白，妈这一辈子，太苦了。现在想想，嫁给你爸就好像是昨天的事一样，二十年，眨眼之间就过去了，一辈子就过去了。再看看隔壁的程太太，对门的房太太，哪一个不是养尊处优，一辈子不为吃穿发愁。妈什么都没有，只有你。

林母的病容，以及她眼中的担忧和期盼，深深刺痛了林华珺的心。

林华珺：妈，别说了，你想的，我都明白。

林母：你真的明白妈的一片苦心吗？

林华珺起身走到床边，拉起母亲骨瘦如柴的手，用力地点点头。

林母的嘴角浮出一个欣慰的笑容：小珺，你是妈这辈子唯一的骄傲。你不能走妈的老路，不能活得像妈一样卑微。

林华珺：妈，贫穷从未让我觉得活得卑微。在我心里，没有价值的人生，才是真正的卑微。

林母：什么价值，傻丫头，嫁个好男人，相夫教子就是女人最大的价值。

林华珺知道无论多少次的谈话也无法改变母亲固有的价值观，唯有屈从。

林华珺：不说了，我听你的，只要你好好的，我什么都听你。

林母：真的？

尽管心如刀绞，林华珺还是咬紧牙关对母亲许下承诺：我会回昆明，跟润名在一起。但你也要听我的，好好养病，我在这个世界上，只有你一个亲人了。

林母喜极而泣：好，只要你回昆明，跟润名结婚，妈一定养好身体，等你们回来。

母女相望，泪眼婆娑。

林华珺：妈，我好多年没有陪你睡觉了。

林母挪了挪身体，让出半边床。林华珺脱掉鞋子，躺下靠在母亲怀里，伸手紧紧地抱住她。林母也伸手揽住女儿。

林母：小珺啊，妈这么多年总是念叨你，你怪我吗？

林华珺：曾经怪过，现在不怪了。

林母微微一笑，用力抱紧女儿。母女俩心里都明白，这或许是今生最后的拥抱。

林华珺：妈。

林母：嗯。

林华珺：小时候你老给我唱的那首歌，你还记得吗？

林母：怎么会不记得。

林华珺：再给我唱一遍吧，我想听。

林母开始轻轻哼唱着，边唱边拍着林华珺的后背：

睡吧，睡吧，我亲爱的宝贝

妈妈的手臂永远保护你

世上一切幸福愿望

一切温暖全都属于你

歌声中，林华珺的泪水无声滑落。

月光从窗外进来，洒在她们身上……

北平医院病房和走廊　白天　内景

林华珺抓着林母的手不愿离去。

林母昏迷不醒，脸上扣着氧气面罩。

高级医生和程嘉文站在病床旁边。

房门打开，程嘉文和高级医生一起走出病房。

程嘉文：林医生，这次麻烦您了，特意从协和赶来完成了手术！

高级医生：救死扶伤是我们医生的天职！您客气了！让病人好好休养吧！

程嘉文：日后有事需要我帮忙尽管说！

高级医生：程先生客气！我先走了！

程嘉文：您一路走好！

高级医生远去。

程嘉文回身望着病房里的林华珺。

程嘉文（对病房内，轻声地）：华珺！让妈妈休息吧！

林华珺站在病床前，望着林母，点点头。

走廊里一片繁忙——林华珺和程嘉文并肩而行。

程嘉文：华珺，妈妈做了手术，病情会好转的，你放心吧！我在北平会照顾她的！

林华珺：谢谢嘉文哥！

林华珺忽然抽泣起来。

林华珺坐在了走廊角落的一张长椅上。

程嘉文也陪同坐下。

程嘉文：那个医生是我安排从协和来的名医，你放心吧！

林华珺（抽泣着）：我原来恨妈妈，恨她总是逼我嫁给有钱人家，可昨天手术之前，妈妈让我陪着她躺一会儿，后来就像我小时候那样，我和妈妈挤在一起，妈妈抓着我的手，她什么也没有说，就是抓着我的手，和小时候一模一样……妈妈给我唱歌，是我小时候她总是唱的那首歌，"睡吧，睡吧，我亲爱的宝贝……"妈妈很累，很疲倦……可妈妈一直轻声地唱，"妈妈的手臂永远保护你，世上一切幸福愿望，一切温暖，全都属于你……"妈妈的手暖烘烘的……我哭了，可不敢让妈妈看到……

林华珺继续抽泣着。

程嘉文：华珺！回昆明继续读书吧！妈妈希望你回去！

一组蒙太奇——

山林中　白天　外景

山林中，步行团的成员们相互扶持，艰难地爬着山。

查良铮攀爬一处峭壁，怎么也爬不过去，一双手伸了下来，是黄师岳。查良铮抓住黄师岳的手,顺利地爬了上去。

闻一多艰苦地攀爬着,文颉努力地跟在他左右。

叶润名脚下一滑,险些跌落,一双手已经扶住了他,是程嘉树。

山顶　白天　外景

步行团终于抵达山顶,大家冲着山下开心地吼着……

山脚下　白天　外景

步行团的师生们终于翻过大山,到达了山脚,眼前已经是另一番开阔的天地。

蒙太奇结束。

路上　白天　外景

远处,一个骑马的云南少年正在唱歌:正月放马喔噜噜噜的正月正哟,赶起马来登路里程,哟哦,登路里程……

闻一多坐到路边,在写生本上画下了眼前情景。

文颉一旁附和:闻先生画得真传神。

刘兆吉也在纸上记录着。

(字幕:临大哲学系学生　刘兆吉)

程嘉树:刘兆吉,你一路搜集的民歌没有一千也有八百了吧。

刘兆吉神秘一笑:远不止。

程嘉树:哦?

刘兆吉:最开始,闻先生听到了船夫们的民歌对唱,伴桨声而来,我随他听了一路。闻先生鼓励我记录下这些风土人情,后来我们发现不管遇到什么情况,人们唱的大多是情歌。

程嘉树:为什么都是情歌呢?

刘兆吉:可能是他们肩上的担子太重,累的时候,情歌唱一唱,有种与人相伴的感觉,路就不那么难走了。

程嘉树：你教我一首吧！

双喜：你学情歌干吗？不会又打林小姐的主意吧？她是叶少爷的女朋友，用得着你唱哪门子情歌。

程嘉树：双喜，你是谁家的人，还敢胳膊肘往外拐。

双喜：现在我是步行团的炊事员，不是你的仆人，这话是你说的。

程嘉树被噎住了：你给我等着！

叶润名和刘兆吉不由都笑了。

刘兆吉：不光我在记录民歌，生物系同学跟着李继侗先生采集植物标本，社会系同学调查了上百位农民的生存状况，大家都有收获。程嘉树，你这一路做了些什么？

程嘉树被刘兆吉问住了，不由自主重复了问题。

程嘉树：我这一路做什么了？跑步、爬山……

叶润名：吃鸡腿。

大家哈哈大笑。即将到达目的地，众人都心情大好。

叶润名拿出了日记本，边走边记录：这一路，我们曾经路过桃源，想起两千多年前漫无目的闯入的诗人，经历了伟大和美好，也看到了很多现实和无奈……有阳光照耀的地方就有阴影的存在。

程嘉树脑中回想起了刘兆吉的那句话：程嘉树，你这一路做了些什么？

黄师岳骑着自行车来回确认是否还有学生掉队。他停下，摊开军用地图看了看。

黄师岳：同学们，我们很快就到云南了，前方不远就是平彝县。

同学们欢呼鼓舞，也凑近看黄师岳的军事地图。

"平彝县"三个字映入大家的眼帘。

程嘉树：终于要到了！

叶润名也看向了远方。这时，行进在队伍前列的同学开心地跑到程嘉树等人身边。

同学甲：你们知道吗？台儿庄战役胜利啦！日军部队受到重创，残余部队也撤退了。

叶润名：是真的吗？

同学甲：千真万确，工学院同学从广播里听来的。

叶润名：嘉树，过来一块听。

文颉见状，也招呼闻一多和李继侗：闻先生、李先生，台儿庄战役胜利啦！

大家聚拢在工学院的同学身边，一起从广播里见证这重要的时刻。

广播员声音激动：第五战区发起了全线反攻，全力扫荡……

喜悦和凝重出现在大家脸上，还有同学喜极而泣。

闻一多：任重而道远啊。

这时，文颉背起了闻一多的《红烛》。

文颉：烧罢！烧罢！烧破世人的梦，烧沸世人的血，也救出他们的灵魂，也捣破他们的监狱！

有同学也加入了文颉的吟诵。

程嘉树思考着未来。

文颉带领部分同学一起背诵：红烛啊！你心火发光之期，正是泪流开始之日……

在同学们的吟诵声中，闻一多和李继侗默默走到了路边。

闻一多：从今天开始，不到抗战胜利绝不剃须。

李继侗：算我一个！

昆明龙云公馆　白天　内景

龙云和蒋梦麟、梅贻琦围坐桌边，龙云身穿军服，十分精干。他亲自为两位校长斟上普洱茶。

龙云：请两位校长放心！只要我龙某在滇一天，必当竭尽所能，与临大共渡难关。

梅贻琦：龙主席，长沙临大已经更名为"国立西南联合大学"，希望云南会是师生们战时奔波的最后归宿。

龙云：西南联大！好！叫得响亮！我西南军民必不让师生再受迁徙之苦！

梅贻琦：感谢龙主席的关照，联大已租得大西门外昆华农业学校为理学院的校舍，拓东路迤西会馆、江西会馆、全蜀会馆为工学院校舍。

龙云：事起仓促，作为校舍肯定还是过于简陋了。

梅贻琦：雪中送炭，已经感激不尽，房屋只要稍加修理，置办一些桌椅就能上课了。

龙云：校舍不足，也只能委屈文法学院先迁至蒙自了。

蒋梦麟：文法学院的搬迁事宜已经着手准备。校委会已经前往蒙自，办理海关大楼和哥胪士洋行租赁手续，一美元象征性租金也让我联大同仁甚为感动。

龙云：两位校长如有任何要求，请尽管提出。云南在，联大就在，我们一起共渡难关！

蒋梦麟几人很是感动。

这时，有侍从来报。

龙云侍从：报告，前方传来消息，湘黔滇旅行团即将抵达平彝县。

蒋梦麟开心得站了起来：总算到了！

龙云目光炯炯：通知平彝县县长，好生款待！师生们一路风餐露宿、舟车劳顿。云南就是他们安适的落脚点。

梅贻琦：劳烦龙主席了。

龙云感叹道：了不起！手无缚鸡之力的读书人，三千五百里长途跋涉！两位校长，请接受龙某的敬意。

蒋梦麟望向梅贻琦：既读万卷书，又行万里路。唯愿这次艰苦卓绝之长途跋涉，能塑我西南联大之校风。

　　　　　　　　路边　　白天　　外景

前方就是通往云南的关口，这一天，终于要到来了。

一反往日的活泼，程嘉树一路都在沉思——

刘兆吉旁白：你这一路做了些什么？

远处依稀能看到当地群众的身影，密密麻麻的人很多。

叶润名看了眼身后，阴雨迷蒙、层峦叠嶂，前方的云南阳光普照，蓝天白云那么耀眼。

　　　　　　　云南平彝县　　白天　　外景

步行团昂首阔步，踏入了云南平彝县的地界。阳光洒在成员们身上，程嘉树和双喜兴奋地四处打量，大家眼中都充满着好奇与朝气。

敲锣打鼓声响起，民众盛情欢迎步行团的到来。站在最前方的是顾县长，黄师岳向他行了个军礼。

顾县长：各位老师同学们辛苦了，欢迎大家来到云南。龙主席让我代他问候诸位，特意交代我好生款待大家，他对同学们从长沙步行到昆明十分佩服，向大家表达敬意。

步行团师生们鼓掌。

顾县长：龙主席派来接行李的车已到，老师同学们，请！

顾县长领着黄师岳、黄钰生带队的步行团在云南行进。

云南平彝县大澡堂　白天　内景

阳光透过玻璃照射进澡堂里，程嘉树沐浴着阳光，他把外套扣子一解，脱去了上衣。

程嘉树深吸了一口气，自我陶醉：总算不是高锰酸钾的味道了。

叶润名也深吸一口气：是你身上的老汗味。

程嘉树：哈哈哈，酸秀才，你也会说笑的啊，好像你多干净似的。

这时，叶润名也脱去了上衣。程嘉树偷偷挪到叶润名的身后，冲双喜"嘘"一声。

程嘉树突然发力，把叶润名推入了大澡堂里，溅起了水花。

叶润名：程嘉树！

程嘉树：这就来！

程嘉树也跳入澡堂，溅起了很大的水花。同学们纷纷抱怨，程嘉树则开心得像个孩子。

程嘉树：你们倒是快点呀。

同学们接连跳入了澡堂，大家泼水闹腾，像鱼儿游入大海那般畅快，十分欢乐。

唯有文颉还衣冠整齐地站在角落里，捏着鼻子迟迟不脱衣服。

云南平彝县广场　白天　外景

广场上席开二十多桌，场面十分壮观。

同学们的头发还湿漉漉的，脸上的肤色和之前明显差了不止一个色号，一张张年轻又质朴的脸庞，眼睛直勾勾地盯着饭桌。

桌上都是云南当地的特色农家菜，辣子鸡、酸菜猪脚、建水豆腐、火腿焖饭、凉拌薄荷叶、炒饵块……

程嘉树瞪大了眼睛，吞咽了好几次口水。

这时，最后一道大菜被端了上来，白肉，白花花的大肉。对于饿了很久的同学们来说，只看不吃是最大的折磨，大家不停地吞咽口水。

黄师岳一声令下：开餐！

同学们快速动筷，虽然如饿狼，但大家还是维持着相对的体面。

双喜快速夹了好几片肉塞进程嘉树的饭碗里，想了想又帮叶润名夹了菜。

大家吃得热火朝天，满头大汗，谁也顾不上说话了。

云南平彝县某村民家　夜晚　内景

干净的床铺上，程嘉树把自己睡成了一个大字形，人仰马翻。

查良铮撕下了英汉字典最后一页：大功告成。

他十分珍惜地摸了摸干净的床铺，也倒头躺下。

叶润名、刘兆吉等也都纷纷躺下，大家有一搭没一搭地聊着。

叶润名：以前，如果有人让我形容干净是什么味道，我一定说不出。但是现在我知道了。

查良铮：是什么味道？

叶润名：干燥的稻草味，带点阳光照射后水分蒸发的气息，仔细闻还能闻到肥皂的清新。

大家齐刷刷地又闭上眼睛，感受了一番干净的床铺的气息。

这时，一阵呼噜声响起，大家一看，正是程嘉树发出的，忍不住笑了。

刘兆吉感叹道：我就服程嘉树，不管在哪里，环境什么样，第一个入睡的准是他。

叶润名：可不是嘛，那次借宿在老乡家里，他们家没地方，我们只好和他养的猪、牛、羊一起睡在圈里，程嘉树居然也能倒头就睡。

查良铮：和猪牛羊同睡也只是臭而已，我记得有一次在一间废弃的寺庙内殿过夜，半夜起床上厕所，看到周围都是雕像，还有一只眼睛瞪着我，可把我吓得不轻。当时嘉树睡在一块棺材板上，照样睡得香。

程嘉树不知道做了什么美梦，睡着睡着就笑了起来。大家看他睡得这么香，竟也有一种满足感。

叶润名：怎么不见文颉？

同学甲：估计又给闻先生铺床去了。

这时，查良铮的酣睡声也响起，刘兆吉等同学也渐渐闭上了眼睛。

房间变得静谧和安宁，大家都累坏了。叶润名悄悄起身，坐到窗前，又一次摊开了他的日记本。

叶润名写道：4月19日，距离旅行团第一次在长沙码头集合正好两个月。明天就要迎来最后的征途了，回望这一路，虽然艰难困苦，但此刻却有种依依不舍的黯然。我会记得蹲在路边写生的闻先生，贯彻战时教育、戴防毒面罩讲解的曾先生；我会记得程嘉树、查良铮、刘兆吉……每一个人身上的闪光点；我会记得用脚丈量过的每一寸土地，翻过的每一座高山，渡过的每一条溪流，第一次真正看到农民怎么生活，感受到中国文化渗透在山水乡土里。我知道慢慢地，具体的影像会在我心里消失，不是不见，而是镌刻成了永不能磨灭的影子，凝聚成更强大的动力，支撑我走下去，让我相信伟大的祖国不会亡，日本绝不会战胜我们。而我，也要为国家将来改变面貌承担责任，这个信心和决心只会越来越明确。写下这些字时，我心中涌动着一股芳香，那是明艳的麦田青山上飘来的尤加利树的气味，此时，星光满天，我心亦然……

他的日记变为叶润名的旁白，在他的旁白声中，闪回这一路的经历——

闻一多蹲在路边写生……

曾昭抡戴着防毒面罩在为大家讲解……

程嘉树扶着叶润名……

查良铮背英语词典，背一页撕一页……

贵生父亲躺倒在床上，他照顾母亲和妹妹的身影……

农民在贫瘠的土地上艰苦地劳作……

云南昆明板桥镇　白天　外景

步行团成员换上了干净整齐的衣服，一个个精神抖擞。

程嘉树显得尤其兴奋，他正对着汽车玻璃不断整理自己的仪表。

双喜：这几月来，也没见你这么讲究。

程嘉树：我这不是讲究，这是整肃军容。

双喜：这要见林小姐了，果然是不一样啊。

程嘉树被他戳破心事：胡说八道，我光见林华珺一个人啊？那还有毕云霄、叶润青嘛，那么多同学，我都要见，我希望他们在人群中能一眼认出我！当然，她要是最先看到我就更好了！

旁边，叶润名也正在整理衣服，程嘉树的话一字没落全灌进他耳朵里了。

叶润名：那你是得好好照照镜子，你现在这个穿法，华珺没准还真会一眼认出你。

程嘉树：什么意思？

叶润名指了指他的衣服。

程嘉树低头一看，这才发现自己的纽扣扣错了。

叶润名和其他同学都笑了。

这时，黄钰生过来，步行团成员自动排列成方阵，向他聚拢。

黄钰生：同学们，昨天学校慰问大家的袜子和麻草鞋都穿上了吗？告诉大家一个好消息，今天校常委将率已到校的师生在东门外迎接大家。为了给迎接我们的老师、同学以及昆明市民留下好印象，希望大家举止得宜，展现良好的精神风貌。你们能做到吗？

大家齐声回答：能！

黄师岳：小队长出列，整队出发！

各方阵小队长出列，用口令整顿，随后各小队长回到所在位置。终于，在板桥镇百姓的注视和欢送下，步行团昂首阔步，向昆明进发。

昆明某会馆女生宿舍　白天　内景

叶润青拿着镜子仔细看自己的妆容，随后又拿出香水喷了喷。

同学甲：大家闻到什么了没有？

同学乙：恋爱的味道！

宿舍的女同学们纷纷笑了起来。

叶润青：什么恋爱的味道，乱七八糟的。

同学乙：叶润青，今天步行团要来昆明，你又是换衣服，又是喷香水，等着见谁呢？

叶润青脸红了：胡说什么呢！我见我哥穿漂亮点不行吗？

同学丙：哟，见你哥还喷香水哪，我看不是见你哥，是见男朋友吧。

同学们又是一阵哄笑。

叶润青追打她：叫你乱说，叫你乱说。

女孩子们闹成了一片。

这时，另一位女同学走进房间：叶润青，门外有男生找。

大家停止了打闹。

同学乙：不会是你男朋友吧？

同学甲愣了：难道步行团提前到了？！

叶润青脸红，正想出去，忽然想起什么，赶紧折回来，在脖颈处喷了香水，兴冲冲地跑去门外。

同学丙：叶润青，能不能矜持点！

大家又是一阵哄笑。

昆明某会馆女生宿舍门口　白天　外景

叶润青兴冲冲过来，见是毕云霄，脸上露出了失望的神色。

女生们挤在门内，好奇地向外张望着。

叶润青有些尴尬：是你呀……

毕云霄：你以为是谁？

叶润青：没谁。

毕云霄吸了吸鼻子：什么味道？这么香。

叶润青：说了你也不懂。找我什么事？

毕云霄脸微微一红，将手中的纸袋塞到了叶润青手上，转身就想走。

叶润青打开纸袋一看，开心地：鲜花饼！

身后，又是一阵小声的哄笑。

叶润青拽着毕云霄走到宿舍门口，大大方方地把毕云霄介绍给同学们。

叶润青：来，介绍一下，很多人应该都认识吧，毕云霄，我的好朋友，物理系的，你们谁要是看上他了，记得找我保媒拉纤。

她这么一说，毕云霄的脸色黯淡了。

原本起哄的舍友也觉得趣味全无。

同学甲：不是你男朋友啊……

叶润青：说什么呀。

毕云霄的脸色更差了。

叶润青拿出一块鲜花饼，把剩下的纸袋递给同学甲：喏，云霄给我们带的鲜花饼，拿去分吧。

毕云霄眼睁睁看着她把自己送的鲜花饼全部分了出去。

叶润青：对了云霄，你找我什么事啊？

毕云霄：刚接到通知，旅行团两个小时后就到了，我想喊你一起去接旅行团。

叶润青突然兴奋：真的？这么快！

叶润青起身就要离开，走出几步复又折回宿舍，快速在镜子面前理了理头发，这才快步出门。

毕云霄蒙在原地不动。

叶润青：快走啊！

毕云霄赶紧跟了上去。

同学乙吃着鲜花饼：这次绝对是去见男朋友了。

昆明大街　白天　外景

程嘉树和叶润名一起走在行进队伍的前列，两人相视一笑。

步行团队伍方阵在前进，师生们精神抖擞，表情肃穆又从容，还带着年轻人独有的好奇和兴奋。

不远处金碧辉煌的"碧鸡""金马"两座大牌坊映入程嘉树的眼帘，他打量着这座初来乍到，用脚走到的城市——昆明。

牌坊下面密布许多铺子，丝绸店、刺绣店、杂货店、小吃店……牌坊两侧站满了欢迎的人群，有联大先期抵达的师生们和昆明市民。叶润青、毕云霄、方悦容和裴远之也在其中。

叶润青穿了一身阴丹布旗袍，显得十分兴奋。

毕云霄想吸引叶润青的注意。

毕云霄：你听过一个说法吗？据说，每过一个甲子，"金马"与"碧鸡"各自倒映的日影与月影就会对峙，而且方向相反，会形成对接的奇观。

叶润青：嘘，别说话，快看！

前方，步行团方阵进入了他们的视野。叶润青激动地挥手。

叶润青：快帮我找找，我哥和程嘉树在哪里？（目光搜寻）你看见他们了吗？

毕云霄也很振奋：在那！哈，程嘉树这小子居然像模像样，走在先头部队。

方悦容和裴远之也看到程嘉树他们了，方悦容目光欣慰。

昆明大街，一边是典雅的楼房，一边是浓密的林荫。程嘉树和叶润名都看到了欢迎人群里挥手的叶润青，程嘉树用目光搜寻叶润青身边，左看右看也只有一个毕云霄。他有些意外。

毕云霄：润青，走，上花篮。

此刻，叶润青和毕云霄作为欢迎代表向步行团先头部队献上花篮，程嘉树和叶润名作为代表接过了花篮。四个年轻人兴奋又郑重的目光流转，尽在不言中。

叶润名在妹妹身边搜寻了一下，带着疑问的眼神看向妹妹。

但此刻，叶润青的注意力全在程嘉树身上。

没想到，程嘉树用口型问她：林华珺呢？

叶润青有些失望，笑容僵了一下，把花篮塞给程嘉树后，扭头离开。

在后方校工队伍中的双喜看到自家少爷作为先头部队的代表，也露出了高兴的笑容。

先抵的师生和昆明市民还为步行团成员戴上花环。接着，丝绸横幅展开，上面写着"欢迎湘黔滇旅行团"。

接着，同学和老师们唱起了"It's a long way to Tipperary"的曲调，不过歌词已经被改写：

It's a long way to Lianhe Daxue,

迢迢长路，到联合大学

It's a long way to go,

迢迢长路，徒步

It's a long way to Lianhe Daxue

迢迢长路，到联合大学

To the finest school I know;

不怕危险和辛苦

Goodbye Shengjingxueyuan,

再见圣经学院

Farewell Jiucai Square,

再会韭菜园

It's a long long way to Kunming City

迢迢长路终达昆明

But my heart's right there!

但我心依旧

……

歌声中，程嘉树、叶润名举着花篮和所有步行团成员在大家的欢迎目光中，穿过昆明城，进入正义路到近日楼。

昆明圆通公园　白天　外景

梅校长迎接湘黔滇旅行团抵达昆明的讲话：

湘黔滇旅行团的师生们，你们历时六十八天，纵横三省，跨越三千五百里泥泞崎岖，今天终于盼到你们全员平安抵达昆明了！一路风雨霜雪，你们辛苦了！

我代表校委会，向大家宣布：国立长沙临时大学现在正式更名为，国立西南联合大学！自七七事变以来，日军轰炸南开，驻军清华，工友惨死，图书馆藏遭掠。我的母校清华，我生于斯长于斯三十余载，却不得不泣别爱庐，同三校师生一同南下千里。岳麓山巅，湘水之畔，寻求学之地。民国二十六年十一月一日长沙开课，却在短短三个半月后再次被迫西迁。为什么？为什么我们偌大一个中国，却摆放不下一张书桌，要读书人跋山涉水，去寻一个清静之所？因为中国还不够强大先进，因为这个世界上还有豺狼虎豹觊觎我们的土地！但中华文脉和民族气节，从不曾被消灭，反而生生不息，正是因为还有读书人，还有传承，还有未来！

无论深夜多么黑暗，无论空气多么寒冷，只要天际还有一颗星辰，我们就会知道方向，我们就会等到黎明。这颗星辰对于你们来说就是今日之国立西南联合大学！

昆明圆通公园某处　白天　外景

全体师生在圆通公园合影，相机将他们的风貌永久记录。

昆明某会馆女生宿舍　白天　内景

步行团师生合影的照片叠化《云南日报》，特稿《联大旅行团长征抵省印象记》。

叶润青大声朗读道："三千里的奔波，阳光和风尘，使每一个尊严的教授和高贵的学生都化了装了：他们的脸孔是一样的焦黑，服装是一样的变色，头发和胡子都长长了。"

叶润青身边，几个女同学凑在一块一起看报。

叶润青：确实黑了不少。你们看到程嘉树了吗，一本正经的，我都忍不住想笑。

同学甲：润青，你接着往下读。

叶润青：哦，好！"充满在他们行伍之间的是战士的情调，是军人的作风！在陌生的人的心目中，很会怀疑他们是远道从戎的兵士，或者新由台儿庄战胜归来的弟兄……"

这时，会馆外的院落里人声攒动，叶润青仿佛听到了熟悉的声音。她放下报纸，从窗户往外看，她朝思暮想的人来了。

叶润青：你们自己读，我出去看看。

说着，就跑出了房间。

昆明某会馆　白天　外景

院子里，裴远之领着程嘉树、叶润名和文颉等文法学院的学生到了这里。

叶润青兴奋地喊：哥！

叶润名：润青！

叶润青打量着叶润名：哥，你这般黑，我都快认不出你了。

叶润名揉了揉润青的头发：你也瘦了。

叶润青虽然跟叶润名说着话，但目光忍不住看向旁边的程嘉树。正想跟程嘉树打招呼，门口传来方悦容的声音：嘉树！

程嘉树：悦容姐！

程嘉树快步走到方悦容身边。

方悦容：快让姐看看，我们的嘉树变什么样了？

方悦容打量着程嘉树，露出了欣喜的笑容。

方悦容：黑了，壮了！

程嘉树自豪地转着身：是更英俊了吧！

旁边的叶润青听到：悦容姐，瞧他臭美的！

程嘉树一笑，并不介意叶润青的讥讽，目光在院子里四处张望。

叶润名也同程嘉树一样，在寻找林华珺的身影：润青，华珺呢？

叶润青刚想回答，被裴远之打断。

裴远之：同学们舟车劳顿，也都累坏了，好好休息。昆明并不是我们的终点。因为校舍不敷使用，蒋校长亲自为文法学院在蒙自找到了校舍和住处，过些日子我们就出发。

有学生发出了抱怨：又要走？

裴远之：同学们，和长沙一样，昆明也不能一接到通知，就能安置我们这三所大学组成的联合大学。云南方面也已经竭尽所能了，希望同学们多体谅。好了，大家好好休息。我先走了。

方悦容：嘉树，你先休息。需要什么就让双喜来找我。

程嘉树：嗯，悦容姐再见。

方悦容和裴远之一起离开了会馆。

这时，毕云霄也来到院子，上前一把搂住了程嘉树的脖子：程嘉树，好样的，你小子居然没当逃兵，实在太出乎我的意料了。

叶润青：你怎么知道，说不定当了好几次被抓回来的！

程嘉树没搭理她，而是捶了毕云霄胸口一下：看你这把子力气，病是好全了吧？

毕云霄：差不多吧。别管我了，快说说你们这一路都发生了什么？

程嘉树没回答他，而是急着问出了一路上都想问的问题：华珺呢？

叶润青的脸唰地一下沉了下来。

叶润名：是啊润青，怎么一直没看见华珺？

几人间微妙的关系，被一直在旁边看着的文颉悉数捕捉进眼里。

叶润青：华珺姐她回北平了。

"回北平了？！"

程嘉树和叶润名大为吃惊。

叶润青：我们出发前，华珺姐突然不告而别，留下一封信给我，说她妈妈病危，急需返回北平照顾……

程嘉树和叶润名同时：病危？！

叶润青点头。

叶润名：信呢？

昆明某会馆外　白天　外景

方悦容和裴远之肩并肩走着，裴远之似乎想说什么又不知道如何开口，显得有些紧张。

方悦容：裴先生去哪儿？

裴远之：我去教务处，文法学院要迁去蒙自了。

方悦容指了指另一个方向：教务处应该往那去。

裴远之一愣，尴尬得脸都红了：啊，是，我好像走反方向了。

这样的裴远之有些木讷，甚是可爱，方悦容低头偷笑：那，裴先生再见。

说完，方悦容佯装要走。

裴远之情急：方，方老师……

方悦容：还有事吗？

裴远之深吸了一口气，鼓起勇气：听到援华苏军痛击日寇，心中激动，我们明天一起去尝尝昆明小吃庆贺一番如何？

裴远之刚说完，方悦容便立刻爽快地应道：好啊！

方悦容冲裴远之露出了一个阳光的笑容，裴远之觉得心也被渐渐融化了。

昆明某会馆女生宿舍　白天　内景

叶润青找到了林华珺留下的小提琴和信，把它们交给叶润名。

叶润名赶紧拆开信，林华珺娟秀的字迹映入眼帘。

闪回——

程嘉树住处林华珺卧室　夜晚　内景

深夜，林华珺灯下写信。

林华珺信中写道：润名，此次不告而别实属无奈，你们即将踏上冒险的旅途，以赤诚之心去证明自己，我为你们感到高兴；如此振奋之时，我实在不忍心将家事告与你们知。我会留在北平照料母亲，衷心为你们祝福。

林华珺想了想，最终还是决定写下一句话。

林华珺信中写道：代问嘉树好。免念。

闪回结束。

昆明某会馆女生宿舍　白天　内景

叶润名看完信，脸色很差。

叶润青感觉不妙，从叶润名手中拿过信快速浏览，一旁，程嘉树也看到了信的内容。

程嘉树：叶润名，你是林华珺的男朋友，她家发生这么大的事你居然不知道！

叶润名内疚万分：都怪我！那天她收到电报我就该察觉到的！

叶润青：哥，为什么华珺姐有困难却不告诉你？

程嘉树同样追悔莫及：她那天取完电报后就怪怪的，要是追着她刨根问底就好了……

说罢，他皱着眉头快步离开了。

叶润青：程嘉树，你去哪儿？

程嘉树没有回话。

叶润名也起身离开了。

叶润青：哥，你又去哪儿？

昆明邮局　白天　内景／外景

程嘉树和叶润名一起直奔发报柜台。

两人同时对发报员：发电报……

程嘉树停下，叶润名：先生，我发一份电报。

发报员：哪里？

叶润名：北平。

发报员：内容。

叶润名：珺，吾已抵滇，令堂康复与否？润名。

程嘉树：加两句——何日返校？望告归期。

叶润名顿了一下：麻烦您尽快帮我发出去。

昆明街头　白天　外景

报童的号外声，打破了昆明的安适。

报童：号外号外，苏联志愿航空队援华作战，一月击落日军战机91架！

裴远之买来一份报纸看着，他与昨日打扮判若两人，十分精神。

裴远之看了眼手表，时间已近中午十一时，然而许多店门只开一扇，门内有人洗脸刷牙。裴远之望向街头拐角处，他等的人终于来了。

方悦容穿着一袭旗袍，美丽优雅，翩然而至。裴远之小跑上前相迎，两人相视一笑。

裴远之：昆明人普遍有晚起的习惯，所以约了你十一点，店门才刚开。

方悦容笑笑：你听说了吗，苏联红军的空军援华作战了。

裴远之：听说了，你看，刚买的报纸。

方悦容快速浏览着报纸：真了不起！1937年一个月就击落日军飞机91架，炸毁43架，今年以来依然捷报频传。

裴远之点头。

方悦容：王亚文同志还没到昆明，我们与云南省工委没能接上关系。但是我们的工作不能停，要继续宣传抗战，团结进步学生。

裴远之：知道了。今天你有些不同，焕然一新。

方悦容：可能因为昆明的天气，让人的心情跟着亮堂了起来。裴先生也有些不同。

裴远之羞涩地笑了笑。

不觉间，两人来到一家小吃店门口。

昆明小吃店　白天　外景

店家端上了炒饵块、小锅米线、苦菜汤等当地特色菜。

裴远之为方悦容盛了一碗苦菜汤：你尝尝这汤。

方悦容喝了一口：好特别的味道。

裴远之笑说：苦菜是昆明文化的一部分。外省称芥菜，昆明气候温和，当地人说，一年中除夏日外，多可吃苦菜，霜降后味甘。

方悦容又尝了一口：确实味有回甘。

这时，一个卖花童背着一篓鲜花出现在两人跟前。

卖花童：先生，买束鲜花送给女朋友吧！

方悦容脸一红，裴远之也有点不好意思，但两人也都没否认什么，气氛十分微妙和暧昧。

裴远之鼓起勇气：来一束吧。

裴远之接过花童的花，又将它递给了方悦容。

方悦容捧着鲜花，低头娇羞一笑：谢谢。

裴远之紧张得埋头喝苦菜汤。

方悦容转移话题：过几日文法学院就要迁往蒙自了吧？

裴远之点点头：听说蒙自的南湖和北平什刹海有异曲同工之处。

方悦容一笑，从包里拿出了一本《世界标准英汉辞典》递给裴远之：图书馆藏书大部分还在从湖南运往昆明途中，教材和参考资料都少得可怜。这是我一直随身使用的字典，送给你！

裴远之接过，翻开扉页，只见上面写着"容，民国二十四年，购于北平"。这样一份礼物让裴远之心情激荡，一时间竟说不出话来。

方悦容一笑，低头喝汤：没想到这苦菜汤，越喝越有味。

昆明某会馆男生宿舍　白天　内景 / 外景

程嘉树在宿舍魂不守舍，坐立难安。

门没关，门口，叶润青做样子敲了敲门。

程嘉树回头，看到叶润青：你来做什么？

一听这话，叶润青有点来气，但忍了忍，把手里的包裹往程嘉树床上一扔，转身就要走。

程嘉树：这是什么？

叶润青：你自己不会打开看啊？

程嘉树打开包裹，是一件衬衫，摸料子就知道价格不菲。

程嘉树：你给我衬衫干什么？

叶润青：在香港给你买的，你别误会，我哥、你、毕云霄，都有份。

程嘉树：那……谢谢了！

叶润青见程嘉树并不开心：你要是不喜欢就扔了吧。

程嘉树：你误会了，很好看，费心了。只是华珺到现在都没消息。你说，她母亲病重，不知道她还能不能来昆明读书，就算能来，这么长的路，她一个人不会出什么事吧？

叶润青：不会有事的。

这时，门外响起邮递员送电报的声音。

程嘉树立即冲了出去，不小心撞到了叶润青，他也顾不得那么多了。

叶润青听到门外传来程嘉树和邮递员的对话。

程嘉树（画外音）：是我的电报吗？

邮递员（画外音）：你叫什么？

程嘉树（画外音）：程嘉树。

邮递员（画外音）：不是你的。

程嘉树（画外音）：那，有叶润名的电报吗？

邮递员（画外音）：也没有。

接着就是一阵跑步离开的声音。

叶润青看到那件被程嘉树随手放在桌上的衬衫，内心十分委屈，她抓起衬衫，眼眶泛红。

叶润青自言自语：叶润青，你活该！

昆明某会馆　白天　外景

程嘉树往邮局方向跑，着急忙慌之中撞上了双喜。

双喜：少爷……

双喜的称呼又错了，只是程嘉树一心往邮局去，没在意：双喜，还有钱吗？

双喜：怎么，又没钱了？

程嘉树：急用，快拿来！

双喜从口袋里翻出了一些钱给程嘉树。

双喜：你省着点花。

程嘉树：大哥的钱还没寄到？

双喜摇摇头。

程嘉树：奇怪，等我到了蒙自再给他写信，让他多寄点。要不一会儿我也给大哥
拍个电报！

双喜紧张：不用不用！可能过几天就到了，我们再等等吧。

程嘉树：我走了，着急去邮局。

昆明邮局　白天　内景

程嘉树径直走进邮局，忽然愣住了——叶润名正俯身在柜台上草拟电文。

程嘉树：润名！

叶润名：嘉树！我给华珺拍一封电报！你是……

程嘉树和叶润名同时对发报员：发电报……

教师宿舍外　白天　外景

双喜来找方悦容。

双喜：悦容姐，大少爷给您来信了吗？

方悦容摇摇头：我也很久没收到嘉文哥的信了。你们的生活费不多了吧？

双喜点了点头：大少爷一直没再寄钱来。

方悦容想了想：等我一会儿。

方悦容快步走进宿舍，很快又出来了，手里拿着一个信封，递给双喜。

方悦容：双喜，这些钱你先拿去用。

双喜推回给方悦容：这钱我不能要，你的工资也不多，哪能贴补得了我和二少爷。可能过些日子，大少爷的钱就寄到了。

方悦容硬把钱塞进了双喜手里：拿着。家里肯定出事了！嘉文哥在信里虽然什么都没说，可我了解他，再大的苦他都嚼碎了咽肚里。双喜，不管家里出了什么事，都不能中断嘉树的学业。

双喜点点头，收下钱：我想好了，我就不跟二少爷去蒙自了，还是继续留在昆明吧，校工还做着，再找份人力车夫的差事，多赚些钱。

方悦容：真难为你了。

双喜：老爷夫人待我恩重如山，无论如何，我都会照顾好二少爷，让他安心读书。

昆明某会馆男生宿舍　夜晚　内景

文颉正在收拾行李。

李丞林：文颉，你收拾行李干吗？

文颉：就快去蒙自了，早点做准备。

李丞林：也是。那干脆大家都一起收拾了吧，省得临阵磨枪。

大家听了，纷纷开始收拾行李，包括叶润名。

程嘉树见状，皱了一下眉头。

叶润名见程嘉树愣坐在床边，一动也不动。

叶润名：嘉树，你也抓紧收拾行李吧。

程嘉树脸色一凛：我不走。

叶润名：为什么？

程嘉树：你问我为什么？

其他同学觉得气氛微妙，都识趣地离开了，只留下程嘉树和叶润名。

程嘉树对叶润名：你真能安心走？

叶润名：我已经交代云霄，如果华珺发电报来了，立即转告我。

程嘉树：如果她一直不发电报来呢？你也不担心她在北平的安危？

叶润名：我当然担心，可眼下担心也没用。华珺一直是个独立有主见的女孩子，我相信她会……

程嘉树怒而打断他：再独立再有主见，她也是个普通人！她只有一个亲人，就是她的母亲，现在她母亲病危，你让她怎么有主见？叶润名，你到底是不是她男朋友？

叶润名愣住了，他第一次被问到这个问题。

程嘉树：要去蒙自你去，我要回北平去找华珺！

昆明某会馆男生宿舍　早晨　内景

清晨，叶润名轻声爬起床，走到程嘉树的铺位前。

程嘉树的床铺已经收拾得干干净净、空空如也。

叶润名回到自己床边坐下，看着收拾了一半的行李，感到心烦意乱，脑中又回响起昨晚与程嘉树争吵的内容。

叶润名想了想，决定起身离开。

裴远之宿舍　早晨　内景

裴远之：你想清楚了？

叶润名认真地点了点头。

裴远之：润名，我再问一句，回北平就为了找林华珺？

叶润名：是的，裴先生。

裴远之：那好！早去早回。

叶润名：谢谢裴先生。

两人心照不宣。

昆明火车站大厅　早晨　内景

门口人头攒动，来往旅客众多。

程嘉树背着旅行包，穿过人头攒动的大厅走向售票处。

程嘉树来到售票处，掏出几张钞票：买一张今天去海防的票，越早越好！

售票员收下钞票，撕下一张车票递给程嘉树：海防的！票！

程嘉树：（收起车票）谢谢！

出站口乘客如潮——林华珺拎着行李疲惫走出，看着陌生城市，茫然无措。

她跟随人流走向大门。

程嘉树急匆匆跟随乘客走向进站口方向。

众多旅客，男男女女，大小行李，穿行大厅。

林华珺拎着沉重的行李，向门口方向走去。隔着众多乘客，程嘉树正在远处，走向进站口。两人相向而行。

程嘉树穿行在人流之中。隔着众多乘客，林华珺正走向大门。两人终于失之交臂。

程嘉树偶一回头，望向林华珺的方向。众多乘客之间，林华珺的身影一晃。

林华珺也似乎感觉到了熟悉的身影，回头望向程嘉树。

一家老老小小五口人出现在两人之间，又有一辆满载各种旅行箱的行李车横在两人之间，阻挡了视线。

程嘉树似有发现，但最终并未在意，继续走向进站口。

林华珺也好像有所察觉，但行李车阻挡了视线，她也转身走向大厅门口。

程嘉树走到了进站口，向检票员出示车票。

林华珺走到了大厅门口，拿出地址查看。

检票员查看了车票之后，交还给程嘉树；程嘉树忽然止步，似乎感觉到什么。

林华珺也忽然停步，好像有所感应。

程嘉树猛然回身，望向远处——林华珺正回头望向程嘉树。

程嘉树一脸喜悦，穿过人群，向林华珺疾步走去。

林华珺面带兴奋，穿过客流，向程嘉树快步走去。

两人终于相见，却一时无语。周围乘客如流。

林华珺：嘉树！

程嘉树：华珺！

林华珺手中的行李箱滑落地面，喜极而泣。

程嘉树拎起林华珺的旅行箱，轻抚林华珺略显凌乱的发丝——林华珺泪眼蒙眬，痴望程嘉树，是爱，是怨，是久别重逢的喜悦。

昆明火车站外　早晨　外景

程嘉树和林华珺走出火车站大厅，沿街道走去。

程嘉树：对了，你妈怎么样了？已经好了吗？

林华珺不知道该怎么解释，只好敷衍一句：好一些了。

程嘉树：那就好，那你就能安心去蒙自了。

林华珺：去蒙自？

程嘉树：昆明校舍不够，文法学院暂时先搬去蒙自，明天就要出发了。

这时，叶润名出现在林华珺的视线中，他提着行李，站在距离林华珺数米开外的地方，看着他们。

林华珺：润名。

程嘉树也看到了叶润名。

叶润名：华珺，你回来了。

叶润名看到程嘉树拎着林华珺的行李，明白自己比程嘉树晚了一步。

林华珺点点头：回来了。

三个人都一时语塞，有些不知所措，呆立原地。

叶润名：先回会馆吧，行李我来拎。

叶润名要从程嘉树手中接过林华珺的行李，程嘉树抓着不放。

程嘉树：我来，我力气大！（小声地）华珺是我接到的。

一贯自信大度的叶润名此刻也忍不住吃醋了：她是我女朋友。

叶润名和程嘉树争执不下，让林华珺更加尴尬：行李不多，我自己拎得动。

说着，她从程嘉树手上抢过自己的行李，大步流星向前迈步走去。

程嘉树和叶润名相互看了对方一眼，各自拿着自己的行李，跟上林华珺的脚步。

昆明某会馆女生宿舍　白天　内景

女生宿舍人并不多，但可见一个个打包收拾好的行囊，大家已经做好了继续踏上新征途的准备。

叶润名细心地帮林华珺把床的铺盖铺好：凑合睡一晚上，行囊也不必拆了，反正明天一早就要启程。

林华珺看着叶润名忙前忙后，话到嘴边不知道要怎么开口。

站在门口的程嘉树被叶润青推了出去：我哥和华珺姐久别重逢，你能不能有点眼力见儿？

程嘉树：我……

不等程嘉树回答，叶润青直接把他关在了门外。

铺好床，叶润名起身走到林华珺跟前，叶润名的眼神里有愧疚。

叶润名：华珺，对不起，我应该早点察觉，和你一起去北平……

林华珺：别这么说，我不能耽误你。

叶润名：伯母还好吗？

林华珺摇了摇头：不好，妈妈得了肝病，时日无多了。

叶润名：华珺，你看要不这样，我立刻给家里拍封电报，让父母安排人到北平照顾伯母。

林华珺：不，不用麻烦伯父伯母，嘉文哥会帮忙照顾我妈。

叶润青在一旁听不下去了：华珺姐，你为什么对我哥这么客气啊，他是你的男朋友，你妈妈生病，他请人照顾不是天经地义的吗？你却宁可麻烦程嘉树的哥哥，也不肯接受我哥的好意，不知道的还以为华珺姐是程嘉树的女朋友呢。

叶润名：润青，你瞎说什么呢？

叶润青：我没瞎说，只是越来越看不明白你们了。

林华珺沉默了，想了一会儿，她看着叶润名：润名，你帮我个忙吧。

叶润名：你说。

林华珺：我们去照张合影吧，这是妈妈现在唯一的心愿了。她这一辈子有过很多无奈、遗憾和不甘，这是现在我唯一能满足她的，我不想让她再有遗憾。

叶润名：好，我们现在就去！

照相馆　白天　内景

林华珺和叶润名分别换了一身衣服。林华珺换上妈妈为她特意定做的那一袭旗袍，叶润名一身得体的西装。

叶润青站在旁边看着。

两人坐在幕布前调整姿势，叶润名看看林华珺，为她把一缕头发别在了耳后。

摄影师看着取景框，手捏相机快门线。

摄影师：准备了。

叶润名想起什么，对摄影师：等一下。

叶润名拿出一个首饰盒，取出母亲给的戒指。

叶润青一眼便认出了这个戒指：这是妈的戒指，怎么在你这里？

林华珺闻言，愣住。

叶润名：这是妈给的。华珺，在武汉的时候，她本来想亲手送给你。

这时，叶润青意识到什么，她甚至比叶润名还紧张，屏住呼吸看着林华珺。

林华珺看着戒指，脑海中浮现出母亲的病容。

叶润名：华珺，也许这不是好时机，我只是希望让你母亲放心，我会一辈子照顾你。

林华珺心里五味杂陈，她默默地接过戒指，戴在了手上。

叶润青激动地鼓掌：哥，华珺姐，祝福你们！

摄影师：准备好了吗？五、四、三、二、一。

咔嚓一声，两人的合影画面被永远定格了。

昆明某会馆女生宿舍　黄昏　外景

晚风徐来，叶润名和林华珺、叶润青三人返回宿舍。

叶润青特别开心：哥，华珺姐……哦，不对，我应该改口叫嫂子了。

林华珺有些排斥：润青，我还是喜欢你叫我华珺姐。

叶润青：不，我就要叫嫂子。

叶润名：润青，别闹。

说话间，三人已经来到宿舍院子里。

这时，后方传来了程嘉树的声音。

程嘉树：华珺、润名！

三人停步，看到程嘉树与毕云霄一起朝他们走了过来。

程嘉树：你们去哪了？怎么才回来，走，一起吃小吃去！

叶润青：吃什么小吃啊！今天是我哥和华珺姐大喜的日子，必须好好庆祝一下！

林华珺：润青……

程嘉树：大喜的日子？什么大喜的日子？

程嘉树看向林华珺，林华珺下意识地用手遮住手上的戒指：不好意思，我有些累了，想回去休息，就不与你们去吃饭了。

虽然只有几秒钟的时间，程嘉树还是看到了林华珺手上的戒指，毕云霄也看到了。

林华珺离开。程嘉树愣愣地看着林华珺的背影。

叶润青追着林华珺：华珺姐，你怎么了，是不是哪不舒服？

叶润名：我也不饿，你们去吧。

叶润名也走了。

毕云霄拉了拉一时诧异呆滞的程嘉树：走了。

路上　黄昏　外景

程嘉树魂不守舍地往前走着，世界仿佛就剩下他一个人了。

毕云霄瞟了一眼程嘉树，还是决定打破这个寂静：看到了？

程嘉树没有回答。

毕云霄用胳膊肘捅了捅：看到了吧？

程嘉树白了他一眼：毕云霄，你真聒噪。

毕云霄换了个关心好友的语气：该放弃了。

程嘉树自嘲道：我早就知道自己没戏，可就是忍不住对她好，见不得她不开心。

毕云霄拍了拍程嘉树的肩膀：知道自己没戏就好。走，他们爱吃不吃，咱们去。

程嘉树：要去你自己去，我没心情。

说完，程嘉树径直就往前走了，毕云霄看着好兄弟落寞的背影。

教室　夜晚　内景/外景

四下都是黑的，唯有月光照射进空无一人的教室。

程嘉树站在讲台后，面对着黑板。此时黑板的黑、夜色的黑像无止境的深渊，要把程嘉树往里吸，而他努力要对抗要跳脱。

站了一会儿，程嘉树向前迈步，走到了黑板前，拿起一根粉笔，在黑板上写下一个公式：$5x^2 - 6|x|y + 5y^2 = 128$

接着他开始解题：当 $x > 0$ 时，$5x^2 - 6xy + 5y = 128$，

令 $u = x + y$，$v = x - y$

$u^2 = x^2 + 2xy + y^2$，$v^2 = x^2 - 2xy + y^2$

$5x^2 - 6xy + 5y^2 = u^2 + 4v^2 = 128$

$u^2 + 4v^2 = 128$

当 $x < 0$ 时，$5x^2 + 6xy + 5y^2 = 128$

……

程嘉树画了坐标轴，在 x 轴的 ± 5，以及 y 轴 ± 5 上分别点上。

慢慢地，出现了一个心形，那是曾经程嘉树和林华珺开的一个"玩笑"。

程嘉树放下粉笔，眼眶微微有些红。

程嘉树拿起黑板擦，默默地擦着黑板。

程嘉树自言自语：真成了个玩笑。

他静静地站在黑板前，月光透过窗户洒在他身上。突然身后传来了响动，程嘉树回头，看到窗外毕云霄在向他招手，程嘉树往教室外走去。

毕云霄手中拎着两壶米酒：一个人喝太没劲了，陪我一起？

两人在教室前的石阶上席地而坐。毕云霄递了一壶酒给程嘉树。

毕云霄：想哭就哭吧，我不笑话你。

程嘉树抬头望着空中的月亮，叹了口气：一切结束了。

毕云霄故意挖苦：什么就结束了，你和林华珺压根就没开始过！

程嘉树一怔，竟无言反驳。

毕云霄忍住笑，又与程嘉树碰杯：喝酒，喝酒。

程嘉树：你不用在这儿挖苦我，看我笑话。生命好似一场旅行，重要的不是结果，而是沿途的风景。就像这次我参加旅行团……

毕云霄不再调侃，饶有意味望着程嘉树：快跟我说说旅行团。

程嘉树：你真应该参加步行团，走一趟，你才能真正了解，我们的国家积弱到了何种地步！你才会明白，为何日本人敢口出狂言，拿下中国只需要三个月！云霄，这一路，我睡过猪圈，睡过棺材板，见过一大片的罂粟花田和那些被大烟毒害的家庭。让我印象最深刻的，是那个叫贵生的孩子，他才十三四岁，却要养活抽大烟的父亲、病重的母亲、年幼的妹妹，作为家里唯一一个劳动力，还险些被抓了壮丁。

伴随着程嘉树的讲述，毕云霄脸色既佩服又神往。

毕云霄：嘉树，你能坚持走完，真让我刮目相看！我们在香港也开了眼界了。

程嘉树：你们看到什么了？

毕云霄：我们到了香港以后，润青非拉着我去码头看船，我们看到了不少外国船只，有德国的，美国的，还有日本的，虽然都是些商船，但是那些船都大得像个小城市，再看我们中国的船，都是些小帆船，差距也太大了！

程嘉树：是啊，我们国家落后得太多了！所以只有我们才能改变这一切。

毕云霄：我们的落后，不只是军事的落后，是全面的落后，我算是明白了我爸和我哥为什么一定要让我完成学业，而不让我当兵上战场了！嘉树，我觉得我们都不是以前的懵懂少年了，特别是你，经过了旅行团，你已经是真正的男子汉了！

毕云霄的称赞反而让程嘉树有些许的惭愧，自我调侃：是啊，一个只懂吃喝玩乐的寄生虫能从长沙走到昆明，着实不易。

毕云霄：这话我可没说过。

程嘉树：事实如此。经过旅行团，我才知道自己有多没用。所以，从现在开始，我要做一个有用的人！

毕云霄举起酒壶：敬一个有用的人！

程嘉树拿起酒壶，与毕云霄碰杯。

昆明某会馆　白天　外景

文法学院的学生集合完毕。双喜和方悦容也来送别大家。

叶润名、程嘉树、文颉等男生早早站在了小院里，等待女生的到来。

程嘉树问一位理科生：看到云霄了吗？

同学甲：喝多了，在睡觉，怎么喊都起不来。

程嘉树哭笑不得。

这时，林华珺、叶润青等女生也来到了集合地点。程嘉树看着林华珺，又"没心没肺"地笑了。

程嘉树：早。

经过了一夜，林华珺也不再掩饰手上的戒指，坦然面对。

林华珺：早。

林华珺看到了裴远之，主动走到他跟前。

林华珺：裴先生，对不起，让大家担心了。

裴远之：家里都安顿好了？

林华珺眼眶湿润，点点头。

裴远之：回来就好，快归队吧。

文颉多少也知道些情况：林华珺，伯母没事吧？

林华珺：没有大碍，谢谢。

林华珺回到了女生队伍里。

双喜突然一把拉过了程嘉树：少爷……

程嘉树眉头一皱：你怎么还改不过来？

双喜拍打了一下自己的嘴巴。

程嘉树：行了，行了，啥事？

双喜：我想跟你说一声，我就待在昆明，不随你去蒙自了。

程嘉树错愕：为什么？

双喜：我现在是西南联大的校工，在昆明可是有活儿要干的。

程嘉树将信将疑，问方悦容：悦容姐，难道蒙自不需要校工吗？

方悦容：要看学校的安排。

程嘉树：得！

双喜从口袋里掏出一百块钱郑重地递到程嘉树手里。

双喜：你一定省着点花。大少爷的钱还没寄到，你花光了可就不一定有了。

程嘉树点点头：既然你都开了口，我就听你的吧。

双喜：千万记住了，省着花。我不在你身边，一定照顾好自己。

叶润名见状，也走到程嘉树和双喜身边。

叶润名：旅行团嘉树都坚持下来了，没有什么能难得倒他的。

程嘉树给点阳光就灿烂：听见没？

方悦容走到林华珺身边，把她默默拉到一旁说话。

方悦容：华珺，借一步说话。

林华珺：悦容姐。

方悦容：华珺，你跟我说实话，程家是不是出事了？

闪回——

程嘉文递给林华珺一张船票。

程嘉文：华珺，我托人带的从天津出发的船票。没能找到更好的舱位，委屈你了。

林华珺的眼泪涌了出来，她接过船票，立刻就要给程嘉文跪下，被程嘉文及时阻止。

程嘉文：这是做什么，快起来。

程嘉文扶起林华珺。

林华珺：嘉文哥，都说大恩不言谢，以前我不明白，现在总算知道，什么都可以计算，唯有恩情难以丈量。你们对家母和我的帮助岂是几句感谢可以简单概括。可即便这样，还是请嘉文哥收下我的谢意。

程嘉文：国难当头家家有难，大家不过是互相扶持共渡难关，何足挂齿。更何况我答应了嘉树，好好照顾你的母亲。

程嘉文说罢，将一个信封递给了林华珺。

林华珺：这是？

林华珺打开信封，发现是三百块钱。

林华珺：嘉文哥，这我不能要，绝不能要。

程嘉文把信封又推给了林华珺：华珺，你先拿着，路上以防万一。如果没有用，你就转给悦容和嘉树。你听我说，嘉树虽然自小顽皮，但他心中始终有分寸。别人以为他没长性，可我这个当哥哥的知道，只要是嘉树认准的事，他就不会轻易放弃。我看得出来，他是真心喜欢你。

林华珺有些尴尬：嘉文哥，嘉树待人真心热情，大家都很喜欢他。作为朋友，我也不例外……

程嘉文：你千万别误会，任何事都可以，唯独感情不能勉强。华珺，我只希望有朝一日，万一嘉树遇到难关，你作为他的朋友，可以拉他一把。你对他而言是特别的，你说的比我们管用。

林华珺：嘉文哥，嘉树还不知道家里的现状吧？

程嘉文：程家目前的状况请你不要告诉嘉树。还有，也请对悦容保密。

林华珺：悦容姐肯定会理解你的决定的。

程嘉文摇摇头：悦容把学校的工作看得很重，我不希望家里的事扰乱了她的心思。

林华珺点了点头，把程嘉文递给她的三百块钱紧紧攥在了手里，她明白，这不仅是钱，更是程家对程嘉树和方悦容的责任和关怀。

闪回结束。

昆明某会馆　白天　外景

面对方悦容的询问，林华珺表情有些不自然，可她还是试图掩饰着。

林华珺：悦容姐，程家一切都挺好。

聪明的方悦容在林华珺的迟疑中明白了一切。

方悦容：华珺，我知道嘉文一定会嘱咐你。但，不要瞒我，我也是程家的一分子。

林华珺看着方悦容认真的双眼，自知瞒不过去：好吧。悦容姐，程家确实经历了变故，家中生意没有了。不过你也不要太担心，嘉文哥谋到了一份差事，如今渐渐从困境中缓过来了。

方悦容：我姨父和姨母呢？

林华珺：嘉文哥还照顾得过来，他请你一定安心。

这时，林华珺从口袋里拿出了信封，郑重地交到方悦容手里。

林华珺：这是嘉文哥让我交给你们的。

方悦容正想开口发问，程嘉树跑到林华珺身边。

程嘉树：你们在窃窃私语什么？

方悦容迟疑了一下，马上：你大哥让华珺给咱们带了生活费。

程嘉树看到装着钱的信封：我哥他总算没忘了咱们。

这时，裴远之发话了。

裴远之：同学们，请集中到这里来。

文法学院的同学们都朝裴远之聚拢而去，包括程嘉树、方悦容和林华珺。

裴远之：同学们，马上就要出发去蒙自了。不知道你们什么心情，我很兴奋。学校的老师们一次次往返在昆明和蒙自之间，为开学打点，现在大部分教授已经抵达，等待着同学们的到来。

同学们被裴远之的话所鼓舞，整装待发。

程嘉树朝双喜和方悦容挥手道别。

方悦容不由自主地朝另一个方向看去，正好，裴远之也在看她，两人目光刹那间交会，彼此微笑。

双喜和方悦容目送着行进队伍而去。待看不到程嘉树的身影后，方悦容打开了林华珺给她的信封，里面是完完整整三百块钱。

方悦容将钱递给双喜，两人盯着这钱心情沉重。

蒙自　白天　外景

窗外，蒙自的风景在火车的行驶中掠过。四面有山不高，大致蔽以树，阳光照山坡，天气晴朗。

原本还是一掠而过的风景，渐渐慢了下来，直到"碧色寨"三字站牌出现。

碧色寨火车站　白天　外景

火车抵达，在站牌不远处一群人等候相迎，蒙自县县长、乡绅、当地挑夫，以及先期到达的校方代表等都在其中。

程嘉树第一个跳下火车，兴奋地在蒙自的土地上用脚踩了踩，又放松地伸了个懒腰，一边满意地看着四周的风景，一边活动身体。

叶润名、林华珺等也先后从火车上下来，看到程嘉树如此放松也都见怪不怪了。

程嘉树：我腰都僵了。来，大家活动下。

叶润名：从北到南，北平到长沙，长沙到蒙自，虽然一路奔波，但心情大好。

叶润青：就是，蒙自还真是让人充满好奇。

林华珺也好奇地打量着眼前这座小城。

裴远之、闻一多接连下车，先期抵达的郑天挺上前相迎，他与裴远之、闻一多握手问候。

郑天挺：友三兄、远之。南方天气蒸郁，你们乘车辛苦了。

闻一多：是啊。毅生兄，都说云南气候是东边日出西边雨，果不其然，方才途中还在下雨，到站天公就放晴了。

裴远之：还未开学，闻教授在车上就已经开始备课了。

闻一多：我打算每堂课就这么开始，"痛饮酒，熟读《离骚》，方称名士"。

几位教授哈哈一乐，显然，大家心情都很好。

这时，郑天挺引来一位长相粗犷黝黑，年约四十岁的壮实男子。

郑天挺：这位是蒙自当地的名门士绅——沙玛阿旺。

裴远之：幸会。

闻一多：幸会。

郑天挺：梦麟师在昆明街头邂逅了碧石铁路的一名雇员，他告诉梦麟师蒙自有很多闲置的房子，并介绍了一位当地的朋友。幸亏得到了阿旺的协助，文法学院师生才得以在蒙自更快落脚。

闻一多：谢谢阿旺兄弟。

阿旺：我粗人一个，也不会说话，联大有什么困难，尽管跟我提就是了。我为老师同学们找来了一些挑夫，大家的行李就交给他们来搬吧。

说着，阿旺对身边人耳语了一句，接着一群挑夫直接上火车搬东西去了。

叶润青看着自己的一堆行李，大为开心：这个阿旺人不错，雪中送炭，想得周到。

挑夫垒着一摞箱子就要往火车下搬，文颉急忙阻止。

文颉：你们快放下，我来搬，闻教授的手稿都在箱子里。重手重脚的，箱子摔坏了怎么办。

挑夫把箱子重重往地上一放，又进到火车里搬运其他行李去了。

文颉：说了轻点的。

程嘉树调侃他：文颉，闻教授写稿是写在瓷器上吗？

文颉：什么意思？

程嘉树：又不是写在瓷器上，还怕摔的呀？闻教授真应该付你薪水，贴身助理都没你仔细。

程嘉树开个玩笑，没想到文颉狠狠瞪了他一眼：作为学生，照顾先生不是应该的吗？

程嘉树：应该，应该。

文颉左右手都拎着闻一多的箱子，他身子瘦弱，显然很吃力。

程嘉树：我帮你拎一个吧。

文颉：用不着你假惺惺！

这时，挑夫又搬下了很多精致的皮箱。

同学甲：谁带这么多箱子？

程嘉树：除了叶润青还能有谁啊！

几人打打闹闹，一起跟着大部队离开火车站。

蒙自街道　白天　外景

蒙自一月两次的市集，此刻正在进行中。传统官府式大门的房屋，漆成了朱红色。农民、工匠和商人等把各自的货物铺在路边，有卖石榴的、咖啡的、银饰的……

当地人头顶商品，女性撑着雨伞，大家的目光惊诧，纷纷看向了同一处，并且交头接耳、指指点点。

大家目光的焦点，自然是叶润青——此时的她，一身时髦装束，高衩旗袍配肉色丝袜，外加一件小披肩，头戴宽沿太阳帽，还架着太阳眼镜，手上拎着一个精致的小包，派头十足。本来在联大女生中，她就已经很耀眼了，更何况在这朴素的小城蒙自街头。

蒙自民众和联大师生们互相打量着。

唯有文颉与众人朝气青春的面目不同，他小心翼翼地护着闻一多的行李。

叶润青心情格外好，不自觉地走在了程嘉树身边。程嘉树看了叶润青一眼，躲开几步。叶润青皱眉，又走到程嘉树身边，程嘉树还想躲，被叶润青拉住。

叶润青：你干吗躲着我？

程嘉树：不能抢了你的风头啊。

叶润青：什么风头？

程嘉树用眼神示意她看周围的民众：整条街的人都在向你行注目礼呢。您哪，慢慢享受。

叶润青这才听出程嘉树在调侃她，正想发飙，却发现人群中有人盯着她的腿指指点点。叶润青有些不好意思了，拉了拉高衩旗袍。

林华珺的心情似乎也被灿烂的天气和同学影响，开朗了很多。

林华珺：看到他们斗嘴，有种回到了长沙的感觉。

叶润名：是啊，蒙自这座小城，让人不知不觉心情就好了起来，华珺，我无比期待这一学期。你呢?

林华珺冲叶润名笑了笑:喜悦是一天,忧愁也是一天。

她加快了步伐。

林华珺:我会好好珍惜这一学期的!

周宅　白天　外景

女生们被领到一栋带有围墙的大公馆前,牌匾上挂着"周宅"二字。

郑天挺向女生们介绍道:同学们,这里就是你们女生宿舍了。

女生们很兴奋,议论纷纷并向里打量。

林华珺念道:周宅……

郑天挺:周宅的主人是当地的士绅周柏斋先生,得知联大文法学院要搬迁到蒙自,周先生亲自找到政府,主动提出将自己的宅子让出。我带你们进去看看。

郑天挺领着女生们踏入周宅。

周宅听风楼院子　白天　外景

女生们发出惊呼和赞叹。

同学甲:哇,好大呀!

郑天挺:宅子南北向,冬暖夏凉。主房两院,同学们将住在东侧院的颐楼里。大家穿过东门到教室所在的海关大楼只要十分钟。

郑天挺将女生们领到了颐楼前:同学们,这颐楼就是你们的宿舍。床铺已经安置好了,大家先入住吧。

女生们:谢谢郑先生。

周宅听风楼女生宿舍　白天　内景

二楼十分宽敞,摆放着十数张上下铺双层床,木板水平固定在床架末端外,还布置点缀了鲜花。

林华珺走到窗前,眺望出去可以看到美丽的南湖。

林华珺：临窗观湖，凭栏听风，这颐楼改为听风楼更应景。

其他女生也上来了，闻言附和：听风楼确比颐楼更雅！

叶润青：那我们以后就叫它听风楼！

叶润青和林华珺一起闭着眼睛感受风吹拂的感觉。

突然叶润青感觉到有一只手伸到她的头顶，她猛地睁开眼睛，发现自己的帽子在一个女孩手里。

这个女孩看上去年纪不大，肤色是健康的小麦色，五官轮廓很深，一双大大的眼睛里，透着一股子璞玉般的纯真和野性，她穿着大红配翠绿的衣裳，身上佩戴着银饰，正举着叶润青的帽子好奇地研究着，然后戴在了自己头上。

叶润青：你谁呀，干吗抢我的帽子？

阿美：这帽子真好看！

说着，阿美又身手敏捷地摘走了她的墨镜。叶润青又吓了一跳。阿美全然不在意，将墨镜戴在自己脸上，抬头看天看树，外面的世界都是灰灰的。

阿美：这眼镜怎么黑乎乎的？

叶润青：你，你怎么伸手就抢人东西？

阿美：我就看看。

阿美摘下眼镜塞回叶润青手里，随即，她的目光落在叶润青的腿上，出其不意地将她的裙子撩了起来。

叶润青吓得大叫：啊！……啊！……

叶润青打掉这个女孩的手，紧紧地按住裙子四角。

叶润青：你干什么？你一个女孩子竟然耍流氓！

阿美：耍流氓？什么是耍流氓？

林华珺护住羞得满脸通红的叶润青。

林华珺：这位姑娘，你为什么要掀她裙子啊？

阿美：我没见过这种裙子，就是想看看她裙子底下是不是跟我一样也穿着裤子。

说着，她掀开了自己的裙子，露出了里面的裤子。

阿美：结果她里面什么也没穿……

叶润青脸色通红地：谁说我没穿了，我明明穿着丝袜。

阿美：丝袜？什么是丝袜？我明明什么也没看到啊。

说着，阿美又想去掀叶润青的裙子，叶润青连忙躲到林华珺背后。

大家都被女孩逗笑了。

林华珺：你是本地人吧，你叫什么名字？

阿美：我叫阿美，沙玛阿美。这里是我帮你们布置的！

林华珺：沙玛阿旺是……？

阿美：我哥。

林华珺：阿美姑娘，谢谢你帮我们把宿舍布置得这么整洁。我叫林华珺，她叫叶润青。

阿美：什么是丝袜？

林华珺：润青，打开你的箱子，让阿美姑娘看看吧。

叶润青这才从林华珺身后走出来，两手还紧紧按住裙子，生怕阿美再来掀。

在阿美无比好奇和期待的目光中，叶润青打开了箱子。

箱子里就是一个世界，琳琅满目都是女性物品——旗袍、不同颜色的丝袜、高跟鞋、香水等。

阿美脸上的表情复杂，觉得新奇又茫然。

阿美：我们这里每个月有两次集市，都没见过你卖的这些东西！

林华珺拿起一双肉色丝袜：这就是丝袜。

阿美接过丝袜，用手指搓了搓，又盯住叶润青的小腿看。

叶润青又好气又好笑，但不再闪躲，任由阿美看。

叶润青：看清楚了吗？我穿的就是这种肉色丝袜。

阿美又搓了搓丝袜，举高看了看：这能穿吗？

叶润青：当然。穿裙子的时候配上丝袜，腿就变得好看了。

叶润青把丝袜套在手上，向阿美展示穿法。

叶润青：往腿上一套就好了，特别简单。

阿美认真地看着叶润青的示范。这时，叶润青发现阿美的嘴唇干燥起了皮，她在箱子里找了一阵，拿出一只口红递给阿美。

叶润青：给你。

阿美：这是什么？

叶润青：口红。你看我嘴唇，和你的颜色是不是不大一样？

阿美凑上前观察，惊奇地点了点头。

叶润青：就是抹了口红！来，我教你。

阿美不知道叶润青要做什么，将信将疑地坐下，叶润青将口红旋转出红色膏体。当口红接触到阿美嘴唇时，阿美紧张得一动不敢动。涂好口红，叶润青将镜子递到阿美面前。

叶润青：好看吧？

阿美看到镜中自己的嘴唇上方红红的，一脸古怪的表情：妈呀，像喝了血。

众人又笑了起来。

叶润青又拿过自己的帽子和墨镜给阿美戴上。阿美看着镜子里截然不同的自己，呆住了。

叶润青从箱子里拿出一双崭新的肉色丝袜，连带刚才的口红，塞到阿美手中。

叶润青：送给你！

阿美：我不要！

叶润青：拿着。

阿美犹豫。

阿美：那好，我不会白拿的。你等着！

阿美把口红和丝袜放到口袋里，一溜烟地跑走了。叶润青和林华珺相视一笑。

林华珺：这个阿美真有趣，天真淳朴。

闻一多住所（哥胪士洋行） 白天 内景

朱自清陪闻一多走进他的房间。房间不大，只摆放着靠墙的床铺和一张挨着窗户的书桌。房间的布置是两个人的宿舍。

朱自清：蒙自虽小，但小得好，人也少得好。

这时，陈达端着一杯咖啡来到了闻一多的房间。

（字幕：西南联大社会学系主任　陈达教授）

陈达：友三兄，来，喝杯咖啡。

闻一多惊喜：这里还有咖啡？

陈达：我在今日市集买的美国咖啡，香港带来的咖啡壶刚好派上用场。

朱自清：听说你们组织了网球俱乐部？

陈达：正是！现在已有十余人，欢迎加入。

朱自清：我准备去南湖看看，一块去吗？

闻一多：不了，准备给家里回封信。

陈达和朱自清一起离开。

闻一多在书桌前坐下，摊开信纸，望着窗外，他嗅到了一股新鲜的气息，心情也跟着愉悦了起来。

他在信纸上写道：贞，在昆明所发航空信想已收到。我们五月三日启程来蒙自……到此，果有你们的信四封之多，三千余里之辛苦，得此犒赏，于愿足矣！你说以后每星期写一信来，更使我喜出望外……

这时，门外响起了敲门声。

闻一多放下纸笔：请进。

文颉推开门：闻先生。

闻一多：是文颉啊，有事吗？

文颉：闻先生，我是来帮您打扫房间的。

闻一多并未让文颉进屋：不用，房间很干净，我自己收拾就可以了。

文颉：闻先生，打扫卫生这种事怎么能让您做呢？还是我来吧，干净点住得舒服。

闻一多：文颉，听我一句话。你要多与同学们相处，你们才是要共度四年同窗的伙伴。

文颉愣了，缓了一会儿才开口：可是，您是我终生的老师。

闻一多笑了笑：我打算开始整理步行团一路的素描了，你先回去吧。

文颉依依不舍离开了闻一多住所。

南湖　黄昏　外景

夕阳西下，倒映湖面，垂柳摇曳。

程嘉树和林华珺、叶润名、叶润青在南湖边散步。叶润青换了一身学生装。

程嘉树：咦，怎么不穿你的旗袍了？

叶润青：要你管！

一阵风吹来，程嘉树发现林华珺穿得不多，他本能地想要脱下外套，为林华珺披上。这时，他看见叶润名已经脱下外套为林华珺遮风，立刻缩了回去。

叶润青：听说南湖里鱼多，它们现在应该还饿着，程嘉树，你要是再这么调侃我，我，我先把你丢下去喂鱼。

程嘉树摊开双手，对叶润青说：你大可以试试。

面对程嘉树的"没心没肺"，叶润青又被气到，白了程嘉树一眼，自顾自往前走去，但她脸上还是浮现出了一丝少女的微笑。

程嘉树注意到林华珺，虽然故作轻松，想融入他们的氛围，但她眼睛骗不了人，她有心事。想了想，程嘉树还是将话咽进了肚子里。

四个人就这样各怀心事，继续围着南湖散步。

前方，朱自清先生身着一袭长袍迎面而来。

大家打招呼：朱先生！

汤用彤教授拄着拐杖，虽然身材矮小却步伐矫健地超过他们。

（字幕：西南联大哲学系主任　汤用彤教授）

程嘉树：汤先生，您悠着点！

汤用彤头也不回：夕阳正美，吾当学夸父逐日，留住此景！

这时，查良铮也加入了程嘉树、叶润名他们一行。

叶润名：你们发现了吗？这里很像北平的什刹海。

查良铮：我倒觉得这里更像古希腊的巡回学校。

他们经过几个人，只见钱穆[1]先生一手托着一个石榴，正解答着同学的发问。

钱穆：中国学问，不是只凭一点浅近的逻辑所能理解的，譬如《论语》讲仁，你把所有讲"仁"的话，归纳排比在一起，就可以下个定义，就能懂得仁了吗？

驻足听了会儿，程嘉树一行又继续徜徉在南湖柳畔边。

　　　　　　　　　　　　阿美家　　夜晚　　内景

阿美套上丝袜，对着自己的腿欣赏了半天，丝袜的触感让她觉得新鲜。她一边哼着当地的小曲，一边在房间里来回踱步。

突然阿美又想起什么，立刻坐到镜子前，取出口红对镜涂，却怎么也涂不好，画得奇形怪状，阿美看着镜中的自己乐得咯咯笑。正在自我陶醉中，房间门突然被推开。

阿美从镜子中看到是大哥，吓得她赶紧用手擦嘴上的口红，擦得满脸都是。

阿旺：你脸怎么了？

1　钱穆（1895-1990），著名历史学家、思想家、教育家。代表著作有《国史大纲》《中国历代政治得失》等。

阿美再使劲擦了擦：没什么。

阿旺：你怎么跟那些女学生待了一会儿，就像掉了魂似的？你离那群女学生远点，一个个穿得像妖魔鬼怪，丢人现眼。你知道乡民怎么议论的吗？一群男男女女挨得那么近，女的把腿都露在外面给别人看，成何体统？简直是伤风败俗，太不像话了！

阿美小声：她们穿的是丝袜。

阿旺：什么？

阿美：哎呀，说了你也不懂。

阿旺：不管我懂还是不懂，我不许你再去找她们！别仗着阿爸宠你，就为所欲为！

阿美倔强地不吭声。

阿旺摔门而出，阿美这才松开自己的手心，发现口红蹭得满手都是。

蒙自校委会　白天　外景

联大同学们围在总务办公室的墙壁前。墙壁上密密麻麻贴着学校开设的课程。同学们兴致勃勃地抄着课表，议论纷纷。

"谁选了潘光旦教授的课？"

"我！"

"到时候喊我，一块旁听去。"

"你们听说了吗，法律系只有蔡维藩教授按时到蒙自，他让学生自学取代了讲授，听说未来还要用报告和论文代替考试呢。"

"真的？"……

蒙自海关大楼教室　白天　内景

程嘉树埋头写信。

程嘉树（画外音）：明日即将开学，尚有不少教授因战时运输困难延期抵达，滞留在外。可即便如此，同学们的学习热情依旧十分高涨。云霄，昆明的情况如何？

昆明昆华农业学校教室　白天　内景

程嘉树的来信在一旁，毕云霄正在回信。

毕云霄（画外音）：以往每学期物理系都要做十到十二个实验，现在减少为三四个，但赵先生说，将会努力让实验物理的不足被理论物理弥补……

昆明校委会　白天　内景

梅贻琦：……幸而在云南省和昆明市各界人士的大力协助下，我们租得大西门外昆华农业学校作为理学院校舍，租得拓东路迤西会馆、江西会馆、全蜀会馆作为工学院校舍，盐行仓库作为工学院学生宿舍。希望能暂时解决校舍困难的问题。

方悦容走进校委会办公室，发现大家在梅贻琦身边围成了一个圈，听梅校长说话。

方悦容便也站定，认真听着。

黄钰生接着说道：我们购置了昆明城西北三分寺附近的 120 亩地作为校址地基，计划聘请梁思成、林徽因夫妇为校舍建筑工程顾问，待校舍拔地而起，联大便真正在昆明落地生根了。

听到这里，大家都十分激动。

哥胪士洋行男生宿舍　白天　内景

程嘉树看着方悦容寄来的信。

方悦容（画外音）：……昆明就是这样的情况了。嘉树，得知你在蒙自安顿了下来，深感欣慰。新学期即将展开，希望蒙自静谧的氛围能为你的学习助力。并请代问裴先生好……

（字幕：1938 年 5 月 2 日，国立西南联大 1937–1938 年度第二学期开学，注册开始。5 月 4 日，开始上课。）

海关大楼教室　白天　内景

朱自清先生正在授课，诵读柳宗元《封建论》的声音传来：天地果无初乎？吾不得而知之也。生人果有初乎？吾不得而知之也。然则孰为近？……

叶润名、程嘉树、林华珺、叶润青、文颉等人都坐在教室里。

朱自清先生继续诵读：……曰：有初为近。孰明之？由封建而明之也。彼封建者，更古圣王尧、舜、禹、汤、文、武而莫能去之。盖非不欲去之也，势不可也。势之来，其生人之初乎？不初，无以有封建。封建，非圣人意也。

众学生静静聆听。

海关大楼教室　白天　外景

海关教室被蒙自人包围着。有的伸长脑袋，十分好奇地往教室里看，有的搬了把凳子索性坐着听，当听到这群外来者讲授之乎者也的课程时，大家窃窃私语、议论纷纷。

海关大楼教室　白天　外景

这时，有一人扒开蒙自的围观人群，兴奋地往前凑，是阿美。叶润青送她的肉色丝袜已被她穿在了腿上。

也有一只手伸上了阿美的腿，摸她腿的是蒙自姑娘阿花。

阿花：阿美，你怎么里面不穿裤子啊？

阿美：我穿了！穿的丝袜。

阿花：什么是丝袜？

阿美：丝袜就跟我们穿在裙子里面的裤子一样，只不过这种裤子能让你的腿更好看。你摸。

她把丝袜捏起一撮，让阿花来摸。

阿花：真的有穿裤子，这就是丝袜啊，真滑。

一时间，好几个姑娘都好奇地凑过来摸她的丝袜。

阿美：（指教室里联大学生）她们送我的！好看吗？

阿花：好看！

阿美：你们要不要也试一试，我脱下来给你们。

正当阿美兴奋地向阿花介绍时，一只手猛地抓出了阿美，是阿旺。阿旺看到她腿上穿着丝袜，一个大耳光扇到了阿美脸上。

阿旺：快回去，别在这里丢人。

阿美：我怎么丢人了？

阿旺拽住阿美：大庭广众之下光着大腿让那么多人摸，这还不丢人？快跟我回去。

阿美：学生们都这么穿，我没有丢人，我不回去。

阿旺：你回不回？

阿美：不回，就不回！

兄妹俩的吵架惹得在场的人纷纷侧目，此时，联大学生刚好下课，也对这一幕投来了好奇和诧异的目光。

阿旺更觉得丢脸：你不回是吧，好！我让你不回……

阿旺看到身边有一把乡民带的凳子，他气急，随手抄起凳子就要往阿美头上打。

阿旺：我让你在这里丢人。

阿美闭上了眼睛，一脸"视死如归"的表情，但是凳子迟迟没有落在她头上。她睁开眼睛，发现面前是一张清秀儒雅的脸。

原来是叶润名——下课的叶润名看到这一幕，一手抓住阿旺，阻止了他的行动。

叶润名盯着阿旺：阿旺先生，你为什么打人？

他的嗓门并不大，甚至很文雅，但声音却不怒而威，阿旺的气势瞬间矮了半截。

阿美看呆了，傻愣愣的，眼睛直勾勾地盯着叶润名看，好像世界上就剩下他们俩了。

阿旺：我教训妹妹，用不着外人管。

叶润名：你在家怎么做我管不到，但这是我们学校，我必须管。

阿美的心彻底被叶润名俘获。

他附在阿旺耳边，低声地：以阿旺先生的威望，应该也不想在大庭广众之下处理家务事吧？

阿旺看围观的人越来越多，不想把事情闹大，放下凳子，强行拉住阿美。阿美仿佛也丧失了行为能力，还盯着叶润名看，眼冒桃花。

一位同学走到叶润名身边跟他说了声：学长，老师找。

叶润名应了一声"来了"，这才松开了阿旺的手：我也有妹妹，我觉得妹妹不是用来教训的，而是要呵护的。

阿美还是呈现痴呆状，被阿旺强行拖走，一边还盯着叶润名看。

街道　白天　外景

三三两两的联大学生走在街上，与当地人形成鲜明对比。当地人看他们的眼神从最初的惊讶好奇变成了排斥不满。

叶润青和两个女同学朝听风楼走去，边走边聊。

叶润青：阿旺居然当众打自己的妹妹，太过分了！

同学甲：是封建，你看这里的女人，出门都还撑伞把脸遮住。

同学乙：听说这里几乎没有女孩小学毕业，中学专门为男孩设立，也几乎没有人上过大学。

这时，一对本地母女迎面走来。女儿好奇地看着叶润青的腿。

女儿：娘，你看，她们没穿裤子！

母亲厌恶地瞪了叶润青一眼：伤风败俗！

说着，那位母亲捂着女儿的眼睛，将女儿拉远。

这话落入叶润青的耳朵里：她居然骂我伤风败俗？

叶润青气得涨红了脸，想跟那对母女理论，却被同学拉住。

同学甲：算了，润青。他们的思想还没开化，大概还没准备好接受现代女性。咱们理解不了他们，他们大概也理解不了我们。

阿美家客厅　黄昏　外景

客厅里，几个当地人围着阿旺。

乡民甲：阿旺，你可一定要给大家做主。

乡民群情激愤，阿旺：大家冷静点，坐下一个一个慢慢说。

乡民甲：这帮学生真的是太不像话了，一个个女的不像女的，露胳膊露腿也就算了，他们竟然还在光天化日之下，跟男人当街勾勾搭搭。

阿旺：有这事？

"我们都看到了！"

"我可以作证。"

阿旺：他们怎么当街勾勾搭搭了？

乡民乙：男男女女没有任何避讳，公开走在一起，肩挨着肩，手拉着手，勾肩搭背不说，有的还咬着耳朵说话。我们的女人和孩子看了，这还得了？太有伤风化了，再这样下去，要把全蒙自的风气都给带坏了。

阿旺也很生气，手重重地砸在椅子扶手上。

乡民们窸窸窣窣，议论了起来。

乡民甲：大家安静！阿旺，当初他们来这里，你帮着安排了不少事，你说说怎么办。

乡民乙：阿旺，你可要负责啊。

乡民甲：阿旺，既然你和他们有联系，你出面去跟学校说一说，让他们好好管管这帮学生！

乡民乙：对！阿旺，你给句痛快话。

阿旺下定决心：好，我去找学校。

海关大楼图书馆外　黄昏　外景

小小的图书馆内只有十七个座位。同学们在门口排队，程嘉树和文颉也在其中。

林华珺从图书馆内走出来，看到程嘉树微微一笑。

程嘉树：你怎么一个人？

林华珺：润青先回去了。

程嘉树：那你自己回去当心点，最近也不知道怎么了，当地人对咱们不太友好。

林华珺点点头：嗯，那我先走了。

程嘉树继续排着队，这时，李丞林走过来。

李丞林：你们听说了吗，外文系老师 William Empson[1] 白天散步的时候被打劫了。

文颉：被打劫？

李丞林：可不，而且我听说当地人都有老式火枪。

同学甲：太可怕了！

大家议论纷纷。

1　即燕卜荪（1906—1984），英国著名文学家、诗人，时任西南联大教授。

程嘉树有些担忧地看向林华珺离开的方向。

南湖边　黄昏　外景

林华珺独自一人绕着南湖边散步，心里挂念着远方的妈妈。

她突然听到有人在喊她的名字，声音越来越大。

林华珺看到程嘉树朝她跑来，有些诧异。

林华珺：你怎么来了？

程嘉树：你还不知道吧，外文系老师 William Empson 被打劫了。

林华珺：不会吧？

程嘉树：还是小心点的好。走，我送你回宿舍。

林华珺：我想再待会儿。你看，这里真的很像什刹海。

程嘉树：想家了？

他显然说中了，林华珺点点头，眼眶微微有些泛红。程嘉树在湖边的大石头上坐下，并且示意林华珺也坐下。

湖面上起了一圈圈水波，天空开始落下了淅淅沥沥的小雨。

程嘉树脱下自己的外套，撑在林华珺的头顶，为她遮住风雨。

就在这时，身后传来呵斥声，几个警察出现在他们身后。

警察甲：你们在干吗？！

几盏灯笼亮起，照在了程嘉树和林华珺脸上。

没等两人反应过来，警察已经过来，企图扣住他们。

程嘉树死死地把林华珺护在身后：你们想干什么？

几名警察上前，扣住了两人。

程嘉树：凭什么抓我们！

警察甲：凭什么？我告诉你凭什么。孤男寡女行苟且之事，现在就以有伤风化罪逮捕你们。

警察乙又企图上去抓林华珺的胳膊。

程嘉树：你胡说，我们没有！把你们的脏手拿开。拿开！听到没！

警察才不管他，几双手一起抓住了林华珺。

程嘉树怒极，冲上去跟警察扭打了起来。

警察们火了，纷纷拿出警棍，抡了过来。

程嘉树见状，赶紧把林华珺护在身下，任凭警棍落在自己身上。

林华珺：程嘉树！你快让开！别打了！……求你们别打了！

但是根本没人听她的，警棍雨点般落在程嘉树身上，终于，程嘉树晕了过去。

林华珺：嘉树！……嘉树！……

自始至终，程嘉树都把林华珺保护得很好。

警察所监房　夜晚　内景

警察甲和警察乙架着程嘉树，警察丙推搡着林华珺，从外面走到监房外的走道。

警察丙打开第一间监房的铁门，将林华珺推了进去。

林华珺：（抓着铁门）嘉树！……嘉树你怎么样了……

警察甲和警察乙打开第二间监房的大门，将程嘉树扔进了监房。程嘉树倒在地上昏迷不醒。

警察甲和警察乙穿过走道，准备和警察丙离开监房。

林华珺：（摇晃着铁门）求你们让我看看他怎么样了！

警察甲：狗男女。

林华珺：他怎么样了？

警察乙：你放心吧！还没死。

三名警察离开了监房。

林华珺赶紧挪到靠近程嘉树的那堵墙，敲着墙体。

林华珺：嘉树！

没有人回应。林华珺着急地在监房里走来走去。

林华珺：嘉树！

依然没有人回应。

周宅听风楼　夜晚　内景

深夜，同学们都准备睡了，林华珺还没有回来。

叶润青：寄彤，你看到林华珺了吗？她怎么到现在还没回来？

同学甲：可能还在图书馆吧。

叶润青：这都几点了，图书馆早就关门了。

叶润青问其他同学：你们谁见过林华珺吗？

大家纷纷摇摇头：没见过。

同学甲：该不会出什么事了吧？听说早上还有老师被打劫了。

叶润青有些急了。

哥胪士洋行男生宿舍　夜晚　外景

叶润青急急忙忙跑到男生宿舍外，遇到了文颉。

叶润青：文颉。

文颉：叶润青，这么晚了，你……

叶润青：你看见华珺姐了吗？

文颉：没有啊，她不在女生宿舍吗？

叶润青：不在！怎么办，华珺姐不见了。我哥呢？

文颉：他在裴先生那，走，我带你去。

裴远之宿舍　夜晚　内景

深夜，一盏油灯下，裴远之和叶润名促膝谈心。

叶润名：我们走过的路多为崎岖地带，恶劣天气是常态。裴先生，您知道虽然在北平我也参加过不少学联活动，但用脚丈量每一寸土地，承受如此身体考验于我是第一次，还真不一样。

叶润名的眼神在红色的光晕中熠熠发亮。

裴远之欣赏地看着叶润名：哦？怎么个不一样？

叶润名：（深情地）祖国和人民于我而言不再空泛，家国的概念也非遥不可及，现在跟您谈起，我仍然十分激动，觉得自己言之有物了，一直以来思考的轮廓也渐渐清晰。

裴远之：同样的感受我倒也听参加过长征的同志提起过，他们说，经历了长征便真正做到了心里有人民。润名你也是这样的感受吗？

叶润名：（逐渐激动起来，满眼含泪）看见那些穷苦百姓，我会心痛；想起那些中饱私囊发国难财的贪渎官吏,我不由得愤怒。那些老百姓,他们赤脚、不识字,甚至抽鸦片,住在简陋昏暗的茅棚里。一名老人告诉我,"当土匪来时,他们会砍掉我的头,当国民党部队来时,他们会剃掉我的脑袋"。

裴远之愤然起立:简直是兵匪一家!

裴远之缓缓坐下:长太息以掩涕兮,哀民生之多艰。润名,这一次旅行团艰苦卓绝的跋涉可谓是联大师生的长征。你们走出象牙塔,步入现实世界,心怀救国救民的赤诚,近距离地体察民情,感知国情。润名,我为你感到骄傲!

裴远之宿舍外　夜晚　外景

文颉带着叶润青来到裴远之宿舍外，叶润名正好从里面出来。叶润青立即跑上前。

叶润青要急哭了：哥，华珺姐不见了！

叶润名：什么？你先别急，慢慢说。

文颉：我想起来了……有人说在南湖边看到了林华珺，后来程嘉树就跑走了。

叶润名安抚：我们去南湖边看看吧。

南湖　夜晚　外景

深夜，叶润名、叶润青、文颉三人分头在南湖边寻找。

这时，一束手电光射向他们，是巡逻的巡警。

巡警：什么人？

叶润名：我们是联大的学生！

巡警：你们这些学生，三更半夜在湖边上干什么？

叶润名：警官，请问你有没有看见一男一女两个学生？那男同学个子很高……有这么高……女学生这么高，留着长头发，大眼睛，皮肤很白？

巡警：看见了，在警察局呢，被我们抓了。

叶润名：被你们抓了？为什么？

巡警：大庭广众之下公然行苟且之事，当然要抓！伤风败俗，不知廉耻！

三人感到震惊，一时说不出话来。

叶润名：你胡说什么？什么行苟且之事！我警告你别乱说话。

巡警：我们亲眼看见的！蒙自的风气都被你们这些学生搞坏了，赶紧走，不然连你们一起抓！

巡警离开。

文颉:应该搞错了吧……不可能是程嘉树和林华珺,林华珺是叶学长的女朋友,怎么可能跟程嘉树行苟且之事。

叶润青却打断了他:有什么不可能的!人家都亲眼看见了!我们真是让猪油蒙了心了还来找他们!真是丢人!活该!

她气得转身飞奔离去。

文颉:叶学长,这……怎么办……

叶润名的脸色也有些难堪,他强迫自己冷静下来:先不要妄下定论,我先去警察所看看。

文颉:我跟你一起去。

警察所　夜晚　内景

叶润名和文颉赶到了警察所。

叶润名:警官,我们是联大的学生,我叫叶润名。请问,你们是否抓了联大的学生?

警察看了一眼登记簿:明天找你们学校的老师来交涉吧。

文颉:是叫程嘉树和林华珺吗?

警察:一对狗男女!

叶润名:你怎么骂人啊?

警察一副我骂了怎么样的表情。

叶润名:我了解他们,这一定是一场误会,请你们立刻放人。

警察不耐烦地:我说了,明天找你们学校的老师来交涉。

警察所监房　夜晚　内景

林华珺在监房里着急地踱来踱去,一会儿又去敲敲墙壁。

林华珺呼喊:嘉树,程嘉树……

还是没人应答。林华珺心慌,失落地瘫坐在地上。

这时,有一阵虚弱的声音从隔壁传来。

程嘉树（画外音）：华珺，我在……

林华珺噌地从地上爬起身，走到墙边。

林华珺：程嘉树，是你吗？

对切——

程嘉树：哎哟，头好疼，啊……

林华珺：怎么了？

突然，程嘉树又没了回应。

林华珺：嘉树，程嘉树？你怎么了？怎么不说话了？程嘉树？

程嘉树笑：在。

林华珺：那你不应一声，吓我。

程嘉树心里甜甜的：我就是想听你多喊一声。

林华珺愣了一下，没好气：幼稚！

程嘉树：为什么我头后面有血？

林华珺：他们把你打昏了。

程嘉树：浑身疼。发生了什么？

林华珺：你，你不会忘了吧？巡警抓了我们，你跟他们打了一架，被他们一顿棍棒打晕了。

程嘉树：他们为什么抓我们？

林华珺：他们说我们行苟且之事，有伤风化。

程嘉树：什么？

林华珺：他们说我们行苟且之事……

程嘉树：哈哈，好！你也亲口说了，这下可算是坐实了。

林华珺发现自己中了程嘉树的圈套，又好气又好笑，心里竟然踏实了下来。

警察所外　夜晚　外景

叶润名失落地和文颉一起从警察所走出。此刻，叶润名心里五味杂陈，一句话也说不出来。文颉看了一眼他，琢磨着如何开口。

文颉：学长，也有可能不是他俩。

叶润名没说话。

文颉察言观色：即使是他们，我想华珺学姐也不会做出这样的事的。你要相信她！肯定是那个程嘉树……

叶润名打断了文颉：嘉树也不会的。这里面一定有误会。

文颉：学长，你也太相信程嘉树了。

叶润名有些心烦意乱：文颉，已经很晚了，你也别陪我耗着了。明晨六点还有钱穆先生的中国通史课。这样，你先回去找裴教授，向他说明情况，明天一早再请他帮忙协调学校想办法。

文颉：可学长，你一个人等在这里可以吗？

叶润名：去吧！

文颉只得离开。

叶润名站在警察所外来回踱步，心乱如麻。他找了块石头坐下，深呼吸，强行让自己安定下来，可思绪依然将他带回了过去……

闪回段落——

天心阁舞台边　白天　外景

分别扮演少卿和月茹的程嘉树和林华珺，四目相对。两人握住了对方的手，紧紧抱在了一起。

南岳山路上　白天　外景

山路上，程嘉树帮林华珺拎行李。

叶润青扭头看了自己哥哥一眼：哥，你怎么不帮华珺姐拿行李，反而帮其他人？

叶润名：华珺的行李，不是嘉树拿着嘛。

叶润青：你，你真是个榆木疙瘩！

昆明火车站　早晨　外景

叶润名看到程嘉树和林华珺在一起十分融洽，反倒林华珺看到他后，表情错愕。

闪回段落止。

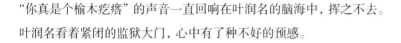

警察所外　夜晚　外景

"你真是个榆木疙瘩"的声音一直回响在叶润名的脑海中，挥之不去。

叶润名看着紧闭的监狱大门，心中有了种不好的预感。

校委会　白天　内景

郑天挺正飞快地翻看着一摞蝇头小楷书写的书稿——书稿封面上写着：新理学　冯友兰。

一个学校的秘书站在一旁等待。

郑天挺：（赞叹着）这是冯友兰先生在长沙期间就完成的《新理学》书稿，会通中西，继往开来，如今到了蒙自做了少许修改，终于封笔，你拿去石印吧！

郑天挺将书稿交给了秘书。

秘书：好的！

外面传来了敲门声。

郑天挺抬头望去——房门未关，阿旺和一个手下的随从正站在门口，一脸威严——阿旺身穿哈尼族服饰，异常严肃。

郑天挺：阿旺先生，找我有事？

阿旺：是。

郑天挺：请坐下说吧。

阿旺缓缓落座，随从站立身后，不怒自威。

郑天挺：阿旺先生，近日忙于公务未能登门探望您，一直想感谢您对我们联大的帮助和支持……

阿旺：郑先生，你知道蒙自乡民们都怎么说我吗？

郑天挺：（感觉阿旺来者不善）不知阿旺先生的意思是……

阿旺：大家都说我是引狼入室！

郑天挺：阿旺先生，此话怎讲？

阿旺：我早听闻贵校师生都是国家之栋梁，未来之贤才，所以才施以援手，帮助

贵校入住蒙自！原以为你们会爱惜名声，好自为之，谁知贵校女生衣着不端，暴露肢体！对我蒙自民众之风俗置若罔闻！

郑天挺：（急忙化解）我想这其中肯定有什么误会。

阿旺：你们男男女女，随意交往，勾肩搭背！居然昨晚出现在南湖之畔行苟且之事，成何体统！

郑天挺：阿旺先生，联大的同学们知分寸、懂礼数，绝对不会做出有伤风化的事！

阿旺：（忽然起身）良药苦口，忠言逆耳！我奉劝郑先生对学生严加管教！我不想蒙自自此失去安宁，世风日下！

阿旺走向门口。随从急忙跟随。

郑天挺：阿旺先生，这一定是场误会。

阿旺：你们的学生已被抓进警察所，何谈误会！

郑天挺：被抓到警察所了？什么时候的事！

阿旺：你自己去警察所查问吧！

郑天挺：昨天晚上我们学校有学生被抓了？我怎么没听说？你听说了吗？

秘书也摇头：没听说啊。

裴远之行色匆匆地走进办公室，来到郑天挺身边，对他耳语几句。

郑天挺：（恍然大悟）阿旺先生，抱歉给您带去了烦恼。昨天晚上南湖边发生的事，是否联大同学的问题我们会去了解。也请您相信我，我们的学生是知分寸的！

阿旺不再多言，在随从陪伴之下走出校委会。

警察所监房　白天　内景

林华珺坐在墙角，挨着与程嘉树相隔的一堵墙。已经过了一宿，此刻的她已经十分疲惫，但仍然坚持靠在墙角。

突然，她听到了声响，抬头一看是叶润名和裴远之。林华珺噌地从地上起身，跑到门前。

林华珺：裴先生，润名……

裴远之：林华珺同学，对不起，我们刚知道这事，让你受苦了。

警察把门打开。叶润名立刻跑到林华珺身边，裴远之则站在门外给他们空间。

叶润名疾奔进去，迅速拉起她的手，观察她周身：没事吧？

林华珺：我没事，快去看看嘉树。

她挣开叶润名的手，神色着急地就往外跑去。

叶润名有瞬间的失落，但也赶紧跟了过去。

隔壁监房　白天　内景

林华珺急匆匆地走进隔壁的关押处，程嘉树也蜷缩在靠着林华珺的那堵墙边，两人竟然是一样的姿势。

警察把门打开。

林华珺被此情此景触动，这一瞬间的眼神变化还是被叶润名捕捉到了。

林华珺：嘉树。

她直奔程嘉树身边，关切地检查着他的伤口，发现他头部流血结痂后，满脸都是担忧心疼。

林华珺：他们下手太重了。

程嘉树强撑着对他们笑道：幸好只打在了我身上。

这一切都被叶润名看在眼里。

林华珺：裴先生，润名，嘉树被打伤了，需要赶紧找医生。

叶润名：华珺，你也折腾了一宿，先回去休息吧。

林华珺：可是……

叶润名：不用担心，嘉树就交给我跟裴先生了。

林华珺不放心地又看了一眼程嘉树。

程嘉树：放心吧，我没大碍的。

林华珺这才点点头。

听风楼女生宿舍　白天　内景

一宿没休息，林华珺满脸疲惫、头发凌乱地走进了宿舍。

正值上课时间，宿舍里三三两两的同学拿着课本，从她身边经过，对她投去了复杂的眼神。这眼神里有怀疑、有难以置信，还有责备、偷笑。

林华珺心里瞬间明白了。

林华珺走到床前，她的铺位上被子叠得整整齐齐。她看到叶润青正坐在窗前，面朝南湖，背对所有人。

林华珺轻轻唤了声：润青。

叶润青没有回头，依旧直愣愣地盯着窗外。

林华珺将手搭在她肩上，又唤一声：润青。

叶润青猛地一转头，两眼红肿，激愤地瞪着林华珺，随即又继续看向窗外，不再理她。

林华珺：润青，事情不是你想的那样。

叶润青怒瞪林华珺：我想的是哪样，你说，我听着！

林华珺一时不知道怎么回答。

叶润青冷笑一声：是不是你跟程嘉树大庭广众行苟且之事？

林华珺：润青！别人怎么说是别人的事，你不该不信我们。我和嘉树什么都没做，这是误会。

叶润青：我信你们？我凭什么信你们！什么都没做怎么会被抓起来，做没做，你们自己心里最清楚。

林华珺：别耍小孩子脾气。

叶润青越听越来气，从椅子上弹了起来。

叶润青：我就奇了怪了，既然我在你们眼里就是个小孩，你和程嘉树做了什么犯得着跟我解释吗？我和你们有什么关系！我一不是程嘉树女朋友，二也不是你的谁。

林华珺：润青，我知道你关心你哥。

叶润青：哈，你还记得有我哥这么个人啊，你还知道叶润名的存在呢。我以为你都忘了。

林华珺：这真的只是个巧合。不管你怎么看我，我还是要跟你说清楚。我和嘉树在南湖边偶然遇见，只是站在一起说了些话，就被当地警察莫名其妙地抓了起来。嘉树还被他们打伤了。

叶润青听到程嘉树被打伤，心头一紧，又摆出了一副不饶人的姿态。

叶润青：你是不是特心疼？

林华珺：你不心疼吗，大家是患难与共的朋友，一起经历了这么多。

叶润青：朋友？你和他是什么样的朋友？你不觉得奇怪吗，为什么出现在南湖边的是你和程嘉树，而不是我哥？！为什么程嘉树总比我哥先一步，为什么他就能找到你，为什么你们能把话剧演得那么默契？为什么你对我哥总是那么客气，和程嘉树却能有说有笑？

林华珺一时间哑口无言。

叶润青：林华珺，全天底下你骗得了任何人，但骗不了你自己。问问你的心，是不是早就爱上程嘉树了！

林华珺：润青……

不等她说完，叶润青已经愤然离开了宿舍。

林华珺独自看着窗外的南湖，一时心乱如麻。

医务室　白天　内景

脑袋已经包扎好的程嘉树躺在床上睡着了。

叶润青走到他床前，满肚子的气，却又忍不住在病床边坐下，看着这受了伤还能笑着睡觉的男孩。

叶润青：程嘉树，你怎么这么没心没肺，把所有人都搅进来，搅得天翻地覆，居然还睡得着。

像是为了迎合她的话，程嘉树翻了个身，睡得更香了。

叶润青看得来气，她瞄了一眼桌上的笔，心生一计。

叶润青刚收回笔，程嘉树突然转过身，睁开了眼睛，与叶润青四目相对。

程嘉树也吓了一跳：叶润青，你吓我一跳。

他注意到叶润青眼圈发红，脸上还挂着泪痕。

程嘉树：你怎么哭了？

叶润青下意识地赶紧擦拭泪痕，否认：我没有！

程嘉树：喔……你是不是看我受伤，心疼啊？真没想到你还会为我哭啊？

叶润青：我是为王八蛋哭的！

她摔门而出。

程嘉树自言自语：臭丫头……哎呀，疼。

程嘉树摸了摸脑门，轻轻侧身，只见后脑勺纱布上已经被写上了"王八蛋"三个字。

听风楼女生宿舍　白天　内景

宿舍里只剩林华珺一人了，她望着南湖发呆，风吹起她的发梢，脑中回荡着叶润青刚才的话：林华珺，全天底下你骗得了任何人，但骗不了你自己。问问你的心，是不是早就爱上程嘉树了！

穿插闪回画面——

在南开，程嘉树冒着炮火冲向林华珺。

在长沙，程嘉树带着林华珺在湘江边看星空。

在长沙，程嘉树和林华珺一起演话剧。

闪回结束。

突然，门口传来了声音：华珺。

林华珺回头，发现叶润名来了。

叶润名走近，轻声细语道：是不是打扰到你了？

林华珺：没有。

叶润名：怎么没休息？

林华珺：我不累。

叶润名：华珺，你伤着了吗？

林华珺：我没事。

叶润名：我和裴教授一块把嘉树送到了医务室，已经包扎过了，没大碍，不用担心。他已经睡了。

叶润名语气轻松，可林华珺却无法松弛。

林华珺：润名，我欠你一个解释。我和嘉树在南湖边偶然遇到……

叶润名轻轻将林华珺拉入怀中，打断并安慰她。

林华珺的身子却有些僵硬，并没有回抱他。

叶润名：华珺，什么也不用说，你我之间不需要。我相信你，也相信自己，更对我们的感情有信心。你什么都没做错，反倒是我，当你独自难受的时候，陪在你身边的却不是我。请你原谅我。

林华珺：这不是你的错。

叶润名：我向你坦承，昨天晚上的确漫长，我在警察所外也确实胡思乱想过，但现在看到你的坦然，我更觉得自己太小肚鸡肠了。

这句"坦然"，却让林华珺无法再接他的话了。

两人都沉默了，同时望向了南湖，气氛静默。

叶润名想找话题：总是耳闻听风楼的神奇，今天总算感受到了。

林华珺没有接话。

叶润名：要不要一起去看看程嘉树？

林华珺犹豫了一下：我就不去了。

叶润名有些意外。

叶润名：那好吧。我去照顾他，你好好休息。

林华珺目送叶润名离开。

哥胪士洋行男生宿舍　夜晚　内景

程嘉树靠在床上，头上裹着纱布，心情却还不错。

程嘉树转过头，叶润名看到了程嘉树后脑勺"王八蛋"三个字，忍不住笑了。

程嘉树：你笑什么？

叶润名：没什么。见过润青了？

程嘉树点头：在医务室睁眼就看到她，发了一通火就走了，莫名其妙。华珺呢？她没事吧？

叶润名：她没受伤，在宿舍休息呢。

程嘉树点点头，突然想到了什么：你……没有为难她吧？

叶润名：我为难她？这话从何说起？

程嘉树：那些警察都是胡说八道，什么苟且之事，乱七八糟的，我跟华珺什么事都没有，你可以不相信我，但必须相信她。

叶润名：她是我的女朋友，我当然相信她。我也相信你。

程嘉树：虽然我已经退出了，但你要对她不好，我这个邻居可不会轻饶你！

叶润名一笑：快躺下吧。

叶润名扶程嘉树躺下，程嘉树也乖乖地享受被照顾的感觉。

叶润青走进教室，只见几个女同学围在一起聊着程嘉树和林华珺的八卦。

同学甲：她和叶学长金童玉女，感情那么好，怎么可能跟程嘉树……

同学乙：我早就觉得这俩人不对劲。

同学丙：林华珺回来后一直在宿舍，哪也没去。如果他们有什么，程嘉树伤成那样，她怎么没去看一眼。

同学乙：避嫌呀！你们太天真了。越是心里有鬼越要逃避。

叶润青忍不住了，起身跑到这几位同学面前，把她们书一扣。动静极大，把大家都吓了一跳，教室里所有目光都看向了她。

叶润青：你们在这里嚼什么舌根？！我看你们是嫉妒，嫉妒我哥和华珺姐男才女貌，才子配佳人。我告诉你们，他们俩好着呢！下次再让我听见，别怪我不客气！

林华珺站在教室门口，以上的议论、叶润青为之辩解，被她一字不落地听了进去。

她本能地想后退，却发现叶润名正站在她身后，同学们的议论他也全听见了。

两人对视，有些尴尬。随即，叶润名拉起了林华珺的手。

叶润名：不要放在心上，走，上课去！

林华珺点点头，跟叶润名进了教室。

同学们看到林华珺和叶润名一起走进教室，也赶紧停止议论。叶润名和林华珺坐在一起。

裴远之走进教室。

裴远之：同学们，课前有件事向大家做个说明。程嘉树和林华珺被抓纯属误会一场，给他们带来了很多伤害和困扰。

裴远之看向林华珺和叶润名。

裴远之：学校经过了解，并与当地警方核实，确实是相互间认知存在了偏差。所以，我希望从今往后，同学们不要再议论这件事了。

之前误解林华珺和程嘉树的同学们此刻都沉默了。

一个同学起身：裴先生，既然程嘉树和林华珺同学是平白无故被他们打，那我要提出抗议，不能就此作罢，我们要说法。

同学乙：就是，凭什么白白被他们打。

同学丙：是啊，这种事已经不止一次了，如果这次不讨说法，万一还有下次呢？

裴远之：大家别激动。这件事因当地民俗而起，确实是误会。学校是你们最坚实的后盾，樊际昌[1]教授已经代表校方与蒙自当地沟通了。梅校长、蒋校长也知晓了此事。后续，学校会更好地保护好同学们，大家请放心。

越来越多同学们坐不住了，纷纷起身发言。

"裴教授，我也被掀过裙子，这也是误会吗？"

"我们宿舍好几个女生都被掀过。"

"我和男同学下课一起走，也被他们敌视，吓得我们赶紧分开，就怕被打。"

……

裴远之：同学们，大家冷静冷静。我知道大家都有担忧。同学们也都发现了，之所以会出现这样的情况，正是因为我们和当地风俗产生了碰撞，这是文化差异造成的。对当地民众而言，我们是外来者。他们敞开胸怀，让我们来这里落脚，已十分难得。我们的到来，也确确实实打乱了他们原本的生活节奏。

裴远之的这番话终于让联大的同学们渐渐沉静了下来。

裴远之动情：同学们，联大师生一路南渡，好不容易在昆明、在蒙自寻到了一片能够容下书桌的土地，我希望大家好好珍惜。既然我们是客人，入乡且随俗，希望大家尽量学会尊重当地风俗。

同学们都沉默了。

哥胪士洋行男生宿舍　白天　内景

"啪"一声，一个饭盒被放到了程嘉树床头。

1　樊际昌（1898-1975），心理学家，曾任西南联大教务长。

叶润青：吃吧！

程嘉树：你就不能温柔点。

叶润青：不吃我拿走了啊！

叶润青往程嘉树床边一坐，两人共同分享这份丰盛的午餐。

程嘉树：华珺这两天怎么样？

叶润青把筷子一放：你让我一起吃饭，就是想打听她的事吧？

程嘉树：你看你，小人之心了吧？我问华珺，是因为那天虽然有我护着，可她多多少少应该也伤到了，我就是想知道她是不是也受伤了。

叶润青：她就算是受伤了，也有我哥和我照顾，轮不到你程嘉树。脑袋都受伤了也不能让你消停点。

程嘉树：你真奇怪！我们俩都被关了一晚上，关心关心不正常吗？如果是跟你一起被抓了，我多少也会问一句的。

叶润青脱口而出：你问心无愧，她未必就问心无愧……

此话一出，她和程嘉树都顿住了。

好一会儿，程嘉树才开口：你刚才说什么？

叶润青：没什么。我说，果然没看错你，你就是个王八蛋。你真想知道她这两天怎么样？

程嘉树：那当然！

叶润青：你听好了，她不好，很不好。现在学校闹得风言风语，你脑袋受伤往宿舍一躲，可她还要去上课。程嘉树，你能不能离华珺姐远点，让她清静清静？

叶润青把程嘉树手上的饭菜一收。

程嘉树：我还没吃完呢。

叶润青：白眼狼！

叶润青气呼呼地离开了男生宿舍，最后这一番话让程嘉树的心情也沉重了起来，他担心的事还是发生了。

周宅女生宿舍外　黄昏　外景

三三两两的女生抱着课本匆忙穿行，还有同学手中拿着饭盒往食堂方向走去。

程嘉树头上包着纱布，见周围没什么人了，他摊开攥着的拳头，手中全是小石子。

一颗接着一颗，程嘉树往林华珺宿舍的窗户上扔石子。

听风楼女生宿舍　黄昏　内景

林华珺正坐在窗边看书，看到一颗又一颗石子打在了窗户上。

她起身往下探头，发现是程嘉树。林华珺知道，如果不见到自己，程嘉树是不会停止的。

她合上书本，下楼了。

周宅女生宿舍楼下　黄昏　外景

林华珺抱着书本，心事重重走到楼下，表情有些凝重。

眼前，程嘉树头上缠着纱布，关切地看着林华珺。看到程嘉树，林华珺心里还是咯噔了一下。

林华珺：嘉树，伤还没好，你怎么来了？

程嘉树：你不来看我，我总能来看看你吧。

林华珺有些内疚：我……对不起。

程嘉树：我开玩笑的，你别担心，最近叶润青天天给我送饭，都把我养胖了。

林华珺微微一笑：没事就好，我回去了，你也快回去休息吧。

林华珺想走，程嘉树：等等。

程嘉树不自觉地拉住林华珺，他意识到不妥，立刻缩回了手。

程嘉树：我很担心你，听润青说，现在学校已经闹得风言风语，我们共同经历了这次风波，现在却让你一个人承受压力，想到这里我就坐不住了。

林华珺听到这一席话，心里一暖，眼眶微微泛红，她低下头，试图掩饰自己的心情。

程嘉树：华珺，你还好吗？记得咱们在南湖边说过的吗，无论什么时候，我都是你的朋友、邻居，你承受不了的时候，不要忘了还有我。

林华珺抬起头，措辞客气：嘉树，谢谢你，不过不用担心，裴教授为我们做了澄清，流言蜚语总归会过去。

程嘉树：你越是这样说，我就越放心不下。

林华珺：你越放心不下，就越来找我。可你想过没有，这样只会再生事端！

程嘉树眼中闪过一抹失落。

林华珺知道自己言重了，但也只能硬着头皮：嘉树，我们是朋友、邻居，自然会关心对方，只是现在这段时间怕是不适合再这样见面。

程嘉树：我明白了。抱歉我的关心给你造成了压力……你没事就好，我先走了。

程嘉树伤心地离开，林华珺看着他失落的背影，有些心疼。

南湖边　黄昏　外景

程嘉树独自一人走到南湖边。此刻他心中什么况味，他也说不清。

南湖边人来人往，一群同学围在一起讨论战局，闻一多教授站在一旁听着。

程嘉树走到闻一多身边，也停住了脚步，跟着一块听。

"日军对汉口轮番轰炸，中国空军残存的飞机和外援混合机队虽然顽强抵抗，可能坚持多久？"

"我说要败了吧？你看吧，现在怎么样！"

"可'四二九'中国空军阻断了日军向天皇献礼的痴心妄想，是抗战以来空军创造的最辉煌战绩。"

"你怎么不说徐州又失陷了呢？"

"你们听听卡帕[1]发表在《生活》杂志上的报道，'历史上作为转折点的名字有很多——滑铁卢、凡尔登，现在又增加了一个新名字——台儿庄。'"

这时，一个同学看向了闻一多：闻先生，您怎么看？

闻一多摸摸越来越长的胡子，说道：虽然现在出现暂时性、局部性的败局，但从长远和战略上看，我坚信抗战必胜。我这胡子也要跟我一起等到那一天。

不少同学因为闻一多这席话鼓起了掌，程嘉树表情木讷，有些心不在焉。

同学陆续离开，程嘉树也跟着一起离开了南湖。

哥胪士洋行男生宿舍　夜晚　内景

程嘉树躺在床上，打了个喷嚏。

他摊开了一封信。

1　罗伯特·卡帕（1913-1954），著名匈牙利裔美籍战地摄影记者，后参加了诺曼底登陆战役的拍摄记录。

毕云霄（画外音）：嘉树，身在昆明都能听到你在蒙自南湖边行苟且之事的传说，真是让我大开眼界。怎么哪都有你。

程嘉树看着信，苦笑。

昆华农业学校教室　白天　内景

同学们陆续离开了教室，黑板上还留有板书。

毕云霄在座位上写信。

毕云霄：我刚上完物理课，赵教授还问起你什么时候来上他的课，让我给你寄来了笔记和课本，你有空看看。

哥胪士洋行男生宿舍　夜晚　内景

床头，摆放着几本书和笔记。

程嘉树翻开笔记本，里面是毕云霄的字迹。

他合上笔记本，继续看信。

毕云霄：(画外音)多亏了李约瑟教授的努力，我们还能继续阅读西方刊物，看到爱丁顿计算宇宙中质子数的报道，大家热衷讨论最新的学术成果。化学系没有煤气灶，他们用酒精灯代替，酒精没有了，就改用木炭炉。战争并不能浇灭大家的求知欲……总之，大家都在想方设法，让教学可以继续下去。

一组镜头，在毕云霄读信的画外音中，展示昆明的情况——

昆明实验室　白天 内景

简陋的实验室，联大化学系同学在酒精灯前做实验。

昆华农业学校教室　白天　内景

赵忠尧授课，毕云霄等同学们认真做笔记。

体育课，马约翰带着同学们跑圈。

航校操场　白天　外景

毕云霄站在人群中，看着招飞现场，一个个同学上滚轮，转了几圈后，晕着走独木桥桩，却少有人能坚持下来。

毕云霄（画外音）：空军开始在昆明招生了，很多同学前去报名，如果不是近视的话，我一定也上！……对了，雷正来信了，说他已经进入延安的抗日军政大学学习。他信上说，他们是在一个新天地里生活、学习和战斗，毛泽东先生曾经给他们亲自授课，他们的教室是窑洞，宿舍是窑洞！校训是"团结、紧张、严肃、活泼"！嘉树，不瞒你说，我心又痒痒了！

场景一：延安的宝塔山巍峨耸立。

场景二：延安抗日军政大学门口。两名哨兵手持步枪站岗。十几个抗日军政大学的学生，身穿八路军军装，带着书本，拎着小板凳，整齐列队走进校门。

场景三：窑洞教室。阳光透过窗缝钻进窑洞。一名教官正在黑板上书写出一行字：坚定正确的政治方向，艰苦朴素的工作作风，灵活机动的战略战术！

哥胪士洋行男生宿舍　夜晚　内景

接回现实——

程嘉树坐到了桌前，雨已停。

桌上摊着一张信纸，程嘉树握笔回信。

程嘉树（画外音）：云霄，今天黄昏路过南湖边，听到闻教授和同学们热烈地讨论战事，恍惚间我愣神了，我和大家是生活在同一个时空吗？现在的我难道就是自己立志成为的有用的人吗？浇醒我的除了两场雨，还有你这封信。忽然忆起在美国时读哈代（G. H. Hardy）《纯数学教程》带给我的感受，其实我还可以站在另一个逻辑系统里看待自己。困扰我很久的一个问题也终于不再是开放式考题，我心中已有了答案。好了，你也别太沉迷于我的传说，我们物理笔记中再切磋吧……

哥胪士洋行闻一多房间　白天　内景／外景

闻一多在给张秉新写信。

他写道：蒙自环境不恶，书籍亦可敷用，近方整理《诗经》旧稿。素性积极，对国家前途只抱乐观，前方一时之挫折，不足使我气沮，因而坐废其学问上之努力也……

一阵敲门声传来，闻一多放下笔，起身向房门口走去。

门开，是文颉。

文颉：闻先生，我给你打了饭，还带了罐辣酱。

闻一多：太好了！谢谢你，文颉。今天收到家人寄来的书，又有了这罐辣酱，非多吃一碗饭不可！

文颉：先生客气了。

闻一多将饭菜和辣酱放至桌上，又走到门口。

闻一多：我整理步行团素描稿有些时日了，正打算让华珺参与，文颉，若你有兴趣，欢迎加入我们。

文颉：闻先生，这是我的荣幸。

这时，郑天挺手捧一束鲜花，出现在房门口。

郑天挺：友三兄，老师们踏春回来，我代表大家给你带了一束花。

闻一多：谢谢毅生兄。

郑天挺：天气这么好，友三兄，何妨一下楼？跟我们一起寻访名胜古迹？或与我们一起吃饭？

闻一多：毅生兄，你不知道在蒙自，吃饭对于我真是一件大苦事。

郑天挺：何为苦？

闻一多：菜太淡了！不过好在文颉带来了这罐辣酱。

文颉一笑：先生客气了。你们聊，我先回去了。

文颉得到闻一多的认可和邀请，心满意足地离开。

闻一多迫不及待地想尝尝久违的辣酱：毅生兄，谢谢你的花。我吃饭去了。

十九

哥胪士洋行男生宿舍　白天 内景

程嘉树全身心地沉浸在毕云霄寄来的物理笔记中，连叶润青来到跟前都没有察觉。

叶润青：嘿，看什么这么认真？

叶润青一把抢过程嘉树的笔记本：毕云霄的物理笔记？我功课都做不完，你居然还有时间学物理？

程嘉树抢回笔记，揶揄她：你跟我能比吗？

叶润青没好气地剜了程嘉树一眼，随后在他对面坐下。程嘉树也不理她，继续解自己的题。

叶润青：程嘉树，你最近有点奇怪。

程嘉树头也不抬：哪里奇怪？

叶润青刚想说，刘兆吉走了过来，接过话茬：像是变了个人！

叶润青：对！

程嘉树抬头看向两人。

刘兆吉：从前哪里都有你，现在却整天窝在图书馆，完全不像我认识的程嘉树！

程嘉树一笑：那就重新认识一下。

刘兆吉：我们发起了一个诗社，取名"南湖诗社"，查良铮、叶润名、林华珺都在，润青也参加了，我们还邀请了朱自清先生和闻一多先生当导师，嘉树，你也来加入吧！

想起那天和林华珺的谈话，程嘉树选择回避：算了，我对诗歌没太大兴趣。

刘兆吉失望：这样的程嘉树可没意思。润青，咱们走，诗社的活动马上就要开始了。

叶润青看了看程嘉树：呃……我作业还没做完，下次再参加吧。

刘兆吉悻悻然：好吧，那我走了。

叶润青从书包里拿出书本作业，却忍不住偷看程嘉树，埋头做题的程嘉树显得格外有魅力。

冷不丁，程嘉树抬起头，两人的目光撞在一起。

程嘉树：你看我干吗？

叶润青脸上飞起红云：谁看你了！我……我是想告诉你，罗恒给我来信了，说他们航校马上就要搬到昆明了，云南各地都在兴建机场。

程嘉树：我知道，云霄信里也说了。哦，对了，这个忘了给你。

他从书包拿出一盒鲜花饼递给叶润青。

叶润青惊喜：鲜花饼！你给我买的？

程嘉树：怎么可能？云霄给你寄的。

叶润青明显失望了：他干吗给我寄鲜花饼？

程嘉树一脸坏笑：看上你了呗。

叶润青：你胡说什么？

程嘉树：我没胡说。以前他眼里除了家国大事就是物理实验，从没见他提过哪个姑娘的名字，现在一封信十句话有五句话都提到你。叶小姐，你是什么时候打开那颗榆木疙瘩的心的？

叶润青又羞又气：程嘉树，你闲的吧！我告诉你，追我的人大把，用不着你乱点鸳鸯谱！

叶润青拿起书走了。

程嘉树：哎，你的鲜花饼！

南湖边　白天　外景

南湖的景色依旧。

查良铮、刘兆吉等人聚在一起，年轻人的朝气和南湖的美景融合成了一道独特的风景，好不热闹。

叶润名和林华珺往"南湖诗社"走去。

林华珺：润名，以往社会调查都由你牵头，去个旧下锡矿、铜矿参观可是千载难逢的机会，你不去太可惜了。

叶润名试图轻描淡写：下次我再参加也一样。

林华珺：润名，这段时间你总是陪着我……

叶润名：以前陪你的时间太少了。

林华珺：可是，我真的不希望你因为顾及我而影响学习。

叶润名点点头：不会的。

早已聚在一起的查良铮向他们挥手：润名，华珺，我们在这里。

叶润名也挥了挥手回应：查良铮他们在喊我们。

叶润名和林华珺朝查良铮等人走去。

刘兆吉：等你们好久了，南湖诗社有了两位才子佳人才算完整！

这时，叶润青也小跑着过来：哥，华珺姐。

查良铮：润青也来了。哎，程嘉树呢，他怎么不来？

刘兆吉：我邀请他了，结果被他一口回绝，说是对诗歌没兴趣！

林华珺知道程嘉树是有意避开自己。回想起那天程嘉树失落的背影，林华珺的心隐隐作痛。

叶润青：我们干吗聊他啊！难道这世界少了他就没有色彩了吗？

查良铮：说的也是。我宣布南湖诗社正式成立！

大家鼓掌。

查良铮：我做了一首诗，抛砖引玉。

大家鼓掌。

在静谧的南湖边，诗社成员围绕着查良铮，他满怀感情地开始吟诵。

查良铮：我看一阵向晚的春风／悄悄揉过丰润的青草／我看它们低首又低首，也许远水荡起了一片绿潮。

查良铮的诗有种神奇的魔力，把大家都带入了某种情绪中。

查良铮：我看飞鸟平展着翅翼／静静吸入深远的晴空里／我看流云慢慢地红晕／无意沉醉了凝望它的大地。

越来越多人汇集到他们身边，聆听着查良铮的吟诵。

查良铮：噢，逝去的多少欢乐和忧戚／我枉然在你的心胸里描画／噢！多少年来你丰润的生命／永在寂静的谐奏里勃发。

叶润名：查良铮，这首诗叫什么？

查良铮：《我看》。

刘兆吉：《我看》！这诗名好生独特。

查良铮：润名，你也来一首。

叶润名：那我就给大家朗诵一首陈寅恪先生在南湖边即兴创作的诗如何？

大家齐声说好。

叶润名：风物居然似旧京，荷花海子忆升平。桥边鬓影还明灭，楼外歌声杂醉醒。南渡自应思往事，北归端恐待来生。

一股伤感的情绪在年轻人中蔓延开来。

刘兆吉：我们离开北平都快一年了，仗打成这样，不知道什么时候才能回去，还能不能回去？

大家都沉默了。没有人发现裴远之走了过来。

裴远之：我们一定能回去！

众人看向裴远之，纷纷打招呼：裴先生。

裴远之用坚定的目光看向众人：抗战的胜利一定是属于我们的！

查良铮：裴先生，以我国与日本的差距，我们凭什么取得战争的胜利？

裴远之：在客观上我们的差距是十分巨大，我们的年钢产量不到十万吨，日本已经超过了六百万吨，日本一年的飞机和坦克产量都是数以百计，而我国却只是零。从这些方面看，中国好像是必败无疑。但是大家想过没有，战争的决定因素是什么？

众人面面相觑。

叶润名：难道不是武器？

裴远之：武器是战争的重要因素，但不是决定因素，决定因素是人不是物。战争的胜利之最深厚根源，存在于民众之中。兵民才是胜利之本！

大家还是不太理解。

叶润名：裴先生的意思是，这场战争将会是一场全民战争？

裴远之：我们的抗战必将会是一场旷日持久的全民战争，它既不可能速胜，更不可能让中国亡国！

同学们听着裴远之的分析，心中的迷茫沮丧渐渐消失，一个个眼睛里都有了神采。

操场边　白天　外景

程嘉树、叶润名、文颉、李丞林、刘兆吉等学生在操场上热身，准备打一场篮球。

远处，林华珺和叶润青从图书馆一起来了。叶润名迎上前。

叶润名：华珺，很久没看我打球了吧。坐，今天我定要赢嘉树一场。

林华珺和程嘉树的目光撞在一起。林华珺淡淡一笑，表情微微有些不自然。

程嘉树倒是坦然，灿烂一笑：叶润名，大话别说得太早！

林华珺把目光从程嘉树身上收回来，对叶润名微微一笑：加油。

叶润青脸色泛红，走到程嘉树身边：一会儿没人给你加油，我会给你加油的。

程嘉树：你还是给你哥加油吧，免得他输了球没面子。

叶润名运球上场：无须逞口舌之快，开始吧！

林华珺和叶润青在操场边坐下。

双方开始对战。

此情此景让林华珺想起了清华的篮球场，那是她和程嘉树的第三次偶遇，程嘉树的一言一行历历在目。

一声惊叫将林华珺的思绪拉回现实，原来是飞出去的篮球砸到了阿美的身上。

大家都吓了一跳，叶润名连忙迎上前。

叶润名：对不起，没伤着你吧？

阿美一双大眼睛放着光，又带着羞怯：没，没事。（捡起篮球，好奇地询问）这是什么东西？

叶润名：篮球，我们在打篮球。

阿美：篮球？真有意思。

阿美火热的目光让叶润名有些不自在。

叶润名：你来……？

阿美：我来找你。

叶润名：找我？有事吗？

阿美卸下身上的背篓：我给你摘了一些荔枝，可甜了，你尝尝！

说着，阿美剥开一个荔枝就往叶润名嘴里塞。

叶润名尴尬极了，转头看向旁边的林华珺。林华珺对叶润名笑笑，并不在意。

阿美的举动引来其他同学的偷笑。

阿美完全不在意旁人的眼光：甜不甜？你喜欢吃，以后我天天给你摘！

叶润名好不容易咽下那个荔枝：阿美，你过来。

阿美随叶润名走到林华珺面前：华珺姐姐，润青姐姐，你们也在啊？

叶润名牵起了林华珺的手，在阿美眼前晃了晃。阿美愣了愣。

叶润名：阿美，给你介绍一下，华珺姐姐是我的女朋友。

阿美：什么是女朋友？

叶润名：就是我的心上人，是我要娶的人。

阿美愣住了，眼眶渐渐泛起泪花：原来……原来你已经有了婚配。

看到眼前情形，林华珺于心不忍：阿美。

阿美看了一眼林华珺和叶润名，便头也不回地跑走了。

南 湖 边　白 天　外 景

南湖边响彻阿美的号啕大哭声。她突然停住，冲着湖水发泄似地吼了一嗓子，旁边的垂钓者纷纷诧异地看向她。

不远处，程嘉树走了过来，看见伤心的阿美，他想了想，突然，也冲着湖水吼了一嗓子。这一吼，把阿美吓一跳。

阿美和垂钓者同时诧异地看向他。

阿美：你干吗学我样？

程嘉树缓步走到阿美身边：阿美？

阿美：你是谁？

程嘉树：我叫程嘉树。你嘴里的华珺姐姐，也是我的心上人，是我想娶的人。

阿美：可她是叶润名的心上人，是他要娶的人。

程嘉树惆怅：是啊！可我也想娶她。

阿美：你没有叶润名好看，说话声音也没他好听。

程嘉树瞟了阿美一眼：你也没有林华珺好看，说话声音也没她好听。

阿美更沮丧了，眼泪在眼眶里打转。

程嘉树笑了起来，连忙安抚：别哭了，别哭了，逗你的！你也很好看，真的！

阿美：可是叶润名不喜欢我。

程嘉树安慰她：林华珺也不喜欢我，可你看我从北平追到了蒙自，虽然……也罢，其实，真正喜欢一个人不一定非要成为他的心上人，也可以像朋友一样陪在他身边，看着他，就挺好的。

阿美：可我想成为叶润名的心上人，要娶的人。

程嘉树想了想：你会诗歌吗？

阿美：什么是诗歌？

程嘉树：你会拉小提琴吗？

阿美：小提琴是什么？

程嘉树：你会下棋，会画画吗？

阿美愣住了。

程嘉树：琴棋书画，你一样都不会。你不是叶润名喜欢的类型。

阿美噙着泪，认真地琢磨着程嘉树的话：琴棋书画，你是说，我会琴棋书画，叶润名就会喜欢我？

程嘉树：也许。

阿美站起身，她像是重新燃起了斗志，眼睛都在发光：我哥告诉我，爬山就要爬最高的才有意思。你刚才说你叫什么？

程嘉树：程嘉树。

阿美：谢谢你程嘉树。我现在就去琴棋书画！

程嘉树：哎……我不是那意思……

他想喊阿美，阿美却已经跑远了，程嘉树挠了挠头，也不知道自己劝了半天到底起了什么作用。

哥胪士洋行老师宿舍　夜晚　内景

叶润名：裴先生，您那天在南湖边说的那一番话，真是让人醍醐灌顶！

裴远之笑了起来：那番话可不是我说的。

叶润名不解。

裴远之：是中共中央的毛泽东同志总结出来的！

他从枕头下拿出一本书，那是一本毛泽东的《论持久战》，交给了叶润名。

叶润名：《论持久战》？

裴远之：5月26日，毛泽东发表了《论持久战》的演讲，这是编撰成书的讲稿，谈到的正是目前中国的战争形势。

叶润名两眼发亮，如获至宝：我一定认真拜读。

裴远之：现在已经大四下学期了，不知毕业后你有何打算？

叶润名怔愣，没想到裴远之会突然问这个问题，他一时没有答案。

裴远之：因为蒙自海关房屋被航空学校征用，文法学院这学期结束后，就搬回昆明。还有，云南教育厅也在动员联大毕业生到云南高中任教。以你的资质，不论留校还是去高中任教，都会胜任的。另外，上次在长沙，徐老对你印象颇深，曾让我向你转达，说延安欢迎你。

叶润名颇为感动：裴先生，你知道的，自加入学联，延安便是我心向往之的地方，一直希望能去那里，看看是否如心中所想那般，是一个充满希望的圣地。也想看看究竟是怎样一群意志坚定、不怕困难的人走过这两万五千里。可是……

叶润名眼神里充满矛盾。

裴远之：润名，我看得出来，你最近的心思有点乱。

叶润名有些难为情：什么都瞒不过裴先生的眼睛。

裴远之：是因为林华珺？

叶润名点点头：华珺的父亲是她的榜样，她一直想像她父亲那样从事教育，希望用知识引导人们看到光明。在长沙的时候，我们聊过一次，如果我去延安，她怕是不会中断学业一同前往的。

裴远之：人生的路各自不同，怎么走应该你自己决定。但不管你选择去延安，还是留下来陪伴华珺，都有重要的工作等着你来做。

叶润名很是感动：谢谢裴先生，您总是在我迷茫的时候，为我指引方向。

两人谈话之际，外面突然传来了骚乱声。

哥胪士洋行院子　夜晚　外景

裴远之和叶润名跑到了院子里。

刘兆吉匆忙跑到裴远之跟前：裴教授，不好了。李丞林又被警察打了。

裴远之：你慢点说，怎么回事？

刘兆吉喘着气：李丞林送女生回宿舍，两个人都被打得头破血流。

院子里，同学们恐慌地跑动，进进出出。

郑天挺也跑到院子里，试图维持秩序，安抚同学们的情绪。

郑天挺：大家先别慌。

刘兆吉：能不慌吗？女生被掀裙子，被嘲笑，那些也就算了，之前程嘉树和林华珺被抓，现在又有人被打……

同学乙：是啊，以后我们还敢出门吗？

郑天挺想了片刻：这样吧，从现在起，学校组织校警保护学生安全。大家尽量不要单独外出。

一组叠化——

南湖边　白天　外景

原本热闹的南湖边，一片寂静，没有人出没。

路上　夜晚　外景

晚自习后，联大学生们打着火把结伴而行，身后跟着校警。

程嘉树和叶润名、林华珺迎面走过，他知道叶润名是送林华珺回宿舍。

程嘉树回望一眼，自己默默在黑暗中走回宿舍。

走远了后，林华珺也回眸，只是程嘉树已经消失在了夜色中。

街道　白天　外景

看到扛着农具迎面走来的蒙自当地人，学生们如避瘟疫。

南湖边　白天　外景

原本热闹的南湖边一片寂静，看不到了联大学子的身影。叶润名和裴远之走在路上，看到这样的情景，不免感慨。

裴远之：前几天我在昆明和那边学联的同学聊了聊。虽然昆明的情况还不如蒙自，但学联工作并没有停下来，他们办报刊、排演话剧，用各种方式深入群众宣传抗战、传播知识。

叶润名：是啊，我们也不应该停下来。裴先生，你有什么想法？

裴远之：你看现在的南湖和以前有什么不同？

叶润名：大家现在都不敢到南湖边来了，想不到习俗上的差异会导致如此强烈的冲突和对抗。

裴远之：我们的同学无辜被打，肯定觉得委屈。但当地人打人，也只不过是因为观念不同，他们无法接受男女并肩行走，认为这是有伤风化。两者都有自己的道理，不能用简单的对错、好坏去衡量。我们应该想办法在当地人和联大学生之间架起一座沟通的桥梁，润名，你看我们办个民众夜校怎么样？

叶润名：好，交给我们学联。我们发动同学办夜校。

海关大楼教室　白天　内景

叶润青很好奇：办夜校？什么样的夜校？

叶润名、叶润青、林华珺、程嘉树、文颉等人已经全部聚集在教室。

叶润名：就是在我们课余时间，办一所民众夜校，招收当地人为学生。我们现在的问题，不是孰是孰非，而是文化和观念的冲突，我觉得最好的解决办法，就是沟通理解、文化融合。

林华珺：开发民智、融合文化才能在根本上解决问题。我赞同。

叶润青：我也赞同！

"我赞同！""我赞同！"同学们争先恐后地举手赞同。只有程嘉树在一旁没有表态。

叶润名：夜校只能由我们这些学生来当老师，利用课余时间，有人愿意义务当老师吗？

叶润青举手：我愿意！我来教他们英语。

林华珺：国文就交给我吧。

叶润名：那我就来兼做国文和语学老师，教授他们语音、语言。

文颉四下打量了打量，举起了手：也算我一个。

叶润青：文颉？你平时不是两耳不闻窗外事，一心只读圣贤书的吗？居然会来当老师？你想清楚了，这可是义务的！

文颉：叶学长号召做的事是利民的好事，他一向是我的楷模，即便不能成为楷模，如能师之以楷模，也是我神往之事，我愿意义务当夜校的历史学老师。

叶润名：国文、语学、英语、历史都有老师了，还差个算学老师。

叶润青：非程嘉树莫属啊，他理科那么好。

大家看来看去，目光纷纷投向了程嘉树。

程嘉树：当算学老师没问题，只是当地人如此敌视我们，我们办的夜校，他们能来上课吗?

大家高涨的热情一下子熄灭了。

叶润名：生源确实会是个问题，可能一开始不会有人来上课，但只要我们不放弃……

叶润名话还没说完，门口突然传来阿美的声音。

阿美：我来!

众人闻声看向门口，阿美站在门口，一双大眼睛闪着兴奋的光。

阿美走进教室：你们的夜校教琴棋书画吗?

叶润青：琴棋书画?

在场的人只有程嘉树知道阿美说的琴棋书画是什么意思，他尴尬地低下头。

阿美看了一眼程嘉树，随后望向叶润名，眼神无比勇敢：程嘉树说我会琴棋书画了，你也许就会喜欢我。

所有人的目光齐刷刷地看向程嘉树，程嘉树尴尬得挠了挠头。

叶润青恶狠狠地瞪着程嘉树：程嘉树，你什么意思啊?

程嘉树：我……阿，阿美……你，你误会了……

阿美：误会?

程嘉树：也不是……我的意思是……

程嘉树不知该怎么解释了。

这时，林华珺站了起来，走到阿美面前：阿美，你想学琴棋书画，我可以教你。

阿美：真的?

林华珺：除了琴棋书画，我们夜校还会教很多其他的知识，历史、算学、英语。只要你来上学，你就会变成一个有文化、有知识、有思想的新女性! 到那个时候，不但润名会喜欢你，很多很多的人都会喜欢你。

阿美：好，我一定来上学!

程嘉树：瞧，我们的夜校招到第一个学生了!

叶润名：阿美，我们希望不光你来上学……

阿美：没问题，我把我的好姐妹都带来上学!

夜校门口　白天　外景

鞭炮噼里啪啦地在地上炸响……放鞭炮的程嘉树赶紧跳开。

叶润青捂着耳朵，和林华珺躲到夜校教室门口，叶润名和文颉正在夜校教室门框上挂着一副门牌匾，牌匾上写着"西南联大蒙自民众夜校"。

裴远之也过来了。

叶润青：裴先生，您也来了！

裴远之：夜校开张，我正好有空，就来学习学习。

大家都笑了。

周围，已经围满了看热闹的蒙自当地老百姓，大家都带着好奇的目光。

忽然，叶润青看见了什么，大声地：来了来了！

只见前方拐角处，阿美正满脸自豪地走过来，她身后跟着阿花和众多姐妹、小孩子。除了阿美之外，所有人都满脸好奇和害羞。

叶润名：大家欢迎我们西南联大蒙自民众夜校第一批学生！

说着，他带头鼓起了掌，文颉、叶润青、林华珺、程嘉树等老师也跟着鼓起了掌。

阿花等人更加害羞了。

在围观众人指指点点的目光中，他们走进了夜校教室。

夜校　白天　内景

阿美、阿花等学生各自在课桌前坐好。

林华珺、叶润青、裴远之、文颉等人坐在教室后排。

叶润名站在讲台上。

门口、窗外，站满了围观的群众。

叶润名：同学们好，我是你们的国文和语学老师叶润名。

课堂里，阿美痴痴地盯着叶润名，听得极其认真。

叶润名：今天这堂课，我先教大家识字。在此之前，我想先问一下，你们中间有多少人知道，我们生活的这片土地，这个国家，叫什么？

只见几乎所有的学生都举起了手。

叶润名：阿美，你来回答。

阿美：中国。

叶润名点头：有人会写这两个字吗？

这次，没有一个人举手了。

叶润名拿出事先准备好的一个卷轴，挂在黑板上，松开轴绳，卷轴从上到下打开，是一幅中国地图。

叶润名指着地图：这就是中国。

他指着地图上的蒙自：这里就是蒙自……

他又指着地图上的北平：这是我们西南联大大部分师生原来学习和生活的地方，叫北平，是不是很远？共有三千多公里。我们为什么要从北平来到蒙自？因为原先我们生活的北平，我们的家园，我们的大学，现在已经被日本人侵占了，去年的7月8号，他们的炮火轰向了卢沟桥……

程嘉树打开放映机，开始播放8mm摄影机拍摄并洗印出的画面——

叶润名：随后，他们轰炸了我们美丽的南开校园，占领了清华、北大，自此以后，我们便有家不能回。于是我们长途跋涉，来到了长沙，可是好景不长，不过几个月，日军的轰炸机又盘旋在了长沙上空，他们甚至连一个几岁的孩子都不放过……

随着叶润名的讲述，画面播放被轰炸前美丽的南开、轰炸后南开的破壁残垣，小吴门的那场轰炸，以及三伢子死后手里攥着的护身符……

阿美和很多学生都忍不住看哭了。而窗外那些本来看热闹的老百姓，也被感染了。而程嘉树、林华珺、叶润青这些一路经历过来的人，更是深受触动。

叶润名：我们不得不再次长途迁徙，去往昆明，来到蒙自，只因为这里远离战火，可以暂时容得下一张书桌。可是，这里真的远离战火？偌大的中国，我们竟被入侵者赶到了最边缘，这幅中国地图已经残缺不全。我为什么要给你们展示这些，因为你们也是中国人，虽然战火很远，但同胞受难，焉能置若罔闻？我们西南联大的师生历尽艰辛，来到这里，也不是为了偏安一隅，而是因为我们要重新做回一个大写的中国人。

他转过身，在黑板上一笔一画地写下了"中国"两个大字。

很多人都深受感染，湿了眼眶。

裴远之看着动容的蒙自老百姓，很欣慰。

阿旺家客厅　白天　内景

阿美推门回家——客厅里，哥哥阿旺正板着张脸，瞪着阿美，一旁，阿美嫂子不停地给她使眼色。

阿美正想溜进房间。

"啪"的一声，阿旺已经拿起桌上的茶杯冲阿美砸过来，杯子在阿美脚下摔得稀碎。

阿美：我做错什么了？

阿旺：你错哪了？你把我们沙玛家的脸都丢光了！

阿美：我又怎么丢你脸了？

阿旺：你竟然敢带着一帮女孩子抛头露面，去那个什么所谓的夜校跟一群男人鬼混。

阿美：什么鬼混？我们在上课。

阿旺：上课？没有经过媒婆介绍，男人和女人连话都不能讲，你们竟然光天化日就跟一群男人坐在一个房间里！

阿美：他们是老师，我不许你这么讲他们……

阿旺：住嘴！你不但不知错，还敢替他们辩解？我看你是中了邪了。这些个学生，为了让他们安心读书，我们帮他们把校舍什么的都安排好，他们倒好，不好好读书，办什么夜校，男女公然坐在一起上课，再这样瞎搞下去，我们蒙自不知道要变成什么样。

阿美：他们不是瞎搞，你也觉得他们读书是好事，他们办夜校教我们读书，为什么就成坏事了？

阿旺：你还敢顶嘴！

说着，他拎起扫把就要过去。

阿美嫂子赶紧冲上去拦住，一边把阿美往房间推搡：阿美！你快回房去。快去啊！

阿美：我就不！我要跟他说清楚道理！

阿旺：你还顶……

他又要冲过去打阿美。

阿美嫂子再次用力把他们分开，把阿美推进房，然后关上了房门。

阿旺家饭店　夜晚　内景

饭店里宾客满座，跑堂的端着一个摆满了菜的托盘穿行其中。

叶润名、林华珺、程嘉树、叶润青、文颉五人聚在一桌。

叶润青环顾四周，发现饭馆里很多苍蝇，就围绕在很多食客的饭菜周围不断嗡嗡盘旋。

叶润青眉头皱得死紧：阿美家的饭馆怎么这么多苍蝇，太不卫生了！

程嘉树：不是阿美家的饭馆苍蝇多，是蒙自每一家饭馆苍蝇都很多，我经常去的粥店也一样，我都习惯了。

正说话间，跑堂的端着托盘过来，把菜逐一摆在了桌上，摆了满满一桌。

林华珺：这么多……

叶润名：难得今天高兴，庆祝一下。这是蒙自的土八碗，凉拌鸡、扣肉、扣鸡、蹄花青笋、生爆油炸肉、扣蛋卷、粉蒸肉、三丝炒面。

程嘉树打趣：我说酸秀才，点这么多，我是请不起了，双喜也不知道怎么回事，越来越不像话，这个月才给我寄了五块，都不够海防到蒙自一趟火车钱。

叶润名：不用你出钱，我请。

程嘉树：和你开玩笑，你还当真！

文颉：叶学长这么破费，看得出来今天你很高兴啊。

叶润名：是很高兴！我原本以为夜校招生会很难，没想到这么成功，今天第一天开学就来了十个学生。

叶润青：照这个速度下去，今天十个学生，明天说不定就二十个了，后天三十个。

林华珺：那用不了几天，全蒙自的人都会知道我们夜校了。

程嘉树：那我们恐怕要提前再找些校舍和代课老师，免得到时候坐不下。

叶润名：以我们的人力和时间，不太可能让蒙自每个人都能入学，但这些从夜校出去的学生，可以再去影响他们的亲人朋友，我们的教学目的同样能达到。

文颉：还是叶学长眼光长远，晚上还要自习，不能喝酒，我就以茶代酒，敬你一杯。

说着，他端起了茶杯，叶润名也只好举起茶杯跟他碰杯。

这时，跑堂的又端着一个摆着五碗土罐米线的托盘上来，他先把其他三碗各给了叶润名、叶润青、文颉，就剩最后两碗了，他端起一碗米线正要往林华珺桌前放，程嘉树发现那碗米线里漂着一只苍蝇，不动声色地把米线换到了自己桌前。

这个微小的细节，却被林华珺和叶润名同时捕捉到了。

林华珺：别吃，换一碗吧。

程嘉树：不用。

说着，他拿筷子把苍蝇夹了出去，开始大口吃米线。

程嘉树：哎，阿美呢，不是说好跟我们一起庆祝的吗？她怎么还没来？

阿美卧室　夜晚　内景

阿旺在阿美的房门上落了锁。

愤怒的阿美拼命砸门：放我出去！

阿旺：从今天起，什么时候你不再去那个夜校了，我什么时候再放你出门。

阿美：你以为锁住我不让我去夜校，夜校就办不下去了吗？你拦得住我一个人，拦得住所有人吗？

阿旺：你看我拦不拦得住！

夜校　白天　内景

程嘉树：连阿美都没来？

林华珺点头。

叶润名、程嘉树、林华珺、叶润青看着空荡荡的教室一脸茫然。

林华珺：上课的时间已经过了，我看今天是不会有人来了。

叶润青：怎么回事？昨天不还来了那么多人嘛？难道我们的课不吸引人？

林华珺：我觉得不像，昨天大家都听得津津有味的。即便是众口难调，也不至于一个人都不来了。

程嘉树：难道是有人阻止大家来上课？

叶润名：瞎猜也不是办法，这样吧，我们去找阿美问问看到底怎么回事。

阿旺家门口　白天　外景

叶润名、程嘉树、林华珺、叶润青已经来到阿美家门口。

阿美家仆人一脸不耐烦：我们家小姐谁也不见。你们赶紧走吧，要让外人看到几个男人来找我们家小姐，那我们家小姐以后还怎么做人。赶紧走走走！

说着，他已经进屋，把门砰地关上了。

程嘉树：跟我来。

阿美家院墙外　白天　外景

程嘉树带着大家在阿美家外面绕了一圈后，停在一处，在这里隐约能听到阿美的哭喊声：放我出去！

程嘉树：阿旺果然把阿美关起来了。

程嘉树利落地爬上院墙。

阿美家卧室／院墙　白天　内景

踹门无用，阿美正坐在床上生闷气，窗外传来程嘉树的喊声：阿美！

阿美仔细听了一下：程嘉树？

阿美起身推开窗户，只见程嘉树坐在院墙上。

阿美惊喜：程嘉树，你怎么来了？

程嘉树俯身伸手，把叶润名也拉了上来。

阿美激动得眼眶泛红：叶润名，你也来了！

程嘉树：你华珺姐姐和润青姐姐都来了，只是她俩上不来。

阿美猜到大家来找她的用意。

阿美：我哥哥不让我去夜校，把我反锁在房间里了。

叶润名：读书又不是坏事，为什么不让你去？

阿美：他说没有经过媒婆介绍，男人不应该和女人说话。

叶润名眉头拧成了麻花：这也太不讲道理了。

阿美：你放心，他关得住我的人，关不住我的心，我早晚要去夜校上课的。再说了，他只能关得住我一个，关不住其他人，你们要把夜校办起来，越办越好，气死他。

程嘉树叹口气：可是他关住了所有人……

阿美愣了：什么意思？

程嘉树：今天没有一个人来上课。

阿美的脸色顿时变了，抽泣起来。

叶润名：阿美，你别哭，回答我一个问题。

阿美擦了擦眼泪。

叶润名：你想读书吗？

阿美重重地点头：想！

叶润名：阿花她们也跟你一样想读书吗？

阿美：一样！

叶润名：好！你放心，我们一定会让蒙自所有想读书的女人孩子，都读上书！

说完，叶润名跳了下去。

阿旺家门口　白天　外景

叶润名大力地拍打阿旺家大门。

仆人过来打开门：怎么又是你们？

他刚想关门，叶润名已经推开他，闯了进去。

阿旺家客厅　白天　内景

叶润名：阿旺先生……阿旺先生……

阿旺从房间出来。

仆人：老爷，我没拦住……

阿旺制止了他，盯着叶润名：你找我，还是找我妹妹？要是找我妹妹，请你马上离开，否则，别怪我不客气。

叶润名：我找你。

阿旺：找我？我们之间好像并没有什么交道。

叶润名：我能不能问阿旺先生三个问题？

阿旺：我时间不多，要问就快点吧。

叶润名：第一个问题，阿美虽然是阿旺先生的妹妹，但她也是独立的人，你认为自己有权利限制她的自由吗？

阿旺：你自己也说了，她是我妹妹，我供她吃喝，把她养到这么大，她就得听我的，我都是为她好，不会害她。

叶润名：第二个问题，为一个人好，是让她活成你想要的样子，还是让她活成她自己想要的样子？

阿旺愣了。

                    阿美卧室　　白天　　内景

把耳朵贴在门上，努力倾听的阿美听到这句话，被触动。

                    阿旺家客厅　　白天　　内景

阿旺：她还小，分不清什么好坏对错，不能她想要怎样就怎样。

叶润名：第三个问题，阿旺先生知道阿美最想要活成什么样子吗？

                    阿美卧室　　白天　　内景

叶润名的话句句直戳阿美的心，阿美动容。

                    阿旺家客厅　　白天　　内景

阿旺：一个女人最好的日子，就是将来找一个好男人，在家相夫教子。

叶润名：这是阿旺先生认为的，而不是阿美认为的。

阿旺：你的三个问题已经问完了，那我也告诉你们三件事。第一，这个家，我说了算，她是我妹妹，任何人都没有我对她好，我怎么管教妹妹，用不着外人插手；第二，这次就算了，再来骚扰我妹妹，别怪我不客气；第三，入乡随俗的道理，希望你们能懂，不要用你们那套，来带坏我们的女人和孩子。送客。

说罢，他转身回房间。

阿美卧室窗外　白天　内景

阿美跑到窗边，对着窗外大喊：叶润名，你说的话我都听见了！我不会放弃读书的，我想要活成像你一样的人！

阿美家院墙外　白天　外景

叶润名等人听到阿美的话，想到阿美的境遇，有些难过。

叶润青感慨：蒙自的女人也太可怜了。

林华珺：我倒觉得很欣慰。无论我们的夜校能否办下去，新思想的种子已经在阿美心里生根发芽了。

阿旺家饭店门口 黄昏　外景

几人返回学校。

叶润名：想要夜校继续办下去，只能想办法说服阿旺。

叶润青：说服他，你觉得可能吗？

林华珺：除非能让他认识到知识的重要性。

四人边走边聊，路过阿旺家饭店，两名伙计抬着一筐菜从程嘉树身边经过。程嘉树突然停下脚步。

叶润青：程嘉树，你干吗？还想进去吃苍蝇米线？

程嘉树：我听到那两个伙计说，今年夏天这苍蝇多得都没人来吃饭了。

程嘉树饶有意味地看着三人。叶润青和叶润名都不明白程嘉树在高兴什么。唯有林华珺像是想到什么。

林华珺：苍蝇！

程嘉树打了一个响指：没错，苍蝇！

叶润青：你俩打什么哑谜？

林华珺：苍蝇问题已经影响了饭店的流水，阿旺不可能不因此烦心，如果我们能帮他把苍蝇问题解决掉，阿旺不就看到知识的力量了吗？

叶润名和叶润青豁然开朗。

程嘉树和林华珺相视一笑，掩饰不住那种瞬间默契带来的欣喜。

阿旺家饭店　白天　内景

阿旺不太相信：你们能帮我灭苍蝇？

叶润名、林华珺、叶润青、程嘉树四人站在阿旺面前。

叶润名点头：没错。但需要您的配合，让饭店歇业一天。

阿旺：少在这糊弄我！

阿旺转身想走。

程嘉树拦住他：就你店里现在的生意，跟歇业也没太大差别。你何不信我们一回？

阿旺早已看穿程嘉树等人的意图：就算你们真的能帮我把苍蝇灭了，我也不会让阿美去读什么夜校！

林华珺：阿旺先生，为何您如此排斥我们？

阿旺：因为你们根本就不尊重我们的习俗。你们了解蒙自吗？你们吃过我们的昆虫宴吗？在你们眼里，我们只是一群封建的、愚昧的人。

程嘉树：您说得对，文化融合要从互相了解开始，我愿意尝尝你们的昆虫宴！

叶润名、叶润青和林华珺三人瞪大了眼睛。

同场转——

一盘盘昆虫逐一端上桌，炸蜻蜓、蜂蛹、蚂蚱、竹虫、蜈蚣、蝎子、蜘蛛……

叶润青已经忍不住转身干呕了起来。

叶润名、林华珺显然也看得毛骨悚然，但都在努力忍着。

和阿旺面对面坐着，等待开席的程嘉树也有些头皮发麻。

叶润名将程嘉树拉到一边，小声地：嘉树，你昨天晚上就闹肚子，还是别吃了。

程嘉树：不吃，咱的夜校就办不下去了。

林华珺：你闹肚子？怪不得你今天脸色这么差！

程嘉树：没事，没事。

说着，程嘉树又感觉到肚子一阵咕噜咕噜的，他强忍着。

阿旺看着四人：怎么，打退堂鼓了？

四人回到饭桌前，叶润名阻止程嘉树：你别吃，我……

话音未落，只见林华珺拿起筷子，夹起一只炸竹虫送进嘴里。

叶润青惊叫：华珺姐！

林华珺：味道还不错，酥香可口。

叶润名和程嘉树见状，也拿起筷子夹了一只放进嘴里嚼了嚼。

程嘉树：嗯，是比想象中好吃。

见三人大快朵颐，叶润青一脸的不可置信。

叶润名夹了一只送到叶润青嘴边：你尝尝。

叶润青一副视死如归的样子，紧紧地闭着眼睛，张开嘴巴……

阿旺由一开始的轻视变为了刮目相看。

程嘉树突然站起身，抓住伙计：茅厕在哪？

阿旺家饭店门口　白天　外景

"今日歇业一日"的告示牌摆在门口。

阿旺家饭店　白天　内景

饭店里无一顾客，只有林华珺、叶润名、叶润青、文颉，以及其他几个来帮忙的同学，他们戴着口罩、手套，有的在清理饭店的垃圾，有的正在把一种深红色的药粉撒在白纸上，并把白纸分别摆放在饭店各处。

叶润青累得腰酸背痛，站起身来用手捶着腰：哥，这个灭蝇药粉真的管用吗？

叶润名：试试呗，程嘉树在美国时修过化学，这是按他给的成分表制作的药粉。

叶润青：他怎么没来干活？是不是仗着自己给弄了个药品成分表，就堂而皇之地偷懒了？

叶润名：他拉肚子还没好，昨天又折腾了一晚上，我让他留在宿舍多睡会儿。

林华珺听在耳里，心里咯噔了一下。

这时，又来了几个同学：叶学长，我们来了，需要我们做什么只管说。

叶润名：程嘉树好点了吗？

同学乙：别提了，越来越严重了，都快脱水了，查良铮他们送他上校医室了。

叶润青大惊：脱水了！

叶润名和林华珺同样很吃惊。

叶润青：我去看看他。

她扔掉手里的扫把，撒腿就往外跑。

叶润名：要不我们也去看看。

林华珺顿了一下：你去吧，这里也需要人，我和文颉留下。

叶润名：好吧，那这里就交给你们了。

叶润名紧追叶润青出去。

林华珺依旧忙活着铺撒药粉，但心思却早已不在这里。

文颉：华珺，这个药粉撒这么多可以吗？

林华珺却毫无反应。

文颉：华珺……

林华珺这才回过神来：啊，怎么了？

文颉：你没事吧？

林华珺：没……没事……

文颉：这个药粉撒这么多可以吗？

林华珺：可以再多撒一点……

林华珺努力稳定心神，继续忙活。

医务室　白天　内景

叶润青气喘吁吁地跑进来：程嘉树，程嘉树……

徐校医对她嘘了一声。

叶润青这才意识到自己太慌了，连忙道歉：对不起。

校医指了指病床：打了吊瓶，已经睡了。

叶润青赶紧过去，看到病床上的程嘉树已经熟睡，但脸色惨白。叶润青不禁心疼。

叶润名也跟了进来，看到这一幕，问校医：只是拉肚子，怎么会突然这么严重？

校医：是细菌性痢疾。

叶润名：痢疾！他怎么会得痢疾！

校医：他这几天吃过什么东西？

叶润青：昆虫宴！

叶润名：可是我们都吃了，我们也没事，应该是那碗落了苍蝇的米线。

校医：苍蝇可以传染多种细菌，是细菌性痢疾的传播者之一，蒙自的苍蝇格外多，你们记得告诫同学，夏天尽量避免去外面饭馆吃饭。

叶润青：嘉树他是不是很严重？

校医：他的情况现在不太稳定，高烧不退，还严重脱水，我现在只能尽量给他补液退烧，剩下就看他自己的身体素质了。

叶润青深深担忧。

阿旺家饭店　白天　内景

阿旺走进饭店不禁有些意外——原本脏乱差的饭店，此时已是窗明桌净，而漫天飞舞的苍蝇，此时竟然所剩无几。

林华珺从厨房里走了出来：阿旺先生。

阿旺：这……你们用了什么法子？

林华珺：想知道的话，您可以去我们的夜校。

阿旺：我没有时间去你们的夜校，你们要是不愿意说就算了。

这时，叶润名走了进来：阿旺先生，程嘉树您记得吧？

阿旺：当然记得。

叶润名：两天前，他在你家吃完一碗落了苍蝇的米线后，现在已经得了痢疾在医院昏睡不醒。

林华珺手里的抹布掉在了地上，脸色吃惊。

林华珺：痢疾？怎么会这么严重？

阿旺：你不要血口喷人！我店里怎么可能会有痢疾？！

叶润名：痢疾的死亡率很高，而苍蝇正是这种恶性疾病的传播者。阿旺先生，您在本地颇具威望，是老百姓心中最敬重的人之一，我相信您希望所有的人都不要生病，苍蝇问题不只是你一家饭店所有的，而是整个蒙自都存在的，如果您还想为蒙自人做点事，欢迎随时来夜校找我们要答案。

阿旺犹豫了。这时，两个餐馆老板好奇地走了进来。

餐馆老板甲：嘿，阿旺，你店里还真没有苍蝇了！（看向叶润名和林华珺）你们到底用了啥办法？

餐馆老板乙：刚才听你们说，只要去夜校，你们就教我们灭苍蝇的方法？

叶润名：没错！

餐馆老板甲：那还等什么，现在就去！

海关大楼教室　白天　外景 / 内景

走廊。一片安静，只有校工在清洁地面。

裴远之的声音传来：屈原是楚辞的开山鼻祖，其主要作品有……

教室。

裴远之正在授课：……历来解释屈原自杀的动机者可分三说，班固《离骚续》曰：忿怼不容，沉江而死。这可称为泄愤说。《渔夫》的作者曰：宁赴常流而葬江鱼腹中耳，又安能以皓皓之白而蒙世之温蠖手，这可称为洁身说。另外还有忧国说。三说之中泄愤最可理解，洁身说也不悖情理。忧国之说也在情理之中……

学生们聆听教课，或低头笔记，或凝神思考。

林华珺飞快笔记，偶一回头——程嘉树的座位上空无一人。

林华珺若有所思。

叶润名举目望向林华珺——林华珺张望程嘉树座位片刻之后，继续听讲。

裴远之：（继续讲课）一个历史人物形象的变化是随着时间流逝而变化的。如若我们深究，便会发现我们习闻的屈原已经变得和《离骚》的作者不能并立了……

医务室　夜晚　内景

寂静无声——孤灯一盏，程嘉树倒卧病床，一阵阵呻吟。

房门缓缓打开，林华珺走进医务室，缓步走向在病床之上的程嘉树。

林华珺：嘉树！

程嘉树紧闭双眼，痛苦呻吟。

林华珺探手轻抚程嘉树的面庞，柔声安慰：没事……没事……我在……

程嘉树的痛苦似乎真的减轻了很多，但仍然紧闭双眼。

程嘉树半梦半醒间，梦呓般地轻声喊着：华珺……华珺……是你吗……我好想你……真的好想你……

林华珺的理智瞬间回来了，迅速抽回了正在轻抚程嘉树的手。

程嘉树的手却一把抓住林华珺的手，像孩子般地央求着：别走……华珺，别走……

平日活蹦乱跳的程嘉树，此时是那么苍白无力。

林华珺迟疑着，望着病弱的程嘉树，轻声安慰：我不走。

程嘉树终于苏醒，半睁开眼睛，蒙眬之间看清了眼前的林华珺。

程嘉树很意外：华珺？你怎么来了？

林华珺有些慌乱，赶紧把头扭过去。

程嘉树拍了拍脸：我应该是在做梦……华珺不可能来看我的……

林华珺瞬间心乱如麻，想再次起身离开。

程嘉树发觉自己紧握着林华珺的手，迟疑片刻，将林华珺的手缓缓放在自己的面庞，轻轻摩挲——林华珺轻轻挣脱几下——程嘉树却更加有力地握住了她的手，将面庞埋在林华珺的手上。

程嘉树（病弱地）：人病倒了就像天塌了，有你在真好！

林华珺无助地哭了，眼泪不停滑落。

程嘉树伸手抚上她的脸，摩挲着她的眼泪，不敢置信地：这个眼泪，是为我流的吗？

林华珺一怔，她感受着程嘉树手上的温度，似乎感觉到和他的心一样滚烫。

医务室外　夜晚　外景

窗外不远处，叶润名正好看到了这一幕，他怔住了……

"哥……"叶润青的声音响起。

叶润名的思绪被唤回，迅速转身拉过妹妹，让她背对医务室，没能看到这一幕。

叶润青手里提着吃的：你怎么不进去？我给嘉树熬了点养胃的粥，走，我们一起进去看看他。

叶润名却再次紧紧拽住了她：你已经照顾一天了，早点回去休息吧，今天晚上就交给我吧。

叶润青：可是……

叶润名：交给我你还不放心吗？

叶润青还想说什么。

叶润名：你今晚继续留在这里，明天谁来照顾他？

叶润青想了想，把粥交给叶润名：也是。那这里就交给你了。

叶润名：放心。

他始终控制着叶润青，没让她回头看到医务室里那一幕。

等叶润青离开后，他拎着粥，等在医务室外……

医务室　夜晚　内景

林华珺猛然清醒，她使劲一推，起身就走，程嘉树猝不及防倒在了床沿边。林华珺又不忍心了，回去想扶他。

程嘉树再次拉住她的手：华珺，你不爱叶润名对吗？你爱的人是我对吗？

林华珺泪如雨下，她挣脱开程嘉树的手，逃也似的跑了出去。

医务室外　夜晚　外景

医务室外，叶润名赶紧躲到一边。

直到林华珺跑远，叶润名看着她的背影，怔了一会儿，才拎着粥进了医务室。

医务室　夜晚　内景

叶润名走进医务室，病床上，程嘉树已经再次入睡，他的脸色似乎好了很多，不再像之前那么痛苦了，还平添了一丝甜蜜的笑意。

叶润名把粥放在桌上，在程嘉树床边坐下，无限思绪在他脑海中一齐涌来——

闪回——

武汉叶家，林华珺吃着程嘉树给的烧麦。

长沙，程嘉树、林华珺、毕云霄三人说说笑笑地回来。

林华珺：程嘉树带我们去湘江边看夜景了。

日军轰炸机来临时，林华珺下意识地回头朝程嘉树的座位方向张望，企图寻找他的身影。

林华珺和程嘉树演话剧，两人的眼神无比默契。

昆明火车站外，程嘉树比他早一步接到林华珺。

程嘉树伸手抚上她的脸，摩挲着她的眼泪，不敢置信地：这个眼泪，是为我流的吗？

闪回完。

叶润名眼眶泛红，嘴角勾起一个自嘲的笑容：程嘉树，你赢了。

听风楼女生宿舍　夜晚　内景

夜深了，其他同学都已经入睡，唯有林华珺辗转反侧，不停摩挲着手上的戒指。

南湖边偏僻一角　早晨　外景

南湖偏僻的一隅，周边没有什么人。

叶润名手中拿着小提琴，远远看到背对着自己站在湖边的林华珺，那背影显得格外凝重，叶润名不由得脚步迟疑了一下，但林华珺已经听到了声音，转过头。

林华珺：你来了。

林华珺的笑容有点刻意，她的眼睛下方有明显的黑眼圈。

叶润名似乎预感到什么。

叶润名：李丞林说你找我？

林华珺低了低头，旋即微微抬起手。

叶润名看着她手上的戒指，似乎已有所预感。

林华珺抚摸着戒指，最终还是缓缓地将它摘下：润名，谢谢你在我最需要的时候，把它送给我。现在我得把它还给你了。

叶润名眼眶泛红，犹豫了片刻，还是接了过去。

林华珺：对不起，润名，我努力了，你也努力了，可是我发现，我们越努力，我们之间的距离就越远。

叶润名用一个苦笑掩饰着心里的痛：是啊，这段时间我们都失去了自我。

林华珺：昨天晚上，我一直在想我们之间到底发生了什么。我想了很久，想我们在北平的时候，在长沙的时候，还有辗转来到这里的这些日子……润名，我必须向你坦白，我爱上程嘉树了。

叶润名深吸了一口气：能告诉我，你对他的感情是从什么时候开始的吗？

林华珺：我不知道。那天从监狱出来，润青问我，为什么在南湖边的是我和程嘉树，而不是你，为什么我总是跟你保持距离，却能和程嘉树有说有笑。我被她问得哑口无言，这才意识到，我的心早已不自控地属于他了。

叶润名：所以这段时间你一直躲着他。

林华珺：其实你早就看出来了。

叶润名点点头：你从监狱出来的那一天，我就感觉到了，只是我一直不愿面对罢了。

林华珺：润名，对不起，是我辜负了你，辜负了这段感情。

叶润名：不要说对不起，感情里没有谁辜负谁，一个人尊重自己的内心，才是尊重他人，尊重感情。华珺，你不是背叛我，你只是从来没有爱上我。就像你在北平说的，你不知道你和我在一起，究竟是无法拒绝我，还是真的爱我。程嘉树的出现，只是让你看清你对我的感情。华珺，谢谢你对我的坦诚。

他的话，更让林华珺难过。

叶润名：你还记得我们都喜欢的那首《飞鸟和鱼》吗？其实飞鸟和鱼的爱情，注定没有结果的，鱼不可以上岸，鸟也不能在海里飞，两个世界的壁垒是谁也无法打破的。

林华珺：你是说，我们就像飞鸟和鱼。

叶润名：如果北平没有沦陷，我们可能会一起留校任教，结婚生子，举案齐眉，白头偕老，一起畅游水中，或遨游天际。战争改变了国家的命运，也改变了我们每个家庭、每个个人的命运，让我们变成了飞鸟和鱼，一个有自己飞翔的方向，一个有自己遨游的海洋。你希望成为你父亲那样的人，去从事教育。而我，也有自己的理想。

林华珺：我知道你的理想，也懂得你的犹豫。润名，我永远支持你。

叶润名：华珺，虽然我们的感情越来越远，却越来越了解对方了。在某些地方，你我谁也不可能为对方改变。虽然我很难过，但我想，你我只是在爱情的道路上止步了，在生活里，我们依旧是朋友。不管怎么样，我都为能跟你一起走过那段时光，感到骄傲。

林华珺：我也一样。

叶润名把手中的小提琴还给林华珺：这个也是时候还给你了。

林华珺接过琴。

叶润名：你还记得当初我们认识时你拉奏的那首曲子吗？

林华珺：当然。

叶润名：能再拉奏一遍吗？

林华珺点头，晨光中，她轻扬长发，拉奏起了当初那首曲子。

叶润名看着林华珺，记忆又回到了当初——初识时，林华珺拉奏小提琴，叶润名在朗诵诗歌，两人一见钟情。

回忆和现实不断交叠，却已然物是人非。

曾经，叶润名朗诵着：

世界上最遥远的距离

不是我站在你面前，你却不知道我爱你

而是

明明知道彼此相爱

却不能在一起

如今，叶润名朗诵着——

世界上最遥远的距离

是鱼和飞鸟的距离

一个翱翔天际

一个深潜海底

叶润名微笑着，泪水却渐渐湿润了眼眶……

同样的，林华珺衣发飞扬中，眼泪也早已无声滑落……

阿美卧室　白天　内景

阿美被锁在卧室内，有气无处撒，将手帕、饰带、绣花荷包等出门携带的物品往门上扔，门突然打开，荷包砸在了开门的阿旺妻子脸上。

阿旺妻子：哎哟……

阿美赶紧过去察看：啊，嫂子……疼不疼？

阿旺妻子：幸好只是个荷包，这要是个碗，嫂子还不得破相了？

阿美吐吐舌头：嫂子，我就知道你不会不管我的。是不是我哥又出远门了？

阿旺妻子笑：他要是出远门了，谁还能给我钥匙？

阿美往后退了一步，偷眼往外瞅，又疑惑地看着嫂子：你是说大哥让你开门的？

阿旺妻子点头。

阿美很吃惊：不会吧？他不是说，只要我一天不死了去夜校的心，他就一天不放我出去吗？

阿旺妻子弯腰捡拾地上的手帕和饰带：那帮办夜校的学生啊，不知道怎么搞了一些药粉，没想到那么厉害，店里的苍蝇一下子就死光了，你大哥觉得那个夜校还是有点用处的，所以啊……

阿美惊喜万分，不等嫂子说完就跑了出去。

阿旺妻子起身在后面叫：慢点，你慢点，现在又没人拦你！

夜校门口　白天　外景

林华珺朝夜校走来，迎面看到拎着饭盒的叶润青。

叶润青：华珺姐，告诉你一个好消息，程嘉树的烧已经退了。

林华珺克制住自己的情绪：是吗？

叶润青喜悦地：昨晚还烧得稀里糊涂呢，医生都束手无策了，哪知今天早上竟然退烧了，你说神奇不神奇，不知道的还以为昨天晚上有华佗来他梦里给他治好了呢。

林华珺想起昨晚与程嘉树的一幕，忙掩饰：烧退了就好。

叶润青：我去给他送饭，你要不要一起去看看他？

这时，阿花等一群姑娘跑来。

阿花：林老师，我们来上课了！

林华珺：你们家人同意你们来上课？

众人齐声：同意！

阿美也气喘吁吁地跑来，满头大汗：我哥也同意了！

叶润青：华珺姐，你去给大家上课吧，我去告诉程嘉树，咱们的夜校可以办下去了！

夜校　白天　内景

课堂上，林华珺手里拿着一朵鲜花，在讲课。黑板上写着一个"花"字。

林华珺：……大家跟我一起读：hua 花……

众学生跟读：hua 花……

林华珺扫视着下面的学生，面带微笑：为什么我要教大家的第一个字是花呢，因为花就是云南给我的第一印象。来到这里，大街小巷到处都是五颜六色的花朵，姑娘们的笑脸，也都跟花一样……

夜校教室外　白天　外景

郑天挺在窗外看着夜校课堂上的这一幕，很是欣慰，忽听有人叫自己。

裴远之：郑先生——

郑天挺回头看到裴远之，手指竖在嘴唇上做了个噤声的手势。

郑天挺：（望着教室里）远之，你看到了吗？咱们联大创办的夜校从一开始的人迹罕至，到现在的座无虚席！咱们联大的学生可圈可点啊！了不起，这夜校办得好！

裴远之：夜校开发民智，也有利于学生接触本地民俗民风，不负所学。

郑天挺和裴远之缓步离开教室门口。

郑天挺：（感慨万分）我们联大虽然经历颠沛流离，但学生们自强不息。

裴远之点头：历经数月辗转，从湖南搬迁到云南，联大重又恢复了教学和秩序，教育事业的薪火相传，让后方群众看到了咱们国家和民族的希望。

郑天挺：为国家培养人才，延续文化命脉，彰显不屈的民族精神，这正是我们千里迢迢西南内迁，坚持办学的目的所在。

裴远之点点头，和郑天挺一路远去。

海关大楼院子　白天　外景

蒙自海关大楼院内，叶润名和另一名同学在拉着一条横幅，将它悬挂起来，叶润名退后，端详着是否挂好，横幅上书：纪念卢沟桥事变一周年 勿忘国耻 砥砺前行!

林华珺端着募捐箱走到叶润名面前：募捐箱放哪儿?

叶润名走到台前右侧：就放这儿吧。

两人一起安置好募捐箱，虽然已经分手，但依旧配合默契。

这时，程嘉树和叶润青一起走了过来。

程嘉树：我来了，有什么需要我帮忙的?

叶润名：你们找地方坐吧，都布置好了。

叶润青：有我哥他们呢，用不着你这个病号!

叶润青拉着程嘉树在凳子上坐下。

准备工作结束，闻一多、朱自清、冯友兰、裴远之等师生们也到齐。

阿旺带着一些蒙自的乡亲们也走了进来。

闻一多来到横幅下面，缓缓扫了一眼下面的学生，声音低沉：联大的老师同学们，蒙自的父老乡亲们，今天距卢沟桥事变爆发恰好一周年。也就是说，我们对日本侵略者的抗击已经整整一年了，但是侵略者还没有退却，我们的抗战之路，还要持续，而且更加艰难……同学们，我们在这里虽然远离战火，暂时安顿，但不要忘记，我们的父母亲人、兄弟姐妹、乡邻同胞还在战火中煎熬，我们的国家尚处危难之中……

在闻一多慷慨激昂的讲演中，同学们深受感染，纷纷喊起口号：誓死力争，决不放弃! 赶走日本侵略者! 中华民族万岁!

阿旺率先走上前，把钱投进了捐款箱，其他教授也纷纷起身排队捐款。

叶润名和叶润青等学生紧随着上前捐款。

程嘉树把自己口袋掏空了也只有两块钱：我只有这么多。

叶润名：捐款不在多少。

程嘉树有些不好意思地放进募捐箱。

林华珺将身上有限的钱放入捐款箱，又拿出一个小包裹，问叶润名：可以捐衣服吗？

叶润名：当然可以。

林华珺打开包裹，里面是她母亲为她做的华贵的衣服。

阿旺等乡亲们受到感染，陆续上前捐款捐物。

囊中羞涩的文颉隐在人群后面，趁大家都在捐款，悄悄离开。

南湖边　黄昏　外景

夕阳柔和的光洒在南湖湖面上，清风荡漾的湖边，三三两两的同学或坐或站，或读书或谈心。

叶润名和裴远之并肩前行，边走边聊。

叶润名：裴先生，这几天读毛先生写的《论持久战》，让我豁然开朗。我不仅从这本书中了解到了这场战争的前途，也同时明白了，人要立足现在，但却不能困于眼前的处境，而是要想到明天，乃至更远的未来……

裴远之：中国人民的抗日战争，从殊死抵抗，到战略相持，再到战略反攻，这是一段漫长的路程，需要一个强大的支点。这个你想过没有？

叶润名一愣。

裴远之：持久战中最重要的就是坚持。"速胜论"要不得，"亡国论"危害更大。放眼古今中外历史，在战争中一旦出现众多失败主义者，离大败就不远了。

叶润名思索着：就是说，抵抗外敌侵略的力量依赖于我们每个人。只要我们对这场战争存有信心，那么战胜的结果就是可见的。（看到裴远之点头）您刚才说到支点，应该就是信心。

裴远之：准确说，应该叫信念。

叶润名：对，身处逆境而正义必胜的信念！

裴远之欣赏地看着叶润名，笑了：润名，快毕业了，现在你怎么想？

叶润名：毕业是学业的截止，更是事业的开始。裴先生，我决定了，我要去延安。

裴远之审视地看着叶润名：这次你和林华珺商量了吗？

叶润名：不必了。个人情感上，我和华珺已经互相放下了。华珺会找到她的人生伴侣的。也许，已经找到了。

裴远之愣了一下：你是说，程嘉树？

叶润名：等她想好后，会有答案的。

裴远之：这样啊！

叶润名：裴先生，你不要误会。我对革命事业的选择与这段情感的结果无关。我和林华珺谈过，对这段情感，我们倍感珍惜，相互理解。对分手，虽有遗憾，也有释然。有一段时间，当我把感情投入到卿卿我我时，却并没感觉到本应有的甜蜜和幸福，只有荒废时光、不务正业的内疚。后来，我终于明白，小情小爱不是我的幸福，小我成就不是我的理想。我不断追问：当此国难当头之时，我的人生追求和幸福在哪里？当此民不聊生之时，我的人生价值和理想在哪里？经过深思熟虑，我得出结论，毕业后去延安是我义无反顾的唯一选择。

裴远之：好。我理解你，支持你！

忽听一声招呼：两位原来在这里，叫我好找啊！

两人回头，看见阿旺家的管家正朝他们走来。

裴远之：管家先生，您找我们有事？

阿旺家的管家笑着打拱：明天是我家阿美小姐的成人礼，阿旺先生和阿美小姐让我来邀请两位先生参加。

叶润名：成人礼，好，我们一定到。

裴远之：润名，你去吧，我就不去了，我还得准备一下后天去昆明的东西。

叶润名：好的。

阿旺家的管家：话已带到，我就告辞了。

阿旺家饭店门口　夜晚　外景

阿旺家饭店门口，树立着一个由树枝、绿叶和鲜花扎成的拱形门。

程嘉树、林华珺、叶润名、叶润青等学生，还有很多人都聚集于此，无比热闹。

阿旺：欢迎各位乡亲，还有联大的师生来捧场参加我们家阿美的成人礼。

所有人的目光都聚集向饭店门口，只见那里，阿美正身着盛装，锦衣华服，妆面鲜艳，款款走出饭店，走进拱门。阿美的美貌惊艳众人。

此时，作为司仪的阿旺妻子也是一身正装，走到门里阿美的面前，开始了询问。

阿旺妻子：阿美，你喜欢好吃懒做的男人吗？

阿美摇头：不，我喜欢勤劳勇敢的男人。

阿美说罢，目光落在叶润名身上。

阿旺妻子：你喜欢花言巧语的男人吗？

阿美摇头，看着叶润名：不，我喜欢踏实能干的男人。

阿美火热的目光让叶润名不好意思地低下头。程嘉树捕捉到阿美的目光，看了看叶润名，又看了看林华珺，林华珺显然看在眼里，却毫无反应。

阿美把手搭在嫂子的手上，缓缓走过成人门，众人欢呼。

同场转——

篝火升腾而起。

围绕着熊熊燃烧的篝火，身着鲜艳服饰的少男少女跳起了欢快的舞蹈。

餐桌摆到了饭店门外，程嘉树和叶润名、林华珺、叶润青正在跳舞的人群外围，一起喝酒吃菜。

叶润青很意外：去昆明？哥，你怎么好好的明天突然就要去昆明？

叶润名：是临时决定的，裴先生要去昆明接教材，我正好一起去帮忙。

林华珺却好像并不意外：去多久啊？

叶润名：少则十天，多则半个月。

叶润青：华珺姐，你怎么一点都没反应！哥，你还说好好陪华珺姐的，怎么又变回老样子了，还变本加厉。

不等叶润名解释，林华珺：你哥快毕业了，他有很多自己的事要做。

这时，几个小伙子忽然涌上来，把叶润青和林华珺拉进了跳舞的人群中，叶润青和林华珺也跟着欢腾的人群跳起了舞。

程嘉树也被阿花拽进了舞群，有姑娘上前拉叶润名，叶润名摆摆手示意自己不会跳。

跳舞的过程中，很多小伙子给林华珺和叶润青头上戴上鲜花。

叶润名一边喝酒，一边看着眼前的热闹。

这时，几个曾告过学生状的当地人端着酒碗走了过来。

一老者：叶同学，我们代表蒙自乡亲敬你一杯。

叶润名赶紧端起酒：我们是晚辈，该敬您几位才是。

老者：话不能这么说，你们来了，不仅帮我们灭了苍蝇老鼠，还开办夜校让我们蒙自人学知识、开眼界，以前多有得罪，还希望不要放在心上啊。

叶润名笑：那就恭敬不如从命了。

众人端起酒碗与叶润名相碰，叶润名喝了一口碗中的酒，只听到近旁的程嘉树哎哟一声大叫。

跳舞的人群中，程嘉树大叫：谁又踩我一脚？

周围的少男少女都看着程嘉树笑，叶润名也笑，却不防一旁的阿美走过来，大力踩了叶润名一脚。

叶润名哀叫，转头看见阿美，苦笑：你是不是刚踩完程嘉树，没过瘾又过来踩我？

阿美：哪个要踩他嘛，我只踩过你一个人。

叶润名觉得有趣：你们这里的姑娘好有意思，踩人脚还挑人哪。你这个柔柔弱弱的小姑娘，踩起脚来力气还真大。

阿美：叶润名，你愿意送我一个礼物吗？

叶润名哭笑不得：踩了人脚还问人要礼物，当然愿意，今天是你的成人礼，你想要什么礼物？

阿美指着他上衣口袋里的钢笔：这个。

叶润名笑笑，取下钢笔：你喜欢就拿去吧。

阿美一脸娇羞地接过钢笔。

这时，程嘉树踮着脚，龇牙咧嘴一瘸一拐地从舞群里退了出来。

阿美：程嘉树，你怎么不跳了？

程嘉树：哪还敢跳啊？再跳下去，我这两只脚都要被踩废了。哎哟，好疼。

阿美哈哈大笑：傻瓜，你光知道脚疼，不知道有多少人看上你了。

程嘉树停止揉脚，一脸不可思议：有人看上我了？还好多人？

阿美认真地：姑娘看上了你，才会踩你的脚，看上你的人越多，踩你的就越多，踩得越重说明越喜欢！

程嘉树听着，冷不防脚上又被踩了一下，忙看去，却是横眉竖目的叶润青。

叶润青啐了一口：呸，花心大萝卜！

程嘉树又抱起了脚：你也踩我，哎，你啥意思啊？

阿美：意思就是润青姐姐看上你了。

叶润青脸瞬间涨红：胡说！我又不是你们蒙自人。

她扭头走了。

程嘉树的目光则看向了林华珺。不断有小伙子给林华珺送花，林华珺头上已经插满了鲜花。

程嘉树：叶润名，这么多人向华珺献殷勤，你也不管管？

叶润名喝得有点多了：你说什么？

程嘉树懒得再跟叶润名废话，跑到林华珺面前，挡住再来送花的蒙自小伙子：这姑娘已经名花有主了。

林华珺望着程嘉树一时怔愣。随后，程嘉树拉起她，再次进入跳舞的人群。

阿美的目光回到自斟自饮的叶润名身上，她没有察觉叶润名的眼神藏着淡淡的忧伤失落。阿美有点害羞地夺了叶润名的酒碗。

阿美：你不跳舞，那我带你去个地方。

阿美拉起叶润名往人群外走，叶润名脚步踉跄，迷迷糊糊跟着。

两人经过文颉的身边，文颉看着他们离去的方向，思索。

姑娘房　夜晚　内景

阿美领着叶润名来到姑娘房，推开房门。桌子上放着瓜果点心，随处可见的鲜花，将这个房间点缀得像阿美的脸庞一样明艳。

阿美先走了进去。叶润名有些顾忌，站在门外。

阿美招呼他：进来呀。

或许是她的纯真，让叶润名真的放下了顾忌，走进了姑娘房。他疑疑惑惑地走进来，打量着这显然是刚布置好的房间。

叶润名：这是什么地方？

阿美：这是我的姑娘房。

叶润名不明白：姑娘房是什么？

阿美很害羞：你先坐，我一会儿告诉你。

阿美让叶润名坐在桌旁，她去准备东西了。

阿旺饭店门口　夜晚　外景

篝火已经没有先前那么旺，跳舞欢闹的人群也比原来少了。

叶润青踮起脚四处看：程嘉树，你看见我哥了吗？

程嘉树：这家伙不能喝酒，我估计他先回去了。放心，他那么大的人了，丢不了。

叶润青：那好吧。咱们走之前去给今天的女主角告个别吧……阿美，阿美……（拉住经过的阿花问）阿花，阿美呢？

阿花嘻嘻笑：不用找了，一定是带她的心上人去姑娘房了。

姑娘房　夜晚　内景

阿美准备好了瓜果酒食，然后点燃了桌子上的红烛。

当红烛被点燃的时候，气氛反而暧昧了起来，叶润名有点不自在。

阿美为自己和叶润名各倒了一杯酒，坐在叶润名对面，忍不住痴痴地盯着叶润名。

阿美：你真好看。

叶润名本来被她看得更加局促，听她说完这句，有点哭笑不得：我还是第一次听人用好看形容我。

阿美有些费解：你这么好看，他们都看不到吗？

叶润名忍俊不禁：你不是要告诉我姑娘房是什么吗？

她吞吞吐吐说不出口，索性把杯子里的酒一饮而尽，接着又给自己连倒了两杯，全部灌了进去。

阿美这才放下酒杯，壮着胆子：你知道成年礼对于我们这里的女孩子意味着什么吗？

叶润名似乎有点明白了，他更加不自在了，但强装镇定。

叶润名：意味着什么？

阿美：成年礼就意味着一个女孩子可以在姑娘房里，和自己的心上人约会……

叶润名起身：那我来这里太唐突了，我先回去了。

他往门口走去，没想到阿美已经抢先一步拦在了门边，挡住了他的去路。

阿美背靠着门，醉眼迷离：叶润名，我有话想对你说。

叶润名：阿美，我上次已经跟你说过……

不等他说完，阿美已经用手捂住了他的嘴：你先听我说……我……我……

她话还没说出口，身体已经软绵绵，无力地顺着门溜了下去。

本来气氛已经让叶润名尴尬到极致，不知如何收场，此时看到阿美的样子，他既好笑又无奈，只好叹了口气，把阿美拦腰抱起来。有什么东西从阿美身上掉了出来，叶润名看去，是那只自己送给阿美的钢笔。

叶润名转身走到床边，轻轻放下阿美，并盖上薄毯，准备起身的时候，却发现自己的手被阿美紧紧抱住了。

阿美抱着他的手，像抱着一个最心爱的娃娃一样，甜甜地笑着。

阿美闭着眼睛嘿嘿傻笑着：叶润名，你怎么知道那么多事啊，天上的，地下的，你都知道，你能教给我吗？我也想像你一样，什么都知道……

叶润名哭笑不得。阿美不一会儿就睡着了，叶润名拿起钢笔，找到一张纸条，在纸条上写下：阿美姑娘，谢谢你的抬爱，我已经心有所愿，这只钢笔我用了多年，现在将它赠予你，望你好好读书学习，以后能成为有用之人。——叶润名

南湖边　夜晚　外景

程嘉树送林华珺和叶润青回宿舍的路上，叶润青手里把玩着一朵本地小伙送的花，又帮林华珺掸去衣服上花朵的残叶。

叶润青：华珺姐，这里的人好偏心，给你戴那么多，我才只有几个。

林华珺笑：谁叫你打扮得这么光彩照人，吓得别人都不敢靠近。

叶润青：真的？

一直不太说话的程嘉树开口了：你们知道这花代表什么吗——

程嘉树忽然收住了话，拦在了两人前边。

叶润青：你干吗？

此刻林华珺和叶润青才看到，两个巡警正从前方走过来，为首的，正是当初打程嘉树那位。

程嘉树把林华珺和叶润青护在身后：你们快走。

他暗暗攥起了拳头，巡警一步步走近。

叶润青也明白了：该不会是上次打你们的人吧？

林华珺情急之下拉住了程嘉树：一起走。

此时的她，终于难掩关切之情。

叶润青看在眼里。

经过三人旁边，巡警却只是看了他们一眼，走了过去。三人松了口气。

程嘉树看着巡警的背影：居然没找我们茬。

叶润青：说明我们做的一切都没有白做。

程嘉树的目光落在自己手臂上，林华珺这才发现，自己刚才一直抓着程嘉树的手臂，她赶紧松开。

林华珺：走吧。

她已经率先离开，程嘉树有些欣喜，但更多的是复杂，跟了上去，叶润青读着他脸上的表情，心里有些别扭，也往宿舍走去。

姑娘房　早晨　内景

早晨的阳光透过窗户，打在和衣躺在床上的阿美脸上。阿美缓缓睁开了眼睛。忽然，她似乎意识到了什么，四处查看，发现屋内只有自己。

阿美又在口袋里摸着，可是找不到钢笔，她焦急地四处查看，忽然眼睛落在了桌子上。

阿美走过去，看见那张叶润名留下的纸条，纸条上面，压着的正是叶润名送给阿美的那只钢笔。

阿美攥着钢笔，把纸条贴近胸口，感受着那种温度。少顷，她开门冲了出去。

海关大楼院子　早晨　外景

叶润名与裴远之即将出发，林华珺来送叶润名。海关大楼院外，两人相对而站。

叶润名：……润青一向任性，你多担待，夜校的事情，估计也够你忙的了，照顾好自己……

林华珺：你也是。

叶润名迟疑了一下：我们分手的事，你没有告诉嘉树？

林华珺：现在的我没有心思去想感情的事，妈妈的病情尚不确定，未来何去何从，我不知道……

裴远之从街那边走过来，身后跟着一辆马车。

林华珺：你们该出发了。

叶润名：华珺，你喜欢什么事都扛在自己肩上，其实可以尝试着让关心你的人替你分担。

林华珺微微一笑。

叶润名坐上了马车。看着渐行渐远的马车，品味着他的那句话，林华珺心中五味杂陈……

这时，阿美气喘吁吁地跑过来，还穿着昨日那鲜艳的成人礼服装。

林华珺：阿美，你这是……

阿美喘着气：叶润名，我找叶润名。

林华珺：他刚走，跟裴先生去昆明了——

话未说完，阿美已经转身，旋风似的跑掉了。

山坡　白天　外景

阿美抄近路在山坡上奔跑，在山坡的顶端，她看到了马车上的叶润名。

阿美跳着脚：叶润名，叶润名——

裴远之和叶润名都听到了阿美的喊声，叶润名愣住了，回头看去——

只见山坡上，阿美正边追边喊：叶润名——

叶润名也赶紧挥手：阿美——

阿美发现他看到了自己，一边跑，一边挥动着钢笔大喊着：叶润名，我会好好读书的，你要早点回来——

裴远之笑了。叶润名有点尴尬：小孩子。

昆明图书馆　白天　内景

在一排书架前，整理书籍的方悦容从书架上取下几本书，从空档处看见了裴远之和叶润名。

方悦容惊喜：裴先生，润名。

叶润名：悦容姐。

裴远之和方悦容目光交汇，他们表情波澜不惊，实则已经内心翻涌。

裴远之和叶润名从那排书架后转过来，方悦容引着他们来到她办公的桌子前，分别坐下。

方悦容柔声：你们在蒙自还好吧？

裴远之：嗯，很顺利，文学院和法学院大部分课程都已经恢复，叶润名、林华珺、程嘉树等同学还利用课余时间办起了夜校，教蒙自当地人学文化，好多人参加呢。

方悦容欣喜地看着叶润名：是吗？那可真不错，这事嘉树他也有份儿么？

叶润名笑：对，他现在是夜校的算学老师。这次夜校能顺利办起来，还多亏了他呢。

叶润名顿了顿，又补充：经过这一路行军，程嘉树可不是以前那个娇生惯养的少爷了。

方悦容笑着点头：那我就放心了，家里人要是知道这些，指不定多高兴哪。

方悦容说着，忽又想起了程家的事，不由得心生忧虑，忙转换话题，对裴远之：裴先生，你们这次来昆明，是为了拿教材吧？

裴远之点头：是的，都准备好了吧？

方悦容：文学院的教材我都整理好了，只是数量不够，品种也不全，还需要请裴先生清点一下，看缺什么我找找再补充。

裴远之点头表示理解：困难时期，条件有限，尽力而为吧。

方悦容：咱们现在就去清点一下。

裴远之转头对叶润名：润名，你先回会馆休息吧。

路上　白天　外景

细雨蒙蒙的路上，一把伞下，走着裴远之和方悦容两个人。

方悦容：组织关系已经接上了，王亚文也到了，新的工作正在开展。你知道云南省工委的负责人是谁吗？

裴远之：谁？

方悦容神秘一笑：等你见了就知道了。

方悦容指着远处依稀可见的楼：前面就是文学院的新图书馆。

裴远之：这么近啊。

他的声音有些失落。

方悦容的声音也有些失落：是啊，是挺近的，走路几分钟就到了。

两人都刻意放慢了脚步。

方悦容：蒙自那边怎么样？我听说和当地人发生了冲突？

裴远之：蒙自闭塞，民风淳朴，对我们这群外来者的行为和举止难免看不惯。不过，现在好多了，咱们的同学办起了夜校，一方面开发民智，一方面宣传抗战，我们很多同志，还有学联的同学都积极参与了进去，现在蒙自已经大变样了。

前方的楼更近了，裴远之的脚步几乎慢到停了下来。

方悦容看了裴远之一眼，语气里含着些嗔怪的意味：蒙自闲适，远之同志在文法学院乐不思蜀了。

裴远之被这一眼扫得心慌意乱，伞一歪，身体几乎全部暴露在雨里：哪里，我无时无刻不盼着新校舍的落成，搬回昆明。

方悦容笑了，她深深地望了裴远之一眼，裴远之也在看着她。

雨下大了，方悦容看到伞边滴下的雨浸湿了裴远之的衣衫，便往伞内靠了靠，两人靠得更近了。裴远之愣了愣，欢喜又紧张。

方悦容低着头，轻声说道：昆明雨并不多，不知道今儿怎么就忽然下起来了。早知道你回来，就多备一把伞了。

裴远之：一把伞，就挺好。

某会馆　白天　内景

双喜（画外音）：叶少爷——

毕云霄（画外音）：润名——

屋内的叶润名闻声站起来，走到门口，毕云霄和双喜已经挑帘走了进来。

双喜一看见叶润名便急切地：叶少爷，听说我家少爷生病了？

叶润名含笑安慰：放心吧，嘉树就是吃坏了东西拉肚子，已经好了。

双喜脸色这才缓了一些，又拉住了叶润名问：那，蒙自那地方怎么样？少爷在那边吃得好不好，住得习惯不？

叶润名：双喜，我看你是人在昆明，心却在蒙自啊。干脆这次跟我回蒙自，亲自去看看嘉树在那边的情况不就放心了嘛。

双喜一挺身，笑嘻嘻：我现在是国立西南联合大学的校工了，不能擅离职守。其实我也知道少爷跟你们在一起，一定会好好的，就是，就是挂念他嘛。

叶润名含笑：嘉树也知道你挂念他，特地写了一封信叫我转交给你呢。

叶润名这才意识到三人都站在门口，忙往里面让：别光站门口说啊，进来进来，坐。

叶润名去挂在墙上的袋子里取信，机灵的双喜到桌边倒了两杯茶，放在桌前，期待地看着拿信回来的叶润名。

叶润名：哦对了，嘉树还让我问你，为什么上次他要你寄钱，你才给他寄了五块，他说你也太抠啦。

双喜神色暗淡下来，叶润名看见，放下信。

叶润名：双喜，五块确实也太少了。

双喜只闷声闷气地蹦了几个字：我知道。

叶润名察觉到什么：双喜，你是不是有什么困难，瞒着嘉树没让他知道？

双喜忙摇头：没，没有。

叶润名注意到，双喜脚上的鞋子已经磨破了洞。

双喜发现他在看自己，悄悄往回缩了缩脚。

叶润名：真没有？

双喜不看他，只是摇头。

毕云霄：嘉树平时花钱是有点大手大脚，双喜就是想治治他这毛病，等我这次去了蒙自，帮你一起提点他。五块怎么了，不少了，饭可以吃食堂，住学校管，还能有什么开销。

叶润名：云霄，你要去蒙自，有事？

毕云霄得意：嘉树虽然在蒙自，但他选修了我们物理系，赵先生派我去给他送考卷，顺便当他的监考官。

叶润名：都能答考卷了？

毕云霄：不得不说，他在物理方面还真是有点天分。对了，好些日子不见，嘉树、林华珺……他们都挺好吧。

叶润名淡淡笑：都好。

毕云霄：那……叶润青呢？

叶润名忽然洞察到什么，他笑了笑：润青……等你到了蒙自可以亲口问她。

毕云霄的脸不禁红了。

夜校　白天　内景

教室里，学生坐得满满当当，以女学生居多，原本穿着保守的妇女们，此时已经换上了清凉的短袖。

黑板上写满了乘法口诀。

程嘉树：……今天的算学课就先上到这里，同学们回去后记得要经常在心中默背。

学生们陆续离开。

坐在后排的叶润青走到正在擦黑板的程嘉树身旁。

叶润青：可以啊，窗户都快挤破了，我就奇怪，怎么你的课上这么多大姑娘小媳妇儿，那天踩你脚的都来了吧？

程嘉树：是啊，你不是也来了么？

叶润青脸一红，气得又踩了他一脚，结结实实踩在程嘉树脚面上。

程嘉树疼得黑板擦都掉了，抱着脚跳，瞪着叶润青。

程嘉树：踩上瘾了啊？你这力度可以，就是踩错对象了。

叶润青：你！

她抬脚又想踩，哪知程嘉树已经机灵地躲了过去。

叶润青气得扭身便走，没想到直接撞到了一个人身上，还踩到了那人的脚。

那人哀叫着：哎哟……

叶润青：对不起啊……

她抬头一看，才发现竟是毕云霄。

叶润青：毕云霄？

程嘉树看见了这一幕，大笑：对喽，对喽，你踩他就对了！

叶润青脸色发窘：程嘉树，你少胡说八道！毕云霄，你怎么来蒙自了？

程嘉树：他早就电报告诉我他要来了。云霄，你带礼物了吧？

毕云霄挥着手里的东西：带了啊。

程嘉树：赶紧拿出来，叶润青踩你一脚，你得回送她礼物的。

毕云霄不明白其中深意，真的拿出了一盒鲜花饼：润青，这是给你带的鲜花饼。

叶润青接鲜花饼，冲着程嘉树生气地：程嘉树，我再也不理你了！

说罢转身就走了。

毕云霄呆呆地看着叶润青的背影，对程嘉树：她怎么生气了？不喜欢这些？

程嘉树笑，跳过去一搂毕云霄的肩膀，大大咧咧的：没什么。女生都这样，尤其这位叶大小姐，脾气比个子都大，你得学着适应。

毕云霄被戳中心事，反拎住程嘉树：少得意，一会儿监考的时候你给我等着。

男生宿舍　白天　内景

两人走进宿舍。

毕云霄：你们文法学院可以啊，住的这蒙自小镇，比我们舒服十倍百倍。

程嘉树：蒙自是小，但是地理位置好，紧邻越南，以前是云南最大的通商口岸，这个哥胪士洋行可是外国商人在蒙自开的最大的商行。昆明校区现在怎么样了？

毕云霄：刚刚复课没多久，转运过来的仪器和图书好多损坏，还有一部分没运回来，学校在想办法解决。校舍暂借在华农、华工和师范学校等好几个地方，每天都要跑好几个地方上课，怎么着，要不要回去体验体验？

程嘉树：还是免了，蒙自挺好的。一会儿我带你去吃这里的土八碗。

毕云霄：还有钱下馆子啊？

程嘉树：双喜没让你给我带钱吗？

毕云霄：你怎么知道双喜让我带了？

程嘉树：我都给他写了信，他要是再不带，我得饿死在蒙自。

毕云霄取出一个纸包递给了程嘉树：给你。

纸包包得很严实，程嘉树一层层打开，开了很多层才露出里面的钱，还是一堆零钱。

程嘉树数了数：又是五块钱？

毕云霄：你在这里住又不花钱，吃能花几个钱，五块钱绰绰有余了。

程嘉树：算了，够带你吃土八碗了。

毕云霄：省省吧，我不吃什么土八碗，跟你一起吃食堂就行。

程嘉树：那我带你出去逛逛。

毕云霄：这个行。

程嘉树：对，到处逛逛，说不定就能碰到想见的人。

毕云霄脸一红：看谁啊？

程嘉树：看谁你自己心里不清楚啊？

毕云霄：少扯些有的没的，考试！

毕云霄拿出试卷，放到程嘉树面前。

程嘉树偷笑，随后拿起笔，开始答题。

女生宿舍　白天　内景

林华珺坐在桌边看书，一阵急促的脚步走了进来。

叶润青气哄哄地把自己往床上一扔。

林华珺放下了书：怎么了？你不是去夜校了么？谁惹你生气了？

叶润青：还不是程嘉树那个家伙，老是拿我跟毕云霄开玩笑，气死我了！

林华珺：他就是爱开玩笑，你要是跟他生气，那可真要气死了。

叶润青：我懒得理他。主要是那个毕云霄也奇怪，好好的送什么礼物给我啊。

林华珺：云霄来蒙自了？

叶润青没好气地点点头。

男生宿舍　白天　内景

程嘉树认真答题，毕云霄坐在桌子上，高程嘉树一大截，一副监考官的架势，一会儿盯着程嘉树，一会儿看看手表，有模有样地监考着。

程嘉树举手。

毕云霄：什么事？

程嘉树：报告考官，交卷。

毕云霄看表：这么快？你确定答完了？

程嘉树：确定。

毕云霄接过卷子：我要开始批卷了，你没机会修改了。

程嘉树伸伸懒腰：但批无妨。

他为毕云霄倒上水：毕考官，请品尝我们蒙自的水。

毕云霄坐在桌前，拿着笔抵着额头，认真地批改试卷。程嘉树靠在旁边，一副胸有成竹的样子。

程嘉树：怎么样？

毕云霄在试卷上写下 96 分。

毕云霄：真没想到，你这家伙分数比我还高。

程嘉树耸耸肩：这就是天才。

毕云霄斜了程嘉树一眼，放下笔站起来：也就高 5 分，至于那么骄傲嘛。

忽然外面传来轻快的脚步声，接着是林华珺的声音：嘉树，云霄——

话音未落，林华珺和叶润青已经进了宿舍。

毕云霄惊喜地看着叶润青，还有些紧张：润青，华珺，你们来了？

林华珺：听润青说你来蒙自了，我们决定带你尝尝这里的小吃，以尽地主之谊。

程嘉树嬉笑着凑上来：我也正有此意，算我一个。

叶润青瞥他一眼：有你什么事儿？！

程嘉树举起试卷：我刚考完试，吃点好的补补脑子。走走走！

昆明某茶馆　夜晚　内景

一阵脚步声传来，茶馆包间，叶润名和裴远之坐在桌前，盯着关闭着的房门。

门开了，一位年约四十岁上下，穿着整洁长衫，戴着一项礼帽的男人进来，那人礼帽压得极低，看不清长相。

叶润名和裴远之起身。那人这才拿下礼帽。

裴远之认出了他，上前握住对方的手。

裴远之：郭铁林同志，怎么是你？

郭铁林：你好远之同志，我们又见面了！

裴远之和郭铁林的手紧紧地握在了一起。

郭铁林看到叶润名：这就是叶润名同学吧……

叶润名伸出手，握住了郭铁林：郭铁林同志！您好！

裴远之问郭铁林：你怎么来昆明了？

郭铁林：说来话长，原本联大的工作一直是李群同志负责，本来也是要派他过来的，可是半个月前组织上安排李群同志去了延安工作。因为我是云南人，所以组织指派我回到云南，在长江局的帮助下成立了云南省特别委员会，由我任书记。

裴远之：太好了，以后我们又在一起工作了。

两人大笑，两双手再次握在一起，无需言语，目光中全是默契。

裴远之：你们聊。

裴远之退出包间，关上了门。

郭铁林把礼帽放在桌子上，做出手势：叶润名同学，请坐。

叶润名坐下，郭铁林却不坐，上下打量着叶润名。

叶润名被看得不好意思，忐忑地站起：郭书记，是不是我有什么不妥？

郭铁林哈哈一笑，摆摆手：坐坐坐，没事，你的情况远之都跟我讲了。听说你父亲是武汉的银行家，但我看你，可一点不像个豪门公子啊！

郭铁林说着坐了下来，叶润名这才放心落座。

叶润名笑：我就是个普通学生。经商是父辈的选择，不是我的兴趣。

郭铁林：喔，那你的志向是？

叶润名：我想跟你们走一样的路，加入共产党，为国人解放和幸福而奋斗！

郭铁林：这条路并不是一条平坦的路，一定会有流血和牺牲，这一点，你可曾想过？

叶润名：您和裴先生，还有无数走在这条路上的志同道合者都能义无反顾，我为什么不能？不仅是我，和我一起的还有五位同学，他们也跟我有着同样的想法！

郭铁林：人的生命只有一次，在你做选择之前，我也希望你能够想清楚。

叶润名：是，人都应该珍惜生命，更要尊重生命存在的意义！当国土被占领，亲人被杀害，民族即将灭亡，尊严和价值在消亡，我宁愿奋斗而死，也不愿苟延残喘地活！如果个体的牺牲可以换来更多人的幸福，我觉得，奉献我的人生也是值得的。

郭铁林：有时候，人最难割舍的，并不只是自己的生命，还有爱情、亲情……选择这条路，要牺牲的，也许远非自己的生命那么简单，你都想好了吗？

叶润名顿了一下：我想用裴多菲的诗回答您，生命诚可贵，爱情价更高，若为自由故，二者皆可抛。

郭铁林点头，向叶润名伸出了手，叶润名也伸出了手。

两人的手紧紧地握在了一起。

↑ 程嘉树和叶润名在步行团（剧照）

↗ 程嘉文陪林华珺探望病重林母（剧照）

↘ 湘黔滇步行团在茶馆歇脚的旧照

↑ 阿美身着盛装参加成人礼（剧照）

↓ 身穿传统服装的彝族少妇

中共云南省委宣传部
腾讯影业　润禾传媒
出品

周宇　张婵娟
杨宏　吴若佳
编著

下
册

中国出版集团
中译出版社

图片来源:《战火中的青春》剧照

图片来源:《战火中的青春》剧照

图片来源:《战火中的青春》剧照

图片来源:《战火中的青春》剧照

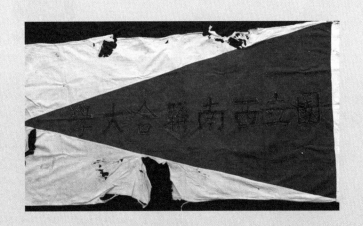

昆明 · 蜕变

尽箫吹，情弥切。中兴业，继往烈。

昆明某会馆　白天　内景

叶润名坐在桌前，面前摆着一张白纸，他手里拈着一支笔，书写入党誓言的同时，耳畔回响起郭铁林的声音。

郭铁林：……作为一名共产党员，不单单只是不怕牺牲……我们共产党人不仅要赶走侵略者，让老百姓过上富足安宁的生活，还要把我们的国家建设得更强大，不再受外敌欺侮……

叶润名郑重写下：一、终身为共产主义事业奋斗；二、党的利益高于一切；三、遵守党的纪律；四、不怕困难，永远为党工作；五、要做群众的模范；六、保守党的秘密；七、对党有信心；八、百折不挠，永不叛党。

叶润名将入党申请书交给裴远之。

叶润名：裴先生，这是我的入党申请书。

裴远之阅读叶润名的入党申请书。

房门忽然打开，李国衍（联大男学生）、徐哲敏（联大女学生）走了进来。

李国衍：裴先生，这是我的入党申请书。

徐哲敏：裴先生，这是我的入党申请书。

裴远之接过李国衍和徐哲敏的入党申请书观看。

裴远之：叶润名、李国衍、徐哲敏，你们三位都是联大的进步学生，我会将你们的入党申请书交给党组织。

叶润名：裴先生，您愿意做我的入党介绍人么？

李国衍：裴先生，我也想请您做我的入党介绍人。

徐哲敏：裴先生，我也是。

裴远之：乐意之至！

昆明图书馆　白天　内景

裴远之和叶润名走进图书馆内。

方悦容：裴先生、润名，你们怎么还没出发呢？

裴远之：本来准备一大早动身，不过我听说武汉那批图书器材有些麻烦，过来和你商量商量，看看能不能帮上忙？

叶润名：方老师，这次去武汉运送图书仪器，能不能我跟裴先生也一起去？我家在武汉，那边我熟悉。万一情况紧急，我还可以请家里帮忙。

裴远之思索着，看着方悦容：我觉得可以试试，你说呢？

方悦容显得有些犹豫：可是这趟差跟你们从蒙自来昆明不一样，很危险。

叶润名：方老师，我知道危险，但这件事总要有人做。我觉得自己比其他人更便利些。再说我会小心的。

叶润名又看着裴远之，诚恳的：裴先生，您知道我不是个莽撞的人，这事我昨天晚上就想过了，没有比我更合适的人选了。

裴远之看了看方悦容，又看看叶润名：好。

方悦容：既然这样，那你们把教材送回蒙自就出发吧！

叶润名点头：好。

夜校　白天　内景

夜校教室里，明媚的阳光从窗户里斜射进来，照在讲台上的毕云霄身上。

毕云霄：……昨天我们去爬山，路上下雨了，后来天上出现了非常漂亮的彩虹，你们也一定看到了吧？

毕云霄扫视着下面，前排几个女孩子害羞地低下头，没有人回答，阿美一举手，不等毕云霄叫，就站了起来。

阿美：我看到了，在窗外树梢上。

毕云霄：漂亮吗？

阿美：比我的腰带还鲜艳哪。

毕云霄示意阿美坐下：那我今天，把彩虹搬到咱们教室里来。

下面的女孩子互相对视，叽叽喳喳地小声议论：真的吗？彩虹还能搬到房子里？

文颉端来一盆水，放到了讲台桌子上，毕云霄拿起一面镜子，放进了水里，和文颉一起调试着镜子的角度，下面的学生伸长了脖子，盯着这位新老师。

忽然，有一个学生指着墙面叫：彩虹，快看，墙上有彩虹——

众人都看去，果然，墙上显出一条七彩的虹来。众人啧啧称奇，不知道怎么回事。

毕云霄顺势讲解：同学们，想知道我是怎么把彩虹放到那面墙上的吗？

众学生点头。

毕云霄比画着：你们看，太阳的光线本来是直直地照下来的，对吧？可是照到镜面上的时候，光发生了折射，就是拐了个弯，把水反射到墙上，这样呢，照在墙上，就变成了七彩虹。我们平时雨后在天空中看到的彩虹也是这样形成的。

阿美举起手。

毕云霄示意她说话。

阿美站起来：天空中也有镜子吗？

毕云霄请她坐下，笑着解释：下过雨后，空气中充满了肉眼看不到的水珠，阳光照在水珠上，就像今天照射在镜子上一样，彩虹就出现了。

阿美半懂不懂，但还是很崇拜：老师，你懂得真多啊。

毕云霄不好意思：我是学物理的，大家知道物理是什么吗？简单地说，就是世间万物的道理，懂了这些道理，我们就能认识世界，认识了世界，才能改变世界……

旁边的文颉忽然注意到，阿美课桌上摆着的那只钢笔是叶润名的，他看了看林华珺，林华珺眼睛似乎也扫过了阿美的课桌，却没有什么反应，他若有所思。

夜校外　白天　外景

窗外，程嘉树瞅着毕云霄在讲台上讲课，林华珺走了过来。

程嘉树：下一节课是你的？

林华珺点点头：嗯。

林华珺也往课堂上看。

林华珺：你这主意挺好的，让毕云霄给大家做物理小实验，既让他们开了眼界，又学了知识。

程嘉树笑笑，又看了看课堂，发现毕云霄准备下课了。

海关大楼教室　夜晚　内景

教室里在上晚自习，角落里，林华珺一个人坐着看书，不远处，文颉一直暗暗观察着林华珺。

文颉起身，拿着一个笔记本走到了林华珺旁边。

文颉：笔记我抄好了，还给你，谢谢啊。

林华珺接过笔记本：不客气。

她把笔记本放好，继续读书。

文颉在林华珺身边坐下：你没事吧？

林华珺有些莫名其妙：我？没事啊。

文颉：我还以为你知道了。

林华珺：知道什么？

文颉拿起林华珺的钢笔晃了晃：你没注意到阿美用的钢笔是叶润名的吗？

林华珺：怎么了？

文颉放下钢笔：怎么了？阿美成人礼那天晚上，叶润名去了阿美的姑娘房！

林华珺愣了愣，一时不知作何反应。

文颉：我亲眼看到的，在蒙自，一个未婚男人跟着姑娘去她的姑娘房，意味着什么，不用我说你也知道吧？

"文颉，你在胡说什么？！"叶润青的声音忽然在林华珺和文颉的背后响起。

林华珺和文颉回头，只见叶润青正愠怒地瞪着文颉。程嘉树和毕云霄也一起来了。

叶润青：我哥怎么可能去阿美的姑娘房，文颉，你说这种话究竟是何居心？

文颉辩解：我没胡说，我只是说出了自己看到的事实，有错吗？

程嘉树：什么叫看到的事实？你亲眼看到叶润名跟阿美进了她的姑娘房了吗？

文颉语塞：我……我看到他跟阿美走了，去的就是阿美姑娘房的方向。

程嘉树：那你亲眼看到他进去了吗？

文颉：非得亲眼看见吗？他跟着阿美去了姑娘房的方向，又回来得那么晚……

程嘉树打断了他：这全是你的臆测，没有亲眼看见就别胡说八道，你不应该在背后议论他人，更何况还是自己没有亲眼看到的事。

文颉被说得脸色红一阵白一阵：我没有乱说，是真是假你们去问问阿美不就知道了？

叶润青：身正不怕影子斜，问就问，我们这就去问，华珺，走。

林华珺：有这个必要吗？

她重新打开书，继续翻开。她的反应，让叶润青很意外。

叶润青：你不去我去。

程嘉树和毕云霄也跟着叶润青出去了。

阿美家门口　白天　外景

叶润青来到阿美家门口，正要敲门，程嘉树和毕云霄追了上来。

门开了，阿美正好出门。

阿美：你们怎么来了？

叶润青：阿美，我有事问你。

海关大楼院子　白天　外景

一辆装满图书的马车进了海关大楼院内，旁边走着风尘仆仆的裴远之和叶润名，正是课间，正在院内扔球做运动的同学好奇地看过去。

同学甲：哎，快看，好像是裴先生和叶润名。

同学乙：他们把教材运回来了。走走走，咱们去看看。

几个人抱着球跑了过去。

在马车前，同学们兴奋地看着一册册教材，有人忍不住伸手去摸，翻看。

同学甲：这么多教材！裴先生，这一路您可辛苦啦。

裴远之摆手：有润名在，一路搬上搬下的，他都抢在前面，可比我辛苦多了。

正在解绳索的叶润名闻听，谦虚地摆摆手，笑：没有没有。

同学乙一招手：同学们，咱们来帮裴先生和润名学长搬教材。

同学们围了上来，叶润名把一摞摞教材递到帮忙的同学手里，忽然，有人拍了拍他的肩膀。

叶润名：别急别急。

叶润名顺手朝后方递过教材，对方却没有接，他转头定睛看，面前站的是程嘉树。

叶润名笑：快来帮忙！

程嘉树没有接，面色很严肃：把书放下，我有话问你。

叶润名：什么话不能先等会儿啊，这些书——

程嘉树不等他说完，已经把他手里的书夺下扔回车里，强行把叶润名拉走了。

毕云霄也赶紧追了过去。

学校一角　白天　外景

程嘉树已经开始对叶润名迅猛进攻，狠狠地一拳打在叶润名脸上。叶润名被打得一个趔趄。

叶润名愤怒地：程嘉树，你干什么！

程嘉树：（气鼓鼓地）我问你，你是不是去过阿美的姑娘房了？你知不知道去阿美的姑娘房意味着什么？你这么做对得起华珺吗？

程嘉树不容分说，继续进攻叶润名。

叶润名：你听我解释……

程嘉树：板上钉钉的事，还有什么好解释？

程嘉树猛然冲上去，连续几拳打向叶润名。

叶润名终于忍无可忍，开始还击，一拳拳打向程嘉树。

叶润名：程嘉树！我非要教训教训你！你别总自以为是！我心里没鬼我自己知道！

两人怒气冲冲，狮子一般打斗起来，但叶润名不是程嘉树的对手，很快便落了下风。

程嘉树一拳拳打在叶润名身上和脸上。

毕云霄赶了过来，抱住程嘉树：嘉树，有话好好说。

程嘉树使劲挣脱着：你别管！走开！

叶润名推开毕云霄：我今天就是要教训他！

这时，叶润青赶了过来：程嘉树！你疯了！哥，别打了！

叶润青去拉程嘉树，非但没能拉开，反而被程嘉树的力道弹开了，险些摔倒。毕云霄赶紧扶住她。

"住手！"林华珺的声音在这时响起。

毕云霄终于冲上去,拉开了程嘉树和叶润名。两人已经面带瘀伤,气喘吁吁。相互怒目而视。

程嘉树停住了拳头,看着跑过来的林华珺。

叶润青赶紧把地上的叶润名扶起来:哥,你怎么样?受伤没有?

叶润名的脸上挨了两拳,能看出伤痕。

叶润名:我没事!

叶润青:程嘉树,你个疯子,下手也太重了!

林华珺也跑了过去,关切地帮叶润名擦拭头发和脸上的草屑和泥土。

程嘉树:我下手重?我恨不得再揍他一顿!明明跟华珺在一起,却还偷偷摸摸跑去阿美的姑娘房。你不想珍惜华珺,早说啊!我都退出了,你却这么伤害她!早知道我就不该成全你!

叶润青:这才是你的心里话吧。林华珺是我哥的女朋友,轮得着你成全吗?你有什么资格批评我哥,不要满嘴伤害这个伤害那个的,要说伤害,你伤害的人最多!

程嘉树:我伤害谁了?你不要为了替你哥开脱就血口喷人……

"够了!"林华珺突然大喊。

原本情绪激动的大家,都看向她。

林华珺:不要吵了。润名没有做出任何伤害我的事,无论他去没去阿美的姑娘房,都跟我没有关系,不会伤害到我。我跟润名已经分手了。

叶润青不太相信,她看了看叶润名,叶润名很平静。

叶润青:哥?是真的吗?

叶润名:是真的。

听到这里,程嘉树也懵了。

叶润青:程嘉树,你已经伤害了所有人!

程嘉树:我……

叶润青:要不是你穷追不舍,我哥会跟林华珺走到今天吗?阿美能有机会靠近他吗?要不是你的出现,我叶润青永远也不会在一个人面前如此卑微……

她颤抖着嗓音,眼泪奔涌而出。

程嘉树被她说得气势低了很多,低沉地:你太瞧得起我了,我再死缠烂打,林华珺也还是没有喜欢过我。

叶润青:你错了,她早就爱上你了。

她的话，犹如一个巨石，重重地砸在所有人的心头。

叶润青：她就在这里，你可以亲口问她。

程嘉树求证地看向林华珺。

迎着他的目光，林华珺却没有回答，她无法对自己撒谎。

叶润青：没有否认，不就是承认吗？谁都欺骗不了自己的心。

程嘉树看着林华珺，从她的表情和目光中，终于确信了叶润青所说的是真的。

程嘉树一时很震惊，不知道是该激动，还是该做何反应。

叶润青哭了：程嘉树，要是你没有出现，该多好……

她哭着跑开了。

毕云霄：润青！

他追了上去。

剩下程嘉树、林华珺和叶润名尴尬地站在一起。

程嘉树再次看向林华珺，林华珺：我先回去了。

说完，林华珺快步离开。

看着林华珺的背影，程嘉树心情复杂。

叶润名凝视着南湖，突然笑了。

叶润名：想想我们，为了一点儿女私情吵得面红耳赤，其实挺可笑的。难道是因为蒙自太过安静美好了？让我们已经忘记当初是为了什么才从北平一路来到了蒙自。我们的国家正遭受外敌侵略，生灵涂炭，民不聊生，我们却蒙住了耳朵和双眼，以为自己生活在世外桃源。曾经，当雷正和罗恒义无反顾走向战场的时候，我们为了继续求学而留下了，可是我们现在又在做什么？国破家亡之际，每个人都应该肩负起历史赋予我们的责任，罗恒和雷正已经做出了选择，我们也都应该有自己的人生选择。

程嘉树静静地听着，不知该说些什么。

叶润名：嘉树，虽然我和华珺分手了，但我们还是彼此最有力的支持者，永远的好朋友。润青的话，你不必放在心上。

叶润名离开，留下程嘉树独自站在湖边，心乱如麻。

南湖边　白天　外景

叶润青坐在湖边，正捡起小石子，不断地朝水面砸去。

叶润青：程嘉树！……混蛋！……我砸死你……

叶润青砸一颗石子，骂一声，忽听身后传来一个声音。

毕云霄：我帮你！

毕云霄搬起一块大石头，朝水面砸了过去，嘴里叫着：程嘉树，我砸你个王八蛋！

没想到石头太大，就在离湖不远处落下，水花四溅，溅了毕云霄一身水。

叶润青来不及躲避，也被溅了一身水，她惊叫着后退，抖着裙子上的水嚷道：毕云霄，你成心的吧？！

毕云霄没想到是这么个结果，无辜地：我，我只是想帮你出口气。对不起。

毕云霄想上前帮叶润青抖衣裙，又觉得不妥，只好呆站着。

叶润青没好气地白了他一眼：你来干吗？

毕云霄很局促：我……我是来跟你道别的，我马上就要回昆明了。

叶润青：哦。

毕云霄：你如果需要的话，要不，我过几天再走也行，可以留下照顾你。

叶润青：不用。我不需要你照顾，你管好自己就行。

毕云霄：可是，你跟华珺、嘉树他们闹成这样……

这句话戳火了叶润青，她终于不耐烦了：我说毕云霄，你要么别说话，安安静静地待着，要么爱上哪儿上哪儿去，能别哪壶不开提哪壶吗？

毕云霄：我……

他一时站在那里不知所措。

叶润青：一看到你我就想到你的狐朋狗友，你走吧，我想一个人待会儿。

毕云霄只好离开，又忍不住叮嘱一句：风大，你早点回去。

但叶润青压根没有回应。

毕云霄很是受挫。

哥胪士洋行男生宿舍　白天　内景

毕云霄正在收拾行李。

程嘉树一脸心事回来了。

毕云霄没理会他，继续收拾自己的行李。

程嘉树也没说话，往床上一栽。

毕云霄背上整理好的行李转头就走。

程嘉树听到动静，起身一看，有点意外：这么快就走？

毕云霄依旧没理他，继续往外走。

程嘉树蹦起来拽住他：怎么了？

毕云霄：不走干什么？继续留下做你的狐朋狗友？

程嘉树：我招你惹你了？

毕云霄：你招的不只是我，你招的是所有人。

程嘉树愣住了：你也觉得是我造成的？

毕云霄：不是你还能是谁？没有你，人家叶润名跟林华珺会无缘无故分手？你扪心自问，敢说自己没责任？

程嘉树：我……

毕云霄继续：还有叶润青，她对你那么好，可你呢，你对她做了什么？

程嘉树：我对叶润青什么也没做，我可以对天发誓！

毕云霄提高了声音：正因为你什么都没做，才辜负了她一片深情你懂吗？！

程嘉树语塞了。

毕云霄：当初大家在北平和长沙的时候关系多好，要没有你的搅和，能变成今天这样吗？就因为你，润名跟华珺分了，润青跟华珺也掰了。人说一颗老鼠屎坏一锅汤，这蒙自好好的一潭清水，硬是被你这颗老鼠屎给搅浑了！你就是罪魁祸首！

说完，毕云霄绕过他，蹬蹬蹬地走了。

程嘉树竟无力反驳，颓然地坐倒在床上。

女生宿舍院子　白天　外景

叶润青无精打采地回来，看见哥哥叶润名正站在院子里。

叶润名迎了上来，叶润青看到哥哥脸上的红肿，心疼地端详着，准备伸手去摸。

叶润青：哥，还疼吗？

叶润名歪了一下头，笑着制止了叶润青：没事，这连皮外伤都算不上。

叶润青：连还手都不知道！

叶润名：你哥我是个男人，没那么娇气。倒是你，以后我不在这边了，你要学着自己照顾自己，别像以前那么任性冲动了……

叶润青：不在这边，哥，你要去哪里？

叶润名：我准备先回武汉，帮学校把那批滞留在武汉的书运出来，然后去延安。

叶润青：延安？你为什么突然要去延安？去延安做什么？

叶润名：那里有我的理想，我想去看看。

叶润青：你骗人，我以前从没听你说过要去延安，为什么现在突然要去？

她突然明白了：是因为林华珺和程嘉树吧。

叶润名：不，跟他们没有任何关系。我去延安，是因为那里有我一直寻找的精神和信仰。现在毕业了，原本也要选择今后的方向，我当然选择一直向往的地方。

叶润青：你不用替他们开脱，我不会信的。

叶润名：润青……去延安是我已经决定好的事，不可能改变的。

林华珺从外面进来，正好听到叶润名的话，她怔然立住了脚。

叶润青：好，你走，我也不在这个地方待了，我跟你一起回武汉，一起去延安。

叶润名：润青！我们一路从北平走到这里，你也应该长大了，不要继续陷入自己的执念里，不要意气用事。你的任务是留在蒙自好好学习。

叶润青哭了：可我不想跟你分开……哥，你走了我怎么办？

她扑进叶润名怀里，痛哭起来。

叶润名抚着妹妹的头发，抬头才看到了林华珺，两人对视。

南湖边　黄昏　外景

叶润名和林华珺并肩朝前走，夕阳西下，把一片金红色的光辉洒落在湖面上。

叶润名停住了脚步，林华珺也随即止了步。

叶润名望着远处的夕阳，轻轻感叹：莫道桑榆晚，为霞尚满天。[1] 我好像是第一次认真地看蒙自的夕阳，要走了，才发现它这么美。

林华珺也凝视着夕阳落下的湖面：不知道延安的夕阳什么样子。

叶润名憧憬地：延安和这边不同，属于黄土高原，所以，那里的夕阳应该是壮美的，天地之间，群山之中，一片苍黄与橙红交织……

林华珺转头看了一眼叶润名，叶润名正沉浸在自己的憧憬中，看到林华珺望着自

1　语出唐·刘禹锡《酬乐天咏老见示》。

己，有点不好意思。

叶润名：我说的，是我的想象。毕竟，我还没去过那里。

林华珺轻轻地：那里一定和你想象中一样。

叶润名：等我到了延安，就给你写信。

林华珺：我还想知道延安是什么样子，延安那里的人是什么样子。

叶润名：没问题，到时候我会给你描述延安的天空，延安的土地，延安的民众……

林华珺看着叶润名，看着这个曾经同行而又即将走向远方的男人，不禁有些鼻酸。

叶润名：华珺，我替润青向你道个歉。

林华珺：不用，我不会放在心上的。

叶润名：谢谢你，华珺。

林华珺：这句谢谢，应该我说，润名，认识你是我这一生最大的幸运，你永远都是我最敬重的朋友、兄长！

林华珺声音哽咽。

叶润名眼眶也有点微湿：你也是我最重要的朋友，再会！

林华珺：再会！

哥胪士洋行男生宿舍　早晨　内景

男生宿舍里一片安静，其他同学还没起床，叶润名已经穿戴整齐，床边放着装行李的手提箱，他又缓缓扫视了一眼自己叠得整整齐齐的床铺和一旁的书桌。书桌上摆着他的日记。

叶润名走过去，轻轻拿起日记，翻开，又合上。他转头看向程嘉树的床铺，那里已经没有人了，床铺凌乱地叠着。

叶润名走到程嘉树床前，帮他折叠好被褥，然后把自己的日记郑重地放在了被子旁。

叶润名回到床前拎起自己的手提箱，大步向门口走去。

山坡上　早晨　外景

山坡上，青青草地，林华珺侧着头在拉小提琴，是那首她和叶润名初识的乐曲。

路上　早晨　外景

晨曦中，伴随着悠扬的小提琴声，叶润名朝着碧色寨火车站方向走去。

碧色寨火车站　白天　外景

叶润名来到火车站前，惊讶地发现，同样拎着行李的程嘉树，正站在廊檐下，远远地望着自己。

叶润名打量着程嘉树的行李箱，又看看程嘉树：你这是——要去哪儿？

程嘉树：不知道。

叶润名：不知道？

程嘉树：你去哪儿？

叶润名：我去武汉。

程嘉树：那我跟你一起去。

叶润名：我去武汉是为了办事，不是游山玩水。

程嘉树：我也没心情游山玩水，我就是在蒙自待不下去了，一秒都待不下去了。

叶润名：为什么待不下去了？

程嘉树：云霄说我是老鼠屎，搅浑了蒙自的一池清水。是不是老鼠屎我不知道，我只觉得，现在我的脑子里是一团乱麻，只要不让我待在蒙自，不去面对大家，让我去哪儿都行。

叶润名：所以你就选择逃避？

程嘉树：对，我就是在逃避，我就想躲得远远的。

这时，火车鸣笛进站。

不由叶润名分说，程嘉树已经把自己的行李从窗口扔进车厢，然后先叶润名一步上了火车。

叶润名只好叹口气，也上了火车。

食堂　白天　内景

李丞林走进食堂，四处搜寻，发现林华珺在这边。

"华珺——"他边叫林华珺的名字边走过来。

林华珺起身：什么事？

李丞林：是夜校。程嘉树走了，叶润名现在也不在，一下子少了两个老师，我想问问咱们接下来怎么安排。

闻听这话，正准备离开的叶润青收住了脚，侧耳听着。

林华珺有些意外：程嘉树去哪儿了？

李丞林摇摇头：不知道，他跟系里请了假，说要出去透透气，一大早就拎着行李走了。他没跟你说吗？

林华珺摇摇头：没有。

叶润青冷哼一声：走得好，早该走了，这一走啊，感觉世界都清净了。

说完，叶润青端起饭碗扬长而去。

林华珺没看叶润青，对李丞林：他们两个的课，以后我来上。

文颉走过来接上：我也可以帮忙的。（对林华珺）你自己本来就有课，再加上他们两个的，肯定忙不过来，让我帮你分担点吧。

林华珺点点头。

南湖边　黄昏　外景

林华珺独自走在湖边，李丞林的话在耳边回荡：他跟系里请了假，说要出去透透气，一大早就拎着行李走了。他没跟你说吗？

林华珺喃喃自语：透透气。

她的心有些酸涩，便深吸了一口气，想平复内心的失落。

夜校　白天　内景

林华珺走进夜校教室，教室里空荡荡的，独坐着阿美。

阿美向林华珺打招呼：华珺姐。

林华珺走向阿美：阿美你今天好早。

阿美头一扬，笑着：因为这是叶润名的课啊。

林华珺淡淡地笑：叶润名毕业了，以后他的课由我来上。

阿美：我知道啊，叶润名跟我告别来着，还嘱咐我好好学习，说我聪明，一定能读好书。我答应他一定好好读书。华珺姐，你觉得我能读好吗？

林华珺笑着点点头，做了个加油的手势：没问题。

在林华珺和阿美的对话中，学生们渐渐走进教室。

林华珺走上了讲台：同学们，叶润名老师毕业了，以后他的课，我来给大家上，现在请大家翻开课本……

教室 白天 内景

大教室内，大家都在自习。叶润青走进教室，看见文颉和林华珺坐在一起，在课表上指指画画。

文颉：……我的这两节课时间间隔太近了……

林华珺：嗯，一下子少了两个老师，需要调整的还真不少。

叶润青现出厌恶的表情。

一旁一个女同学问叶润青：喂，润青，那本《嘉莉妹妹》你看完了吗？

叶润青：翻了几页，没什么兴趣。

女同学：都说挺好看的呀。

叶润青阴阳怪气，提高了声音：不就是讲一个女人离不开男人的事儿嘛，走了两个，又来一个……

女同学疑惑：是吗？ 好像跟她们讲的不太一样啊？

林华珺听出了叶润青的弦外音，起身离开。

文颉莫名其妙，在身后叫：华珺——

门口有同学进来，扬着手里的电报：林华珺，你的电报，还有一封信。

林华珺打开了电报，一行字落入眼帘：

华珺，伯母于今晨病故，我已代为处理后事，节哀顺变！

落款是：程嘉文。

林华珺一呆，一阵剧痛袭上心头，眼泪滚滚涌落。

校外墙边荒地　白天　外景

林华珺跪在地上默默流泪，面前是一堆燃烧的纸钱。

林母（画外音）：……华珺，妈收到你寄回来的照片了。

闪回——

北平医院病房　白天　内景

　　林母从信封里取出林华珺的信和照片，迫不及待地先拿起照片端详，脸上先是惊喜，眼光落在林华珺脸上，林母的神色渐渐变了，变得若有所思。

　　（接上场画外音）：妈知道你是个孝顺孩子，妈妈以死相逼，你一定会依我，妈也原本以为，你跟润名结婚了，就一定会过得高高兴兴的。可是当看到照片的那一刻，妈妈却发现，你并不开心……

校外墙边荒地　白天　外景

林华珺拿着纸钱往上添。

　　林母（画外音）：……这几天，妈的身体越来越差，但脑子却越来越清醒，总琢磨你说过的话，妈没明白。你想要的，妈不懂，可妈想要的，是你高兴。妈后悔，妈这么逼你，最后却让你不高兴，这不是妈妈想要的。也许你收到这封信的时候，妈已经走了，再也没能力照顾你，也不会再逼你了，未来的路，你自己做主。不管你怎么选择，妈都希望，你能高兴……

　　林华珺痛哭失声：妈——妈妈，女儿不孝，不能送你最后一程了……

闪回——

北平医院病房　夜晚　内景

病房里，林母把照片中林华珺和叶润名的合影剪开，抱着林华珺的照片，慢慢地闭上了眼睛⋯⋯

闪回结束。

校外墙边荒地　白天　外景

林华珺继续往火堆里添着纸钱，仿佛又听到了母亲为她唱的儿歌。

睡吧，睡吧，我亲爱的宝贝

妈妈的手臂永远保护你

世上一切幸福愿望

一切温暖全都属于你

南湖边　黄昏　外景

林华珺往教室走去，她眼睛还有些红肿，但神态已经恢复了不少，忽然听见有人叫她，转头看，是郑天挺。

郑天挺：华珺，你母亲的事处理得怎么样了？

林华珺：程嘉树的哥哥已经帮我为母亲处理好后事了。

郑天挺：请你节哀，有需要帮助的地方，就告诉我。

林华珺：谢谢郑先生。

郑天挺与林华珺在南湖湖畔边走边说话。

郑天挺：有件重要的事想告诉你，我们文法学院很快就要搬回昆明了。

林华珺一愣：什么时间？

郑天挺：这学期结束。

林华珺一时还没回过神：那就是说，没剩多少时间了。（又一转念，喃喃地）我们走了，夜校怎么办？

郑天挺：提前告诉你，就是希望能给你们留出时间，在离开前处理好夜校的事情。

第四部　昆明·蜕变

林华珺思索了下：我们会处理好的。联大这么多师生，经过长途跋涉，分散教学，最终汇聚昆明，这是好事。只不过，虽然在这里只有短短几个月的时间，听到要走的消息，心里还真有点说不上来的滋味。

郑天挺面含微笑：蒙自是咱们来云南后的第一个落脚地，忽然要离开，在感情上，自然会有些难以割舍。

林华珺：尤其是想到跟这里的民众，从排斥、不理解到融入、相互接纳，这其间的种种，也令人感慨。

郑天挺正色，点头：所以说，你这一学期，很不容易，应该说是很辛苦。

林华珺：郑先生，这话从何说起？

郑天挺：不是么？你们通过办夜校，拉近了咱们这群漂泊异乡的学子和蒙自民众的关系。不仅如此，还推动了破除社会旧习和妇女解放。实属不易！

林华珺：夜校能有今天，靠的是本地乡绅支持，学校老师帮助，还有润名、嘉树、润青、文颜、李丞林和同学们的参与。何况，我自己收获也不小，通过这一段时间的锻炼，我也找到了自己的人生方向。

郑天挺：什么方向？

林华珺：本来我最放心不下的就是家母……从今往后，北平没有我的牵挂了。毕业后，我会在最需要我的地方，把教书育人作为一生的事业。

郑天挺点头赞叹：你立志以教育事业为人生方向，作为你的老师，我很欣慰。对了，我今天收到了叶润名的电报。

林华珺关切地：他怎么样？一路还顺利吗？

郑天挺：目前来说还挺顺利的，让我没想到的是，程嘉树也跟他一起去了。

林华珺意外：程嘉树也去了武汉？

郑天挺：程嘉树走的时候也没说去哪儿，这下总算知道他的去向，好歹能放点心。

林华珺点头。

▽
廿
三

哥胪士洋行老师宿舍　白天　内景

几个教授在各自收拾自己的行李物品。

一只打开的箱子，已经放进去了些衣物，朱自清在往里面塞书和笔记本草稿纸的时候，发现塞不下了。

朱自清唤闻一多帮忙：友三，来，帮我撑下箱子，争取把剩下的这点也塞进去。

闻一多起身过来：短短四个月，这么厚的手稿，收获不浅啊。

朱自清抬头，笑：别说我，你不比我少。刚才我看到你那套《西南行》的素描，还在桌子上，可别忘了。

闻一多回头扫了一眼桌边的画稿，笑：放心吧，那些可是步行团沿途所见的记录，都是珍贵的资料，忘不了。

外面传来一阵喧哗声，两人不约而同走到窗口往下看。

只见楼下陈岱孙、陈达和几个教授、男学生正在打网球。

（字幕：西南联大经济系教授　陈岱孙）

陈岱孙很专注，不时发出"Out!""Good shot!"的喊声。

白色小球欢快地在空中跃动，大家挥拍你来我往。

闻一多顿时也来了兴趣，看着朱自清：咱们也下去凑个热闹？

不等朱自清回应，闻一多已经兴冲冲地往门外走去。

朱自清在后面笑："何妨一下楼"先生，终于下楼了啊！

夜校　白天　内景

阿美、阿花等学生坐在教室里，齐刷刷地望着讲台上的林华珺。

林华珺扫视了一下众人，缓缓开口：今天上课前，我想先跟大家讲一件事，那就是，今天是我们夜校的最后一次课了，因为过几天，我们文法学院就要搬回昆明了。

同学们面面相觑，接着，教室里炸了锅。

一同学：林老师，你是说，你们再也不回来了？

阿花：那以后谁给我们上课？

其他同学附和：是呀，是呀，以后是不是就没人教我们学文化了？

阿美没说话，眼睛直直地看着林华珺，问：那叶润名是不是也永远不会回蒙自了？

林华珺点了点头，阿美非常失落。

面对议论纷纷的同学，林华珺举起双手往下压，示意大家安静：虽然夜校结束了，但知识的大门，永远向大家敞开着。只要你们愿意，还可以继续报考中学，再往后，报考西南联大。

阿美的眼睛亮了：华珺姐，你是说，我们也能考西南联大吗？

林华珺点头：当然能啊。

阿美的眼里重燃起希望。

碧色寨火车站　白天　外景

晴空万里，云朵蹁跹，碧色寨火车站外，阿旺、阿美和阿花以及一些民众代表来送别离开蒙自的联大师生。

阿美和阿花均身着短袖衣裙，已经不再是以前包得严严实实的长衣长裙。

阿花拉着林华珺：林老师，你以后要有时间的话，可要回蒙自来看我们啊。

林华珺点头，笑：昆明离这里也不远，你们也可以去学校找我玩啊。反正现在你们的家人，也都不像以前那样限制你们的自由了，是吧？

阿花和阿美都笑着点头称是。

郑天挺和阿旺站在一起，互相握手道别。郑天挺扫视着林华珺和阿美阿旺，以及送别的民众。

郑天挺感慨地对阿旺：这让我想起联大师生刚到蒙自的情形了。虽然才过了短短几个月的时间，现在的蒙自一派新气象，变化好大哟。

阿旺笑：还不是多亏了你们，帮我们赶走了苍蝇老鼠，教我们的孩子学文化，让我们知道了那么多外面的新鲜事情，蒙自像换了个天地一样！

郑天挺：看来下次我再来到蒙自，将会看到一个更新的世界了！好，我期待着！

照相师招呼大家：来来，都往一起聚一聚。咱们拍张合影。

师生、阿旺他们都往一起靠了靠，照相师为他们拍了一张合影。

蒙太奇：照片定格为历史真实合影旧照。

火车鸣笛进站。

郑天挺拱手：后会有期！

阿旺回礼：后会有期！

郑天挺带着学生们陆续登上火车，送别的民众们在车下挥手。

武汉码头　白天　外景

（字幕：武汉　江边码头）

江水沉沉，击打江岸。

船上。一艘客轮的船头现出一个被日军飞机炸毁的窟窿，黑烟滚滚，一些乘客正在逃离船只，一些乘客却像没头苍蝇一样冲上船只，一片慌乱。几个船员正在扑灭一些着火的货物。

码头。到处堆满了货物和防御麻包，也是黑烟滚滚。

人头攒动，黄包车穿梭，几辆军用吉普被慌乱逃窜的乘客堵在岸边，一片鸣笛之声；两个国民党军官和三个国民党士兵跳下吉普，嘶喊着，驱逐着人群，却无济于事。

两辆黑色轿车被堵在军用吉普的后面，难以行驶，周围全是难民。两个西装革履的男人从汽车上下来，观察着周围，无可奈何，两个身穿整洁旗袍的年轻女人焦急地下车观看乱象，西装革履的男人将他们劝回了车上。

众多难民衣衫褴褛，面色焦黑，携妻带子，到处是满头白发和嗷嗷待哺的孩子。

裴远之和方悦容站在仓库门口的附近，看着眼前的乱象，一脸焦虑。

裴远之：没想到情况比想象的还糟！现在大批难民都没有船可坐，更何况我们的书了。

方悦容叹了口气：估计得另想办法了。必须找到船才能运走图书和仪器！

忽然，三架日军战机出现在天空，俯冲而来，随后开始轰炸码头和船只。

炮弹和机枪的扫射在水中激起猛烈的浪花，在甲板上击中货物，炸开一串弹孔，几个难民被击中，血光四溅；西装革履的男人被击中，鲜血喷溅到汽车玻璃和旗袍女人的脸上。

难民和乘客更加慌乱起来，奔跑着寻找掩体，寻找其他渡船。

裴远之：悦容！快进仓库躲躲！

两人正要返回仓库。

日军子弹扫射而来，两个和父母失散的四五岁的孩子哭喊起来，又一串子弹打来，就落在孩子周围。

裴远之：悦容！你先回仓库！

裴远之不等方悦容说话，就冲向两个孩子。

他救出了孩子后，将他们抱在怀里隐藏在一堆货物的缝隙之间。

方悦容准备跑向裴远之帮助他，忽然一阵子弹打来，击碎了方悦容身边的四五个酒坛，酒坛瞬间炸裂，碎片击中了方悦容的肩膀。方悦容应声倒地。

孩子的父母这时从远处跑来，接走了孩子。

裴远之冲出货物之间的掩体，跑向仓库，四下寻找着方悦容。周围难民逃窜，一片混乱。

裴远之（焦急寻找着）：悦容！方悦容！

方悦容在货物的角落里痛苦挣扎，远远看见裴远之在寻找自己。

方悦容（忍痛呼喊着）：远之！远之！

裴远之终于听到她的呼喊，冲向方悦容。

武汉码头仓库　白天　外景

裴远之来到放书的仓库外，并未看见方悦容，不远处的炮弹还在炸响，再看看四周慌乱拥挤的人群，他非常焦急，大声呼喊：方老师！悦容！悦容！

裴远之忽然看到人群中有一个背影很像方悦容。炮弹就在那个背影附近炸响。

裴远之：悦容！

裴远之心慌到了极点，大步朝着那个背影跑去。

拥挤的人群却如潮水般汹涌，将消瘦的裴远之撞得跌倒在地。

纷至沓来的脚眼看着就要踩到裴远之身上，有人一把扶起了他。熟悉的声音在他耳边响起：知不知道危险？！

说话的人正是又担心又感动的方悦容。

见她安然无恙，裴远之那颗已经提到嗓子眼的心总算落了下来，情不自禁地一把抱住眼前人。

这一个拥抱，让方悦容愣住了。

拥挤的人群再次撞到两人身上，也让裴远之回过神来。意识到自己的行为出格了，裴远之连忙松开方悦容，有些尴尬。

裴远之：对不起，我……

方悦容：傻子。

日军轰炸机投下来的炸弹还在炸响。

裴远之：这儿危险，快走。

裴远之一拉方悦容，方悦容哎哟一声，裴远之这才发现方悦容肩膀处的衣服撕烂了，隐约有血渗出。

裴远之惊呼：你受伤了？

方悦容：没事。

裴远之：以后危险的事，不许你再动手。

方悦容本想辩驳一句，但见裴远之不容置喙的眼神，嘴角浮起一个甜蜜的笑容，点了点头：嗯。

武汉某旅馆　白天　外景

旅馆房间内，裴远之关好门，回头刚好看见方悦容褪去衣服露出肩膀上的伤口，如雪的肌肤让裴远之不敢直视。

方悦容看裴远之手里拿着药，有点无措地站在那里，催促：上药吧，还愣着干吗？

裴远之：我觉得，是不是不太方便？

方悦容：要不是找不到开门的诊所，能劳烦到您裴大教授？都什么时候了，快点吧！

裴远之更不好意思了，他这才慢慢转过头，走过来帮方悦容上药，动作很轻很仔细。

方悦容轻声问：刚才在码头仓库，你怎么那么着急？怕再也找不到我了？

裴远之一抬头，正碰上方悦容的双目，手一抖，药粉洒落了一些。

方悦容低头偷笑，轻声地：老夫子！

方悦容的调侃，让裴远之的脸红到了脖子根儿，手上的动作更是慌乱。

这时，外面传来了敲门声，裴远之一惊，手触到方悦容的伤口，方悦容吃痛。

裴远之：对不起，弄疼你了吧。

门是虚掩着的，外面敲门的人听见裴远之的声音，出声询问：裴先生，是我，润名。

话音未落，叶润名推开了门，与他一起的还有程嘉树。两人看见屋里的情形，有些尴尬。

方悦容连忙拉起衣服，同时看见程嘉树：嘉树？

裴远之也手忙脚乱起身：润名，你来了。

程嘉树：姐，你怎么了？ 受伤了？

方悦容：划伤了，裴先生正在给我上药呢。你怎么来了？

程嘉树：严重吗？ 怎么不去医院？

裴远之连忙解释：找不到开门的诊所，没办法，我才帮着上药。

程嘉树看看方悦容，再看看有些脸红的裴远之，似乎明白了什么。

裴远之：润名，你这么快就到了，还没回家吧？

叶润名：还没。一路上听说了武汉的情况，着急得很，就先过来看看你们的情况。

方悦容：嘉树，你还没回答我的问题呢？ 不在学校待着，来武汉做什么？

程嘉树：这不放暑假了嘛，我想回北平，正好润名来武汉，就结伴同行了。

方悦容想起家里的情形，不由得蹙起了眉头，脱口而出：不行，你不能回去！

程嘉树发觉方悦容的异样，狐疑地看着她：怎么了姐？ 为什么不能回去？

方悦容忙解释：我是说，北平现在到处都是日本人，太危险。

程嘉树观察着方悦容的神情：日本人在北平也不是一天两天了，我一个学生能有什么危险……姐，你有事瞒着我！

方悦容：没有。

方悦容转身，思索着怎么劝服程嘉树。她的神情，让程嘉树笃定有事：姐，是不是家里发生什么事了，你得告诉我啊，我不是个小孩子了！

裴远之和叶润名见状：你们聊，我和润名出去说。

叶润名放下行李，和裴远之走了出去。

方悦容知道瞒不下去了，转过身，看着程嘉树：嘉树，我可以告诉你，不过你得先答应我，不要着急，更不能回去。

程嘉树看着方悦容严肃的神情，点了点头：你说吧。

方悦容：日本人来了之后，因为姨父不肯跟他们合作，就占了程家老宅，把一家赶到了旁边的小院里住，姨父一气之下病倒了，家里的纱厂也都被日本人接管了。

程嘉树瞪大了眼睛：这么大的事，你怎么不告诉我？

方悦容：家里希望你能安心读书。

程嘉树攥起了拳头，红了眼眶：我爸他现在情况怎么样？

方悦容：他……暂时还算稳定。

程嘉树无力地坐到椅子上，愧疚自责：你们早就知道却瞒着我，难怪双喜要待在昆明当校工。我怎能这么愚钝无知！

方悦容：好了，别哭了，有嘉文哥照顾父母，他们不会有事的。现在这情况，你回去也没有用。你好好念书，平平安安的，他们在家里也就放心了。听姐的。

程嘉树不置可否。

这时，裴远之和叶润名走了进来。

裴远之：方老师，船的事，也许润名有办法。

武汉叶家　白天　外景

叶家大宅，大门紧闭，叶润名和程嘉树站在门前，叶润名敲门，门开了，一个门房模样的中年人边说话边探出头。

门房看了一眼叶润名和程嘉树：找谁？

叶润名却显然也不认识眼前的门房：丁叔呢？

门房：这里没人姓丁。

叶润名：怎么可能？这不是叶家吗？

门房：叶家？早就不是了，他们把房卖给我们张家了。

叶润名一惊：卖了？

程嘉树也很吃惊。

叶润名：那您知道叶家人去哪儿了吗？

门房：你们是叶家什么人呐？

程嘉树：他是叶家大少爷。

门房同情地看了一眼叶润名：买卖的时候应该留了住址，你二位稍等，我去问问老爷。

武汉叶家小院　白天　外景

一条不知名的小巷内，叶润名和程嘉树站在一个破旧的不起眼的院门前打量着。

程嘉树疑惑地：不会搞错了吧？你父母会搬到这里么？

叶润名四处看了看，没有说话，轻轻敲了敲大门。

一个老人的声音应着：来了。

随着脚步声，门打开了，叶润名看到了父亲，他昔日意气风发的脸庞似乎苍老了不少，头发里也夹杂着点点斑白。叶润名的声音哽在喉咙里，一时说不出话。

叶父惊喜交加：润名！

叶润名鼻子一酸：父亲，我回来了。还有嘉树，他也跟我一起回来了。

程嘉树点头问候：伯父好。

叶母闻听也从屋内奔了出来，素色旗袍，身上没有了往日堆金叠翠的首饰，但面上依旧含着从容的笑。

叶润名：母亲——

叶润名和母亲拥抱在一起。

看着巨变的叶家，想着同样遭受巨变的自己的家，程嘉树的眼眶也红了。

叶家小院堂屋　夜晚　内景

叶润名、程嘉树和叶父叶母围坐在堂屋内桌子四周，桌子上放着几碗清粥和几碟小菜，虽然简单，碗碟摆放却依旧整洁而讲究。

叶父已经喝完了碗里的粥，拿手帕轻轻擦拭嘴角，叶母见状，放下手里的饭碗，起身端了一盏茶过来，放在叶父面前。见程嘉树碗里的粥已经喝完，拿过来要给他添饭，被程嘉树用手护住碗。

程嘉树：伯母，我饱了。

叶母慈爱地笑：你第一次来这里时，可不是只吃这么点哟。虽然如今不比以往，但清粥小菜，还是管够的，你就尽管吃吧。

程嘉树不好意思地放开手，叶母笑吟吟地把饭碗拿走了。

叶父向程嘉树：这些还吃得习惯吧？嘉树。

程嘉树忙回答：很久没喝过这么香的粥了。

叶父笑：你这孩子，还是那么会说话，眼下这状况你也看到了，你千里迢迢过来，也只能委屈凑合些粗茶淡饭了。

叶母端着盛好的粥走了过来，程嘉树起身，双手接过。

程嘉树：伯父您千万别这么说，您为武汉难民筹资，不惜变卖祖宅，搬到这破旧狭小的院落，才真叫晚辈敬佩！

叶润名笑问父亲：父亲，您此番举动，可太让我吃惊了。不过，我举双手赞成您！

叶父长叹一声，苦笑：你还记得上次回来，讲给我听的那番话吗？当时，我以为只要不与政治沾染，明哲保身，家业便可永固。直到我目睹武汉被炸（叶父神色凝重起来），数十万民众瞬间失去了家园，偌大的武汉一夜之间满目疮痍……

叶父艰难地停顿了下：我这才知道，你是对的。战争到来之时，谁也不能幸免。既然如此，我还有什么理由继续逃避下去。我儿子这么懂道理，老子也不会差，是不是？！

程嘉树：叶伯父，您真是深明大义！

叶润名笑着扫了程嘉树一眼：我也为您骄傲，父亲。

叶父摆摆手：国家危亡之际，我这点作为不足挂齿。哦，对了，你们刚才说先前联系好的运输船没到，想到应对措施了吗？

叶润名犹豫着：我们正在想办法。

程嘉树也接过话：嗯，伯父，我们学校还有几个老师也都在，大家一起想办法，会解决的，您为了武汉难民转移已经倾尽家产，就不要再为这个操心了。

叶父：虽然叶家已经拿不出什么钱，但办法也不是没有。我先试试吧。

武汉叶家小院　夜晚　外景

深夜，残月半悬，偶有风吹过，叶家小院门环叮当。

门开了，程嘉树走了出来。

月光下，程嘉树眉头紧锁，没有了往日的玩世不恭。他望着北平的方向，轻轻叹了口气。身后传来一声响动，接着是叶润名轻轻的声音：嘉树——

程嘉树回头，看见叶润名也正迈出院门。

程嘉树：睡不着，我出来走走。你怎么也出来了？

叶润名：想家了吧？

程嘉树没有立刻回答，靠在墙上，看着天空的月亮，一朵乌云飘过，月色愈发暗淡。

程嘉树：北平的天空，应该也是这样愁云惨淡吧。

叶润名：家里是不是出事了？有什么需要我帮忙的吗？

程嘉树摇了摇头：没事，谢谢。

叶润名：嘉树，自责愧疚无法改变我们的命运。国难当头，需要你我这样的年轻人觉醒振作起来。

程嘉树重复：觉醒？振作？

叶润名：对，觉醒！振作！既然战争选择了我们所处的时代，那么我们这一代年轻人，就有了历史赋予的使命。只要千千万万的年轻人都站起来，用我们的力量铸成铜墙铁壁和刀枪剑戟，团结御侮，就一定能赶走侵略者。

叶润名越说越激动：自由与独立，从来都是用奋斗和牺牲争取的。不管眼下世界如何黑暗，只要抱定坚定的信仰，就一定能实现民族的独立、解放和壮大！

叶润名说着，眼神发亮，程嘉树望着他，钦佩而向往。

月亮钻出了云层，照向大地，一片光洁。

武汉叶家小屋 夜晚 内景

程嘉树坐在桌前，面前摊开了信纸，他转身看了一眼已经睡着的叶润名，轻手轻脚开始写信。

程嘉树（画外音）：爸，妈，哥，你们现在还好吗？儿子不孝，今日才知家中境况……

写着，泪水盈满了他的眼眶……

江边 夜晚 外景

夜色阑珊，马灯火把，闪烁摇曳。大批难民聚集在轮船的登船处，拼命拥挤上船，四五名船员驱赶着难民，放行着一些有船票的乘客，一片混乱。

大大小小的板车和运输车辆聚集在码头上。

方悦容深夜难寐，站在仓库门口附近观看着乱象，心焦如焚却无可奈何。

"睡不着？"裴远之的声音从身后传来。

方悦容点头：你不也一样吗？

裴远之把外套脱下，披在方悦容肩上：江风大，披件衣服吧。

方悦容：此情此景，又让我想起当年从东北逃出来的情形，一夜之间故土变焦土，黎民百姓背井离乡，妻离子散，家国之恨难以言叙。

裴远之：古人说"宁为太平犬，莫作离乱人"，虽然不无激愤，但却深刻控诉了战争的苦难。我们这一代人肩负着国仇家恨，这是时代赋予我们共产党人的使命和职责。

方悦容：说得好。远之同志，让我们共同为我们的同胞，为我们的家国去战斗。

两人并肩望向了不远处的江边，那里依旧是茫茫的难民。

昆明梅贻琦家　白天　外景

梅贻琦正在看一沓设计图纸，他显得焦灼而又疲惫。

韩咏华为他端来了一碗冰糖莲子羹：为了学校新校舍的事，你已经好些天没日没夜了，休息会儿吧，喝碗冰糖莲子羹，降降心火。

梅贻琦长叹口气：可是经费一再压缩，只能一再修改图纸，校舍一日不落定，我这心火就一日降不下来啊……

他拿起汤羹准备喝，这时，楼上楼板裂缝里掉下来许多土碴和灰尘。

韩咏华赶紧拿东西挡在碗上方：楼上又在扫地了。

梅贻琦：现在吃饭没有这"胡椒面"，倒有些不习惯了。

这时，传来敲门声。

韩咏华打开门一看，是郑天挺。

韩咏华：郑先生。

梅贻琦连忙起身：毅生，你们回来啦？

郑天挺：梅校长，梅夫人，我们今天刚刚回到昆明。

韩咏华：文法学院搬回来了，郑先生，我有个小小的要求，能否去你们外文系旁听英文啊？

郑天挺：热烈欢迎啊。等文法学院搬进新校舍，随时欢迎梅夫人大驾光临。

新校舍的话题，却让梅贻琦和韩咏华同时愁容满面。

西南联大新校舍施工工地　白天　外景

一大片仍在建设中的校舍工地。

梅贻琦和郑天挺站在工地前。

梅贻琦叹了口气：由于经费一再缩减，原先的三层砖木结构，现在变为了平房，砖墙也变成了土墙，即便如此，还是不敢保证后续资金是否能顺利到位。所以经校委会研究后决定，除了图书馆和食堂使用砖木结构和瓦屋顶外，其他建筑一律用铁皮屋顶，或直接覆盖茅草。

郑天挺：如果仅仅是这样的设计，那还用得着梁思成和林徽因这样的设计师吗？他们心中一定很不是滋味。

梅贻琦：几乎每改一稿，林先生都要落一次泪，连平日向来心平气和的梁先生也都忍不住发火了。

郑天挺：经费一再削减拖欠，换作是谁，恐怕都无法忍受吧。

梅贻琦叹气：经费再少，校舍再简陋，总还是要盖下去的，不然如何办学？时局艰难，只能委屈大家了。

郑天挺：您掌撑大局，也不容易，多注意身体。文法学院我会设法安顿好的。

昆华中学闻一多住处外　白天　外景

工作人员带着闻一多来到他的住处。

工作人员：由于日军飞机的频繁骚扰轰炸，很多学校先后疏散到外县。亏得如此，我们才能暂借昆华工业学校校舍作为文法学院教室和宿舍。新校舍还未建好，只能请大家将就一下了。

闻一多：非常时期，有这样的环境已经很好了。

说话间，两人正向屋内走去。

这时，门开了，高孝贞走出卧室，紧接着是十一岁的闻立鹤、十岁的闻立雕、七岁的闻立鹏和五岁的闻铭。

闻一多很惊喜：贞！你们总算到了！

三个男孩久别之后都有些羞怯。

闻立鹤喊道：父亲。

闻立雕和闻立鹏还怯生生地站着。

闻一多冲过去，紧紧地把三个儿子挨个抱了一遍：鹤、雕、鹏！

然后又把闻铭抱在怀里，使劲亲了亲：铭女，怎么又长大了一些！

高孝贞已经思念闻一多很久，乍一见，心底的委屈顿时涌出。

高孝贞：你一点都不惦念我们母子！

随即便红了眼眶。

闻一多紧握住她的手：没带你们出来，是我对不住你们！这些日子一想到你们在路上受苦，我就惭愧心痛，从今以后，我们一家人终于在一起了，我绝不再离开你们半步！

高孝贞：我只要你平安。

她对其他几个孩子：还没叫父亲呢。

闻立雕、闻立鹏、闻铭这才相继叫了"父亲"。

闻一多险些泪湿眼眶，把妻子和儿子女儿们团团拥在怀里，一家人久久不愿分开。

闻立鹤：父亲，猜猜母亲给你带了什么？

闻一多忽然吸了吸鼻子：剁辣椒！

高孝贞笑了：猜到你在昆明肯定吃不惯，给你带了很多剁辣椒。饿了吧，饭已经准备好了，快洗手吃饭。

闻一多高兴得像个孩子：哎！

昆华中学文法学院女生宿舍外　白天　外景

宿舍外已经堆了很多行李，文法学院的女生们正热火朝天地搬运行李。

昆华中学文法学院女生宿舍　白天　内景

不大的宿舍里却摆满了床，显得局促拥挤。

女生们一边收拾行李，一边抱怨着……

"这里现在要挤十几个人，连下脚的地方都没有，行李往哪儿放啊？"

"我好怀念听风楼啊……"

"就这还是借来的，学校也不容易，忍忍吧。"

"就是，听说男生宿舍还不如我们呢。"

"也不知道新校舍什么时候才能盖好……"

大家在讨论过程中，只有林华珺和叶润青没有加入，只是在各自搬运自己的行李。

林华珺的行李较为简单，她很快把行李搬到了自己的床铺前，看到叶润青的行李依旧是那么多，习惯性地想过去帮她拿行李。

林华珺：我帮你。

她的手刚要触到行李，叶润青却已经一把抢了过去。

叶润青：用不着。

她一脸冷漠，看也不看林华珺一眼，全然当眼中没有这个人。

一个同学指了指林华珺旁边空着的床铺：润青，你睡这儿吧。

叶润青：不去。

她拎着自己的行李，选了一个离林华珺最远的铺位走了过去。

林华珺也不再勉强，开始收拾自己的行李。

叶润青准备去门口拿第二件行李，一只手已经抢在了她前面，她抬头一看，是毕云霄。

毕云霄：我来。

他招呼着林华珺：华珺，你需要帮忙吗？

林华珺：谢谢，我行李少，已经搬完了。

叶润青：我行李多，但用不着别人帮忙，我自己搬。

毕云霄尴尬，不说话了，他一手拎两件行李，很快便把叶润青的行李全部搬到了她的铺位前。可是铺位旁边根本没有空间，他只能把行李一件件地摞在一角。

叶润青皱眉：这让我怎么取啊？

毕云霄：麻烦是麻烦了点，但已经比我们男生宿舍强多了。

说着，他拿出了之前随手带着的包，从里面取出了四个洋铁罐。

毕云霄：我们那里很多空降部队。

叶润青：什么是空降部队？

毕云霄：就是臭虫，不光能在地上跑，还能从天而降，地上的还好办，可以像这样——把四个床腿放洋铁罐里，给铁罐里灌水。

一边说着，他已经把叶润青的四个床腿依次放进洋铁罐子里，又给罐子里装上水。

毕云霄：这样它们就爬不上床了。可是空降部队就没办法了。还有虱子跳蚤……

叶润青：哎呀，你别说了，我头皮都麻了。

其他女生也被吸引，纷纷围了上来：毕云霄，你这个罐子给我们也做点吧。

毕云霄：没问题，等我回去再找些罐子，给你们每个人的床腿都安上。

大家纷纷道谢。

毕云霄：也到饭点了，润青，我请你去吃小锅米线，华珺，你也一起去吧。

叶润青的脸色一下沉了下来。

林华珺：不用了，我吃食堂就行，你们去吧。

毕云霄感觉到了两人的关系依旧如冰，只好说道：那好吧。

米线店　白天　内景

两碗热腾腾的香辣牛肉小锅米线端了上来。

叶润青也难得有了食欲：离开长沙就再没吃过这么辣的东西了，这个小锅米线让我想起了长沙的米粉。

毕云霄：知道你想这口，所以才带你来的。不过可惜嘉树、你哥和华珺他们没在……

被他这么一说，叶润青的心情又低落了下去。

毕云霄没有察觉到，继续说着：其实我觉得吧，你和华珺没必要这样，大家都是北平一起来的，当初一起开开心心的多好……

没等他说完，叶润青已经把筷子拍在桌上：说完了吗？

毕云霄：我知道忠言逆耳，可是……

叶润青起身就走。

毕云霄：润青，你不吃米线了？

叶润青：留着你自己吃吧。

说着她已经快步离开。

毕云霄看着她的背影消失，愣了一会儿，再看看桌上的米线，把两个碗都端在自己面前，大口吃了起来。

昆华中学男生宿舍 白天 内景

宿舍门虚掩着，里面只有文颉一人，他正在换衣服，他脱掉外套，露出最里面的内衬，只见内衬已经破旧不堪，打满了补丁。他从箱子里小心翼翼选出一件最新的外套……

正在这时，门忽然被推开，舍友们回来了。

文颉迅速把外套披在内衬上，背过身去赶紧扣衣服……

李丞林正在和舍友们聊着天：听说学校正在征集校歌歌词，你们有兴趣投稿吗？

舍友甲：校歌歌词我们学生也可以投稿？

他们聊天的功夫，文颉已经穿好了外套，现在的他，衣着光鲜，任谁也看不出他衣服里面居然是那样破的一件内衬。

文颉又对着镜子仔细地梳了梳头。

李丞林：当然，无论师生，都有资格投稿。

舍友乙：那我一定要参与，不能给我们文法学院输了阵。

文颉并没有参与他们的讨论，他打扮整齐后，准备离开宿舍。

舍友丙：文颉，你去哪儿啊？

文颉：去食堂。

说着已经离开了宿舍。

舍友丙：吃个饭搞得这么隆重？

大家都觉得很不解。

昆华中学文法学院女生宿舍外　白天　外景

一双纤手正在晾床单，阳光洒在上面，床单很干净，只是上面已经因为使用时间过久而出现的破洞。

晾床单的人正是林华珺。

"华珺……"文颉的声音在她背后响起。

林华珺回头：文颉？

文颉：你还没吃饭吧？一起去食堂吧。

林华珺：还真是。那就一起去吧。

文颉开心。

昆华中学食堂　白天　内景

正是开饭时间，食堂里师生们已经络绎不绝。

文颉和林华珺来到售饭地点。

文颉殷勤地拿过林华珺的饭盒，把两个饭盒一起伸到了食堂师傅面前，食堂师傅是双喜。

双喜看到了林华珺，欣喜地：林小姐！你们回来啦？

林华珺看到双喜也很高兴：是啊双喜，你现在是食堂的厨师？

双喜点头：从步行团回来后，我就一直待在联大的后厨了。

林华珺：你能留在后厨，对我们这些北平来的师生来说，绝对是件享口福的事。

双喜：林小姐，你说话总是这么好听。对了，我家少爷去了武汉，听说武汉现在不太平，他有没有告诉你他什么时候回来？

文颉注意到林华珺的脸色明显暗淡了下来。

林华珺：我可以帮你去校务处问问情况，不过你也不用担心，他跟悦容姐、裴先生、润名他们一起去的，不会有事的。

双喜：谢谢林小姐。

文颉：可以帮我们盛饭了吗？

双喜也换了脸色，很程式化地：大众厨房每月6元，小厨房每月9元，选哪个？

文颉：还分大众厨房和小厨房，有什么区别？

双喜指着眼前被分放在两边的两类菜：这边是大众厨房，这边是小厨房。

可见两边菜色确有差异，小厨房的油水要丰厚得多。

文颉：我们选小厨房。

林华珺：文颉，小厨房太贵了，还是选大众厨房吧。

文颉：大众厨房伙食太差了。这样吧，多出的三元我帮你出。

林华珺：你每月的贷金就那么多，还要读书，还是省着点花吧。双喜，我就选大众厨房。

双喜：哎。

他给林华珺盛饭菜。

文颉：其实你也可以申请贷金，学校设立贷金是为了让我们这样的学生生活能稍微好过一些，你没必要这么苦着自己。

林华珺犹豫着。

文颉：哪怕是多买几本书也可以啊。

林华珺动摇了。

校务处　白天　内景

林华珺来找郑天挺申请贷金。

郑天挺：你不光能申请贷金，还能领到一笔奖学金。

林华珺：奖学金？

郑天挺：这是云南省主席龙云为清寒大学生设立的龙氏奖学金，你的成绩和条件完全符合。

说着，他将一个装钱的信封交给林华珺。

林华珺：没想到龙先生不仅对我们学校帮助颇多，连我们这些贫寒学子的生活也都体恤入微，我不知道怎么表达对他的感激之情才好。

郑天挺：好好读书就行，龙先生是一个真正重视教育的人，你们好好读书，就是对他最大的回馈。

林华珺点头：郑先生，方老师他们现在情况怎么样？

郑天挺：他们昨天刚发来电报，运书的船出了问题，叶润名的父亲正在想办法解决，所以暂时都还滞留在武汉。

林华珺：武汉目前的形势……他们不会有危险吧？

郑天挺：学校也很担心，已经发电报让他们尽快回来，生命安全是最重要的，目前还没收到回复，只能等消息了。华珺，你也别太担心了，一有消息我就第一时间告诉你。

林华珺点头：谢谢。

武汉叶家堂屋　白天　内景

叶父：这段时间，日军一路向武汉推进，长江两岸匆忙撤出的人员、设备全部滞留在宜昌，准备入川，我已经给你陆伯父打过电话了，虽然他们航运公司已经倾尽所有，投入到这次的入川大撤退中，但还是帮你们找到了一条能运书的船，今晚就能到。

叶润名欣喜：您费心了！我这就跟嘉树去通知裴先生和方老师。

他和程嘉树兴冲冲就要起身。

"润名……"叶父喊住了他。

叶润名停下，看着父亲：还有什么要交代的吗？

叶父和叶母对视了一眼。

叶父：你的理想抱负，你提的一切，我都尽量理解并满足你。我跟你母亲只有一个小小的请求……你先别急着拒绝……

叶润名：父亲、母亲，你们有什么就尽管说吧。

叶母：润名，你和嘉树能不能不要着急跟船一起走？

叶润名愣了。

叶母：能答应我们吗？

程嘉树也看着叶润名，等待他的决定。

望着父母殷切甚至带点乞求的眼神，想到以前父亲的骄傲，母亲的优雅，再对比如今，叶润名终究不忍。

叶润名终于点头：我答应你们，在家再待一天。

程嘉树也只好点了头。

叶父和叶母长长地松了口气。

江边仓库　白天　内景

方悦容和程嘉树正在一起整理书籍和教学仪器。

程嘉树：姐，我决定不回家了，把书运回学校后，我就回去好好读书。

方悦容端详着程嘉树：真是这么想的？

程嘉树点点头：这几天我在叶家，亲眼看到叶家的变化，再想象一下咱家的变故。

国家和民族不够强大的时候，家庭和个人的命运，只能像江中的小船，风浪一起，要么被掀翻要么被吞噬，自己半点也做不得主。

方悦容点头：战士的武器是枪炮，学生的武器就是知识，把敌人赶出我们的土地，把我们的国家建设强大，我们的后代，就再也不受这战乱之苦了。

程嘉树：姐，我记住你的话了。

方悦容舒了一口气：嘉树，你长大了。

裴远之和叶润名走进仓库，叶润名叫了一声：方老师，嘉树——

方悦容和程嘉树回过头：船找好了？

裴远之笑着点点头：船明天就到！

几个人都很开心。

叶润名走到裴远之的身边。

叶润名：裴先生，有件事情和您商量。

裴远之：你说吧！

叶润名：我们在文法学院发展的六名优秀学生已经通过了组织审查，可以入党宣誓了，您看何时举行宣誓仪式？

裴远之：等文法学院搬回昆明，再加上昆明校区的三名优秀学生，他们九个人可以一起宣誓入党！

叶润名：裴先生，您曾经告诉我，星星之火可以燎原，现在我们的组织在逐渐壮大，相信未来的中国必定是红色的中国！

裴远之：润名，就算在最漆黑的夜里也都会有一盏明灯，红色的中国就是那盏明灯！

叶润名：我盼着呢！裴先生！

裴先生：咱们抓紧时间收拾书籍和仪器吧！

程嘉树远远望着叶润名，若有所思。

江边码头仓库　夜晚　内景

月光照射进仓库，一片冰冷。

叶润名将一盏马灯挂在架子上，回头望着远处正在整理书籍的程嘉树。

叶润名拿出两个面饼走到程嘉树身边，递给了他一个面饼。

叶润名：吃点东西吧！

程嘉树：你真的不回云南了？

叶润名点头。

程嘉树：想好去哪儿了吗？

叶润名：延安。

程嘉树：延安？究竟是个什么样的地方？

叶润名：延安是我理想中的世界。那里没有阶级，人人平等，我想去看看那个我从未见过的世界。

程嘉树：没有阶级，人人平等？这简直就是乌托邦。现在的中国，真有这样的地方？

叶润名：等我到了延安，我会把自己所有的见闻都写信告诉你，告诉华珺。

无意中提及林华珺，两人都沉默了。

程嘉树：对不起，如果不是我，也许你跟她不会分开。

叶润名：你可以这么想，但不需要自责。已经过去的事情，不可以用如果来假设。我爱华珺，但我心中还有比爱情更重要的东西，这对华珺不公平。也许正是你这个爱情至上者的闯入，让我明白我和华珺做知音比做恋人更合适。我和华珺分开，表面上与你有关，但其实又无关。

程嘉树沉默地吃着面饼，喝着水。

叶润名：时势弄人，从北平沦陷那刻起，我们每个人的命运就已经不可能再沿着原来的轨道前进了。就比如你，当初一心想回美国，不也跟着我们西南联大一路从长沙到昆明，再到蒙自，最后还跟着我来了武汉吗？

程嘉树：说起来真的要谢谢你。感恩这一路，你如师如友的宽容和友谊。对将来，你有自己的坚定追求，更让我敬佩和羡慕。

叶润名：那你对将来怎么想？

程嘉树：我想做个有用的人，只是……我还不知道怎么做一个有用的人。

叶润名笑了笑，拍了拍程嘉树的肩膀：你会知道的。

程嘉树：你呢？

叶润名：我想将来总会有一天，这片孕育我的长江，没有战争，重新回到我记忆中的"孤帆远影碧空尽，唯见长江天际流"。总有一天我们南迁的联大能够北归，我们和千千万万同胞可以回家。再也没有军阀混战，只有和平、平等！（无限憧憬地）嘉树，这世界上有一种光，能照亮大地万物，能温暖每个人的心，那是和太阳一样灿烂的光芒，我一直寻找它……

程嘉树听他所说，不由心向往之。

江边　白天　外景

程嘉树、叶润名、叶润名父亲、裴远之、方悦容以及七八个搬运工将满载书籍和教学仪器的几辆推车推向远处的船只。

裴远之：（对叶润名父亲）叶先生，您帮我们找来的这艘船，对我们西南联大是雪中送炭，感激不尽！

叶父：国家危难，本该同舟共济，无分彼此。时间有限，大家快搬运装船吧。

众人来到船舷，开始将书籍和教学仪器搬运上船。

叶润名和父亲一起抬着一箱书籍走向船舷。

叶父：润名，你妈妈今天去菜场买菜了，晚上要好好给你做顿饭吃！

叶润名：我最爱吃妈妈做的热干面！

叶父：你从小就馋热干面！妈妈准备了！

叶润名：我只能在家多待一天！您和妈妈别怪我！

叶父：（忍住伤感）能多待一天也好！我和你妈知足了！

叶润名：爸，你和妈妈年岁大了，好好照顾自己！

叶父：知道！

这时，几架日机飞抵，朝着远处江上夜色中的船只投弹轰炸……

大家一起伴着远处的轰炸不停搬运，终于，就剩最后几箱了。

程嘉树和叶润名抬头看向天空。

日机投弹结束，准备飞离。

程嘉树和叶润名搬着最后几个箱子，向船上跑了过去。

叶润名冲在前面，刚跑上踏板。

就在这时，一架日机发现了这艘船，机枪俯冲扫射。跑在前面的叶润名正好看到这一幕……

叶润名：嘉树，小心！

他转过身去，一把将程嘉树推向了岸边。

叶润名被子弹击中，掉落江里。

程嘉树、叶父同时：润名！……

江面一片血红……

水中。叶润名猛然跌入水中，带出一阵气泡，身上的弹孔汩汩冒血。他身边水中，一些被炸毁的教学仪器和书籍也跌入水中，在漂浮，一颗颗日军子弹在水中穿梭，画出白色的弹道轨迹。

水中。猛然，又一颗子弹击中叶润名的胸口，一股鲜血喷射出来，在水中形成一道红色的水雾。

水中。叶润名在水中漂浮着，脸色苍白，上方水面上投射进水中一些阳光，闪烁不定。终于，叶润名逐渐下沉，下沉，最终消失在黑沉沉的江底。

书店　白天　内景

"啊……"林华珺轻叫一声，她的头撞在了书柜上。

文颉紧张地：怎么了？

林华珺：没事，撞了一下。

文颉：撞哪儿了？额头吗？

他想察看林华珺的额头，被林华珺躲开了。

林华珺：没事儿。

她把书柜最底下那本书抽了出来：找到了！

那是一本战国作家宋玉的《神女赋》。

林华珺：这本《神女赋》和上次的《高唐赋》，应该足以让我们了解这位高唐神女了。

文颉点头：没想到这都能被找出来。这下闻先生《神话与诗》里高唐神女传说之分析的素材应该够用了。

林华珺点头。

文颉：庆祝一下，我请你去喝茶吧。

林华珺点头：这倒真是一件值得庆祝的事。

两人边说着已经登记完成，走出书店。

昆明街头　白天　外景

两人边走边说。

文颉：前面就是凤翥街，我们学校旁边一条龙翔街，一条凤翥街，开满了大大小小的茶馆，很多老师同学没事就在这两条街的茶馆讲课、讨论、温书。我带你去看看，回头我们也可以常来。

林华珺点头，她有些莫名的心神不宁。

旁边传来声音：左边一点，太左了……

林华珺听着有些耳熟，闻声抬头一看，只见一家新开的茶馆正在挂招牌，下面，一个女孩正背对着他们指挥着，招牌上写着偌大的两个字——"润茗"。

林华珺心中一动，嘴里默念道：润茗……

这时，那个正指挥挂招牌的女孩回头，看到了林华珺：华珺姐！

林华珺看到她后也颇为意外：阿美！

润茗茶馆　白天　内景

阿美端着茶壶、茶杯来到桌前，林华珺和文颉已经坐好。

阿美：来，尝尝本店老板娘亲手沏的普洱。

林华珺：阿美，你怎么突然来昆明开茶馆了？

阿美：华珺姐，我听说你跟叶润名分手了，对吗？

林华珺点头。

阿美：也就是说，你不再是他要娶的人，他也不再是你要嫁的人了？

林华珺：对。

阿美：所以我来昆明开茶馆了，我想在这里等叶润名，我知道他不会回蒙自了，可他肯定会回昆明的。

看着她满脸的期冀，林华珺欲言又止。

阿美想起什么，快步跑进屋，不一会儿，她拿着一个厚厚的本子出来，放在林华珺面前，林华珺翻开一看，里面全是歪歪扭扭的稚拙的字迹。

阿美：润名说过让我好好读书，我每天都读书练字，这是我这段时间练的字，华珺姐，你说润名回来看到了会不会高兴？

林华珺：阿美，如果润名很久都不回昆明呢？

阿美的表情丝毫未变：没关系啊，我会一直等他，他总会回来的。

林华珺：你就一点都不怕他不回昆明了吗？

阿美：我不怕，我喜欢他，想跟他在一起，等多久我都不怕。华珺姐，等你有了喜欢的人，你也会跟我一样，只想跟他在一起，什么都不怕。

林华珺看着阿美，深受触动。

这时，街边突然传来报童的声音：武汉沦陷！日军三面围城，委员长下令放弃武汉！

林华珺大惊，赶紧过去：来份报纸。

她拿过报纸一看：国民政府军事委员会在武汉举行中外记者招待会，宣布"我军自动退出武汉"……

她想到什么，突然狂奔离开……

校务处　黄昏　内景

郑天挺正在低头看报。

林华珺气喘吁吁地进来：郑先生！有没有润名和嘉树他们的消息？武汉沦陷了，他们怎么样了？

郑天挺：别担心，有电报来，说书和仪器已经顺利运出，他们在回来的路上了。

林华珺终于放心。

昆华中学文法学院女生宿舍　夜晚　内景

林华珺走回女生宿舍。

叶润青手里正拿着份报纸，神情担忧，坐立难安。

林华珺注意到了，开口道：我问了郑先生，书和仪器已经运出武汉，润名他们在回来的路上。

叶润青：我哥的安危不用你担心。

嘴上这么说，但她明显松了一口气。

一辆军车停在了昆华中学门口。

车门打开，几双油光锃亮的军靴相继从车上迈了下来。

学校里，女生们纷纷回头看向车的方向，报以惊艳的眼神，交头接耳……

走在正中间的是罗恒，罗恒和贺飞等四位航校的同学，身穿空军制服，走在校园里，道不尽的青春昂扬、英姿飒爽，沿路引来无数眼球。相比在长沙，罗恒成熟了许多，眉宇之间更添了几分英气。

罗恒拦住了一位学生：同学，请问文法学院的教室怎么走？

学生指着一个方向：那边就是。

昆华中学教室　白天　内景

学生挤满了课堂，就连教室外也站满了听课的人。

黑板上写着"中国古代神话讲座"，旁边被摁钉钉着一整张的毛边纸墨画，上面是女娲画像，讲台上，闻一多正在绘制伏羲的画像，口讲指画，有声有色。

闻一多：总观以上各例，使我们想到伏羲、女娲莫不就是葫芦的化身，或仿民间故事的术语说，是一对葫芦精。于是我注意到伏羲、女娲二名字的意义。我试探的结果，伏羲、女娲果然就是葫芦。因此，我的第二个结论就是，伏羲、女娲是葫芦的化身。

同学们听得很是讶异。

这时，下课铃响。

闻一多：今天的课就上到这，下课！

他把画像收进随身的布袋中，离开。

叶润青正在整理笔记，忽然门口传来一阵骚动，她抬头看过去，只见很多女生都围在门口，被她们围在中间的，是几个身穿空军制服的人。叶润青不以为然。

就在这时，罗恒看到了她，开心地喊道：润青学姐！

叶润青定睛一看，认出了他：罗恒！

罗恒大步向她走了过去。

一众女生纷纷向叶润青投去了艳羡的眼神。

叶润青：你怎么招呼也不打一声就来了！

贺飞：哪儿顾得上啊，一听说文法学院搬回昆明，他就迫不及待赶过来看他的润青学姐了。

叶润青看着贺飞，她并不认识他。

罗恒微微有些脸红：介绍一下，这是我航校的学长贺飞。

罗恒正想介绍叶润青。

贺飞：这位不用介绍也知道，就是你挂在嘴边的叶润青小姐嘛。叶小姐，你好。

叶润青：你好。

两人握手。

罗恒：你哥呢？还有华珺学姐、嘉树学长他们呢？

叶润青原本挂着笑容的脸拉了下来。

罗恒有些不解。

林华珺的声音响起：罗恒！

罗恒看过去，只见林华珺正在角落里看着他。

罗恒：华珺学姐！

林华珺：一年不见，我险些认不出你了。

贺飞：让我猜一下，这位就是北大才女林华珺。

林华珺：你好。

贺飞：久仰大名。

林华珺看向贺飞：听说你们航校迁到了昆明？

罗恒：早就迁过来了，已经更名为中央空军军官学校了。嘉树哥他们呢？

林华珺：嘉树和润名去武汉帮学校运书了。

罗恒：那可惜了，我们学校今晚举办舞会，我想邀请你们参加，华珺学姐、润青，你们不会拒绝吧？

没等林华珺回答，罗恒：云霄哥应该在昆明吧，帮我邀请他一起去，六点我来接你们。

昆华中学文法学院女生宿舍　白天　内景

叶润青已经换好了礼服，她转头一看，林华珺也已经换好了衣服，只不过，她换上的虽然已是她最好的衣服，但上面依旧有补丁。

叶润青心下恻隐，纠结了片刻，拿起自己的一件礼服，扔到了林华珺床上。

林华珺微微笑了笑，拿起了礼服。

昆华中学　文法学院女生宿舍楼下　白天　外景

文颉来到女生宿舍楼下，手里抱着一沓书和一些水果。

迎面，林华珺和叶润青从宿舍走出来。

由于换上了一身华服，文颉一下没认出林华珺。

林华珺看到了他：文颉？

文颉这才认出她：华珺？

他看清了林华珺身上穿着叶润青那件华贵的礼服。

罗恒和贺飞（还有毕云霄）站在车旁等待，叶润青先走了过去。

文颉问林华珺：你这是要出去？

林华珺：对。

罗恒看到叶润青很惊艳，呆呆地看她，都忘记开车门了。

叶润青：怎么？不邀请你学姐上车？

罗恒意识到自己的失态，赶紧道歉：对不起。

他打开车门，请叶润青上车。

文颉对林华珺：你们这是去哪儿？

林华珺：罗恒请我们去参加他们航校的舞会。

罗恒喊道：华珺学姐，快上车！文颉，一块儿来吧。

文颉看了看自己身上朴素的衣服，又看了看玉树临风的罗恒和贺飞：算了，哪有穿这样参加舞会的。

林华珺：这有什么？

文颉酸溜溜地：你不也换了衣服吗？

林华珺语塞。

文颉：你去吧。

文颉转身离去，贺飞和罗恒很绅士地邀请林华珺坐进了军车。

文颉回头看着林华珺坐着军车驶离，心中充满嫉妒。

▽
廿
四

昆华中学门口　夜晚　外景

车停下，罗恒和叶润青、林华珺、毕云霄下车。

舞池带来的快乐显然还没消散。

罗恒：很久没这么开心了。

叶润青：我也是，罗恒，谢谢你。

罗恒：谢什么，没有你们，我也不会这么开心，应该我谢谢你们。让我又重温了在长沙那段简单而又快乐的时光，好像从离开长沙起，我就再也没有像这么高兴过，唯一遗憾的就是少了嘉树哥和润名哥，等他们回来了，我们一定要再好好聚聚。

叶润青点头。这时，一个同学跑过来：润青，你可算回来了！

叶润青回头：怎么了？

同学：你父母来了。

叶润青：我父母？

她反应了一下，这才高兴地往宿舍飞奔而去，跑了两步才想起转头对罗恒大喊：罗恒，我先回宿舍了啊！

罗恒：快去吧！

林华珺、毕云霄也跟罗恒告别：我们先走了。

罗恒：再见。

昆华中学文法学院女生宿舍外　夜晚　外景

林华珺走到宿舍楼下，却见树荫下站着一个人，她走近了，这才看到，那人是程嘉树！

程嘉树没有上前，也没有说话，只是静静地站在那里，看着她。

连日来的思念、担忧一股脑涌上心头，林华珺有些哽咽，她深吸了一口气，让自己的情绪平复一些：你回来了。

程嘉树望着她，眼眶泛红，说不出话来。

林华珺还没有发现程嘉树的不对劲：招呼都不打一声就走，你知道我有多担心。

程嘉树哽咽：对不起……

林华珺这才发现，程嘉树满脸疲惫，眼圈发红。

林华珺忍不住心疼：嘉树，对不起，以前是我不好，我在对润名和母亲的感情中纠结，一再拒绝你，始终没能忠实于自己的内心。这段时间我想了很多，我不怪你突然离开，因为在感情中我才是那只鸵鸟。程嘉树，我不想再欺骗自己，是你让我感受到了什么才是爱情，我早已爱上了你。

面对林华珺的表白，程嘉树的泪水夺眶而出，一把抱住林华珺，他浑身颤抖。

林华珺也紧紧抱住他：我承认了，什么都承认了，你还要当逃兵吗？

程嘉树再也控制不住，哭出声来：润名死了……

林华珺一怔，不能相信：你说什么？

程嘉树：叶润名死了……

程嘉树失声痛哭。林华珺整个人僵住了。

也在这时，从女生宿舍里传出了叶润青撕心裂肺的哭声。

昆华中学文法学院女生宿舍　夜晚　内景

叶润青哭得无法自持：我不信……我不信……我不信！……

叶父、叶母想抱着女儿，却根本无法控制住情绪已经失控的她。

叶润青哭着跑出了宿舍。

昆华中学文法学院女生宿舍外　夜晚　外景

林华珺整个人傻住了，满眼泪水，任由程嘉树抱着。

程嘉树同样也是满眼泪水。

两个无力承受这个噩耗的人，只能依靠拥抱的力量支撑着彼此。

叶润青哭着跑了出来，却看到了抱在一起的他们。

叶润青嘶喊着：你们在干什么？

程嘉树和林华珺听到她的声音，松开了彼此。

叶润青：我哥死了，我哥死了！他尸骨未寒，你们就那么着急吗？

林华珺哭着：润青……

叶润青：别叫我的名字！都是你们，程嘉树，要不是你插足，她不会跟我哥分开，要不是她跟我哥分开，我哥怎么会想去延安去武汉！是你们联手害死了我哥！

叶父追了出来：润青！

叶母过去拉住女儿。

叶润青：是他们害死了我哥……是他们……

叶母用力地抱着女儿，叶润青无力地哭倒在母亲怀里。

叶父对林华珺和程嘉树：对不起。

他和叶母扶着女儿离开，只剩林华珺和程嘉树悲伤而又无助地站在原地。

翠湖边　夜晚　外景

林华珺独立于翠湖边，用小提琴拉奏起了舒伯特的《小夜曲》……

昆明某旅馆叶润青房间　夜晚　内景

小提琴声中，叶润青把头埋在被子里，长长地抽泣着……

昆明某旅馆叶父母房间　夜晚　内景

小提琴声中，叶母看着儿子的照片，一遍又一遍，眼泪永远无法干涸……

小提琴声中，叶父背对着叶母看着窗外，同样的眼眶泛红……

昆华中学男生宿舍　夜晚　内景

小提琴声中，程嘉树翻看着叶润名的那本日记——

小提琴声中，叶润名旁白：回望这一路，虽然艰难困苦，但此刻却有种依依不舍的黯然。我会记得蹲在路边写生的闻先生，贯彻战时教育、戴防毒面罩讲解的曾先生；我会记得程嘉树、查良铮、刘兆吉……每一个人身上的闪光点。我会记得用脚丈量过的每一寸土地，翻过的每一座高山，渡过的每一条溪流，第一次真正看到农民怎么生活，感受到中国文化渗透在穷乡僻壤里。我知道，慢慢地，具体的影像会在我心里消失，不是不见，而是镌刻成了永不能磨灭的影子，凝聚成更强大的动力，支撑我走下去，让我相信伟大的祖国不会亡，日本绝不会战胜我们。而我，也要为国家将来改变面貌承担责任，这个信心和决心只会越来越明确。写下这些字时，我心中涌动着一股芳香，那是明艳的麦田青山上飘来的尤加利树的气味，此时，星光满天，我心亦然……

闪回——

叶润名：我的理想是，这片孕育我的长江，没有眼前的轰炸，没有生离死别，变回我记忆中的"孤帆远影碧空尽，唯见长江天际流"。没有战争，没有流离失所，南渡的联大能够北归，你、我，以及千千万中国同胞的家庭重归故土、破镜重圆。

程嘉树一遍遍地翻看着叶润名的日记……

某处民宅　夜晚　内景

裴远之独自坐在黑暗的小屋里沉思。

郭铁林手里拿着饭盒进屋，发现没有开灯，他打开灯。

郭铁林：怎么不开灯啊？

裴远之好像没有听见郭铁林说话，无动于衷。

郭铁林：远之……远之，还是吃点儿东西吧。

裴远之：我中午吃了，现在不饿。

郭铁林：我知道你心里难受，但也不能不吃饭啊

裴远之：多好了一位同志啊，刚刚入党，说没就没了。

郭铁林也眼圈泛红：听说叶润名同志的父母也来了昆明，武汉已经沦陷，他们打算去哪里？

裴远之：会去香港。

郭铁林：我会尽快联系香港的朋友，照顾好他的父母。

裴远之点头。

联大图书馆　白天　内景

方悦容和裴远之双手垂立，默默看着对面郑天挺在带人清点那些装满了图书和仪器的箱子。

郑天挺起身走到二人跟前，深深地鞠了一躬。

裴远之和方悦容都没说话。

郑天挺：清点过了。除了空袭时沉入江里那一个箱子，其余的书籍和仪器均没有明显损失。

郑天挺拿起接收文件，签字。

裴远之把一本书放在一个箱子的一角，书上沾染着血迹，已经干涸。

裴远之红着眼圈：还有，我们失去了一位优秀的学生——叶润名。

郑天挺看着那本书，点了点头，肃穆而悲伤。

方悦容鼻子一酸，她捂住了嘴，泪水几乎夺眶而出。

郑天挺转过身，轻轻抚摸那本放在箱子上的书。

操场　白天　外景

梅贻琦的声音传来：贾汉章！……殷国维！……梁承宪！……萧际銮！

操场中央，一张桌子摆放，桌布随风轻舞——梅贻琦站在桌后，正将桌上摆放的毕业证书一一发放给上台的毕业生。

一名高个男生领完毕业证书，向梅贻琦鞠躬施礼。

西南联大师生齐聚操场，包括程嘉树、林华珺、毕云霄、文颉等学生，以及闻一多、朱自清、郑天挺、黄钰生等先生，以及其他七八名教授。

叶润名的父母坐在程嘉树和林华珺之间，不苟言笑；

程嘉树担忧地望了一眼叶润名父母——他们似乎异常平静。

程嘉树忽然发现——林华珺也关注着叶润名父母。

梅贻琦：……梁月秀！

一名秀气的女生走上前去，接过毕业证书，深鞠一躬，走回场中。

梅贻琦拿起桌子上最后一本毕业证书，缓缓翻开。

全场师生都静静望着梅贻琦，一片肃静。

梅贻琦：（迟疑片刻，声音颤抖）……叶润名……

叶润名父母瞬间泪流满面，但仍坚持起身。

程嘉树和林华珺望着叶家父母，强忍悲痛。

叶父：我是叶润名的父亲，我来替他领毕业证书，可以吗？

梅贻琦：当然可以。

叶润名母亲忽然抽泣起来，全身颤抖；叶润名父亲强忍泪水，一旁安慰；程嘉树和林华珺急忙起身，搀扶着叶家父母，缓缓走向梅贻琦校长。

叶家父母在程嘉树和林华珺的搀扶之下来到梅贻琦校长身边。

梅贻琦郑重将毕业证书交给叶父。

叶父接过毕业证书，双目含泪，难以言语；

叶母强忍泪水，拿过毕业证书，不忍释手。

叶父躬身鞠躬，梅贻琦急忙搀扶阻拦。

梅贻琦：该向您致敬的，是我。感谢您为西南联大培养了这么优秀的学生。叶润名同学是西南联大的骄傲，他永远活在我们每个联大人的心中。

梅贻琦忽然对叶家父母深鞠一躬。

程嘉树和林华珺也跟随梅贻琦鞠躬致意。

叶家父母缓缓转身，却见台下师生纷纷面对老人，齐齐鞠躬。

叶家父母老泪纵横。

台下师生泪落如雨。

程嘉树和林华珺难忍悲伤，痛哭失声。

梅贻琦：叶润名同学为保护学校的图书、仪器，牺牲在了长江边，他用生命诠释了我们西南联大的校训——刚毅坚卓，体现了我们联大对于每个学生风骨和人格的期待……

台下师生无不深受触动。

程嘉树和林华珺搀扶着叶家父母重新坐回队列，悉心聆听。

梅贻琦：这里都是读书人，懂道理的人，"欲治其国者，先齐其家，欲齐其家者，先修其身"。家国，是读书人血脉里流淌了几千年的最热烈的追求。

而如今，家国遭难，"国之不存，家将焉附"？所以，今天的读书人可以是班超，也可以是辛弃疾，是范仲淹，是文天祥。"黄沙百战穿金甲，不破楼兰终不还"，我们联大走出去的，不仅仅是学子，还有战士！像叶润名那样，"捐躯赴国难，视死忽如归"！

但我希望，不是弃文从武，我要求你们从武不弃文。因为，中国一定会胜，中国一定会有富强自由的一天，而你们是最宝贵的强国人才。

今天的毕业生中，有人会带着联大的毕业证直接奔赴抗日战场；今天的中国，四面八方，各个角落，也有无数男儿和你们一样，奔赴抗日战场。"未收天子河湟地，不拟回头望故乡"，年轻人，这就是中国的希望，你是什么样，中国的未来就是什么样！

今天，我们西南联大的毕业生中，有人将直接奔赴战场，也会像叶润名同学一样，为国家和民族毫不犹豫地献出自己的一切！如果你征战不归，联大会告诉后来人，你去了远方，联大永远等你。如果你在远方，请记住，今天我们的期望，不要忘记，你的西南联大！

众多师生热烈鼓掌，神情庄重。

程嘉树和林华珺热烈鼓掌，热泪盈眶，相互对视，满怀悲情。

冯友兰苍劲有力的声音传来：

万里长征，辞却了五朝宫阙……

朗诵声变为全体师生合唱声——

暂驻足衡山湘水，又成离别。绝徼移栽桢干质，九州遍洒黎元血。尽笳吹弦诵在山城，情弥切。

千秋耻，终当雪。中兴业，须人杰。便"一成三户"，壮怀难折。多难殷忧新国运，动心忍性希前哲。待驱除仇寇复神京，还燕碣。

学生们在歌声中泪流满面。

程嘉树和林华珺泪如泉涌，高声歌唱。

操场　白天　外景

毕业典礼已经结束。

林华珺默默站在操场，神色苍白憔悴。

叶父与叶母走了过来。

叶母：华珺……

林华珺低低地：叶伯父，叶伯母——

林华珺说不出话来，叶母轻轻拉住了她的手，用力握了握。

叶母：我们为润青对你的不当言行道歉。润名走了，她一时接受不了这个事实，才那样说话，你别怪她……

林华珺：伯母，我怎么会怪润青。她说得也没错，如果我没有跟润名分开，也许他不会走……

叶母忍不住抱住她：傻孩子，润名离开是他的选择，跟你和嘉树没有任何关系。

叶父点头：等润青病好了，她会慢慢理解你的。

林华珺：润青病了？什么病？

叶母拭泪：医生说是伤心过度，毕竟这个打击对她来说，太大了。

林华珺：按理说我应该去照顾她，可润青现在不会见我，只好有劳伯父伯母了。

叶母：我知道你也有很多事情要忙，润青有我们，别担心。

林华珺：伯父伯母，你们要节哀，保重身体。

叶父长叹一声：逝去的人走了，活着的人还得继续活下去，我们都要坚强点，孩子。

林华珺点点头：我记住了，伯父。

叶父叶母欲走，叶母又回转身，对着林华珺：从今以后，你和润青一样，都是我的女儿。

林华珺看着两人相携而去的背影，眼圈泛红，但她忍住没落泪。

林华珺转过头，看见程嘉树正默默站在不远处，看到她的目光后，程嘉树低下头离开。

林华珺看着他的背影，直到消失不见。

昆华中学操场　白天　外景

细雨霏霏的昆华中学操场篮球架下，一只篮球被扔向篮筐，碰到筐架，反弹了下来。程嘉树接住篮球，继续投篮，一次又一次！

篮球场边，毕云霄和双喜担心地看着他。

毕云霄：嘉树，都打了一个多小时了，休息一下吧。

双喜：是啊，眼看这雨都下大了，再淋一会儿可是会感冒的。

程嘉树像是没听见似的，运着球在雨中跑，头发濡湿贴在额上，呼吸急促。

裴远之从对面走过来，程嘉树看到裴远之，收住了脚步，篮球脱手。

裴远之捡起蹦到自己跟前的篮球，走到程嘉树面前。

裴远之看着程嘉树：歇会儿吧。

程嘉树面无表情。

裴远之叹了一口气：逝者已逝，生者如斯，你不能一直这么颓废下去啊！

程嘉树看了看裴远之，眼光闪躲了一下。

裴远之：如果叶润名活着，一定不希望看到这样的程嘉树。

程嘉树眼泪夺眶而出：死的人应该是我……应该是我……

从叶润名死后就一直压抑着自己的程嘉树，此刻终于泣不成声，裴远之目光悲切，轻轻拍着程嘉树的肩膀，任由他哭出来。

医院病房　白天　内景

叶润青躺在病床上，她满面戚容，脸色极其苍白。

敲门声传来。

叶润青仿佛没听见一样，没有理会。

敲门声停下，对方推开了门，是毕云霄，他站在门口，手里拎着一网兜的水果。

毕云霄：听说你病了，我来看看你。好点了吗？

毕云霄说着抬腿往里走。

叶润青看也不看他：你回去吧。

毕云霄一时间窘住，进也不是，退也不是。

毕云霄：那我把水果给你放下。

叶润青翻身转头朝墙：我不要，你拿回去吧。

毕云霄站在那里不知道说什么好。

"云霄哥……"罗恒的声音响起，毕云霄回头看去，只见罗恒手里拿着一束鲜花和一盒点心。

罗恒：怎么不进去啊？

说着，罗恒进了病房：润青，听说你病了，怎么样了？

他把点心放下，把花插进了桌子上的花瓶中，看见桌子上的饭菜都没有动。

叶润青：我没事。你怎么来了？

她想坐起来，罗恒忙拿了个枕头垫在她身后。

门口，毕云霄还站在那里。

罗恒：云霄哥，快进来啊。

毕云霄舔了舔嘴唇：不了，我刚想起来还有点事，先回去了，你们好好聊。

毕云霄放下水果，转身要走。

叶润青：等等。

毕云霄期待地转过身看着叶润青。

叶润青冷冷地：水果拿走。还有，回去告诉程嘉树和林华珺，我叶润青这一辈子，都不会原谅他们！

昆华中学食堂　白天　内景

餐桌前，林华珺在吃饭，周边坐着几个同学，同学们边吃边交谈，林华珺充耳不闻。

旁边一张桌子上，文颉一边吃饭一边偷偷观察林华珺。现在的林华珺比起以前，显得苍白消瘦了不少，她吃得很慢，但是吃得很仔细，每一口都很认真地咀嚼。

林华珺同桌的几个同学吃完离开，文颉端着饭碗走了过来，坐在了一旁。

文颉关切地：如果吃不下，就不要勉强自己。

林华珺没有回答。

文颉又说：我知道你心里难过，你不要压在心里，会憋坏的，你可以哭出来的。

林华珺：哭有什么意义，能改变什么？

文颉意外地看着林华珺。

林华珺：文颉，谢谢你的关心，我没事，

她收拾碗筷，像是对文颉，更像是说给自己听：我不会让自己活在悲伤里。

她起身离开。

昆华中学校务处　白天　内景

校务处办公室内，郑天挺和裴远之俯身看着桌子上一张校舍规划图，在商量着什么。

敲门声响。

郑天挺：请进。

门口，林华珺进来。

郑天挺：华珺，有事吗？

林华珺：郑先生，裴先生，打扰你们了。

郑天挺：没事，你有什么事？

林华珺：我想申请休学。

郑天挺和裴远之都很意外：休学？

郑天挺：好好的为什么要休学？

林华珺：我想去昆华中学教书。

郑天挺：在蒙自的时候，你跟我说过想毕业后教书，我也在考虑适合你的岗位。为什么不等毕业？

林华珺咬着嘴唇，不知该怎么解释。

裴远之却突然明白了什么，对郑天挺使了个眼色，郑天挺顿时也明白了。

裴远之：华珺，你的心情我明白，润名走了，我们大家都很难过，但是离开并不是忘记伤痛的唯一办法。

林华珺：留在这里，我不知道该怎么面对嘉树和润青，他们也同样无法面对我，如果我暂时离开了，我们三个人都会好过一些。

裴远之还想说什么……

林华珺：郑先生、裴先生，请不要再劝我了，也许时间无法治愈伤痛，但我们三个人都需要时间让伤口结痂，理清思绪后再去判断今后的路应该怎么走。

郑天挺：华珺，你一直是个有主见的孩子。如果你已经决定了，我也不阻拦。学校会为你保留学籍，联大随时欢迎你回来！

林华珺：谢谢郑先生、裴先生！

裴远之叹了口气。

昆华中学男生宿舍　黄昏　内景

程嘉树坐在宿舍的书桌前，桌子上放着叶润名的日记和一叠空白纸张。

程嘉树正在纸张上写字。

他手边放着叶润名的日记，日记被翻开在其中一页。

叶润名画外音：人的一生中，一定要找到一个方向，这个方向也许开始并不那么清晰，但随着领路者越来越多，同行者越来越多，这个方向就会越来越坚定。当今天找到信仰的这一刻，我才明白，越早确立方向，信仰的种子就会越早在生命中扎根发芽。

门外传来轻轻的敲门声，程嘉树浑然不觉。虚掩的门被推开，裴远之走了进来。

裴远之走到程嘉树身后，程嘉树这才被惊动，回头：裴先生。

程嘉树起身，裴远之示意他不用：继续写吧，我不打扰你了。我没什么事，就是不放心，顺便过来看看。

程嘉树把那页纸拿起递给裴远之。

裴远之看了一眼：转系申请？

程嘉树点头：我想转物理系。

沉吟片刻，裴远之点了点头：意料之外，却也是意料之中，其实物理才是最适合你的。一会儿我就带你去办手续。

程嘉树：谢谢。

裴远之：润名的牺牲，改变了他身边的人。每个人都重新选择了不同以往的道路。比如你，比如林华珺。

程嘉树：她怎么了？

裴远之：她决定休学，去玉溪的昆华中学教书了。

程嘉树愣住了。

裴远之期待他的反应。

没想到程嘉树却只是问了一句：什么时候出发？

裴远之：很快。嘉树，你知道吗？林华珺的母亲去世了。

程嘉树吃惊：什么时候的事？我没听她说起过。

裴远之：我们去武汉的那段时间，华珺的性格你也清楚，这种事她是不会主动说的。失去至亲，失去挚友，这段时间，她承受了太多。

程嘉树充满愧疚，却无言以对。

裴远之：如今，她在这世界上已经没有一个亲人了，昆华中学在玉溪乡下，听说那边条件很艰苦，她一个女孩子无依无靠的……

程嘉树攥紧了拳头，手心被指甲攥出了红印。

裴远之：嘉树，我知道，你和华珺都无法面对对方，但是爱情没有错，你们没有对不起任何人，我希望你们都有足够的勇气走出来，去勇敢地面对自己的内心。

程嘉树始终沉默着。

裴远之拍了拍他的肩膀，离开。

程嘉树痛苦地纠结着。

医院病房外　白天　内景

罗恒手里拿着一些水果，还有几本书来看叶润青，在病房门外，正好叶润青的母亲开门出来，手里端着一口没动的饭菜，面容极其憔悴。

罗恒：伯母。

叶母看见罗恒，露出笑容：罗恒，你又来看润青了，有心了，谢谢你。

罗恒：您客气。润青又没吃东西？

叶母长叹了口气：勉强喝了两口牛奶。

罗恒：润青和润名学长的感情我们大家都知道，润名这一走，我们一下子还接受不了呢，何况润青？

叶母擦了擦眼角。

叶母：可这不吃不喝的，润名也不会复生，倒是把她自己的身体给折磨垮了……

罗恒：伯母，您先别急，我来想想办法。伯父呢？

叶母：先回旅馆了，他准备去退票。我们原本定好下周去香港，这个样子，怎么能放心走？！

罗恒皱眉思索了几秒：伯母，让我试试吧。

医院病房　白天　内景

病房内的床上，叶润青半靠在枕头上，病恹恹的，无精打采。

罗恒拿起上次送来的鲜花，它们插在瓶子里，已经枯萎了不少。

罗恒：花没了土地的养分，就会枯萎咯。

叶润青没有反应，也不看罗恒。

罗恒：我知道你喜欢鲜花，等你病好了，我带你去我们航校后山山坡吧，那里漫山遍野都是这种鲜花，像漫天的星斗。

叶润青心不在焉地：嗯。

罗恒搬了个凳子坐在叶润青床前：花离开土地会枯萎，人也一样，不吃饭便会憔悴。我听说你饭都不好好吃，那怎么能快快出院呢。

叶润青只是呆呆地看着对面的墙壁，并不说话。

罗恒：给你说个事儿，你还记得陈纳德将军吗？

叶润青转过头看了一眼罗恒，迟疑地点点头。

罗恒：上次舞会，陈纳德将军对你印象很深。昨天我见到他的时候，他还问起你。对了，他现在正缺一名翻译，你有没有兴趣？

叶润青摇了摇头。

罗恒：我知道你很悲痛，悲痛到对一切失去兴趣。你甚至没有注意到，有人此时比你更难过，但却不敢表露出来。

叶润青微微有些动容。

罗恒：你的父母。

叶润青心里一痛，从罗恒进入病房以来，她头一次把头转向了罗恒的方向。

罗恒：有什么是比丧子之痛更让人伤心的呢？你可能没有注意到，你的父母虽然才四十多岁，头上却已经多了很多白发。他们之所以压抑着这种巨大的痛苦，就是为了不再让你过多地沉浸在失去亲人的悲伤中，你却不吃不喝，这不是让他们痛上加痛吗？你这样，他们怎么能放心去香港？

叶润青被他说得心中愧疚万分，顿时泪奔。

罗恒：二月份的时候，我们学校参加武汉会战，许多同学一去就再也没有回来。我亲眼看见他们父母撕心裂肺的样子，一大把年纪了，却要白发人送黑发人……这些老人尚且要负重前行，我们呢？我们学习了那么多知识，难道就为了躺在床上颓废潦倒吗？

叶润青若有所思。

罗恒：润名学长和我的那些同学，他们都是英雄，他们的所作所为，我打心眼儿里佩服，很多同学也都在各自身体力行，程嘉树转到了物理系，林华珺也休学去了乡下教书……

叶润青顿了一下。

罗恒：我也做好了准备，在国家和人民需要我的时候，随时出发。润青，我能不能也向你提个建议，为了父母，更为了你自己，振作起来，好吗？

叶润青沉默了片刻，突然开口：我饿了。

罗恒欣喜，起身奔向门口：润青饿了！

叶母一直守在门口,听到这里,眼泪哗哗直落,她赶紧抹掉泪水,端着饭菜进去。

医院病房　白天　内景

叶润青从母亲手里接过饭菜,狼吞虎咽地吃了起来。

一旁,叶母看着女儿如此,欣慰的眼泪不断地掉落。

罗恒也很欣慰。

叶润青大口吃完:罗恒,你刚才说陈纳德将军需要一名翻译?

罗恒和叶母都很惊喜。

罗恒赶紧点头:是的,我觉得你很合适。

叶润青:我去。

润茗茶馆外马路　白天　外景

林华珺站在茶馆对面,看着润茗茶馆的招牌,内心五味杂陈,忽听阿美一声呼唤:华珺姐——

林华珺往里张望,看见阿美正从店堂里一架梯子上下来。

阿美:华珺姐,进来啊。要不是我爬上来挂煤气灯,还看不见你呢。

润茗茶馆　白天　内景

林华珺走进了润茗茶馆。

林华珺诧异地问阿美:大白天的怎么忽然要挂煤气灯?不是有伙计吗?叫你一个女孩子爬高上低的。

阿美笑:没事。来这儿读书的学生啊,说晚上光线太暗,我看别家茶馆有用这煤气灯,觉得挺好,也买来几盏用。坐啊,华珺姐。

林华珺坐下,阿美端上茶。

林华珺:挂上煤气灯,以后来你这里温书写字的同学就更多了。

一小伙计接口:可不是,有的人,一杯茶一碟瓜子,能坐一天呢,这灯要挂上了,估计还要再坐半夜——

阿美一指对方，打断：你是老板还是我是老板？

小伙计赔笑：当然您是！

阿美佯嗔：那还在这儿啰唆什么。我一个老板还不怕，哪轮到你这做伙计的操心！我喜欢他们在这里，坐多久都没关系。

阿美对林华珺：叶润名跟我说，人不能光想着自己。联大的学生现在借住在各个学校里，平日里找到个能安静读书的地方不容易。喜欢这儿，就尽管来！

林华珺点头：阿美，你现在真叫我刮目相看。

阿美睁大眼睛：你是在夸我好吗？

林华珺点头。

阿美不好意思地笑：那都是叶润名的功劳呀——也不知道他什么时候回来。

林华珺低头啜了一口茶，抬起头，柔声：阿美，其实我今天来是想告诉你，叶润名，他，他一时半会儿可能都回不来了。

阿美：为什么？

林华珺看着她的眼睛，却不知如何开口。

阿美：他去什么地方了吗？ 要去很久吗？

林华珺：他……

林华珺看着阿美的样子，很是不忍：他去了延安。

阿美：延安？那是什么地方？ 远吗？

林华珺：远……他去了延安工作，那里是他一直想去的地方。

阿美：他想去，那就很好啊，他去了自己想去的地方一定很开心。没关系，我等他，多久我都等他。

林华珺：其实，他写信回来了，他让我转告你，好好读书。

阿美又高兴了起来：真的吗？ 他怎么说的？

林华珺点点头：他说，等他回来了要考考你，看你有没有听他的话，有没有进步。

阿美：我一定不会偷懒的！ 你可以监督我！

林华珺轻叹了声：阿美，我以后也不能监督你了，我来，本也是跟你告别的。

阿美：告别？ 你要去哪儿？

林华珺：我要去玉溪支教，去那里教更多的学生。

阿美：就像你们在蒙自教我们那样？

林华珺点头。

阿美：那是好事！可是我舍不得你。

林华珺：我又不是不回来了。阿美，我已经拜托文颉了，以后你的功课就由他来教。

阿美依依不舍地看着林华珺。

正好几个联大学生进门。

林华珺：快去招呼客人吧！

阿美只好起身过去：请坐，坐多久都没关系，没关系的！

林华珺坐在一旁，默默地看着阿美。

昆华中学女生宿舍　白天　内景

林华珺在收拾行李，文颉在一旁帮忙整理书籍。

林华珺去拿东西，发现桌子上放着一个纸包，还有一叠空白本子。

林华珺疑惑地：这好像不是我的。

文颉回头：是我带的，里面是些点心和零食，路上吃。还有，你平时喜欢写写画画的，我怕你到那里买不到本子，先准备了一点。

林华珺：谢谢你，替我想得这么周到。

文颉：华珺，你真的要去吗？

林华珺点头。

文颉：那里穷乡僻壤的，什么都不方便，要不然你还是留下把学业修完，等毕业了，你想去哪儿我跟你一起去。

林华珺注视着文颉：文颉，我已经打定主意了。

文颉叹气：好吧。

昆华中学女生宿舍　白天　外景

一辆马车停在女生宿舍前，文颉正帮林华珺把行李搬上马车。

车把式在检查车辕上的绳子是否固定好。

一切准备就绪，林华珺向文颉道别：文颉，谢谢你。

文颉：去玉溪得走一天，还是我送你吧。

林华珺：不用了，我能照顾好自己。

林华珺准备上车，就在这时，一个声音响起。

程嘉树（画外音）：华珺——

林华珺回头，看见程嘉树就站在不远处。

林华珺心中一动，转头对文颉：文颉，你回去吧。

文颉看了看程嘉树，有些不甘心：那你自己路上小心，到了给我写信，需要什么也一定要写信告诉我。

林华珺点点头：嗯。再见。

文颉慢慢走开，不时地回头。

林华珺把目光转向程嘉树。

程嘉树站在那里，犹豫了很久，开口道：我……来送送你。

林华珺眼中闪过失望，但很快掩饰了，微微一笑：谢谢。

程嘉树想挤出一个笑，但很不自然：到那边，要照顾好自己。

林华珺：嗯。

两人陷入沉默。

程嘉树：对了，我已经申请转到物理系了。

林华珺愣了一下：物理系很适合你。

程嘉树：通过了考试才可以，还不知道行不行。

林华珺：肯定行，我相信你。

程嘉树看着林华珺，想说什么，却又什么都说不出来。

又一阵沉默。

林华珺：阿美来昆明了，开了间茶楼，说要等润名回来。

说到叶润名，两人的眼眶都红了。

林华珺有些哽咽：不要告诉她。

程嘉树点点头。

林华珺：时间不早了，我该走了。

林华珺看着程嘉树的眼睛：再见——

程嘉树如鲠在喉，说不出再见，亦说不出挽留的话。

林华珺转身朝马车走去，朝阳下，马夫扬鞭，马蹄飞起，车子向前奔驰。

程嘉树鼻子一酸，不由自主地向着马车的方向追去。

车上，林华珺没有回头看，但眼泪早已决堤。

程嘉树追着追着，终究还是被马车甩得越来越远，但他没有停下，一直追着。

直到马车越走越远，越走越远，消失不见……

程嘉树：再见……再见……

他坐倒在地，眼泪决堤：华珺，对不起，对不起……

玉溪昆华中学　黄昏　外景

乡下昆华中学门口，已是黄昏时分。

马车停下。林华珺已是满身满脸的尘土，她打量着这个陌生的地方，这里很是简陋，只有几间极其简单的土坯房，这就是昆华中学的校舍和宿舍。

林华珺下车，和车夫一起把行李搬下车。

车夫离开，只留下林华珺一人面对着眼前破旧的房屋。

负责接待的杨老师朝她走来。

杨老师：是西南联大的林华珺老师吧。

林老师：是。

杨老师：欢迎，我是昆华中学的杨明慧，一路辛苦啦。

林华珺伸出手：杨老师，你好。

杨老师介绍着：这几间是教室，前面是我们的老师宿舍。

林华珺拎着行李随杨老师朝宿舍走去。

玉溪昆华中学林华珺宿舍　白天　内景

林华珺推开一间房门，顿时被灰尘迷住了眼。她扬手挥舞了半天，才勉强能睁开眼，只见眼前的宿舍就是一间废弃的土坯房，里面已经结满了蜘蛛网。

杨老师：条件简陋，但是目前的情况，这已经是能找到的最好的地方了。

林华珺：我觉得挺好的。

杨老师：我帮你收拾一下吧。

林华珺：不用，不用，杨老师你忙，我自己收拾就好。

杨老师：行，以后我们就在一起生活工作了，有什么困难都可以找我。

林华珺：谢谢。

杨老师离开。

林华珺擦了擦脸上的灰尘，捡起旁边的破扫把，开始打扫卫生。

叠化——

夜幕降临，房间已被收拾出来，一张床，一张桌，床旁一张长条凳，搁着林华珺的行李箱。

林华珺点燃一根蜡烛。

昏黄的油灯下，林华珺打开行李箱整理自己带来的书籍。

行李箱的最下层，是那本《飞鸟集》，林华珺拿起书，露出里面的心形数学题，林华珺怔怔地看着那道题，那张纸被反复折叠打开，已经略显破旧。

她把心形数学题重新夹入《飞鸟集》里，把书小心翼翼地放进抽屉。

林华珺的手在抽屉上放了良久，才缓缓合上抽屉。

她开始备课。

万籁俱寂，一盏孤灯独燃……

理工学院办公室　白天　内景

程嘉树站着，期待地看着阅卷的赵忠尧。

赵忠尧看了一遍试卷，斟酌着。

程嘉树忐忑：赵先生，行吗？

赵忠尧笑了：还行。

程嘉树也笑了：我有点紧张……那，我通过考试了？

赵忠尧：程嘉树同学，我代表物理系欢迎你，你可以直接从二年级读起。

看程嘉树还有点不敢相信，赵忠尧笑：我没看错，你果然很有理学天赋，去准备下吧，还愣着干吗……

程嘉树这才应了一声，兴奋地转身跑，又停住，回身朝赵忠尧鞠了一躬。

理工学院男生宿舍　白天　内景

毕云霄帮程嘉树拿着行李，两人一起走进了男生宿舍。

毕云霄把程嘉树的行李放在一张空着的床铺上。

几个男生走进来，其中有一个抱着篮球。几个人看到宿舍来了新人，好奇地望过去，毕云霄忙招呼。

毕云霄：来来来，我给大家介绍一下，这是刚转到我们物理系二年级的同学，以后就住咱们宿舍了。

程嘉树也对大家笑笑：你们好，我叫程嘉树。

毕云霄向程嘉树介绍：这个是林真，物理系一年级，那个叫谢毅——

林真和谢毅分别与程嘉树握手：你好。

毕云霄：还有这个——

毕云霄拉过那个拿篮球的大个子：赵孟奇，最喜欢打篮球，（对赵孟奇）我告诉你，嘉树打得也不错，以后你们可以切磋下。

赵孟奇伸手握住了程嘉树的手：好啊，随时欢迎——

赵孟奇一使劲，程嘉树冷不防，疼得皱起眉。

赵孟奇松开手哈哈一笑：试试手劲，物理系欢迎你！

航校陈纳德办公室　白天　内景

陈纳德办公室，敲门声。

陈纳德从办公桌前抬起头（英文）：请进。

罗恒走了进来，对陈纳德（英文）：教官，您要的翻译我帮您找到了，您看合适吗？

陈纳德：喔？

罗恒闪到一旁，陈纳德朝他身后看去，精神已经恢复了大半的叶润青走了进来。

陈纳德脸色大喜，伸出手，用蹩脚的中文：又见面了，叶小姐！

润茗茶馆门口　白天　外景

叶父和叶母拎着箱子穿过街巷，来到了润茗茶楼门口，盯着"润茗"二字，两人怔愣了片刻。

润茗茶馆　白天　内景

叶父和叶母在一张靠窗的茶桌前落座。

阿美端上一壶茶，帮叶父叶母斟上。

阿美：来这里的大部分是联大的老师和学生，您二老是怎么知道我们小店的？

叶母：我们的孩子在联大读书，听那些孩子们说的。

阿美：这样啊！……

她已经沏好了茶：这是小店的老茶头，二位尝尝。

叶父端茶品了一口：茶好，茶馆的名字更好。

阿美骄傲地：那当然了，这是我一个好朋友的名字，他人啊，更好！

叶父：他也叫润茗吗？

阿美点头：对，他叫叶润茗。

听到儿子的名字，叶父和叶母的心中难免一痛。

叶父：你为什么要用他的名字做茶馆的名字？

阿美：因为我喜欢他，他是我这辈子见过的最好，最好的人了。长得那么好看，说话那么好听，对人也特别特别好……

阿美的描述中，叶父和叶母眼圈泛红，强忍着泪水。

阿美有些无措：你们怎么哭了？

叶父：没有……我们只是思念我们的孩子了……

阿美：你们的孩子不是在西南联大读书吗？　你们没见到他吗？

叶母摇头：我们的孩子去了一个他想去的地方，去做他想做的事了。

阿美：那跟叶润茗一样啊，叶润茗也去了他一直想去的地方，那个地方叫延安。

叶父和叶母已经忍不住泪水……

叶父把钱放在桌上：谢谢你，开了这家润茗茶馆。

他和妻子起身离开。

阿美：有空常来喝茶！

理工学院男生宿舍　黄昏　内景

程嘉树和赵孟奇抱着篮球回到宿舍，看到自己桌子上有封信，信封上陌生的字迹，只写着"程嘉树收"几个字。

程嘉树放下篮球，好奇地拆开，拿出信纸。

叶父（画外音）：……嘉树，当你看到这封信时，我们已经启程去香港了。在此之前，我们共同经历了一段难熬的日子，我相信你内心的难过不会比我们少，我也知道，你一定很自责，每次看见你，我都能感受到你面对我们时的内疚，可是嘉树，你一定要理解，润名善良、大度，见不得别人受苦，当时润名所做的，不过是他自己的一贯选择。我们相信，在当时的情形下，换作是你，你也会毫不犹豫地那样做的，对吗？

程嘉树的眼泪滴在了信纸上。

昆明街头　黄昏　外景

叶父（画外音）：……所以，你无须自责，千万不要因为润名的事情影响你。润青年纪小，以后她会慢慢想通的。我们，还有润名，都不想看到你自责和颓废下去。润名走了，你的路还很长。我们希望你能好好活着，完成润名没有完成的梦想……

街道之上，行人稀少——一辆人力车自远处而来；叶家父母并排而坐，几件行李摆放在车上。

叶家父母神情平静。

人力车一路远去，逐渐消失在街道尽头。

图书馆　夜晚　内景

方悦容正站在梯子上，擦拭书架最顶层的灰尘，一个够不着，梯子有些晃动。

裴远之进来，见状赶紧过去扶着梯子。

方悦容提醒：小心灰尘迷了眼。

裴远之：我来吧。

方悦容：已经整理好了。

裴远之扶她下来，深深地看了方悦容一眼，方悦容也温柔地回望着他。

方悦容：托人喊你来，是有事想跟你说。

裴远之：我也有事想跟你说。

两人同时：你先说。

裴远之：还是你先吧。

方悦容不容置疑：你先。

裴远之鼓了鼓勇气：我向上级打过申请报告了，我想跟你结婚。

方悦容却并没有很意外：上级怎么说？

裴远之的视角闪回——

中共地下党昆明驻地　夜晚　内景

郭铁林看着手里的结婚申请，沉默了。

片刻后，郭铁林：远之，你是个审慎的人，既然决定直接递交结婚申请，势必是经过深思熟虑的，但是，结婚申请需要双方同意，这上面并没有方悦容同志的签字，你经过她的许可了吗？

裴远之：还没有，我想先经过组织同意，再去跟她说。

郭铁林：组织不会干涉你的个人情感选择，既然如此，那就等方悦容同志的意见吧。

裴远之点头。

闪回结束。

图书馆　夜晚　内景

裴远之看着方悦容：你愿意吗？

看着裴远之充满期待的目光，方悦容眼神里闪过一丝难过，但很快掩饰了。

方悦容：你知道在武汉时，在你冒着轰炸下船去抢救书籍那一刻，我在想什么吗？

裴远之：想什么？

方悦容：我在想，能遇到你，真是人生最美好的事。

裴远之松了口气，微笑着深情凝望方悦容。

方悦容也深情凝望着他。

方悦容打破了沉默：所以，结不结婚，对于我们来说，已经不重要了。

裴远之愣了。

方悦容：我们不能结婚，甚至不能公开关系。

裴远之呆住了。

方悦容的视角闪回——

中共地下党昆明驻地　夜晚　内景

方悦容手里正拿着结婚申请在看，大致浏览了一下，掩饰不住的喜悦。

郭铁林看着她，却面色严肃。

郭铁林：现在就差你的签字了，如果你同意，就在这里签字，组织便会批准你们结婚。

方悦容笑着重重点了点头，拿起笔正要签字。

郭铁林：只不过，你在西南联大的工作要暂停了。

方悦容愣住了：为什么？

郭铁林：你和裴远之同志在西南联大的工作分工各有不同，裴远之同志的身份接近于公开，而你不一样，你是一枚暗棋，一旦将来风云变幻，你将会是我们留在西南联大的火种。所以，如果你跟裴远之同志结婚，组织就必须得安排人替代你的工作。

方悦容呆坐着，消化他所传达的信息。

郭铁林：但是决定权在你手里。

方悦容犹豫了。

闪回结束。

图书馆　夜晚　内景

方悦容：我已经见过郭铁林同志了——我没有签字。

裴远之愣住了，好一会儿才开口：为什么？

方悦容：如果我签字了，组织将会对我的工作做出调整。

裴远之立刻明白了：我明白了。

两人片刻沉默。

裴远之重新拾起微笑：悦容，我也觉得，遇到你已经是这世上最美好的事了，结婚或者一纸协议，对我们来说，也许都是多余。

方悦容点头，她望着裴远之，裴远之也回望着她。

煤油灯的光，一闪，一闪的。

西南联大新校舍　白天　外景

程嘉树旁白：1939 年 8 月，由梁思成和林徽因设计的西南联大校舍，经历种种坎坷之后，终于在昆明城西北三分寺建成启用。

联大大门口，裴远之带着程嘉树、毕云霄、文颉、祝修远、查良铮和一群联大学生，带着惊奇和兴奋站在简洁庄重的门楣下，念着上面的几个字：国立西南联合大学——

几个女学生拉着手跑了进去，其中一个叫：看到旗杆了吗？升旗台后面是图书馆……

镜头扫过图书馆的外观。

另一群学生中的一个女生：那几排茅草顶的平房是教室吧？走，咱们去看看。

一个男生在问：请问男生宿舍在哪儿？

梅贻琦和郑天挺站在旗杆下的平台上，扫视着新落成的校舍和奔走雀跃的联大学子……

西南联大男生宿舍　白天　内景

男生们陆续搬着行李进了新宿舍，宿舍为土墙泥地稻草顶的长条形平房。男生们嬉笑着争抢各自中意的床铺位置，毕云霄把铺盖往程嘉树上铺一扔，招呼程嘉树：回头咱们也去弄点肥皂箱！

程嘉树正在铺床，转身奇怪地问：弄那个干什么？

毕云霄一指旁边的男同学：喏，看见了吗？

旁边的同学，正把一个装满衣服的肥皂箱盖上，又摞了几个在上面，放在床头，正好做桌子。

程嘉树乐了：这敢情好，方便！

程嘉树问那男同学：你这哪儿来的？

男同学正搬一个肥皂箱当椅子，头也不回：街上到处都有卖。

毕云霄数了数床，对程嘉树：咱这宿舍真够大的，20 张上下铺，能住 40 个人呢！

程嘉树新奇地看着忙碌的同学们，有的同学在挪动床铺，把两三张上下铺拼在一起，成"品"字状。

毕云霄也看见了，朝程嘉树：关系好的，还能搞出个独立空间哪！

上课铃声响起，程嘉树招呼毕云霄：走走走，先上课。

西南联大　白天　外景

男生们结伴走出宿舍，穿过校园小道，走向教室。

新校舍的风貌展现在众同学面前：一排排平房，或稻草顶或铁皮顶，整齐排列，这些是宿舍和教室，实验室。

不远处砖木结构的几栋房子，则是图书馆和食堂。

程嘉树、毕云霄等同学走进物理系教室。

西南联大教室　白天　内景

程嘉树和毕云霄刚走进教室，便听见有一个同学大呼小叫的声音：这是什么椅子？好生奇怪喔！

赵孟奇的声音：火腿椅！

先前的同学哈哈笑：还烧鹅椅呢，我看你是今天又没吃饱吧？！

程嘉树和毕云霄随之看过去，见几个同学围着比普通椅子右侧多一块木板的椅子正发出议论。

赵孟奇一屁股坐在椅子上，把书本搁在了那块木板上，向众人解释说：还别不信，你来看这块板子的形状，像不像云南的宣威火腿？

大家七嘴八舌地议论着。

学生甲：像，还真有点像……

学生乙：桌椅合一，节约木材，听课记笔记还挺方便……

赵忠尧走进教室，站到讲台上，同学们这才安静下来，各自坐回位置上。

赵忠尧清了清嗓子：同学们，这是我们第一次在真正属于西南联大的教室里上课，原谅我情绪也有点不能自已。上节课讲到——

赵忠尧搔了搔头发，指着前排一个穿红毛衣的女同学：你的笔记总是一字不差，上节课咱们讲到哪里了？

女同学翻了翻笔记：上节课您的最后一句话是：警报响了，大家赶快跑警报……

众人哄笑。

赵忠尧也笑了：跑警报之前呢？

一个声音打窗外传来：上节课讲到电学，嗯，电学实验。

赵忠尧一愣，程嘉树和同学们也都随之朝窗外看去，只见有个十六七岁的男生，正趴在窗台上，说话的正是他。

赵忠尧正要说话，忽然窗外传来尖锐的警报声。

赵忠尧无奈地把书本一合：同学们，继续跑警报！

西南联大新校舍　白天　外景

教室、实验室、图书馆里涌出无数的同学，大家并不慌乱，而是结伴成群地往校外走。

程嘉树和毕云霄等几个物理系学生，把实验仪器装进大木箱里，抬着离开教室。

途中，他们撞到一个拿大瓷缸的同学，错肩而过，那人头也不抬地往食堂方向去。

毕云霄转头，指着那人对程嘉树：大家都跑警报，他咋还往食堂去？

程嘉树看了看：哦，那是个广东来的同学，每逢大家跑警报的时候，他就去锅炉房煮他的冰糖莲子。你就别操心了，估计这也是人家的一种乐趣。

毕云霄：乐趣？理解不了。

程嘉树：开始听到警报声时，谁都紧张，可时间久了，发现敌机是雷声大雨点小，慢慢地大家就都适应了，也都有各自的应对方法了，就说咱们跑警报，你看真正有几个人在跑？

毕云霄四下看看：还真是。

程嘉树：我还听说有个女同学，大家跑警报的时候，她就去开水房，拿个盆子洗头发，这个时候热水可劲用……哈哈。

裴远之穿插在学生们中间：同学们，大家不要乱走，还是沿着校外那条路，往后山坟山去——众人随着裴远之的声音，鱼贯出了校门。

乡下昆华中学教室　白天　内景

昆华中学教室里，一身粗布衣裙，打扮已和当地村人近似，但气质还是与众不同的林华珺正在上课。

台下坐着的，是一群中学孩子。

警报声响，她把手里的粉笔放下，走到门外望了望。

林华珺走回讲台对下面的学生：咱们都到树林里去吧，拿好课本。

林华珺收起课本和教案，下面的同学也纷纷收拾起书包。

林华珺站在门口，看学生一一离开座位往外走。

林华珺最后一个出了教室门，并仔细关上门窗。

中央空军军官学校　白天　内景

原笕桥航校，现为中央空军军官学校的操场上，罗恒等学员们在跑步训练，一身戎装的陈纳德站在一旁，看着学员们从身边跑过。

警报声响起，在空中盘旋。学员们闻听，原本疲惫的身躯似乎一震，但他们没有停止训练，跑动的脚步反而更有力了。

叶润青一身制服、短靴，英姿飒爽地来到陈纳德跟前。

叶润青把手里的文件夹递给陈纳德（英文）：将军，您要的文件全部翻译好了！

陈纳德接过，指了指天空（英文）：警报，你没听到吗？

叶润青（英文）：当然听到了。

陈纳德（英文）：你不怕？

叶润青看了看天空（英文）：怕，可是怕有用吗？

陈纳德（英文）：至少你可以躲啊。

叶润青（英文）：将军和这些学生不也没躲吗？

陈纳德笑了。

树林里　白天　外景

树林里，林华珺坐在地上，摊开课本，学生们坐在对面，也都把课本放在腿上，听林华珺讲课。

林华珺：……作者文天祥通过这首《过零丁洋》，以自身命运哀叹国家命运，由悲而壮，最后一句：人生自古谁无死，留取丹心照汗青，把诗人的民族气节和舍生取义的人生观表达得淋漓尽致！

学生们认真听着，林华珺停顿了下，看了看四下的环境，又道：此情此景，让我想起了另外一首诗，陆游的《春望》，有没有同学能背诵这首《春望》？

一个梳两条辫子的女生举起手。

林华珺朝女生点点头，示意她背诵。

女生：国破山河在，城春草木深。感时花溅泪，恨别鸟惊心。

女生似乎忘了下面的句子，林华珺接了下来：……烽火连三月，家书抵万金。白头搔更短，浑欲不胜簪。

在林华珺的背诵声中，提着两个布兜的文颉从不远处走了过来，悄然坐在一旁。

林华珺背完诗句，宣布：大家休息一下吧。

文颉起身，把一个布兜里的零食水果分给学生：来来，叔叔给你们带了些水果。

学生们叽叽喳喳：谢谢文叔叔……

林华珺：谢谢你每次给孩子们带吃的。

文颉笑：别客气。哦，对了。

文颉从书包里拿出一本作业本：这是阿美让我带给你的作业，说让你检查一下，看是不是有进步了。

林华珺一笑，接过了作业本翻看起来：大有进步嘛。

文颉：阿美很努力。

林华珺拿出笔来批改阿美的作业。

风扬起她的秀发，那恬静美好的笑颜，让文颉心神荡漾。

西南联大后山　白天　外景

程嘉树和毕云霄及其他同学一起走着，程嘉树朝毕云霄使了个眼色，故意磨磨蹭蹭地落在后面，忽然一下抓住了旁边一个人，正是在教室窗外听课接话的男生。那男生被人猛地抓住，有点发蒙。

程嘉树和毕云霄左右夹着他，到一个没有人的山坳中，男生惊惶地挣扎：你们要干吗？

程嘉树：你要干吗？

男生挣扎：我什么也没干啊，你们放开，放开我！

毕云霄：别激动嘛，我们也什么都没干啊。就是问问你。

男生：问什么？

程嘉树：你在教室外面干吗？我注意到你好几次了，鬼鬼祟祟的……

男生：我没有鬼鬼祟祟，我就是，就是听听课而已。

程嘉树和毕云霄对视了一眼，程嘉树：说实话！

男生：我说的就是实话，我叫丁小五，是从北平来的，想来报考西南联大，可是现在还没到考试时间，我又不想闲着，所以就来听听课……

程嘉树和毕云霄松开了丁小五。

程嘉树：北平来的，难怪听着口音耳熟。你真的是考生？想考什么系？

丁小五活动了下肩膀，一屁股坐在地上：我喜欢物理课，每次赵先生上课的时候，我就偷偷站在窗外听讲。

程嘉树瞥了一眼丁小五：物理课，听得懂吗？

丁小五一梗脖子：当然！

毕云霄：那我考考你，电磁波知道吧？

丁小五点点头。

毕云霄：那你知道电磁波谁发现的吗？

丁小五：英国物理学家麦克斯韦预言了电磁波的存在，但是德国物理学家赫兹在1887 年通过实验，才真正证明了电磁波的存在。

毕云霄：哟，还真知道啊。

丁小五补充：赫兹不但证实了电磁波的存在，还测定了电磁波的速度等于光速呢。

毕云霄要说话，程嘉树抢过来：背书谁不会啊。

丁小五：那你再来啊！

程嘉树指着空中：听见警报声了吧？我问你，你说这声音是在冬天传播得快还是在夏天传播得快？

丁小五笑了笑：夏天。

程嘉树：为什么？

丁小五：因为声波传送速度除了跟介质的密度和弹性有关之外，还跟温度有关。现在这警报声是在空气中传播的，同等条件下，随着温度的上升，声音传播速度也在一定程度地增大，夏天温度高，所以就比冬天传播速度快。

程嘉树拍拍手：别说，你还真是这块料。（见丁小五很自豪）仅次于我！

丁小五：现在你该相信我了吧？

程嘉树没回答，转头朝前走，边走边说：走吧，带你去见见其他同学。

毕云霄拉起了丁小五，还帮他拍了拍裤子上的土。

同场转——

丁小五站在联大的学生中间，大家对他都很感兴趣。

赵孟奇：你从北平来的？那边学校怎么样了，跟我们讲讲？

丁小五吸下鼻子：医学院、北大农学院和北洋工学院几个学校被日本人弄到了一起，对外声称北大已经恢复。

一学生问：既然学校已经恢复了，那你怎么不留在北平上学啊，还千里迢迢跑昆明来？

丁小五啐了一声：呸，我才不上日本鬼子办的学校哪！

赵忠尧在不远处招呼大家：物理系的同学们，来来来，上课了。

程嘉树揽着丁小五的肩膀，朝赵忠尧走去。

镜头拉升，山坳间，到处都是讲课的老师和学生，天地间变成了一个大课堂……

乡下树林　黄昏　外景

林华珺、文颉和孩子们等在树林里，警报声已经不再，有的孩子也已昏昏欲睡。

林华珺批改完作业，一抬头发现文颉望着自己。

林华珺：怎么了？

文颉有些尴尬：啊，没事。

林华珺：警报应该解除了，咱们也回去吧。

文颉：不再待会儿吗？万一又响了怎么办？

林华珺：不会的。超过半个小时没有声响，就不会来了。（看向孩子们）孩子们，咱们回去吧。

孩子们轻车熟路地手拉着手跟在林华珺身后，接连往外走。文颉见状帮着林华珺张罗了起来。

文颉：孩子们，慢点走。

就这样林华珺在前方带队，文颉走在队尾，护送着孩子们往学校方向走去。

山路崎岖，林华珺突然崴了下脚，文颉立即跑上前。

文颉：崴着脚了？

林华珺活动了一下脚踝：不碍事。

文颉蹲下身：真没事？我看看。

林华珺：真不碍事！天快黑了，咱们抓紧回吧。

文颉无奈起身：好吧。

文颉又回到队尾。他们牵起孩子们的手，朝学校走去。

玉溪昆华中学教师宿舍　黄昏　内景

林华珺回到宿舍，文颉跟着林华珺走了进来。

林华珺：学校课业重吗？

文颉：不轻！不过我还是旁听了"大一国文"，闻先生讲《楚辞》，朱先生[1]讲

1　指朱自清。

《古诗十九首》，罗先生[1]讲《论语》，魏先生[2]讲《狂人日记》……每位先生只讲一两个礼拜，轮流教学，彼此间还会斗课，精彩极了！华珺你要在就好了。

林华珺：从学校过来挺花时间的，你课业重，不用每个月特意过来看我。

文颉：你一个人在这儿我不放心。

这句话有些超越了同学情谊的界限，让林华珺微微有些讶异。

文颉也意识到这点，连忙掩饰：我能考上联大多亏了你。

林华珺微微一笑：你考上联大是因为你的优秀。

文颉：不管怎么说，我们是同学，互相关心照顾是应该的。你放心，课业我应付得过来，不会耽误。

文颉从包里一股脑拿出很多日用品：我给你带了一些日用品，肥皂、毛巾，你还缺什么告诉我，我下次给你带。

林华珺：不用不用，贷金就那么多，你务必留着自己用。

文颉：钱的事你不用担心。还有，我可是答应了阿美的，要把她的作业本准时带到。

林华珺：好吧，但这些日用品，不能要你……

文颉打断她：天色不早了，我先走了。

文颉没有给林华珺再说话的机会，直接出门。

林华珺：等等。

林华珺连忙从抽屉里拿出仅有的几毛钱，追出去，只见文颉已经走远。

西南联大新校区　黄昏　外景

丁小五跟着程嘉树、毕云霄等人一路从后山走回联大新校区。

丁小五：嘉树哥，我以后能不能每天都来旁听啊？

程嘉树：没问题。可过不了几个月就考试了，你每天旁听，也未见得就能考上啊。

丁小五：如果能来旁听，我就一定能考上！

程嘉树：你知道联大物理系有多难考吗？

丁小五：那当然！每月三次考试，计算上出现误差就会丢掉 50% 的分数，方法上

1　指罗庸。

2　指魏建功。

失误扣去 100% 分数。普通物理学成绩低于 70 分的一年级学生，便几乎失去了攻读物理专业的机会，过了这一关也仅仅是严峻考验的开始。

程嘉树：虽然现在每学期实验数量只到战前的三分之一，但如果实验课成绩低，物理成绩就会不及格。

丁小五：嘉树哥，这些我都知道！但我就想试试。要不这样，嘉树哥，你来当我的辅导老师好不好？

程嘉树：你还得寸进尺了！

丁小五：付钱的。

程嘉树：钱就不必了，给大家伙买点鲜花饼、饵块就行。

丁小五：嘉树哥，这么说你答应了？

程嘉树：趁我没反悔前，好吃的伺候。

丁小五：走咯！

某处民宅（中共云南地下党驻地） 白天 外景

空地上，郭铁林和裴远之挥拍打羽毛球。

轮到裴远之发球了，他屈膝，往对角线发了个角度刁钻的低球，球擦网而过。

郭铁林步伐矫健，迅速挪动步伐，接球，往对面轻轻一挑，球刚过网。

裴远之似乎预料到这个角度，接住球，回挑。

两人你来我往，几个回合后，郭铁林突然发力，一个大扣杀，裴远之差了一步，球还是落地了。

郭铁林见状，大喊一声：好！

两人一起往场边走去，席地一坐，看向远方。

郭铁林：每次打球流汗，都有种又年轻了的感觉。

裴远之：我们本来也还年轻。

郭铁林笑了：联大的学生们情况怎么样？

裴远之：除了家在上海、广东、四川等地的还可能获得家里的资助，大多数学生，尤其北方沦陷区的同学只能靠自己了。

郭铁林：那他们吃什么？

裴远之：大部分在大食堂里用餐，也有少数早餐只喝一杯开水，午晚饭就着辣椒酱啃大饼的。虽然诸多后勤工作尚未完全就绪，但大家心气都很足。

郭铁林点头，表示赞同：好！你们的群社要团结和争取更多的学生，将团结抗日、集体合作的精神和学术活动开展下去。

裴远之：我们群社除《群声》壁报外，还要在大西门办一块《大家看》壁报，向市民宣传。下一步，壁报还准备聘请闻一多、朱自清、卞之琳教授做导师，并发表他们的作品。现在群社与三青团在发展上肯定还将会有一番竞争。

郭铁林：对三青团确实不可忽视。三青团倚仗着国民党中央党部的支持，吸引了一批热衷政治权力的青年。

裴远之：请组织放心，与三青团斗争，我们会寸步不让。其实，在联大学生中，附庸权势者毕竟还是少数，群社正是因其纯粹之风，目前反令三青团组织难望项背。

润茗茶馆　白天　内景

热水冲进茶缸，几片茶叶飘起，水已很透明，看得出不知冲了多少泡。

茶馆里，人声鼎沸，大家都在高谈阔论。

阿美倒好茶后，便在一张板凳上坐下，双手托腮仔细聆听程嘉树、毕云霄和林真之间的对话。

程嘉树：最近航空工程系建立了风洞，你去看了吗？

林真：看了。

程嘉树：以为如何？

林真：It is amazing!

阿美：能不能让我也去看看？

毕云霄：你知道风洞是干什么的吗，你知道研究风洞的价值吗？

阿美：不知道。

毕云霄：风洞呢就是人工建立一个大实验室，可以制造巨大气流并且控制它，之后模拟飞机飞行的气流状态，从而进行空气动力学的实验。

程嘉树：你这么跟她解释不是让阿美更懵吗？

毕云霄：你翻译翻译。

程嘉树：阿美，坐。

阿美瞪大了眼睛看着他们。

这时，茶馆里又来了新客人。李丞林、文颉等文法学院的一帮学生来了。

李丞林：我觉得朱自清先生的《荷塘月色》写得最好，遣词造句，斟酌有度，文眼清晰，意境悠远。

文颉：你懂什么？《背影》才写得好！父子情深，送别车站，淡淡描写了父亲去买橘子，就把朱先生对父亲的思念勾勒了出来！

李丞林：嘿！文颉，你是闻先生的学生，对朱先生也有研究啊！

文颉：这叫触类旁通！学着点儿！

李丞林：说你胖你还端上了！（看到程嘉树等人在远处）嘉树，你们物理系学得怎么样了，能不能给我们文法学院腾个地儿？朱先生马上就来。

程嘉树：差不多了，你们教室呢？

李丞林：让生物系给占了。

毕云霄、林真等起身，大家默契地像接力一般。李丞林坐在刚才毕云霄的位置上。

毕云霄：那我们走了。阿美上新茶！

文颉走到程嘉树身边，等着程嘉树给他让座。

程嘉树有些迟疑，一边起身给文颉让座，一边还是问出了口：文颉，华珺在玉溪还好吗？

文颉坐下，并不看程嘉树：不用你操心，有我照顾她挺好的。

毕云霄看在眼里。

阿美熟练地为文颉等人倒茶，随即又在板凳上坐下，等待着开始新一轮的旁听。

程嘉树心情复杂，但还是随着毕云霄和林真走出了茶馆。

西南联大新校舍　白天　外景

程嘉树一声不吭地跟在毕云霄身后走着，看着地面，心事重重。毕云霄回过身停下脚步，程嘉树不自知地撞到了他身上。

程嘉树：无聊！

毕云霄：跟你学的。

程嘉树绕过毕云霄继续往前走，毕云霄小跑几步追上。

毕云霄：为什么不跟阿美说实话？

程嘉树：你忍心说，你说！

毕云霄叹了口气：我也不忍心……

两人继续走着，前方便是"国立西南联合大学"的校门了。一位先生骑着马进了校园。

（字幕：国立西南联合大学物理系教授 周培源）

毕云霄：周先生今天有课？

周培源：量子力学与原子光谱。

程嘉树：您什么时候给我们讲讲爱因斯坦？

周培源：好啊！

毕云霄：周先生留美的博士论文就是广义相对论方向，听说您还参加过爱因斯坦主持的讨论班？

周培源从马上下来，笑眯眯地将马拴在了院子里：是有这么回事。

毕云霄：您这样子像极了大将军。

程嘉树：周先生，它叫什么？

周培源哈哈大笑：它叫华龙，中华之龙。上课去了，再见！

周培源离开，真像将军一样威风地走向教室。

程嘉树抒抚华龙，毕云霄给马喂草料。

这时，有同学来喊：毕云霄，裴先生喊我们去开会。

程嘉树：你们群社又有活动啦？

毕云霄把草料塞到程嘉树手中，对同学说：咱们走！

程嘉树：天天这个活动那个活动的，小心实验课挂科。

毕云霄走远。

群社伙食委员会（食堂） 白天　内景

同学带着毕云霄走到了食堂一角，只见三五名同学围着裴远之。

裴远之：我想做个小调查，如果答案为是，就请同学们举手。

大家纷纷应和。

裴远之：大家多久没吃得畅快了？

同学们齐刷刷举起了手。

裴远之：多久没吃到家乡菜了？

同学们又齐刷刷举起了手。

裴远之：怀念那一口味道吗？

同学们手都没放下。

毕云霄配合着手部和脚部的动作：裴先生，我举双手双脚，就想吃一口家乡味。

裴远之：好，那我宣布，我们的伙食委员会成立！

同学们面面相觑，十分不解。

毕云霄代大家问出了心中疑惑：裴先生，什么是伙食委员会？

裴远之：同学们背井离乡，好不容易在昆明安定了下来，我想我们群社一定可以做点什么，从改善大家的伙食做起，会是个不错的开始。

毕云霄：我们应该做些啥？

裴远之：我知道很多北方来的同学都不太习惯这里的口味，那我们就自己动手丰衣足食，合作监督食物采购、烹饪，大家一起用餐。

同学甲：好是好，可到哪儿找会烧北方菜的师傅呢？

毕云霄：巧了，我刚好认识一个。

裴远之：谁？

毕云霄：到时候见了你就知道了。

裴远之：好，那就分头行动。

裴远之起身，大家也纷纷往外走，明显情绪和积极性提高了不少。

<hr>

西南联大教室　夜晚　内景

<hr>

方悦容走进教室，零星还有学生从她身边走过。

教室里，只剩一盏烛光还亮着。

方悦容走到这盏烛光边，轻轻喊了一声：嘉树。

程嘉树抬起头，有些欣喜：悦容姐，你怎么来了？

方悦容：同学们都走了，你不回去？

程嘉树把课本和笔记合上，那是一本萨本栋著的《普通物理学实验》。

程嘉树：马上就要月考了，我本来就是转系过来的，半路出家，不抓点紧不行。

方悦容坐在程嘉树身边，看着比以往消瘦的他，既欣慰又心疼。

方悦容：学业再紧张，身体还是第一位，你看看你，这半年瘦了好多。

程嘉树打趣道：可我也英俊了好多。

方悦容拿出了一个信封给程嘉树。

程嘉树：悦容姐，不用打开我都知道是什么，心意收下啦！前日收到大哥的来信，也给我寄了钱。

方悦容：是吗？嘉文哥信里还说什么了？

程嘉树：他说家里已经度过最困难的时候了，一切在慢慢变好。

方悦容若有所思地点了点头：那就好，嘉文哥太不容易了。对了，听双喜说，你在学习之余也兼做家教？

程嘉树：嗯，钱虽不多，但……（调皮一笑）您和裴先生的份子钱，我可是准备好了的。

说起和裴远之的感情，方悦容怔了一下，心头泛起一丝酸涩。不过她很快就掩饰下来，佯装生气。

方悦容：好大的胆子啊！玩笑开到姐姐头上了。

程嘉树笑：男大当婚，女大当嫁，你是我姐，我得为你的终身大事着想。怎么，裴先生他难道……

方悦容：我和裴先生只是朋友！

程嘉树：我才不信！

方悦容：你再胡说，姐可生气了。

见方悦容脸色沉了下来，程嘉树只好作罢：好好好，不说了。

方悦容欣慰地望着程嘉树：再回北平，姨父肯定会对你刮目相看的。

程嘉树：悦容姐，过段时间爸也该过生日了，上一次还是两年前。离家时我跟爸说，人的身上有两条命，一条生命，一条使命，爸立刻就拆穿了我。

方悦容也淡淡地笑以回应。

程嘉树：直到现在我才开始理解什么叫作使命。

窗外月色皎洁，思乡之情在姐弟俩心间蔓延。

方悦容：明天我要下乡去采买大米，会路过昆华中学，要不要同去？

程嘉树顿了一会儿，还是找理由婉拒了：我就不去了，明天小组还有实验要做。

方悦容：你真不想去看看华珺吗？

程嘉树沉吟片刻，从口袋掏出了一些钱，递到方悦容手中。

程嘉树：华珺一个人在乡下生活，想必很清苦……钱不太多，聊胜于无，悦容姐，请你务必交给她，千万别说是我给的。

方悦容：我懂。

程嘉树看着那盏烛光，陷入了沉默。

乡下菜地　白天　外景

林华珺带着几个学生在菜地里，一边浇水一边背书，林华珺念一句，学生跟着复述。

林华珺：子在川上曰。

学生们齐声道：子在川上曰。

林华珺：逝者如斯夫！不舍昼夜。

学生们：逝者如斯夫！不舍昼夜。

林华珺：同学们，这句话出自《论语·子罕》。意思是，孔子在河边说道，时光像河水一样流去，日夜不停。它提醒我们时间宝贵，要学会珍惜。

远处，在林华珺的身后，方悦容渐渐走近。

林华珺：就比如我们用水浇灌菜苗，时间就像这水一样，流入泥土就看不见了，但水被土壤吸收后，土壤会滋润菜苗成长。

方悦容静静地看着她和孩子们交谈，颇感欣慰。

林华珺：虽然我们看不到时间像河水一样流去，但老师看到你们和禾苗一样每天都在成长，老师就知道时间去了哪里。

身后传来了一阵掌声，林华珺转头看到方悦容，两人开心地相视而笑。

林华珺：悦容姐……

乡下昆华中学教师宿舍　白天　内景

林华珺有些兴奋，手忙脚乱，又感到不好意思，在一个很旧的搪瓷杯里倒上热水。

林华珺：悦容姐，真不好意思，这里连茶叶都没有。

方悦容：是我唐突了才对，给学校采购正巧路过这里，也没提前知会你。

林华珺：哪里的话，你来看我，我高兴还来不及呢。

林华珺搬出一把椅子，用手掸了掸：悦容姐，请坐！这里实在太简陋了，请你别介意啊。

方悦容：你在这里生活都不介意，我介意什么。

她打量着林华珺的宿舍，除了床和桌子几乎空无一物，被单还打着补丁。突然，一股心酸涌上方悦容的心头，她有些情不自禁，握住了林华珺的手。

方悦容：华珺，你在这里能习惯吗？要不还是先回去把学业修完吧？

林华珺：悦容姐，你不用担心，我在这里挺好的。

方悦容叹气：你们俩倒好，一个在乡下受苦，一个用读书来封闭自己……

林华珺：嘉树他……还好吗？

方悦容：瘦了好多，好像除了读书就只知道读书了。

林华珺沉默了。

方悦容：我本不该多事，但好歹虚长你们几岁，实在是不想看你们这么苦着自己……

林华珺握住了方悦容的手：悦容姐，你的心意我都懂……我在这里并不觉得苦，反而觉得很充实，而且你也看到了，这里有多穷困，孩子们就有多需要我。

方悦容：我听见你跟他们说，时光像河水一样流走，有多宝贵，就当有多珍惜。华珺，你也珍惜珍惜眼前人呐！

林华珺从抽屉里拿出了一叠孩子们的作业，上面都是稚嫩的字迹。

林华珺：悦容姐，孩子们就是我的眼前人。曾经我的确抱着远走的心情来到这里，也以为日子会难挨，但我发现在这里的每一天都很充盈，时间好像慢了下来，我也开始留意起了一草一木。

方悦容心情也逐渐平静：菜都种上了。

林华珺笑了：一来实践中学习效果好，二来还能补贴生活，孩子们特别充实。

方悦容：华珺，虽然希望你早日回昆明，但看到你现在焕然一新，真为你感到高兴。

林华珺：从蒙自办夜校，再到这里教书，我好像慢慢开始懂了读书于我的意义。

听到林华珺这一席心里话，方悦容心情复杂：真不知该说你们什么，连话都说得一模一样。

林华珺愣了一下，随后说道：他应该也在物理的世界里找到了自己的方向。

方悦容点头。两人都笑了。

这时，窗外淅淅沥沥下起小雨，林华珺看向窗外。

空镜：白天　外景

雨点打在铁皮屋顶上，叮当作响。

西南联大教室　白天　内景

程嘉树记着笔记，突然他听到有声音在头顶响起，节奏越来越密集。渐渐还有水从铁皮屋顶的缝隙里落了下来。

他放下手中的笔，望向窗外。

雨越来越大。

黑板上写着爱因斯坦相对论公式：

"$\Delta v = |v_1 - v_2| / \sqrt{(1 - v_1 v_2 / c \wedge 2)}$" "$M = M_0 / \sqrt{(1 - v \wedge 2 / c \wedge 2)}$" "$t = t_0 * \sqrt{(1 - v \wedge 2 / c \wedge 2)}$" 等。

赵忠尧又接着写下了"$E = mc^2$"，他说道：E 为能量，m 为质量，c 为光速。

赵忠尧讲课的声音逐渐变小，同学们也都交头接耳，互相问"什么"，显然已经听不清了。

赵忠尧只得又提高了音量：E 为能量，m 为质量，c 为光速……

雨声更大了，程嘉树看到赵忠尧索性在黑板上写下了"静坐听雨"四个字。

雨水勾起了程嘉树的心事，他再次看向窗外，思念起了林华珺。

乡下昆华中学门口　白天　外景

细雨霏霏，林华珺撑着伞，将在校门口躲雨的孩子送到教室。

孩子们都进到教室坐好后，传来琅琅读书声。

林华郡拿出那一页写着心形数学题的纸，在教室门口看着远方，心中思念着程嘉树。

西南联大壁报墙　白天　外景

文颉距离壁报墙几米远，便看到一派欣欣向荣的光景，联大各社团在此争相招揽人才。

往前走了几步，更靠近了些，他看到毕云霄将一张群社的壁报张贴在角落里。

查良铮、刘兆吉站在"高原文艺社"的壁报前，"群声歌咏队""铁马体育会""冬青文艺社""联大话剧社"等都各有一席之地，而占据中心位置的是一个叫三青团的组织。

在三青团的壁报前，刚升为助教的祝修远正被大家围在中央。

文颉看到大家都围绕着祝修远，便也凑了上去。

有同学问道：祝先生，您能解释一下三青团跟其他社团的区别吗？

祝修远：同学们，三青团顾名思义就是三民主义青年团，现在正值抗日救亡运动蓬勃兴起之际，虽然我们寄寓在昆明，但身为知识青年难道只在象牙塔里读圣贤书吗？

同学们纷纷应和道：不能。

祝修远：三青团将在假期组织战争救济小组，开展时事讨论，下乡宣传抗日，同时我们还要发起冬衣征集活动。

不远处，毕云霄也凑了过来：同学们，这些活动群社也会举办，欢迎大家来参加。

大家的注意力被毕云霄短暂吸引后，很快又回到了祝修远身上。

祝修远：除了给大家提供社会活动机会，三青团还将为同学们带来更多便利，我们会发放助学补贴，中央政府也允诺提供帮助，方便同学们在战时找到称心如意的工作。谁想报名一会儿跟我走，服务社就在附近，金城银行储蓄处另一半就是。

同学们踊跃地围上祝修远。

听到这里，文颉也挤了过去。

"我报名！"

"报名表在哪儿领？"

……

文颉好不容易挤到祝修远身边：祝先生，我也报名。

祝修远却没注意到他，而是看到了前方不远处，正一脸懵懂地看着眼前热闹景象的程嘉树。

祝修远：程嘉树，有没有兴趣加入我们三青团啊！

文颉皱眉看过去，只见其他社团的负责人也注意到了程嘉树，一时间程嘉树成了大家争抢的对象。

查良铮：程嘉树，好久没来诗社了吧。我们现在都改名"高原文艺社"了，有兴趣翠湖边见啊!

程嘉树:就算不冲着步行团的情谊,我也一定会好好想想……

铁马体育会同学:听说嘉树同学篮球打得不错,来我们体育会吧!游泳、远足、各项球类比赛,要乐意还能跑到乡村,像人猿泰山一样吼一嗓子。

程嘉树兴趣缺缺,正在组织如何拒绝的语言时,毕云霄站了出来。

毕云霄:程嘉树什么社团也不去,就是去,近水楼台的,也轮不着你们抢先。

他一把拉过程嘉树:走,吃饭去。

看着程嘉树轻而易举地成为众社团的竞争目标,妒意让文颉内心又充溢起了恨意。

群社伙食委员会(食堂) 白天 内景

食堂一角,一群人围坐一块儿吃饭,裴远之也在其中。

双喜上菜,全是程嘉树爱吃的口味——京酱肉丝、炒合菜、烧茄子等。

双喜冲程嘉树诡异一笑,程嘉树感到一丝迷惑。

程嘉树:奇怪,今天什么日子,全是我爱吃的。

毕云霄、双喜等人注视着程嘉树,程嘉树越发感到不自然。

程嘉树:看着我干吗?

双喜:程嘉树同学,趁热吃。

程嘉树:你们盯着我怎么吃!

双喜:好好好,不看就不看。

毕云霄也佯装吃饭,一边还是忍不住偷瞄程嘉树。

程嘉树将信将疑地把一口京酱肉丝送入嘴里。很快,味蕾的享受让他放下心防,不由得又吃了一口。

程嘉树:不错,还是那个味儿!

毕云霄激动地拍桌,双喜也兴奋地握拳。

程嘉树被吓了一大跳:吓我一跳!我吃口饭有这么值得高兴吗?奇奇怪怪的。

他起身要走。

毕云霄按住了他:干吗去?

程嘉树:去别处吃啊,你们这么看着我,我头皮发麻。

毕云霄按住程嘉树:不准走!吃了这顿饭,你就是群社的人了。

程嘉树：什么意思？我吃了这顿饭怎么就是群社的人了？

毕云霄：你吃的是双喜做的饭不？

程嘉树：是啊，他那手艺我闭着眼睛都能吃出来。

毕云霄：那就对了，吃了双喜做的饭，就是群社的人了。

程嘉树：我吃双喜的饭都十年了，怎么就一下变成你们群社的人了？

双喜突然又冲程嘉树一笑，很自豪地向程嘉树介绍：程同学，因为我现在也是群社的人啊！

程嘉树感到诧异：什么？你是群社的人？

一群吃饭的同学看向程嘉树：我们都是！

双喜：程同学，你要不加入，以后可就吃不着我做的饭了，京酱肉丝、烧茄子这些都没你的份儿了。

程嘉树：怎么连你也进群社了？

双喜：我不仅加入了群社，裴先生还教我识字了。我现在可是食堂师傅里认字最多的！你抬头看看，这食堂所有的菜单都是我写的。

程嘉树抬头向菜单看去，虽然一笔一画很笨拙，但程嘉树竟然有点感动。

程嘉树：都是你写的？

双喜：那当然！

程嘉树：士别三日当刮目相看啊！

毕云霄：你这半年过的都是什么日子，大家都在进步，就你看不到。你现在看到双喜加入群社有多大的改变了，要不，你也进来吧。

裴远之：嘉树，你理科成绩好，就来群社当学术股小组长吧，大家共同进步！

程嘉树：看来不加入，连家乡菜都没得吃了。

毕云霄：那就是同意了。

双喜：还想吃什么告诉我！

这时，丁小五带着鲜花饼、炒饵块等小吃来找程嘉树，见这一群人热热闹闹地，甚是开心。

丁小五：嘉树哥，我给大家带鲜花饼和炒饵块来了！一起吃吧。

他把带来的食物放在桌上。

"鲜花饼！"毕云霄先伸手拿了一块：好吃！

大家凑在一起，热热闹闹有说有笑地吃着饭。

青年服务社　白天　内景

文颉排在报名的队伍里。轮到他了,他将报名表递上。

祝修远接过报名表,一边打量文颉,一边仔细地看着表格。

祝修远:文颉?我记得你,你是闻先生的学生,我们一起参加了步行团。

文颉:学长好!哦不,应该喊您祝先生了。

祝修远笑笑,他在"三民主义青年团团员证"上写上了文颉的名字,盖上印章,递给文颉。

祝修远:欢迎加入三青团!

文颉双手接过:祝先生,刚才您说加入三青团还能够发放助学补贴,请问我要如何才能申请到呢?

祝修远:现在就可以,填一张表格就好!

说着,祝修远拉开抽屉,递给了文颉另一张表格。

祝修远:团里每年还会进行领导选举,入团时间越久,担任职务越高,就能申请更多补贴。所谓能力越大,责任也就越大。文颉,好好表现!

文颉:一定!

青年服务社　白天　外景

服务社门口,文颉胸前已经佩戴着三青团的徽章。

他看了看胸徽,又看了看手中装着补贴的信封。此刻,心中涌动着希望。

胭脂铺　白天　内景

文颉第一次走进胭脂铺,生疏而紧张。

铺内墙上挂着各色招贴海报,几位打扮时髦的男女在店内挑选东西。

文颉看了看自己的打扮,与环境显得格格不入。老板走到他跟前,文颉接触到他的眼神,立刻摆出了一副装腔拿势的姿态。

老板:先生,买点什么?

文颉：先看看。

香水、雪花膏、唇膏、花露水、香粉……胭脂铺里化妆品琳琅满目。

老板见多识广，一眼便看出了文颉的意图：买给女朋友的吧？

文颉点头默认：嗯。

老板介绍道：这里有英国进口的上好鲜花露、玫瑰香油膏，美国进口的花露水、香粉，（取出一支精致的唇膏）这款唇膏新到的，卖得特别好。

文颉认真听着，老板转出唇膏的膏体向他展示。

老板：这唇膏内含神秘色膏，你别看现在是橘色的，擦上立刻变玫红，一整天都不褪色，你女朋友涂上一定好看。

文颉心动了：这要多少钱？

老板：不贵，就七元。

文颉犹豫了，这相当于他一个月食堂包饭的钱：还有其他的吗？

老板：要不来支国货吧，能便宜点。

老板的话触及文颉的自尊心，他故作淡定：她应该不喜欢唇膏，我还是买雪花膏吧。

老板把唇膏收起，递给了文颉一盒雪花膏。

西南联大校内　白天　外景

文颉回到学校，正好看到闻一多夹着课本，一门心思赶路。

文颉：闻先生！

闻一多停住脚步：文颉？好久未见，你这是去哪儿了？

文颉兴奋地：闻先生，我刚刚加入三青团了！

闻一多皱了下眉，没多做回应：哦哦……下礼拜轮到我上《论语》，记得来听课啊！

文颉：好的好的，闻先生，你不知道，三青团可好了，不仅给我发了助学津贴，还得到了中央政府的支持，他们允诺将来也会帮助我们，在战时能找到更好的工作。

闻一多看着文颉，一字一句认真地说出：我们终归要驱除仇寇，复还燕碣，战后国家重建将需要一大批各方面的人才。文颉，眼光放长远些，难道你读书就单单是为了得到一份津贴，和找一个好工作？

说罢，闻一多转身离去，留文颉在原地竟说不出话来了。

外文书店　白天　内景

程嘉树和毕云霄在一排外国杂志的架前翻找，一边聊着天。

毕云霄：找到了吗？

程嘉树：没呢。是《Nature》杂志吧？赵先生说哈恩（Otto Hahn）在《Nature》上发表了一篇很重要的论文，当他们用一种慢中子来轰击铀核时，出人意料地释放出很高的能量。

毕云霄：是《Nature》，战前，赵先生和王先生的研究成果也在《Nature》发表过，当时就是我们学院的一件大事。

程嘉树继续翻找着杂志：赵先生还说莉泽·迈特钠（Lise Meitner）用物理的方式证实了她提出的核裂变的概念，预言核裂变释放的能量将远超我们熟悉的化学能。你知道这意味着什么吗？

毕云霄：什么？

程嘉树：我也说不清。但自从查德威克（James Chadwick）发现中子后，物理学家便热衷用它去轰击各种元素，企图有新发现。

毕云霄：而现在……

程嘉树：对！科学界风起云涌，云霄，我真希望自己也是其中的元素。

毕云霄热血也被点燃：接着找！程嘉树，我收回刚才在食堂的话，这半年你也变了……

这时，一个声音响起——"嘉树，云霄"。

程嘉树和毕云霄回头，发现罗恒站在书店门口。很快，书店的门又被推开，叶润青也出现在了他们的视线中。

他们从未见过这样的叶润青，一身制服，打扮干练，如脱胎换骨般。

毕云霄：润青……

程嘉树也愣住了，不知该做何反应。反倒罗恒大方地走到他们身边，依旧阳光。

罗恒：嘉树、云霄，好久未见。

程嘉树：是啊，昆明说小不小，说大也不大，竟然在这里遇上了。

程嘉树和毕云霄边说边看向了门口的叶润青。

罗恒也回头：润青，来呀！

叶润青还呆站在门口，一脸震惊、愠怒、心痛……十分复杂的情绪化作一张冷脸。她盯着程嘉树看了一会儿，即刻决绝离去。

罗恒见状既着急又想打圆场：嘉树、云霄，咱们找天一起喝茶！我……

罗恒指着门口，程嘉树点点头表示理解：快去吧。

罗恒边说边跑，离开了书店：再见，再见！

事情发生得太快，毕云霄根本还来不及反应：这……我……

程嘉树：你也追出去呀！

毕云霄反应过来：你还有脸说。（又想了会儿）你看到润青了吗？

程嘉树：嗯。看来这半年大家都变了……

两人就这样继续看着书店门口，还在回味刚才的情境。

空镜：黄昏　外景

昆明的黄昏，云朵很大，天空很绚烂。

中央空军军官学校操场　黄昏　外景

叶润青坐在操场一角，看着天空中的云朵发呆。

前方，罗恒提着把凳子走到叶润青的身边。他将凳子竖着一放，坐了上去。

叶润青依旧沉浸在自己的情绪中，也不太搭理罗恒。

罗恒：润青，我带你去飞一次行吗？

叶润青：（拿起模型，答非所问）这是你自己做的？

罗恒：对呀！我带你在昆明飞一圈，保证能让你忘记烦恼！怎么样？

罗恒模拟出准备起飞的动作，将手放在"虚拟"的操作杆上：罗恒号呼叫塔台。

叶润青没理他。

罗恒又重复了一遍：罗恒号呼叫塔台。

叶润青还是没理。

罗恒继续重复：罗恒号呼叫塔台，

他丝毫没有气馁，充满期待地看着叶润青。

叶润青终于妥协，敷衍地：塔台收到，罗恒号请讲。

罗恒：罗恒号燃料不足，请求加油。

叶润青：罗恒号加油至50%，完毕。

罗恒：罗恒号邀请叶润青小姐上飞机，并请求起飞。

罗恒用眼神示意叶润青坐到他身后。叶润青想了想，跨了上去。

罗恒开心地拉动"操作杆"：请系好安全带，一切准备就绪，起飞。

叶润青被罗恒的情绪感染，"系好"安全带，喊了声：罗恒号，Good luck!

至此，叶润青的心情好了不少。

罗恒：罗恒号将从昆明起飞，途经蒙自，飞向长沙。请叶润青小姐系好安全带，罗恒号即将掉转机头，向六点钟方向飞去。

罗恒模拟出俯身倾斜的身体动作，叶润青也跟着"俯身倾斜"。

（一瞬间，叠化为真实的飞机里，罗恒坐在前方驾驶舱，叶润青坐在后舱，飞机俯冲而下。）

叶润青：我看到南湖了，海关大楼，我们的听风楼。

罗恒：罗恒号继续飞向长沙，请求上升飞行高度。

叶润青：同意！

罗恒：我们正穿越云层，预计前方天气状况良好。罗恒号请求加速。

叶润青：开足马力，前进！

叶润青完全同步着罗恒的动作，点点滴滴往事也涌上她的心头。

罗恒：我们马上就要经过韭菜园圣经学院了。

叶润青：在哪儿？

罗恒：罗恒号请求下降高度。

叶润青：同意。

罗恒做出了调整仪表盘的动作：看见那栋小别墅了吗？我们一群人曾经住在那里。

叶润青：怎能忘记……

罗恒：糟糕，前方三点钟方向发现敌机，正朝小吴门火车站方向飞去。

叶润青：罗恒号务必击落敌机。

罗恒：遵命。（完成一系列操作动作后）报告，成功击落敌机三架。

叶润青：Good job!

罗恒：看到三伢子和他爹了吗？

叶润青边笑边落泪：嗯！他手里还挥着平安符。（突然想起什么）哎呀，罗恒号燃料不足，准备备降。

罗恒：报告，罗恒号燃料永远充足。我们即将前往天津。

叶润青又被逗笑了：润青号以最快的速度抵达天津。

罗恒：润青号抵达南开大学，木斋图书馆还在，校园也还在。

叶润青：糖墩儿！

叶润青不再压抑自己的情绪：糖墩儿，谢谢你的耳朵眼！你看，我都吃光了……

罗恒听到了叶润青的哭声，但他还是一本正经地驾驶着：罗恒号终点站——武汉！准备好了吗？

叶润青深呼吸：I'm ready!

时间突然慢了下来，罗恒也只是静静地开着"飞机"，天空中的晚霞更美了。

（飞机慢慢滑行，透过云层，下面是蜿蜒的长江）

叶润青：你说现在在天空，是不是离上帝比较近？

罗恒：是的……前方就是长江了，需要掉转方向吗？

（瞬间，长江上火光四起，燃烧的船只）

叶润青喊了出来：不要！

罗恒：润青号请求继续绕空。

叶润青：继续绕空。

叶润青压抑了许久的情绪一点点地释放：哥，是我，润青！你看到我了吗？哥，我好想你啊！如果时光能倒流，我一定会死死拉住你，不让你回去。

罗恒静静地听着叶润青的哭泣，此刻天边晚霞正好。

叶润青：哥，爸妈去香港了，我也到军官学校当翻译了，现在你该放心了吧？哥，你再好好看看我，我是不是长大了……

叶润青泣不成声。

罗恒继续正襟危坐，此刻无声的陪伴便是安慰。

又等了一会儿，罗恒说道：罗恒号燃料充足，请求继续绕空。

叶润青听到罗恒的话又有些忍俊不禁，泪中有笑了。

叶润青：哥，天黑了，润青号要准备返航了，再见！哥，再见……

罗恒：润青，我们回去了！

叶润青：（声音哽咽）罗恒！谢谢你带我飞，咱们虽然是在昆明，但我的心已经去了很多地方！谢谢你！

天色渐暗，操场上这两人还傻傻地沉浸在他们的世界里。

廿六

润茗茶馆　白天　内景

茶馆角落里，丁小五正盯着一道物理试题"设有一金属线圈及一磁铁，如何使用磁铁而使金属线圈发生电流？此种事实，有何应用？试举二例"思考。

程嘉树：这是南开大学 33 年物理考试的习题，你先做，有问题就问我。

丁小五：好。

看到丁小五认真解题后，程嘉树便走到双喜身边，双喜正趴在桌上，一笔一画写字，写的全是菜名。

程嘉树：不对，建水豆腐的"建"上面没有点，罚写两遍。

双喜：少爷，我知道了还不行吗？

程嘉树瞪了一眼：还少爷！那就五遍。

双喜：我……

程嘉树：再说就写十遍了。

双喜：好好好，我写！

程嘉树：不努力，其他食堂师傅就超过你了。

双喜偷偷白了一眼程嘉树，可又一边乐呵呵地开始罚写。

阿美捧着上一次程嘉树给她的《论语》大声朗读：子在川上……嘉树哥哥，这个字念什么？

程嘉树：曰，子在川上曰。你知道是什么意思吗？

阿美摇头：不知道。

程嘉树：意思是孔子在河道上说。

阿美：为什么要去河道上说，不能在街道上说吗？

程嘉树：嗯……这确实是个好问题。

这时，毕云霄也举起了手：老师，我也有问题。

程嘉树走到毕云霄身边，一把打下他的手：捣乱啊！

毕云霄：嘉树哥哥，我的实验课怎么办？

程嘉树跟毕云霄打趣道：你啊，就把《普通物理学实验》从前到后，再从后往前背一遍。

这时，裴远之走进了润茗茶馆。

毕云霄：裴先生，跟您汇报一下，我们群社这位小组长实在太严格了。

双喜：我也能做证。

裴远之看到大家学习气氛甚好，很欣慰：我倒很欣赏这位学术股小组长的严格作风。

阿美给裴远之倒上一杯茶，随后又坐在一旁大声朗读《论语》。

程嘉树：裴先生，您不会是专程来表扬我的吧？

毕云霄：你想得美！

裴远之：暑期快到了，群社打算组织夏令营活动，我有几种方案，想听听大家的意见。

双喜也放下笔，拖着椅子凑了过来。

裴远之：一是学习小组暑期课程，第二围绕抗日救国我们可以排演戏剧、组织歌咏队，三是去乡下调研。你们觉得如何？

毕云霄：我支持围绕抗日救国开展社团活动。

裴远之：嘉树呢？

程嘉树：我与云霄想法不同。

裴远之：说来听听。

程嘉树：我一到昆明就投入到学业中，又因为转系一刻都不敢怠慢，所有时间都用在课本和实验中，甚至都还没好好认识这里。我想趁着暑假到云南各地走走，像当初步行团从长沙到昆明一样，用脚丈量这里的每一寸土地。

毕云霄看着程嘉树：可以啊，程嘉树，把游山玩水说得这么高端！

程嘉树：少来。

裴远之：说来正巧，嘉树的想法正好契合了学校"国情普查研究所"的研究课题。陈达教授正在组织进行县域社会行政调查研究，不如我们也申请作为一个调查小组，参与到其中，大家以为如何？

毕云霄：我举双手赞成，没能参加步行团是我毕生的遗憾！

其他同学也踊跃报名：我也要参加！

裴远之：嘉树，你统计一下想参加调查小组的同学人数。

程嘉树：好。

裴远之：虽然现在学校很多理工科的实验研究受到了条件制约无法开展，但社会是一个大课堂，当你打开视野，走出学校，你会发现能做很多以前想不到的事，我们应当好好利用这个假期。

大家纷纷鼓掌。

西南联大男生宿舍　白天　内景

男生宿舍出现了一个景象，几乎每个铺位上都摊放着或多或少的行李，大家来回穿梭，十分忙碌。

"我们去飞机制造厂实践。你们化学系呢？"

"曾先生联络了云南化工厂，带我们去体验生活。"

"我们更有意思，去重灾县做田野调查，收集害虫样本。"

"我们也一样。先生认为要研究地质，就要融入大自然中去。实地勘察这里的陆地景观，搜集资料再加以归类和分析，才能保持思想活力。"

宿舍的一侧，程嘉树带着几个男生打背包，毕云霄也在其中。

程嘉树：将被子对折再对折，折成四折，然后左右各叠一次把被子摞起来叠好。背包绳一长一短，先拿着对折的那部分搭在被子上。

程嘉树做一步，其他人也跟着做一步。

毕云霄：行啊程嘉树，这背包打得有模有样，步行团没白待！

出身于军人家庭的毕云霄对于打背包自然不陌生，很快就打好了一个漂亮的背包。

有男生看着手里的背包绳不知所措，怎么也折不好，气急败坏地将背包绳扔在一边。

男生：实践就实践，学这个干吗？

程嘉树看着那男生，想起了当年润名教自己打背包时的情景，一时愣神。

毕云霄：社会实践、田野调查也是集体统一活动，即便不是军事化管理，也要注重纪律性，而且打背包、裹绑腿也会给旅行带来便利，当然要学了！

男生心不甘情不愿地捡起背包绳。

毕云霄转头见程嘉树发愣：想什么呢？

程嘉树回过神来：叶润名教我打背包的时候，我的态度跟他一样。

毕云霄拍了拍他的肩膀。

见那个男生还是打不好，程嘉树拆掉自己已经打好的背包。

程嘉树：我再示范一遍。背包绳一长一短，先拿着对折的那部分搭在被子上，然后用右手套着绳子将被子翻过来……

其他不会的男生也全部跟着程嘉树的动作开始学习。

毕云霄看着程嘉树，仿佛看到了叶润名的身影……

<hr>

西南联大文颉宿舍　白天　内景

<hr>

文颉小心翼翼地把雪花膏、衣服等东西包好，放进了箱子里。又将自己的衣服、课本等压在上方，十分珍惜地注视着。

这时，宿舍外传来同学的声音。

同学（画外音）：文颉，快点，要集合了。

文颉把箱子盖上，拎着出了宿舍。

<hr>

西南联大男生宿舍外　白天　外景

<hr>

程嘉树、毕云霄、李丞林等群社同学打着绑腿、穿着草鞋，背着背包，一副参加军训的模样从宿舍走出，煞是整齐壮观。

裴远之等在宿舍外，看到他们这番模样，既诧异又赞许。

裴远之：真不错！

程嘉树：步行团熔下的，不打绑腿、不穿草鞋都不舒服。

毕云霄看到裴远之惊讶的反应，像是找到了知音：裴先生你也感觉到了是不是？

裴远之笑了：群社的力量。

这时，祝修远带领着文颉等三青团成员也路过这里。他们拎着皮箱、戴着小帽，打扮得十分精致。

祝修远：裴先生，你们群社也参加县域社会调查活动？

裴远之：正是！

祝修远：你们去哪儿？

裴远之：玉溪。

祝修远：巧了，同一处。

程嘉树听闻此次调查小组的目的地竟然是在玉溪，怔愣住了。文颉注意到程嘉树的反应，得知程嘉树也去玉溪，心情复杂。

几辆马车到了，文颉等三青团成员将行李交给马车夫。

祝修远：裴先生，你们怎么去？

裴远之：步行。

祝修远：那我们可要快你们一步了，加油。

裴远之：玉溪见！

马车载着祝修远、文颉等三青团成员而去。

裴远之、程嘉树和毕云霄等人看着他们，再看看自己，感受到了某种不同。

裴远之：出发！

程嘉树和毕云霄走在了最后面。毕云霄凑到程嘉树身边对他说：都八九个月了，也该去看看华珺了，不知她现在什么样了。

程嘉树心情复杂，感受到内心的迫切、紧张、犹豫……他不知道等待他的将是什么，对于毕云霄的话，他不置可否。

空镜：白天　外景

乡间，崎岖的红土地被太阳炙烤着。

空镜：白天　外景

一栋残破的土房，院子围栏里散养着几只鸡，除此以外就再无其他。

农户家院子　白天　外景

程嘉树等人走进院子，只见一位满头银发、身形瘦削的老人从屋内走出，到围栏边喂鸡。

裴远之介绍道：大爷您好，我们是西南联大的师生，想对这里的人口状况进行社会调查。

老人：哪里的？

程嘉树：西南联大。

老人：哦！我知道你们。

毕云霄：您怎么会知道我们？

老人：中学来了个女老师就是你们学校的，我听大孙女说的，她们在学校放假的时候去那里免费上课。

程嘉树想起了什么，心里一动。

毕云霄看了他一眼，故意问道：大爷，那位老师是不是姓林？

老人摇头，一边喂鸡一边答：姓什么我不知道，我就知道因为路远，每次上课大孙女就起得特别早。回来后还盼着下一次再去，可喜欢那位女老师了。

程嘉树的嘴角不自觉地浮起了笑容。

裴远之：大爷，您今年多大岁数了？

老人：76。

裴远之：那您家几口人？

老人起了戒心：你们问这些做什么？

程嘉树：大爷，我们来这里做人口调查，了解这里有多少户，多少人，都多大岁数，一家都几口人，了解以后，我们还会统计并且分析。不光问您，我们还会挨家挨户地走下去。

裴远之：我们希望这些调查能对云南贫穷救济、公共卫生、教育普及等社会基层事业的开展有帮助。

老人摆摆手：这些我听不懂，但我信你们，进屋说吧。

大家开心地随老人往屋里走去。

农户家堂屋　夜晚　内景

铺着厚厚干草的地上，毕云霄、李丞林等人已经呼呼入睡。

堂屋一角的油灯下，程嘉树看着疲累一天的同伴，一种满足感在心里升腾。

他在本上记录下今天普查的数据：

户长　　　贾　男　　　76岁

妻	74 岁
长子	54 岁
次子	38 岁

……

这时，李丞林翻了个身，将手搭在了毕云霄的脸上，毕云霄梦中呓语一句，就又睡去。

面对此情此景，程嘉树笑了。

接着普查的数据记录，他继续写道：今天，我们调查了 30 户、150 人。某一瞬间，我恍惚以为自己又回到了步行团，不由得想起了你，润名。云霄说我像是被附体了，我也感觉到自己身上有了你的力量。叶润名，我会让你为我们骄傲！

程嘉树将日记合上，而这正是叶润名曾经的日记本。

这时，裴远之走到程嘉树身边问他：嘉树，还不睡？

程嘉树摇摇头：睡不着。

裴远之：走，屋外说去。

程嘉树随裴远之一起走到了屋外。

农户家小院　夜晚　外景

月光下，两人坐在农家小院里。

程嘉树：裴先生，今天我想起了步行团，也想起了叶润名。

裴远之：哦？

程嘉树：当时我们走进了一个靠种植罂粟为生的村子，有个叫贵生的十几岁的孩子，要养活抽大烟的父亲、病重的母亲和年幼的妹妹，可他从未放弃过生活的信心。

裴远之：我听润名提过这件事。

程嘉树：我当时想捐钱帮助贵生，闻先生说，捐钱只能缓一时之急，救一人一家之穷。真正的帮助是改造和建设社会，首先我们自己要成为一个有用之人。我不知道自己是不是个有用的人，什么时候才能变成有用的人，但是至少这次人口普查是一件有用的事，可能会真正帮助到这个家庭的事，我心里特别痛快！

裴远之听闻，十分欣慰，他抬头看看天，对程嘉树说：你看，今天的月亮真圆。

夜空中，风清月皎，静谧温和，北极星格外明亮。

程嘉树也抬起头：小时候我奶奶说，人死以后就会变成天上的星星，不知哪一颗是叶润名……

裴远之：有的人本身就是星星，光芒璀璨，无论他是活着还是死去，都会照耀着、影响着身边的人。

在这清风习习的夜晚，皓月当空，程嘉树和裴远之就这样静静地、静静地沉浸在各自的思绪与怀念中。

玉溪县城客栈外　白天　外景

几辆马车停靠在了路边。

祝修远、文颉等三青团成员终于到达了目的地。

从马上下来后，祝修远指挥着挑夫把他们一行人的行李搬进客栈。

文颉一路护着手中的行李箱，一刻都不松手。他看向远方，小声地跟另一位挑夫边说着什么，边比画着方位。

祝修远：大家先把行李安放好，一会儿我们先去县长家拜访，看看有什么能够先了解的，以便开展后续调查。

文颉：祝先生不好意思，我暂时不跟你们同去了。这里有个朋友，我想去看看她，很快就回。

祝修远神秘地笑笑：是去看林华珺吗？

文颉不好意思地笑了，默认。

祝修远：好，那你就直接回客栈会合。

文颉点头，拎着他的行李箱朝着刚才挑夫比画的方向走去。

乡下昆华中学教室　白天　内景

文颉刚走进学校，就听到教室方向传来了一阵朗朗的读书声。

林华珺（画外音）：白日依山尽，黄河入海流。

孩子们（画外音）：白日依山尽，黄河入海流。

文颉走到教室外，看到林华珺正在带领一群小女孩诵读这首《登鹳雀楼》。

一位女孩举手问林华珺：林老师，黄河是什么河？

林华珺：黄河是母亲河。

女孩接着问：那，黄河在哪里？

林华珺：黄河在中国北部，流经了好多个地方。

女孩：林老师，我们现在在哪里？

林华珺：我们现在在中国的西南方。

女孩：林老师，我想去看黄河。

其他女孩也十分踊跃。

"林老师，我们也想去。""我们也想看黄河。"

林华珺：会有那么一天的！同学们再跟我一起念一遍《登鹳雀楼》。

孩子们：登鹳雀楼……

乡下昆华中学教室外　白天　外景

已经下课，文颉和林华珺边走边聊。

文颉有意解释着：这次是学校组织了社会调查，刚好路过，顺道来看看你。

林华珺笑笑：我挺好的。

文颉：华珺，都已经暑期了，你怎么不回昆明？难道学校不放假吗？

林华珺：放是放了！现在来上课的都是附近村里的女孩。这里不重视女孩的教育，家里常常不愿意花钱让她们上学，甚至很小就给她们订了婚，到现在还有缠足的。

文颉：所以你想借着暑假办免费夜校？

林华珺点点头：是的。

不知不觉，两人走到了教师宿舍门口，文颉习惯性地直接走进了林华珺的宿舍。

乡下昆华中学教师宿舍　白天　内景

介于上次文颉的表现，林华珺不愿再和文颉走得太近。

林华珺站在门口，委婉地下逐客令：文颉，时间也不早了，赶紧回去吧，不要耽误你跟小组会合。

文颉像是没听懂林华珺的意思：不耽误。社会调查不过走个形式罢了，多我一个不多，少我一个不少。

文颉看到宿舍里其他老师的床铺已空，只有林华珺的书桌上还放着教材。

文颉关切地：你一个人住这儿不害怕吗？

林华珺：有什么害怕的，一贫如洗，我要是贼都懒得光顾。

文颉：可这穷乡僻壤的，尤其现在暑期，这里只有你一个女孩子，实在太危险了，要不我留下和你一起教孩子们读书吧？你还记得咱们在蒙自配合得多好。

林华珺：不用了，孩子们的课业我应付得来。文颉，社会调查是一项很有意义的工作，更值得你去做。赶紧回去吧。

林华珺再一次下逐客令。

文颉点点头：阿美的作业我给你带来了。

文颉打开箱子，把阿美的作业本递给了林华珺。他顺势从包里拿出了在胭脂铺挑选的雪花膏。

文颉：华珺，我给你买了一瓶雪花膏。

这瓶雪花膏彻底暴露了文颉的心思，林华珺本能地后退一步。

文颉：很香的，你试试？

林华珺：我不能要。

文颉本能地以为林华珺是觉得礼物太贵重。

文颉：钱的事你不用担心。今时不同往日了。忘了告诉你，我加入了三青团，这次社会调查也是随团一起来的，三青团福利很好，有助学津贴可以拿。而且我听说随着加入时间越久、职位越高，钱就会越多。

林华珺皱眉：文颉，加入社团是为了更好地参与实践活动，不是为了拿钱。

文颉：当然，我加入社团也是为了参与实践活动。我只是想告诉你，往后你不用过得这么辛苦，我会照顾你。华珺，有些话我藏在心里很久了……

林华珺感觉到了他要说什么，想要打断他：文颉……

文颉：你先让我把话说完！可能你已经忘记了，但我永远也忘不了在长沙的时候，当所有人都污蔑我、看不起我的时候，只有你安慰我，告诉我不必太悲观！也只有你懂我，知道我为什么难过。在我内心早就感觉干枯的时候，是你让我感受到了雨水的滋润。从那个时候起，我就……

林华珺不想听，打断他：文颉，咱俩是同学朋友，如果我做了什么让你误会……

文颉：我可不是只把你当同学和朋友。华珺，难道你看不出来吗？我喜欢你，我想和你在一起，照顾你。叶润名不在了，程嘉树也不管你了，但我会一直陪着你，做我的女朋友吧！

林华珺开口：在我心里，你只是同学、朋友，现在是，以后也是。

文颉：为什么？你对我就……

林华珺打断：对不起。

文颉：是因为叶润名？还是因为程嘉树？华珺，叶润名已经死了，程嘉树只不过是个不负责任的纨绔子弟，就让我照顾你好不好？

他情绪激动，情不自禁拉起了林华珺的手。

林华珺受惊，迅速甩开，恼怒地：文颉，请你自重！你走吧。

文颉不依不饶：我不走！除非你能给我一个理由。

林华珺：够了！

她的怒火震慑住了文颉，文颉终于冷静了一些。

林华珺：该说的话我已经说清楚了，你再这样，我们连朋友都没法做了！

林华珺后退一步，退到门口：请你离开！

文颉意识到自己冒犯了林华珺：对不起，我，我太冲动了，你早点休息，我，我改天再来看你。

文颉欲走。

林华珺看到雪花膏还放在桌上：这个雪花膏，你拿走吧。

文颉回身拿起雪花膏，低头离开。

玉溪县城客栈　　白天　　内景

文颉一脸阴沉和挫败，拎着行李箱又回来了。刚走进客栈，就遇到祝修远等人要往外走。

祝修远：文颉，你回来得正好，县长安排了接风宴，邀请我们过去吃饭。

文颉：祝先生，我不太舒服。

祝修远：你没事吧？

文颉：可能是有些水土不服。

祝修远：那你歇着好了，下次集体活动可就不准不参加了。

文颉脸唰地红了：祝先生，你们等我放下箱子，马上就来。

祝修远：别紧张，和你开玩笑的，我们走了。（突然想起什么）对了，见到朋友了吗？

文颉摇头，回答得斩钉截铁：没有！

乡下昆华中学外　白天　外景

程嘉树问裴远之：裴先生，下一户咱们去哪儿？

李丞林累得有些喘不上气：哎呀，我不行了。裴先生，咱们能稍稍喘口气再出发吗？

裴远之看了看其余几人也都有些疲惫，唯独程嘉树精神饱满。

他想了想，道：要不就原地休整一下吧，养足精神好上路。

大家纷纷席地而坐，或喝水，或重新打绑腿。

程嘉树看到毕云霄脱了草鞋，脚上起了血泡，便自告奋勇：我来帮你挑！

毕云霄表示怀疑：你……真的会？

程嘉树胸有成竹地拍拍自己：我好歹也是走过3500里的人，脚上长过的血泡比你起过的茧子都多。

毕云霄：程二少爷不得了了。行，那我可就把性命交到你手里了。

程嘉树：小题大做。

李丞林：程嘉树，我也起了血泡。

其余几人也附和道：我们也是。

程嘉树：别着急，排好队一个一个来。

程嘉树蹲在地上，认真地为毕云霄挑血泡。

这时，裴远之走到他身边，似乎经过了深思熟虑，幽幽地说了句：嘉树啊，前面就是昆华中学了，去看看她吗？

程嘉树手一抖，只听毕云霄一声哀号"程嘉树"，接着一阵大笑声，响彻乡间。

乡下昆华中学　白天　外景

一眼能看到头的几间简陋的屋子，都不足以称之为"校舍"，程嘉树看到眼前此景，不由得感到揪心。

他深吸了一口气，未迟疑便向学校里走去。

此时正值暑假，学校里空无一人。

程嘉树走过红土地、路过教室……每一步、每一处经过的地方，他都仔细打量着，试图寻找林华珺的痕迹。

第四部　昆明·蜕变

终于走到教师宿舍门口了。

程嘉树耳边回响起裴远之的叮嘱。

裴远之（画外音）：走到尽头，最破的那一间便是教师宿舍了，一到那里你肯定能认出来。

程嘉树矗立在门口，良久。

他盯着门口，仿佛视线能穿过这一道门。期盼、紧张、退缩……复杂的心情让他现在忐忑不安。

程嘉树深呼吸了几下，试图让自己平静下来，随后做出敲门的手势，只是很快又将手缩了回来。

程嘉树自我安慰道：程嘉树，不就是见个面嘛，怕什么？

程嘉树鼓起勇气敲门了……期盼的声音并未响起，他继续敲，还是无人应答。

他将手放在门上，稍微用了点力，门被推开了……屋里没人。

程嘉树既松了口气，又感到失落。

乡下昆华中学教师宿舍　白天　内景

程嘉树踏进宿舍，屋里除了床、书桌和凳子外，几乎空无一物。

他目光扫过——打着补丁的床单、斑驳的茶缸、一小碟咸菜……

看到林华珺在这里的生活痕迹如此简朴，程嘉树鼻子一酸。

书桌前，摆放着整齐的备课资料，程嘉树指尖轻轻触碰。他看到林华珺的小提琴也放在一角，往事被勾起。

闪回——

小提琴乐声隐隐传来，程嘉树被吸引。

一个长发女孩正微闭着眼睛，忘我地拉奏着小提琴。她的头发随着音乐的抑扬顿挫，在夏夜微风的助力下，肆意飘扬挥洒。

她回头，一张忧伤的林华珺的脸。

接回现实——

程嘉树沉浸在回忆中，情不自禁拨动琴弦，这时身后传来了一阵响动。他回头……

相隔数月，四目相对，终于重逢。

两人就这样静静看着彼此，谁也没说话，谁都不想也不知要如何打破沉默。

时间过去了一阵，林华珺率先打破沉寂，她举着手里的暖水瓶，对程嘉树抱歉地笑笑：还挺沉。

说着，就往屋里走。

程嘉树也回过神来：给我吧。

林华珺还是自己拿着，当她经过程嘉树身旁时，程嘉树想侧身让到一边去，不巧林华珺也从这一边绕过，两人撞到了一起，既紧张又尴尬地笑了。

林华珺打开暖水瓶，她也深呼吸了一口，颤抖着手在杯里倒上热水，她能感觉到身后程嘉树注视的目光。

林华珺：真不好意思，这里连茶叶都没有。

她转身递给程嘉树水杯，虽然故作镇静，但颤抖的手出卖了她，程嘉树看在眼里，接过杯子，像宝贝一样紧紧攥在手里。

程嘉树：哎呀，烫。

他边叫着边把杯子放到桌上。

林华珺本能地想上去察看他的手：没烫着吧？

当两人的手触碰到一起后，空气仿佛静止了，缓过神来，林华珺和程嘉树都把手默默地挪了位置。

林华珺：这么大的人了，怎么还是冒冒失失的，刚打来的热水，不烫才怪。

两人的气氛稍稍缓和了一些。

林华珺把凳子掸了掸：坐。

程嘉树坐下。

林华珺：你来做社会调查的？

程嘉树：对！裴先生、云霄、李丞林他们也来了。

林华珺：真的好久没见到大家了。

程嘉树又喝一口水，未料还是被烫到。

林华珺：不好意思，没有凉开水了。

程嘉树：没事没事，我喜欢喝热的。

程嘉树小口小口地喝，引得林华珺抿嘴偷笑。

林华珺：给我。

程嘉树不解，林华珺伸手接过他的杯子，然后拿起另外一个杯子，用两个杯子交替倒水，好让热水凉得快一些。

程嘉树看到林华珺的细心，莫名一阵心疼，有些难以释怀。

林华珺倒着水，程嘉树搓手看地板，都在努力寻找话题。

林华珺：听——

程嘉树：我——

两人的话撞到了一块儿。

程嘉树：你先说。

林华珺：物理课跟得上吗？

程嘉树：……起初有点吃力，不过现在好多了。

林华珺：你刚才想说什么？

程嘉树：我们在村口遇到一位姓贾的大爷，他说他孙女就在这儿上课。

林华珺点头：是燕子的爷爷吧。

程嘉树：怎么放假了还上课？

林华珺：我想趁着暑期办个夜校，让附近村里的女孩有地方可以学习。

程嘉树：像蒙自那样。

林华珺：对，像蒙自那样……

两人再次沉默了。

开水凉了一些，林华珺把杯子递给程嘉树。

程嘉树双手接过水杯，捧在手心，喝了一口，温度刚刚好，一如眼前的林华珺，令人甘之如饴。

林华珺：还烫吗？

程嘉树：不烫，刚好。谢谢。

两人虽想故作轻松，但是客气和不安还是十分显见，沉默占据了大部分的时间。

林华珺：对了，你们住哪儿？

程嘉树：现在还没找到落脚的地方。

林华珺：不如就住学校吧。

程嘉树：也好，我找裴先生他们去。

林华珺：我给你们准备晚饭。

程嘉树：嗯。

等他出了门，林华珺轻轻呼了一口气，看着桌上的两个杯子，复杂的情绪涌上心头，她微微笑了笑。

乡下昆华中学教师宿舍　白天　外景

程嘉树也长长地松了口气。

乡下昆华中学教室里　黄昏　内景

程嘉树、毕云霄和李丞林等一起把教室的桌子往角落里搬。

毕云霄抬着一张桌子的一侧：嘉树，帮我抬一下。

程嘉树显然心不在焉，站着发呆，没听到毕云霄喊他。

毕云霄提高音量：程嘉树！

李丞林拍了拍程嘉树：醒醒，帮忙抬下桌子。

程嘉树这才回过神，帮毕云霄抬起了另一边桌子，一同往角落移去。

放下后，毕云霄走到程嘉树身边：去吧。

程嘉树：什么？

毕云霄：魂都不在这儿了。华珺正在做饭，你去帮帮她吧。

程嘉树看了看好兄弟，两人心照不宣，程嘉树离开了教室。

乡下昆华中学厨房　黄昏　内景

乡下的大土灶，林华珺正在切菜，她的动作很娴熟。

"要帮忙吗？"程嘉树的声音在身后响起。

林华珺切菜的手顿了一下：准备做一道京酱肉丝。

听闻是自己最喜欢的京酱肉丝，程嘉树心中一动：买肉花了不少钱吧？

林华珺：用的是上次悦容姐带的钱。

两人心照不宣。

程嘉树傻站着。

林华珺：会拉风箱吗？

程嘉树：风箱？

林华珺用眼神指了指灶台下面的风箱。

程嘉树站着研究了一会儿，他蹲下身，试着往灶膛里加柴火，右手拉动风箱，可太过用力，一拉火却灭了，弄了一脸烟灰，狼狈得咳嗽不停。

林华珺笑了：你这堂堂物理系的高才生，风箱原理都弄不懂啊。

程嘉树还在咳嗽，林华珺蹲下在他身边：没事儿吧？

程嘉树艰难地吐出"没事"两个字。

林华珺看到他一脸烟灰，又可怜又可爱，于心不忍道：我教你吧。

说着，林华珺一边做动作一边讲解道：拉风箱也是有讲究的。刚生火的时候，风不能大，风一大就容易把火吹灭。你看像我这样，轻轻拉动就好了。

程嘉树像学生一样，蹲在林华珺身边乖乖听着。

林华珺：接着，等引火的柴草烧得差不多的时候，再放进些麦秆，就可以用力拉了。记住，拉风箱用的是巧劲，长拉短放、快拉慢推，才不至于弄得一脸灰。你试试！

林华珺松手，程嘉树接过。

此时，裴远之走进厨房，见此情形便悄声退了出去。

程嘉树接过拉杆，动作熟练了不少。

林华珺：果然是物理系高才生，孺子可教也。

程嘉树脸被火熏得发红，竟有点羞涩，卖力地拉着风箱。

林华珺看着他的样子，也不禁好笑。

林华珺在锅里倒上油，将切好的肉丝下锅，"呲"的一声，油烟冒起，热热乎乎的。

就这样，两个人一个烧菜，一个拉风箱，配合得越来越默契。这难得的相处时光，也让他们无比珍惜。

乡下昆华中学厨房外　黄昏　外景

晚霞边，厨房外的小院里，难得的惬意。

大家围坐在一起吃饭。

毕云霄看到程嘉树脸上又灰又红，尤其一双眼睛更是红得吓人，感到诧异：程嘉树，你到底经历了什么？

程嘉树：我啊，做了个物理实验。

毕云霄：什么实验？在这里能做什么实验？

程嘉树：简单，每顿饭都有机会，明天早餐就你来做。

毕云霄好奇：我做就我做。

程嘉树和林华珺相视一笑。

裴远之：华珺，辛苦你忙前忙后招待我们了。

林华珺：裴先生，您太客气了，难得在玉溪可以和大家相聚，我真的很开心。

毕云霄助攻一把：那我们以后可就常来了！对吧，嘉树？

程嘉树瞪了毕云霄一眼，"嗯"了一声，继续闷头吃饭。

林华珺：欢迎！裴先生，这次社会调查是学校组织的？

裴远之：是的。学校条件虽然大不如前，但现在也逐渐走上了正轨。基础教学外，深度研究、田野调查也都相继展开，很多院系都根据专业成立了课题研究小组，我们是县域社会调查课题中人口普查的一支小分队。

裴远之说得激情澎湃，林华珺听得也十分投入。

林华珺：裴先生，我在玉溪好一阵子，对这里还算比较熟悉。你们的调查走访如果有我能出力的地方，华珺责无旁贷。虽然暂时离开学校，但我还是联大的学生。

裴远之：好！

毕云霄：华珺，我们特别需要你的帮忙！对吧，嘉树？

程嘉树夹了一大口京酱肉丝塞进毕云霄的碗里：吃你的饭吧！

转而，程嘉树又偷偷瞟了一眼林华珺，继续低头吃饭。

玉溪县城客栈　夜晚　内景

文颉躺在床上发呆，回忆起与林华珺的对话。

林华珺（画外音）：文颉，在我心里，你只是同学、朋友，现在是，以后也是。……该说的话我已经说清楚了，你再这样，我们连朋友都没法做了！

文颉手中举着那一盒雪花膏，他静静地盯着，心中郁结难解。

房间门开，祝修远等其他团员回来了，文颉立刻把雪花膏偷偷藏在了枕头底下，切换成虚弱的表情。

祝修远：文颉，好些了吗？

文颉撑着床爬了起来：我还好。大家有收获吗？

祝修远把县志递给文颉：从县长那里把县志都拿来了，我们计划把县志认真看完，应该就能了解大半。

文颉：我觉得这样好，看了县志就好比我们把所有调查者都集中到了一起，由点及面，通过它就能看到全貌。

祝修远：对！县志上有我们需要的所有讯息。

文颉：祝先生，这样我们就无须挨家挨户走访了，但又能在最短的时间里了解所有数据，省时又省力。

祝修远：说得不错！

同学：我听说裴先生、程嘉树他们去了昆华中学落脚。

祝修远：我记得林华珺就在那里支教，程嘉树他们跟林华珺关系好，也难怪，肯定是投奔林华珺去了。

听闻这个消息，文颉心里怒火中烧，极其不是滋味。

空镜：夜晚　外景

乡下蝉鸣蛙叫，月朗星稀。

乡下昆华中学教室里　夜晚　内景

干草铺成的地铺上，大家都入睡了。

黑暗中，程嘉树睁开了眼睛，翻来覆去睡不着。他转了个身，发现和毕云霄正好脸对着脸。

毕云霄不仅磨牙，还打了个嗝。

程嘉树扇了扇味道：京酱肉丝里的葱都让你吃了吧！

实在睡不着，程嘉树索性起身，从行囊中拿出日记本，靠窗坐下。皎洁的月光照在他身上，恍如白昼。

透过窗户，程嘉树看到了院子对面的教室宿舍，只见教师宿舍的灯也还亮着。

程嘉树左思右想，几度提笔放下，终于在日记本里写下了一句话：今天见到她，真好。

乡下昆华中学教师宿舍　夜晚　内景

这一晚，睡不着的不止程嘉树。

一盏油灯下，林华珺伏案备课，却不停地分心。

她的眼神落到了一旁的小提琴上，程嘉树在宿舍抚琴的模样再次浮现在她脑海，林华珺将手放到小提琴上，极轻地拨动琴弦。

思绪太多，心里太乱，她合上了教材。

林华珺拉开抽屉，将教材放进去。在抽屉深处，她翻开《飞鸟集》，那道心形数学题依然还在……

乡下昆华中学外　早晨　外景

清晨天还未亮透，文颉便在昆华中学外徘徊。

一阵说话声传来，他立即躲在了遮挡物背后。

他看到林华珺和程嘉树、毕云霄、裴远之等人从学校里走出，彼此交谈十分融洽默契。

恨意在文颉心中越烧越旺，他死死地盯着这群人，直到他们消失在视线中后，才不甘心地离去。

某村村长家　白天　外景

林华珺、裴远之、程嘉树、毕云霄等围在一个年约六十的男子身边。

裴远之：村长好，我们这次来是要完成一个人口调查的课题，还请村长帮忙。

程嘉树：我们要挨家挨户走访调查，怕有个别老乡不理解我们的工作，希望村长能帮我们跟老乡们打声招呼、安排一下。

村长点头：放心吧，我一定出力！

这时，村长家的厢房传来了哭声，村长儿媳妇哄抱着小孩就出来了。

林华珺很温柔地询问：怎么了，你为什么哭？

程嘉树也扮鬼脸，想逗笑小孩，但小孩丝毫不领情，反而越哭越厉害了。

村长叹了口气：唉，你们有所不知，我这小孙子不会说话。

小孩还在哭。村长的儿媳妇边哄孩子，边告诉他们：生老大的时候满心欢喜，可到该会说话的年纪了，别家小孩都咿咿呀呀的，只有我家姑娘不说话。到了老二，我想应该不会这么倒霉吧，结果还是，真不知造了什么孽。

说着说着，女人就哭了。

村长有些无奈：不光是我家，村子里很多孩子都这样。村里人都在传，说我们村被诅咒了。

裴远之没说话，但他自始至终都在观察着村长：村长，您的脖子怎么了？

程嘉树等人这才发现村长的脖子确实比他们都要粗一点。

村长摸了摸自己的脖子，不以为然：脖子？

裴远之：您的脖子一直这么大吗？

村长：这么一看，好像是比你们大一点，不过我们这里的人脖子都大。

裴远之若有所思。

某村长家外　白天　外景

程嘉树：你们发现了吗？不仅村长脖子大，他儿媳妇的脖子也不小。

大家神情严肃地走在回去的路上。

李丞林：裴先生点出后，我盯着村长的脖子看了好一会儿，再对比我们的，确实不同。

林华珺：不留心观察，就会忽略。

毕云霄突然大叫一声：哎呀！

大家紧张地问他"怎么了"。

毕云霄：我想起咱们去贾大爷家，贾大妈也是大脖子。

程嘉树：一惊一乍，要被你吓出心脏病了。

裴远之：刚才村长说，大脖子在村里很普遍，他周围很多人都如此……

林华珺：这样看来，确实有些不对劲，因为我的学生当中也有几个聋哑儿。我原本以为只是特例，但今天得知村长的孙子孙女都是，那就绝不简单。

程嘉树：大脖子、聋哑，很可能就是这里的地方病。

裴远之想了想：我们还不能轻易下结论。这样吧，大家分头前往不同村子，做人口调查的同时仔细观察，记录下有多少人大脖子，有多少小孩不会说话，再看看还有什么我们没发现的。

大家神情严肃，纷纷赞同答道："好！"

玉溪县客栈　白天　内景

文颉心事重重走入客栈，坐在床边听着大家的讨论，想的却是自己的心事。

房间里，祝修远正和其他团员就调查情况进行讨论。

同学甲：祝先生，我们已经根据县志统计好了这里的情况，人口数、家庭关系、年龄……都包括在内了。

同学乙：是的！还好我们抢先一步拿到县志，听说程嘉树他们挨家挨户走访，还不知道要走到什么时候呢。

祝修远：大家做得好！聪明人就是要善于走捷径，利用一切条件和工具达到目的。这次我们有县志查考，得到了所有的数据，比群社快了不少。

同学甲：祝先生，咱们接下来要去哪儿？

祝修远：如果这里完成好了，咱们就按计划离开，前往下一处。

同学乙：祝先生，听说附近石林由平地耸立，大石连接，十分奇伟，您看我们现在比群社提前完成了调查，能否去附近石林游玩几天？

同学甲：是啊祝先生！据说那里石林绵延不断十余里，风景独好，现在刚好暑期了，您看……

祝修远：文颉，你是不是还想抽点时间去看林华珺？如果想去，尽管说，反正我们的调查工作已经结束了。

文颉掩饰着：不用，不用了，她不是还要招待群社的人嘛。

祝修远：倒也是。

同学甲：祝先生，去不去石林？

同学们殷切地看着祝修远，等待他的回答。

祝修远：好吧！

同学们欢呼，文颉脸上强挤出笑容，仍在回忆在昆华中学门口看到的一幕幕。

乡下昆华中学教室　夜晚　内景

夜已深，油灯下，程嘉树、林华珺和裴远之等人围坐在一起。每个人面前都放着大家这些天的调查结果。

程嘉树：裴先生，您看这一户，户主姓龚五十一岁，妻子李氏四十八岁，这户人家六名成人，一半都有大脖子病。

李丞林：而且三个小孩中，一人像是智力低下，另外两个小孩年纪太小，暂时还无法判断。

裴远之一边听，一边也在自己的本子上做着记录。

林华珺：我也把夜校女孩们的情况又了解了一遍，35名学生中，三名智力低下，两个聋哑儿。是我平时疏忽了，原本以为她们只是没接受过教育才反应慢、听不明白。

林华珺叹了口气，很沮丧。

程嘉树见状安慰她：这不怪你！如果不是深入走访调查，谁能想到班级少数的存在，其实是这里的普遍现象。

毕云霄：裴先生，这件事可大可小。

裴远之点头：既然我们通过实地走访，得到了这一组数据，证实大脖子病广泛存在，那几乎就能推断出——它就是地方病。

李丞林：你们说儿童智力低下、聋哑和大脖子病有什么直接联系吗？

裴远之：我甚至怀疑智力低下、聋哑都与大脖子病有着直接关系，但我们缺乏相关知识，难以判断。

毕云霄：裴先生，下一步我们要做什么？

李丞林：我们还要去别的县城继续进行人口调查吗？

裴远之：不，我们回学校。既然我们发现了这种地方病，就不能不管。明天一早咱们就回去，找专家教授分析和解决问题去。

要走了，程嘉树心下失落，林华珺的表情也有了微妙变化。两人的视线不约而同地望向对方，都极力掩饰着不舍的情绪。

空镜：夜晚　外景

夜已深，厨房外的小院里一片静谧，唯独一阵阵劈柴声从厨房里传来。

乡下昆华中学厨房　夜晚　内景

毕云霄：都大半夜了，你不睡觉了？

毕云霄边说边走进了厨房。

厨房里，程嘉树闷头劈柴，满头大汗，完全不搭理毕云霄。

程嘉树：让开，再不让开我的斧头不长眼，小心把你当柴劈了。

毕云霄挪了个位置，继续观摩程嘉树劈柴，感慨地：乖乖，你这是打算把林华珺一年的柴都劈完啊！

程嘉树不搭理他，继续劈柴。

毕云霄：有力气在这里劈柴，怎么就不能去跟她打开天窗说亮话，明明都还关心着对方……现在这算什么！

程嘉树：你不也关心叶润青吗？什么时候去航校看看她，跟她打开天窗说亮话？

毕云霄被噎住了，气不打一处来：你就一刺猬。真是狗咬吕洞宾不识好人心。程嘉树，我发现你现在变得唯唯诺诺的，还是原来的你吗？一点爷们儿劲都没有。

程嘉树依旧劈自己的柴：你最爷们儿，那你去航校，跟叶润青说去啊。

毕云霄：我在说你跟林华珺的事儿，你老扯润青干什么？有意思吗？

程嘉树：我劈个柴你在这儿叨叨叨，你有意思吗？

程嘉树又狠狠地劈了一根柴，把它们摞在一起，整齐地靠在墙边。

毕云霄更气了：你还别跟我提润青，要是没有你，润青也不至于去航校，我也不至于连她面都见不到，你就是一搅屎棍……

程嘉树：对，我是搅屎棍，你们是什么……

毕云霄愣住了：是什么？

程嘉树哈哈大笑，劈柴劈得更有劲了。

毕云霄猛地反应过来，十分气恼，大喊了一声"程嘉树"！

第四部　昆明·蜕变

乡下昆华中学　早晨　外景

一大清早，程嘉树独自一人背着背包、打着绑腿，站在了校门外。他走走停停，想用心记下这里的一草一木。

林华珺也早早来到了这里，两人相遇。

程嘉树：早！

林华珺：早。

两人默契地走在了一起，静静地散着步，有一搭没一搭地聊着，闲适安好。

林华珺：他们呢？

程嘉树：正收拾着。

林华珺：你起得真早。

程嘉树：是睡不着。

林华珺不语，两人继续走着。

程嘉树：每次去茶馆阿美都要问，（模仿阿美说话语调）华珺姐姐什么时候来看我？

林华珺被逗笑。

程嘉树：我说，我也不知道啊，等有机会见到她，我帮你问一问。

林华珺：你回去见到阿美，代我告诉她，等这期夜校一结束，我就回去看她。

程嘉树强压住喜悦：真的吗？

林华珺点头。

程嘉树：太好了……我是说，阿美知道后肯定要说太好了！

两人心里都暖暖的，这时裴远之、毕云霄、李丞林等人到了。林华珺朝他们走了几步，毕云霄一个劲给程嘉树使眼色。

林华珺：裴先生，这次没时间带你们四处转转，可惜了……

裴远之：我们不仅转了，还有了重要的发现。华珺，要没你带着我们挨家挨户走访，我们也不可能这么快就发现问题。

毕云霄：我也觉得这一礼拜待得真值得，我们程二少爷不仅学会了拉风箱、糊窗户，连地都会翻了。

林华珺愣了一下，不太明白。

李丞林：可不嘛，一双细皮嫩肉的手，几天之内，生生地磨出了一手水泡……

程嘉树：你们俩人说相声呢。

裴远之：嘉树手怎么了？

毕云霄：劈柴劈的呗。

林华珺看向程嘉树的手，程嘉树注意到她的目光，赶紧把手掌朝下，掩饰着。

程嘉树本想一带而过，说道：我没事。

奈何毕云霄抓过了他的手，把他的手掌强行掰开，只见程嘉树的两只手尽是血泡。

林华珺忍不住心疼：宿舍备着一瓶酒精，我去拿来给你消毒。

说着，林华珺转头就往回走。

情急之下，程嘉树拉住了她：真没事，别小题大做了。毕云霄，最近就你事儿多。

说完，程嘉树左手拉住毕云霄，右手驾着李丞林，就往前走去。他边走边回头，对林华珺说：华珺，我们走了，你保重！

身后，林华珺和裴远之站在一块儿。

裴远之：华珺，保重！早日回去把学业继续修完，我们昆明见！

林华珺点点头，眼眶渐渐湿润，目送着他们离开。

林华珺看到他们的身影越来越小，程嘉树仍不时回头冲她挥手，直到他们消失在了道路尽头。

林华珺回过身，往学校里走去。

经过她种的那片菜地，林华珺发现，所有的菜地都被重新翻过——

闪回——

程嘉树在认真地翻着菜地。

林华珺感动，她继续往回走，来到了宿舍边，发现原先那扇破旧的窗户也已被修好。

闪回——

趁林华珺没在，程嘉树把宿舍的窗户修好。

林华珺来到了厨房外。

乡下昆华中学厨房　早晨　内景/外景

林华珺推开厨房门，走进去，却呆住了——
只见眼前的厨房里，生生地堆了半屋子柴火。

闪回——
程嘉树彻夜不眠地劈柴。

这一瞬间，林华珺被深深感动，眼眶发红。她想到了程嘉树那双满是血泡的手。

这时，身后传来动静，林华珺转身回头，看到文颉拎着行李箱站在门口。

林华珺愣住了。

文颉冷笑一声：真是依依不舍啊……怎么样，感动吧？心疼吧？舍不得吧？

林华珺看了一眼文颉，什么也没说，就往厨房外走去。

文颉却堵在门口，嘴里不依不饶。

文颉：程嘉树砍点柴，你就感动得眼圈发红，我砍了那么多次柴，看了你那么多次，三青团的津贴刚刚拿到手，我就用所有津贴给你买了雪花膏，怎么连你一个笑脸都换不来呢？

　　林华珺听到这里，停了下来：文颉，谢谢你这半年对我和孩子们的照顾。我一直当你是同学和朋友，自问也是这样和你相处的，我问心无愧。如果我有什么举动引起了你的误解，我向你道歉。上次我已经把话说清楚了，你无须再跟我继续这个话题。

　　文颉：说到底，不在于做多做少，而在于谁做，一个穷酸小子做再多，又有什么用？还是比不过人家有钱少爷。我文颉哪怕付出全部，又怎么能跟叶润名和程嘉树这样身世显贵的少爷比呢？！

　　林华珺无比震惊，一直在自己面前表现得无比温和恭谦的文颉竟然会说出这般侮辱她的言语。你……你竟是这般看我的?

文颉冷笑:不要一副清高的样子,承认自己的内心有那么难吗?

林华珺深吸一口气,强压内心的愤怒和失望:我自己就是穷人家出身,父亲很早过世,母亲靠着典当和做零工供我上学。我知道在这样的环境里长大有多不容易,所以我能理解你的心情,但一个人的富有不在于钱包……

林华珺指着自己的心:而在这里!

文颉:够了,说得再好听,一个选择就出卖了你,你选择的是叶润名、程嘉树这样的人,哪怕你跟叶润青矛盾重重,也会照样为了去那些空军的所谓舞会,去穿叶润青那身华贵的礼服……你又何必自欺欺人呢?

林华珺:我不想去解释什么,人总爱相信自己愿意相信的事情。

文颉:说真话了吧,什么家世相同,所以理解我,不过是你给自己披的外衣罢了。

林华珺:文颉,你想过没,是不是在哪里,你选错了方向,错看别人,也错看了自己? 为何大家真心待你,你却觉得人人都针对你?

文颉:林华珺,你大可不必摆出一副你了解我,能看透我的样子,我跟你不同。

林华珺不再说什么,她迎着文颉愤怒的目光,一点也不退却。

文颉:没话说了吧。

林华珺气得浑身发抖:你说完了吗? 说完就请你离开! 立刻离开!

愤怒的情绪完全吞噬了文颉,他愤而离开。

乡间小路　白天　外景

文颉打开行李箱,狠狠地将雪花膏扔进了田间,头也不回。

青年服务社　白天　内景

昆明,青年服务社。

三青团成员一脸郁闷,十分丧气地散坐在屋里。

祝修远:同学们,虽然群社因为这次调查出尽了风头,但我们也完成了任务,大家别沮丧。

同学甲:祝先生,咱们也去了玉溪,怎么就没发现村民大脖子病的问题?

祝修远也百思不得其解，文颉则是阴着脸不说话。

同学乙：我知道，一定是因为群社在昆华中学落脚的原因。你们想啊，他们跟林华珺待了那么长时间，林华珺肯定帮了忙呗。

同学甲：对，林华珺去了那么久，对当地的情况肯定比咱们了解。

同学乙突然想起什么：文颉，你不是也认识林华珺吗，你们关系那么好，这情况她没跟你说？

此时的文颉又比在玉溪时冷峻了不少，看似波澜不惊的外表下透着一股阴狠。

文颉冷漠地答道：我和她不熟！

祝修远：我们还是应该多从自己身上发现问题，大家再接再厉吧！

祝修远的话并未起到什么作用，大家依旧歪七斜八地坐着，愤愤不平。

西南联大壁报墙　白天　外景

壁报墙前依旧人头攒动，墙上几乎都贴满了壁报。除了各个社团的招新外，还多了《热风》《腊月》《介绍与批评》等风格迥异的壁报。

文颉走到近前，观察着。

与上次不同的是，上次是三青团门庭若市，这次却换成了群社备受瞩目。很多学生围在《群声》的壁报前，议论纷纷。

"这就是那个发现了大脖子病的社团吧？"

"是啊，叫群社！"

"他们的壁报做得真不错，形式也最美，虽然大家争相模仿，可他们时时变换格式和内容，总是透着一股朝气！"

"都能在社会活动中发现地方病，难道还做不好壁报吗！"

"走，咱们去报名去。"

"去哪儿？"

"当然是群社啦！"

……

看到三青团的壁报皱巴巴的，且门庭冷落，文颉心里极其不是滋味。

中共地下党驻地　夜晚　内景

郭铁林和裴远之举着茶杯相碰。

郭铁林：远之，以茶代酒，祝贺你们这次出色完成任务！

裴远之：谢谢郭铁林同志。

两人将茶一饮而尽。

郭铁林：听说这次调查过程中，有的小组出现了很多错误和漏洞？

裴远之点点头：是有这么个情况。三青团根据县志所总结的内容出现了一些问题。

郭铁林：说来听听。

裴远之：我给您举个例子，比如登记的一户人家母亲五十岁，儿子三十九岁，儿媳三十岁。这里明显就有问题，一名五十岁的母亲不可能有三十九岁的儿子。

郭铁林频频点头。

裴远之：有时候调查员偷懒，把被调查者集中在一处，每户派来代表一人，调查员向此代表询问户内情况。常常短短几小时就查了百来户，漏户、漏人、谎报年龄、谎报残废等情况格外多。

郭铁林：引经据典，还需结合实践。群社和三青团道不同，不相为谋。虽然在发展社员和团员的过程中存在竞争，但还是要和平相处，不要发生冲突。

裴远之：我明白。

乡下昆华中学教室　白天　内景

林华珺仔细拆开包裹，取出一袋白色粉末状晶体，还有一封信。她打开信。

程嘉树（画外音）：华珺，你接到这袋盐时，一定感到惊异吧。它是化学系同学经过研究实验，添加了碘化钾的食盐。大脖子病还有一个学名——甲状腺肿，食盐加碘便是对症下药，政府已在此地方病多发区投放了加碘盐。这份喜悦与你分享，倍增欢喜。新学期教学之余，望你珍重身体。嘉树，于昆明。民国二十八年九月。

林华珺将信合上，打量着那一袋食盐，露出了微笑。

西南联大男生宿舍　白天　内景

程嘉树打开了手中的信函。

林华珺（画外音）：嘉树，当你得知随信还有一大袋洋葱时，请一定不要感到惊异。虽是存货，却也是孩子们亲手种下的一片心意，我已将它们寄给了双喜。孩子们说，家家都分到了加碘食盐，大家欣喜异常。我已将你赠予的那袋食盐珍藏，那是我们认真调查的见证。立秋刚过，我再次与孩子们一起撒下种子，新翻菜地的长势比往年更好了，待来年收获再与你分享。华珺，于玉溪。民国二十八年九月。

程嘉树放下林华珺的信，开心得不可抑制。

突然他想起了什么，大喊一声"糟糕"，便向宿舍外跑去。

西南联大食堂　白天　内景

程嘉树着急地冲进食堂，跑到双喜跟前，边喘边问他：华，华珺寄来的洋葱呢？

双喜一边流眼泪一边在砧板上切洋葱：正切着呢。

程嘉树：都切啦？

双喜：你自己翻翻麻袋，我现在不方便。

程嘉树翻找麻袋，在一堆洋葱皮里，翻出了硕果仅存的一颗洋葱。他掸了掸洋葱外表的土，像宝贝似地捧在手中仔细端详，然后心满意足地离开。

西南联大男生宿舍　白天　内景

一颗洋葱被栽进了盆里，程嘉树小心翼翼地为它撒上最后一层土，左看看右看看后，将它放在了床头。

程嘉树满心愉悦地看着它，心中的一颗种子也随着洋葱一起，慢慢开始萌芽。

润茗茶馆　白天　内景

文颉阴郁地坐在茶馆角落里，自斟自饮一壶酒。周围联大同学们的高谈阔论，似乎也与他无关。

阿美为同学们加水加茶后，往文颉身边的凳子上一坐。

阿美：文颉，华珺姐姐最近给我布置作业了吗？上一次她给我的书，我都看完了。

文颉心中郁结，冷眼看着阿美，丢下一句：我很久没去玉溪了，以后你就自己与她写信联络吧。

说完，文颉一口灌下剩下的酒，起身就走。

阿美呆在原地，感到莫名其妙：奇怪……

文颉往茶馆门口走去，不小心撞上了一位伙计，文颉愠怒，吼了一声：没长眼啊。

伙计手中的一份信函被文颉撞掉在地，伙计一边捡起，一边兴奋地冲阿美喊。

伙计：小姐，龙公馆又来邀请函啦！准又是请阿旺少爷和你参加龙云主席宴会的。

文颉虽有点迷瞪，可"龙公馆""龙云"的字眼他并没有落下。

文颉看了看阿美，喃喃自语：她家竟然和龙主席也有往来。

当下，文颉毫不犹豫地折返，走回阿美身边。

他一改刚才冷淡的态度：阿美，刚才你问我华珺的事？

阿美点点头。

文颉：你要问的是什么？

阿美：我想问华珺姐姐最近给我布置作业了吗？

文颉：哦……华珺在玉溪也挺忙的，这样吧，以后你的作业我来布置，功课也由我来辅导。

阿美将信将疑：可你刚才不是说让我自己跟华珺姐姐联系吗？

文颉笑了笑：刚才我喝多了，不算数……阿美，你放心，以后你的功课我负责到底。

西南联大壁报墙　白天　外景

壁报墙上张贴着联大新生名录，壁报墙前被围了个水泄不通。

"劳驾让一让！"

程嘉树、毕云霄领着丁小五挤进了围观的人群。三个人盯着新生名录看，丁小五的紧张写在脸上。

录取名单按照"文学院、理学院、法商学院、工学院、师范学院"的分类，列下了被录取的学生名字。

程嘉树：我找到理学院了……

毕云霄：在哪儿？我怎么没看到？

程嘉树：第三列！

丁小五：我也找到了。

几个人屏息凝视，目光顺着名字一个个往下扫。

理学院算学系的录取名单先出现。

程嘉树念着名字：吴光磊、王浩、张景昭、扶生……物理学系——

毕云霄、丁小五的目光也都在这里汇集，大家齐声默念着：张济舟、段纯、沈克琦、陆以信、丁小五……

丁小五兴奋：丁小五，丁小五是我吗？

程嘉树冲人群里喊了声：还有谁叫丁小五？

毕云霄：快对下考号。

丁小五核对后知道就是他，开心地抱住了程嘉树和毕云霄。

丁小五：是我，是我，我终于考上了！

程嘉树：我就说，你肯定没问题。

这时，他们旁边，一个皮肤黝黑、颧骨略高的男孩在默默哭泣。

程嘉树见状安慰他：同学，别难过。西南联大本来就不好考，今年不行，明年再接再厉！

那位同学抬起头，眼角还挂着泪珠：我，我考上了。

丁小五：考上了还哭。

那位同学：我……我高兴。

丁小五不由乐了，凑到他跟前，向他伸出手：祝贺你！我是物理学系一年级新生，我叫丁小五，来自北平。

那位同学也伸出手：我叫扶生，是算学系新生，我从腾冲来。

两只手握到了一起。

昆明老颜裁缝铺　白天　内景

丁小五踏进家门，看到屋里多了很多行囊。一个背影正在将旗袍、长衫一件件取出，挂成一排。

丁小五高兴地喊道：姑父！

此人转头，竟然是老颜。

老颜：小五。

丁小五：您什么时候来的？

老颜：上午刚到。

丁小五看到屋里的陈设：您这是？

老颜：姑父这次来，连裁缝铺一起搬过来了。

丁小五很高兴：这么说您不走了？

老颜：是啊，北平被日本人占领以后，生意是越来越不好做，前些日子我的裁缝铺也被他们给征用了，我被赶了出来，没地方可去，只能南下到昆明，重新开个裁缝铺，靠手艺吃饭了。

西南联大　白天　外景

方悦容、裴远之两人散步，路过一间教室。

裴远之：每到周末下午，很多商铺老板就叫伙计关店面，赶到礼堂听联大先生们的演讲，有时说到国破家亡处，台上台下便哭作一团。

只见门窗外挤满了形形色色的旁听者。教室里，冯友兰在上"中国哲学史"。

方悦容注视着眼前的景象，感慨道：我还能想起两年前在长沙，为了解决同学们的被褥问题，生活艰难，但挺一挺还是能过去的。

两人漫步在校园里，时光仿佛回到了长沙时。

方悦容笑着看向了裴远之。

这时，郑天挺低着头，若有所思地独自从他们身边经过。

裴远之喊了几声"郑先生"，郑天挺方才听见，停下脚步，走到他们身旁。

方悦容：郑先生，您这是去哪儿？

郑天挺一脸惆怅：刚从银行回来。（轻叹了口气）教育部增加了贷金，可这也赶不上物价急剧上升的速度啊……

方悦容：是啊，原来一百斤大米不过十几块钱，现在要五六十了！

方悦容轻轻叹了口气。

西南联大男生宿舍　白天　内景

程嘉树写道：……有时，记者范长江[1]、陆诒[2]会来学校讲八路军在华北抗战的情况，我们也去帮抗战军人家属代写家书，上周我们还在大板桥、龙潭街演唱《我们在太行山上》等抗战歌曲。当更多地接触学校之外的世界，当与乡民们目光相接的瞬间，我突然意识到，当我们在改变他人的同时，也正在被他人改变着，这种豁然贯通的感受，华珺，你也有吧？我们已经开学，你一切可好？

一组蒙太奇镜头，展现程嘉树信中内容——

群社食堂　白天　内景

包括程嘉树、毕云霄在内的群社成员，围绕在记者范长江、陆诒身边，听他们讲抗战形势和八路军在华北抗战的情况。

经过社会调查一事后，群社吸引来的人越来越多，里三层外三层，都快站不下了。

（字幕：记者　范长江　陆诒）

乡村小院　白天　外景

程嘉树在为抗日军人家属代写家书。

乡村街头　白天　外景

程嘉树、毕云霄和双喜、丁小五等人在裴远之带领下，在街头演唱《我们在太行山上》。

蒙太奇结束。

1　范长江（1909-1970），出生于四川省内江市农村。青少年时代就追求革命、追求进步，积极投身抗日救亡运动。1939年，他加入中国共产党，先后担任新华社总编辑、新闻总署副署长、人民日报社社长等新闻宣传单位重要领导职务，是中国杰出的新闻记者，中国新闻家，社会活动家。

2　陆诒（1911-1997.1.9），江苏省上海县（今属上海市）人。中国共产党党员，中国民主同盟盟员。著名新闻工作者。

程嘉树放下了手中的笔，盯着他越长越高的洋葱。殊不知毕云霄和丁小五此时已经悄无声息地走到了他身后。

这两人恶作剧般，一起默念着"1，2，3"，随后又一起大声喊"程嘉树"！

程嘉树被吓了一跳，见是他俩搞的鬼，狠狠白了一眼。

程嘉树：幼稚！

丁小五瞄了眼程嘉树桌上摊的信纸：嘉树哥，你在做什么呀？

程嘉树背过信纸：没什么。

丁小五：没什么你为什么对着洋葱发呆？

毕云霄：红豆生南国，春来发几枝。小五，你嘉树哥在思念洋葱的另一端。

丁小五似懂非懂：洋葱的另一端？

程嘉树：打住！吓我为何事？

丁小五从袋中取出一件新衣，递给程嘉树：嘉树哥，我是来给你们送衣裳的。

毕云霄指了指自己身上：我已经穿上了。

程嘉树也把衣裳往身上一披：哪来的衣裳？料子和剪裁真不错！

丁小五：我姑父以前在清华附近开裁缝铺，他刚来昆明，听说我能考上联大物理系，多亏了各位学长的帮助，他说献丑做几身衣裳，可能不一定合身，还请大家多包涵。

程嘉树：你姑父太客气了！他连见都没见过我和云霄，就能做得这么合身，这手艺真是太棒了。

他满意地打量着自己身上的新衣，瞥到了那颗洋葱，突然动了念头：小五，我还想找你姑父定做一件衣裳，你带我走一趟？

丁小五：没问题，嘉树哥。不过，你能不能先陪我去趟赵先生办公室，我姑父也给他做了件衣裳。

程嘉树：走。

　　　　　　　　赵忠尧办公室　白天　内景 / 外景

赵忠尧正在读杂志：近四个月里，由于法国的约里奥·居里和美国的费米及西拉德的努力，使得在大量的铀中能够引起一种链式核反应，大有实现的希望。

吴大猷接着念道：在这种反应中，能产生极大的能量，同时也会产生大量新的像镭一样的放射性元素。现在我们几乎可以确定，在不久的将来就能完成这种反应。

赵忠尧和吴大猷对刚才的内容感到震惊，互看彼此。

赵忠尧：希特勒挑起了第二次世界大战，流亡科学家说服了爱因斯坦，他给罗斯福总统写了这封信。

赵忠尧若有所思地放下了手中的杂志。

赵忠尧：这是不是意味着可能会制造出更有威力的新型炸弹？

吴大猷点点头。

两人沉默了一会儿，还在为杂志的内容感到震惊。

吴大猷：必须有所行动了！不然我们的现代物理只会永远停留在理论阶段。忠尧，你有什么打算？

赵忠尧拿起桌上的一支铅笔，在图纸上画了起来，边说边向吴大猷展示着。

赵忠尧：我想给高年级学生开设高能物理课，或设计一台小型回旋式粒子加速器，否则辛苦带出的镭就没有了价值。

吴大猷点头表示赞同：虽然条件受限，我也准备利用抢救出的设备，继续研究拉曼效应。

这时，一位老师走进办公室，来到赵忠尧身边。

老师：赵先生，门口有学生找您。

赵忠尧走到门口，见是程嘉树和丁小五。两人见到赵忠尧，便迎上前。

丁小五双手奉上新衣裳：赵先生，送您。

赵忠尧有些犹豫，出于礼貌还是接了过来：这是？

程嘉树：小五的姑父是位好裁缝，从北平到了昆明。赵先生，不仅您有，我和云霄也人手一件。

赵忠尧：小五，替我谢谢你姑父。

丁小五：赵先生，您客气了。

赵忠尧：你们来得正好。刚才我还跟吴先生谈起我们现在的物理课，战争环境虽然限制了实验物理的条件，但如果不继续保持研究的技能和精神，如何在战后进行学术重建呢？我决定开设高能物理课！我们带来的50毫克镭，也可以派上用场了。

程嘉树：赵先生，我能参加吗？

赵忠尧：这还用说！

丁小五：赵先生，那我呢？

赵忠尧：虽然这门课针对高年级同学，但低年级的同学如果有兴趣，我也很欢迎你们来旁听。

丁小五灿烂地笑了：太好啦，谢谢赵先生！

昆明老颜裁缝铺门口　白天　外景

丁小五：嘉树哥，到了，就是这里！

程嘉树停下脚步，只见门楣已经挂上了"老颜裁缝铺"的招牌。

昆明老颜裁缝铺　白天　内景

丁小五领着程嘉树走进了裁缝铺。相较于几天前，铺面收拾得更妥帖了。

丁小五冲里屋喊：姑父，我回来了。

"回来了啊……"搭着腔，老颜便从里屋走了出来。

老颜眼神更狡黠而富有深意，他做出惯常的老实而又慈祥的仪态，盯着程嘉树。

丁小五：姑父，这位是……

老颜打断了丁小五：小五，让姑父猜一猜……（想了想）程嘉树？

程嘉树：颜叔怎么知道我？

老颜：我这妻侄啊，每天把你挂在嘴边，说你最照顾他，就属你跟他关系好，要不是你，他哪能一次中举！

丁小五在一旁嘻嘻笑着：姑父，您常年在清华门口开裁缝铺，怎么还搞不清，我这叫考大学，中举那都是前朝的说法了。

老颜：咳，赖我，叫惯了。

程嘉树：是小五天分高，又肯下功夫。听他说，是您供他上学，还鼓励他学物理，这里面您功不可没。

老颜：哪里，这孩子在清华旁边长大，打小就好学习。

丁小五：姑父，嘉树哥想请您再做件衣裳！

老颜：哦？怎么？给你们的衣裳不合身？

程嘉树：颜叔误会了，那件特别合适。我是看您手艺好，想冒昧请您再帮我做一件。

老颜：一样的尺寸？

程嘉树脸微红：不，不是我，我想请您做一身女装。

丁小五饶有兴趣地听着：嘉树哥，该不会是送女朋友的吧？

程嘉树：女生，朋友。

丁小五：是云霄哥提过的华珺姐吗？就是你今天写信的那位对不对？

程嘉树震惊：好个毕云霄！什么时候借上你姑父的针线，把他嘴缝得严严实实。

丁小五在一旁咯咯笑。

老颜听在耳，记在心，默念道：华珺，好熟悉的名字……

程嘉树：是吗？原来是北大的，以前没准也在您铺里做过衣裳。

老颜：这倒有可能。料子都在这边，你选选看，想做件什么样式的？

程嘉树开始认真打量起眼前的料子。

西南联大收发室　白天　内景

文颉拿走自己的信件，正准备离开时，眼角余光瞄到了熟悉的字迹。

他拨开遮挡的信件，完整的信封展露在他眼前，"程嘉树 启"，落款处"林华珺"三个字也分外刺眼。

文颉毫不犹豫地顺走这封信，而后镇定地离开。

同场转——

收发室人来人往，文颉离开后不久，程嘉树进来，满怀期待翻找着信件，寻找他的名字。可找来找去也找不见。

程嘉树又等了会儿，问收发室：大爷，邮局今天还来送不？

大爷：不来了。

程嘉树失望又疑惑地离去。

西南联大锅炉房　夜晚　内景

林华珺（画外音）：你说的豁然贯通的感受我也曾体会。

在林华珺的画外音中，文颉摊开林华珺的信，双手因为嫉妒和愤恨颤抖得厉害。

林华珺（画外音）：那是在蒙自，因我们用知识为当地人拨开认识世界的门缝，哪怕只有一丝，也足以让阳光照进他们好奇的眼中。

伴随着画外音，文颉将信撕碎，一片一片扔进锅炉里。

林华珺（画外音）：我逐渐意识到，教书育人不再空洞，我心怀愉悦。你提到群社活动带给你们改变，是否也让你甘之如饴？

火焰很快就吞没了纸片，熊熊燃烧着的还有文颉心中的怒火……

西南联大男生宿舍　白天　内景／外景

老颜手上提着一袋东西，走进男生宿舍。此时，宿舍里人不多，老颜四处张望。

一位同学见他鬼头鬼脑，有些可疑，便问他：请问您找谁？

老颜：我找嘉树。

同学：嘉树上课去了，您可能需要等一会儿。

老颜：不碍事不碍事，我给他送衣裳来的，搁他床位就好。

同学指了指程嘉树的床铺：那张。

老颜迅速走到程嘉树床铺前，将衣裳整齐地放下。

老颜：同学，再向你打听点事儿。你知道实验室怎么走吗？我侄子丁小五刚入学，我想给他送点东西去。

同学：您出了宿舍，走到路口右转，再往前过两个路口，左手边就是了。

老颜：谢谢啊。

老颜流连地走出男生宿舍，机警地打量着周遭的环境。

实验室　白天　外景

老颜走到实验室门口，透过窗户，从他的视角，可以看到毕云霄等人在里面做与弹药相关的化学实验。

程嘉树宿舍　夜晚　内景

程嘉树在信笺上写道：上封信已寄出多日，仍未收到你的来信，大概因为开学，你需要操持的事太多。今天听叶企孙先生演示伯努利原理，他拿着个带管子的小漏斗，另一手把豌豆从漏斗上放下去，同时用嘴在管子的另一端吹气，豌豆飘在漏斗中间，既掉不下来，也没有被吹的气冲走。是不是有趣又耐人寻味？我好像也更能从中获得乐趣了。

床铺上，新衣裳摆放得整整齐齐。

程嘉树看了一眼，又接着写道：华珺，你一定想不到，从前北平的一位裁缝也到了昆明，随信寄去的衣裳就是他的手艺。

这时，宿舍里传来一阵歌声，有人哼唱起了《蓝色多瑙河》。合唱的人越来越多，程嘉树也加入其中。

他写信的调子，不由也变得欢快了起来。

程嘉树：南屏大戏院就要开张了，如果你回昆明，提前告诉我，不妨一起去看场电影吧。盼复。

青年服务社　白天　内景

文颉等三青团成员在等待，祝修远引导着一名四十岁左右、文质彬彬的男子进入房间，文颉等三青团成员纷纷起立。

祝修远：这位是新任的三民主义青年团驻昆明办事处主任周宏章先生。

文颉带头鼓起掌来。

周宏章：同学们好。三青团成立的初衷，就是希望能吸纳像你们这样有理想、有追求的爱国青年。现在大家有义务贯彻党的最新政策，希望同学们重点记住五届五中全会制定的方针指示，那就是"溶共""防共""限共"和"反共"。

文颉在本子上重重地写下了这八个字。

成员甲：周主任，您的意思就是以后我们可以公然反对他们了？

周宏章：原则上来说是这样的，本次会议专门设置了防共委员会，并且通过了委员长亲自提案的《限制异党活动办法》。

众三青团成员交头接耳，议论纷纷。

祝修远：大敌当前，防共归防共，重点还是要一致对外，不能把精力全部消耗于内斗，兄弟阋于墙而外御其侮，否则，置民众的利益于何处？

文颉：祝助教，恕我不能苟同，很多时候，恰恰是祸起萧墙，既然党内如此重视，则可想而知共党隐患之深，不能小觑。周主任，我愿以身作则，认真贯彻党的五届五中全会的方针指示！

周宏章：这位同学说的好！

文颉拿出一张《微言》壁报，恭恭敬敬地递给周宏章。

文颉：周主任，这是我写的壁报文章，请您审阅。

周宏章观看《微言》壁报，脸上露出了笑容。

周宏章：八路军游而不击，好！你叫什么名字？

文颉：文颉！

周宏章：文，颉，仓颉造字，文采风流！好！以后《微言》就由你来负责了。至于办报的方向嘛，在现在的基础上继续放大。明白我的意思吧？

文颉：请周主任放心，文颉明白！

西南联大壁报墙　白天　外景

三青团《微言》壁报上一个大大的标题"八路军游而不击"映入眼帘，文章署名文颉。

同学们在壁报前围观，有人念出了文章的内容。

"建议取消陕甘宁边区，取消八路军、新四军……"

人群中，裴远之和方悦容默默抽身离开。

方悦容有些愤怒：公开发表这些言论，他们这是要干什么！

裴远之：这明显有悖国民党公布的团结抗日国策，对抗战大业极为不利。别看三青团只是个社团组织，但却是风向标，我总感觉，风向似乎不太对。

方悦容也忧心忡忡：形势恐怕会越来越严峻……

群社食堂　白天　内景

饭被双喜舀进了程嘉树的碗里，只有一勺，刚够半碗。

程嘉树很吃惊：半碗？怎么够吃？再来点啊！

双喜冲程嘉树使眼色，示意他先走开，程嘉树并未接茬。

程嘉树：再来一勺！

双喜故意视而不见：下一位。

程嘉树只好无奈地走开：好你个双喜，翅膀硬了。

接着轮到了排在他身后的毕云霄。

程嘉树择桌而坐，面对着半碗饭很是犯愁。紧接着，毕云霄也在他身边坐下，同样是半碗饭。

程嘉树看了一眼：双喜？

毕云霄点点头：莫名其妙！我这么大个儿，怎么够吃？！

两人扒拉着餐盘里的菜，不出所料，全是素的。

程嘉树：多久没吃肉了？

毕云霄：我已经快记不得肉味了。

程嘉树看了一眼汤：清汤上漂着一根大葱，就叫它"青龙过江"吧！

这时，双喜走过来，在他们身边坐下。

程嘉树：你还好意思过来！

双喜压低声音，凑近说道：少爷，毕公子，我是有意的！

毕云霄：我们看出来了，你确实是有意的。

双喜：不是，你们听我说。先盛半碗，迅速吃完，赶在饭被盛光之前赶紧再盛满一碗。这是我们最近试验过的，能吃最多的方法……

双喜刚说完，毕云霄就快速地把饭连扒拉带倒进了肚子里，又起身排队去了。

双喜：你也抓紧啊。

程嘉树仍旧不紧不慢地：至于吗？

双喜：至于！你可能还不知道，这数我们最清楚不过了，现在都是等到午后市场快要停业了，才去找买得起的便宜货。带回来的常常是烂得不成样的卷心菜叶。

程嘉树：难怪连肉沫星子都闻不着了。

双喜：有时候运气好才能带回一丁点毛皮肉。

毕云霄抢着盛回了满满一碗饭回来，得意地展示给程嘉树和双喜看。

毕云霄欣慰地：最后一碗让我赶上了。

接着他就满足地吃了起来。

这时，李丞林等群社成员带着一股怒气，在他们身边重重坐了下来。

李丞林：太过分了！

程嘉树：怎么了？

李丞林：三青团，文颉在壁报墙上贴了一篇文章，说八路军游而不击，还说建议取消八路军、新四军和陕甘宁边区。

毕云霄：这不是胡闹吗！亏他能编得出来，游而不击，他这是颠倒黑白，抹杀了大家的努力。

李丞林：是啊！在民族存亡的紧急关头，国共开始了第二次合作，共同抗日。现在他们翻脸不认人了？！

在他们交谈间，裴远之也已默默在他们身边坐下，喝"青龙过江"，吃菜叶子。

裴远之：司马昭之心路人皆知，三青团这是破坏国共联合抗日阵线，是将对外抗战转向对内反共反人民，是光天化日之下的挑衅，将会给抗战事业带来极大危害。

李丞林：裴先生，那我们接下来应该怎么做？

裴远之：中共中央在"七七事变"两周年时，发表了《为抗战两周年纪念对时局宣言》，提出了三条路，"坚持抗战，反对投降；坚持团结，反对分裂；坚持进步，反对倒退"，我想这就是全国抗日民众继续坚持的道路，也是我们群社应该坚持的道路。

群社成员纷纷点头表示赞同，程嘉树也认真地听着，若有所思。

就在他们说话间，警报响起，大家熟练又有秩序地起身离开。

通往后山的路上　白天　外景

程嘉树抱着林华珺寄来的洋葱，裴远之拎着纸袋，两人并肩走在通往后山的路上。

毕云霄抱着爸爸和哥哥的遗物，双喜带着几块馒头，李丞林背着一壶水、夹着一卷泰戈尔诗集走在他们身后……跑警报的人成群往后山迁移着。

金岳霖拎着一个很小的手提箱，从他们身边经过。

程嘉树问他：金先生，您箱子里装的是什么？

金岳霖：和朋友的通信。还数你手里的别致。

程嘉树嘿嘿一笑，洋葱在他精心呵护下确实又长高了不少。

沿路，昆明做小买卖的也来"安营扎寨"，卖丁丁糖的，炒松子的，还有驮着货物的马帮经过，好不热闹。

古道两旁的山野，能看到各自寻找到合适地方待着的联大师生们，大家心平气和地各做各事。

裴远之看到吴宓在看一本书，便问道：吴先生在读什么？

吴宓将封面展示给裴远之和程嘉树看，那是一本《涅槃经》。

通过程嘉树的视角，不远处，费孝通教授一边啃面包，一边翻译书稿。

生物系李继侗教授指着路边的马尾松，向同学们介绍：马尾松，松科，喜光，喜温，喜微酸性土壤。大家闻到很重的松脂气味，就是它发出的。

马约翰老师带两队穿着短袖的同学们，从程嘉树身边向后山整齐地跑去。

毕云霄突然感觉有些不对劲，捂住肚子：不好……

他跑上前，将手中的东西往程嘉树手里一塞，便往古道后的林子深处跑去了。

程嘉树笑：刚才吃多了吧。

裴远之见程嘉树手满拿不下东西，便主动接过，帮他分担。两人默契地放慢了行走的节奏。

突然之间，程嘉树看着裴远之，认真地问他：裴先生，您是共产党吗？

裴远之脸上并无太多讶异的神色，他坦然地转过头，诚恳地对程嘉树微笑承认：是！

两人之间微妙的气氛略微有了些不同。

裴远之：你如何看出的？

程嘉树：您对共产党的方针政策如此熟悉，对要走的道路坚定坦然、有理有据。裴先生，我如果连这逻辑都看不明白、分析不出来，还对得起西南联大理学院吗？！

裴远之笑笑，表示欣慰：你眼中的共产党员是什么样的？

程嘉树：您这样的！

裴远之：我哪样？

程嘉树：积极、从容、坚定、宽容……我再继续说下去，您都要不好意思了。

裴远之很欣慰：哈哈，那好，就不说了。

两人之间的气氛又轻松了下来。

程嘉树：裴先生，我特别好奇文颉那篇文章。

裴远之：哦？你说！

程嘉树语速很快：什么是游击战？陕甘宁边区又是什么样子的？八路军和新四军这些年都做了什么？还有……

裴远之：慢点说，慢点说，我一个个解答你……

就这样，两人肩并肩，在跑警报的奇特氛围里，向着远山走去。

西南联大男生宿舍　夜晚　内景

桌上摊着一摞旧报纸，毕云霄、李丞林等几个群社的同学在剪报。

毕云霄突然把剪刀和报纸往桌上一放，深深叹了口气：气人！在八路军、新四军英勇抗日的事实面前，我看文颉还能如何破坏团结！

程嘉树坐在一旁看似发呆，但脑中回想着裴远之的话。

闪回——

通往后山的路上　白天　外景

裴远之：毛泽东同志说，游击战争基本原则，就是"敌进我退，敌驻我扰，敌疲我打，敌退我追"。

程嘉树：敌强我弱，需保存实力，以图后效，这是大智慧！那陕甘宁边区呢？

裴远之：陕甘宁边区是中国共产党的根据地，是敌后抗日的大后方！原来叫陕甘苏区，后来基于国共合作协议，才更名为陕甘宁边区。我党在那里进行抗战动员，开展大生产运动……

闪回结束。

西南联大男生宿舍　夜晚　内景

程嘉树翻开了叶润名的日记。

他看到了一段话：当地农民提到当年长征红军曾经经过，从不拉夫抓壮丁，却还开仓济贫。论到兵力紧缺，当年的红军不是更紧缺吗？为什么他们却不抓壮丁呢？

程嘉树拿起一张张满载八路军、新四军和敌占区人民抗日事迹的剪报和照片，看了起来。

《坚守晋北天险》《以游击战著称的八路军士兵之勇姿》……

渐渐地，叶润名日记独白的声音，和程嘉树的声音合二为一。

叶润名日记：我很喜欢鲁迅先生的一句话，"有一分热，发一分光，就令萤火一般，也可以在黑暗里发一点光，不必等候炬火。"

西南联大壁报墙　白天　外景

壁报墙上，张贴着《群声》《冬青》《腊月》等最新出炉的壁报。

毕云霄、程嘉树、李丞林等群社成员站在壁报旁。

李丞林：同学们，今天我们就要让大家看看什么才是真相！

李丞林的说话吸引了越来越多同学朝壁报墙靠拢，这其中也包括了文颉、闻一多等人。

李丞林："八路军游而不击"？根本就是捕风捉影，颠倒黑白，造谣中伤！

程嘉树也看到了文颉：文颉，你来得正好，睁大你的眼睛好好看一看。

围观的同学们念起了《群声》等壁报上的内容。

"9月25日，设伏在平型关口以东五公里处的——五师全歼日军第二十一旅团辎重队一千人，成为抗战以来的首次对日作战胜利。"

"1938年7月6日，新四军第2支队第3团一部在安徽省当涂与芜湖之间，伏击京（南京）芜铁路上日军运输物资之火车，击毁日军军车一列，缴获大批军用品。"

……

在这些铁的事实面前，文颉脸色渐渐黯淡，越来越难看。

李丞林发难：文颉，你凭什么说八路军游而不击，你居心何在？

毕云霄：破坏抗日统一战线，是你想看到的吗？

舆论纷纷倒向了群社这边，文颉脸上无光，更加尴尬，他匆匆离开了壁报墙。

西南联大　白天　外景

文颉离开后，迎面撞上了闻一多。

文颉：闻先生？

闻一多：文颉，短短时间，看来三青团不仅给你发了助学津贴，确实也让你改变不小，我想你还有更重要的前途要奔赴，读书早就满足不了你了吧。既然这样，也就不必继续帮我整理书稿了。

闻一多说完，便离去。

文颉看到壁报墙前，程嘉树等群社成员掀起的舆论，再看到闻一多拂袖离去的背影，心里特别不是滋味，愤恨的感觉更加强烈。

后山　白天　外景

程嘉树和毕云霄一人一份丁丁糖，安适地站在一块儿，程嘉树手中抱着洋葱，毕云霄手中是爸爸和哥哥给他的牵挂。

他们周围，熙熙攘攘，各色跑警报的人各得其所。

程嘉树：这次风波总算是过去了。

毕云霄：如果他们再闹事挑衅，我一定还会坚决反击回去。

程嘉树：云霄，问你个问题啊。

毕云霄：说！

程嘉树：你是共产党吗？

毕云霄一口丁丁糖差点噎着，猛地咳嗽，程嘉树帮他拍背。

程嘉树：真是？

毕云霄越想开口，越咳得厉害，开不了口。

程嘉树：好了好了，我知道了，你是，行了吧？别激动。

毕云霄好不容易咽下，缓过劲来：我，我不是……

听了毕云霄的回答，轮到程嘉树噎着了，咳个不停。

毕云霄：难道你是？

程嘉树还在咳。

毕云霄：真看不出来啊，原来你是！

程嘉树总算缓过劲来：我也不是！

毕云霄：那你咳什么？

程嘉树：我以为你是！

毕云霄：为什么你以为我是？

程嘉树：在群社论积极程度，你能落于谁后？

毕云霄：我就是见不得有人颠倒黑白，蓄意破坏抗日统一战线的成果。我不管这党那党，哪里能抗日哪里能救中国，我就去哪里。以前是，现在是，以后也会是！

程嘉树点点头：这倒是像你……

毕云霄：倒是你，程嘉树，我看你最近也越来越积极了。以前只有学术兴趣小组能找到你，现在又是社会调查，又是宣传抗日、慰问军人。那天晚上我也注意到你了，看共产党抗日英勇事迹的时候特别认真！快如实交代。

程嘉树表情突然认真了起来：我确实对他们有了更多兴趣，我很好奇这是一种怎样的力量，能让他们拥有如此坚定的信仰。

两人都心照不宣，相视而笑。

程嘉树：毕业之后有啥打算？

毕云霄：去前线，上战场！哪里能抗日，哪里能救国就去哪里。你呢，你有什么打算？

程嘉树：两年时间说快也快，不过我还没想好。现在除了群社活动，我就一门心思学习。赵教授开高能物理课，我也是其中一分子。我想学成之后，大可为国家利器，小可为锋矛利箭，于国于民于我都是一件值得的事。

毕云霄郑重地拍了拍程嘉树的肩膀，特别认真：嘉树，虽然你栽洋葱这件事让人匪夷所思，我一度怀疑你脑子是不是出了什么问题。但看到你也在思考何以救中国，身为你的好兄弟，为你高兴！

程嘉树：云霄……

毕云霄满是期待地看着程嘉树，不知道他要说什么。

程嘉树冷不丁吐出两个字：吃糖。

毕云霄开心地又吃下一块丁丁糖。

程嘉树：你想过没，还有一种选择是毕业后留校，读研究生，当助教，继续钻研物理课题？

毕云霄：从来没想过。

程嘉树：难道你忘了，云峰哥跟你说过的，一个国家、一个民族为什么会挨打，为什么会落后？科学家的价值有多大，你是知道的。

毕云霄：我没忘！正是因为没忘，因为怕自己忘，我才要趁热打铁。嘉树，我知道科学技术是制胜因素，但那太漫长，我等不了。我想好了，一毕业就上前线！

程嘉树看了眼云霄手中爸爸和哥哥的遗物：子弹不长眼……

毕云霄打断：国家兴亡，匹夫有责。我懂自己的"责"在哪儿。我们家几代从军打仗，我身上流淌着这样的血液，也想好了以冲锋陷阵的姿态为国效力。嘉树你放心，我并非逞一时之勇。

程嘉树也拍了拍好兄弟的肩膀，以示鼓励：好，我支持你！

两人看了看周遭，发现很多人都在往回走。

毕云霄：空袭警报应该已经解除了，咱们回吧。

程嘉树：走。

西南联大物理系教室　白天　内景

程嘉树收拾着笔记和资料，起身准备离开教室。

一个同学从门外朝里喊：程嘉树，收发室有你的信！

程嘉树突然眼睛亮了：知道了，这就去！

说完，他加快速度把东西收了收，跑离了教室。

西南联大收发室　白天　外景

远远地，程嘉树看到文颉鬼鬼祟祟地把一个信封塞进了兜里，打量了四周后，匆匆离开。

程嘉树觉得奇怪，跑到收发室，翻找信件，却没找到自己的信。

程嘉树：大爷，信都在这里了吗？

大爷：都在。

程嘉树：不应该啊，刚才明明有同学喊我来拿信，可我怎么找不见了？

大爷：你再找找。

程嘉树：我都翻遍了。您看到有人拿走我的信吗？

大爷摇摇头：不知道。

程嘉树有种不好的预感，他想到刚才文颉的模样，喊了声"糟了"，便着急地跑开。

西南联大锅炉房　白天　内景

文颉捏着林华珺信的一角，将它对准了火芯。

燃烧的火焰很快便将信吞噬了，文颉看着这番场景，心里得到了报复的快感。

这时，文颉身后传来了呵斥声。

程嘉树：是你干的！

文颉转头，冷漠地看了一眼程嘉树，又回头继续盯着火焰。

程嘉树眼见锅炉里最后一丁点残余的信纸也燃烧殆尽。他情绪激动，冲到文颉跟前，揪起了他的衣领。你为什么要拿走我的信，你说，你到底安的什么心？

文颉对着程嘉树，冷笑道：我不明白你在说什么。

他的表情更刺激到了程嘉树。

程嘉树：别演了文颉！就是你，是你偷走了我的信，我原本以为你只是虚伪，没想到你真脏，心里脏！

程嘉树的话也刺激到了文颉，他的面部表情出现了变化：程嘉树，请把你的手从我衣领上拿开。

程嘉树抓得更紧了：文颉，我看不起你。

没想到这句话让文颉绷不住了，在心里压抑了很久的情绪爆发，他对着程嘉树的脸就是一拳头。程嘉树也回过去一拳头，两人就这样扭打在了一起。

在林华珺写给程嘉树信件的独白声中，呈现他们扭打的镜头——

林华珺（画外音）：嘉树，你信中探讨的张力在我看来是"有时"，生有时，死有时；拆毁有时，建造有时；喜爱有时，恨恶有时；争战有时，和好有时……受制于物价，校方已向教育部申请了一笔经费，不日我将来昆明一趟，何不南屏大戏院见？

瘦弱的文颉明显不是程嘉树的对手，越是被打，心中的恨意越强烈。扭打之间，程嘉树还把文颉的衣服扯破。

锅炉房赶巧有同学进来，试图将他们分开，可很快他们就又缠斗在一起。

直到陆续进来了很多同学，才把他们分开。两人都鼻青脸肿、喘着粗气，不服气地看着对方。

昆明街道　白天　外景

文颉鼻青脸肿、衣衫褴褛地行走在昆明街头。

身边行人不时讶异地看着他。

行至一处卖衣服的小摊，文颉弯下身，挑了一件还算看得入眼的粗布长衫，在身上比了比。

文颉：老板，要这件了。

文颉掏出了七元递给老板。

小摊老板：先生，还差十元。

文颉没好气地说：你骗谁呢？七元给你还有找。

小摊老板：先生，今时不同往日了，日本飞机三天两头就来轰炸，物价涨得厉害。这十七元还收少了呢！

文颉又在兜中掏了掏，但全身上下只带着十元。就十元，差的下次补你。

小摊老板：那对不起了先生，请您放下这件衣服吧。

文颉：你……

"我要了，"一个女孩的声音传来，文颉转头，发现是阿美。

阿美递给了老板一百元：老板，你看这些钱够吗？

小摊老板两眼发光：置办整套都够了。

阿美：那就照着整套买，要最好的。

文颉：阿美，就当我借你的。

阿美：什么借不借的，不用你还。你快挑一挑，喜欢哪件。

当着小摊老板的面，文颉不好再坚持，开始挑选。

老板挑好了一件布料更好的长衫，一顶帽子和一双牛皮皮鞋。

老板：先生，您看看这身还满意吗？这些都是我这里最好的。

文颉明显很是满意，他把长衫放身上比了比，问阿美：如何？

阿美满意地点点头：我用最近学习的词语回答你，仪表堂堂！

文颉的眼睛又扫向了一件内衬。

老板是明眼人，立刻明白了他的意思，拿过内衬：瞧我糊涂，小姐说要整套的，内衬自然也是不能少。

他带着深意打量着文颉和阿美：先生配上这身衣服真是绝了，和小姐站一块儿，那是郎才女貌，真登对。

阿美心无城府地笑了。

听了老板的话，文颉再看着阿美，心里动了念。

第四部

昆明·蜕变

润茗茶馆阿美房间　白天　内景

文颉：Money。

阿美跟着学：Money。Money 是什么意思呀？

文颉：钱的意思。

阿美点了点头，用钢笔认真地在本子上记了下来。

文颉留意到，那正是叶润名送给她的钢笔。

文颉：阿美，I will give your money back.

阿美：我会把钱还你？

文颉：对，学得真快！阿美，等我以后有了钱就还给你。

阿美：不用不用，你每天帮我辅导功课，不也没收过我钱吗，就当我给你交学费了。

文颉：既然这样，我一定帮你考上联大附中。

阿美：真的？

文颉点头。

阿美：等考上了高中，就有音乐课了，我就可以学小提琴了。

文颉：小提琴？

阿美点头：程嘉树说过，如果有一天，我会诗歌，会画画，会下棋，会拉小提琴，就会成为叶润名的心上人，如今，我已经学会诗歌、画画、下棋，就差小提琴了。我想等他回来的时候，学会拉奏小提琴。

文颉看着对叶润名一往情深的阿美，心情复杂。他掩饰着自己的情绪，微笑地看着阿美：好，我一定帮你。

阿美：文颉，你穿上这身衣服跟叶润名真像，你跟叶润名一样好。

文颉打量了一下自己，心下一动。

西南联大文颉宿舍　夜晚　内景

宿舍的同学们有的在洗漱，有的在床铺上夜读。

同学甲拉起被子准备睡觉。

同学乙：怎么睡这么早？

同学甲：饭菜又提价了，连晚饭都吃不起，早点睡着，肚子也就少叫会儿。

同学丙：这倒是个好法子，值得效法。

正说着，门被推开，文颉进来。大家的目光不禁都投到了他身上，只见文颉一身崭新衣裳，在众人的目光中，得意而又坦然地走向自己的床铺。

他回到床铺前，脱掉外套，露出了同样崭新的衬衫。

同学甲：文颉，你可真有钱，这身衣服新置办的吧？这身料子，按现在的物价标准，够我吃两个月牛肉米线了。

文颉微微一笑，俯下身子，在大家好奇和艳羡的目光中，一丝不苟地擦着本来就锃光瓦亮的皮鞋。

西南联大草坪　白天　外景

风在吼

马在叫

黄河在咆哮

黄河在咆哮

河西山冈万丈高

河东河北高粱熟了。

万山丛中，抗日英雄真不少！

青纱帐里，游击健儿逞英豪！

西南联大的草坪上，毕云霄、李丞林、程嘉树等群社的同学正在排练歌曲。程嘉树担任指挥。

双喜过来：大家歇一歇，喝碗绿豆汤消消暑。

说着，他把一大桶绿豆汤放在了草坪上，拿出碗准备给大家分。

程嘉树：还是我们家双喜知道疼人。

他正要去接双喜盛好的绿豆汤，却被毕云霄抢了过去。

毕云霄：双喜现在可不是你们家的，他是我们群社伙食委员会的。

程嘉树正要去抢，毕云霄赶紧闪开，没想到脚却从鞋子前方的鞋洞里出溜了出去。

大家看去，只见毕云霄的鞋子前后都已经开了口，两面见光，不禁哈哈大笑。

李丞林：云霄，你这鞋前后开口，还能穿吗？

毕云霄：怎么不能穿了？我这鞋子既通风又透气，空前绝后，史无前例。

程嘉树：那要是等到脚掌磨穿，岂不是除了空前绝后，还"脚踏实地"了？

大家又笑了。

裴远之过来：什么事这么开心？

大家问候他：裴先生。

裴远之：排练得怎么样了？

毕云霄：赶在学校两周年校庆活动前肯定能排好。

裴远之：别给自己太大压力，尽力而为就好。

三青团青年服务社　白天　内景

"连龙云都会来？"周宏章有些意外。

他对面，文颉正穿着那身新衣，毕恭毕敬地回答。

文颉：是的，联大成立两周年活动，龙主席已经答应了裴远之的邀请，前来观看。

周宏章：是裴远之邀请的？

文颉点头：他作为学校代表前去邀请的。

周宏章：那群社有什么举动？

文颉：群社每日都在抓紧一切时间排练抗战歌曲《保卫黄河》，没有一个缺席的，甚至晚上会排练到深夜，能看得出，他们很看重这次表演。

周宏章：别忘了裴远之除了是联大的教授之外，还是共党嫌疑分子，共产党一向都想拉拢龙云，群社此次如此卖力排练，自是司马昭之心。我们三青团也不能落后，必须艺压群社，绝不能让他们在龙云那里独领风骚。你马上回去召集所有人，必须想一个好节目。

文颉阴狠地：周主任放心，节目一定会有，只不过，演什么其实都无所谓。

周宏章凝视他：你已经有想法了？

文颉郑重地点头：群社想在龙云面前出风头，我保证让他们不但出不了风头，而且再也抬不起头。

周宏章赏识地：以前没发现，你竟有如此见地，好，我就把三青团这次在校庆的活动全权交给你负责。

文颉：感谢周主任信任，文颉定不辜负！

周宏章很满意地打量了一眼文颉：今天这身衣服不错。

文颉很是自豪。

昆明翠湖边　白天　外景

一辆马车正嗒嗒而来，行走在昆明翠湖边上。

车上坐着很多风尘仆仆的搭车人，其中还有一位跟马车不太搭调的佳人，那正是林华珺，她身着程嘉树送给她的那件衣服，微风拂起发丝，宛若一幅美人图。

马车在湖尽头的街道边停下，林华珺拿着自己的行李下车。

多日未归，她热切地打量着眼前的昆明，深深吸了一口眼前的空气。

林华珺向前走着，瞧见了一个米线铺子，老板正熟练地制作一碗牛肉米线，显得极其诱人。林华珺忍不住走了过去。

林华珺：老板，米线多少钱一碗？

老板：一元。

林华珺：这么贵啦？

老板：姑娘，你是有所不知啊，这成日又是轰炸又是打仗的，去年卖一块钱的东西，今年就已经涨到了六块，米价上去了，我这小摊的成本也就跟着上去了，我只能提价，别看我这碗米线贵了好些倍，其实还没以前赚得多，唉，没办法。姑娘，你想吃就抓紧吃吧，晚个几分钟，指不定还得涨。没准等你吃完这碗米线，就涨到一元五角了。

林华珺犹豫了一下，咬咬牙：不用了，谢谢。

南屏大戏院门口　白天　外景

南屏大戏院。

戏院门口挂着宣传海报：今日午后一点，《翠堤春晓》上映！

林华珺走出来，手里拿着的，是两张《翠堤春晓》的电影票。

她站在海报下方，有些期待。

不远处，一双眼睛正愤恨地盯着她，那是文颉。文颉离开。

西南联大草坪　白天　外景

程嘉树、毕云霄等群社的同学正在排练合唱曲。

保卫家乡

保卫黄河

保卫华北

保卫全中国。

程嘉树：停一下，云霄、丞林，你们这句"保卫家乡、保卫黄河、保卫华北、保卫全中国"应该接得更紧一些。像这样，保卫家乡、保卫家乡，保卫黄河、保卫黄河……

丁小五端着绿豆汤过来：嘉树哥，云霄哥，大家歇会儿，喝碗绿豆汤润润嗓子吧。

程嘉树：小五，今天这套词儿怎么换你来说了？双喜呢？

丁小五：双喜哥得准备午饭，正好我没课，就给他搭把手。

不远处，老颜正抱着一个包袱经过，站在不远处微笑着看着他们。

毕云霄：我们伙食委员会的后勤工作这么到位，大家都再加把劲，拿出点气势来，听说三青团也开始排练了，我们决不能输给他们。

李丞林：他们什么节目啊？

毕云霄：不知道，神神秘秘的，好像是什么话剧。

丁小五看见老颜，招呼道：姑父！

老颜：我去给冯先生送补好的衣服，你们忙，你们忙。

说着，他便离开了。

程嘉树：甭管他们，他们排他们的，我们排我们的。

这时，空袭警报突然响起。

大家很默契地像以往一样，不紧不慢地端着绿豆汤向校外后山方向撤离，丁小五抱起汤锅，跟着大家一起过去。所有人一边不疾不徐地撤离，一边按照刚才程嘉树纠正的部分继续排练节目。

西南联大实验室外　白天 外景

警报声中，师生们纷纷向校外撤离。

老颜却鬼鬼祟祟地向西南联大实验室的方向走去，等到实验室附近师生全都撤离了，他这才躲到实验室角落里，打开包袱，掀起衣物夹层，只见里面居然夹着一些镜片。

西南联大　白天　外景

程嘉树、毕云霄等群社的学生一边排练着歌曲，一边向校外不慌不忙地撤退。

这时，天上隐约传来飞机的轰鸣声。

丁小五先循声抬头看了过去：飞机！

大家这才抬头，只见天空不远处，几个黑点正由远及近飞来，越来越近，直到大家看清它们的模样，那分明是几架日军轰炸机。

"轰炸机！日本轰炸机！"有人突然大喊！

原本不紧不慢地的师生们顿时慌了，加快脚步向校外跑去。

程嘉树却猛然站住，转身向学校方向跑去。

毕云霄：嘉树，你干什么去？

程嘉树：仪器还在实验室！

毕云霄和丁小五也停下了，转身跟着程嘉树一起向实验室方向跑去。

西南联大实验室外　白天　外景

看着飞机越飞越近，老颜绕着实验室外，把镜片均匀地撒在实验室周围。

他刚想离开，只见程嘉树、毕云霄、丁小五三人朝实验室方向跑来。

老颜急忙缩进了角落，等到程嘉树三人进了实验室，他这才离开。

西南联大实验室　白天　内景

程嘉树和毕云霄直奔实验室角落，那里放着一个50加仑大小的空油桶，两人合力搬起油桶。

丁小五则已经跑到实验仪器前，开始拆卸灵敏元件，一双手帮起了他的忙，丁小五抬头一看，那是林真，两人没有多说一句话，默契地合拆仪器。

程嘉树和毕云霄已经把桶搬了过来，丁小五和林真把拆下来的元件放入桶内。

南屏大戏院外　白天　外景

警报声和飞机的轰鸣声中，街道上已经乱成一团，林华珺焦灼地等待着。

她犹豫了一下，打定主意，决定先去学校找程嘉树。

日本轰炸机内　白天　内景

日机驾驶员一边行驶，一边低头察看。

一道反光闪了一下，驾驶员仔细看去，只见刚才反光位置的周围又有几处反光，他朝着那个位置定位而去。

西南联大实验室　白天　内景

程嘉树、毕云霄、丁小五和林真合力抬着已经装满的汽油桶，向实验室外抬去。

日本轰炸机内　白天　内景

驾驶员已经驾驶轰炸机来到目标位置，开始投弹操作。

炸弹朝着实验室的方向投下。

西南联大实验室外　白天　外景

程嘉树、毕云霄几人刚把油桶抬出实验室，炸弹就落在了他们身后的实验室。

实验室顿时变成一片火海。

程嘉树几人从震惊中恢复过来，抬起汽油桶，加快脚步，拼命离开实验室。

轰轰轰……炸弹在他们身后密集地落下。

西南联大理学院院内防空洞　白天　内景

程嘉树几人把汽油桶抬进了理学院院内的防空洞，这是一个相当简易的防空洞，几人把汽油桶放进防空洞。

林真：还好我们理学院未雨绸缪，为了防止临时轰炸时仪器无法转移，挖了这么个应急防空洞。

毕云霄：怪事，他们的轰炸机为什么那么准确地炸了我们实验室？

程嘉树：来不及讨论了，这次轰炸火力很猛，这里并不安全，大家不能逗留，还是要撤去后山。

四人一起离开。

西南联大　白天　外景

几人出了防空洞，只见轰炸越来越密集，实验室已经破损不堪，而轰炸也已经不仅仅是针对实验室了，而是在全校大面积投弹。

毕云霄：我要是空军，现在一定冲上去跟他们拼个你死我活！

大家又恨又惋惜，但只能撤离。

程嘉树却往相反方向跑去。

丁小五：嘉树哥，你又去哪儿啊？

程嘉树：你们先去，我落了个东西在宿舍，一会儿跟你们会合。

丁小五：那你自己小心点！

答应着，程嘉树已经跑开了。

西南联大程嘉树宿舍　白天　内景

伴随着轰炸声，程嘉树飞奔回宿舍，找到那盆洋葱，抱起正要离开。轰的一声，炸弹在头顶炸响，轰掉了半个宿舍，大火熊熊燃烧起来。

程嘉树抓起一个床单，把壶里的水浇了上去，扎住口鼻，往门口跑了过去。

他正想拉开门，却怎么也拉不动，原来，由于刚才的轰炸，门闩被震得在外面卡住了。程嘉树拼命拉、拽、踹，门却纹丝不动。眼看火势越来越大。

程嘉树只能大喊着：有人吗？……有人吗？

西南联大程嘉树宿舍门口　白天　外景

刚从校外返回，正准备撤往后山的文颉经过，正好听到了程嘉树的喊声。

文颉停了下来，看了一眼门闩，明白了怎么回事。

文颉：程嘉树，是你吗？

西南联大程嘉树宿舍　白天　内景

程嘉树听出了文颉的声音：是我，文颉，外面的门闩卡住了，快帮我打开。

对切——

文颉看了一眼门闩，其实只是搭扣在了一起，在外面很容易便能打开。

文颉：对不住了程嘉树，我很想帮你，可是我自身难保，帮不了。

程嘉树：你试了吗？

文颉：根本用不着试，我这双手那天被你打了之后，到现在都使不上劲，怪不得我，要怪只能怪你自己。

程嘉树看着身后的火势越来越近：就因为我打了你，所以你就见死不救？

文颉：你这顶帽子可别往我头上扣，我承受不起，要不是你先打我，我怎么可能爱莫能助？所以说，人呐，平时要多为自己积德，风水轮流转，省得搬起石头砸了自己的脚。

说着，他转身就要离开，突然想起什么又站住。

文颉：对了程嘉树，你不知道吧？林华珺回昆明了，正在南屏大戏院门口眼巴巴等你呢，你可千万别让人家白等了。

程嘉树急了：你说什么？华珺什么时候来的？

文颉却已经离开了。

程嘉树：文颉！你给我站住，把话说清楚！文颉！是不是华珺给我的回信里写的？文颉！文颉！

外面已经没有了回音，文颉已经笑着走远。

程嘉树身后的房梁被大火烧断，重重地砸在他身后，擦着他的脚脖子砸在地上。大火渐渐靠拢程嘉树。

程嘉树重重踹门，可门在外面打开容易，在里面打开却难，任凭他再用力，门依旧没有被踹开。

一想到林华珺，程嘉树焦心不已。

昆明街道　白天　外景

轰炸机不断投弹，街上的老百姓犹如惊鸟。

林华珺夹在人群中，跌跌撞撞地向西南联大方向奔跑。

西南联大后山　白天　外景

毕云霄、丁小五几人赶到了后山，却被眼前的一幕震撼到了——

只见后山上，许多学生和附近的老百姓们惊惶不安地撤到这里。很多人都被炸伤，痛苦地呻吟着。裴远之、方悦容和李丞林、双喜等群社成员正在组织救援。

裴远之大声喊道：有没有学过医的？

几个学生纷纷举手，其中包括扶生。

裴远之：快来救人。

毕云霄、丁小五也加入了救人的行列。

看到扶生，丁小五：扶生，你不是算学系的吗？

扶生：我家在腾冲世代行医，我从小耳濡目染，略通一点医理。

丁小五：太好了，我帮你一起。

扶生郑重点头。

双喜问毕云霄：毕少爷，我家二少爷呢？

毕云霄：他说去宿舍取个东西，还没回来吗？

双喜：没有啊！他取什么去了？

毕云霄：还能有什么，这小子肯定还惦记着林华珺送他那盆洋葱呢！真是不要命了！

这时，文颉和几个学生跑了过来，他们一身烟熏火燎，很是狼狈。

双喜抓住一个学生：你看到程嘉树了吗？

学生：没看到啊，他在哪儿？

双喜：宿舍。

学生：可是我刚才过来的时候，看到男生宿舍刚被炸了……

话音未落，双喜和毕云霄已经大惊失色，两人朝宿舍方向飞奔而去。

西南联大程嘉树宿舍　白天　内景

程嘉树被呛得头晕眼花，已经没有力气再踹门了，看着手中的洋葱。

程嘉树：华珺……你等着我……华珺……

他凭借意志力，重新直起身，后退几步，向门上撞去——

他却撞了个空，险些跌倒在地。门正好被人从外面打开，毕云霄和双喜进来。

毕云霄和双喜同时扶住程嘉树：嘉树……二少爷！

程嘉树：你们可算来了。

双喜：少爷，你没事吧？

程嘉树：再晚来两分钟，我就要变烤鸭了。

双喜背起程嘉树，和毕云霄一起离开。

西南联大程嘉树宿舍外　白天　外景

刚出了宿舍，程嘉树就被眼前的惨象惊呆了，原本简陋却整洁的西南联大，此时已被日机轰炸得破烂不堪。程嘉树心痛不已。

三人刚跑出没几步，程嘉树却挣脱着从双喜的背上下来。

双喜：少爷，你干什么？

程嘉树：我得去趟南屏大戏院。

双喜：都啥时候了还去什么戏院，你的脑袋瓜是有多硬？

程嘉树：华珺在南屏大戏院。

双喜和毕云霄都愣住了。

毕云霄：她不是在玉溪吗？怎么跑南屏大戏院了？

程嘉树：回头再跟你解释。我得走了。

双喜：我跟你一起去。

毕云霄：我也去。

程嘉树：不许去！云霄，你把双喜给我带到后山去！你俩谁也不许跟着我。

毕云霄和双喜还想跟着，被程嘉树厉声喝住：不准跟来！

他向校门口冲去。

毕云霄和双喜虽然不放心，但也只好往后山的方向过去。

西南联大　白天　外景

程嘉树刚要跑出校门——

"救命！……"一个喊声从不远处的校舍传来。

程嘉树循声看去，原来是一座被炸毁的校舍下，正压着一个学生，正犹如看到救命稻草一样看着程嘉树。

程嘉树来不及思考，跑了过去。

那学生看到程嘉树，眼泪都快掉了下来：同学，救救我。

程嘉树仔细一察看，发现那学生是被压在一个沉重的门板下面，动弹不得。

程嘉树脱下外套，把洋葱用衣服小心翼翼地包好，放在一旁。

程嘉树研究了一下，问那学生：胳膊能使上劲吗？

那学生：能。

程嘉树：一会儿我抬起门板，你就使劲往外爬，听到了没？

那学生重重点头：听到了。

程嘉树抓住门板这头，猛一用力，门板被抬起了一点点缝隙，那学生趁机往外爬去，但由于抬起的缝隙很小，他还是没能爬出去。

程嘉树使出浑身力气，咬紧牙关，"啊……"的一声，把门板又抬高了几分。

那学生赶紧往外艰难地爬去。

程嘉树的脸和脖子涨红，浑身冒汗，腿脚由于重压，控制不住地发抖，但他依然坚持着一动不动，始终没有放下门板。

终于，那学生成功爬了出去，程嘉树这才懈了一口气，脱手，门板重重砸在地上。

程嘉树问那学生：能走吗？

学生活动了活动腿脚：能走。

程嘉树：快去后山吧。

那学生：谢谢你，同学，你叫什么名字？

程嘉树已经抱着洋葱飞奔离开。

昆明街道　白天　外景

林华珺继续往西南联大的方向奔跑着，一个年龄很大的阿婆被人群推搡，险些摔倒在地，林华珺赶紧奔过去扶住了阿婆。

林华珺：阿婆，你家人呢？

阿婆：谢谢你姑娘……我家在那边……

她指的是不远处的一处民居。

阿婆刚想走，林华珺却发现，经过刚才那一推搡，阿婆的步伐更加蹒跚了。

林华珺只好再次过去：阿婆，我送您回家。

她扶着阿婆，一点点向阿婆家挪去，虽然她已心急如焚。

昆明街道　白天　外景

程嘉树抱着洋葱，往南屏大戏院的方向飞奔着……

昆明街道　白天　外景

日军轰炸机还在头顶盘旋，昆明街道四处乱成一片。

摩肩接踵的人群中，一个两三岁的小女孩正抱着布娃娃哇哇大哭，显然，她跟父母走丢了。头顶轰炸机轰鸣，身边大人的腿脚绊来绊去，小女孩的处境十分危险。

已经送完阿婆的林华珺看到这一幕，想从人群中挤过去帮那个女孩。

"小葵！……小葵！"

这时，被人群阻隔在另一端的女孩父母找到了女儿，一边喊着女儿的名字，一边拼命往女儿身边挤过去。

眼看他们终于挤到女儿身边不远处，正想伸手抱女儿，突然，轰炸机投下一枚炸弹，所有人立刻惊叫着想四散而去，可是，炸弹已经在人群中炸响。

人群外，直接目睹了这一幕的林华珺被震得目瞪口呆，半天挪不动脚步。

炸弹硝烟略散，林华珺看着眼前这一幕，险些吐出来——

刚才正四处奔逃的人群，此时已化为一具具残肢，无一生还……

林华珺捂住嘴，不让自己哭出声，正当她绝望之时，那堆尸体中，突然传出一阵哭声，林华珺看过去，竟是刚才那个小女孩！

原来，在轰炸前一秒，女孩的父母扑在了她身上，为她挡住了致命一击。

林华珺拼命跑过去，一把抱起小女孩，她登时心惊——小女孩的腿已经被炸得血肉模糊……

这时，空中日机又一枚炸弹准备投下，林华珺却因为过度震惊，呆愣在原地无法动弹。

眼看炸弹就要落下，一双大手一把抱住她和那个小女孩，向一边滚了过去。同时，炸弹在他们刚才的位置炸响。

林华珺这才回过神来，看清救她的人，竟是程嘉树。

林华珺：嘉树……

程嘉树来不及跟她说话，而是捧着她怀里痛哭的小女孩的脸，口气不容置疑：不哭了，能做到吗？

小女孩看着他，点头，努力止住哭声。

程嘉树：你叫什么名字？

小女孩：小葵。

程嘉树：小葵，你打过针吗？

小葵：打过。

程嘉树：现在哥哥要给你打针了，你能做到不哭吗？

小葵疼得脸皱在了一起，但还是努力地点头。

林华珺明白了程嘉树的意思，抱着小葵的头，把她的头扭向另一边，紧紧地抱着她。

林华珺注意到，程嘉树把用衣服包着的洋葱小心翼翼地轻轻放在地上，脱下衬衫，把小葵炸伤的腿紧紧包扎住了。全程，小葵都死死地咬住嘴，没有哭。

程嘉树和林华珺颇受感动。

程嘉树：小葵，你真棒。走，哥哥姐姐现在就带你去医院。

他一手抱着小葵，另一只手抱起他刚才放在地上的东西，和林华珺一起向外跑去。

林华珺指着程嘉树手里护着的那个东西：这是什么？

程嘉树刚想说话，脸色突然一变，拽着林华珺就向外跑去，原来，另一轮轰炸又开始了，炸弹就朝着他们刚才躲藏的地方而来。刚才还供人藏身的民居，顷刻间化为废墟。

程嘉树和林华珺奔跑的过程中，画面变为无声——

通过他们的视角，只见老百姓四散奔逃，日机炸弹犹如巨兽一样，肆意凌虐脆弱而又无辜的生命，而同胞们却只能无助地把生命交给运气，有站在父母尸体前哭泣的孤儿，有抱着妻子尸体无助哭喊的丈夫，有白发人送黑发人的老人……他们想帮，却发现自己的力量太过有限，根本帮不过来……

他们看到了润茗茶馆，如见救星，刚冲了进去，一枚炸弹落在他们头顶，千钧一发之际，程嘉树把林华珺和小葵护在了怀里，头顶，茶馆轰然倒塌，把两人埋在了下方……

中央空军军官学校　白天　外景

航校也同样承受着昆明市内轰炸的压力。背景还可以看到欢庆学员毕业的横幅。罗恒等毕业生胸前各自佩戴了一枚小红花。

昆明的轰炸震动着每个教官和学员的心。原本正在庆祝毕业的教官和学生们再也坐不住了。

高教官站了出来，对陈纳德：报告陈总教官，教官高翔请求迎战日机！

陈纳德：高教官，我们是航校，没有上级作战命令，不能擅自行动。

高教官：每次空袭警报响起时，那些手无寸铁的百姓在敌人的轰炸之下如蝼蚁般求生，我们这些本该保护他们的人，却在当缩头乌龟。现在，敌人的炸弹都已经落到了头顶上，我们还要继续龟缩下去吗？对不起陈总教官，哪怕上军事法庭，今天，我也要迎战！

说着，高教官已经向停机库走去。

其他教官和学员们看着高教官的步伐，不知所措。

"我也要迎战！"一个声音响起。

罗恒和叶润青循声看过去，那是跟罗恒同届毕业的一个同学，他一把摘掉胸前的红花，毅然追随高教官而去。

"我也去！"

"我也去！"

学员们纷纷扯掉红花，跟随高教官和那名学员前去。

罗恒也早已忍不住热血激荡。

陈纳德：我批准你们迎击，责任我来承担。不参战的人，立刻撤往防空洞。

叶润青忐忑地看着罗恒，她忍不住一只手轻轻攥住了罗恒的衣角，生怕他也做出同样的决定。

罗恒看了一眼叶润青的手，犹豫了片刻，往前半步：我也去！

叶润青的手从他的衣角滑落。

罗恒追随教官和同学准备向跑道走去。

叶润青也随着其他人准备撤往防空洞。

罗恒突然停下脚步，跑到叶润青身边，一把将她拉进自己怀里，然后在她额头上深情地吻了一下。

罗恒这才重新跑向跑道。

叶润青呆呆地看着他的背影，心中竟是如此害怕和不舍。

中央空军军官学校停机库／跑道　白天　内景／外景

高教官和第一个申请迎战的学员坐上了第一架飞机。

其他学员依次排队登上了各自的飞机，准备排队起飞。

飞机上，罗恒拿出叶润青送他的那块指南针，轻轻抚摸了一下，然后放进胸前的口袋里。

高教官的战机缓缓驶出停机库，来到停机坪，正要起飞，就在这时，一枚炸弹精准地落在他的战机上，登时，那架飞机化为火球，也阻断了跑道……

所有人都呆住了。

润茗茶馆废墟下　白天　内景

漆黑一片。也很安静，既听不到轰炸声，也没有人声。

林华珺从昏迷中醒来，条件反射地喊道：嘉树！嘉树！

程嘉树赶紧回应：我在……华珺，别怕，我在的。

林华珺：小葵呢？

程嘉树：她没事，在我怀里。

林华珺：我们在哪儿？

程嘉树：我们被埋在了房子下面，别担心，我马上想办法出去。

林华珺忽然想起什么，紧张地：你没受伤吧？

程嘉树：没有，别担心。

林华珺的眼睛这才适应了环境光，借着从头顶缝隙中透出的微弱光芒，她看清了周围的环境，她和程嘉树、小葵正被压在民居下面，由于一个柜子和门板的支撑，给他们留出了一个三角形的狭小生存空间，才没有被压死。

小葵突然抽泣起来，可以听出，她是努力强迫自己哭得很小声。

林华珺：小葵，怎么了？

小葵：疼……

林华珺和程嘉树看向小葵的腿，不禁心头抽搐，包扎她伤口的衬衫，已经被血染透。

程嘉树：她的腿需要止血治疗，必须马上出去。

他离开林华珺，去推四周的障碍物，企图找到通道。

林华珺抱着小葵：小葵，姐姐知道你疼，你哭出来，哭出来就好了。

小葵却只是摇摇头：小葵哭……姐姐心疼……

听了她的话，林华珺更加心疼。

程嘉树推了半天，却没有一处能推动的。

程嘉树只能对着外面放声喊道：救命……救命……

却无人回应。

昆明街道　黄昏　外景

轰炸已经结束。

裴远之、方悦容和学校的师生返回学校，沿途所经之处，已是满目疮痍：房屋尽数倒塌，化为一片废墟，随处可见难民的尸体，哭泣的亲人，残阳之下，原本被鲜血染红的街道，更是鲜红一片。

裴远之：屠宰场……他们是把我们的国土，活生生地当成了他们的屠宰场！

所有人无不感到愤怒、凄然。

中央空军军官学校跑道　黄昏　外景

叶润青等人从防空洞出来，看到不远处的跑道上，一架飞机被炸毁，而飞机残骸堵在了跑道上，造成其他飞机无法起飞。

叶润青很担忧，小跑过去，四处寻找，却没看到罗恒的身影。

叶润青抓着人就问：罗恒呢？……看见罗恒了吗？

但所有人都表情凝重。

叶润青好像明白了什么，眼泪瞬间泉涌而下。

这时，两个军官从废墟中走出来，那是罗恒和另一名学员。叶润青刚刚揪起来的心，总算放了下来。

但她紧接着却看到，罗恒二人手中捧着的，是两顶飞行员带血的头盔，那是高教官和那名学员的头盔，轰炸已经让他们的残骸无存。

中央空军军官学校宿舍　黄昏　内景

罗恒一个人待在宿舍，非常悲恸。

中央空军军官学校宿舍门口　黄昏　外景

叶润青来到宿舍门口，犹豫着敲了两下门。

不一会儿，罗恒打开了门。

叶润青进去。

中央空军军官学校宿舍　黄昏　内景

罗恒拿着那块指南针：润青，你还记不记得送我指南针是哪年？

叶润青：1938 年。

罗恒：现在是1940年，正好两年，两年多来，我跟着航校，从杭州辗转昆明，多少次听着敌机在头顶盘旋，看着他们向我们的无辜老百姓投弹，却只能隐忍、等待，等待有一天，能强大到与敌人抗衡。可是今天，就在我们的毕业典礼上，就在我以为我们已经足够强大到可以作战的时候，我的教官、我的同学，他们还没有离开跑道，就已经陨灭在了敌机的炮弹之下。

叶润青：这不怪你们，是时机晚了……

罗恒：时机只是个借口，悬殊的是实力。我们落后了这么多年，只能用生命去搭建阶梯，筑造一条强军之路，而我，也必将成为这些阶梯中的一节。

叶润青的眼眶湿润了：罗恒，你别说了……我知道，也许我没资格给你建议，但我只是想告诉你，如果你愿意，你可以留下当教官，一样可以培养出更多优秀的空军，你才二十岁，跟牺牲的汪源一样年轻……你可以说我自私，我就是自私，我只是自私地希望你，能不能不要那么早地献出你年轻的生命……

罗恒难过地看着叶润青，不知道该如何回答。

叶润青哽咽了一会儿，突然擦掉眼泪，努力微笑：其实，我早就知道，无论我说什么，你一定会去前线，因为今天在航校我们所承受的一切屈辱，不会打倒你们，不会让你们惧怕，只会激发你们的斗志，让你们更加勇敢。当初我哥离开蒙自时，曾经告诉我，他要去延安，因为那里有他一直寻找的精神和信仰，是他向往的方向，当时我并不理解，只觉得他是因为感情失败才逃避的，现在想想，我好后悔啊，那是他跟我最后一次道别，我却那么幼稚，那么不懂他。如果再给我一次机会，我一定会支持他的选择。

她从罗恒手中拿过那个指南针，看着指针的方向：罗恒，无论你的方向在哪里，我永远支持你，就像它一样，陪伴着你，支持着你。

罗恒再也控制不住，眼眶湿润：润青……

叶润青主动拥抱了他，在罗恒耳边轻声地：祝福你。

两人紧紧地拥抱着……

西南联大草坪　夜晚　外景

远处受损的校舍在夕阳下余烟不绝，师生暂聚草坪上，各个班正统计人员和损失。方悦容在核对图书管理册。一部分受伤的人正在包扎，裴远之正在检查询问他们的情况。

头发凌乱、衣服污损的梅贻琦看着眼前被炸过的校园，他的眼前不断划过奔跑的学生和被救助的人。

郑天挺看见他迎了上去：梅校长。

梅贻琦一把抓住了他：伤亡情况怎么样？

郑天挺：七人轻伤。

梅贻琦：没有遗漏统计吧？有没有失踪人员？

郑天挺：梅校长，我都仔细核对过了。有12颗炸弹落在联大，30间校舍，一大片围墙被毁，千余册图书被焚，实验室几乎化为灰烬。

梅贻琦缓缓叹了口气：毅生，我这是担心啊！房屋倒了我们可以建，书烧了我们可以用手抄。可我们的这些孩子，交给联大是来读书的，万一……

郑天挺：梅校长，我理解。

梅贻琦：哦，说说昆明的情况吧。

郑天挺：很惨烈……很多轰炸机编队从居住人口密集处上方投弹，一片瓦砾火海，百姓伤亡严重，医院都人满为患了。听说就连云南驿机场停放的飞机都被炸毁了30架。

梅贻琦：马上把全校师生分成三个部分：1.有医护经验者，留够救治联大受伤的人员，其余的去各个医院帮助救护；2.青壮年师生，组成救援队伍，让有经验的老师带着，去居民区搜索救人；3.剩余师生，恢复学舍，抢救教具。

郑天挺：好的。（郑天挺离开）

梅贻琦看见赵忠尧和林真正在说话。

梅贻琦：赵教授，防空洞去检查了没有？

赵忠尧：检查过了，安全！里面存放的仪器完好无损。

梅贻琦：太好了，真是万幸。

赵忠尧：梅先生，幸亏了林真和嘉树、云霄他们，否则后果不堪设想。

林真：学校就实验室被炸得最厉害，几乎夷为平地了。难道日本人是冲我们实验室来的？

梅贻琦：赵教授，你带林真去实验室看看，尽量多抢出些教学用品来。

赵忠尧答应着去了。

说话间，一辆马车突然驶了过来。车上，除了车夫和一名力夫外，还坐着一个女人，风尘仆仆。

那个女人跳下车：您是梅校长吗？

梅贻琦：我是梅贻琦。

那个女人：我是云南白药大药房的缪兰英。

梅贻琦：缪女士好。

缪兰英：梅校长，白药大王曲焕章是我先夫，日机轰炸昆明，伤亡很多，我带了些白药去医院发放，听说联大也有人受伤，所以冒昧打扰梅校长，希望能尽绵薄之力。（说着缪女士让人从车上搬下来两箱云南白药）

梅贻琦：缪女士这是雪中送炭，感谢了！

缪兰英：梅校长，我还要去医院送药，就不打扰了，等梅校长有时间了再来拜会。

梅贻琦：好的。

缪兰英风风火火地离开。

这时，毕云霄、双喜匆匆赶过来。

毕云霄：小五，嘉树回来了没？

丁小五：没有啊。你们不是去找他了吗？

方悦容：嘉树怎么了？

毕云霄：嘉树说他去南屏大戏院找林华珺去了。

方悦容：华珺不是在玉溪吗？怎么去南屏大戏院了？

毕云霄：我也不知道。我和双喜轰炸刚结束就去了南屏大戏院，问了一圈也没找到。所以就先回来看看，是不是人已经回来了。

丁小五：没有，我们一直在等他回来。

毕云霄：小五，你们继续留在学校等消息，我和双喜再去戏院到学校的途中寻找。

丁小五：嘉树哥和华珺姐该不会出什么事吧。

毕云霄：不管怎么样，我都要找到他们。

一旁文颜在关注着他们说的每一个字。

同学甲：该不会路上救人耽误了吧？

同学乙：很多街道都被炸毁，会不会跑错路了？

梅贻琦过来：你们在说谁？

方悦容：程嘉树和林华珺。

梅贻琦：他们怎么了？

毕云霄：还没有找到。

梅贻琦：果然还有失踪的人员？

方悦容：轰炸时，他们外出了。

梅贻琦：毕云霄，按你刚才说的，沿路再去找一遍，多打听，没人的地方多喊几声。（毕云霄答应着快速离去）方老师，你马上查实，还有谁不在校区的？无论是师生还是校工，我要亲眼看见每一个人，我要知道他们都是安全，安全的！

方悦容：好的。

方悦容远去，大家的心却又沉重了起来。

润茗茶馆废墟下　夜晚　内景

程嘉树正在用手一点点地拆除、抠挖头顶的废墟……

林华珺正在照顾小葵，小葵被包扎起来的腿已经开始流脓水了。

林华珺的心一惊，伸手想去触碰她，手却抖个不停，眼泪忍不住盈眶。

小葵很虚弱，忧心地看着林华珺：姐姐，你怎么哭了？

程嘉树回头，也看到了小葵的伤腿，他的眼眶也湿了，赶紧回过头，更加卖力地抠挖着废墟。

小葵好像明白了，她对林华珺努力挤出了一个微笑：姐姐不哭，小葵不疼。

林华珺擦掉眼泪：姐姐没哭。小葵，你等着，哥哥姐姐一定带你出去。

小葵点头。

林华珺起身，跟程嘉树一起用手抠着废墟。

街道　夜晚　外景

毕云霄在街道的断壁残垣中搜寻着，一边大声喊着"嘉树……华珺……"

另一条街道　夜晚　外景

另外一条街道，双喜也在喊着"二少爷……程嘉树……华珺姐……"

双喜从一片断壁残垣上走过。

润茗茶馆废墟下　　早晨／白天　　内景

程嘉树的双手已经鲜血淋淋，他还在卖力地挖着，头顶上那块地方，已经被他挖出了一个大坑。

一旁，林华珺太累，刚刚睡了过去，她猛地睁开眼，赶紧先过去察看小葵的情况，只见小葵一动不动，身下已被脓血染红。

林华珺心下一惊：小葵！小葵！

程嘉树也赶紧过来，他颤抖着把手放在小葵的鼻子下面探了探，确定她还有气息，这才松了口气。

程嘉树轻轻拍着小葵的脸：小葵！

小葵终于睁开了眼睛，虚弱地：哥哥……姐姐……

林华珺欣喜：小葵……

小葵：小葵想睡觉。

林华珺：小葵，你不能睡，听到了吗？不能睡！

小葵：小葵冷……饿……

程嘉树：小葵，你坚持一下，哥哥一定带你出去。

他重新折回去，继续用已经血肉模糊的双手挖着。

林华珺：小葵，你知道你妈妈为什么给你取名叫小葵吗？

小葵摇头。

林华珺：你见过向日葵吗？

小葵：见过。

林华珺：向日葵永远向着太阳而生，有它在的地方，就有阳光，你妈妈希望你像向日葵一样。你是小葵，哥哥和姐姐需要你，你如果睡了，阳光就没了，哥哥姐姐就永远见不到阳光了。

小葵：可是这里没有阳光。

林华珺：那是因为天还没亮，天亮了，就有阳光了。

小葵：小葵知道了……小葵不睡……

林华珺紧紧地抱着小葵，重重地点点头，眼泪再次夺眶而出。

她回头看向程嘉树，程嘉树仍然在努力挖着……

忽然，黝黯的空间里，突然出现了一道小小的白点，林华珺揉揉眼睛，不敢置信地循着光点看过去，那正是程嘉树挖着的地方！

程嘉树已经挖出了一个小孔！

程嘉树显然也意识到了，他加速挖着，小孔越来越大，变为一个大孔，阳光骤然洒入！也仿佛洒入了希望！

林华珺激动地抱起小葵：小葵，你快看！

小葵：是阳光……

林华珺：对！是阳光……

也在这时，林华珺看到，阳光落在了角落里那个程嘉树一直保护着的东西上面，那是一盆洋葱，虽然已被废墟压碎，只剩孤零零的花茎，此时此刻，在光线之下，洋葱花正在绽放……

林华珺顿时全明白了，感动得热泪盈眶。

也就在这时，外面传来说话声。

程嘉树竖起耳朵，确认是人的说话声后，他大声呼叫：救命！……救命……

润茗茶馆　白天　外景

阿美正和伙计们在翻看茶楼的废墟，阿美很紧张地翻找着什么，终于，她找到了润茗茶馆的招牌，发现完好无损后，这才松了口气，把招牌紧紧地抱在怀里。

文颉过来：阿美！

阿美：文颉？刚轰炸完，你怎么来了？

文颉：我担心你，来看看你这里的情况，没想到茶馆也被炸成了这样，你没事吧？

阿美：我没事。

文颉：程嘉树和林华珺来找过你吗？

阿美：没有啊，华珺姐姐不是在玉溪吗，怎么可能找我？

正说着，阿美突然听到声音，赶紧循声找去，终于找到声源，那是一堆高高的废墟之下传来的声音，阿美把耳朵趴在那里仔细辨听，终于听清了隐约传来的声音——"救命！"

阿美猛地意识到什么，回头大喊：是程嘉树！是程嘉树！快！快找人来挖！

文颉的脸色变了。

同场转——

阿美茶楼的伙计们，还有一些救援队的人，正在拼命清理着废墟，原本堆积如山的废墟已经矮下去了很多。

润茗茶馆废墟下　白天　内景

小葵在程嘉树怀里睡着了。

见林华珺盯着自己，程嘉树：没事，上面很快也就挖通了，她失血过多，又累又饿，也该睡会儿了，我会看着她的。

林华珺却突然朝着他吻了上去。

程嘉树呆了一下，也回吻了林华珺。

许久，两人才分开。

林华珺：你真傻，轰炸还带着一颗洋葱。

程嘉树：这是你送的。

林华珺：你知道自从我们被埋在这里后，我想的最多的是什么吗？

程嘉树：是什么？

林华珺：面对黑暗和死亡，我丝毫不觉得害怕，反而有些庆幸，如果在人生最后一刻，有你在身边，对我来说，是一种莫大的幸运。

程嘉树也深情地看着她：对我来说也是一样，不，也许更早。昨天，当我拉着你，抱着小葵逃命时，看着眼前的满目疮痍，顷刻间的家破人亡，我只觉得自己以前太狭隘了。在生离死别面前，我们那些自以为无法克服的障碍，未免太过于儿女情长，阻碍我们的，从来不是别人，而是我们自己。润名的死，让我无法面对周围的一切，只知道一味逃避，甚至明知道你去玉溪会受苦，却不敢开口让你留下。

林华珺：我又何尝不是呢？去玉溪，同样也是在逃避。

程嘉树：华珺，我不想再当鸵鸟了，我要和你在一起，照顾你一辈子。我要有所作为，努力成为一个对国家和百姓有用的人。

程嘉树看着她，目光灼灼。

林华珺：自从和你相遇，我一直在逃避。就在逃避中，不知不觉爱上了你。命运如此，我不会再逃避了。我要回学校，回到你身边，继续把学业修完。

她轻轻地靠在程嘉树怀里，两人只觉得无比温暖。

也就在这时，压在头顶废墟上的大梁终于被挪开，强光骤然洒入——

"嘉树！"阿美喊道。

程嘉树和靠在他肩头的林华珺同时抬起头，看着他们。阿美和文颉看到这一幕，都愣住了。

西南联大医务室　白天　内景

林华珺躺在病床上，睡得安宁，她手上的伤口已经包扎好。

床边，程嘉树坐在椅子上，正打着瞌睡，他手上的伤口也已经包扎好。

林华珺醒了，看着眼前的程嘉树，阳光洒在程嘉树头上，一瞬间，她竟有恍惚的幸福感，目光不忍离开。

程嘉树也醒了过来，看到林华珺：醒了啊？手还疼吗？

林华珺摇头，正想开口。

程嘉树：小葵已经被送去医院，伤口也处理好了，她的叔叔婶婶已经找到了，只等住院康复后接她回家。小葵的命是保住了，只不过她的腿……

两人都沉重了。

程嘉树：只要活着，就是希望。

林华珺点头。

程嘉树轻轻握着林华珺的手，两人没注意到，身后，裴远之和毕云霄、双喜三人已经来到门口。

看到这一幕，三人都有些惊讶。

双喜一伸头瞅见了身上包扎了好几处绷带的程嘉树，惊慌地叫着扑过来：少爷，少爷你没事吧？

程嘉树闻听声音一回身，双喜恰好碰到程嘉树受伤的手，程嘉树疼得龇牙咧嘴。

程嘉树：你倒是轻点啊，知道的是你关心我，不知道还以为你要偷袭我呢！

双喜嚷着：你还有心情说笑话，我都担心死了。这要让老爷太太知道了……

程嘉树打断：我这不好好的么，还让老爷太太知道干吗？我警告你啊双喜，你那张嘴，一向都少个把门的！

双喜嘴一噘。

裴远之和毕云霄此刻也走了进来，毕云霄对双喜：能说笑话就说明没多大问题，双喜你就放心吧！

林华珺欠起身打招呼：裴先生，您来了！

程嘉树也站了起来：裴先生！

裴远之忙轻轻把程嘉树按坐了下去，扫了一眼程嘉树身上的绷带：别乱动，小心碰到伤口。（又关切地朝林华珺）华珺，你怎么样？

林华珺露出了一个恬淡的笑容：没事，都是皮外伤，还劳烦裴先生亲自过来。

裴远之摆摆手，关切地：我听说你们俩被埋在了倒塌的房屋下，到底是什么情况？华珺，你什么时候回的昆明？

林华珺：我来昆明取我们昆华中学的教育部特批经费，想不到竟然赶上了这次轰炸。嘉树来找我，在躲轰炸的过程中，一起被埋在了润茗茶馆。幸亏被阿美他们发现，清理废墟救了我们。

双喜嚷道：大难不死必有后福。

裴远之点点头。

毕云霄悄声对程嘉树：你放心，一两天不吃不喝死不了人，何况身边还有个朝思暮想的伴儿……

所有人心照不宣。

林华珺：裴先生，忙完教育部经费这件事，我想回校复课，可以吗？

裴远之、毕云霄和双喜对望了一眼，终于确定了心中的答案，也露出了喜悦的表情，替他们感到高兴。

裴远之开心地：没问题。我帮你办复课手续。

毕云霄：华珺，马上就到联大两周年校庆了，既然回来了，就别急着回去，参加完校庆再走不迟。

双喜：是啊林小姐，你已经这么久没尝过我的手艺了，我把压箱底的食材全部给你拿出来，做你最喜欢吃的菜。

林华珺笑着点头：看来，我不多留几天是不行了。

程嘉树听完这话，很是高兴。

西南联大医务室　白天　外景

医务室外，双喜和毕云霄并肩走着，双喜掰着手指算着什么。

双喜：少爷受伤了，我得弄点东西给他补补；林小姐回来了，要给她做一桌最喜欢的菜。这样算下来，兜里的大子儿是不够了，毕少爷，你那里还有多余的吗？

毕云霄却像是有心事，没听到。

双喜推了推他：毕少爷，你想什么呢？

毕云霄：没……没什么。

双喜：我们家少爷真是太不容易了，一定要给他好好庆祝庆祝。老爷太太要知道了这件事，我敢说，比我还要开心哪！

他忽然叹了口气：说到老爷和夫人，我又想北平了。

毕云霄：是啊，当初在北平，我们大家一起，多开心啊……

双喜：毕少爷，你想叶小姐了？

毕云霄：我只是担心，如果她知道嘉树跟华珺在一起了，不知道会怎样……

双喜一听，登时也忍不住开始忧心忡忡。

昆明老颜裁缝铺　夜晚　内景

老颜裁缝铺里屋，响起一阵一阵嘀嗒嘀嗒的声音，老颜正坐在一台发报机后面敲击发报。

老颜（画外音）：……准确命中目标，中央航校跑道和两架飞机被炸……

老颜忽然停住了动作，侧耳细听，他似乎听见了什么响动，赶忙把发报机收起来，放入床下一个暗洞，又把一堆碎布头堆在外面做掩饰。外屋已经响起了丁小五的拍门声。

丁小五：姑父，姑父，您在吗？

老颜忙去打开了插上的门。

丁小五：姑父，您怎么把门插上了？

老颜掩饰地打了个哈欠：准备睡了……还以为你不回来了呢。你们学校怎么样了？

丁小五：炸得特别厉害，我们物理系的实验室也被炸了，该死的小日本！

老颜佯装关切：实验室被炸了？那就是说，以后没法做实验了？

丁小五：没事，房子塌了，可实验器材都被我们事先转移到了防空洞，完好无损。小日本千算万算，没算到我们比他们懂得未雨绸缪。赵先生说了，实验任何时候都一定要做下去，绝对不能让小日本的阴谋得逞！

老颜脸上的肉抽搐了下，他掩饰地一笑：能做就好。给你留的还有饭，赶紧去吃吧。

中央空军军官学校　白天　外景

一辆卡车停在操场上，学员们陆续上车。

轮到罗恒了，他扫了一眼被炸毁的跑道，抚摸了一下指南针，目光坚毅地登上了卡车。

中央空军军官学校叶润青宿舍　白天　内景

叶润青坐在桌前，手里是展开的信纸。

罗恒（画外音）：润青，请原谅我没有来向你告别，但我想你一定能理解我的心情，曾经多少次，我也想过留下当教官，守护着你，可是，职责在肩，我守护你，便无法守护国土，一个空军战士的使命，终究是血染长空……

敲门声传来，叶润青放下信纸，打开房门，一个勤务兵站在门口。

勤务兵：叶少尉，有人找。

中央空军军官学校　白天　内景

学校接待室内，叶润青一进门便看到了文颉，一段时间不见，叶润青发现他一扫过去的不自信，眼神也没了过往的躲闪，一副意气风发的样子。

叶润青还没开口，文颉便迎了上来：你好啊，叶小姐——不，该叫你一声叶少尉了。

文颉伸出手要和叶润青握手。

叶润青敷衍地握了一下，淡淡一笑：你是为西南联大校庆的事情吧？

文颉点头：对，我代表西南联大三青团来邀请中央空军学校的师生参加联大两周年校庆，听说叶少尉负责和我对接，我是发自内心的高兴，咱们老同学可有一段时间没见面了。

叶润青：士别三日当刮目相看，我看你是青云得志，意气风发啊！

文颉有点尴尬：叶少尉笑话我哪，我再怎么变，也不能跟你比，你还是那么美丽大方，光彩照人，这次校庆你要不来，我怕整个会场都要黯然失色哟！

叶润青又是一笑，笑中带着不屑。

叶润青：盛情我领了，我会向上级汇报这件事情，有什么安排我及时跟你沟通。但你也知道，日本人的飞机刚轰炸过，学校损失很大，增添了好多计划外工作，恐怕——

文颉点头附和接话：叶少尉事务繁忙，理解。说到轰炸，唉，这次轰炸联大也被炸毁了好几栋楼，造成了不少人员受伤……连程嘉树也受伤了。

叶润青一惊：程嘉树，你是说程嘉树他——也受伤了？

文颉：怎么？你不知道？

叶润青装作不在乎：我很久没回学校了……他伤得重吗？

文颉：我也还没见到他，具体什么情况还不清楚。（文颉看了一眼叶润青）叶少尉这么关切，趁这次校庆的机会亲自去看看不就知道了？

叶润青皱起了眉头思忖：我想想吧。

文颉偷眼看叶润青，暗自一笑，显出对她很有把握的表情。

西南联大礼堂外　白天　外景

联大礼堂，外面悬挂着条幅，上书：庆祝西南联大建校两周年！从礼堂里面传出鼓乐的声音。

礼堂外，参加演出的同学们正在做上台前的准备。

程嘉树参加的群社大合唱还没开始，林华珺站在他的身旁。

林华珺：前面还有两个……第三个就是你们的节目了。

程嘉树深呼吸了一口。

林华珺：你也会紧张啊？

程嘉树：当然啦，今天的观众里有一个特别的人嘛。

林华珺微笑：以前演话剧时，怎么没见你紧张啊，怎么长了几岁，胆子倒还退步了？

程嘉树：那时不同，你那会儿是演员，不是观众。

林华珺看到裴远之走了过来，招呼道：裴先生！

裴远之点头微笑：你们今天精神都不错，看来身体恢复得很快。嘉树马上要登台了，没问题吧？

程嘉树：裴先生，您就请好吧！

就在三人说话时，毕云霄小跑着过来，身后跟着几位同学，对裴远之：裴先生，有人传言，群社准备趁这次校庆时闹事。

裴远之一皱眉：怎么回事？

群社同学：最近学校风传，说我们群社要趁演出的机会闹事……

裴远之：查出是谁传的了吗？

群社同学：没有，只是传言，一传十十传百，到底谁传的，谁也不知道。

礼堂里传来鼓掌声。

裴远之朝礼堂望了一望：马上要登台了，你们多加小心，万一演出中间出现什么意外，不要慌乱，更不要冲动，以免授人以柄！

程嘉树和毕云霄以及其他同学都点了点头。

西南联大校门口　白天　外景

文颉领着叶润青匆匆走进了校门。

叶润青：都已经到了，还走那么快干什么？

文颉：演出已经开始了，咱们不走快点，就赶不上程嘉树他们的大合唱了。

许久没回学校的叶润青边走边四下张望，忽然，她的脸色变了。

西南联大礼堂外　白天　外景

林华珺给程嘉树整理着衣服，笑：你是指挥，你要是紧张了，大家节奏全乱了。

程嘉树调皮地刮了一下她的鼻子：逗你呢，还跟以前一样容易当真。

这一幕，尽收不远处的叶润青眼底。

走在前面的文颉转过身：哎，怎么不走了？

叶润青冷哼了一声，故意放大嗓门：这才是你让我来参加校庆的目的吧？

她的声音很大，程嘉树和林华珺都听到了，两人心头一震，回头正好看到叶润青。

文颉：叶少尉，我不明白你的意思。

叶润青：大家心里清楚就好。

说完，叶润青扭身离开。

文颉故意地：叶少尉，叶小姐，叶润青，别走啊——

嘴上很着急，但他却一脸计谋得逞的笑意。

林华珺松开了程嘉树，程嘉树立刻明白了她的意思，抓住了她。

林华珺向他点点头：放心。

程嘉树这才松开她的手。

林华珺朝着叶润青的方向追了过去。

程嘉树一脸不放心。

西南联大门口　白天　外景

林华珺追到叶润青前面：润青——

叶润青站住，一副冷漠的样子，板着脸不说话，看也不看林华珺。

林华珺：润青，你回来了……

叶润青：怎么？只许你回来，不许我回来啊？

林华珺并不计较叶润青的态度，柔声：既然回来了，就一块儿去看演出吧？

叶润青冷哼一声：看演出？还是看你俩表演？

林华珺：润青，这么久不见，你比以前成熟干练了很多。

听她说到这里，叶润青心软了一点，也忍不住打量了她一眼。

叶润青：看来，玉溪的日子不太好过。

林华珺微笑：乡下的日子虽然苦了点，倒也知足。我想告诉你，过些日子，我就打算回学校了，继续未完成的学业。

叶润青挤出一丝冷笑：是吗？那恭喜你们了。

林华珺：今天，是联大建校两周年的日子，时间过得真快，时间在往前走，我们也要往前走，对吗？

叶润青：我们？对不起，我跟你不是我们。

林华珺诚恳地看着叶润青：你希望我怎么做？

闻听此言，叶润青有点猝不及防。

叶润青：我——你怎么做是你的事，跟我无关。

林华珺：你希望我一直留在玉溪，跟你，跟嘉树，老死不相往来吗？

叶润青：那是你们的事。

林华琨：这次，我跟嘉树在轰炸中死里逃生，听说，航校也遭受了轰炸……当年，我们是为了共赴国难，才携手到了昆明，如今，国难依旧，我们却分崩离析。润青，这真是你想看到的吗？

叶润青没说话，把脸转向一边，看着路旁的树。

林华琨：如果真的那样，那我就消失，永远不在你面前出现。

叶润青：也许以前我会这么想，但现在不会了。你们有恋爱的权利，我不会多说一个字，但我有怀念我哥哥的权利。

林华琨一时怔然。

西南联大礼堂外　白天　外景

程嘉树身边的几个同学已经走到了礼堂门口，做着上台的准备，程嘉树看了看礼堂，又看向学校大门口。

一位群社同学在礼堂门口招呼：程嘉树，快点啊，该准备上场了。

程嘉树再度看向学校大门口，蹙起了眉头，神情焦灼。

西南联大大门口　白天　外景

林华琨和叶润青相对而站。

林华琨目光真诚：润青，即便我不是你哥哥的女朋友了，我还是他的挚友，润名的死，我和你一样悲痛。如果我能做点什么改变这件事的结果，我会毫不犹豫。

叶润青声音还是冷冷的：你明知道人死不能复生，还说这些。

林华琨诚挚地：这个世界上真正了解润名的人不多，我想我可以算一个。如果他在天有灵，你觉得，他愿意看着我和你因为他的死而心生嫌隙吗？

叶润青低下了头。

林华琨：因为了解润名，我知道他是为了心中的信仰献出了自己的生命，我也知道，他希望我们纪念他的方式是什么。

叶润青慢慢抬起头，看着林华琨，等她说下去。

林华琨：我想，润名一定希望我们和他一样，朝着自己的信仰和理想，努力过好这一生。如果我们真的爱他，理解他，就该踩着他的脚印，像他那样生活，这样，他才永远地活着，活在我们的心里，更活在我们身上。

叶润青看着林华珺，眼睛渐渐湿润，林华珺走过去拉起叶润青的手。

林华珺：润青，我常常回忆过去，过去的我们那么亲密无间，曾经的你那么活泼爱笑，当时以为再普通不过的一切，现在看来都是如此珍贵……（她叹了口气）人世间为何总有那么多无法挽回的遗憾？！譬如眼下的时局，今天我们还能站在阳光下，谁也不能保证明天怎样，润青，我真的，希望我们都能放下内心的那些背负，好好生活，不要再让遗憾发生。

叶润青的脸庞滑下泪水，但她还是拨开了林华珺的手，转身离开。

西南联大校园内　下午　外景

校园内几位年轻的老师边走边说着话。

甲：今晚有演出，我们早点吃晚饭，一起去看啊。

郑天挺：你们先去，我这里还有些事情要忙。

乙：西南联大成立两周年的校庆活动，你这个教务长不去可不行。

郑天挺：我当然想去，可是也得有空啊？这不，刚才还接到龙主席的秘书打来的电话，全是头疼的事！

甲：龙主席？龙主席要来吗？

郑天挺：不是，是龙主席的女儿考了我们西南联大，分数不够，他的秘书打电话来说情的。

乙：龙主席可是对咱们西南联大帮助很大呀，那怎么办？

郑天挺无语叹气。

走在他们后面的梅贻琦，听到了几个人的谈话，马上叫住了郑天挺：毅生！

郑天挺：梅校长。

梅贻琦：毅生，刚才你说的事情，我怎么不知道？

郑天挺：梅校长，落榜的学生很多，哪有时间一一向你汇报啊？

梅贻琦：事关龙主席，我当然应该知道。

郑天挺一时无语，青年教师甲乙互相看了一眼，和梅贻琦匆匆打了个招呼，向远处走去。

梅贻琦：你告诉我，你在电话里到底怎么说的？

郑天挺：我跟龙主席的秘书是如实说的，我们西南联大在招生这件事上一向是公平公正的，没有特权，没有特例，不管是谁家的孩子，我们都会一视同仁。

梅贻琦：毅生啊，道理不错，可是这样回答是不妥的。

郑天挺：那梅校长，你要对龙主席的女儿网开一面吗？

梅校长：当然不能网开一面。但是，做事情要将心比心。

郑天挺：我不明白。

梅贻琦：毅生，你去忙吧，这个事情，我来处理。

郑天挺远去，梅贻琦望着他忧心忡忡。

西南联大礼堂外　白天　外景

祝修远从礼堂走出来，忽然看见文颉从前面匆匆走过，正要打招呼，却见文颉走到一个人跟前，两人悄声嘀咕了起来，他疑惑地朝文颉方向张望。文颉也看见了他，拉着说话那人走到了一个角落继续耳语。

西南联大礼堂　白天　内景

《保卫黄河》的合唱正在激昂地进行中，唱歌的程嘉树眼睛扫视着台下，寻找着林华珺。

林华珺悄然走进了礼堂，文颉也正好走回礼堂，看到林华珺。

台上的程嘉树看到林华珺已经回到了座位，舒了一口气。林华珺注意到了程嘉树的眼光，朝他露出一个微笑，程嘉树也笑了，终于可以全情投入指挥。

这一幕全部落在了文颉眼里，他的脸色十分阴郁。

《保卫黄河》大合唱结束了，全场报以热烈掌声。

群社的合唱演员谢幕，走下台。

报幕员走上台：下一个节目是话剧《国之魂》，表演者：三民主义青年团青年剧社。

在报幕声中，程嘉树走向林华珺，二人目光对视，微微一笑，坐在一起。

准备上台的三青团青年剧社的演员摩拳擦掌，祝修远挥舞着手臂：我对你们有信心，咱们绝对不会输给群社。

一旁的文颉朝身旁一个人递了个眼色，正是刚才跟文颉在角落里咬耳朵的那个人，他旋即朝外走去。

西南联大礼堂外　白天　外景

礼堂外墙边，和文颉咬耳朵的那个人拿起剪刀，对准了电线。

西南联大礼堂内　白天　内景

幕布缓缓拉向两边，下面的观众聚精会神地盯着舞台，等待即将出场的演员们。

幕布刚拉开，礼堂内的灯忽然唰地一下全灭了。

黑暗中众人一片诧异的叽叽喳喳声：……出什么事了……灯怎么灭了……

林华珺：怎么回事？不会是这个节目故意设置的吧？

程嘉树正要说话，黑暗中忽然传出一个男生声音：三青团还没上台，就一片漆黑，分明不让三青团好好演出。

另一个男声：是啊，这肯定是群社搞的鬼！

第一个男声：早听说他们准备在校庆时搞我们，手段也太恶毒了……

程嘉树对林华珺：不好。

林华珺：你说什么？

程嘉树还没回答，就听见毕云霄的声音：不是我们干的，想搞鬼的明明是三青团……

第一个男生的声音：胡说八道，我们能自己搞自己吗？群社还想反咬一口怎么地?!

一群社同学：你不要血口喷人！我看你们才是贼喊捉贼！

裴远之的声音：群社的同学，不要急不要乱……

裴远之话没说完，有一个声音大声叫：打倒共产党！

接着，又有三两个声音跟着喊：打倒共产党。

龙云公馆　夜晚　内景

梅贻琦和龙云两人分坐在沙发上，热茶奉上。

龙云：平时事务繁忙，我也无暇问及孩子的学科，想起来也是惭愧啊！

梅贻琦：我也是啊，天天给学生上课，却不能仔细关心下自己的孩子。

龙云：两个不合格的父亲却在这里诉苦，孩子们恐怕还不知道吧？

说罢，二人哈哈大笑。

梅贻琦：令爱的学习交给我，我想好了，请联大最好的老师来帮令爱补习功课，龙主席同意吗？

龙云：求之不得啊！那就拜托梅校长了。

梅贻琦站起来：龙主席，今天是联大两周年校庆的日子，现在庆祝晚会已经开始演出了，学校师生准备了很多好节目，群社准备了大合唱《保卫黄河》，三青团也准备了话剧《国之殇》。不知道龙主席还愿不愿赏光，和我一同前往？

龙云：当然愿意。

两人说完，笑呵呵往门口去，此时，电话响了起来。龙云秘书接起了电话。

秘书：喂！……嗯……什么？嗯，好的，知道了，我马上通报。

龙云和梅贻琦都停下关注着。

秘书：龙主席，梅校长，联大打来电话，联大礼堂的电线被剪了，演出无法进行，有人在黑暗中喊打倒共产党的口号。目前演出终止，学生已经各自回宿舍了。

梅贻琦愕然。

龙云：什么意思？什么人竟然敢在我龙云的地盘作乱！查！梅校长，有什么人敢在联大闹事，你告诉我，我来处理！

梅贻琦无语，看向黑沉沉的夜。

西南联大校委会　白天　内景

梅贻琦、闻一多、郑天挺等数位教授均在座，正交谈着，看到裴远之和祝修远进门，梅贻琦招呼：裴教授，祝助教，这边坐。

祝修远有意找了个离裴远之稍远的位置。

梅贻琦：找二位来的缘由，想必你们都知道了，就是为了昨天的礼堂停电事件。

祝修远和裴远之都望着梅贻琦。

梅贻琦顿了顿：现在基本上可以判断，电线是被人刻意剪断的，目的就是为了阻挠下面的演出。可具体是哪个人剪断的，现在已经查无可查。三青团说群社干，群社说三青团诬陷，这种学生间的指责和攻击是校方不愿意看到的。所以今天我把你们两个负责人叫来，想听听二位的看法。

裴远之：三青团上场前电线被剪断是事实，但因此就说是群社同学干的，未免太简单草率。群社昨晚连夜开会，对所有成员逐一调查询问，结论是剪断电线并非群社成员所为。

祝修远：裴先生说得有理有据。由此我猜测，会不会是有人利用群社和三青团之间的矛盾，剪了电线，嫁祸给群社……

他的说法倒让裴远之很意外。

裴远之：也许真如祝助教所言。因为在演出前，学校就已有群社将会闹事的流言。

梅贻琦、闻一多和郑天挺惊诧地互相对视。

郑天挺：有这事？

裴远之：只是道听途说，已难找到传言的源头。我敢肯定的是，群社的同学绝没做此事。不管是三青团领导的社团还是群社，都是国立西南联合大学的社团，目的是通过社团活动，结合课堂学习，为社会培养出更多有用之才，而不是内讧。祝助教我说得对吗？

祝修远：裴先生说得对。

郑天挺：不错。西南联大成立虽然才两年，但社团如雨后春笋，已有20多个。丰富的社团实践与课内教学活动结合，既符合梅校长所提倡的"通识教育"主张，也实现了学生的自治管理。学生社团活动自主进行，学校原则是支持而不干涉。

裴远之和祝修远都点头。

郑天挺：但学校绝不希望社团之间激化矛盾，影响学校声誉。二位是社团负责人，也是联大的老师，希望你们能在内部把这件事处理好。

梅贻琦：这也是校常委会的决定。虽说校庆时闹出这种事情影响很坏，可跟眼下动乱的时局，还有校舍前几日遭遇的浩劫相比，只能算是内部矛盾。大局为重，还望二位老师各自辛苦，处理安抚好社团内部的情绪，与学校一同度过眼下这道难关。

裴远之站起身拱手：一定全力以赴，不负学校所托！

祝修远也站起拱手、点头。

三青团青年服务社　白天　外景

祝修远走到服务社门口，门虚掩着，祝修远正要推门进去，一个声音传了出来。

文颉（画外音）：放心吧，事先都布置好了，剪的时候保证没人看见，电线又不会开口说话，叫他们尽管去查，准保查到天边也查不出谁干的……

祝修远听出是文颉的声音，顿时一惊。

闪回校庆礼堂外——

祝修远在礼堂门口看到文颉和一个人嘀咕。

祝修远又听见了周宏章的声音。

周宏章（画外音）：文颉，干得不错，我早就说你这个人堪当重用，我没看走眼，哈哈。

文颉也跟着谄媚地笑（画外音）：周主任领导有方，我不过是跑跑腿。

祝修远再也忍不住，嘭地推开门。

三青团青年服务社　白天　内景

周宏章：我已经决定了——

说话的当儿，祝修远进门，正在密谋的周宏章和文颉诧异地抬起头，见祝修远正怒目而视着他们。

祝修远一指文颉：原来剪电线这事真是你干的！

文颉很尴尬：祝助教，你听我说——

祝修远怒吼：你闭嘴！我本来就有所猜测，还在心中为你开脱，以为你不会做出这种事。真没想到，这么卑鄙的事情你都能干得出！不仅干了，还把赃栽到了群社头上，亏我还信了你！

周宏章非常不悦：祝助教，别那么大火啊，有什么话咱们坐下慢慢说。

祝修远依然站着，气得胸口起伏：周主任，这到底是为什么？干吗要挑拨学生社团之间的关系呢？还搅和得校庆演出都中断了？

周宏章摸了摸下巴：祝助教，难道你希望共产党领导的群社，在联大校庆，尤其是在龙云面前大出风头吗？

祝修远看着周宏章一副不以为然的样子，更加愤怒：所以你们就要做出这种事？

周宏章有点脸面挂不住了：祝助教，你怕是忘了自己是三青团还是群社的人了，什么身份，该说什么话，希望你自己心里有数。没别的事，我和文颉还有重要事情商量，你请回吧——

周宏章一伸右手指向门口，摆出赶祝修远的架势，祝修远瞪了文颉一眼，大步走出了青年服务社。

文颉目瞪口呆地看着祝修远的背影，转头向周宏章：周主任，你看祝助教这——

周宏章一拂袖：不用管他。

文颉：我是担心他把剪电线的事情说出去。

周宏章胸有成竹：说了你也不用担心，这事我会搞定。以后三青团的事情，你多操点心。人事任命和活动方面，你拿主意，我不会多干涉。

文颉讪讪一笑：我说了也不算啊，祝助教才是三青团负责人哪！

周宏章从鼻子里哼了一声：从现在起，他就不是了。

文颉一愣，周宏章拍拍文颉肩膀：三青团的发展，就靠你了！好好干吧，以后平步青云的机会，还多着呢！

文颉醒悟过来，笑得脸都有些变形：多谢周主任栽培，多谢周主任栽培……

翠湖边　白天　外景

清风徐来，水波不兴。郭铁林和裴远之、方悦容坐在湖边钓鱼，三人的服装都有些破旧，郭铁林的衣服上甚至还有一块补丁。

郭铁林：今天天气不错啊！

裴远之：是啊！春天到了，原本是个万物复苏的季节，可没有想到三青团却把矛头对准了群社，对准了共产党。

郭铁林：这些天三青团有什么新动向么？

裴远之：我们感觉三青团现在变化很大。

郭铁林：嗯？说说看。

裴远之：先引起我注意的是那个文颉，前些日子，他在壁报上发表了一篇文章，大肆抨击八路军，说什么游而不击，陕甘宁边区存在无用，不如取消，甚至叫嚣八路军和新四军也应该一起取消了！

方悦容：这篇文章在学生中引起了不小的波澜，破坏国共联合抗日的意图非常明显。

郭铁林蹙眉，思索着。

裴远之：还好我和群社的同学商量对策，及时反击，才没让他们的言论得逞。

方悦容：可是没想到他们不甘心，校庆时竟然制造意外，嫁祸群社来报复我们。

郭铁林吃惊：哦？他们做了什么？

裴远之：他们在自己上台演出前，派人剪断电线，致使演出中断，然后在会场里贼喊捉贼，大呼群社要破坏三青团演出，甚至还叫着"打倒共产党"等口号！使得不明真相的师生真的以为是群社干的呢，影响很坏！

郭铁林沉吟：三青团只是一个风向标，他们不过是充当了国民党的一线打手而已。

裴远之：您的意思是？

郭铁林：国民党的反共野心已经遏制不住了。我们共产党人应该唤醒民众，让国民党反动派的险恶用心暴露天下。

裴远之：那上级对我们下一步工作有什么具体安排吗？

郭铁林慢慢地：我党坚定坚持抗日民族统一战线，可国民党顽固派的限共反共政策，已经严重威胁到了统一战线的存亡。我们当前的策略是隐蔽精干，积蓄力量，等待时机，稳扎稳打地跟他们斗争。

裴远之和方悦容对望一眼，目光坚定地朝郭铁林点点头。

突然，水面泛起了一片涟漪。

郭铁林：（急忙提起鱼竿）有鱼上钩了，今晚我请大家吃烤鱼。

西南联大校园 黄昏 外景

夕阳的余晖投射在经历过轰炸浩劫的西南联大校舍上，有一种悲壮和肃穆的意味。

林华珺和程嘉树并肩走在校园一条小路上。

程嘉树：伤口都好了吧？

林华珺：差不多了，都是些擦伤，本来就不是大问题。倒是你，手上尽是伤口，这些天千万要小心，别碰到水，伤口要是感染了，可不是闹着玩儿的。

程嘉树咧嘴笑了：多大点事儿……跟我妈似的。

林华珺嗔怪地瞪了程嘉树一眼。

程嘉树立刻收敛了嬉笑：我知道你是关心我，放心，你一关心啊，比什么灵药都灵！

林华珺没说话，继续往前走，走到了被炸毁的房屋前，驻足。

林华珺：没想到，一夜之间，我们历尽艰辛建立的联大，又变成了这样。

程嘉树：也许越是血淋淋的残酷，越能让我们的民族迅速觉醒。

林华珺一顿，看了程嘉树一眼：嘉树，看到如今的你，我真的无法想象当初在北平时的那个你。

程嘉树：只有你，始终如一。

林华珺摇头：不，我也变了。曾经，我对未来也很茫然，直到在蒙自办夜校，我才确定，教育将是我的人生方向。

程嘉树：我也一样，一度不知道该如何做个有用的人，现在我确定了，我会像毕副师长当初所说的那样，终生致力于科学，用知识的力量去改变国家命运。我期待有一天，再也没有任何侵略者敢在我们的国土上挥舞屠刀，肆意凌虐，我期待看到真正强大的中国。

林华珺眼睛闪烁着光芒：我也期待！只是不知道这一天什么时候才会到来……

程嘉树：你看过毛泽东的《论持久战》吗？

林华珺愣住了：没有。你看过？

程嘉树：我也没有。只是在润名的日记里看到些摘记。我觉得毛先生说得对，抗战最后的胜利一定属于中国。我现在终于明白裴先生和润名为什么是共产党了。

林华珺琢磨着他的话。

程嘉树：多难兴邦，每一个经历了磨难的民族，都会越来越强大。

林华珺扫视着炸毁的房子，一些校工正在修缮。

林华珺点头：磨难也未必都是坏事。

天边，晚霞绚丽如画，两人都被眼前的景象迷住了。

程嘉树握住了林华珺的手，林华珺也紧紧回握住了程嘉树的手。

林华珺：经历过风雨，才能看见最美的晚霞。

晚霞之下，二人挽手的背影久久凝立。

润茗茶楼　夜晚　内景

润茗茶楼大部分房屋还在修复中，只有一小间清理干净，摆着两张桌子和几把竹椅，显然还无法恢复营业。

阿美放下扫帚，扫视着劫后余生的痕迹，有点惆怅，坐回桌前翻着自己的作业本。

有人走了进来，阿美听见动静，抬起头，她远远看见门口黑影处，似乎是叶润名站在那里。

阿美一愣：润名——

对方没有回答。

阿美又觉得不对劲，使劲揉了揉眼，才看清楚不是叶润名，是文颉。

文颉今天和平日不同，他的发型和服装，均和叶润名近似，甚至胸前也和叶润名一样插着一支钢笔，手里还拎着一个大袋子。

阿美：文颉，是你啊？刚才你站在黑处我看不真切，还当叶润名回来了呢。

文颉一笑，阴阳怪气：有多像？

两人一起走到桌前。

阿美借着灯光又端详了文颉一下：在灯下就不像了。刚才那一恍惚，真挺像。

文颉：那你就把我当叶润名不就得了。

阿美一笑：你是你，他是他。

文颉：如果叶润名他不会回来了呢？

阿美一愣，急切地：你说什么？为什么不会回来了，发生什么事了吗？

文颉：他已经不是学生了，现在肯定忙得很，最近是不是连封信都没给你写过？

阿美颓然叹气：是啊。

文颉：所以啊，你不要等他了，找个如意郎君嫁了吧！

阿美：不！除非叶润名死了！我才不要其他男人！

文颉留意地看了阿美一眼，阿美忙打自己的嘴：我怎么能诅咒他呢？！呸呸呸！

文颉带着些不爽摆摆手：不说他了。你知道我今天为什么来找你吗？

阿美歪着头，天真地：为什么啊？

文颉从袋子里拿出一瓶酒放在桌子上。

文颉认真地：因为我今天特别高兴，而你阿美，又是我文颉不多的好朋友之一，所以我来找你和我一起庆祝，让你也高兴高兴！

阿美笑：那你先告诉我，什么事这么高兴啊？

文颉：你猜猜？

阿美：嗯——你考试得了第一名？

文颉不以为然地摇摇头：不是，再猜。

阿美：你又申请到了助学金？

文颉：还不是。

阿美嘴一噘：不猜了。我怎么知道你有什么好事？

文颉：我现在——（虽然四下无人，他还是转头看看四周，郑重地）当上三青团的负责人了，我升官了！

阿美：就这个？

文颉诧异：这还不算好事？

阿美：好在哪里？

文颉有点扫兴，但还是耐心解释：这是升官啊，升官不就是好事吗？

阿美撇嘴：那算什么官啊？你以为我不知道，三青团还不都是一帮学生。

文颉：学生怎么了？噢，你以为当上三青团负责人容易啊，你知道三青团上面是干什么的吗……算了，跟你说你也不懂，总之我高兴，咱们今天喝点酒庆祝下。

阿美：是啊，我不懂，我也不想懂，不过既然你把我当好朋友，我也高兴，来！

阿美拿出杯子，文颉打开酒倒了进去。

润茗茶馆外街道　夜晚　外景

月光照在润茗茶馆外的街道上，润茗茶馆里，传来碰杯的声音，还有阿美的笑声。

阿美（画外音）：不许耍滑，干了干了……你一个大男人还不如一个姑娘的酒量么，嘻嘻……

润茗茶馆　夜晚　内景

阿美脸色红艳艳地，显然已有了几成醉意，她又举起酒杯，文颉轻轻把手放在阿美端酒杯的手上。

文颉柔声道：别再喝了。

阿美拨开文颉的手，带着醉意：我，我没事，这样的酒，再喝半斤也没事。

文颉伸手往袋子里掏：差点忘了，我还给你带了件礼物。你先来看看。

阿美放下酒杯，好奇地看着文颉，他拿出的是一把小提琴。

阿美愣愣地：给我的？

文颉：对，这是小提琴。

阿美：我知道，我看华珺姐拉过，她还给我试过呢。

文颉笑了,把小提琴递给阿美:上次你说,想考上中学后学小提琴,所以我花光了升官拿到的津贴,提前送你一把小提琴,预祝你考试成功。

阿美很感动:你居然记住了!文颉,你对我真好。我一定会报答你的。

文颉:想报答我吗?很简单,你今天就拉给我听听。

阿美:可我不会啊。

文颉帮阿美把小提琴架在脖子上,阿美拿起琴弓,回忆当初林华珺拉琴的姿势。

文颉:等等。

文颉走到阿美的身后把她的头发解散开,霎时阿美的长发垂肩,在晚风中飞扬,加上架在肩上的小提琴,真有几分林华珺的韵致,文颉不禁呆住了。

阿美拿着小提琴,仍旧不解:散开头发就会拉了吗?

文颉眼神迷离:你这样的时候最好看,华——阿美。

阿美没有听出异样,反倒咯咯笑起来,琴弓在琴弦上随意拉出一串声响,她随着那声响扭动身体,舞蹈起来。

文颉看着看着,也加入了舞蹈,他的身体离阿美越来越近,越来越近……

文颉的身影在阿美的眼里幻化成了叶润名,阿美意乱情迷,脸色绯红……

西南联大校门口　早晨　外景

林华珺带着简单的行李准备回玉溪做交接,程嘉树送她,两人站在校门口等待的马车旁。

程嘉树依依不舍:到底需要几天,你给我个准信儿好吗?

林华珺笑:说了多少遍了,这个我怎么能说得清,除了办手续,还要跟其他老师做交接,还有我那帮学生,教了他们这么久,也不是说放下就能放下的……

程嘉树急了:那你就忍心让我这么一直等着?

林华珺嘴角浮起一个调皮的笑:反正也等了那么久了不是?

程嘉树叹了口气:好吧,你说得对,反正我也等了这么久,不差这些天。

一阵急促的脚步声传来,打断了两人的谈话,程嘉树和林华珺抬头,看到阿美正气喘吁吁地朝他们跑来。

林华珺很是惊喜:阿美,你怎么来了?

阿美跑到近前,脸色很严肃,眼眶红红的,程嘉树发现了异样。

程嘉树：阿美，你怎么了？

阿美：叶润名是不是已经死了？

林华珺的笑容凝固了，程嘉树也怔住了，两人对视一眼，一时间都不知道该如何解释。

阿美：是不是？！

林华珺深呼吸一口：阿美，你听我说——

阿美大声打断：什么都不要说，就回答我，是不是真的？

程嘉树点了点头：是的。一直没有告诉你，是因为——

阿美眼泪夺眶而出，她后退了几步，哭喊着：不要说了，不用说了……我再也不要看到你们了……

阿美哭着转身跑开了。程嘉树和林华珺面面相觑。

路上　早晨　外景

阿美跑着，用手抹着眼泪，可是眼泪越来越多，路上投来诧异的目光，阿美不管不顾，她的思绪回到了昨天晚上。

一组碎片闪回——

润茗茶馆　夜晚　内景

阿美舞蹈着，眼前一会儿是文颉，一会儿是叶润名，她恍惚了。

蒙自夜校　白天　内景

叶润名站在讲台上讲课，他在笑，牙齿洁白，灿烂得晃人眼睛。

润茗茶馆阿美房间　夜晚　内景

文颉把阿美放在了床上，迫不及待甩掉自己的衣服，俯下身去……

阿美像是忽然清醒：你干什么？你不是润名，不是润名！

文颉已经按捺不住了，他紧紧压住挣扎的阿美：你不要再想叶润名了，他死了，早就死了！

阿美叫：我不信！你滚开，滚开！

文颉一边死死按住阿美不放，一边说：不管你信不信这都是事实，所有人都瞒着你，只有我不忍看你一直这么傻等着，叶润名真的死了，他是去武汉运送学校器材的时候，被日本人打死的……

阿美瞬间没有力气挣扎了，她眼神空洞而绝望地望着文颉。

文颉：阿美，我喜欢你很久了，你不是说叶润名要是死了你就可以找其他人了……我一定会娶你的，我一辈子对你好，我保证……

阿美的衣服被撕开，她绝望地把头扭向一边，眼泪淌了下来。

闪回完。

通往宿舍的路上　白天　外景

程嘉树大步走着，脸上写满恨恨的表情。他回忆起刚才和林华珺、阿美的对话。

林华珺（画外音）：阿美怎么忽然知道了润名的事情？谁会告诉她呢？

程嘉树恼怒（画外音）：还有谁！看我不找他算账！

文颉宿舍　白天　内景

程嘉树来到文颉宿舍外，还没进门，就听见里面一同学在说话。

同学甲（画外音）：……谷、糠、石子，这才七宝啊，何来八宝饭之说。

同学乙（画外音）：你没算上老鼠屎吧，正宗八宝，缺一样都不算！

程嘉树走进去，好奇地看向说话的同学，原来他们正端着打来的饭，在数里面的杂质。

见程嘉树进来，同学甲打趣：要不要尝尝我们的八宝饭？

程嘉树问：文颉呢？

同学乙：好像请假了，说是家里有事。

程嘉树很意外：请了多久？

同学乙：这个不知道。

程嘉树：谢谢。

他冷着脸离开了。

身后同学甲：咱就知足吧，好歹还有的吃，说不定过些天连八宝饭都吃不上了……

群社伙食委员会　白天　内景

程嘉树走进伙食委员会，双喜正坐在那里，在一个小本子上记着什么，嘴里还念念有词。

程嘉树走过去，闷声不吭地坐在一旁。

双喜没看见他，一转身吓得差点蹦起来。

双喜埋怨道：你是鬼啊，走路没声音的！人家正算账呢，都已经重来了好几遍了，被你这一吓，又得从头开始。

看程嘉树没动也没说话。

双喜发现他不对劲：怎么了？二少爷。谁惹你啦？

程嘉树恨恨的：文颉！这个混蛋！他把润名的事儿告诉阿美了。

双喜：啊？那阿美现在怎么样？

程嘉树：还能怎么样？好端端一个天真活泼的姑娘……我从来没见她那么痛苦的样子，疯了似的……

双喜也很恼火：就是怕她接受不了打击才不告诉她真相……这个文颉，我早就看出他不是什么好人！

程嘉树：要不是他请假溜了，我非得……

他一拳砸在桌子上，怒火久久不能平息。

双喜：二少爷，你也别气了，等他回来再算账！你没吃饭吧？我给你盛碗饭。

程嘉树：八宝饭吗？

双喜：你也知道八宝饭了？我这一肚子话正找不到人说呢。你光知道八宝饭，可不知道这八宝饭背后的缘由哪！

程嘉树：什么缘由？

双喜：不当家不知道柴米贵，我跟你说，昆明物价疯了！这一年来，涨得那叫个狠。就拿米来说，去年还 7 块钱 1 石，今年就涨到了 100 块 1 石……

程嘉树：有你说得这么夸张吗？

双喜白了程嘉树一眼：这不是夸张，这是事实！你到街上走一圈看看，大白菜什么价，盐什么价，肉什么价……我天天把头都算破了还补不完的窟窿呢，要是再这样下去，我就只能把自己炖了给大家吃了……

程嘉树眉头一皱：双喜，你太不容易了，我给你出个主意吧。

双喜：什么主意？

程嘉树：学校旁边不是有那么多空地吗？自己种菜。

双喜猛地跳起拍了程嘉树肩膀一巴掌：少爷！你总算有点用了！我这就去买种子！

程嘉树揉着肩膀：说了多少遍别叫我少爷了……

西南联大校委会　白天　内景

郑天挺站在梅贻琦的办公桌对面向他汇报：……昆明物价，较刚来时上涨 20 多倍，教职工薪水不过 600 元，现在只当 30 元用，家家入不敷出，学生们饭都吃不饱，更别提营养了……

梅贻琦蹙眉思索：算上龙主席的捐助和清华特种技术研究所的收入呢？

郑天挺：就是有那些贴补，这才勉强支撑到现在，可是下个月起，恐怕就要断粮了。

梅贻琦一凛，站了起来：我这就向教育部打报告，必须保证师生的日常饮食，教职工每家 1 石 6 斗米的供应。（沉吟了下）另外，我提议建立清华服务社，利用服务社的生产补贴大家的生活……

郑天挺边听边点头。

梅贻琦家　白天　内景

梅夫人韩咏华与潘光旦夫人赵瑞云在桌前对坐，韩咏华接过赵瑞云递上来的一方白绸绣花手帕，凑近端详那上面的刺绣花朵。

韩咏华称赞：手可真巧，瞧这个栩栩如生的劲儿，难怪昆明城里那些美国人抢着买呢。

赵瑞云笑：绣花倒不难，就是费眼睛，可惜现在这种年月买不到毛线，不然织毛衣还更快些。

韩咏华叹道：我就是眼神不好，做不了细活。前几日从学校庶务赵世昌先生那里学来一种上海式的米粉碗糕，我想做出来拿去卖，可没想到，现在城里的米粉却是十分不好买。

赵瑞云：这好办啊，买不到，可以自己用石磨磨粉嘛，我跟你说，我们在乡下住的地方不远就有一架磨盘，这事儿交给我了。

韩咏华舒展眉头：这下好了，你负责磨粉，我就负责蒸糕，咱们同心协力！

说话间，梅贻琦忧心忡忡地回到了家里，赵瑞云打招呼：梅校长好！

梅贻琦这才发现赵瑞云在家，朝她笑笑点点头：好！

梅贻琦脱下外套，韩咏华接过：饭马上就好，今天没有青菜了，将就点，辣椒拌饭吧。

梅贻琦心不在焉的：我不饿，你们吃吧。

梅贻琦说完走进里屋。

赵瑞云捂嘴笑：你家梅校长是一心操持校务，两耳不闻家事，家里的日子过成啥样都不知道。

韩咏华叹了一口气，继而佯嗔：你们家潘先生还不一样！

两位夫人相对，无奈地都笑了。

闻一多家　白天　内景

闻一多蜷缩在床脚下面仅有一平方米的空间里，以一个黄木箱当桌子。此刻，他正在刻图章。

突然家门开了，几个孩子叽叽喳喳，笑闹着跑了进来，跑到闻一多跟前。

闻立雕：父亲你看，母亲带我们捞了小鱼小虾。

闻一多发出了惊呼声：捞了这么多啊。

闻立鹤也跑到了闻一多跟前，与父亲分享：还有菜，也是妈妈带我们种的。

高孝贞紧随其后，带着小弟和妹妹也走进了家门。

两个小孩也喊着"父亲"，黏到了闻一多身边，一家人其乐融融。

高孝贞看见闻一多在刻章：鹤儿，带弟弟妹妹洗菜去。

闻立鹤懂事地牵着弟弟妹妹：我们走。

闻一多：孝贞，告诉你个好消息。浦江清先生为我撰写了个启事，叫作《闻一多教授金石润例》，梅校长、蒋校长、冯先生、朱先生等十二位教授都为我具名推荐。相信过不了多久，全昆明城都会知道有一位闻先生不仅会教书，还刻得一手好图章，我们就不愁揭不开锅了。

高孝贞心疼地拉过闻一多的手：手都磨成这样了，我拿毛线给你缠上。

闻一多抽了一口烟，呛得直咳嗽。

高孝贞一边给闻一多缠毛线，一边说道：真是不懂，既然学校决定发津贴，便是份心意，你为何不要？

闻一多：孝贞，未收学校津贴的也不止我一人。我说得对吧，华先生？

一块碎花布的另一侧传来了一声"对"，接着花布被撩开，布帘那头是华罗庚。

他骑着门槛而坐，支一个大凳子当桌子，桌上都是稿纸，上面全是他的演算。

华罗庚：闻先生，正好我写了一首诗，斗胆在您面前献丑一段。

闻一多：快念来听听。

高孝贞拿来了毛线，一边帮闻一多把起老茧的手缠上，一边也饶有兴趣地一起听着。

华罗庚：挂布分屋共容膝，岂止两家共坎坷。布东考古布西算，专业不同心同仇。

闻一多：幽默风趣，实为我们两家的真实写照了。写得好！我也正好刻了枚印章送给你，印章上也有首小诗。

他把印章抛给华罗庚，华罗庚险些没接住。

华罗庚拿着印章，念道：顽石一方，一多所凿。奉贻教授，领薪立约。不算寒伧，也不阔绰。陋于牙章，雅于木戳。若在战前，不值两角。

华罗庚读完，忍不住哈哈大笑：那在此时，该值多少钱？我算算自己是占了闻先生多大的便宜。

三人都笑了。

这时，门外传来了小轿车的声音。

高孝贞放下手中毛线，对闻一多说：我去看看。

短暂的热闹过去，闻一多和华罗庚继续各自的钻研。

高孝贞回来，在闻一多耳边悄声说了句话。闻一多便放下手中的工具，跟随高孝贞一起走到了门口。

闻一多家外　白天　外景

高孝贞：你看谁来了？

闻一多抬头，只见一辆黑色小轿车旁边站着一位西装革履、梳着油头的男士。

闻一多辨认了一会儿，难以置信：文颉？

文颉：闻先生，好久不见。

闻一多：是当刮目相看了。

文颉明显比之前要显得成熟不少，一身行头看上去就价值不菲，与闻一多的朴素形成了强烈对比。

文颉笑笑：闻先生，我要结婚了。

闻一多愣了一下，旋即道：恭喜恭喜！

文颉：难道您就不好奇我跟谁结婚吗？

闻一多：愿闻其详。

文颉：您还记得蒙自的沙玛阿美吗？

闻一多：是润茗茶馆的那位阿美小姐？

文颉：正是。

闻一多心里有些沉，他迟疑地点了点头。

文颉：光顾着说，我都忘了。

文颉用眼神示意了他的随从。

随从点头哈腰，双手为文颉递上了一张红色请帖。文颉接过，又递给了闻一多。

文颉：闻先生，学生在酒楼略备了几桌薄酒，权当婚宴，期待您大驾光临。

闻一多犹豫了下，还是接过了请帖。他能感觉到其中有些说不清道不明的分量。

高孝贞走到闻一多身边，与他一起看着随从为文颉拉开车门，文颉坐进后座朝他们挥手，车扬长而去……

西南联大旁边菜地　白天　外景

学校旁边的荒地，程嘉树跟在双喜身后播撒种子。

双喜：幸亏有林小姐寄来的这些种子，你不知道我那天去问了问价，种子卖得都快赶上米价了。还是林小姐细心，知道咱们现在最需要的就是种子了，该不会全是洋葱种子吧？少爷，这下你可有一地的宝贝疙瘩了……

程嘉树抬脚想踹他，双喜早就机智地躲过了。

双喜：你说说，就你这样的，也不知道上辈子干了啥好事……

程嘉树逗趣：怎么跟你家少爷说话的？

双喜反击：现在你我都是劳动人民，没有主仆，只有群社共事的同僚。

程嘉树：还同僚呢。

他忍不住又想踹双喜，还是被他躲了过去。

程嘉树不想搭理他，继续认真地播种。

双喜：林小姐什么时候回昆明？

程嘉树：有事吗？

双喜：我没事，可你……

双喜又一个人傻乐了，程嘉树狠狠白了他一眼。

双喜：少爷……

程嘉树被双喜整得有些不耐烦了，不自觉提高了音量：又怎么了？

双喜见状，做委屈状，降低了音量：我是说，我把种子都分出去了，你看大家。

从程嘉树的视线，看到在他们所在的这片荒地旁，很多联大师生都与他们一起，做着同样的事。

旁边荒地里，李丞林回头微笑着向程嘉树挥了挥手。

双喜：过不了多久，菜就能自给自足了。

程嘉树突然反应过来：你刚才说什么？

双喜：过不了多久，菜就能……

程嘉树：什么？

双喜将信将疑：自给自足？

程嘉树：对！自给自足！双喜，你居然都会用成语了！

双喜不无骄傲地告诉程嘉树：你对我的认识还停留在写菜谱时候吧！过段时间，我就要参加联大附中的入学考试了。

这时，一辆小轿车从荒地边开过，车上坐着文颉。

西南联大门口　　白天　　外景

随从将车门打开，一双锃亮的皮鞋落地，接着是笔挺的西装。

文颉踏出车门，昂着头，环视这熟悉而又陌生的环境，这一刻，他心里感觉有点复杂。

昨日仿佛还在眼前，文颉回想起在长沙时，他初到学校的画面。

闪回——

他光鲜西装之下，是一件打满补丁的毛衣，皮鞋里穿着的同样是一双打满补丁的袜子。

他局促地站在那里，接受着大家对他的审视。

闪回结束。

而现在的他，已今时不同往日。文颉有意看着每一个来往于此的人，希望有人能发现他。

这时，他身后传来了一个声音"文颉？"，文颉回头发现是三青团的团员。

几个三青团成员迅速围到文颉身边。

"文颉，现在该叫你什么了？文负责人吗？"

"西服的质料真好，鞋一看也价值不菲吧。"

"文颉，你飞上枝头，可别忘了兄弟们！"

文颉享受着这几名三青团成员对他的称赞，这是他得来不易的荣光时刻。

一名三青团团员问：文颉学长，你好久没来学校了。

文颉：是啊，最近办了一件大事！你们来得正好。

文颉示意随从，随从拿出了几张请帖。

大家纷纷惊叫，表示祝贺！

"果然人逢喜事精神爽啊！"

"文颉学长，我说你不来学校呢，原来有更重要的事。"

文颉：我是来给大家送请帖的。到时候都要来啊，一个都不能少！

大家纷纷回答道：一言为定。

西南联大旁边菜地　白天　外景

一位同学飞奔到菜地边。

此刻，包括程嘉树、双喜和李丞林在内，刚才劳作的同学们都坐在路边休息，享受着短暂的惬意。

同学甲：你们听说了吗，文颉回学校了！

双喜白了个眼：大惊小怪。

同学甲：你们听我说，他是坐着小轿车来的，摇身一变，现在可风光了，不仔细看根本认不出来。完全是判若两人！

李丞林：确实有段时间没在学校里见到他了。

同学甲：他要结婚了，正在学校送请帖呢……

李丞林：结婚？和谁啊？这么突然！

大家都很好奇地看着这位传播小道消息的同学，期待他赶紧说出答案。

同学甲：你们一定想不到请帖上新娘写的是谁。

有人说了一句"快别卖关子了"。

同学甲一字一句说出：沙，玛，阿，美。

程嘉树正喝着水，惊得一口水喷到了地上。

程嘉树噌地起身：你说谁？

同学甲：沙玛阿美啊。

程嘉树：哪个阿美？

同学甲：听说曾经开茶馆的。

李丞林也很吃惊：润茗茶馆的？

同学甲：对对对，就是润茗茶馆的老板沙玛阿美。

李丞林：糟了，嘉树，看来就是我们认识的那个阿美。

程嘉树急了，问同学甲：他们在哪里？文颉呢，回宿舍了吗？

同学甲：哎哟，人家现在哪里还可能住校啊。他们在昆明城里租了个洋楼住。

程嘉树放下水壶和工具，撒腿就跑。

双喜和李丞林神色担忧，但程嘉树早就已经越跑越远，消失在他们视线中。

双喜无奈地叹了口气。

昆明文颉家门口　白天　外景

程嘉树仰着头，一栋很气派的法式风情小洋楼出现在他眼前。

他踏上台阶，急促地按门铃。

门开了，一位仆人模样的人问他：请问您找谁？

程嘉树：阿美，我找阿美。

仆人：先生您贵姓？

程嘉树：你跟阿美说，程嘉树找她。

仆人：请稍等。

仆人轻轻把门虚掩上，程嘉树实在是着急了，也就不管不顾地往屋里走去。

昆明文颉家　白天　内景

程嘉树：阿美？阿美！我是程嘉树！

仆人见有陌生人闯入，便上前拦住了他。

程嘉树：我找阿美……

在推搡之间，阿美从里屋悠悠走出，示意仆人停手。

阿美：你们先下去吧。

仆人离开了客厅。

程嘉树这才看到，仅仅隔了没多久，阿美却像变了个人似的。

她穿一身深色系的缎面睡袍，头发也已经盘起，俨然一个富太太的模样。眼神里，曾经天真无邪的神采也被一股幽然黯淡的情绪所取代。

程嘉树惊讶于短时间里阿美的变化，她已经不是那个他们熟悉的小女孩了。

阿美见是程嘉树，也并未表露出太多情绪：请坐。

程嘉树还是站着，情绪激动：阿美，为什么？为什么要嫁给他？你了解他是什么样的人吗？你爱他吗？

阿美：不重要了。

程嘉树：为什么不重要？虽然……

话到临头，程嘉树还是把"叶润名"的名字咽了回去。

程嘉树：你就要自暴自弃嘛？

阿美眼眶里渐渐泛出了泪光。

程嘉树：还记得在蒙自的时候，咱们在南湖边吗？说好了要同舟共济的！是谁说的爬山就要爬最高的才有意思？

阿美流下了眼泪，强挤出一丝笑：是谁啊？我也好想认识她……

程嘉树：阿美，一切都还来得及，你不要冲动，我们都会帮你的。

阿美摇摇头：你们帮不了我的……我怀孕了。

听到这个答案，程嘉树震动了，也沉默了，他知道再说什么都无济于事。

阿美一抹眼泪，又强挤出一丝笑容，故作轻松：我说了嘛，你们帮不了我的。

这时，家门被推开，文颉回来了。

他看到程嘉树在客厅里，便走到他身边，自上而下地打量着：程嘉树！贵客登门，蓬荜生辉啊。不过你的袜子好像要磨破了，要不要我让仆人拿一双送你？

程嘉树碍于阿美在身边，还是给文颉留了点面子。

阿美喊了一声：文颉！

文颉绕了一圈走到阿美身边，伸手揽住了阿美的腰，以宣示主权：夫人喊我呀。（看向程嘉树）你已经知道了吧，也不恭喜恭喜我们有情人终成眷属？

程嘉树：文颉我警告你，你要敢对阿美不好，我们是不会放过你的。

文颉：哎呀，我好害怕呀。对，我怎么把你程嘉树给忘了，来人啊，把请帖拿上来。

程嘉树用眼神跟阿美道了别，当场扭头就走。

文颉：这么快就走了？袜子还没拿呢！

阿美瞪了一眼文颉：你够了。

阿美离开了客厅，留文颉一人独享报复的快感。

昆明文颉家大厅 / 门口　夜晚　内景 / 外景

暗夜之中，灯光昏暗。一些结婚礼物摆放在角落。一对瓷质小鸳鸯摆放其中。

阿美和文颉默默吃饭。

文颉：（自斟自饮）阿美，你猜猜咱们是男孩还是女孩？

阿美沉默不语。

文颉：咱俩明天就结婚了，别愁眉苦脸的呀！

阿美忽然因为怀孕而一阵恶心，几乎呕吐。

文颉：怎么？身体不舒服？

阿美不理睬文颉，扔下筷子，走向大厅。

文颉：人活着千万别和这世道扭着劲，要不只能自找苦吃。

裴远之来到文颉家，轻轻地叩响门环。

阿美：（打开房门）裴先生，您怎么来了，快进来。

裴远之跟随阿美进大厅。

裴远之：华珺托我给你带封信。

裴远之将一封信交给阿美。

阿美急忙将信收进了自己的手包里。

阿美：谢谢，裴先生。

文颉的声音传来：裴先生！

裴远之：文颉！

文颉：裴先生进来坐吧。有事儿吗？明天我办婚礼，您一定来喝喜酒啊！

裴远之：文颉，明天我有事，就不来了。阿美，祝福你们幸福和美。

阿美：谢谢裴先生。

裴远之：文颉，闻先生托我给你带了一份礼物。

文颉：谢谢闻先生的惦记，还给我送了礼物。

裴远之从公文包里掏出一个包裹，递给文颉。

文颉满心欢喜地接过包裹，打开发现原来是一枚印章。他把印章翻过来一看，上面刻着两个字"守本"，文颉愣住了。

裴远之：闻先生还托我给你带几句话。

文颉：（一脸疑惑）裴先生请讲。

裴远之：闻先生说，人总是会遇到各种诱惑，当深陷其中、迷失自己时，一定不要忘本。他希望你守着原本的真心，守好身为一名学生的本分。希望你还能想起当初那个努力要成为联大文学院一分子的自己，守本真心。

文颉拿着"守本"印章，若有所思地端详着。

昆明文颉家　夜晚　内景

阿美安静地坐着，盯着桌上的一封信。信封上写着"阿美亲启"，是林华珺的笔迹。

犹豫少许，阿美还是打开了这封信。

林华珺（画外音）：阿美，今日收到嘉树来信，得知你结婚的消息，我很意外，很震惊。不知这是否你真心的选择，若是，我衷心地祝福你幸福美满。

阿美的手指微微颤抖着，眼里渐渐噙着泪。

林华珺（画外音）：阿美，不论周遭环境如何变化，希望你都不要放弃读书，这是我的心愿，也是润名的心愿。

眼泪滴落到了信上，阿美轻轻地合上信纸。

她打开一个首饰盒，拨开表层的首饰，叶润名送给她的钢笔赫然其中。阿美将林华珺的这封信放在了钢笔旁边，她轻轻将首饰盒关上。

房门被文颉推开，阿美赶紧调整了情绪。

文颉走到她身后，抚摸着她的头发，看着镜中的两人。

阿美拉住了文颉的手：文颉，跟你商量件事。

文颉：你说。

阿美：我想读书。

文颉的脸色沉了下来：你怀孕了就好好养胎，调理好身子……

阿美打断他：可是你说过，要帮我考上附中的。

文颉提高了音量：你见过大着肚子考附中的吗？

阿美不说话了，看着镜中那个连自己都快不认识的自己，有些失落。

昆明某大酒楼　白天　外景

文颉和阿美的宴客现场是西洋的做派。舞池在中央，两旁是餐区。此时已是灯红酒绿，热闹非凡的气氛了。

文颉穿着一身燕尾西服，手举香槟杯，身旁跟着一位倒酒的随从。他像只花蝴蝶般穿梭在宾客中，觥筹交错间与人谈笑风生。

现场所到宾客打扮体面，一看便是有身份之人。

阿美一袭红色旗袍，坐在席间，眼睛里没有丝毫当新娘的喜悦，只是机械地对前来祝贺的宾客点头道谢。恍惚间，她想起了很久以前在蒙自姑娘房的那一晚。

闪回——

阿美为自己和叶润名各自倒了一杯酒，她坐在叶润名对面，忍不住痴痴地盯着叶润名看。

渐渐地，眼神迷离……

闪回结束。

文颉凑近阿美：开心点，别好像我强迫你一样。

文颉的出现，打断了阿美的思绪，有种恍如隔世的感觉，阿美又强挤出了一丝笑容。

这时，一位宾客走进宴会厅，身旁还跟着一位抬贺礼的随从。

阿美见到他，喊了声：阿鲁叔。

阿鲁叔看了看阿美：阿美成大姑娘了。

阿美不好意思地笑了：让阿鲁叔看笑话了。

阿鲁叔：哪里！阿鲁叔从小看着你长大，为你感到开心。

阿美笑笑。

阿鲁叔：对了，龙云先生也托我带来了贺礼和祝福。

文颉：谢谢阿鲁叔，也请一定代我们感谢龙主席。

阿鲁叔：阿旺呢？

阿美：哥哥嫂嫂没来昆明，蒙自已经办过仪式了。

周宏章带着三青团几名成员也来了，文颉积极地迎上前。

阿美见状带着阿鲁叔往宴会厅里走：阿鲁叔，里面请。

周宏章：文颉，恭喜你双喜临门啊！

文颉：谢谢周主任！您的到来才让这里蓬荜生辉，里面请。

身后跟着的三青团成员也向文颉献上羡慕的眼神。

成员甲：文颉学长，如今你飞黄腾达了，可千万千万不能忘了我们大家。

文颉笑：你们说得太夸张了。

成员乙：一点都不夸张！你在这么豪华的地方请客，梅校长夫人却在街头卖米糕，你这不是飞黄腾达是什么？

文颉：你说梅夫人在做什么？

成员甲：卖米糕。看来校长家的日子也不好过啊。

昆明某大酒楼门口　白天　外景

酒楼外的街头，韩咏华带着潘光旦、袁复礼、张奚若等教授夫人一起。她们穿着蓝布姐妹装，打扮朴实，手中提着篮子。

韩咏华扯着嗓子喊了几句：卖米糕了……

其中一位夫人还在替梅夫人担心：哎呀，堂堂校长夫人站到大街上卖米糕，让人看见了多不好。

韩咏华：现在是抗战时期，能生存下来，就是最大的胜利，其他的都不重要了。

袁复礼夫人：这种米糕昆明街上以前还从来没有人卖过，我们得给它起个名字。

张奚若夫人：对，昆明东门外有个将军酱菜铺，据说是一位将军夫人开的，我们这种米糕，干脆就叫校长夫人糕吧。

韩咏华：那可不行，我们家月涵知道了，一定不会同意。

袁复礼夫人：那叫什么呢？

韩咏华：我有个主意。我们之所以会在这里卖米糕，是因为我们坚信抗战必胜，所以不如给它取个最吉祥的名字。

潘光旦夫人：那叫什么？

接着，韩咏华朝大家神秘一笑，叫卖道：定胜糕，卖定胜糕了！

她和其他几位夫人的眼神对到一起，大家像约好了似的，默契地一起吆喝了起来：定胜糕，物美价廉，味美可口！

她们的气质和叫卖声吸引了民众的目光和围观。

路人：这米糕叫什么糕？

韩咏华：定胜糕！

路人：这名字好！给我来两块，我也相信抗战一定会胜利。

其他路人也纷纷效法购买。

昆明某街道　白天　外景

缪兰英带着佣人走在昆明街口，行至一处路口，见里里外外围着人，几位气质不俗的女性在卖东西，不时还有叫卖吆喝声传出。

佣人好不容易从人群中挤出，把刚买来的热腾腾的米糕递给缪兰英。

佣人：太太，趁热吃。

缪兰英：这是什么？

佣人：这叫定胜糕！最近风靡昆明的糕点。

两人边走边吃着热乎乎的糕点。

缪兰英：为什么叫定胜糕？

佣人：这是西南联大梅校长夫人想的名字，代表抗战必定会取得胜利。我听买米糕的人说，刚才就是她和潘光旦、袁复礼两位教授的夫人一起在卖定胜糕。

缪兰英：难怪我看几位女士气质不俗。

佣人：是啊，物价涨得离谱，把校长和几位教授夫人都逼到了大街上做小买卖，贴补生活。

缪兰英吃了一口定胜糕，若有所思。

梅贻琦家　白天　内景

韩咏华卖完定胜糕，到家把空了的提篮刚放下，便看到一位女士出现在她家里。

这位女士见到她，起身走过来，梅贻琦也跟了过来。

梅贻琦：咏华，这位是曲氏白药的缪兰英女士。

缪兰英与韩咏华握手：方才吃过梅夫人的定胜糕，十分美味可口。

韩咏华：战时的糕点，总有些特别的味道。缪女士，快请坐。

两位女士有种相见恨晚的感觉。

梅贻琦：缪女士听说联大在空袭后遭遇了校舍紧缺的重创，将会对我们伸出援手。

韩咏华情绪激动了起来：月涵日日夜夜都在为学校的事劳心费神，我也帮不上什么忙，如今物价飞涨，我也只能做做定胜糕补贴生计。可是缪女士，您帮的是大忙啊！您不仅为月涵，更为联大解决了大难题。感谢感恩！

缪兰英：梅校长，梅夫人，共赴国难人人有责。先夫始创"白药"就为救死扶伤，如今先夫不在了，我有职责让他和白药的精神走下去，让更多人得到帮助。

韩咏华：好，太好了。

缪兰英：消息带到，就不再打扰校长和夫人了，告辞。

梅贻琦和韩咏华将缪兰英送至门口，双方挥手告别。

房门关上，韩咏华仍处在十分兴奋的情绪中。

韩咏华：月涵，这下好了，校舍解决了。我再做点定胜糕去。

韩咏华走着，突然被梅贻琦叫住了。

梅贻琦：咏华，你的脚怎么了？走路一瘸一拐的。

韩咏华笑笑：不碍事。

梅贻琦：坐下我看看。

韩咏华这才往椅子上一坐：真不碍事。

梅贻琦发现韩咏华的小腿全肿了起来：这……

韩咏华故作轻松：只是鞋袜不合脚，走路走得多，就把脚磨破了，哪里知道感染了小腿也跟着肿了。

梅贻琦：是我疏忽了，我带你去看医生。

韩咏华起身：不用了，都快好了，你忙你的，不用管我。我做定胜糕去了。

梅贻琦看着韩咏华一瘸一拐的背影，心里像被什么东西扎了一样。

西南联大旁边菜地　白天　外景

程嘉树和双喜，一人一条道浇地、除草。过了些时日，菜苗也长高了不少。

程嘉树：惜乎！吾见其进也，下一句。

双喜：未见其止也。

程嘉树：可以啊双喜，要对你刮目相看了。

双喜：快点吧，还有好多要复习的。

程嘉树：学而不思则罔。

双喜：思而不学则殆。

程嘉树明显加快了速度：温故而知新。

双喜：可以为师矣。

程嘉树：不信考不倒你。"逝者如斯夫，不舍昼夜"如何解释？

双喜：时光像河水一样流去，日夜不停。这提醒了我们要学会珍惜时间。

双喜回答完，得意地向程嘉树微笑。

双喜：我这样去考试能中吗？

程嘉树：别太得意。

程嘉树突然想起了什么：刚才那句"逝者如斯夫，不舍昼夜"我好像也跟阿美说过，如果不是现在这样的情况，她是不是也在准备考试了……

双喜拍拍程嘉树的肩膀，以示安慰。

西南联大壁报墙　白天　外景

第三届联大学生自治会选举结果在壁报墙上公布。

代表大会主席为郝诒纯，干事会主席为邢福津，副主席是李佩珍、刘维斌等。

裴远之看着这样的结果，面露欣慰。他想起了什么，开心地转身离开。

昆明中共地下党驻地　白天　内景

裴远之：这些全是我们自己种的小菜，带给您尝尝。

裴远之向郭铁林展示自己带来的小菜。

裴远之兴高采烈：大家在联大周围开垦了多块荒地，自己播种、浇水、除草、施肥，认真呵护，辛苦劳作，一是物价飞涨时期的应对；另一方面也是一堂别开生面的动手课。群社通过各式各样的活动，已经成为学校里影响力最大的进步学生社团了。

裴远之越说越兴奋：这一届联大学生自治会，选举出的领导人都是咱们群社的积极分子，我们的努力没有白费。

郭铁林：远之，很少看到你这么兴奋，实在有些不忍心打断你，可我还是要向你浇盆冷水。

裴远之愣住了。

郭铁林：国民党"溶共""防共""限共""反共"的政策越演越烈，同志们要提高警惕啊！我们革命的形势将会越来越严峻。

裴远之：是啊！以前三青团对我们就是泼脏水、嫁祸，现在越来越不加遮掩，壁报攻击、当面挑衅、言语攻击，我先前遇到周宏章，他甚至要"群社安守本分"，还说"共产党不能忘本，要清楚大家自己的职责"。

郭铁林：司马昭之心，路人皆知。

青年服务社　　白天　　内景

文颉为周宏章点上一根雪茄。

文颉巴结道：周主任，古巴的雪茄得到了您这里才是物有所值啊。

周宏章又抽了一口雪茄，吞云吐雾，满意地看着文颉。

周宏章：文颉，我发现你越来越懂事了。

文颉：还请周主任再多提携。

周宏章哈哈大笑，文颉也跟着笑了起来。

周宏章脸上突然又阴沉了下来：现在国内形势进入到微妙阶段，国际形势也在变动。对共产党，我们要有备无患，我想让你拟一份联大疑似共产党的名单，拟好后就交给我。

文颉：周主任，我早就摸清状况了，现在就能写！不瞒您说，我总算等到这一天了。

周宏章很满意，示意随从拿来纸笔。

周宏章：坐下写。

文颉点头，他预感到自己的机会来了。

文颉当场写下名单：曾昭抡、袁永熙、裴远之、毕云霄、程嘉树……

写到"程嘉树"时，周宏章有些质疑：这个程嘉树我怎么从没听说过？他好像并不是群社的骨干啊。

文颉斩钉截铁：虽然他现在还不是，但他和裴远之走得很近，群社的每个活动他都参与。我相信他加入共产党是迟早的事。

周宏章满意地点点头：好，你接着写。

文颉又写上了"池际尚、周绵钧、缪景湖……"等名字。他放下笔，将名单毕恭毕敬地向周宏章呈上。

周宏章：以上人等，密切关注！

文颉：是！周主任！

龙云公馆　白天　内景

一份名单被送到了龙云手中。

龙云接过名单，问副官：这是什么？

副官又将一份密电递给了龙云：国民政府军事委员会办公厅密电省政府，提到"兹抄送云南中共分子调查报告一份，请查照参考为荷！"，这是一份联大师生共党黑名单。

龙云打开密电和名单，一脸嫌恶：名单就名单，还黑名单？！ 天下的黑白岂是他们说了算。

副官：这份名单上内列联大共产党员二十多人。第一名便是曾昭抡教授。

龙云看了一眼名单，便匆匆合上：胡闹！ 真是胡闹！ 学校本是读书学习之圣地，他们自己不分青红皂白，在外面搞搞政治斗争也就罢了，现在还要把学校里搞得乌烟瘴气。我不认同他们的做法。

副官：龙主席，我们要怎么回电？

龙云想了想：密令省教育厅，就写上"遵照，严密注意防范"。

副官：真要这么做？

龙云：当然不！ 国民党的做法我不认同，我们不要采取实际行动。学校目前真正需要的是什么，钱啊！ 联大亟待解决的是生存问题，他们还对学校的经费层层盘剥。

龙云又沉思了一会儿，接着说道：把我的一栋房子改造成生活区，租给联大教授住，租金嘛，象征性收点就好。（问副官）记下了吗？

副官：记下了。

龙云：捐些大米、棉服给教授们，吃得饱、穿得暖才能安心做学问。还有，再设立奖学金，鼓励大家力争上游。传达下去，就说"云南省愿为文化人解决生计问题"，我龙云永远是教授们的后盾！

副官：是!

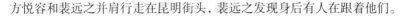

方悦容和裴远之并肩行走在昆明街头，裴远之发现身后有人在跟着他们。

他小声跟方悦容说：好像有人跟着我们，别回头。

两人又行至一拐角处，借由转弯，裴远之确定被人跟踪。

裴远之：悦容，你先走，我在后，这段时间咱们减少接触。

方悦容默契地看了一眼裴远之：你也当心。

接着，裴远之故意驻足，装作被街上的摊贩吸引，待确定方悦容已经消失在视线中后，他才又继续往前走。

文颉家客厅，三青团成员围绕着他，在向他汇报最近的情况。

文颉：没有异常？

成员甲：没有。每天除了上课，就是回宿舍，去食堂，要么上菜地浇浇水、除个草。

文颉：就这样了？

成员乙：偶尔上个街，也就是走走路，什么也没买。

文颉：他见什么人了吗？

成员甲：没有。几乎都是他一个人，有时会跟着学校老师一起外出。

文颉想了想：糟糕，一定是他发现被跟踪了。他最近参加群社活动了吗？

成员乙：也很少。

文颉：他一定嗅到了什么动静。你们不要放松，继续跟踪。越是以为没什么的时候，越容易露出马脚。

成员甲乙：是!

这时，阿美走入客厅，她的小腹已经隆起。

阿美见此情形问道：文颉，你在做什么？

文颉示意两名三青团成员先撤：你们先回吧。记住我说的!

成员甲：知道了。嫂子，我们先走了。

待两人走后，阿美质问文颉：你也不去上课，这些人天天来家里开会，鬼鬼祟祟……文颉，你一天到晚究竟在忙什么？

文颉：你懂什么，读书能干什么？！到头来还不像那些教授一样越教越瘦，吃着带老鼠屎的八宝饭，给化工厂做肥皂，上街卖定胜糕？！

阿美很生气：那也是他们在困难中坚持做学问的态度。

文颉：我看你太久没出门，已经跟不上形势了。（态度又软化）不过，你有我，我是不会让你像其他人一样辛苦的。好好养胎，乖。

阿美不太想继续说下去，转身便要走，文颉一把拉住了她。

文颉：你手头上还有没有钱，先给我一点。

阿美表情严肃：我曾经以为你和润名一样是个读书人，没想到……怪我自己瞎了眼。

文颉不放手，继续追问：钱呢？

阿美：放开我，我给你拿去。

文颉放开阿美，待她离开客厅后，他神情阴郁，黑着一张脸。

西南联大礼堂　白天　内景

毕云霄、李丞林等联大各科系的毕业生们站在礼堂中央，从梅贻琦、郑天挺手中接过了毕业证书。

台下，程嘉树、丁小五、裴远之、赵忠尧等为他们热烈鼓掌，这一刻，他们是骄傲的、荣耀的。

"咔嚓"一声，毕云霄等毕业生和梅贻琦、郑天挺的合影，将这一瞬间，留下了永恒的纪念。

梅贻琦：今天你们从这里顺利毕业。我们都知道这"顺利"是由多少不顺利组成！你们即将踏上崭新的人生旅途，迁移没有将你们击垮，轰炸也没能吓退你们，你们用自己的成绩证明了战争里也能够容得下一张书桌，学校在哪儿知识就在哪儿。笔耕不辍，弦诵不绝，你们就是"刚毅坚卓"的化身！

梅贻琦这一番慷慨深情的讲话引得台上台下的师生由衷地鼓掌，不少人已然热泪盈眶。

群社伙食委员会　夜晚　内景

　　程嘉树和毕云霄两个好兄弟相对而坐，到了"散伙饭"的时候，也是什么都放下的时刻了。

　　两人脸上不自觉地都洋溢着微笑，由内而发。

　　双喜端上几盘菜：这些都是林小姐寄来的种子，我和二少爷一起种下的菜！现在到了餐桌上，马上就要被我们吃掉了，真神奇！

　　程嘉树调侃双喜：你今天话不少啊。

　　毕云霄：双喜现在说话也都一套一套的了。

　　双喜：两位少爷，难道只许你们学成毕业，就不准我也成长啊。

　　程嘉树：准准准！可了不得了，双喜马上就要成为联大附中的学生了。

　　毕云霄：祝贺！我毕业你入学，好一个循环反复。

　　程嘉树：云霄，今天你毕业，我也没什么特别的礼物送你，不过我准备了一样好东西。

　　毕云霄和双喜同时：什么？

　　程嘉树神秘兮兮地从桌下取出了两壶酒：米酒！

　　双喜和毕云霄一副"不过如此"的哀叹。

　　程嘉树：可别小看这米酒，是生物系自己酿的。我可是拿了我们种的菜换来的，我给你们倒上。

　　程嘉树倒了三杯酒，三人举杯一饮而尽。

　　程嘉树又为他们倒上，并嘱咐毕云霄：慢点喝，别跟之前那次似的。

　　毕云霄听程嘉树这么一说，两人心领神会地笑了。

　　双喜：你们在笑什么？

　　毕云霄：上一次跟嘉树一起喝酒，原本是为他排忧解难，结果我却喝醉了，第二天他们出发去蒙自，我都没爬起来。

　　程嘉树：哈哈，你还好意思说，说是安慰我，我看是你自己想喝酒吧，还有那些安慰我的话，终生难忘……

　　程嘉树又举起了一杯酒。

　　程嘉树：云霄，祝你前程似锦。我知道多少个人都拉不住你这匹脱缰野马，那么就大胆去完成你的梦吧！将军一去，大树飘零。壮士不还，寒风萧瑟！

毕云霄眼眶微微有些湿润，又一口喝下了一杯酒。

毕云霄：我已经联系好了，去国民革命军第五军。

程嘉树：什么时候出发？

毕云霄：过两日就走。

程嘉树：这么快？

毕云霄：都憋了四年了，不想再忍！

程嘉树：好，好……

毕云霄：嘉树，我们认识多久了？

程嘉树掰着指头算了算：十好几年了吧？！

毕云霄点点头：十六岁的时候我就特别好奇，二十岁以后我会是什么样子呢，总盼着时间快点过……

程嘉树：想过会是现在这样吗？我、你、双喜在昆明，吃自己种的菜，喝生物系酿的酒？

毕云霄笑着摇摇头：当然没有。我以为自己会一直在北平，上学、毕业、留校、教书、成家。和家人一起平淡安稳地，迎接三十岁、四十岁、五十岁……

程嘉树：我也没想过是现在这样，我以为我在潇洒地游历全世界呢。（故作嫌弃打量毕云霄和双喜）没想到，现在跟你们在一块儿。

双喜：两位少爷，别说你们了，我也没想过会是现在这样，我以为我都当爹了呢。

三人哈哈大笑，一口酒一口菜进肚。

双喜：我想起了一句二少爷教我的话。

程嘉树：什么？

双喜：逝者如斯夫，不舍昼夜。

离别终究是有些伤感，大家都沉默了。

毕云霄举起一杯酒：嘉树，好好跟赵先生把实验做下去，用科学来救中国，说过的话要算数！

程嘉树：一言为定！

西南联大宿舍　白天　内景

宿舍里，毕云霄取出了珍藏的父亲和哥哥的遗物。

他静静地看着，红了眼眶。

毕云霄默念着：立正，稍息，敬礼！

毕云霄对着他们敬了个长长的军礼。

中央空军军官学校　白天　内景

毕云霄穿上了崭新的军装，背着行囊来到了中央空军军官学校门口，他被哨兵拦住。

哨兵：你找谁？

毕云霄：麻烦请您转告叶润青少尉，就说毕云霄来向她道别。

哨兵疑惑地打量了他：稍等。

接着，哨兵走进岗哨里跟另一位同事交头接耳了起来。

毕云霄等待着，他攥紧了拳头，既紧张又期盼……

中央空军军官学校　白天　外景

空军新学员招募现场。

"升官发财请走别路，贪生怕死莫入此门"的标语醒目地挂在了考核台正中央。

台上，一排固定滚轮，新学员被绑在上面，一边转着一边听一位教官在说话。

教官：人死留名，豹死留皮。身为一名空军飞行员，我们的身体、飞机和炸弹，当与敌人兵舰阵地同归于尽。

叶润青在台下。

这时，一名哨兵跑来：报告叶少尉。

叶润青点头，示意他小声。

哨兵在她耳边低语。

叶润青沉思片刻，终于点了点头：带他进来吧。

哨兵跑远。

台上，有的学员因为受不了眩晕感，被架下了固定滚轮。

教官继续喊话：如果没有从生理到心理做好准备，就趁早下来。下一位！

不断地，有新学员上固定滚轮，开始飞速旋转。

叶润青回头，远远地看到毕云霄在向她走近。

飞行学员的招募还在继续，毕云霄和叶润青两人向远处的操场走去。

叶润青回头又看了一眼招募，不无感慨地对毕云霄说道：你也要走？

毕云霄点点头。

叶润青：每次看到学员招募我都很感慨，想象着不久的未来，他们在云端成长，在机关枪和高射炮中拼命。有时候，都还来不及记住那一张脸，他们就不在了……

毕云霄：润青，你有什么打算？

叶润青：我会留在这里。大家一个个走的走，散的散，也没几个人了。所以，我一定要留下。

交谈间，伤感的情绪在蔓延。

两人继续走向操场边，这里正是罗恒曾经带着叶润青向叶润名"告别"的地方。

叶润青：就是这块地方。

毕云霄：什么？

叶润青：就是这里，罗恒带着我走出失去哥哥的痛苦。云霄，不如我们就在这里告别吧。

毕云霄向叶润青敬了个礼：润青，保重！

叶润青：Good luck!

毕云霄转身向大门方向走去。没走几步，他便与一个空军擦身而过。

这名空军神情肃穆，双手捧着一个精致的木盒，向叶润青走去。

毕云霄往前走了几步，觉得有些不对，他停住脚步，回头。

毕云霄看见，叶润青脸上突然爬满了痛苦的表情，她双手把木盒抱在怀中，直接跪倒在地。军官在安慰着她。

毕云霄愣住，心里只有一个声音——跑向她身边。

久久地，叶润青还跪在地上，仿佛周围所有的声音都听不清，所有的人也都看不见了。

面对着毕云霄的关切，叶润青呆滞地说出了一句话：罗恒牺牲了……

↑ 程嘉树、毕云霄等联大学生正在上课（剧照）

↑ 程嘉树、毕云霄、丁小五紧张围观联大录取名录（剧照）

↑ 方悦容和裴远之永结同心（剧照）

↓ 程嘉树被困火场仍紧握洋葱（剧照）

↑ 程嘉树帮林华珺拉风箱生火（剧照）

↑ 文颉在联大壁报栏旁（剧照）
↓ 西南联大壁报旧照

↑ 剧中联大图书馆内部（剧照）

↓ 联大图书馆旧照

第五部

激战·破晓

千秋耻，终已雪。同艰难，共欢悦。

中央空军军官学校叶润青宿舍门口　白天　外景

四周悬挂着军人清洗晾晒的白色床单，迎风飞舞。叶润青缓步走来，坐在一张椅子上。

叶润青双眼红肿，颤抖着双手打开了眼前这一份小小的包裹。映入眼帘的，是一纸阵亡通知书，通知书上写着"姓名：罗恒，年龄：22 岁，职别：中国空军第 4 大队第 23 中队少尉飞行员"。抚摸着罗恒的军牌，叶润青再次泪滚。

毕云霄缓缓走来，向前望去——叶润青的身影在白色床单后，正在嘤嘤抽泣。

毕云霄听到叶润青的哭声，心中纠结，坐在了一个麻包上。

中央空军军官学校叶润青宿舍门口　白天　外景

叶润青擦掉眼泪，看到阵亡通知书下面的便笺，打开后发现落款竟是贺飞。

贺飞（画外音）：润青，我是贺飞。受罗恒生前嘱托，将他的遗物及三封遗书转交于你。你一定会感到奇怪，为什么会有三封遗书吧？那是因为我们飞行员每次上战场，都将其视为最后一战，预留遗书。

叶润青颤颤巍巍地打开了罗恒留给她的，编号为"一"的一封遗书。

罗恒（画外音）：润青，明天我就要第一次踏上战场了，不知道能否活着回来。对于这次战斗，我很期待，我不畏惧死亡，只不过……

闪回——

罗恒宿舍　夜晚　内景

罗恒久久纠结，无法落笔，终于，他在纸上写下：心中却割舍不下你。

罗恒又把信纸揉皱，扔进垃圾桶，重新执笔。

遗书上的字已被改为（罗恒画外音）：只不过……不知为何，却放心不下你。如果我战死，能留给你的，似乎也只有这些只言片语了……

中央空军军官学校叶润青宿舍门口　白天　外景

叶润青泪眼蒙眬，又打开了罗恒编号为"二"的那封遗书。

罗恒（画外音）：润青，我还活着！上次支援地面部队，我看见敌机向我而来，来不及多想便先开了枪，如果慢一步，死的便会是我。只是，不时仍会想起坠落的日本飞行员的脸和那架飞机……

叶润青打开罗恒的第三封遗书。

毕云霄在远处静静望着叶润青，心中痛苦。

闪回——

罗恒宿舍　白天　内景

此刻，罗恒正认真地给叶润青写信。

突然，贺飞急匆匆地走进宿舍通知所有人。

贺飞：紧急集合！

罗恒迅速地把写完的这一封遗书编上了"三"的序号。

他拉开抽屉，里面有一盒他最珍贵的物件，是他移防也要随身携带的——这是每一位飞行员都拥有的"遗物"，如若他们英勇就义，就会被交到家人、友人手中。

罗恒把这封刚写完的信与之前两封放在了一起。

接着，他迅速地一边把指南针放进上衣口袋，一边往外跑去。

中央空军军官学校叶润青宿舍门口　白天　外景

毕云霄仍然在远处守候着，望着远处——叶润青站在门口，身影映在白色的床单上，床单随风飞舞。

叶润青满眼泪水地看着罗恒的第三封遗书。

罗恒（画外音）：我无比眷恋这个世界，想与你一起感受日月星辰、沧海桑田。是的，我贪生！可转念一想，因为我们的守护，便能换得地面的安宁，我又有什么理由怕死呢？！

叶润青痛苦地捂住了嘴。

闪回——

中央空军军官学校停机坪　黄昏　外景

罗恒带着叶润青坐在小长凳上，模拟空中飞行的画面。

两个人恣意地翱翔在"空中"，自由自在。

罗恒幸福地看着叶润青。

小吴门火车站　白天　外景

罗恒与叶润青的第一次相见。

罗恒稚嫩的脸庞上是挡不住的朝气，眼中是对未来的憧憬。

他伸出手，脸微微泛红：我叫罗恒，刚考入外文系。

闪回结束。

中央空军军官学校叶润青宿舍　白天　内景

叶润青走进宿舍，缓缓打开罗恒的遗物——有个破损不堪的指南针。叶润青拿起，指南针虽已面目全非，但她知道，这正是她曾经送给罗恒的那枚。

她看到包裹最下面是一些照片，一张张翻看着，照片大多是罗恒飞行训练、与年轻战友的合影。

叶润青把它们一张张平摊着摆在桌上，最后一张是她的照片……这些，大概就是罗恒的一辈子了吧。

那个阳光干净的少年已经永远留在蓝天中，也只有那一抹纯净的蓝才配得上他的赤诚。

她抚摸着指南针，轻轻对着眼前的照片说了一句：再见，罗恒……

中央空军军官学校叶润青宿舍外　白天　外景

毕云霄缓步走到叶润青宿舍门口，犹豫片刻，想要敲门，远处忽然响起一阵集合的哨声。

毕云霄回头望去——操场上，众多飞行员已经集合，整装待发。

毕云霄不再等待，对叶润青紧闭的房门敬了一个军礼，转身离开。

中央空军军官学校叶润青宿舍　白天　内景 / 外景

叶润青猛然打开房门，走出房间，发现毕云霄已经离开。

叶润青望向操场，远远地看见毕云霄穿过操场。

中央空军军官学校操场　白天　外景

毕云霄穿过操场，看见又一批新的飞行员已经整装待发，准备踏上战场。

无声的肃穆中，教官和战友们与即将踏上战场的飞行员们互敬军礼。

参战的飞行员们齐喝道：风云际会壮士飞，誓死报国不生还！

声音回荡在操场上空。

不绝于耳的回声中，这些刚毕业的飞行员们坐上运往前线的飞机，准备飞赴战场。

留下的教官和战友们久久地敬礼，目送他们远去……

毕云霄也紧了紧自己的背包带：风云际会壮士飞，誓死报国不生还！

毕云霄转身大步离开。他更有了前进的动力，带着挂念和罗恒传递下来的勇气，更加坚定地踏上了去往战场的路。

西南联大门口　白天　外景

程嘉树在西南联大门口左右张望，带着兴奋、期待，还有一点着急。

渐渐地，尘土扬起，一辆马车如约而至。

在与马车上的林华珺对视后，程嘉树开心地笑了起来。

林华珺也会心地微笑着。

西南联大女生宿舍　白天　内景

程嘉树帮着林华珺，把她的教材一本本仔细地摆在书桌上。

程嘉树：云霄去了第5军。查良铮留下教书，不过现在在叙永分校，负责新生接收和教学工作。刘兆吉去了重庆，在南开中学。

林华珺一边铺床，一边仔细地听着。程嘉树回过头，看了她一眼。

林华珺停住了手里的动作，很是感慨：没想到还没得及好好告别，大家就各奔东西了。

程嘉树点点头，走到床边，和林华珺一人一侧，默契地拉平床单。

林华珺：润青呢？

程嘉树：还在军官学校。不过……

林华珺：不过什么？

程嘉树哀恸：罗恒殉国了。

林华珺愣住，跌坐在床上。程嘉树静静地坐到她的身边。

程嘉树：璧山空战，日军出动了最新研发的战斗机，中国空军英勇迎战，无奈飞机性能不如人，遭遇了惨败。损失多架飞机，十位飞行员牺牲了，其中就有罗恒。

说到这儿，程嘉树不禁哽咽，林华珺也早已泪流满面。

昆明街道　白天　外景

叶润青坐在车里，看着秋风萧瑟的昆明街头，回忆着和罗恒的点点滴滴。

街头，报童叫喊着来自各方的战报。

"卖报卖报，德意日三国签订同盟条约，日军入侵印度支那半岛，卖报卖报。"

车继续向前开，开至一处空旷广场时，叶润青看到了街边的横幅——"国立西南联合大学群社纪念'九一八'话剧《破晓》昆明首演"。台下，昆明民众不时爆发出一阵阵热烈的掌声。

叶润青看着横幅，有些动容。

车还在开，渐渐路过了话剧舞台。

叶润青突然叫道：停车！

司机猛地刹车，叶润青下车，往回走去。

她走着走着，回忆涌上心头。

一组闪回画面——

天心阁舞台　白天　外景

叶润青手臂受伤。不远处，林华珺用 8mm 摄影机记录着。她的镜头里，大家都在，有活着的叶润名和罗恒，他们一片一片捡起被轰炸震碎的玻璃。

天心阁舞台上，三伢子的护身符被风吹起，空中摇摆。

程嘉树和林华珺在台上演出。

叶润名在台下认真地听着，叶润青看了一眼哥哥。

罗恒也在，她与罗恒相视而笑……

闪回结束。

昆明街道　白天　外景

眼泪又从叶润青的眼眶泛起。

她缓了下来，渐渐靠近舞台。

台上，林华珺饰演的月茹说着台词：我理解你的理想，却更热爱你的生命，你那么年轻，那么美好，我多么希望你能长命百岁。我不能做你理想的拦路者，更不愿目送你为理想而殉道，所以只能离开。

少卿（程嘉树饰）：月茹，我想让大家知道，我们不是茫茫然而来，也不是茫茫然而去，而是要奔赴坚持抗战的地方去。

在少卿的台词中，叶润青默默加入观看的人群中，驻足观望着。

台上，程嘉树和林华珺演得动情。台下，民众也看得投入，不少都热泪盈眶。

叶润青看着他们的演出，心里也演着自己的剧情。

月茹（林华珺饰）：我懂，我都懂，今天，你就要奔赴战场去抗日，我知道凭我微弱的力量更是无法阻挡。我不该那么自私……

不知不觉地，叶润青跟着月茹一起轻声念着台词。

月茹（林华珺饰）/叶润青：我爱你，爱你的生命，更爱你的崇高。我会为你送行，等待你凯旋。因为，你的理想可以换来更多人的幸福和明天。

少卿（程嘉树饰）和月茹（林华珺饰）两人互相握住了对方的双手，接着紧紧地拥抱在了一起。

叶润青又重复默念了一句：你的理想可以换来更多人的幸福和明天……

两人谢幕，演出结束，台下掌声雷动。

泪水也从叶润青的脸庞滑落，她低着头地穿过人群，想悄悄地离开。

突然，双喜看到了她，喊了声：叶小姐！

叶润青加快了脚步。

双喜又对着台上的程嘉树和林华珺喊道：叶小姐，叶小姐来了！

林华珺和程嘉树立即从舞台上跑下来，两人同时喊道：润青！

背对着他们的叶润青也不再逃避，她停下了脚步。

群社食堂　夜晚　内景

饭桌上，程嘉树、林华珺、叶润青又坐到了一起，气氛微妙，话不知从何说起。

"京酱肉丝来咯！"

双喜热情隆重地端上了最后一道菜。

双喜：叶小姐，我给你介绍介绍，你看到的，都是我们群社自给自足的菜。

程嘉树：洋葱、青菜、土豆是用华珺从玉溪寄来的种子种出来的。可这京酱肉丝的肉哪来的？

双喜凑近叶润青，放低音量：叶小姐，我把群社养的猪给宰了……

程嘉树：我听到了。好你个双喜！杀猪也不吱声。

双喜：难得叶小姐来群社吃饭！二少爷，难道我还做不了猪的主了？！

程嘉树：你的猪，你做主。

看着两人的斗嘴，林华珺被逗笑了，叶润青也笑了出来。

在叶润青的视角里，程嘉树和双喜的斗嘴变为无声。

闪回——

曾经，在长沙的房子里，程嘉树、双喜、林华珺等好友聚在一起，一边说笑一边吃饭。

闪回结束。

叶润青的眼圈红了，她赶紧低下头，夹了一口京酱肉丝，配了一口饭，吃得特别认真、用心。

双喜：叶小姐，还是那个味儿吗？

叶润青点点头，她已经太久没有吃过这些熟悉的家常菜了，也太久没有感受到温暖了。

林华珺见状又为叶润青夹了一大口京酱肉丝。

叶润青越吃，头越低，眼泪不自觉地滑落，滑进了饭碗里。她不敢抬头，也不想让人看见。她就着眼泪，一口菜一口饭地吃了下去。

这时，窗外响起了雨声。

程嘉树走到窗边，伸出手感受雨势：下雨了，还挺大。

林华珺想了想，对润青说：润青，不如今晚就在宿舍里挤挤。

叶润青仍旧低着头，有些木然地"嗯"了一声。

西南联大女生宿舍　夜晚　内景

林华珺为叶润青打来了一盆水，还冒着热气。

林华珺：洗把脸吧。

林华珺将毛巾递给叶润青，叶润青眼睛仍旧有些红肿。

其他女生见宿舍来新人，也都热情地围上来。

女生甲：华珺，这位是？

林华珺：向大家隆重介绍一下，这位是联大外文系的叶润青！

女生乙：叶润青？我知道你！你是，你是那谁的翻译？哎呀，一时想不起名字。

叶润青：陈纳德将军。

女生乙：哦，对对对！是他。

女生们一阵叽叽喳喳，很是热情。

女生甲：原来那位美丽的翻译就是你呀！今天总算见到真人了。

女学生丙：叶学姐好，我也是外文系的。

林华珺：润青，宿舍没有多余的床铺，你只能跟我挤一张床了。

叶润青轻轻点了点头。

女生乙：叶学姐，你洗漱，我们来帮你铺床吧。

叶润青被大家的热情打动，感到温暖：谢谢你们。

女生们纷纷道：不客气！

女生们立刻动起手来，有的铺床单，有的拉帘……十分热闹。

林华珺：都快忘了上次咱们挤一张床是什么时候的事了……

叶润青：南开轰炸。

林华珺：你还记得。

叶润青：记得。

林华珺：还是在我的房间里。当时担心还能不能上学，后来也坚持下来了。

叶润青：如果糖墩儿还在，说不定也在做翻译。

林华珺点点头：是啊。

这时，女生们把床铺好了。

女生甲：大功告成！

女生乙：华珺姐，叶学姐，不打扰你们休息了。

女生丙：再见！

女生们离开。林华珺先坐上床，叶润青也坐上了床，却选择了跟林华珺打对头。

林华珺把唯一的一床被子为叶润青盖上，然后拉上了窗帘。

两个人不再说话，黑暗中，却都思绪万千，没有睡着。

空　镜

深夜，雨淅淅沥沥地还在下着。

西南联大女生宿舍　夜晚　内景

夜凉了。

林华珺只盖了一点被角，蜷缩着身体。

一双手为她盖上了被子。

叶润青把被子盖在林华珺身上，自己也从那头挪到了林华珺这边，两人同衾。只不过，她依旧背对着林华珺，中间还是留了一些距离。

林华珺感觉到，被子有些颤抖。仔细一听，叶润青正发出极其轻微的啜泣声，她正捂着被子抽泣，身子在抖动。

林华珺犹豫了下，还是调转了身子，从身后抱住了叶润青，像几年前那样，轻拍着叶润青的背，抚慰着她。

两人之间再无距离。

虽然时过境迁，物是人非，可依然有亘古不变的温情。

龙云公馆　白天　内景

龙云在吃早饭，副官送来了报纸。

副官：龙主席，出大事了。

龙云接过 1941 年 1 月 17 日的报纸：怎么了？

副官：国民政府军事委员会发出了撤销新四军番号的通令，军长叶挺着即革职，交军法审判，依法惩治。副军长项英即通令各军严缉归案讯办。

龙云看着报纸，震惊不已。

西南联大壁报墙前　白天　外景

壁报墙前的气氛与往日有了异常，大家小声议论着，十分肃穆。

文颉车到。他气势汹汹地下车，带着三青团的属下。

文颉一声令下：统统撕掉！

下属们迅速地把先前群社的壁报《群声》撕掉，把"新四军叛变"的言论贴满壁报墙。

文颉摇身一变，显得义正词严：就说你们游而不击，还不承认。这下看到了吧，不用我建议取消新四军，委员长已经下令了。

有群社的成员喊了一句：文颉，你胡说！

文颉更来劲了：胡说？事实就摆在眼前，共产党在皖南公然藐视军事纪律，这不是叛军所为是什么！

文颉的一番慷慨陈词，获得了三青团成员雷鸣般的掌声。

群社成员虽气愤，一时却不知作何回应，想辩解都无从说起。

裴远之宿舍　白天　内景

裴远之：这绝对是诬陷！我虽然还不清楚是怎么回事，但我坚信这绝不是共产党的所为和作风。

程嘉树：裴先生，可现在舆论一边倒，说是共产党在破坏抗日统一战线，祸国殃民。

裴远之十分生气：胡说八道，造谣中伤！

程嘉树第一次看到裴远之如此生气，他在宿舍里来回踱步。

裴远之：嘉树，你先回去！事情真相一定会被搞清楚的，你告诉大家要冷静，要相信自己的认知和判断。

程嘉树点点头离开。

程嘉树刚走，方悦容就来了。

方悦容神色凝重：远之，郭铁林同志通知我们立即见面。

裴远之：走！

昆明中共地下党驻地　夜晚　内景

郭铁林把一份 1941 年 1 月 18 日在重庆出版的《新华日报》递到方悦容和裴远之面前。

郭铁林：你们看！

几人神情凝重。

郭铁林：国民党以七个师的武装，在皖南突袭我新四军，七千多名指战员壮烈牺牲。他们却罔顾事实，反咬一口，诬称新四军为叛军，下令废除新四军番号！

裴远之读出报上周恩来所题的挽词：周副主席"为江南死国难者志哀"！

方悦容："千古奇冤，江南一叶；同室操戈，相煎何急？！"

郭铁林：百团大战歼灭日军四万余人，八路军赢得了百姓的拥戴，却让蒋介石坐不住了。

方悦容：可恶！可恨！现在他们还颠倒黑白，进行反动宣传。我看这才是破坏抗战团结统一战线的大阴谋！

裴远之：郭铁林同志，联大现在已经笼罩在愤慨和怀疑交织的恐怖气氛里了。三青团在颠倒黑白，群社成员被三青团指着鼻子骂，因为不了解真相，他们即使想反驳和斗争，也不知要从何说起。

方悦容恳切道：郭铁林同志，我们现在就回去，告知大家真相。

郭铁林：揭露真相，澄清事实！

裴远之点头。

西南联大　夜晚　外景

一组蒙太奇——

西南联大壁报墙前，程嘉树、李丞林、双喜等人连夜张贴壁报《皖南事变剪报特辑》。

《皖南事变剪报特辑》包含了《中共中央军事委员会发言人对新华社记者的谈话》，朱德、彭德怀致何应钦、白崇禧的抗议电，周恩来在《新华日报》上的题词，等等。

工学院、南院女生宿舍等地，群社成员张贴《皖南事变剪报特辑》。

越来越多联大师生和民众聚集，大家纷纷驻足围观，议论纷纷。

西南联大壁报墙前　白天　外景

壁报墙前，联大师生被《群声》揭露的事实震惊，不时发出惊叹和议论声。

"国民政府不抵抗日本侵略者，却把枪口对准爱国同胞。"

"还封锁消息，真是不知人间羞耻为何物！"

……

三青团的成员急了，上前与议论者对峙。

三青团成员：你们说什么？

联大同学：谁不知羞耻说的就是谁！

其他三青团成员上前要将《群声》撕掉，这时，有一只手按住了他们。

此人是闻一多。

闻一多：既然是壁报墙，人人就都有说话的自由，你们能说，为何其他人就没有发言的权利？

青年服务社　白天　内景

文颉着急地冲进了青年服务社。

文颉：周主任，不好了！

周宏章瞥了一眼文颉：什么事这么急？

文颉：群社，又是他们在搞鬼，颠倒黑白。

周宏章一边抽着雪茄：他们做了什么？

文颉：连夜在壁报墙、工学院、南院女生宿舍贴了《皖南事变剪报特辑》，就连叙永分校都不放过。现在学校的舆论风向又变了！同学们纷纷指责是我党的过错。

周宏章：大家还说了什么？

文颉：说国民政府屡次破坏抗日统一战线，将枪口对准自己人，还贼喊捉贼……

周宏章面色严肃：真的都这么说？

文颉：周主任，千真万确。现在就连学校的不少教授都向着群社，帮他们说话。

周宏章想了想：看来此事不能忽视，的确需要上报。国民党在战场上要勇占上风，这里也不能输！

这时，服务社的电话响起，周宏章接起电话。

周宏章：处长好！

周宏章不自觉地换了说话的口气。

周宏章：是！我明白……好的，处长再见！

他挂断电话，文颉紧盯着周宏章的反应。

周宏章：三青团中央团部康处长要亲自到昆明处理这个棘手的问题！

龙云公馆　白天　内景

龙云十分气愤地对副官说：不集中火力抗日，反而设圈套消灭自己的军队，也就他蒋中正能干出这种事！

副官见龙云生气，递上一杯茶：龙主席，您喝口茶，消消气。

龙云接过茶，刚要喝，突然又把茶往桌上一拍：不喝了！这气消不了。

这时，秘书来报。

秘书：龙主席，康处长来了。

秘书通报声刚落，康泽就自行走了进来。

（字幕：三青团中央团部组织处处长　康泽）

康泽：龙主席！

龙云对此人并无好感。

龙云：康处长此次远道而来，不知所为何事？

康泽：承龙主席下问，鄙人就开门见山了。此次康某委实重任在肩，希望能得到您的大力支持。

龙云：哦？愿闻其详。

康泽：最近新四军闹事想必您也听说了。这事不止闹了，还闹得极大，影响极不好。我们反思，是不是过去太过宽容了，才助长了他们的气焰。所以，我们决定改变方式，有则改之，无则加勉！

龙云感觉到一丝不妙：康副局长，皖南的事情与我昆明何干啊？

康泽：我这么跟您说吧，我们打算在昆明逮捕相关犯事共党，还要将他们请进专门的地方，让其反省，受到教育！

龙云震惊：这和办集中营有什么两样？

康泽：龙主席您听出来啦？那我也就没什么可不好意思的了！之前给过您一份云南中共分子调查报告，并附上了共党名单，您还有印象吗？

龙云强压怒火：名单我看了，都是联大的老师和学生。

康泽：说的就是他们！不好好治学，天天搞运动，还极尽煽动，不整治可还了得？！

龙云：康副局长，我看你们搞错了。学生都是好学爱国的，借端生事的不过极少数。你看，这还有几天就除夕了，学生们也快放假了，不要舞刀弄枪伤了和气！

龙云明白此时不是硬碰硬的时候，他向副官使了个颜色。副官会意。

副官上前：康副局长，龙主席，家宴已备，要不两位上桌聊？

龙云招呼康泽：走走走，咱们边吃边聊！我是饿坏了。

康泽看出龙云在跟自己打太极，此刻不便于发作，于是跟着龙云向餐厅走去。

青年服务社　夜晚　内景

一群别动队的人马在青年服务社里集结，文颉、周宏章也严肃地站在一侧。

这时，行动队让出了一条道，康泽从中间走了出来，十分有气势。

康泽：每一位加入三民主义青年团的成员都应该记得誓词——余誓以至诚力行三民主义，服从团长命令，严守团章执行决议。现在，委员长发出了撤销新四军番号的通令，我们应该怎么做？

文颉带头喊道：坚决拥护委员长的决议。

别动队也齐声喊道：坚决拥护委员长的决议。

康泽：好！我希望你们记住团员守则的第一条，是什么？

大家齐声道：忠勇为爱国之本。

康泽：好！忠勇为爱国之本，希望你们用行动去证明！我们走！

康泽慷慨激昂地喊话后，率先走出了青年服务社。紧接着，别动队、文颉和周宏章也浩浩荡荡地跟着离开。

西南联大门口　白天　外景

西南联大门口，康泽带着别动队一行，气势汹汹、来者不善。

他们的到来引得学生们纷纷侧目。

西南联大教务处　白天　外景

康泽带着别动队一行出现在了校务处的门口。

他刚想往里冲的时候，郑天挺就顶在了门口。

康泽：郑先生。

郑天挺：请问您是？

康泽伸出手：三民主义青年团中央团部组织处处长康泽。

郑天挺与之握手：康处长莅临联大是为何事？

康泽：在下早就对联大有所耳闻，更听说这里自由包容的学风十分可贵，一直想见识见识。这不机会就来了嘛。郑先生，听说最近联大师生对新四军事件误解很深，鄙人正好来与大家交流切磋一番。

郑天挺：康处长想怎么交流呢？

康泽：联大一向有很多社会名流、教授、记者来做演讲。我也够格吧？郑先生一定也欢迎吧？

郑天挺质疑：联大行事必有章程。如果康处长本着治学之精神，由学生自治会邀请，与联大师生平等交流，我不反对。可您不请自来，带着一大队人马，来势汹汹，我不得不怀疑康处长的用意。

康泽笑了：郑先生，您多虑了。

郑天挺：凡是破坏学校的秩序，违背学校治理章程的行为，我们都不欢迎。

康泽：郑先生的意思，我明白了。我们走！

康泽带着他的别动队离开。

郑天挺见此情形和阵仗，有了不好的预感。

西南联大　白天　外景

男生宿舍里，康泽别动队的人马将学生从宿舍里驱赶出来。

别动队队员：都到图书馆集合，中央团部组织处处长康泽先生来联大演讲，每一个人都必须参加！

学生甲：康泽？我才不要听他演讲！

抗议的学生甲立刻被两名别动队队员制住……

西南联大　白天　外景

南院女生宿舍楼，康泽别动队的人马用同样方式驱赶学生。

不远处，方悦容目睹了这一幕，想到了什么，快速跑开。

西南联大　白天　外景

裴远之刚下课，正夹着教材在校园里走着。

方悦容四处寻找，看到了他，赶紧跑过来：远之！

裴远之：怎么了？

方悦容：康泽带人在学校到处抓人，他们的目标里一定有你，你快走！

裴远之：如果我走了，群社的其他人一定会受连累。我先去食堂看看情况。

裴远之认真地看着方悦容，朝她不容置疑地点点头，方悦容有些无可奈何，也还是默契地接收到。

方悦容：好！你自己当心。我去向郭铁林同志报告。

裴远之：你放心！

带着深深的担忧，方悦容离开。她刚走，便有别动队上前，围住了裴远之。

西南联大群社食堂　白天　内景

群社食堂里，文颉带着一帮人闯入。

程嘉树、双喜、林华珺等人都在。

不由分说，文颉下令：抓！

别动队出手，上前就要按住群社的人。

程嘉树一脚踹飞了要抓他的人，质问文颉：文颉，你们想干吗？

文颉给了别动队员一个眼神，对方立刻会意，抄起棍子就冲了上去。程嘉树和双喜等人激烈反抗，双方打得不可开交。这时，文颉趁程嘉树不注意，要从背后偷袭。

林华珺：嘉树小心！

她下意识地冲过去想替程嘉树挡住，但程嘉树已然反应过来，一个回身把林华珺护在身下。棍子结结实实地打在他头上，瞬间一股血流流下，别动队员们趁机把程嘉树死死按住。

文颉：全都带走！

林华珺挡在他们身前：文颉！这里是联大，你们有什么权力抓人？

文颉冷哼了一声：有没有权力，你看看不就知道了？

说罢，他一把将林华珺拨到一边，林华珺踉跄了一下才站住。

一名别动队员指着林华珺：她不抓吗？

程嘉树：她不是群社的！不要抓她。

文颉：她的确不是群社的。

别动队员这才半信半疑地停手，准备离开。

林华珺：慢着，我虽然不是群社的，但我是联大的！我不懂什么群社、三青团，但我知道是非，既然你们颠倒黑白，不分是非，那就连我一起抓了吧。

文颉冷冷地瞥了她一眼：是舍不得他吧？心疼了？对不起，我帮不了你。走！

他们押着程嘉树、李丞林、双喜等群社成员离开。

程嘉树一边流着血，一边冲林华珺微微一笑，示意她放心。林华珺虽然很担心，但还是回之以坚定而有力的眼神。

西南联大图书馆前　白天　外景

图书馆前的空地，人越聚集越多。

空地前某处，别动队设置了一个签名处，每来一个学生，就被别动队监视着，往签名处指引。

签名处的队伍越排越长，黑压压的一片，气氛十分压抑恐怖。

有同学拒绝签字，别动队便抓起这位同学的手，试图强迫他签名。

别动队成员：凡签名者，视为自愿参加三民主义青年团中央团部组织处处长康泽先生的演讲。

方才目睹了群社成员被抓的林华珺，现在又看到了这一幕，忍无可忍。

林华珺：同学们，同学们。

林华珺朝在场的同学喊话，同学们纷纷看向她。

林华珺：同学们，请听我说。就在刚才，几位群社的同学在光天化日之下被暴力殴打，强行带走，现在他们（看向别动队）又强迫同学签名参加演讲，我感到了恐惧和害怕！西南联大一路走来，历经了这么多困难，我从未恐惧过，但就在刚才我感受到了。

林华珺再一次看向三青团别动队：同学们，我想说，每个人都有选择签字的权利，也有拒绝参加的自由。要让他们知道，我们身为西南联大的一员，身为中国人，应有的底气和尊严。

几位同学跟着响应：我们不签字！我们不签字！

一阵掌声传来，是康泽。

他一边走来，一边鼓着掌：好！说得好！今天我算是见识到了！本来只是想向各位同学澄清新四军事件的误会，没想到阻力却比想象中还要大。

林华珺：新四军事件是不是误会，同学们自有论断，何需你来澄清？

康泽：好，我们三青团讲求民主，不愿意听演讲，我们也不勉强。但这几位同学诬蔑党国、煽动学生的行为，还是等我们讯问清楚了再说。

说着，康泽对别动队使了个眼色。

别动队上前把林华珺以及响应她的学生抓走。

西南联大某教室　白天　内景

林华珺和几位同学被关进了一间教室，由两名别动队队员看守着。

青年服务社仓库　白天　内景

群社成员被粗暴地押送进了青年服务社仓库，程嘉树脸上挂彩。

把群社成员都押送进来后，别动队便立刻离开。

只听见关门声、上锁声……一片寂然。

双喜走到程嘉树身边，十分关切地查看他的伤口：少爷，你没事儿吧？

程嘉树被双喜碰到了伤口：哎呀，疼，疼，疼！你轻点儿。

双喜像个做错事的孩子，手碰也不是，不碰也不是，喃喃道：少爷，你受苦了。

这时，门突然开了——

裴远之被推了进来，门很快又被关上、锁上。

群社成员见状赶忙围上：裴先生。

程嘉树：裴先生，您……

裴远之凝重地点了点头：同学们受苦了。（关切地看着程嘉树的伤口）严重吗？

程嘉树赶紧挡住伤口：不碍事。

这时，文颉带了两个人过来，押起程嘉树就要离开。

双喜想拦住他们：少爷！你们要对我家少爷做什么？

文颉却看着裴远之：没什么，正常问话。

裴远之和程嘉树立刻领会了文颉的意思。

程嘉树：双喜，怕什么，聊聊天而已嘛。该说什么不该说什么，我心里有数。大不了给我松松筋骨，正好最近上课乏得很，也不差这一下两下的，放心吧。

说完，他给了裴远之一个"放心"的眼神，被文颉几人押走。

昆明中共地下党驻地　白天　内景

郭铁林能明显感觉到方悦容满脸愁容，便安慰她：小李去打听消息，就快回来了。你别担心，在舆论压力之下，国民党现在还不敢做出太出格的事。

方悦容点点头：嗯。

这时，交通员小李进来：郭铁林同志，裴远之和群社的同学都被关在了青年服务社仓库里。还有林华珺等几个学生因为拒绝听演讲，被关在了教室里。

郭铁林：太嚣张了，居然在学校内部私设监狱，羁押师生。

交通员离开。方悦容更愁了。

郭铁林：这次的枪口明显冲着我们而来，来势汹汹。

方悦容：郭铁林同志，咱们下一步的计划？

郭铁林：早就听说他们内部流传着一份共产党员名单，看来我们很多同志已经暴露在危险之中，包括远之。

方悦容不自觉更加担忧了：那怎么办？

郭铁林：为了安全着想，远之这些同志要尽早撤离。

方悦容：郭铁林同志，那我是留还是撤？

郭铁林：联大接下来的工作还需要有人做。悦容，你的身份一向隐蔽，你是最合适的人选，我希望你能留下。

方悦容明显心事重重，但还是点了点头：一切听组织的安排！

三青团审讯室　白天　内景

程嘉树被单独押在审讯室。

文颉和周宏章坐在桌前，文颉用居高临下的眼神紧盯着程嘉树。

程嘉树往椅子上一靠，伸了个懒腰，舒展身体，以一种毫不在意的姿态面对。

文颉：程嘉树，大难临头，我看你还能逞强多久。

程嘉树听到文颉的话，冷笑了一声：说得是！这大难究竟属于谁，我们还得走着瞧。文颉，你也尽情享受现在吧，毕竟小人得志难长久。

文颉气：你！（突然又和颜悦色了起来）我不中你的计。

程嘉树：说吧，把我们一个个找来这里做什么？

文颉：做什么？你会不知道吗？

周宏章见状道：程嘉树，我没空跟你在这儿兜圈子。我们也是奔着了解情况来的，我问你答，明白了吗？

程嘉树瞪着眼睛，冷眼看着他们。

周宏章：《皖南事变剪报特辑》是谁做的？

程嘉树：说真话的人做的！

文颉：周主任问你话呢，好好答！

周宏章：是谁组织你们做的？

程嘉树：怎么？戳着你们七寸了？你们现在对我下手，不就意味着剪报说出了真相吗？

文颉：程嘉树！

周宏章：《皖南事变剪报特辑》纯属诬蔑党国，颠倒黑白。程嘉树，你只是个学生，怕是没这个胆量，也不知道这么做的后果，不过是受人挑唆罢了。实话告诉你，这件事我们必须严查清楚，你如果主动揭发，我非但不治罪于你，还会记你一大功。反之，你就要担个包庇甚至同犯的重罪，大好前程毁于一念。小兄弟，你可要三思而后行啊。

程嘉树真的想了想：揭发真的会记功吗？

周宏章：当然！你告诉我，组织制作剪报和发起群社伙食委员会的人是谁？

程嘉树不说话。

周宏章：是不是裴远之？

程嘉树依旧思忖着没有开口。

周宏章：别怕，你只管知无不言，以后你的安全就由我们三青团负责。你告诉我，是不是裴远之做的，他是不是共产党员？

程嘉树摇了摇头。

周宏章：那是谁？

程嘉树指着文颉：是他，文颉。

文颉：程嘉树，你胡说什么！周主任，他这是血口喷人，我怎么可能去帮群社的人……

周宏章烦躁地打断他：行了行了。程嘉树，你这是敬酒不吃吃罚酒！

文颉怒极，冲上去抓住了程嘉树的衣服，哪知程嘉树比他强壮许多，反手一推，文颉反而跟跄后退了几步险些没站稳。

旁边的人见状冲上去，对着程嘉树一顿拳打脚踢。

程嘉树一边被毒打一边喊道：你看看吧，我说是文颉你们还不信，只有心虚的人才会下死手，他这可是杀人灭口啊！

正在这时，敲门声响起了。

一个手下在周宏章耳边低语几句，周宏章意外地说：真的？

手下点头。

周宏章示意手下停手。

文颉：周主任，就这么放过他了？

周宏章：程嘉树，想不到你们群社的人都还挺讲义气。

程嘉树：什么意思？

周宏章：把他带回去吧。

青年服务社仓库　白天　内景

程嘉树满脸鲜血，满身是伤地被押回了仓库。他擦了擦血，对裴远之和双喜咧嘴一笑：没事，跟挠痒痒差不多。

裴远之对他点点头，起身。

别动队员来到裴远之身边：走吧，裴先生。

程嘉树吃惊，瞬间明白了：裴先生，我能挺得住，你为什么这么做？！

裴远之安慰他：我知道你挺得住。不是有句俗话吗？"好汉做事好汉当"，没必要让大家跟着吃苦。

程嘉树：可是……

裴远之：嘉树，你听我说。太阳照射之处，本就有阳面和阴面，有光便有影。我们做正义的事情，就要勇于承担责任，哪怕是牺牲。当我站在信仰的身后，享受着它为我遮风挡雨，便做好了有朝一日为它冲锋陷阵的准备。

程嘉树敬仰地看着裴远之，此时无声胜有声。

裴远之神情坚定地走出。

三青团审讯室　白天　内景

裴远之在审讯室从容落座。

文颉面对他，还是有点不自在，他清了清嗓子：裴远之，我问你，《皖南事变剪报特辑》是谁组织你们做的？

裴远之：是我组织群社同学做的。

文颉和周宏章一愣，没想到裴远之如此坦白。

裴远之：文颉，联大的学生即便离开联大，见到老师也还应该叫一声先生。

文颉的耳尖有些发烫。

周宏章：裴先生，伙食委员会是谁组织发起的？

裴远之：也是我。

西南联大教室　黄昏　内景

林华珺等学生依然被关在教室里。门外传来一阵响动，透过玻璃窗，大家看到闻一多、冯友兰和朱自清等教授来了。

门口别动队紧密把守着，看到这么多教授也有些吃惊。

闻一多：请你们赶紧放人！这里是学校，是西南联大，岂能由你们胡作非为！

别动队小队长：康处长下的死命令，我们也是奉命行事。各位教授就别为难我了。

冯友兰指了指锁：这是什么？竟然还上锁？！

闻一多：你们把西南联大当成你们的集中营，把我们的学生当成犯人了吗？

别动队小队长：我们只是把诬蔑党国、煽动学生的暴乱分子集中起来，并没有冤枉好人。

冯友兰：强词夺理！

闻一多：你们有什么证据，就这样不分青红皂白地泼脏水？

别动队小队长：证据？他们不签字不听演讲，还鼓动其他学生，这就是证据。

朱自清：荒唐！有人选择听，就有人选择不听。不过，这的确是个证据，是你们栽赃枉法、颠倒是非曲直的证据。

冯友兰：看样子，人你们是不放了？

别动队小队长：抱歉！

冯友兰看了一眼其他几位教授：不知朱先生还记得在北平警察局羁押处吗？

朱自清一笑：怎能忘记！

冯友兰：既然你们不放人，就请把门打开，让我们进去！

别动队小队长没办法，只能开门。

三位教授走进教室。林华珺等学生纷纷迎上前。

林华珺：闻先生，冯先生，朱先生。

学生甲：先生们怎么来了？

冯友兰安抚同学们：同学们，对不起，我们来晚了。

闻一多：学生在哪里，老师就在哪里。外面是日本人打中国人，这里是自己人害自己人；以前羁押处还在警察局，现在集中营都设在了学校里。我就奇怪了，历史的车轮究竟是在前进还是后退。

冯友兰：不论走到哪儿，只要人在，就有课堂。华珺，咱们跑警报的时候能上课，在这儿也能上课！

林华珺笑了，立刻腾出位置：先生坐！

昆明梅贻琦家　黄昏　外景

梅贻琦拿着公事包从外匆匆走进家中客厅，只见郑天挺已等在家中。

梅贻琦：毅生兄，久等了。

见到梅贻琦，郑天挺赶忙起身，上前相迎：梅校长。

梅贻琦：我一接到毅生兄的电话，便立刻动身返程。现在学校情况如何？

郑天挺：群社的成员还被集中在青年服务社仓库里，接受康泽等人的轮番问讯。

一向沉稳优雅的梅贻琦也有些着急了：大学是学习和研究学问的地方，神圣不可侵，岂容得他们胡作非为！

郑天挺：几番阻止无效，已经过了大半天了！梅校长，接下来我们要如何应对？

梅贻琦想了想：我这就给陈部长去电。

郑天挺点了点头：好。

梅贻琦走到电话前，拨打电话：请帮我接通教育部陈部长……我是梅贻琦……好，谢谢。

等了一会儿，电话接通了。

梅贻琦：陈部长您好。

陈立夫（画外音）：哦，是梅校长啊。有急事？

梅贻琦：是的，的确有一件急事需要向您报告！康泽到联大把学生关起来集中审问一事，不知您是否了解？

陈立夫（画外音）：略有耳闻。

梅贻琦：陈部长，这样做实在不妥。

陈立夫（画外音）：我听说这群学生诬蔑党国，煽动同学叛乱，当真有此事？

梅贻琦：并无此事！陈部长，联大按照三校原有传统办事，从来没有因为政治原因解聘或聘请教授，更没有因政治原因干涉过学术工作，学术殿堂神圣不容侵犯。现如今，某些人却因为政治原因公然关押学生，并企图在学校办集中营，实在有损西南联大的校风，有损办学教育的初衷啊！我无法对全体师生交代。

电话那头沉默了一会儿，时间仿佛过得特别慢。

陈立夫（画外音）：……我清楚了，晚些时候再通电。

梅贻琦：陈部长，我还有几句话想说。

陈立夫（画外音）：请讲！

梅贻琦：我自民国四年留学归来，后任教务长，从事教育工作距今已二十年有余，教育者的工作究竟是什么？我以为，大学教育，虽应通专兼顾，但重心所寄，应在通而不在专。教育者的工作是指导学生如何思考，而不是思考什么内容。我们只有给予了他们一定的自由和包容，他们才能给国家相应的回馈……

梅贻琦这番话再次让电话那头沉默了。

郑天挺在一旁听着，也对梅贻琦流露出深深的钦佩之情。

青年服务社　夜晚　内景

康泽正在接听电话。

龙云（画外音）：康处长，上回咱们不就说好了，大过年的，大家和和气气不好吗？

康泽（对电话）：龙主席，究竟是哪件事惹您不高兴了？

龙云（画外音）：康泽，你就别打哑谜了。你把联大的学生关了起来，在学校设集中营算怎么回事？

康泽（对电话）：我建议龙主席再多了解了解情况。我们非但没有得到您的协助，居然还被误解？！在其位，谋其政啊！

龙云（画外音）：防民之口，甚于防川，川壅而溃，伤人必多。有些人不听我的话乱来，以后闹出事来，我就不管了！

康泽正要说话，却听到龙云已经挂断了电话。

周宏章和文颉急匆匆走进房间，见到康泽面色阴沉地放下电话。

周宏章：康处长，刚才是？

康泽：龙主席！他非但不协助，还来横加干涉，不提也罢！

周宏章：康处长，有最新的情况向您报告！经过我们的审问，已经确认群社伙食委员会的发起人、壁报的组织者裴远之是共党无疑。

康泽满意地点点头：做得好！证据确凿，我看他们还怎么喊冤。

周宏章：我们是否可以直接动手，将他捉拿归案？

这时，电话响起。

周宏章接起：喂……部长！

他的态度立刻变得极其恭敬：……是……

他把电话交给了康泽，捂住话筒悄声地：是部长！

康泽接过电话：部长……

周宏章和文颉毕恭毕敬地站在了一边。

康泽：……是的，我是……对！不过我们已经有了确凿的证据，证明其中一人便是共产党员……可是……清楚了，是的，部长再见！

康泽重重地挂上电话。

康泽：把他们放了。

周宏章十分关切：康处长，您说什么？

康泽：立刻释放关押的师生！

周宏章：可是我们已经有确凿的证据了……

康泽也不无失望：没有什么可是，既然上面下达了明确的指令，我们只能执行。

周宏章：裴远之也释放吗？

康泽：释放！

周宏章：康处长，难道我们就这样拿他们没办法，任他们继续胡作非为了吗？！

康泽想了想：既然他共产党的身份证据确凿，就盯死他，一分一毫都不要让他离开我们的视线。清楚了吗？

周宏章和文颉齐声答道：清楚了！

群社食堂　夜晚　内景

林华珺剪了一截胶布，在程嘉树裹着纱布的脑门上一粘，轻轻按压，好让它们更贴合。

林华珺：裴先生也安全了吗？

程嘉树：安全了。

他的目光追随着林华珺，很是依恋。

程嘉树撒娇道：华珺，你给那么多难民伤兵包扎过伤口，总算轮到我了。

林华珺笑，轻轻拍了拍程嘉树的脑袋：看来伤得还不太重。

林华珺放下纱布、胶布，刚起身，却被程嘉树拉住了手臂。

林华珺回头：怎么了？

程嘉树：陪我坐会儿吧。

林华珺与程嘉树并排而坐，她看到程嘉树受伤的手，主动牵了上去。

两人对视，彼此心照不宣，程嘉树也握紧了林华珺的手。这一刻，二人柔情蜜意，更加给予彼此力量。

林华珺：嘉树，你知道吗？你被他们抓走的时候，我担心，也不担心。

程嘉树：为什么？

林华珺：今时不同往日，你知轻重，晓分寸，我担心你的安危，但知道在危急之时你定能泰然处之。只是，我祈祷这样的情况不要再次发生。

程嘉树：但他们不会就此罢手，我也不会放弃的。

林华珺轻轻点了点头，但是不说话。

程嘉树打破了沉默：华珺，如果是你，你会怎么做？

林华珺想了想：若是我深思熟虑之后的决定，我会坚持下去。

程嘉树轻抚林华珺的双肩，两人转过身，面对着彼此，眼神坚定坦诚。

程嘉树：华珺，我就知道你懂我，会支持我。

林华珺一笑：换作是我，也会希望那个人信任我，支持我的决定。人生难得是知己，知己本该如此，不是吗？

两人笑着笑着，默契和深情在心中升腾，彼此对望着，越靠越近……

就在这时，突然传来一阵声响，原来是双喜撞到了桌椅。

双喜捂住了眼睛：哎呀，二少爷，林小姐，我不是有意的，都怪我……赶巧来拿个东西，我什么也没看见，没看见……

双喜侧着身，想要从食堂退出，可因为捂住了眼睛，不时撞到桌脚，传来一阵阵吱哇乱叫的声音。

林华珺和程嘉树也都笑开了怀。

翠湖边　白天　外景

翠湖边，波光树影依旧。

郑天挺：你想好了？真的要辞职？

裴远之：郑先生，抱歉。四年前我与北大一起南迁，如今，却无法与她继续走下去了。我还记得当年在长沙，和联大度过了第一个新年，现在我却不得不在新年之际和联大分别了……

郑天挺：远之，我很希望你能收回辞呈。但我知道，你走出这一步虽属无奈之举，却也是深思熟虑。

裴远之向郑天挺深深鞠了一躬：谢谢郑先生的理解。如果没有您的提携和包容，远之走不到这一天。回忆往昔，我庆幸自己的命运与北大、联大相连。虽然和联大要在这个路口分别了，但我相信这是暂时的，总有一天我们还会交汇。无论我身处何方，都会将这份"刚毅坚卓"的精神传递下去。

郑天挺也有些动容：我记得，当年离开北平，裴先生曾为运出一批试卷和书籍历尽艰难。凭借这份责任，我也坚信，无论裴先生走到哪里，都会继续将教育精神延续，我们不过是在不同的课堂做同一件事罢了。

裴远之：您说得对，教育从不拘泥于课堂所在，诚如我们可以在战火前的北平教书，亦可以在警报连天的后山授课。虽然时势不由人，但既然立志为师，我便希望能坚守这份责任，对得起学生，对得起自己的本心。

郑天挺向裴远之伸出手：祝福你一路平安！

裴远之郑重地与郑天挺握手：谢谢郑先生。祝福联大！

回学校路上　黄昏　外景

裴远之独自走在路上，想起过往点滴，若有所感。

路边，偶尔有小孩在放爆竹迎接除夕。

走着走着，从湖面的倒影中，裴远之忽然感觉到不对劲，猛一回头——不远处，两个人迅速闪进墙角。

裴远之提高警惕，继续往前走。

两个特务继续跟上。

西南联大壁报墙前　黄昏　外景

裴远之很远就看到联大壁报墙前围了不少同学，他走近，并且驻足。

壁报墙的一处显眼的位置上张贴了一张告示。

告示内容如下——

经校常委会讨论决定，以下学生因侮慢师长，言语不逊，严重违反学校规章制度，给以开除学籍的处分：

文颉

洪鹿笙

伍宝尧

国立西南联合大学训导处委员　查良钊

中华民国叁拾年壹月拾柒

昆明文颉家　黄昏　内景

伴随着刺耳的响声，一个花瓶被摔落在地上。文颉又将另一个花瓶摔在地，宣泄愤怒。

大着肚子的阿美看了一眼文颉后，抚摸着孕肚，朝楼上走去。

文颉：你站住！

阿美继续走着，没有要停下的意思。

文颉激动地冲到她跟前，拉住她：让你站住，听不懂吗？

阿美冷眼看着文颉。

文颉：我被学校开除了，你一句话都没有？

阿美：你早就不像个学生了。

文颉大怒，抬手欲扇阿美耳光。阿美毫不退缩，用充满鄙视的目光迎接文颉的愤怒。

最终，文颉收手了。阿美甩开了文颉的手，径直上楼。

文颉冲着阿美的背影叫喊：你等着，我不会让他们好过的！

群社食堂　夜晚　外景／内景

除夕夜。

食堂门口，林华珺站在梯子上贴春联。贴好春联，她走进食堂。

食堂内，双喜在一旁忙着切菜。

方悦容正在贴窗花。

林华珺：真好看！悦容姐，咱们把这里的窗户都贴上吧。让过年的气氛越浓越好！

方悦容：好！

裴远之从和好的面团上切下一块小面团，揉好后，切成长条，并用刀切成一个个小块，撒上面粉。如同接力一般，程嘉树（仍是带伤的状态）娴熟地接过这一个个小块，用掌心按下，再用擀面杖擀成圆圆的面皮。

两人默契地配合着。

裴远之：没想到你还有这一手。

程嘉树：裴先生您忘啦？几年前在长沙，也是我招呼大家一块儿包饺子的。

裴远之：嘉树，有件事我还是应该告诉你。这一次，组织会将已经暴露身份的党员还有部分群社骨干疏散到别处，虽然你不在名单里，但我建议你最好也尽快撤离。尤其你和文颉现在关系这么僵，我担心你的处境会更加艰难，一旦有什么风吹草动，第一个遭殃的很可能就是你。

程嘉树：文颉是被我气得够呛，可谁让他不占理呢！再说了，这里是西南联大，是堂堂大学校园，我不相信他能一手遮天。

裴远之：话虽如此，可他们手段多，防不胜防啊。

程嘉树：谢谢裴先生提醒。也就再有一学期了，和赵先生的实验还在进行中，我没有理由走。我本来就是中途转到物理系，这一次我期许自己能够有始有终。

裴远之点点头：我能体会你的心情，可都说"宁得罪君子，不得罪小人"，还有一句，"欲加之罪，何患无辞"。嘉树，你可一定当心。

程嘉树：放心吧，裴先生！

程嘉树突然举起了手：我有个提议。

大家都将目光投向了程嘉树。

程嘉树：明天就是旧历新年了，我们每个人都说个愿望除旧迎新，大家觉得如何？

林华珺：像三年前那样？

程嘉树：对，像三年前那样！

双喜：只能说一个吗？

程嘉树白了双喜一眼：双喜，你先说！我数着。

大家都笑了，将目光投向了双喜。

双喜：我希望新的一年大家都能吃饱、穿暖，物价别再涨了。我也能把学习搞好，要求不高，考进联大附中就行……

双喜还在苦思冥想。

程嘉树：说完了吗？

双喜：还有还有，少爷能对我好一点。

大家又被逗笑了。

林华珺：我接着说，祝裴先生一路顺利，愿知识能给更多人的命运带来变化。

裴远之：谢谢华珺。那我就祝愿大家，找到愿意为之奉献终生的一件事或一个人。

方悦容脸上不自觉露出了甜蜜的微笑，那一抹哀伤也瞬息被她隐藏。

方悦容：不论在北平，还是长沙、昆明，或是别处，我祝愿大家能在一次次迁移和考验中，坚定自己的选择，永不后悔！

方悦容坚定地回看向裴远之。

双喜：二少爷，该你了。

程嘉树想了想：我希望以后的每一个新年，大家还能像今天这样，聚在一起包饺子，一个都不少，也不能再少了……

程嘉树的愿望虽简单，但大家都备受触动。

空　镜

除夕夜的爆竹红红火火，点亮了联大的夜空。

图书馆　夜晚　内景

鞭炮声中，裴远之顺着图书馆的一点光亮，一步步往方悦容办公室走。

办公室内，裴远之看到了焕然一新的方悦容。她换上了一身红色的衣服，也难得戴上了首饰，正笑盈盈地望着裴远之。

裴远之走近她，站到她的对面，两人四目相对。

方悦容：没吓着你吧？

裴远之笑着摇了摇头：你很美。

方悦容在灯光的映射下，羞涩地笑了。

方悦容：远之，原想着能和你一起撤离，并肩战斗，但这个愿望不成了。组织要我继续留在联大，坚持工作，只能将来在延安和你相聚了。

裴远之有些难过：郭铁林同志说什么时候安排你去延安了吗？

方悦容：没有……

两人都沉默了。

裴远之：也许快了。

方悦容：也许快了，也许不知道什么时候，也许今天之后咱们要很久才能相见。远之，我有一个心愿想完成。

这时，方悦容俯身点上了两盏红烛，在烛光的映衬下，她脸更红了。

裴远之：悦容，你这是？

方悦容从衣服袋里掏出了一张纸，小心翼翼地在桌面上展开，这是一份她手写的婚书。

裴远之拿起，读了起来：两姓联姻，一堂缔约，良缘永结……

读到这里，他赶紧放下了：悦容……

方悦容眼中却有着无法质疑的坚定，继续读了下去：匹配同称。看此日桃花灼灼，宜室宜家；卜他年瓜瓞绵绵，尔昌尔炽。谨以白头之约，书向鸿笺，好将红叶之盟，载明鸳谱。此证。

读罢，方悦容在落款处签上了自己的名字。

裴远之：悦容，对不起，这件事应该我来做。可现在，并不是个好时机。

方悦容：远之，我知道你在担心什么，我也理解，但我不在乎……以前，咱们之间

第五部　激战·破晓

总隔着一层身份的窗户纸，为了彼此的安全，遵守纪律，隐藏感情，只能远远相望。但你就要走了，虽说后会有期，可究竟是几时？而所谓的好时机又是什么？我们在一起，能见到面的每个当下便是好时机。今天就让我任性一回吧！

裴远之动容，主动将方悦容揽在怀中，两人就这样抱了一会儿，方悦容露出幸福的微笑。

那一刻，世界仿佛只剩下他们了，二人享受着奢侈的静谧和安宁。

方悦容：你到底要不要签字？

裴远之轻轻松开方悦容，拉着她的手，走到桌前。

裴远之郑重地签上了他的名字。

裴远之：就差印章了。

方悦容：远之，此情此景，有你有我，无需印章，婚书在我心里早就正式生效了。

方悦容弯下身，斟上两杯米酒，递给裴远之一杯。

方悦容：远之，我敬你。

裴远之主动绕过方悦容的手臂，在彼此的眼神流波中，伴随着新年的爆竹声，两人喝下了交杯酒。

情意在两人间静静流淌，如此良辰美景花好月圆下，他们许下了白头之约。

裴远之宿舍外　夜晚　外景

宿舍外，文颉和两个之前的两个特务一起在盯梢。夜深人静，两个特务正在打盹，文颉也有些昏昏欲睡。突然一个激灵，文颉惊醒。

只听宿舍门响，裴远之戴着礼帽，拎着箱子，匆匆离开宿舍。

文颉见同僚打盹，便急忙拍醒他们，示意目标有动静了。

文颉低声令下：走，快跟上！

几名特务在文颉的指挥下，赶紧跟了上去。

昆明街道　夜晚　外景

虽然已是新年，可过了后半夜，街上仍空无一人，安静异常。

裴远之走得很快，不时四处打量张望，看上去十分警惕。因此，文颉和特务与他之间保持着一定的距离。

就这样，几个人跟着，走在昆明街头。

特务甲：这大半夜的去哪儿啊？

文颉：嘘！小声点，别打草惊蛇。

特务甲果断闭了嘴。

裴远之突然又加快了步伐，拐进一处小巷。

昆明小巷　夜晚　外景

程嘉树躲在小巷暗处，一户人家门口。

见到裴远之，立刻伸手接过了他的礼帽和箱子，打扮成了裴远之的模样。

裴远之：嘉树，谢谢你。

程嘉树：还等着喝您和悦容姐的喜酒呢。

裴远之：好！遇事慎行。

程嘉树点头，裴远之迅速钻进了小巷暗处的一户人家里。

与此同时，文颉和特务便也拐进了小巷。

昆明街头　夜晚　外景

走着走着，一片湖映入眼帘，晚上更显得有些阴森。

特务甲：他大半夜到翠湖边做什么……

文颉也感到有些奇怪。

这时，只见"裴远之"停住了脚步，他开始进行运动前的热身动作。

几人躲在树丛中，保持一个距离观察着"裴远之"。

特务甲：他在干啥？

特务乙：活动身体？

文颉：安静点！

特务们只得又继续安静地观察着。

"裴远之"活动的动作更大了。文颉蹙着眉，琢磨着。

特务乙：好兴致，天还没亮，都跟这儿晨练上了。

文颉越想越不对，嘀咕一声"糟了"，便从树丛里冲了上去，特务们见状，也跟着冲上前。

"裴远之"开始沿着翠湖边奔跑。

文颉：你们几人，一人一头，务必截住他！

特务们：是！

文颉发疯似地追着"裴远之"。这时，从别条道包抄、围追堵截的特务们出现，这一群人将"裴远之"团团围住。

文颉冲上前，一把抓住"裴远之"，摘掉他的帽子，发现他们抓着的人竟然是程嘉树。

文颉：程嘉树？！

程嘉树一脸无辜地看着文颉：你们抓我干啥？

文颉：你在这儿干什么？

程嘉树：晨练啊……

文颉：有大半夜晨练的吗？

程嘉树：我乐意，怎么？犯法了？

文颉知道自己被戏弄，气炸了：程嘉树，我发誓，总有一天要你好看！

他顾不上理程嘉树，带人往学校冲了回去。

程嘉树在后面大声地：晨个练而已，至于赌咒发誓嘛。文颉，别怪我没提醒你，你这心眼可太小了啊，短寿……

裴远之宿舍　早晨　内景

大年初一。

文颉带着特务们追回裴远之的宿舍，踹开门，发现人早已经不在了，东西也都收拾一空。

文颉看着眼前的场景，气恼地一脚踹翻桌子：程嘉树！

青年服务社　早晨　内景

周宏章劈头盖脸，对文颉一通骂：你不是一直求表现，几次三番希望我给你机会吗？现在连个人都看不住，要你何用？！

文颉辩解：周主任，都是因为那个程嘉树……

周宏章直接打断了文颉：自己无能就怪别人，这就是你的能力吗？程嘉树不过就是个学生，他都能把你折腾成这样，你还能做什么，我怎么委你重任？

文颉：周主任，对不起，我不是那个意思。

周宏章：别说了，当务之急是找到裴远之的去向。

这时，另一名三青团员匆忙地进屋。

三青团员：报告周主任，刚得到消息，那几个共产党也不见踪影了。

周宏章气得将手中的雪茄一把摁灭。

周宏章：几个共产党都跟不住，你们倒是给我争气长脸。

周宏章走来走去，又点燃了一支雪茄。

周宏章：这么多人同时不见，一定早有预谋，他们跑得匆忙，一定还来不及想到周全的去处。传令下去，立刻全线动员，调动全部人手去追查。这么多人开溜，我就不信留不下一点蛛丝马迹。查不到，就都别回来了！

包括文颉在内的三青团员们齐声答道：是！

周宏章意味深长地看了一眼文颉后，气急败坏地离开了青年服务社。

昆明文颉家　白天　内景

大年初一。

阿美坐在沙发上看书，这时家中大门被重重关上。

阿美看了一眼，是文颉回来了，她继续看书。文颉见阿美对他毫无反应，他径直走到阿美跟前，一把夺过她手中的书，看了眼封面，是《论语》。

文颉：这什么？

阿美：你不是看到了吗？

文颉怒火中烧，开始撕书。

阿美试图阻止：文颉，你做什么？

文颉避开阿美：让你看程嘉树的书！阿美我警告你，以后家里不许再出现和程嘉树他们有关的东西，你听到了吗？

满地的碎纸，阿美蹲下身，一片片地拾起，却被文颉一把拉了起来。

文颉：我跟你说的话，你不明白吗？程嘉树和裴远之全都是共产党，以后不许你跟他们有任何往来！

阿美冷眼看着文颉：什么政治党派我不懂，我只认人，正直光明，自在人心。文颉，看看你现在气急败坏的样子，在外受了气，就回家对老婆吼，你不感到羞耻吗！你以为我不知道你干的那些勾当？你跟三青团的所作所为才是见不得光的！

文颉抢起了巴掌，差一点就要打下去：你！我暂时不跟你计较。但你听清楚，再让我发现你跟他们有瓜葛，别怪我不客气！

文颉说完就怒气冲冲地上楼。

昆明郊外一处民宅（老秦家） 夜晚 内景

大年初一。

远处传来隐隐爆竹声响。

裴远之和郭铁林以及两位一同撤退的党员同志围坐在火盆周围，旁边还有三个联大学生（一女二男）。

郭铁林：同志们，今天是新年，我们在这里团聚也别有意义！这三位大家可能都不认识，自我介绍一下吧。

邵华：同志们好！我是联大物理系的学生，邵华。

张必修：我是联大文学系的学生张必修！

董可贞：我是联大算学系的教员董可贞。

郭铁林：远之！还有两位提前到的同学，请他们也出来吧！

裴远之：（走到里屋门口，打开门）出来和大家见个面吧！

里屋。正在收拾书籍的孟维桢和刘广喆转过身来，是两个高大帅气的青年。

孟维桢和刘广喆放下手里的书籍，走出里屋。

邵华：（惊喜地）孟维桢！刘广喆！

孟维桢和刘广喆和大家热情握手：（同样惊喜）邵华！张必修！董先生！

裴远之：你们在学校天天相见，可为了保密身份，都只知道对方是同学、老师，却不知道都是自己的同志！

郭铁林：（指着屋里另外两位同志）孟维桢，刘广喆，这是我们昆明党组织的成员！

孟维桢：（和其他老党员握手）我是联大土木工程系的孟维桢！

刘广喆:（和其他老党员握手）我是联大生物系的刘广喆!

郭铁林:他们五位都是组织新吸收的年轻党员,将会和大家一起撤离。

邵华:郭书记,您这话的意思是,上级党组织已经批准了我们的入党申请了?

郭铁林笑了起来:是的,党组织已经批准你们的入党申请。从今天开始,你们就是中国共产党正式党员了! 祝贺你们!

裴远之等老党员纷纷鼓掌祝贺。

裴远之:新鲜血液源源不断啊。

孟维桢和刘广喆等五人激动不已。

邵华:（热切地）郭书记,我们在云南大学和其他几所大学也发展了一批知识分子,都写了入党申请书,也希望能早日加入中国共产党!

郭铁林:我会向上级汇报这件事! 我们欢迎每一个积极向党组织靠拢,愿意为共产主义事业奋斗的年轻人加入我们的党组织! 同志们,今天是新年! 我们共产党人也是要过年的,我给大家拜年了! 新年好!

众人:新年好!

裴远之:祝大家新年进步!

孟维桢:祝大家新年好! 虽然我们身处险境,困难重重,但我相信,雄关漫道真如铁,而今迈步从头越!

刘广喆:既然土工程系的孟维桢引用了毛先生的诗句,那我这个生物系的也附和几句! 六盘山上高峰,红旗漫卷西风。今日长缨在手,何时缚住苍龙? 刘广喆祝大家新年好!

众人鼓掌。

交通员老秦提着热水瓶来给大家倒茶。

老秦:大伙儿喝点热茶。

郭铁林:老秦,给大家准备晚饭吧! 吃了年夜饭,同志们还要出发呢!

老秦:行,我这就准备去。

郭铁林:注意提高警惕。

老秦:放心,我盯着呢。

老秦放下热水瓶,离开。

昆明郊外一处民宅外（老秦家） 夜晚 外景

老秦从屋里出来，来到炉灶前，从水缸里舀水，倒入一个铜盆中，涮了涮铜盆，将铜盆里的水泼在门外，向外面看了看。

老秦返回灶台前，拿起菜刀切牛肉，将切好的牛肉放入铜盆中。

昆明郊外一处民宅（老秦家） 夜晚 内景

郭铁林和众党员围坐火盆喝茶。

火盆柴火正旺，裴远之不断添柴。

老秦端着一盆热气腾腾的铜瓢牛肉放在桌子中央，又拿上了云南的竹筒米酒，帮着众人倒酒。

郭铁林：今天老秦为大家准备了铜瓢牛肉，这顿饭既是新年饭，又是离别宴。（端起酒）今天是新年，我预祝大家在新的征程上一帆风顺！

众人：新年快乐！

众人将杯中的米酒一饮而尽。

郭铁林：今天本应是阖家欢乐之时，各位同志却要继续踏上征途，实属无奈。

裴远之：家有大家和小家，小家的暂时别离，若能为我们党这个大家庭的圆满倾其力，遗憾也就减半了。

大家点头称是，但也有一丝疑虑尚存。

孟维桢：党组织这次的决定，我们是理解的，只是这一走，我们这几年在昆明的工作就白费了。

郭铁林见大家心存疑虑，便安抚道：同志们，这次疏散并非消极躲避，而是主动的工作转移。你们的任务是加强所去地区的革命力量，开辟新的工作局面。

刘广喆：郭书记，我们要撤离至何处呢？

郭铁林：省工委决定，这次疏散一是在昆明周边，二是奔赴泸西、昭通、腾冲、玉溪等专县，各位都会有新身份来保障安全，展开工作。

大家听了郭铁林的话，脸上的疑虑消失了，重新燃起了斗志。

裴远之：只要能继续开展革命工作，去哪儿我们都愿意！

众人附和：一切听从组织安排。

孟维桢：郭书记！我们五个人什么时候宣誓？

郭铁林：今天！

昆明文颉家　夜晚　内景

晚饭时分，文颉和阿美两人相对无言，吃着晚饭，想着各自的心事。

这时，家里电话铃响突然响起。

文颉放下筷子，一个箭步冲了上去，接起电话。

文颉：喂？……太好了！盯紧他们，我马上给周主任打电话。……回头给你请功！

文颉挂了电话，又拨给周宏章：周主任，是我。已经查到裴远之他们的下落了……还是主任领导有方……好的，是！我这就出发，保证一个都别想脱网！

阿美起初不经意，当听到"裴远之"名字的时候，便往电话边走去。

文颉挂断电话，回头看见阿美在他身边，便毫不犹豫地绕过她。

阿美：你去哪儿？

文颉没有搭理阿美，径直往客厅走去。

阿美跟上，跟着文颉穿过客厅。

阿美：文颉，你站住！你去哪里？是不是要去抓裴先生他们？

文颉还是不管不顾，他迅速地穿上外套，便准备往外走。

阿美拉住他：你回答我！你是不是又要去干坏事？

文颉停下，冷漠地看了眼阿美：你不是都听到了，还明知故问？！我干的事就是坏事，程嘉树他们干的就都是好事？你让开，一边待着去！

阿美：裴先生是你的先生！你怎么能对自己的先生下手？！

文颉：先生？他是共产党！还有，你忘了，联大已经把我开除了！

阿美近乎祈求地拉住文颉：文颉，我求求你，你不要去。

文颉：你松手。

阿美更死死地拽住了他：我不让你走！

文颉嘶吼：你疯了？周主任在等着我，你知不知道我多辛苦才走到这一步，你现在叫我放弃？我和你不一样，一步走错便跌落万丈深渊。我叫你放手！！

阿美更加大了力，跪着紧紧抱住了文颉的双腿：我不会让你走的，文颉，就当为我们的孩子想一想，积点德，好不好？！

文颉：我最后说一遍，你放开！

阿美用行动表示，她抱得更紧了。

文颉甩开阿美，狠下心往前走，阿美还是紧抱不放，被文颉在地上拖行着。

文颉气恼至极，推开阿美后，阿美又上来抱住了他的双腿，他再次用大力气甩开，阿美摔出，肚子正好撞到桌角。

房门"砰"地一声关了，文颉已经离开。

阿美捂住肚子，发出哀号，神情十分痛苦。

她还是艰难地挣扎着扶着桌子爬了起来，不顾身孕，跑了出去……

翠湖边　夜晚　外景

湖边，不时传来鞭炮和爆竹声，大家还沉浸在庆祝新年的氛围里。

燃放的烟花升空，在湖面上方消失，光亮与晚霞映衬下的翠湖水相依相伴，静谧浪漫。

方悦容和程嘉树并肩而行，沿着湖边静静地走着。

方悦容先开口：嘉树，你和华珺分隔两地的那些日子是怎么度过的？

程嘉树：尽量不让自己闲下来，忙起来就没有时间胡思乱想了。

方悦容点了点头，若有所思。

程嘉树：悦容姐。

方悦容：嗯？

程嘉树：我一直有个疑问，不知道能说不能说？

方悦容：说吧。

程嘉树：我看得出你和裴先生明明钟情彼此，可为什么你们却都要压抑自己的情感，不能大大方方地走到一起呢？

方悦容：你看出来了？

程嘉树：早看出来了，别忘了，你是我姐。你和裴先生虽然都在掩饰，但是，相爱的人看对方的眼神是不一样的。

方悦容笑了，既甜蜜又感伤。

方悦容：告诉你个秘密。

程嘉树凑近。

方悦容：两姓联姻，一堂缔约，良缘永结，匹配同称。我和裴先生有了白头之约。

程嘉树：白头之约！什么时候的事？

方悦容：就在昨天，除夕夜。

程嘉树：太好了，祝福你们！（转念一想）不对啊，既然你们已经永结同心，为什么不一起走？不管去哪儿，至少两个人陪伴着彼此。

方悦容笑了：秘密！

程嘉树：悦容姐！

方悦容：又有问题？

程嘉树点点头：你是……

方悦容：我是！

程嘉树：你怎么知道我要问什么？

方悦容笑：我是共产党，如果你想问这个。

程嘉树：我猜就是！

他的表情忽然复杂了起来。

方悦容：怎么了？

程嘉树：心疼你们，又佩服你们。

方悦容：没什么好心疼的，我们的工作如此，分内之事。嘉树，远之多次跟我说，看到你一点一滴在进步，我们都以你为荣。这次我留下，也是为了群社还能继续办下去，后续工作不间断。

程嘉树：懂了，以后有什么事情就直接找你！

方悦容：群社以后的工作重点，要放在学习交流和生活互助上，积蓄力量以待时机，不与三青团的社团争短长！嘉树，你要牢牢记住。

程嘉树：是的，遵命！

群社食堂　夜晚　内景

阿美冲进群社的厨房，着急忙慌地四处张望找人。

阿美看到林华珺，用尽最后一丝气力，喊了声：华珺姐，华珺姐。

林华珺在准备食材，见到阿美瘫在了地上，便赶忙跑向她。

第五部　激战·破晓

林华珺：阿美，你怎么了？阿美！

林华珺扶住阿美。

只见阿美瘫在地上，捂着肚子，脸色苍白，额头上的汗涔涔地往外冒。

这时，方悦容和程嘉树也回来了。

程嘉树：阿美，怎么了？

阿美：裴……裴先生有危险。

所有人都大惊失色。

程嘉树：阿美，你深呼吸，慢慢说，裴先生怎么了？

阿美的嘴唇越来越苍白，大颗的汗珠往下流：他们找到了裴先生，文颉……文颉已经赶去了……

听到这话，方悦容立即夺门而出。

程嘉树：悦容姐，等等我。

程嘉树刚想跟着出门，传来了林华珺的一声尖叫。

程嘉树低下头，只见他的脚边有一道红色的血在流，他顺着看去，阿美身下已是殷红一片。阿美见红了，几近昏厥……

西南联大　夜晚　外景

方悦容急速地打开联大图书馆运书车的车门，她颤抖着手，插进钥匙。

虽然心急如焚，但她还是尽力保持了一份理性。

她启动车子，冲了出去。

昆明郊外一处民宅外（老秦家）　夜晚　外景

老秦在炉灶前洗碗，将洗好的碗整整齐齐地摆放到一边。

老秦端着一盆脏水来到门口，观察了一下四周，将脏水泼到门口。

老秦家外一百米处的树丛　夜晚　外景

三个特务躲藏在树丛背后，远远地看见老秦泼水后进入院子。

特务甲：我俩在这里盯着，你去村口接周主任。

特务乙：好。

特务乙转身离去，另外两名特务在树丛背后监视着老秦家。

医院　夜晚　内景

程嘉树背着阿美，和林华珺急匆匆地冲进了医院大门。

程嘉树和林华珺同时喊道：医生，医生呢？

几名护士立刻围了上来，并推来了担架。

走廊尽头，也有一名医生小跑着过来。

林华珺：医生，求您救救她，救救阿美。

程嘉树和护士一起，把阿美轻轻放在了担架上。

林华珺：她，她流血了……

医生看到血染红了阿美的衣服，立刻交代护士：立即手术。

接着对林华珺和程嘉树说：病人需要立刻手术。哪位是家属？

林华珺摇摇头。

医生：事不宜迟，救人要紧，我们先手术，你们去通知家属。

医生和护士护着担架往手术室方向奔去，林华珺和程嘉树也跟在后面。

他们目送着阿美被送进了手术室。

程嘉树握住林华珺的手：华珺，这里就交给你了，我担心悦容姐和裴先生……

程嘉树还没说完，林华珺便理解地反握住他的手：嘉树，你快去吧。这里有我，我会一直守着阿美的。如果你看到文颉，跟他说一声。

程嘉树点点头：嗯，我走了！

程嘉树飞奔出医院。

医院　夜晚　外景

程嘉树跑到路边，见停着辆自行车，便也顾不上那么多，跨上自行车，奋力地踩踏，朝郊外狂奔而去。

昆明郊外马路边　夜晚　外景

距离老秦家约一公里的地方，一辆吉普车停靠在路边。

特务乙在路边焦急地等待，不停地看着手表。

三辆吉普车驶来，停靠在路边。周宏章和文颉等特务纷纷下车，个个腰里都别着枪。

文颉吩咐手下：把车灯熄了。

周围顿时黑了下来。

特务乙：周主任！

周宏章：人呢？

特务乙：报告周主任，就在前面的村子里，大概有八九个人，联大裴远之也在，还有联大的几个学生。

周宏章：我们走！

周宏章带领着文颉和特务们走向村庄。

昆明郊外一处民宅（老秦家）　夜晚　内景

一面党旗悬挂墙壁之上。

五位年轻党员并肩站成一排。

其他党员也注视着党旗。

郭铁林：孟维桢同志、刘广喆同志、邵华同志、张必修同志、董可贞同志，党组织批准我在此为你们举行入党宣誓仪式。准备好了吗？

孟维桢、刘广喆等五人：准备好了！

郭铁林右手握拳，举到齐眉的位置。孟维桢、刘广喆等五人照做。

郭铁林：我自愿加入中国共产党。

孟维桢、刘广喆等五人：我自愿加入中国共产党。

郭铁林：坚持党的纪律。

孟维桢、刘广喆等五人：坚持党的纪律。

郭铁林：不怕困难，不怕牺牲。

孟维桢、刘广喆等五人：不怕困难，不怕牺牲。

郭铁林：为共产主义事业奋斗到底！

孟维桢、刘广喆等五人：为共产主义事业奋斗到底！

坚定的誓言在简陋的小屋里回荡……

老秦家外一百米处的树丛　夜晚　外景

两名特务观察着老秦家。

周宏章、文颉带领众特务悄悄地来到了两名特务身边。

周宏章：情况怎么样？

特务甲：门口有个放哨的，其他人都在屋内，看不见。

文颉：周主任，现在行动吗？

周宏章：再等等，说不定还会有共产党来。你带两个兄弟，先把放风的做掉。

特务甲：是。

昆明郊外一处民宅外（老秦家）　夜晚　外景

院内，老秦在厨房烧水，虽然他很警惕，不时地朝窗外看看，但他并未发现异常。

特务甲和另外两名特务摸到院墙外，他们手里拿着绳索。

三人站好位置，特务甲朝特务乙示意。

特务乙故意踩断脚下的树枝。

一声清脆的"咔嚓"声引起了老秦的注意。他警觉地从厨房里走出来，刚走出院子，一根绳索便套到了他的脖子上。来不及喊话，老秦的脖子已经被绳子死死地勒住……

车上／昆明郊外马路边　夜晚　外景

方悦容全神贯注地开着车，离目标村子越来越近了。郊外人迹罕至，偶尔传来野狗的叫声。

车灯照亮前方，远远地，方悦容看见周宏章等人的吉普车停在路边。方悦容皱了一下双眉，急忙猛踩油门，车子加速往村子方向冲去……

昆明郊外一处民宅（老秦家）　夜晚　内景

郭铁林：革命道路艰难，希望大家在革命道路上坚定信念、不畏艰险、永不退缩。（忽然低声哼唱起来）起来，饥寒交迫的奴隶！起来，全世界受苦的人！

众人低声歌唱：

满腔的热血已经沸腾，

要为真理而斗争！

旧世界打个落花流水，

奴隶们起来起来！

不要说我们一无所有，

我们要做天下的主人！

昆明郊外一处民宅外一百米处的树丛　夜晚　外景

（主观视角）不远处裴远之等人所在的目标小屋亮着灯。

文颉：周主任，不能再等了，迟则生变！

周宏章：（看了看手表）三人一组，给我把屋子围起来！

众人：是！

周宏章一挥手：行动！

命令一下，各个小队拔出手枪迅速朝小院靠近。

昆明郊外一处民宅内（老秦家）　夜晚　内景

众人低声歌唱：

这是最后的斗争，团结起来到明天，

英特纳雄耐尔就一定要实现。

这是最后的斗争，团结起来到明天，

英特纳雄耐尔就一定要实现！

从来就没有什么救世主，

也不靠神仙皇帝。

要创造人类的幸福，

全靠我们自己！

我们要夺回劳动果实，

让思想冲破牢笼。

快把那炉火烧得通红，

趁热打铁才能成功！

这是最后的斗争，团结起来到明天，

英特纳雄耐尔就一定要实现。

这是最后的斗争，团结起来到明天，

英特纳雄耐尔就一定要实现！……

昆明郊外一处民宅外（老秦家）/车内　夜晚　外景

突然，一束强光照向特务，周宏章和文颉一惊，他们转头看去，只见一辆车急速冲向他们。

方悦容远远地看见了特务已经包围了老秦家，她长按喇叭，向老秦家冲去。

昆明郊外一处民宅内（老秦家）　夜晚　内景

众人听见了喇叭声，裴远之和郭铁林有一种不好的预感，屋里的气氛顿时紧张起来。

郭铁林：有情况，这喇叭声是在向我们示警，（对裴远之）快撤！

郭铁林边说边用最快的速度上门闩，同时拔出枪。

大家立刻行动起来，裴远之和邵华等人去挪墙边的柜子。

郭铁林熄灭油灯。

就在灯光熄灭的时候，屋外一束强光照亮了窗户……

车子　夜晚　外景

车上的方悦容看到了震惊的周宏章和文颉。

她没有丝毫的犹豫，踩着油门加速往前，冲向周宏章和文颉等特务。喇叭声持续响着，在郊外的夜晚显得格外刺耳……

昆明郊外一处民宅内（老秦家）　夜晚　内景

柜子已经挪开，墙角有一个地道入口。

裴远之和几位老党员护着邵华等人撤退……

昆明郊外一处民宅外（老秦家）/车上　夜晚　外景

周宏章反应过来，拔枪朝方悦容的方向开枪。

子弹穿透了挡风玻璃，击中了方悦容的右肩。

周宏章边开枪边喊：快进去抓人，别让他们跑了！

原本想朝方悦容开枪的文颉和特务们纷纷冲进小院……

昆明郊外一处民宅内（老秦家）　夜晚　内景

屋内，五名年轻党员已经进入了地道。

激烈的枪声让裴远之等人心惊不已，但他们并不知道，方悦容正在用生命掩护他们撤退。

屋外传来砸门声，同时一发子弹从窗户外射进来，郭铁林开枪还击。

郭铁林：快走！

他们担心着老秦的安全。

裴远之：老秦怎么办？

郭铁林：没有时间了！你们快走！

强忍着悲痛，裴远之和另外两名党员钻进地道，郭铁林断后……

昆明郊外马路边　夜晚　外景

激烈的枪声划破夜空，程嘉树拼了命般用力地踩踏自行车，他经过停着的吉普车，意识到发生了什么，骑得更快了。

昆明郊外一处民宅外（老秦家）/车上　夜晚　外景

　　方悦容身上已经三处中枪，鲜血浸透了她的外衣。然而，她目光炯然，勇敢地开着车向前冲，没有一丁点退缩。她知道，自己多坚持一分钟，裴远之和其他同志就离安全更近了一步。

　　周宏章枪里的子弹已经打没了。

　　方悦容用尽最后一丝气力将油门踩到底，并控制方向将车朝周宏章冲去。

　　周宏章连忙躲开。

　　车子最后撞在了院墙上。

昆明郊外路上　夜晚　外景

　　程嘉树飞快地骑车，因为踩自行车脚踏太过快速和用力，他脚底打滑、踩空，重重地摔倒在地。

　　什么也顾不得了，程嘉树立刻爬起来，扔掉了自行车，往听到枪响的方向飞奔而去。

昆明郊外一处民宅内（老秦家）　夜晚　内景

　　文颉带着特务们撞开老秦家的大门，冲进老秦家，发现已是人去楼空。

昆明郊外后山　夜晚　外景

　　老秦家的地道通往后山的树林。裴远之等人逐一从后山的地道口出来。

　　众人看向山下小院，缅怀牺牲的老秦。

　　共产党员甲：你们看，门口有辆车。

　　裴远之隐隐觉得那车很熟悉。

　　裴远之：老郭，好像是联大的车……

张必修：联大的车怎么会在这儿？

邵华：难道是这辆车一直按喇叭向我们示警？

裴远之和郭铁林想到什么。郭铁林连忙将裴远之拉走：你们先走，我回去看看。

裴远之：我跟你一起去！

郭铁林厉声：裴远之同志，我命令你立刻撤退！

郭铁林向其他同志示意，众人拉着裴远之离开。

裴远之泪眼蒙眬。

昆明郊外　夜晚　外景

中枪的方悦容因失血过多而失去意识。她趴倒在方向盘上，触碰到了喇叭。

喇叭发出了一声尖锐的响声。

即使在嘈杂的环境和枪声里，这声锐响也划破了夜空最后一道宁静。

长夜留了痕……

昆明郊外后山　夜晚　外景

裴远之听到了喇叭声，猛地回头——

他的心咯噔了一下，喊了声：悦容？！

车上　夜晚　外景

方悦容睁着眼睛，一股血正从她的嘴里流出。

她默默念了一句"远之"。

昆明郊外　夜晚　外景

车已经停摆。

周宏章和文颉追了过来，见一个女人趴在方向盘上，睁着眼睛，满身是血。

文颉：这是联大图书馆的职员方悦容。

周宏章：你确定？

文颉：确定！这车应该也是联大的。周主任，人和车都是联大的，我们会不会被联大追责？

周宏章看了一眼文颉：一辆车深夜开到郊外，她要做什么谁知道？有人能证明吗？再说了，谁能证明这个女子就是联大的职员？退一步说，这辆车是谁开到这里的？让它成谜，它就能成谜。

文颉：周主任，您的意思是……

周宏章从口袋里掏出打火机，点了一根雪茄：还要让我教你吗？

文颉：懂了……

周宏章把打火机递给文颉，文颉看着眼前的方悦容，却犹豫了。

周宏章：怎么？不忍，还是不敢？

文颉：我……我可以！

周宏章：那就快动手！

周宏章转身离开，留文颉站在原地。

他按动打火机，"呲"的一声，火焰在他眼前亮起。文颉盯着垂死的方悦容，不再犹豫地将打火机一把扔入车内。

火焰燃起，文颉决绝地转身。

火焰吞噬了他最后一丝残存的人性，从此便是深渊。

车上　夜晚　外景

火焰渐渐在方悦容眼前燃起。

她还残留着最后一丝气息，朝着后山的方向，圆睁着眼睛。她的嘴似乎一动一动的……

眼前的火焰是她和裴远之爱情的火苗，方悦容眼角留下一滴泪，耳边响起昨夜的誓言。

方悦容/裴远之（画外音）：两姓联姻，一堂缔约，良缘永结，匹配同称。看此日桃花灼灼，宜室宜家；卜他年瓜瓞绵绵，尔昌尔炽。谨以白头之约，书向鸿笺，好将红叶之盟，载明鸳谱。此证。

在两人共同念诵的誓约声中，闪回着他们曾经的点点滴滴——

两人共同运送图书，满头是汗，相视而笑。

图书馆里，轰炸声中，两人情动、四目相对。

方悦容与裴远之同撑一把伞，自在地散步在翠湖边。

武汉码头，裴远之紧张地寻找方悦容的身影。

裴远之细心地为方悦容擦药。

昆明街头，裴远之买花送给方悦容，两人吃米线，谈笑风生。

新婚之夜，裴远之在婚书上签下名字，两人喝下交杯酒。

……

闪回结束。

路上　夜晚　外景

裴远之一行人已经安全撤离，裴远之心中满满的担忧。

车上　夜晚　外景

向着裴远之去的方向，带着放心，带着遗憾与不舍，方悦容闭上了眼……

昆明郊外　夜晚　外景

腊月冬天夜晚，冷风呼啸，程嘉树满头是汗地跑到了这里。

他远远看到前方熊熊燃烧的轿车，认出那是方悦容的车。

程嘉树一边嘶喊着"悦容姐"，一边疯狂跑向车。

跑到车跟前，透过火焰，程嘉树隐约还能看到方悦容的身影，他撕心裂肺般发出哀号声，一边脱下外套，想要自己的身躯和熊熊烈火对抗。

程嘉树试图用衣服去扑火大火，突然有一人冲出拉住了他，是郭铁林。

火越烧越大，进一步吞没了车子，发出"呲呲"的响声。

郭铁林：程嘉树，危险！

火光映衬下，郭铁林看到泪水爬满了程嘉树的脸，不由得心里一颤。

程嘉树十分痛苦地看了郭铁林一眼，不顾他的拉扯，继续往火焰中扑去，用衣服扑火。

郭铁林看到火势越来越危险，便一把抱住程嘉树，把他往外拖：嘉树，我知道现在说什么都不管用，但已经于事无补了！

程嘉树像疯子一样，用尽所有力气，挣脱了郭铁林，往火中挪腾。

突然，一声巨响。

郭铁林喊了一声"程嘉树！"，可惜已经来不及了。

车子的油箱突然爆炸，程嘉树被震晕在了地上，脸上还挂着泪。

昆明医院抢救室外　夜晚　内景

林华珺焦急地等在医院走廊里。

抢救室门开，医生从里出来，林华珺赶紧迎上。

林华珺：医生，阿美怎么样？

医生冲两人摇了摇头：对不起，孩子没保住。

林华珺：大人呢？

医生：还没醒。

林华珺心疼得眼眶发红：我能去看看她吗？

医生轻轻点了点头，叹了口气离开。

昆明街道　早晨　内景

周宏章斥责：方悦容这么一个红彤彤的共产党，成天在你眼皮子底下活动，你居然毫无察觉！是谁胸有成竹，立刻就把名单写下，偏偏漏了这么重要一个人！

文颉只得赔不是：周主任，这是我的失误，对方隐藏得再深，也不能够成为我的理由。

周宏章：你知道就好！

一阵静默。

文颉：周主任我想到了，裴远之是，方悦容是，那程嘉树有什么理由不是共产党？！一定有什么是我遗漏了的。

周宏章：总算你还有点脑子，过去的已成既定，我也懒得再骂你，找出证据，去证明自己。

文颉：是！

周宏章变得语重心长：文颉，期望越大，要求就越高。我对你是寄予了厚望的，留给你的机会不多了，你要把握住。今天虽然死了一个方悦容，但我们让更多的共党从眼皮子底下溜走，你知道我们将面对怎样的诘难吗？

文颉：抱歉。

周宏章叹了口气：我已经很久没睡过一个好觉了，接下来好好戴罪立功吧，不然我们都会吃不了兜着走的。

文颉：是，周主任！

昆明文颉家门外　早晨　外景

车在文颉家门口停下，文颉下车。

看着远去的车，文颉感觉复杂，憋着的这口气又往上提了，他知道自己的处境越来越堪忧了。

卅三

文颉家　早晨　内景

文颉一边拍着门，一边捋了捋头发，抻了抻弄皱的衣服。

没有人应门，文颉十分不耐，再度大力拍打，同时叫道：人哪？都死了吗？快开门。

有脚步声传来，仆人打开了门。

文颉瞪了一眼仆人，喝骂：是不是聋了？我敲了半天门都不开。

仆人显得很慌张：对不起先生，刚才在帮太太准备东西，没听见。

文颉沉着脸，边往里走边问：准备东西，准备什么东西？太太呢？

仆人小心而胆怯地解释：太太，太太她现在医院里……

文颉猛然回过头，盯着仆人：医院？好好的怎么去医院了？

仆人嗫嚅：太太她……小产了……

文颉震惊。

昆明医院病房　早晨　内景

阿美病房内，阿美还在沉睡，脸色苍白。林华珺守在阿美的床头，同情地看着她。

门被推开，文颉冲了进来，一把抓住阿美的肩膀：你把我孩子怎么了？你起来！

林华珺迅速拦在阿美面前，压低声音怒斥道：你干什么？阿美还没醒！出去！

她用尽全力，把文颉推了出去。

昆明医院病房外　早晨　内景

林华珺：阿美刚脱离危险，你非但没有半句关心，还去斥责她，你还是她丈夫吗？

文颉：我孩子都没了，管不了那么多！我要好好地问问她，为什么没保住我的孩子？

林华珺：你自己心里清楚！阿美来学校找我们的时候，就已经见红了，要不是跟你发生争执，她怎么会……

不等她说完，文颉：她去学校找你们了？

林华珺：对，找了。

文颉狠狠地：我说消息是怎么传出去的，原来是这个贱人！

林华珺：住嘴！你竟然这样辱骂自己妻子！

文颉：是她害了我，害了我的孩子！都怪你跟程嘉树，要不是你们成天给她灌迷魂汤，她就不会背叛我，我的孩子就不会死！

林华珺：你简直是非不分！裴先生是你的老师，你居然去抓他；阿美这么做是在拯救你，你却不顾自己妻子的死活，执迷不悟。是你害死了自己的孩子，害了阿美！

文颉一时说不出话来。

林华珺：文颉，但凡你还有点良知，念及半点师恩，顾及夫妻之情，就请你悬崖勒马，好自为之！

文颉冷笑一声：怎么着，你们给阿美灌迷魂汤，现在也想给我上课？

林华珺：无可救药！

说完，她愤然离开。

昆明地下党驻地　白天　内景

床上，程嘉树从昏迷中醒来，见自己身处一个陌生的房间。他试图抬起身体，一双手轻轻扶住了他。

郭铁林：慢点，嘉树。

程嘉树疑惑地看着面前陌生的郭铁林：你是谁？你认识我？

郭铁林点点头：我叫郭铁林。是方悦容同志的上级。

程嘉树忽然想起昏迷前的情形，脸色大变：我姐呢？

郭铁林沉重地叹了口气：方悦容同志……她，牺牲了。

程嘉树如同被重石击中，心头一痛，泪水滚落眼眶。

少顷，程嘉树抹了一把泪水，翻身下床要往外走。

郭铁林拦住程嘉树：你干什么去？

程嘉树：去给我姐报仇！

郭铁林：怎么报仇？

程嘉树：去找文颉！是他害死了我姐！

郭铁林：你有证据吗？

程嘉树：就是三青团干的！我不需要证据！

郭铁林：但是警察局是要用证据说话的，眼下昆明警察正在调查，你在没有证据的情况下这么赤手空拳地去找他们，没等你杀了他，他们的枪口就已经对准了你，而且可以用正当自卫的理由！

程嘉树：我管不了那么多，我姐死了，我一定要给她报仇。

说着，他推开郭铁林往外走。

郭铁林：程嘉树！

程嘉树：要证据是吧，我去给他们找证据！

程嘉树说着，大步跨出了房间。

群社食堂　白天　内景

程嘉树走进群社食堂。

林华珺和双喜已经哭红了眼睛，看见程嘉树，两人快步迎了上来：少爷，你可算回来了！悦容姐……悦容姐她……

双喜哭到失声，不能言语。

程嘉树泪眼模糊，发狠地：我不会让悦容姐白白丢了性命！

林华珺：嘉树，悦容姐的事你都知道了？到底怎么回事？

程嘉树：是三青团干的！

林华珺震惊：你是说……文颉？

程嘉树转身欲走，林华珺连忙拉住他：你别冲动！警察在教务处了解情况，你先去看看吧。

西南联大教务处　白天　内景

两名警察正跟郑天挺沟通方悦容的事情。

警察甲：……据目睹的村民说，是一伙土匪抢劫杀人，上面命令我们全力抓捕凶手，对于贵校教师的遭遇，也深表同情……

程嘉树冲了进来，身后跟着林华珺。

程嘉树对警察：你们胡说！明明是三青团干的，哪里来的土匪！你们和三青团沆瀣一气，你们……

程嘉树胸口剧烈起伏着，气得说不下去。

郑天挺愕然，对程嘉树：三青团？你怎么知道？

警察乙：说话要讲证据，没有证据的胡说，属于诬蔑。

郑天挺：是啊，程嘉树同学，你有证据吗？

程嘉树瞪着警察：你们有证据吗？

警察甲：有几个村民是目击证人。

程嘉树愤然：证据是吧？我给你们证据！

程嘉树转身跑出办公室，林华珺顿觉不妙，紧随其后。

医院病房　白天　内景

阿美醒过来，一眼看到正坐在椅子上的文颉，阿美把头转到一边。

文颉：醒了？

阿美没吭声。

文颉把椅子挪到了阿美床边：我问医生了，是个儿子。

阿美的眼泪扑簌一下就下来了。

文颉把头靠近阿美：你为了去给程嘉树报信，害死了我的儿子。

阿美不可置信地看着他：文颉，害死儿子的人是你。是你亲手把我推倒，是你亲手杀了我们的儿子！

文颉：胡说！明明是你！你要是乖乖待在家，孩子能掉吗？是你去给共产党通风报信，出卖自己的丈夫，害死我的儿子！

阿美：你做错了事，我不能让你害裴先生！

文颉：裴远之跟你有什么关系？都怪程嘉树，你受了他的教唆才会变成这样。是程嘉树害死了我儿子。

阿美：文颉，你就是这样，从来看不到自己的问题，事事都赖在别人身上！要不是程嘉树，我连命都没了，你非但不知恩图报，还反咬一口。害死我儿子的人是你，是你！你一心只想升官发财，要是你当时能停下来看我一眼，我儿子就不会死。

文颉：升官发财有什么错？我升官发财是为了什么？还不是为了你跟儿子？你到大街上看看，在这个世界上，没有钱没有地位，活都活不下去。

阿美：所以你连良心都泯灭了？！

文颉：良心能值一分钱吗？

阿美失望透顶，一字一顿地：你给我滚！我再也不想看到你。

文颉：让我滚？别忘了，你还是我老婆，你刚流产，我不跟你计较。但你给我记住了，从今天起，我跟程嘉树之间又多了一个杀子之仇，你要是再和程嘉树往来，别怪我不客气……

阿美：滚！

医院门口　白天　外景

文颉走出医院，脑中还在回想刚才的一幕，怒气未消的他伸手拦了一辆人力车，刚想上车，一只手从背后拽住了他的领子，把他拉下了人力车，文颉摔倒在地。

程嘉树把他按在地上，拳头已经雨点般落在了他身上。

一边痛打，程嘉树一边愤怒地质问：为什么要杀人？！为什么要杀我姐？！……为什么？！……为什么？！……

文颉根本不是程嘉树的对手，被揍得口鼻出血，挨着痛大骂：程嘉树，你疯了吧！谁杀你姐了？

程嘉树却更加愤怒：你认不认？！……认不认？！……

所有的怒火都化为拳头的力量，更重地砸在文颉身上。

文颉终于抵挡不住，大叫着从腰间拔出手枪，冲天开了一枪。

追过来的林华珺正好看到这一幕，吓得赶紧上前。

文颉：程嘉树，你再动手我就毙了你！

程嘉树只愣了一下，便准备继续上去，却被林华珺拦腰抱住。

林华珺：嘉树，不要！

在林华珺央求的眼神下，程嘉树总算冷静了一点，血红的眼睛瞪着文颉。

程嘉树：跟我去警察局认罪！

文颉：我认什么罪？方悦容是被土匪杀死的，你要报仇，去找他们啊！

程嘉树一听又要冲上去，林华珺更用力拦住他。

林华珺：文颉，如果你不是凶手，有什么好怕的？我们可以去警察局当面对质。

文颉冷笑：我不妨告诉你，方悦容是三青团杀的又怎样，我们说是土匪干的，就是土匪干的！

血涌上了程嘉树的头顶，他要再次扑向文颉，被林华珺死死抱住。

文颉：不怕死是吧？来！我要是开枪了，也算自卫吧。

程嘉树红着眼睛：华珺，放开我！

林华珺：嘉树，你看清楚，眼下文颉就是要激怒你。你不要中了他的计！

程嘉树：我不怕死！

林华珺：可是你死了，谁还能为悦容姐报仇？

文颉趁机赶紧仓皇逃离。

程嘉树准备追过去：大不了同归于尽！

林华珺：好，同归于尽，我跟你一起去！

程嘉树愣住了。

林华珺缓缓地松开程嘉树：嘉树，你心中的恨，我感同身受，如果你一定要去找文颉，我跟你一起去！你若死了，我不会独活！

面对落泪的林华珺，程嘉树终于妥协，一屁股坐倒在地。

林华珺悬着的心也终于放下，紧紧地抱住了他。

昆明中共地下党驻地　白天　内景

程嘉树坐在郭铁林对面。

郭铁林语重心长：所谓报仇，不是一命换一命。方悦容同志是中国共产党的一员，而且是非常优秀的党员，她的死我们都很痛心，我当然能理解你为姐姐报仇的心情。但仅仅去杀一个文颉，就算是为她报仇了，也未免太低估了她牺牲的价值。要知道，方悦容同志用自己的生命，换来了我们全体转移同志的安全撤离。

程嘉树一拳砸在桌子上：那我怎么才能为她报仇呢？

郭铁林：报仇……叶润名的亲人怎么给他报仇？罗恒的家人怎么给他报仇？我们在皖南事变中牺牲的几千将士的家人，又怎么给他们报仇？

程嘉树沉默了。

郭铁林：我们的仇人不是某一个人，而是所有阻挠我们中国人民利益的人，是侵犯我们国土的日本侵略者，是兄弟阋墙的国民党反动势力，他们才是杀害叶润名、罗恒、方悦容同志的真正凶手！

程嘉树：我明白了。

沉默了片刻，他突然开口：我想加入共产党。

郭铁林愣了一下：你了解什么是共产党吗？

程嘉树：通过叶润名、悦容姐和裴先生，我有所了解。

郭铁林：那你说说，共产党是什么？

程嘉树：我没有去过延安，也没有真正接触过共产党，可我认识叶润名、悦容姐和裴先生。在我眼里，共产党就是他们这样的人，他们可以为了别人的幸福，毫不犹豫地奉献自己的生命，可以为了一份理想，牺牲自己的幸福，忍受无尽的孤独和思念。

闪回——

叶润名毫不犹豫扑上去救了程嘉树。

方悦容开车冲向小屋。

闪回结束。

郭铁林：你说的是共产党，但还很片面。程嘉树，等你真正理解共产党后，再来找我。

程嘉树：那就请给我一个机会了解它。

郭铁林：你想怎么做？

程嘉树：悦容姐牺牲了，但她的事还要有人继续做。请把悦容姐没有完成的工作，交给我！

郭铁林思索了下：程嘉树，你能这么想，我很欣慰。你先在群社做好自己的分内事务，这也是组织对你的考察。我先提一个要求，就是今天的一切包括我与你的谈话都不可说与第三人，这是纪律。以后如果你有什么需要帮助的，就来找我，好吗？

程嘉树看着郭铁林的眼睛，点了点头。

西南联大方悦容宿舍　夜晚　内景

昏暗的灯光下，程嘉树和林华珺整理着方悦容的遗物。

从一个打开的旧木箱里，林华珺取出方悦容的衣物，递给程嘉树，程嘉树把衣服一件件放在床上。

拿着最后一套夏装旗袍，林华珺看着程嘉树：就这些了。

程嘉树：就这几件？

林华珺点点头。

两人扫视着床上，只有一套稍厚一点的衣服和两套薄衣服，林华珺抖开衣服，看到两套衣服都很破旧，还打着补丁，她不由得泪水翻涌，喃喃自语：这就是她的一生。

程嘉树起身站在桌前，抚摸着方悦容遗留在桌子上的书本笔墨。

林华珺握住程嘉树的手，无声地安慰着。

程嘉树转身，抱住林华珺，终于哭了出来。

林华珺抱着他，默默地陪着他。

良久，程嘉树平静了下来，他呆呆地看着窗外的星空。

林华珺：悦容姐应该也变成了一颗星星吧。

程嘉树：我在想，悦容姐、润名、罗恒他们可以视死如归，舍生取义，可能是因为他们即使身处黑暗，心中也有光明吧。

玉溪裴远之家　夜晚　内景

烛光下，裴远之手捧和方悦容的婚书，一遍一遍地诵念：……两姓联姻，一堂缔约，良缘永结，匹配同称。看此日桃花灼灼，宜室宜家；卜他年瓜瓞绵绵，尔昌尔炽。谨以白头之约，书向鸿笺，好将红叶之盟，载明鸳谱。此证……

读着读着，裴远之再也忍不住，泪如泉涌。

男生宿舍　白天　内景

程嘉树在桌前摊开的信纸上写着信。

程嘉树（画外音）：……云霄，你还好吗？你可能会怪我，为什么直到现在才给你回信……自你参军后，学校发生了很多事情，千头万绪，不知从何说起……

壁报墙前　白天　外景

群社的同学将《群声——终刊号》张贴在壁板墙上，上面醒目地刊登着《新华日报》关于皖南事变的简报资料。几个同学正围着看，戴着臂章的三青团员推开他们，上前一把将其撕下。

程嘉树（画外音）：……裴先生被迫辞职，为了掩护他和战友，悦容姐牺牲……《群声》揭露皖南事变真相，影响巨大，却在重压之下，最终停刊。

联大教室　白天　内景

三青团员在教室里四下翻找，把课桌里搜出的"禁书"扔在地上，狠狠地踩着。

程嘉树（画外音）：……当局对群社的活动早就不满，三青团虎视眈眈，群社的活动越来越受限……

街边书店　白天　外景

被查封的书店，书店门上贴着的封条被人撕开，在门上垂挂着。

程嘉树（画外音）：……环境恶劣，同学们的抗争成了常态……

空镜：天空流云飞逝

程嘉树（画外音）：……积极参与斗争也并未影响我的学业。

空镜：课堂上　白天　内景

程嘉树（画外音）：我随赵先生绘制粒子加速器的图纸，数易其稿，实在艰难，但受惠匪浅……前方战场凶险，多加小心，早日凯旋……

男生宿舍　白天　内景

宿舍里只有程嘉树一个人，他正在图纸上专心绘制。

丁小五、林真和几个男生回来，他们手里拿着空饭盒。

丁小五帮程嘉树带了一份饭：嘉树哥，快吃吧。

程嘉树：好。

他嘴上答应着，身体却一点也没动。

林真：从早上就看你忙活图纸，歇会儿！

程嘉树：抓紧时间画完，等下还得去陪双喜看榜呢。

丁小五：看榜？

程嘉树停下笔：附中招生录取今天放榜，双喜这家伙去年没考上，今年紧张得不得了，央求我今天一定陪着。

林真：我们的八宝饭是越来越不抗饿了，从食堂走到宿舍，我就已经饿了。

丁小五：我以为就我饿了呢！

"谁饿了啊？"门外，老颜的声音响起，他提着一个大篮子进来。

丁小五：姑父！

老颜：知道学校的食堂吃不饱，给你们做了点饭菜带过来。

丁小五：您可真是雪中送炭。

说着，他忙不迭地和老颜一起把篮子里大大小小的饭盒拿出来，里面是一些丰盛的家常菜。

男生们已经按捺不住，纷纷拿起筷子开吃。

丁小五：嘉树哥，快来吃啊，不要便宜了这群饿狼。

程嘉树笑着：马上！再差一点，我这粒子加速器的图纸就算大功告成了。

老颜闻言，眼睛瞄向程嘉树的图纸。

老颜：栗子，炒栗子还要什么加速器？

丁小五正要回答，旁边男同学抢话：不是炒栗子，是回旋式粒子加速器，用镭做物理实验的……

老颜心里一动：雷……天上的雷还能做实验啊？

大家都头疼了，不知道怎么跟他解释。

丁小五：姑父，这都是物理学的事，说了您也不懂。

老颜笑着：物理我还真是一窍不通，我只知道一点，你们饿了，我这里饭菜管够。

大家哈哈笑了。

老颜的眼睛却再次偷偷地瞄向程嘉树正在画的图纸。

西南联大附中录取榜　白天　外景

几个附中的校工在张贴录取榜单，许多人围上来看，人群之外，双喜没信心：我还是别去了，万一再考不上，多丢人啊。

程嘉树：你不去看怎么知道能不能考上。

双喜：还是，还是你和华珺姐帮我看吧，我等着。

程嘉树想说话，林华珺先戳了一下双喜：你呀……好吧，我们帮你看。

林华珺和程嘉树站在前面，伸头瞅着榜单上的名字。双喜掩住双眼，从指缝里偷偷往外往榜单上看。

双喜：找到了吗？还没找到我名字吗？

程嘉树：这么多人，可不得一个个找嘛……

林华珺笑：别急，双喜，我有预感，这次你肯定能考上。

双喜忽然叫：我看到了，第三行最后一个，我看到一个喜字……

程嘉树闻言看了一眼：是喜，不过你先别喜，那不是双喜，是王喜。

双喜撅起了嘴。

榜单看完了，没有找到双喜的名字。

双喜沮丧地放下双手，蹲在了地上。林华珺把他拉了起来：别泄气啊，你看——

双喜一看，一个校工又拿出一张贴了上去，三个人定睛去看，程双喜的名字就排在第一个。

双喜蹦了起来。

林华珺一背手：叫老师吧？

双喜没反应过来：啊？

程嘉树：你华珺姐开学要去附中教书了，你以后可不就是她的学生了？

双喜欣喜：真的啊？

程嘉树：傻小子，还愣着干什么，快叫老师！

双喜摸了摸头：啊，林老师，林老师好！

双喜叫着，调皮地给林华珺鞠了个躬，三个人都笑了起来。

西南联大群社食堂　黄昏　内景

双喜把饭菜往桌子上端，林华珺在旁边帮忙。

林华珺：嘉树呢？

程嘉树（画外音）：来了，来了。

程嘉树说着走进来，把一个油纸包放在案板上。

程嘉树对双喜：打开看看。

双喜打开，愣了，林华珺伸头一看：呀，是金钱火腿。

这是一小块金钱火腿，油乎乎的煞是诱人。

双喜：少爷，你哪儿来的钱啊？别不是又当了什么东西吧？

程嘉树满不在乎：这你就别管了，时下情况虽不比往日，但你考上了中学，是个大事，怎么着也得庆祝下啊……快，拿去切片装盘……

双喜感动地：少爷——

程嘉树：行啦。火腿虽然不多，但今天在座的见者有份，算是大家一起给你庆祝。

双喜的笑容隐去了。

程嘉树：怎么了？

林华珺朝周围努了努嘴：你自己看看。

双喜：今天来我们群社食堂吃饭的就咱们三个。

程嘉树：啊？昨天不是还有两个么？

林华珺：今天，一个都没有了。

三个人对望，都有些伤感。

双喜：我去切火腿。

同场转——

程嘉树、林华珺和双喜坐在饭桌前，默默地吃饭。

双喜打破沉默：少爷，你和华珺姐都要毕业了，她去附中教书，你有什么打算啊？

林华珺也看着程嘉树。

程嘉树放下筷子：我决定留在联大读研究生，继续攻读物理。

双喜佩服地看着程嘉树：少爷，我刚考上中学，你都要读研究生了，我脱了鞋跑都赶不上你的学问。

程嘉树笑：你有你的长处，有些，是我跟你华珺姐都比不了的。

双喜：哪些？

程嘉树：做菜啊。

双喜泄气：这个啊……

林华珺举起杯子：你们俩别东拉西扯，忘了正事。今儿是双喜考上中学的好日子，咱们以茶代酒，祝贺双喜！

程嘉树：对，双喜，你从小在程家长大，我也算你半个兄长，今天就以兄长的身份祝贺你！你是好样的，哥为你骄傲！

双喜的眼圈红了：少爷……

程嘉树：不许再叫少爷了，这么多年书白读了？

双喜：哥！

程嘉树：这才对嘛！来，干了！

三只杯子碰在一起。

昆明老颜裁缝铺　夜晚　内景

老颜裁缝铺内，窗子被遮得严严的，老颜坐在发报机前，戴着耳机，记录着电码。

（字幕同步翻译：不惜代价夺镭，阻止联大研究……）

老颜盯着纸上的电文，思索着。

饭店　白天　内景

文颉站在包厢门口，看见周宏章走进饭店，急忙向他招手，满面笑容唤道：周主任，周主任，这儿，这儿——

周宏章跟着文颉走进包厢。

桌子上摆满丰盛的饭菜，有几个热菜用碗碟扣着。

文颉一边拿下扣着的碗碟，一边说：周主任，坐这儿。酒菜上得早了，我担心凉了先扣着，还寻思着别您不来了，哈哈……

周宏章佯作生气：不是说了嘛，咱们两个人吃饭，简单点就行，你每次都搞这么丰盛，太破费了，下次可不能再这样了。

文颉边倒酒边说：周主任一向对我这么照顾，我不过聊表寸心，就现在昆明的状况，能破费到哪里去？周主任也太体恤下情了。

周宏章听得舒服入耳，哈哈笑起来。

文颉也坐了下来，端起酒杯：这杯我敬您，主要是感谢您的栽培，还望周主任继续照顾，我也再接再厉……哈哈。

周宏章含笑点头：栽培照顾不敢当，我是惜才之人，只要肯努力，我甘为任何千里马之伯乐。

文颉：是是是。

他恭敬地和周宏章碰杯，二人一饮而尽。

文颉再度倒酒，话里带着点恨意：虽说学校把我开除了，但是您交给我的工作没有停。今天我主要给您汇报一下群社的情况。

周宏章：群社怎么样了？

文颉：已经作鸟兽散，再也兴不起风浪了。

周宏章：真的？

文颉：经过上次的打击，壁报栏上，已经鲜少看到群社的刊物文章，就连群社的食堂，现在也门庭冷落，除了程嘉树和他的那个仆人，再也没人去了。

说完这些，文颉举杯：是为我三青团一大喜，主任，这第二杯，正是为庆祝此事。

周宏章却只是冷冷地跟他碰了一下杯子，小酌了一口。

文颉：主任，群社凋零，等于除掉了您的心腹大患啊……学校那边我也不方便去了，以后但凭主任调遣，我定当竭尽全力，效忠主任，尽忠党国！

说着，他已经为两人再次倒满酒，举杯。

周宏章却推开了他倒好的酒杯：除掉心腹大患，还早呢！

文颉的手停在半空，尴尬不解地看着周宏章。

周宏章：鲜少看到刊物文章，也就是还有了？

文颉：这……

周宏章：群社食堂，不也还有程嘉树和他的仆人去吗？

文颉：也就只剩下像程嘉树这样极个别的顽固分子，还在负隅顽抗，做无谓挣扎。

周宏章：割过韭菜吗？

文颉愣了。

周宏章：韭菜这种东西，割完一茬又一茬，只要不除根，它就还会再长出来。你以为只剩一个程嘉树，就可以安枕无忧了吗？你怎么知道，他不是韭菜根呢？

文颉：可是，程嘉树也没什么大动作，我也不能把全部精力就用于对付他一个人，我想去更广阔的天空……您也看到了，群社已经被我们破坏殆尽，那些共产党杀的杀，抓的抓……为这事儿，我一直劳心劳力，连家里——

周宏章却拦下了他的话茬：文颉，我知道你立功心切，你很有才干，但却有一个弱点——目光短浅。

文颉有些委屈，一言不发。

周宏章：你只看到了一个程嘉树，却看不到程嘉树身上可挖掘的东西。

文颉：什么东西？

周宏章：共党一向顽强，哪能这么轻而易举地斩草除根呢？不过是迫于形势不敢再公开露面，潜伏以待时机而已。就说这次吧，死的那个方悦容，不过是个跑腿的，她身后那个裴远之呢？不还是没抓到吗？

文颉看了看周宏章，脸色有所改变。

周宏章：以程嘉树和他们的关系，你又何愁不能在他身上放长线钓大鱼呢？

文颉豁然开朗：我明白了！主任果然高屋建瓴，文颉鲁钝，茅塞顿开！

周宏章笑着，这才端起酒杯：我等着为你庆功。

文颉：从今天起，我一定会带人盯死程嘉树，定不负所望！

昆明文颉家　　白天　　外景

林华珺站在文颉家外，犹豫了一下，敲门。

仆人打开门，疑惑地看着林华珺。

林华珺：我来看望你们家太太阿美，我是她的朋友，请问她在家吗？

仆人：在，您请进吧。

仆人在前面带路：先生不在家，我才敢带您进来，太太她……您可要好好劝劝她啊……

林华珺惊讶地：阿美她怎么了？

仆人：您去看看就知道了。

昆明文颉家　白天　内景

仆人带着林华珺来到阿美卧室门口，轻轻拍了拍门，屋里没有声音。

仆人为难地看着林华珺。

林华珺：阿美，是我，我能进来看看你吗？

屋里依旧没有动静。林华珺推门进去。

屋里黑暗一片，所有窗帘都被拉得很严实。林华珺好一会儿才适应了屋里的光线，看到角落里，阿美的身影正静静地缩在那里。酒瓶摆放在旁边，鸟在鸟笼里叽喳，金鱼在鱼缸里游动。

林华珺：阿美？

阿美依旧没有说话。

林华珺过去，拉开窗帘。

长时间黑暗乍见阳光，阿美不由伸出手挡住了眼睛。

林华珺看清了角落里的阿美，不由呆住了。

只见眼前的阿美，苍白、瘦弱、颓废，只穿一身睡衣，披头散发，全无以前的活力。旁边的桌上，显然是仆人新换的饭菜，却一口未动。

林华珺心疼地：阿美……

阿美：（冷冷地）华珺姐，你回去吧。

林华珺：我知道，失去孩子对任何一个女人来说都很痛苦，你有权难过，可是我们无法改变已经发生的事。你还年轻，先把身体养好，以后日子还长着呢。

阿美：（自嘲地）我嫁给了一个混蛋，怀过他的孩子，最后又失去了自己的孩子，唯一爱过的男人也不会再回来了，我活着还不如死了。

林华珺愣了一下：你可以离开文颉。

阿美：离开他？离开他又能怎么样？

林华珺：离开他，开始新的生活。

阿美：你让一个死人开始新生活，怎么开始？

阿美喝酒。林华珺抢走酒杯。

林华珺：（严肃地）阿美真的死了吗？如果真的死了，是什么支撑着已经小产的阿美，不顾一切跑到学校去报信的？

阿美一时怔忡。

林华珺：是你的善良和正义。

林华珺放下酒杯。

阿美抽泣起来。

林华珺：前些天，我跟你一样，觉得心中再也看不到光亮了。嘉树告诉我，越身处黑暗，心中越要燃起光亮。悦容姐死了，裴先生失去了他的爱情，可他依旧要继续心中的理想。双喜自幼无父无母，只是程家的仆人，但依旧凭借自己的努力考上附中。

林华珺：我们每个人都会遇到生命中最黑暗的时刻，但我们不能逃避，如果轻易放弃人生，这个世界就不会再有希望。

阿美若有所思。

林华珺：阿美，我知道你最思念的是润名，你真的觉得润名死了吗？

阿美又再次抽泣起来。

林华珺：（哽咽起来）在我心里，他从未离去。他说过的话、做过的事，他的笑容，他留下的日记，他送你的钢笔……

她看到桌上那支钢笔，起身拿了过来，放到了阿美手上。

林华珺：阿美，还记得他送你这支钢笔时给你写下的话吗？

阿美颤抖着手，轻轻抚摸着钢笔，泪如雨下。

闪回——

姑娘房，阿美睡醒，看见一张纸条，纸条上写着：好好读书。

纸条上面，压着的正是叶润名送给阿美的那只钢笔。

山坡上，阿美发现叶润名看到了自己，一边跑，一边挥动着钢笔大喊着：叶润名，我会好好读书的，你要早点回来——

闪回结束。

阿美泪如雨下。

林华珺也忍不住红了眼圈。

林华珺：阿美，好好活下去，我们每个人都要好好活下去。

阿美沉默不语，痴痴望着手里的钢笔。

西南联大物理实验室　白天　内景

赵忠尧手里拿着程嘉树绘制的粒子加速器的图纸，点头：不错，只可惜……

程嘉树看着赵忠尧，不知道他要说什么。

赵忠尧：只可惜以目前的状况，我们恐怕要暂时放弃粒子加速器的研制了。

程嘉树：可是您说过，如果没有粒子加速器，中国现代物理就只能停留在理论阶段啊！还有，这些镭……

程嘉树扭头看着装镭的铅筒。

赵忠尧也望向它：没错。这 50 毫克实验镭，从剑桥跟我到清华，又从北平跟我到云南，我之所以舍命也要护着它，就因为它是中国高能物理的未来，没有粒子加速器，它就没有用武之地。

程嘉树点点头。

赵忠尧：所以，放弃只是暂时的，这些镭，就是中国高能物理的种子，种子在，粒子加速器的研究成功，就只是时间问题。

程嘉树点头：我明白了。

这时，警报声忽然响起，在空中尖锐地盘旋。

赵忠尧看了看窗外：同学们，先把仪器装好。嘉树……

程嘉树：我知道，镭！

在警报声和外面纷乱的脚步声中，几个人有条不紊地把仪器放进几个大筐子里，抬着朝外面的埋藏地点而去。

程嘉树也把装镭的铅筒放进一个小箱子，拎着箱子随后跟上。

西南联大校外　白天　外景

老颜站在一个拐角处，盯着三三两两去后山躲避的师生们。很快，他发现了几个抬着箱子箩筐的同学，身后跟着赵忠尧和程嘉树，他的目光落在程嘉树手里的箱子上。

老颜向前方看去，周围一些老百姓也在跑警报，他悄悄混了进去。

西南联大后山山坳　　白天　　外景

一个物理系的同学把遮掩的树枝拿开，露出了事先挖好的洞，同学们把仪器等重要实验设备都放了进去。程嘉树也跟同学一起走了进去。

西南联大后山山坳附近　　白天　　外景

山坳的上方，老颜溜到一块石头后面，居高临下地观察着程嘉树等几个物理系学生的举动。从他的视角可以看到，程嘉树和几个同学进了山洞。

老颜确信，镭就被藏在山洞里。

他看了看手表，不一会儿，远处传来日军飞机的轰鸣声，老颜朝飞机的方向看了看，溜下山坳。

西南联大后山　　白天　　外景

老颜溜到跑警报的人群附近，将带着的玻璃碎片悄悄撒在了周围。

撒完玻璃的老颜确信没人看到自己，又看了看手表，快步离开。

山间林地，师生们和周围的老百姓正席地而坐，有的在继续上课，有的在闲聊，等待警报结束。

这时，一阵敌机的轰鸣逼近，声音似与常日不同，就在头顶！

还没等大家反应过来，一枚炸弹已经丢到了身边。接着，是又一枚炸弹炸响，气浪翻滚弹片飞溅。尖叫声、哭喊声不断，一片混乱。

西南联大后山山洞／山坳　　白天　　内景／外景

程嘉树几人正守在山洞里，忽听得轰炸声，赶紧出去一看，敌机正朝着跑警报的人群轰炸。

他们慌了，顾不得仪器，拼命冲过去准备救人。

不远处的石头后，老颜目睹这一切，趁着山洞无人，准备溜过去。

第五部　激战·破晓

西南联大后山　白天　外景

硝烟弥漫中，程嘉树几人慌忙跑过来，各自救人。

程嘉树看到了丁小五：小五！

丁小五：嘉树哥！

就在这时，一个炸弹在丁小五身边落下，程嘉树一把将丁小五拽到了山坳下面。

丁小五：嘉树哥，你没事吧？

程嘉树：没事，你呢？

丁小五想站起来，腿部却一阵疼痛，他的腿正在流血。

程嘉树扶起丁小五，向安全的地方跑去。

西南联大后山山坳　白天　外景

老颜溜进山洞。

西南联大后山　白天　外景

程嘉树把丁小五转移到安全地带，检查他的腿伤，原来，只是被弹片刮破了皮。敌机也在这时停止了轰炸。

程嘉树把丁小五交给林真：你照顾他。

林真：你呢？

程嘉树：刚才走得急，连仪器都没顾上管，我回去看看！

西南联大后山山洞　白天　内景

老颜找到了装镭的箱子，他把箱子放进自己随身携带的大篮子里，快速离开。

西南联大后山山坳　白天　外景

老颜快速离开，没走出几步，却看到一个身影迎面而来。

正是程嘉树。

老颜迅速低头，从山坳的拐角转了下去。

就这一瞬间，却被程嘉树捕捉到了，他认出了那是老颜的身影，感到奇怪。

顾不得多想，程嘉树跑进山洞。

西南联大后山山洞　白天　内景

程嘉树走进洞内，看到仪器都安然无恙，才算松了口气。

但旋即，他便发现不对，刚才放箱子的地方空无一物。

程嘉树慌了，开始四处寻找。

但是翻找了好几遍，他终于确定：镭不见了。

西南联大后山　白天　外景

不少人受了伤，在老师的组织下，没受伤的人正在帮忙检查照顾伤员，护送医院。

程嘉树跑到那几个一起搬东西的物理系同学身边。

程嘉树：刚才你们谁拿镭了？

大家面面相觑。

"没有啊。"

"光顾着救人，没顾得上取镭啊。"

程嘉树慌了。

林真：怎么了？

程嘉树：镭不见了。

大家也慌了：不会吧！怎么会不见呢？

程嘉树：我也觉得奇怪，所有东西都在，单单镭不见了。

同学甲：你确定找遍了吗？

程嘉树：我找了好几遍。

同学乙：该不会忘记带到山洞了吧？

程嘉树：不可能。

林真：这样吧，我们再分头找找，说不定是谁慌乱中给拿走了。

说着，大家已经分头行动。

程嘉树拉起一位同学：刚才你有没有看到谁往山洞那边去了？

同学摇摇头：没注意。

程嘉树又走到一个坐在地上揉着头的同学身边：同学，你刚看到有谁拎一个箱子吗？（比画着）这么大小的……

那个同学：敌机一来，我只看见大家都在跑，哪顾得上什么箱子……

西南联大后山　白天　外景

焦灼的程嘉树又回到山洞洞口，四处查看。忽然，有什么晃了一下眼睛，他跨步过去，看到是一小块玻璃片，在它的旁边，还有许多类似的玻璃片。程嘉树看了看地上的玻璃，又看了看天空，猛然想到了什么，脸色倏变。

程嘉树转头看向四周，他想起了那个跟他擦肩而过的身影——老颜！

程嘉树心中升起无限疑虑。

他看到不远处的林真，大声问他：丁小五呢？

林真：回他姑父家了。

昆明老颜裁缝铺门外　黄昏　外景

老颜裁缝铺门口，程嘉树过来，在门口顿了一下，随后进去。

身后不远处，两个鬼鬼祟祟的三青团特务从拐角处闪了出来，紧盯着他的身影。

昆明老颜裁缝铺丁小五房间　黄昏　内景

丁小五正坐在床边，看到程嘉树：嘉树哥，你怎么来了？

程嘉树：怎么没去医院？

丁小五笑：就是些小擦伤，我没那么娇气。

程嘉树：幸好是脚而不是脑袋，你算幸运了。

丁小五：不是幸运，是多亏了你！嘉树哥，这次你替我挡炸弹，下次我替你挡。

程嘉树：瞎说什么呢！呸，哪还有下次。

丁小五嘿嘿笑了。

程嘉树：你姑父呢？

丁小五：大概又给人家送衣服去了吧？

程嘉树：他下午去学校看你了吗？

丁小五：没有啊。

程嘉树：没有？

丁小五：对啊，怎么了？

程嘉树：下午跑警报的时候，我好像看见他了。

丁小五：不可能，他怎么可能会跟我们跑警报呢。你肯定看错了。

昆明老颜裁缝铺外　黄昏　外景

老颜正要进门，突然听到了里面的说话声，他顿住了。

昆明老颜裁缝铺丁小五房间　黄昏　内景

程嘉树：有可能。……对了，你姑父怎么会从北平来到昆明呢？

丁小五：这不北平沦陷了嘛，他想换个地方开裁缝铺。

程嘉树：北平沦陷好几年了，他怎么现在才过来？

丁小五：北平沦陷后，他就让我学物理，估摸着我能考学了，就带我过来了。

程嘉树：你姑父让你学的物理？

丁小五：对啊。

程嘉树：我是觉得奇怪，你姑父居然也知道物理。

丁小五：可能是裁缝铺开在清华旁边，受熏陶的吧！

程嘉树思考着。就在这时，外屋传来声响。

丁小五：姑父，是你回来了吗？

老颜的声音：哦，是我。

说话时，他掀开帘子走了进来。

老颜：嘉树也在啊？（转向丁小五）小五，你怎么受伤了？

丁小五：小擦伤，没事。下午我们在后山遭遇了轰炸，多亏了嘉树哥保护我。

老颜：又轰炸？那得好好感谢感谢嘉树了！正好到饭点了，吃完再走。

程嘉树：那就有劳颜叔叔了。

老颜：你们先聊着，我去准备。

昆明老颜裁缝铺老颜房间　夜晚　内景

老颜走进自己的房间，查看了下床下的暗洞，发报机和装镭的箱子都在里面。他放下心来，走向屋外。

昆明老颜裁缝铺丁小五房间　夜晚　内景

丁小五：让姑父给你做几道北平菜，好好犒劳犒劳你的馋虫。

程嘉树：没有宿舍那几头饿狼，我可有口福了。我去帮他打下手。

丁小五点头。

昆明老颜裁缝铺厨房　夜晚　内景

老颜四下看了看，目光落在剪刀上，他抄起剪刀，藏进自己的衣袖。

这时，程嘉树出来：颜叔，我帮你打打下手。

老颜：好，正好缺个劳力，我腌了几块腊肉，你个子高，帮我取一下。

程嘉树答应着：哎！

他随着老颜进了房间。

昆明老颜裁缝铺老颜房间　夜晚　内景

灯光昏暗。

程嘉树表面不在意，但目光却四下搜寻着，企图找到装镭的箱子。

老颜当然留意到了这一点，他指着房顶的方向：喏，在那里。

程嘉树看到那里挂了几块腊肉。他保持着警惕，走了过去，踮脚去取。

程嘉树：颜叔，你刚才是不是去学校了？

老颜：对啊，去给你们学校的冯先生送衣服去了。

程嘉树愣了一下，他想起刚才老颜看到小五受伤时的"惊讶"表情。

程嘉树：那你应该知道我们学校遭遇轰炸了啊。

老颜：我去的时候还没有轰炸呢。

他站在角落里，脸色阴沉，看着背对着自己的程嘉树，取出剪刀，悄然靠了上去。

程嘉树的手刚刚够到腊肉，正要费力地扯下来。

老颜突然举起剪刀，朝着程嘉树颈部扎了过去。也就在同时，程嘉树感觉到背部一阵寒气，迅速往旁边闪去。老颜的剪刀从他颈部划过，留下了一道小口子。

程嘉树：真的是你！你到底是什么人？

老颜恶狠狠地看着程嘉树：少废话了，你既然都清楚了，今天就别打算走了。

程嘉树镇定地：你把镭放哪儿了？

老颜挥舞着剪刀：你没机会知道了。

说着，老颜握着剪刀又朝程嘉树刺去，程嘉树身体已经贴着墙壁，躲闪不及，左胳膊被剪刀划过，鲜血立时从刺破的袖子处涌出。他忍痛回手紧紧抓住了老颜的手腕，使劲往旁边的桌角磕去。

老颜吃痛，剪刀落地，程嘉树抢先一步捡起剪刀，老颜去夺，程嘉树反手一挡，剪刀插进了老颜的肩膀。

剧痛中，老颜的气焰已经灭了大半。

毕竟第一次经历血的搏斗，程嘉树弹开了手，有些慌乱。

稍微冷静了一下，程嘉树找到一截绳子，就要绑老颜。

老颜换了一副面孔：嘉树，是叔一时糊涂，我把镭交给你，你能不能放过我？

程嘉树：我必须把你交给学校。

老颜：好，我先把镭拿出来。

程嘉树松开了手，老颜向床边挪过去。

这时，丁小五听见动静走到了屋门口，正看见这一幕，惊叫：嘉树，姑父，你们在干吗——

也就在程嘉树转身看向丁小五的刹那，老颜突然扑到床边，从暗洞里掏出手枪，瞄准程嘉树就要开枪。

说时迟那时快，率先看到老颜拿枪的丁小五飞扑到程嘉树身前……

子弹射入了丁小五胸膛。

昆明老颜裁缝铺外　黄昏　外景

枪声划破黄昏的街道，两个跟踪着程嘉树的三青团特务一愣，对视了一眼，迅速往裁缝店跑去。

远处，两个警察吹着警哨也朝裁缝铺的方向跑来。

两个特务听到动静，只好暂时隐入裁缝铺旁边的黑暗角落里。

昆明老颜裁缝铺丁小五房间　黄昏　内景

丁小五胸口中弹，倒在程嘉树怀里，鲜血正从胸前汩汩而出。

程嘉树：小五！

丁小五：嘉树哥……

程嘉树拼命用手按住小五的伤口，可无济于事，殷红的鲜血根本止不住。

丁小五用震惊困惑的目光看向老颜，停止了呼吸。

程嘉树：小五！

老颜看了一眼丁小五，毫无所动，准备再向程嘉树开枪。

程嘉树冲上去夺老颜的枪。两人扭打起来……"砰"的一声枪响，枪走火了。

老颜倒在地上，血喷溅在程嘉树的身上……

西南联大林华珺宿舍　夜晚　内景

林华珺坐在床边叠衣服，一阵慌乱的敲门声，伴随着双喜的声音：华珺姐，华珺姐——

林华珺忙起身开门，双喜一头扎进来，喘着粗气：华珺姐，少爷，少爷他——

林华珺：双喜，别急，过来坐下慢慢说，嘉树怎么了？

双喜终于喘匀了气：少爷，他被警察抓去了。

林华珺蒙了：警察抓嘉树干吗？你是不是搞错了啊，双喜。

双喜：没有搞错，少爷杀人了……

林华珺：杀人？怎么可能？

双喜：我也不相信，可是警察亲眼所见，还当场抓住了少爷。

林华珺：在哪里？

双喜：就在老颜的裁缝铺里，死的人是老颜和丁小五。

林华珺摇着头：不可能……不可能……

她冲了出去。

青年服务社　白天　内景

青年服务社内，周宏章正跟一名三青团成员谈话。

文颉一头撞进来，兴奋地对周宏章：主任，有新发现了——

周宏章摆手制止了文颉，示意身旁的一个三青团成员先出去，又关上了门。

周宏章回头对文颉说：每临大事有静气，我说了多少次了，还这么冒冒失失的。

文颉有点不好意思地点着头：周主任说的是。

周宏章坐定：说吧。

文颉：那个老颜不是送医院抢救了吗，没抢救成。程嘉树杀人罪名坐实了。

周宏章：可是他拒不承认。

文颉：承不承认已经不重要了，丁小五当场死亡，老颜也去见了阎王，唯一知道真相的两个目击证人都永远闭上嘴了，两个警察都亲眼看到程嘉树手里拿着凶器，他这次就是跳进黄河也洗不清了。

周宏章：杀人动机呢？程嘉树一口咬定老颜是日本特务，在老颜家里又找到了电台和镭，就算最后查清人是程嘉树杀的，也会定性为爱国之举。听说联大已经在设法保释他了。

文颉争辩道：这不过是程嘉树的一面之词。他说老颜是日本特务，那他为什么去找老颜？要我说，是不是日本特务接头？

文颉随口一句话提醒了周宏章。

周宏章一怔，旋即笑道：对啊，程嘉树有个哥哥，听说就是给日本人做事的。

文颉乐了：这不就顺理成章了吗？

周宏章思索着：日本特务接头，被丁小五撞见，杀人灭口，混战中误伤自己人。有意思，有可能。

文颉谄媚：还是主任高明！

周宏章沉思了一下：既然现在证据确凿，就不怕他嘴硬，他不招认，自有刑具叫他开口。到时候怎么定罪，就是咱们的事情了。

文颉迅速反应过来：主任，我知道该怎么办了。

昆明警察局门口　白天　外景

郑天挺和林华珺站在门口，焦急地等待着。很快，一脸倦容的程嘉树走了出来。

林华珺马上迎了上去：嘉树！

程嘉树依旧沉浸在悲痛中。

程嘉树：郑先生、华珺，谢谢你们保释我。

郑天挺：嘉树，你放心，学校相信你不会杀人。

程嘉树：是我害死了小五。

林华珺：嘉树，到底怎么回事？

程嘉树：是我害死了他。如果我不那么冲动，不那么大意，就不会在怀疑是老颜偷走镭之后，直接冲去裁缝铺了，小五也就不会被老颜打死。我应该先跟学校汇报的。

林华珺：你说什么？老颜是特务？小五是他杀的？

程嘉树点头：昨天的轰炸，就是老颜利用玻璃反光给日本飞机定的位，以便在轰炸中趁乱偷镭。

林华珺：怎么会……他不是丁小五姑父吗？怎么会变成日本特务？

程嘉树：姑父？姑父会打死自己的亲侄子吗？会在打死他之后毫无反应吗？

林华珺一时无法消化这么多信息。

郑天挺：这些你告诉警察了吗？

程嘉树：我说了，但他们说这只是我一面之词，具体定案，还需要证据。

郑天挺对两人：先别想那么多，事情还在调查，只要事实摆在那儿，我相信最终会水落石出的。咱们先回学校吧。

警察局办公室　白天　内景

文颉领着几个特务，站在警察办公室内，怒声质问：什么？程嘉树已经被放走了？

一警察头目：案子还在调查，况且有学校作保，上头的意思是先让他回去，等找到证据再抓回来不迟！

文颉气急败坏：蠢货！你们放跑了一个日本特务知道吗？

几个警察面面相觑：日本特务？！

文颉：对，程嘉树是日本特务。他是老颜的内应，两人接头时被丁小五发现，于是杀人灭口！

警察头目还是没有反应过来：内应？接头？

文颉：没错，镭是在老颜家发现的对不对？而联大教授也说了，这镭一直是程嘉树在保管对不对？

几个警察跟着点头。

文颉：程嘉树的任务，就是协助老颜偷镭！还不明白吗？我不妨告诉你们，我们已经调查清楚了，不光是程嘉树，还有他哥程嘉文，在北平，也是给日本人做事的！

文颉指着面前的几个警察：一帮蠢货！

说毕，文颉一挥手，带人冲了出去。

西南联大群社食堂　黄昏　内景

程嘉树坐在桌前，桌上摆着的饭菜没有动。林华珺和双喜在一旁忧心地看着他。

双喜把饭往程嘉树跟前推了推：少爷，吃点吧。人不是你杀的，一定会查清楚的。

程嘉树：我不杀伯仁，伯仁却因我而死。

双喜：少爷，你又不是算命的，事先怎么能想到这么多。我知道小五这忽然一走，你肯定难受，但现在老颜也死了，小五的仇也算报了。

程嘉树：一命换一命就算报仇了吗？小五还那么年轻……文颉的命换不了悦容姐的命，老颜的命也换不了小五的命。

林华珺：嘉树，一味的内疚什么也改变不了，现在你应该打起精神应对眼前的局面，千万别让人利用这个事件做文章，你也知道，有人一直在等机会对你下手。

程嘉树想了想，觉得林华珺说的是，他抬头看着林华珺正要开口，忽然听到外面一声喊：这里是食堂吧？菜送来了。

话音未落，一个菜贩打扮的人拿着两捆青菜进来。

林华珺看了一眼双喜，双喜起身奇怪地：我今天没买菜啊……你是不是弄错了？

那菜贩取下帽子，原来是郭铁林，程嘉树看着他，有些讶异。

西南联大群社食堂厨房　黄昏　内景

程嘉树：马上离开昆明？为什么？

郭铁林：我们得到消息，三青团认定你也是日本特务，协助老颜偷镭，接头中被丁小五撞见，杀人灭口！

程嘉树目瞪口呆，半晌气愤道：无耻之尤！

郭铁林：此番我来，就是安排你马上离开。

程嘉树：我走了不就更说不清楚了吗？我不走，我要和文颉对质。我倒要看看他怎么把这盆脏水泼在我身上！

郭铁林：程嘉树，现在不是逞一时意气之时，留得青山在，不怕没柴烧。你忘了上次我跟你说的话了？

程嘉树握紧了拳头，又松开。

程嘉树：那我现在能去哪儿？

郭铁林还没回答，双喜惊慌失措地冲进来：少爷不好了，文颉来抓你了……

郭铁林：这么快！

双喜：他还带着好几个人，少爷，华珺姐正想办法拦着他们，你快走啊！

说着，他拎起菜刀别在腰后，转头冲了出去。

程嘉树感觉不妙，也跟着出去了。郭铁林也赶紧追出去。

西南联大群社食堂　黄昏　内景

食堂门被从里面闩着，林华珺站在食堂里，文颉正带人狠狠地拍门。

林华珺看到他：嘉树，快走啊！

程嘉树：那你呢？

林华珺顿了一下：总会再见。

郭铁林攥住程嘉树的手腕：快走！

程嘉树只好听他的。

西南联大群社食堂厨房　黄昏　内景

郭铁林带着程嘉树来到厨房后窗，从窗户翻了出去。

西南联大群社食堂门口　黄昏　内景

文颉：华珺，我们要抓的是杀人嫌犯程嘉树，我提醒你，如果你再不开门，别怪我治你个包庇罪！

林华珺：程嘉树刚被学校保释出来，你们有抓捕令吗？

文颉：程嘉树是重犯，要什么抓捕令，我没空跟你废话，再不开门我砸了！

林华珺：这里是学校，如果想抓人，请带抓捕令去校务处。程嘉树不在这里。

文颉怒极，朝后面一挥手，几个特务开始撞门。

眼看门就要被撞开，双喜把菜刀紧紧握在手里，瞪着那几个人：谁敢在我的地盘乱来，别怪我的菜刀不长眼！

说着，他们已经撞开了门，冲了进来。

文颉：胆敢阻拦，全视为同犯，你们要是再拦着，连你俩一块抓进去。

双喜举着菜刀要拦截，被林华珺拉住，两人闪到一旁，文颉等人冲进了食堂。

西南联大群社食堂　黄昏　内景

文颉和几个特务冲进食堂，四面寻找，里面空无一人，后窗也是合着的。

文颉打开窗子看了看：追！

昆明郊外　夜晚　外景

夜色浓重，昆明郊外的一片树林，月光从高空洒下，大地一片影影绰绰。

一位年轻男子走到树林边，观察四周无人，随即一声鸟叫响起，接着又传来一声。

郭铁林带着程嘉树从树林里黑暗处走出来，与那名年轻男子汇合。

年轻男子问郭铁林：这就是程嘉树同学吧？

郭铁林点头，向程嘉树介绍：这是我们的交通员小赵，他负责送你去安全的地方。跟他走吧。

程嘉树不放心，犹豫：我这走了，会不会给双喜和华珺带来麻烦？

郭铁林：文颉抓不到你，就没有办法给他俩安置罪名，所以这个你不用担心，即便有什么意外，我们也会想办法保护他们的安全的。

程嘉树欲言又止。

郭铁林洞悉了他的心事：事发突然，你还没来得及跟林小姐和双喜告别，有什么需要我转告的吗？

程嘉树想了想：总会再见的，对吗？

郭铁林顿了顿，点头。

程嘉树：等到再见时，我亲口对她说。

他和郭铁林握手道别，随后跟着小赵朝夜色中的一个方向走去。

文颉和一名警察坐在桌后，两人在低语。

林华珺走了进来，径自在文颉和警察对面坐下，却并不看两人。

警察开口：想好了吧？已经这么多天了，是不是该给我们说点有用的了？

林华珺淡淡一笑：我不知道什么有用没用的，我说过很多遍，你们问的那些问题，我回答不了。

文颉耐心地：华珺，其实我挺同情你的，程嘉树是你的男朋友，可是关键时刻一拍屁股自己走了。你还冒险袒护他，值得吗？

警察跟着点头。

文颉：只要你告诉我们程嘉树在哪里，我们去找他问问话，事情真相到底怎样，不就水落石出了吗？

林华珺：我真不知道他在哪里。

文颉：那你知道什么？

林华珺微微一笑：我只知道，嘉树只不过是一名普通的学生，要不是有人处处想栽赃陷害他，他原本是可以安安静静地坐在课堂里读书的，现在却被逼得下落不明。

文颉嗤之以鼻：普通学生？那是你没看到他的真面目。我们已经调查过了，他和老颜都是日本特务，是杀害丁小五的凶手。

林华珺冷笑：证据呢？

文颉：镭不就是证据吗？

林华珺轻蔑一笑：镭？镭告诉你程嘉树是日本特务？

文颉：林华珺！

他努力克制住自己的脾气，重新耐着性子：你这样耗下去没用的，我不信你不知道他在哪儿。

林华珺：你也说了，我太不了解他，那我怎么知道他去哪儿了？按说你这么了解他，你应该比我清楚啊。

文颉一拍桌子站起来：你——你别敬酒不吃吃罚酒！

警察拍了拍文颉，示意他冷静。

警察面对林华珺，皮笑肉不笑：林小姐，咱们往日无怨近日无仇，其实我犯不着得罪你。但我是当差的，有任务在身，你要是再这么软硬不吃，别怪我不客气。

林华珺：你想怎么样？

警察眼一瞪：再不配合，咱们就换个地方说话，到了那时候，一切可由不得你了。

文颉用手指点着林华珺：给你三分钟时间，好好想想！

郑天挺大步走了进来，质问警察和文颉：你们这是问话还是威胁我们的学生？

文颉忙堆笑招呼：郑教务长，您来了，我们这边还没问完呢。

警察并不把郑天挺放在眼里，傲慢地：对于不配合的人，我们有权带走处理。

郑天挺：不配合？怎么个不配合法？

警察：从程嘉树逃走到今天，有两个月了吧？我们来了多少次，可关于程嘉树的下落，她一个字都没说。

郑天挺：她没说吗？我可是听见她说了。

文颉和警察莫名其妙地对视了一眼：说了什么？我们都没听到啊。

郑天挺：她说她不知道。这句话不是回答？你们想从一个根本不知道答案的人身上得到答案，这本身就是一种愚蠢的做法！

警察恼羞成怒：你不要以为你是学校教务长，就可以在这里袒护学生，跟我们胡搅蛮缠……好，我就当她真不知道程嘉树的下落，那我先问问你，程嘉树作为西南联大的学生，犯下杀人大罪，恐怕校方也难逃其责吧？

郑天挺：杀人罪？谁定的？调查清楚了吗？证据呢？

警察语塞，文颉接话：要是他没杀人，他干吗跑？

警察：就是。跑了就说明他心虚，就是他干的。当初你们出面把他保出来，今天你必须给我一个交代。不然，（一指林华珺）我们今天无论如何都要把她带走。

林华珺毫不畏惧。

郑天挺看了看林华珺，考虑了片刻，对文颉：虽然现在并没有任何确凿的证据表明程嘉树杀了人，但他目前弃保逃跑，下落不明，导致调查之事无从进行。经过我们校方认真研究，决定开除程嘉树的学籍，以儆效尤。这个交代，过得去吧？

林华珺愣住了。

文颉和警察也愣住了。

郑天挺：有问题吗？

文颉悻悻然：郑先生这招果然厉害，学生佩服！

郑天挺：联大没有你这样的学生。

文颉脸涨得通红，转头看向林华珺：天网恢恢，程嘉树就是逃到天边，我也能抓住他。

说完，他和警察离开。

郑天挺：不送。

林华珺怅然若失。

郑天挺长叹：做出这个决定，我和赵先生都十分难过，程嘉树是赵先生最看重的学生。华珺，希望你能理解学校的决定。

林华珺：我理解。

玉溪裴远之家　夜晚　内景

一份印着西南联大所发有关程嘉树被开除学籍的声明的报纸，被从桌子的一端推向另一端。

程嘉树接过报纸，看了一眼，又看看递给他报纸的裴远之，神情很复杂。

裴远之在地上来回踱着步：嘉树，是不是觉得很突然，很难接受？

程嘉树摇摇头：学校出面保释了我，我却这样不明不白地离开，警察局和三青团肯定要让学校给个说法……我能理解。

裴远之欣喜地看着程嘉树：嘉树，你越来越成熟了。要知道，这个决定除了给警察局一个交代，也间接避免了林华珺她们继续被三青团和警察骚扰。

程嘉树点点头：我明白，所以我能接受……尽管，有点突然。

裴远之拍了拍程嘉树的肩膀，在他对面坐下：嘉树，现在学校是回不去了，你有没有什么打算？

程嘉树茫然地看着裴远之，摇了摇头，接着说：我暂时还想留在你这里，可以吗？

裴远之摆了摆手：这里你不能再待下去了，你得走。

程嘉树愕然：为什么？

裴远之：你想想，你至今还是被警方和三青团通缉搜捕的嫌犯，只要他们一天不抓到你，就一天也不会善罢甘休，据说他们现在已经把搜查范围从昆明城区向四周扩散，我担心这里也不安全了，所以你不但要走，还要走得远远的。

程嘉树惆怅地叹了一口气：可我现在还能去哪里呢？

裴远之：你有什么想去的地方吗？

程嘉树：延安，我想去延安。那是叶润名和悦容姐信仰的源头，也是叶润名一直想去而没能去成的地方。

闻听方悦容的名字，裴远之的眼光闪烁了一下，沉吟片刻。

程嘉树期待地看着他。

半晌，裴远之开口：我不认为这是你的最佳选择。

程嘉树不明所以：裴先生，你也是共产党，难道你觉得我还不够格？

裴远之摇了摇头，温和地：我理解你的这个决定，我不意外。但我认为，此刻你最好的选择不是去延安。

程嘉树：那是哪里？

裴远之：出国留学深造。

程嘉树：可是悦容姐告诉我，人活着不能光想自己。经过这些事情，我深刻地认识到自己以前活得实在是太自私了，我不想躲到外面去享清闲，我要重新开始，哪怕上战场，也在所不辞。

裴远之：悦容说得没错。但你从另一个角度想想，出国学习，并不是为了自己，也不是享清闲。那里其实是另一个战场，是一个更适合你的战场。

程嘉树不解。

裴远之：嘉树，延安的战场需要战士，润名、悦容，还有我，都是战士，将来还可能有李远之，张远之。可是程嘉树却只有一个。你的物理学天分，放在另一个战场上，是无人可以取代的，我们的国家将来需要你这样的人才。

程嘉树思索着，裴远之的话显然让他动摇了。

裴远之：真正的革命是发自内心的信仰，不拘于任何外在的形式。你内心如果始终坚定着此刻的信仰，身在何处又有什么关系呢？

程嘉树思考良久，最终点头：我听你的。

裴远之欣慰。

程嘉树：我有个请求，走之前，我能不能和华珺见一面？

裴远之轻轻摇了摇头：你现在必须马上离开昆明。至于华珺，放心，她现在已经到附中教书了。你的情况，组织会告诉她的。

程嘉树踌躇了一下：我理解。

裴远之：我知道，这对你来说不容易，你们好不容易才能在一起，从此又要天各一方。

程嘉树：你和悦容姐不也是经常这样吗？你们能做到，我们也能。

裴远之：爱情，不会因为任何距离消亡，包括死亡。

外面忽然有人敲门（画外音）：方远老师，该上课了，走吧。

程嘉树：方远？

裴远之：以后，我就是方远，我会带着她的理想，继续走下去的。嘉树，你也是。

他拿起备课本起身离开。

程嘉树突然喊道：姐夫！

裴远之回头冲他一笑，转身离开。

北平程家小院　白天　外景

正房外屋，程母坐在椅子上，神色很凄然，她显然老了很多。

程嘉文坐在一旁，关切地看着母亲。

程母拿手绢拭擦了下眼角：嘉树好好的怎么会被开除学籍了呢？这数着日子眼看就快毕业了，到底是怎么了？

程嘉文：妈，我相信嘉树一定有苦衷，这几年他虽然没回来过，但是从他的来信中，我能感觉到，他比以前成熟多了。

程母：我知道，这孩子长大了很多。可是明天就是你父亲庆生的日子，嘉树也不知道怎么样了，叫我怎么笑得出来啊！

程嘉文：父亲身体一日不如一日，无论如何，我们都不能让他看出来。

程母轻轻点了点头，又叹了口气：真是家国同命，祸不单行。嘉文，你快想想办法，打听打听嘉树现在到底怎么样了。

程嘉文：依我说，您现在也不必过分担忧，虽然我不清楚嘉树那边发生了什么，但嘉树他不是个糊涂人。我想这件事没那么简单，只是现在局势动乱，一时难以弄清楚事情原委。待父亲情况稍微好一点，我就去昆明看嘉树，看看究竟是怎么一回事。

程母待要说话，外面有人敲门，边敲边问：家里有人吗？

程嘉文站起身走到门口：谁啊？

外面那人回答：程嘉文，电报。

程嘉文对程母：我去看看。

程嘉文出去，很快拿着一纸电文进来，脸色十分喜悦：妈，是嘉树来的电报，他要回来了。

程母一听，立刻从椅子上站起身，又是惊喜又是着急：嘉树怎么说的，啊？快拿给我看看。

程嘉文把电报递给程母：嘉树说要为父亲祝寿，今天晚上到家。

程母的眼泪流了下来。

程嘉文：妈，你看你，刚才听见嘉树有事哭，现在嘉树回来了，你还要哭……

程母擦着眼泪：妈是高兴，高兴啊。

里屋传来程父的咳嗽声。

程母：你父亲醒了，我去告诉他嘉树要回来给他祝寿了，让他也高兴高兴。

程嘉文拉住母亲嘱咐：妈，只说祝寿，其他的，可千万不能提。

程母点着头走向里屋。

北平街上饽饽铺　白天　内景

程嘉树站在柜台外，伙计正在将一盒寿桃装进点心匣子。

伙计：给老人家过寿，这个是又喜庆又祥瑞，保管老人吃了寿比南山。

程嘉树笑了：借您吉言，再来一盒福字饼。

伙计：好嘞，这下齐全了，福如东海您哪！

北平程家小院　黄昏　内景

厨房里，程嘉文正在准备饭菜。他把一块肉放在案板上，这时程母走了进来，拿起菜刀。

程母：让我来。

程嘉文：不是说好今天我露一手嘛，平日里都是您操劳，今天换我来，也算是给父亲尽点孝心。

程母：别的都可以，但这道菜，我来做。嘉树就好这一口。

程嘉文：不就是京酱肉丝嘛，我也不是没做过。

程母：我做的，嘉树他最爱吃嘛。

程嘉文：哦，您是怕我这手艺不合嘉树口味。（故作嗔怪）妈，您也太偏心了。

程母笑：他是你弟弟，几年不在家，好不容易回来一次，你还跟他争。

程嘉文把案板让了出来：好好好。看在他多年没回来的份上，我就让他一回。

母子俩说笑着，一起准备着饭菜，忽听外面门被推开，一阵纷乱的脚步声传来。

北平程家小院　黄昏／夜晚　外景

程嘉文闻听外面动静，忙走了出去，看见松田雄一带着几个日本兵已经荷枪实弹地闯到了院内，两个把守在门口，其余人正虎视眈眈地盯着院内。

程嘉文忙问：松田大佐，您怎么来了？

松田用中文：程嘉树，是你弟弟？

程嘉文犹豫了下，赔着笑：是。不过他在外面上学，常年不在家，您怎么会找他？

松田一挥手，几个日本兵分开四下搜索起来。

程嘉文看到母亲六神无主地站在厨房门口看着自己，急了：大佐，您这是干什么？

松田：程嘉树，你弟弟，可不是个简单的学生啊。

程嘉文诧异：松田大佐何以出此言？

松田瞪着大眼珠子：他杀了我们的人。

程嘉文倒抽了一口凉气，小心翼翼：大佐，我这弟弟我最了解，虽然调皮点，但绝不是那种敢打打杀杀的人，我想，是不是搞错了？

松田看着程嘉文，眼光凶狠，没有回答。

小院不大，很快里里外外都搜了个遍。一个日本兵过来用日本话报告：大佐，没有。

松田：那我们进屋等，今天是程老先生的寿诞，他儿子是一定要回来给父亲拜寿的。

松田说罢，不等程嘉文反应，带头朝正屋走去。

"不用了！"

里面突然传来程老爷子铿锵有力的声音。

大家都愣住了。

只见门帘被手杖挑开，一个身影走了出来，竟是一直中风在床的程老爷子！

程母和程嘉文都惊呆了，两人忙过去搀扶，却被程父阻拦了。

松田雄一：素闻程老先生卧病在床，没想到精神这么好。

程道襄走出两步，在院内的椅子上从容坐下，看着松田雄一，风度不减当年。

程道襄：托松田先生的福，我这个身子硬朗，倒还没死。几年不见，松田先生倒是老了许多，看来在他人的家园里打打杀杀，还真是折寿之举。

松田雄一努力保持着风度：程老爷子嘴皮子还是跟当年一样厉害。

程道襄：松田先生不请自来，是给程某人拜寿的吗？

松田雄一：是啊，一会儿还有一份大礼送给程老爷子，您一定满意。

程道襄：大礼我已经收到了。

松田雄一：收到了？可是我还没送啊。

程道襄：刚才松田先生说了，我小儿子杀了你们的人。我这个小儿子从小到大就没办过一件让我高兴的事，可是这件事办得，我程道襄与有荣焉！还有什么比这份大礼更值得高兴的？我真要谢谢你告诉我这个好消息。哈哈……

程道襄笑了起来，可是很快咳嗽起来，面色痛苦，但他很快掩饰住了。

松田雄一脸色变得极其难看：等到我抓住他，亲手把子弹打进他的心脏，不知道程老爷子还能不能笑得这么开心。

程道襄问张淑慎：寿面煮了吗？

程母没反应过来：啊？

程道襄：今天是我的大寿之日，怎么能没有寿面呢？

程母犹豫地看看程道襄，又看看程嘉文。

程嘉文：妈，你去煮面，我在这里照应。

程母依言往外走，松田朝一个士兵使了个眼色，士兵随即跟在程母身后。

程道襄看了看外面，暮色已经四合，屋里陷入死一般的沉寂。

程道襄：嘉文，今天心情好，去帮我放那首我最喜欢的曲子。

程嘉文明白了他的意思：知道了，父亲。

程道襄：松田先生，闲着也是闲着，介意听点中国音乐吗？

松田雄一：程老爷子的大寿，您请便。

程嘉文进屋，一个日本兵跟了进去。

北平程家堂屋　　夜晚　　内景

程嘉文来到堂屋，走到桌前，打开桌子左边的抽屉，里面是一堆唱片，他翻找了一会儿，抽出最底下的一张。

唱片上写着《十面埋伏》。

程嘉文把唱片放进唱片盘里，轻轻放下指针，随着一声琵琶响，曲子开始。

北平程家小院　夜晚　外景

程道襄跟着曲拍节奏，用指关节轻击桌子，松田雄一则面无表情。

北平程家小院外胡同　夜晚　外景

程嘉树拎着点心匣子大步走在熟悉的街道上，多年未归，他顾不上欣赏熟悉又陌生的景象，只想赶紧回到家里

身后，陪着程嘉树的北平地下党交通员几乎跟不上他的脚步，不得不小跑着往前走。

忽然，程嘉树停下了。

交通员猝不及防：怎么了？

程嘉树：听见了吗？

交通员竖着耳朵：好像，是什么曲子。

程嘉树：是《十面埋伏》。小时候，我在外面闯了祸，我爸在家等着揍我的时候，我哥就会放这张唱片，提醒我躲一阵再回来……

交通员顿时警惕，拦住他：你在这里等会儿，我去看看。

北平程家小院　夜晚　外景

琵琶曲中，程道襄大口大口吃着长寿面，程母和程嘉文担忧地看着他，松田雄一不耐烦地走来走去。

北平程家门口　夜晚　外景

交通员从程家门口经过，看见了门口的两个日本兵，他装作路人走过，刚拐过胡同口，便迅速跑开。

北平程家小院胡同口　夜晚　外景

程嘉树正焦急等待着。

交通员气喘吁吁绕回来，低声：快走，你家有日本兵。

虽然早已想到了这种可能，但程嘉树还是心头一震。

交通员拉起他就要走。

程嘉树：等一下。

他站在胡同口，缓缓跪下，认真地朝家的方向，磕了三个头。

程嘉树（画外音）：父亲，嘉树不孝，只能在这里祝您福寿安康……

北平程家小院　夜晚　外景

程道襄似乎听见了程嘉树的话语，吃饭的动作顿了一顿。

他把碗递给程母，抹了抹嘴：好吃。

说完，程道襄想要站起来，身体却晃了一晃，忽然倒在了太师椅上。

程嘉文和母亲扑了上来。

程嘉文：父亲！——

程母：老头子！——

两人的叫喊声惊动了门口的松田雄一，他扭头看过来。

程嘉文的手触了触程道襄的鼻息。他的手不动了，回头对母亲道：父亲他，他过世了……

程母伏在程道襄身上痛哭起来。

北平城门　夜晚　外景

交通员赶着一辆马车出了城门，程嘉树坐在车上，留恋地望着北平城。

马车疾驰而去……

北平程家小院外胡同　夜晚　外景

松田雄一带着士兵走出程家小院，程嘉文默默地跟在后面。

松田雄一转头，鞠躬：程君，请节哀。

说罢，松田雄一带人离去。

程嘉文看了看远方的天空，麻木地扭转身体，他看到一边的石阶上有什么东西。走过去，看清楚了，那是一盒寿桃点心和一盒福字饼。

程嘉文喃喃念道：弟弟，嘉树——

程嘉文的眼泪滚了下来。

空镜：麻省理工学院　白天　内景

（字幕：美国麻省理工学院）

麻省理工学院物理系办公室　白天　内景

程嘉树对面，坐着几位面试官。

面试官甲（英文，下同）：你以前曾是麻省理工的预科生？

程嘉树（英文，下同）：是的。但是我来重敲麻省理工的大门，却是由于我的大学，在那里，我得到了学业的传授、意志的磨炼和精神的熏陶，我这才拥有了敲开麻省理工大门的自信。

面试官甲：你说的大学是？

程嘉树：西南联大。

面试官乙：你来自西南联大？

程嘉树：对。

面试官乙颔首，小声地和另外几位面试官小声讨论着。

不一会儿，面试官乙：早就听闻西南联大的名字，尽管这是一所战火中的大学，却在战火的洗礼中愈发刚毅坚卓……

另一名面试官接话：所以才吸引了像叶企孙、赵忠尧这样优秀的先生留校教学。

程嘉树拿出一封信：这是我的老师赵忠尧先生的举荐信，我本可以先拿出它，但我更愿意用自己的双手敲门。

面试官们互相微笑点头，显然已经达成共识。

面试官甲：程嘉树，麻省理工学院欢迎你！

西南联大附中　白天　外景

林华珺抱着教案正往教室走去，她满面笑容，因为教案最上面，放着的正是程嘉树的信。

程嘉树（画外音）：……我已经顺利地进入了麻省理工学院，去学习更多的物理专业知识……你也一定站在附中的讲台上了吧？

西南联大附中教室　白天　内景

林华珺走进教室，同学们立刻起立，其中一个学生正是双喜。

林华珺开始讲课。

课堂下，双喜听得极其认真。

程嘉树（接上场画外音）：……我想想，双喜这会儿肯定已经是你的学生了，你替我转告他，不许再"华珺姐、华珺姐"的叫，以后要叫"林老师"……华珺，迎接我们的，都将是全新的生活。期待之余，我无法阻止对你汹涌的思念……等着我。

机场附近山路军用卡车上　白天　内景

毕云霄和叶润青并排坐在军车的后车厢，跟随军车的行进颠簸。

两人沉默着。

叶润青不知道从何说起，毕云霄局促地交错着手。

叶润青：我们请你来帮忙修理飞机的机枪，只有一天时间。

毕云霄：我知道！

叶润青：你的伤怎么样了？

毕云霄：缪夫人派人送了很多白药，擦了白药，已经不碍事了。

叶润青：听说你们这仗打得很惨烈！

毕云霄：是！

叶润青：他们都叫你炮疯子！为什么？

毕云霄腼腆地笑了：这两年真是经历了枪林弹雨！我喜欢摆弄枪炮、修修补补的。有一次，在战场上和日本兵厮杀，一门山炮忽然哑巴了。眼看日本兵就从对面山谷里冲上来了，上面传令让撤退，我不服气，冲上去修理那门山炮。就在日本人快要包围我们的时候，山炮被我修好了！日军被我们打回去了！后来那帮弟兄就叫我炮疯子了。

叶润青：（深深凝望着毕云霄）你不是以前的那个毕云霄了。

毕云霄：你也和以前不一样了。

叶润青：我和你一样，在枪林弹雨中冲锋，看着一个个弟兄牺牲，尸骨无存……你知道吗？我们联大很多学生参军入伍，弃文从武，查良铮也参军了！

毕云霄：他这个诗人都参军了？！

叶润青：是啊！国仇家恨，除了文颉那样的，咱们西南联大的学生个个都愿意冲锋陷阵！

军车颠簸了一下，叶润青身体忽然倒向毕云霄，毕云霄一把揽住了叶润青，又赶快撒开。两人瞬间相拥，片刻羞涩。

毕云霄摆弄着双手，露出了受伤的手。

叶润青忽然发现。

毕云霄急忙将左手藏到身后。

军用卡车一路驶进机场。

卅五

某机场停机坪　夜晚　外景

夜色浓重，毕云霄还在修理飞机的机枪装置。

机场唯一的一束灯光打在毕云霄身上，灯光映照之下，他是那么专注、无我。这份认真执着，给他平添了许多魅力。

不远处，叶润青缓缓走来，停步望着毕云霄。

叶润青：云霄……这么晚了，明天再修吧。

毕云霄：不行。天亮前必须修好，我也着急赶回去。

叶润青盯着毕云霄，只见他的脸上有多处弹片留下的伤痕，心疼地：你……你的手……

毕云霄停下工作，放下工具，沉默不语。

叶润青拉起了毕云霄的手，毕云霄猛然挣脱。

叶润青：（再次抓住毕云霄的手）你的手怎么了？

毕云霄：没什么！

毕云霄还想挣脱，却被叶润青死死抓住了手腕，两人一阵僵持。

叶润青看清了毕云霄的左手，那手上少了两根手指。

叶润青：（忽然哽咽起来）你的手，你的手到底怎么了……

毕云霄：（甩开了叶润青，激动地）有什么好看的！手指被炸掉了！一块伤疤有什么好看的！

毕云霄不再躲藏，继续修理飞机。

叶润青缓缓上前，握住毕云霄残缺的手：（泪如雨下）这不是疤痕，是你的勋章。

毕云霄有些意外，缓缓抽出手，继续修理。

叶润青痴痴望着毕云霄。

腾冲段氏祠堂　白天　内景

（字幕：云南　腾冲县　绮罗镇）

门匾上写着"段氏祠堂"。

段氏家族全聚在祠堂内，段扶生父亲站在最中间。

一个本地打扮的族人进来，身后跟着几个力工，抬着几大筐米面粮油进来。

族人甲：表舅，这是我从下绮罗村乡亲们那里募到的所有钱粮，乡亲们也不富裕，但能拿得出的，都拿了，全在这里了。

段父拱手：大恩不言谢，我替联大师生谢谢绮罗村的父老乡亲了。

族人甲也冲段父拱手。

又一个本地打扮的族人进来，同样带人抬来了很多粮食。

族人乙：段大夫，我们所有受过您家恩惠的乡亲都出了点力，不多，一份心意。

段父感激拱手：多谢乡亲们了！

随后，又有些零散族人或搬或抬各种钱粮进来，段父逐一拱手感谢。

地上的钱粮越积越多。

两个西装革履、商人打扮的人进来。

商人甲把两张汇票交给段父：段大夫，我们几个在南洋做买卖的人凑了点汇票，听说昆明物价又涨了好些倍，汇票虽然不比粮食来得实在，但是美元多少值钱些，替我们转交给扶生他们学校吧。

段父：感谢！

他感激地看着眼前的父老乡亲：日本人占了我们腾冲，今后大家的日子都不会好过，我知道，各家各户凑出这些钱粮，都已经是翻家底了。段某口拙，不会说什么冠冕堂皇的话，乡亲们的大恩，永远难报。

族人甲：我们苦点没关系，不能苦了老师和孩子们。

族人乙：我们可以饿死，但一粒米都不能留给日本人。

段父郑重点头。

商人甲：只是，现在从腾冲到昆明的路都被日军设立了封锁线，这批钱粮要怎么才能运过去呢？

段父：我已经想好了，走马帮。

商人甲：马帮？

大家不由议论纷纷。

"马帮太危险了。"

"是啊，一路上高山密林、峭壁深潭，还有很多猛兽、毒蛇，怎么走啊？"

"还有那些个土匪，万一遇着怎么办？"

段父：再危险，也比日军的封锁线要安全。这些钱粮是乡亲们的心血，不管多难，我都会把它们安全送到联大师生手里的。

商人甲还想说什么。

段父：大家不用劝了，我今晚就出发。

隐黑。

西南联大壁报墙前　白天　外景

壁报墙上，醒目的标题写着"喋血野人山　国军将士仅三千生还"。

壁报墙前，林华珺、李丞林、林真、扶生等人被眼前的新闻震惊得无法置信。林华珺的眼圈都红了。

其他观看的同学也发出一片议论声。

"好几万人怎么就剩下不到三千人？！"

"这野人山到底是什么地方啊，这么恐怖！"

"听说野人山在中缅印交界处，绵延千里，纵深两百多公里，树木遮天，终年不见天日，猛兽成群，蚂蟥遍地。本地人都不一定能走出来，别说外来人了！"

"为什么非要走野人山呢？"

"滇缅公路上的密支那[1]被日军占了，国军的退路被拦腰折断，只能冒险闯野人山了。"

"可这哪里是野人山，分明就是吃人山！"

有人在读着报纸：开始还有吃的，后来只能吃骡马牲口，野菜芭蕉，最后不得不吃猴子维生。

人群再次发出感叹声。

1　密支那：缅甸地名，是当时重要的军事据点。

扶生担忧地：华珺姐，查良铮学长在第五军，他不会有事吧？

林真：毕云霄学长也在第五军，不知道他怎么样了。

邓稼先：毕云霄学长？

（字幕：邓稼先）

林真：是我们物理系的学长，你刚来，没见过。

邓稼先：物理系的学长也去第五军了？去做什么？

林真：他去第五军做了军械师，听说大家都喊他炮疯子。

林华珺也深深地担忧：但愿他们平安归来。

这时，不远处突然传来一阵骚动声。

几人循声看过去。

只见校园里来了一群牵着马匹、驮着物资的人，这些人一路风霜，已经看不清原来的面貌，很多人身上都多多少少受了伤。为首的段父，更是满面风霜，就连人群中的扶生都没认出他来。

段父先开了口：同学们，请问校委会怎么走？

扶生听到声音，这才认出了他父亲：父亲！

段父也看到了他：扶生！

扶生冲过去，看着父亲瘦弱、伤痕累累的模样，心疼地：您这是怎么了？

段父指着马匹上的物资：答应你给学校募的钱粮，我都带来了，一分钱、一粒米都没丢。

扶生看着眼前的物资和这些疲惫不堪的力夫，不禁湿了眼眶。

西南联大校委会门口　白天　外景

几个师生正在清点钱粮。

其他师生在给运送钱粮的段父等人逐一递上茶水。

扶生则和一些懂医理的学生，为马帮的人处理一路走来受的大大小小的外伤。

郑天挺亲自把茶水递给段父：段先生，万万没想到，你们居然能穿过日军如此严密的封锁线，为联大运送这么多钱粮！腾冲人民的恩情，比这些钱粮要沉无数倍，联大实在无以为报。

段父：你们联大这些老师学生从平津一路辗转到昆明，吃了多少苦，遭了多少罪，都从没有放弃过教育。相比之下，我们做的又算得了什么？

扶生：父亲，郑先生，我有个请求。

段父：什么请求？

郑天挺也看着扶生。

扶生：我想转系。

郑天挺：转系？为什么？

扶生：如今日军横行，连我的家乡都已经沦陷，每个人都在为抗战出力，包括我的父老乡亲们。战场急需士兵，更急需医疗人员，我想转入西医外科学习，把家传中医的知识与西医相结合，尽早走上前线，为我们的伤员救伤治痛。

段父：你想好了？

扶生：想好了。

郑天挺：联大尊重每一位学生的选择权利，你有权转系，但要经过考核。

扶生：谢谢郑先生！

剑川某医院走廊　白天　外景

（字幕：云南　剑川县）

叶润青身着一身空军军装，正匆匆赶来。

一个护士急急经过，叶润青一把拽住她：请问这里有没有一个叫毕云霄的军官？

护士：毕云霄？这里伤员太多，我记不住。你确定他在这里吗？

叶润青：不确定，我只知道他所在的部队撤到了这里。

护士：各部队活着回来的官兵其实都很少，冒昧地问一句，你确定他还活着吗？

叶润青：我相信他还活着！他命那么大，多少次都能从炮弹下面死里逃生，不可能死在野人山的。他是炮疯子，一定还活着！

护士：你说他叫什么？

叶润青：大家都叫他炮疯子。

护士：炮疯子啊！我记得！所有人撤出来时都是两手空空，只有他不一样，人都已经昏迷了，手里还抱着一枚炮。

叶润青欣喜：你说的肯定是他！我就知道他还活着！他在哪里？

护士：105 病房。

叶润青：谢谢。

她快步向105病房走去。

剑川某医院病房　白天　内景

毕云霄正躺在病床上，他整个人形销骨立，面色苍白。虽然正在昏睡中，表情却极其痛苦。

毕云霄正在做噩梦——

片段式梦境——

野人山上。

到处都是国军的尸体，已经腐烂生蛆。

不断有士兵把枪对准自己下巴自戕。

毕云霄踏过生蛆的尸体，眼前却有一双悬空的脚，他抬头看去，顿时呆住了。他头上挂着的，正是那个一直跟随着他的军械员，此刻已经上吊身亡。

炮火声中，毕云霄抱着一枚炮正拼命奔跑，一颗炮弹在他身边炸响。

毕云霄低声痛苦呻吟着，精神接近崩溃，如坠深渊，越沉越低……

就在这时，传来声音："云霄……云霄……"那是叶润青轻柔的声音，在深渊上空响起，将毕云霄一把拖了上去。

梦境结束。

毕云霄还在噩梦中挣扎着。

"云霄！……云霄！……"叶润青的声音在他耳畔不断呼唤着。

这个声音犹如天使，把毕云霄从无边的噩梦中拽了出来。

毕云霄猛然睁开眼睛，浑身已经被冷汗打湿。

毕云霄看清了眼前的人，正是满脸忧色的叶润青。

叶润青也看清了毕云霄的情况——他的一条裤腿空空荡荡。

同场转——

叶润青拿来了一些饭菜，利落地走进病房。

叶润青：离开北平这几年，估计你很想念故乡的菜，我借用医院的厨房做了卤煮和炒肝，你尝尝味道怎么样？

毕云霄躺在病床上，没有动弹，一言不发。他尚未从崩溃中走出来，刚从死神手里挣脱的他，苍白、脆弱、自卑、迷茫，神情很复杂。

叶润青用勺子舀出一勺炒肝，吹凉后喂到毕云霄嘴边：快尝尝！

毕云霄却把头扭了过去。

叶润青：是不是没胃口？那我先放一会儿晾晾。正好我帮你把衣服换一下，你出了好多汗。

说着，她就要动手帮毕云霄换衣服。

毕云霄：叶润青。

听他叫自己全名，叶润青愣了一下。

毕云霄：我想自己待着。

叶润青愣住了，随即微笑：我懂，记得吃饭。

她怕毕云霄够不到，又把饭菜往他的病床前挪了挪，随后不放心地离开。

空　镜

夕阳西下，太阳第二天照常升起。

剑川某医院病房窗外　白天　外景

叶润青和护士透过窗户盯着病房内，只见床头的卤煮、炒肝还没动过，而毕云霄始终躺在病床上，像昨天一样，一言不发。

叶润青问护士：给他挂葡萄糖了吗？

护士：试图挂过，但是他自己又拔掉了。

叶润青：他到底想干什么！

护士：从野人山回来的战士这种情况不在少数，他们都受到了严重的心理创伤。

叶润青：所以他已经丧失求生欲了吗？

护士犹豫了一下，点头。

叶润青想了好一会儿，似乎像下了什么决心一样，走进病房。

剑川某医院病房　白天　内景

叶润青在毕云霄床边坐下，温柔地看着他。

叶润青：这几年，经历了糖墩儿的死，哥哥的死，罗恒的死，再到无数个战友的死，我以为自己已经看淡了生死。可是，当我终于在剑川找到你的时候，心里居然只有一个念头——

毕云霄终于看了她一眼。

叶润青：你还活着，活着就好。

说到这里，她的眼泪在眼眶里莹莹闪烁。

毕云霄：活着……可我的战友们都留在了野人山，我活着还有什么意义？

叶润青：你忘了你是炮疯子吗？还有很多枪炮等着你修，你的战友们还有很多没有完成的理想，等你帮他们实现。

毕云霄看了看自己的断腿：你在战场上见过一条腿的军人吗？

叶润青：也许前线没有。可是另一个战场上你一样可以发挥作用。

毕云霄：什么战场？

叶润青：你可以去培养更多的军械师。

毕云霄不解：什么意思？

叶润青：你可以像华珺姐一样去教书，教出更多优秀的军械师。开枝散叶，比你一个人单打独斗力量更大。

毕云霄：一条腿，连路都走不了，能站得上讲台吗？

叶润青：能，我说能就能。你相信我吗？

毕云霄看着叶润青，无法回答。

叶润青鼓起勇气：从小到大，我一直是被呵护、被照顾的那个人，从未想过有一天，心里也会有一个想去呵护、照顾的人。这个人就是你，云霄。

毕云霄有些吃惊，但更多的是叶润青没能捕捉到的痛苦。

叶润青：等你伤好以后，我们一起回昆明，我回联大修完未竟的学业，以后，我就是你的另一条腿。

说着，她温柔地握住了毕云霄的手。

毕云霄本想挣脱，叶润青却握得更紧了。

第五部

激战·破晓

毕云霄看着叶润青，两人对视着，叶润青读懂了毕云霄所有的脆弱，她的眼底满是心疼，轻轻抱住了他。

毕云霄的手在空中犹豫了很久，复又无力地垂下。

西南联大附中林华珺办公室　白天　内景

林华珺把一份聘书交到了叶润青手里。

林华珺：已经办妥了，只要云霄伤愈，就可以随时过来执教。

叶润青：没有为难吧？

林华珺：当然没有。我们很欢迎前线光荣退伍的官兵前来教学，平时请都请不到的。

叶润青：谢谢。

林华珺：跟我还客气。云霄还活着，就比一切都好。只不过，他性情刚烈，自尊心太强，我还是有点担心。

叶润青：确实，云霄一心只求战死沙场，最后却偏偏只有他活了下来。他的战友们都死在他的面前，他还失去了一条腿，这些都超出了他的心理承受范围，所以他的意志非常消沉。

林华珺：要不然，让他先休息调整一段时间？

叶润青：休息越久，他越会胡思乱想。我已经想好了，我马上申请离开航校。

林华珺：离开航校？

叶润青：我离开航校，也就能在云霄身边照顾他了。

林华珺明白了她的意思，有些意外：你的意思是？

叶润青点头：我会照顾他一辈子的。

林华珺怔了一下，欲言又止。

叶润青：我知道你在担心什么，你害怕我是因为同情他才做出这个决定的。你放心，我知道自己在做什么。

林华珺：润青，我相信经历了这么多，你已经有了自己的判断、抉择，无论你做出什么决定，我都希望这是你慎思之后的决定。

叶润青点头。

林华珺：润青，祝福你。

叶润青：也祝福你，嘉树的杀人嫌疑已经洗清，希望他早日学成归国。

林华珺：这里面你也没少出力，谢谢。

叶润青：你刚才还说，我们之间不用客气的。

林华珺笑了。两人相视而笑，姐妹俩的无间温情此刻已然重归。

剑川某医院病房　白天　内景

叶润青手里捧着聘书，兴冲冲走进病房。

叶润青：云霄！

病房里却空无一人，毕云霄的病床上，被褥叠得整整齐齐。

一种不祥的预感向叶润青袭来。她愣住了，走过去一看，床头柜上也收拾得干干净净，只留下了一枚勋章。

毕云霄已经离开了。

叶润青呆立着，不知所措。

翠湖边　白天　外景

叶润青独自走着，手里拿着那枚毕云霄留下的勋章。

护士（画外音）：毕云霄今天早上已经出院。

叶润青（画外音）：他去了哪里？

护士（画外音）：他没说。

耳边，响起林华珺的声音（画外音）：我们早该想到，云霄那么敏感，一定会以为你是因为同情才决定照顾他一生，他如此要强，又怎会留下拖累你？

叶润青（画外音）：可我决定照顾他，绝不是因为同情。

林华珺（画外音）：可是你并没有来得及向他解释。在他心中，你爱的是英雄，你爱英勇无畏的飞行员罗恒，爱将生死置之度外的炮疯子，而不是一个失去了一条腿的毕云霄。所以他将勋章留给了你，因为那枚勋章才是他的辉煌，他希望自己是你心中永远的英雄。

叶润青拿起手中的勋章：毕云霄，你就是个傻子，大傻子！无论你躲到哪儿，我一定会找到你。

她把勋章郑重地戴上，目光坚定。

美国麻省理工宿舍　夜晚　内景

程嘉树从睡梦中醒来，只见同宿舍的同学们正围成一团听着广播。当听到广播里的日语，程嘉树翻身下床，睡瞌睡瞬间烟消云散……

（字幕：1945年8月15日　日本宣布无条件投降）

美国麻省理工宿舍走廊　夜晚　内景

程嘉树第一个冲出宿舍房间，在长长的走廊里狂奔，用中文和英文呼喊：日本投降了！

美国麻省理工宿舍外　夜晚　外景

程嘉树一口气跑出宿舍，对着夜空呼喊：华珺，你听到了吗？日本投降了，我们胜利了！

西南联大附中教室外　白天　外景

林华珺仰望天空，泪水滑落脸庞：嘉树，你听到了吗？日本投降了，我们胜利了！

双喜也向着天空大喊：老爷，夫人，大少爷，二少爷，你们听到了吗？日本投降了，我们胜利了！

阿美：叶润名，你听到了吗？日本投降了，我们胜利了！

中美空军混合联队训练基地　白天　外景

周围的欢呼声震耳欲聋。

叶润青泪流满面：哥，我们胜利了！

八路军根据地　白天　内景

门外，欢呼声、鞭炮声、敲锣打鼓声不绝于耳。毕云霄没有出去，他艰难地挪动着身体，来到炕头，打开皮箱，皮箱里放着父亲和哥哥的遗物。

他把手表和头盔拿出来，放到炕桌上。

毕云霄：爸，哥，你们听啊，这是胜利的声音。

资料片

一组全国人民庆祝的资料片。

昆明街头　白天　外景

西南联大、云大等校师生则纷纷拉着"庆祝抗战胜利"的横幅，合唱着《义勇军进行曲》，欢庆着……

林华珺和双喜、阿美挤在欢庆的人群中。

"不用打仗了！不用跑警报了！"

"我们可以回北平了！"

"回家喽，我们要回家喽！"

虽然大家都听不清楚对方在说些什么，但还是互相拥抱祝贺。

人群经过的理发馆里，正坐着闻一多和李继侗。

理发馆　白天　内景

闻一多坐在理发馆的椅子上。

理发师：先生想剃成什么头型？

闻一多：不剃头，剃须！

理发师：先生胡须留这么长，怎的就剃了？

闻一多：抗战不胜，绝不剃须。如今抗战胜利了，当然要剃。

另一个理发师问坐在椅子上的李继侗：先生您呢？

李继侗：抗战时蓄须明志，现在日本投降，我心愿圆满，剔干净胡子庆祝！

两个理发师运转剃须刀，闻一多和李继侗长长的胡须纷纷扬扬坠地。

昆明街头　白天　外景

剃光了胡须的闻一多和李继侗俨然换了个人一样，刚出理发馆，便看到了正在欢庆人群中的郑天挺。

闻一多喊道：毅生！

郑天挺回头，目光掠过闻一多和李继侗，并未认出他们。

李继侗喊道：毅生！

郑天挺这才确认，仔细辨认了好一会儿他们的相貌：闻先生！李先生！

闻一多和李继侗哈哈大笑。

联大校园　夜晚　外景

举国欢庆日本投降的夜晚，所有的学生都去了昆明的街头，融入欢庆海洋，来表达对这一天的渴望和庆祝。

校园里却是安静的，远处的喧嚣和空中升腾的焰火更衬托了校园的清雅宁静。

夜空如洗，一排排的宿舍透着亮光，空无一人，里面排列整齐的床铺和叠得整整齐齐的被褥，以及书本、茶缸，一一摆放着。

梅贻琦独自在宿舍前走着，目光看过每一个房间，每一张床铺，每一本书。他的眼睛是平静的、温暖的。

韩咏华一路笑盈盈地小跑过来，她远远看见梅贻琦，立刻放慢了脚步。她知道，梅先生的心里此刻一定是五味杂陈。

韩咏华轻轻走到梅贻琦身边：月涵。

梅贻琦：你来了。

韩咏华：今天是该高兴的日子。

梅贻琦：是的，我高兴。

韩咏华：我陪你走走？

梅贻琦默认着，韩咏华挽着他，一路走在校园。

梅贻琦：这个日子应该歌舞，可是我不会歌舞。

韩咏华：我知道。

梅贻琦：这里走出去 834 个学生，成为 834 名战士，今天的胜利属于他们，我想他们。

韩咏华：今夜，他们在远方，也在欢庆。

梅贻琦：如果有一天，有可能，我想在这里立一块碑，镌刻上他们的名字。他们是联大的骄傲！我的骄傲！

韩咏华：会的，一定会有的。

梅贻琦：还记得缪弘吗？

韩咏华：嗯，那个带着无锡口音的小伙子，1943 年入的联大，1945 年入译员训练班受训的。

梅贻琦：上个月，在桂林战死，不足十九岁。

韩咏华：啊！他，他……（眼泪已经不自觉流出）

梅贻琦：我读一首他的诗《血的灌溉》……

没有足够的食粮，

且使我们的鲜血去；

没有热情的安慰，

且拿我们的热血去；

热血，

是我们唯一的剩余

你们的血已经浇遍了大地

也该让我们的血，

来注入你们的身体。

自由的大地是该用血来灌溉的，

你，我，

谁都不曾忘记。

夜色倾城，两个背影，校园最美的时刻。

茶楼　黄昏　内景

闻一多、郑天挺二人来到茶楼，看着外面欢腾的百姓，饮茶庆祝。

闻一多：总算盼到这一天了。

郑天挺：就怕，你这胡子剃得太早了。

郑天挺把手里的东西交给闻一多。

闻一多接过去一看，那是一份通电，标题写着《迎接胜利反对内战通电》。

闻一多：这是？

郑天挺：这是联大自治会与其他七个社会团体联合发表的通电。抗战是胜利了，可是以后的道路真的会平坦吗？

两人陷入了沉思。

西南联大校委会　白天　内景

西南联大校职工齐聚校委会，包括附中教师林华珺在内。相比几年前，林华珺脸上更添了一丝成熟的风韵。

梅贻琦：把大家聚在一起来，是因为抗战胜利了嘛，我们马上也该为北上复员做准备了。联大常委会已经通过决议，这一学年上学期在 11 月底提前结束，预定本年度内迁回平津。具体北返复员计划，由以郑天挺教授为首的五人小组制订。

听闻北归提上日程，所有人都很激动。

西南联大附中　白天　外景

一辆时髦的自行车在校园里穿行，骑车的女孩身穿附中校服，青春靓丽。

骑车的女孩正是阿美，她一扫之前的沮丧厌世，已然面貌一新。

自行车还没到林华珺宿舍门口，阿美已经挥舞着手里的信封，大声喊着：华珺姐，程嘉树来信了！

西南联大附中林华珺宿舍　白天　内景

林华珺正躺在床上看书，听到声音，鞋都没穿，光脚奔了出去。

西南联大附中操场　白天　外景

"华珺，见字如晤。"

操场上，阿美、林华珺、双喜坐在一起。双喜也比之前成熟了一些。

阿美正在读信：你收到这封信的时候，也许我已经通过麻省理工学院的物理学博士论文答辩，即将踏上回国的归途。

双喜激动地蹦了起来：少爷要回来了？！……阿美，你快，再读一遍。

林华珺也很惊喜。

阿美：即将踏上回国的归途。

双喜：少爷他真的要回来了！他总算回来了！

他的眼泪都快下来了。

阿美：双喜，你还让不让我读信了？

双喜：我这不是高兴嘛，你快接着读。

阿美：虽然导师一再挽留，但我仍然决定回联大任教。在听闻日本无条件投降那一刻，我已归心似箭，只想早日回家，用所学为祖国效力。华珺，前日，《翠堤春晓》在波士顿重映了，我在电影院门口徘徊了很久，最终还是没有进去，我手里虽然有电影票，但身边却少了一个你。我期待着回到你身边，我们一起去看完这场迟到了近六年的电影。

阿美和双喜起哄地看着林华珺。

阿美：双喜，你说说，我们是不是快吃上华珺姐，不对，是林老师和程大教授的喜糖了？

双喜：按少爷这行程，我们现在估计就要开始筹备了。

林华珺：阿美，你的模拟题做完了吗？

阿美吐了吐舌头。

林华珺：双喜，你复习得怎么样了？今年要是再考不上联大，我看你要不还是回伙食委员会得了。

双喜：林老师，少爷要回联大教书，今年我一准能考上。少爷会去哪个系教书？

阿美：当然是物理系了。

双喜：行，我就报考物理系。

阿美：物理系？行吗你？我看你考厨子系还差不多。哦不对，联大没有厨子系，林老师，要不我们跟学校商量商量，看看能不能为双喜这样的特殊人才特设一个？

双喜作势要揍阿美，阿美吓得赶紧躲开，两人笑闹着。

林华珺拿起信，重新读了起来，脸上尽是期待的微笑。

云南警备司令部走廊　白天　内景

（字幕：云南警备司令部）

文颉已是一身警备司令部的军装，正大步向一间办公室走去。

办公室门口挂着稽查处副主任的牌子。

文颉进去，周宏章正在打电话：是，是，知道了，我这就去办。

他挂断电话。

文颉敬了一个标准的军礼：周副处长，您找我？

周宏章：文颉，你立功的机会来了。

文颉立刻挺直身子：但凭处长驱使。

周宏章：程嘉树要回国了。

文颉愣了一下：消息确切吗？什么时候回来？

周宏章：就在下个月月底。

文颉：可是，现在国共还在谈判期间，就算他回来了，我们也不好抓他吧？

周宏章冷笑：谈判？趁着谈判这段日子，抗战期间退回在西南、西北地区的国军部队调拨得也差不多了，是时候开始清剿共匪了。我告诉你，别说一个程嘉树，就连龙云还不是乖乖地缴械投降，迁往重庆。

文颉：文颉定当为党国效犬马之劳！

周宏章：我知道，你一直不满于只做一个小小的行动队队长，机会我给你了，就看你能不能把握得住了。

文颉：谢处长提点！这次，我绝不会再让程嘉树逃出我的掌心！

西南联大草坪　黄昏　外景

（字幕：1945 年 11 月 25 日）

昆明大中学师生和各界人士六千多人，聚集在联大草坪。其中包括林华珺、阿美、双喜、李丞林等人。

（字幕：联大学生自治会常委　王瑞沅）

王瑞沅看着眼前的师生，不由感动地：本来我们的反内战晚会定在云大至公堂内，但是代理主席李宗黄下令云大校方不准出借会场，只能改到联大新校舍。没想到在当局严令禁止之下，还有这么多人前来，这只能说明反对内战之心，全民一致。

西南联大外　黄昏　外景

一队国军包围联大。

军官甲：这么多人，怎么办？

军官乙：怕什么？李主席明令，凡各团体学校一切集会和游行，若未经本省党政军机关核准，一律严予禁止。马上向人群低空冲锋枪扫射，我就不信吓不退这帮人。

士兵立刻开始着手准备。

西南联大草坪　夜晚　外景

王瑞沅：我们请来了钱端升、伍启元、费孝通、潘大逵四位教授依次为大家演讲。

这时，突然一阵冲锋枪朝着人群低空扫射而来。

人群一阵惊慌。

王瑞沅：不要慌！他们只敢用这种卑劣的手法威胁我们，不敢向我们真的开枪，如果慌了，正好顺了他们的意！

人群很快平静下来。

西南联大　夜晚　外景

军官甲：这招好像并不奏效啊。

军官乙：让人把他们的电线给剪了。

西南联大草坪　夜晚　外景

费孝通正要上台，突然四周一片黑暗，原本照明的灯全部熄灭。

林华珺：双喜，去拿些汽灯来！

双喜：好嘞！

费孝通：八年抗战刚刚结束，我们的土地上却到处响起了内战的枪声，八年来，我们的同胞饱受摧残、颠沛流离，而今却又要重受苦难！是可忍，孰不可忍！黑暗又怎样，黑暗不就是此刻的中国吗？你们蒙住了我们的双眼，但捂不住我们的嘴和耳朵，越是黑暗，我们越要呼吁和平！

人群一阵掌声。

不一会儿，双喜和几个学生带了一些汽灯过来。

灯光虽然微弱，但依旧没有一个人离开会场。

原本停下的冲锋枪再次低空袭来。

费孝通激昂地呼喊：我们不但要在黑暗中呼吁和平，在枪声中同样要呼吁和平！

王瑞沅：用我们的呼声反对枪声！

人群也跟着一起呐喊：用我们的呼声反对枪声！

呼声稍停，一个人举起手：只有教授能演讲，我们平头老百姓就不能演讲吗？

费孝通很有风度：教授能讲，平头老百姓当然也能讲，你想讲吗？

那人跳上台：我"王老百姓"就是想告诉大家，今天中国内部是内乱，而不是内战，共产党称兵作乱，政府理应戡乱！

人群中，联大共产党员孙志指着那人：他根本不是什么"王老百姓"，我认识他，他是中统特务，国民党云南省党部调查统计室主任查宗藩！

群众愤怒，齐声高呼着：滚下来！

查宗藩脸上无光，只好灰溜溜地离开。

李丞林带头唱起了《我们反对这个》：

我们反对这个，

我们反对这个！

双喜、阿美、林华珺也跟着唱起来：

这违反人民、进攻人民的事！

最后所有人齐声合唱：

这违反人民、进攻人民的事！

要告诉你的父亲和祖母，

要告诉你的姐妹和兄弟，

要告诉你的朋友和爱人，

要告诉你的亲戚和邻居。

要告诉种田的、做工的、当兵的和全世界的人民：

我们反对这个，

我们反对这个！

西南联大　夜晚　外景

合唱声振聋发聩。

军官甲：现在怎么办？

军官乙：还能怎么办？法子都用尽了，拦得住吗？

西南联大草坪　夜晚　外景

群情激奋中，王瑞沅喊道：我们要罢课！

随后大家齐声附和道：罢课！罢课！

王瑞沅：内战不停，绝不复课！

群声附和：内战不停，绝不复课！

昆明阿美家　夜晚　内景

阿美正在读罢课宣言：第一，立即制止内战，要求和平。第二，反对外国助长中国的内战，美国政府应立即撤出驻华美军。第三，组织民主的联合政府。

正在这时，门突然被粗鲁地打开，文颉横冲直撞进来。

阿美依旧在读着：第四，切实保障人民的言论、集会、结社、游行、人身等自由⋯⋯

文颉冲过去，一把抢过宣言，揉成一团扔在地上。

文颉：你知不知道自己在做什么？

阿美看都没看他一眼：知道啊，背诵宣言，为明天上街宣传做准备。

她捡起宣言，铺平了继续读着：同时我们坚决要求云南党政军当局：一、追究射击联大事件的责任问题⋯⋯

文颉再次抢过宣言，一把撕成碎片。

阿美冷笑了一下，直接背了出来：二、立即取消二十四日党政军联席会议禁止集会游行之非法禁令。三、保障同学之身体自由，不许任意逮捕。

文颉：信不信我现在就逮捕了你？

阿美：要求中央社改正诬蔑联大之荒谬谣言。为了和平，为了民主⋯⋯

文颉想一巴掌扇在阿美脸上，却被阿美一把攥住了手。她挑衅地瞪着文颉。

文颉：我警告你，别忘了自己的身份。你是警备司令部稽查处行动队队长的老婆，再去跟这帮人搅在一起，害了你自己我管不着，要是毁了我的前程，我绝不会放过你。

阿美：那就离婚啊。

文颉笑了：想离婚？白日做梦。

阿美：从我身上该压榨的你都压榨光了，你还想要什么？

文颉：只要你还是沙玛阿旺的妹妹，就别想离婚。

说着，他转身打算离去，又转过身来：别怪我没提醒你，别以为学生闹事政府就拿你们没办法，跟政府作对，就是自取灭亡。不想害了你自己，就离那帮人远一点。

说完这些，文颉摔门而去。

中共地下党驻地门口　夜晚　外景

一个头戴帽子的人影在夜色中悄然来到中共地下党驻地，敲门。

门开了，郭铁林看清来人：远之！

来人正是裴远之。

一别几年，两人再见对方都格外兴奋，两双手紧紧地握在了一起。

中共地下党驻地　夜晚　内景

郭铁林为裴远之沏好了一杯热茶：快喝一杯暖和暖和。

裴远之把随身带的一些特产给郭铁林：这是玉溪的一些特产，还有烟草，你闻一下，这个烟草特别香。

郭铁林接过去，深深闻了一口：还真是香啊。裴远之同志走到哪儿，工作都能做得风生水起。你在玉溪的这几年，玉溪的党组织由无到有，现在已经形成一个完备的组织体系，不容易啊！

敲门声响。郭铁林起身去开门，一名男子走进来，他正是在长沙投笔从戎的雷正。

雷正走到裴远之面前，伸出手：裴先生，好久不见。

裴远之握着他的手，望着他，似面熟又认不出来：你是……？

雷正笑了起来：一别快八年了，裴先生都不认识我了。我给您提个醒，当年还是您给我写的介绍信，让我去的延安。

裴远之：等等，你是，你是……雷正！

阔别八年的师生在这一刻重逢，两人都激动得泛起泪花，紧紧拥抱。

郭铁林：来，坐下说。

三人落座。

郭铁林：上级安排雷正和另外五名学生党员返回联大，一是让他们完成学业，二来协助学联的工作。南方局会尽快把他们的工作安排好！

裴远之：好啊，联大为所有从军的学生都保留了学籍，你们能回来完成学业，为你们高兴。

雷正：是的，裴先生。只是离开课堂八年了，很多课程都跟不上了。

裴远之和郭铁林笑了起来。

裴远之：对了，昆明现在情况怎么样？听说学校都罢课了？

雷正：联大罢课以后，全校班级代表大会通过决议，授权学生自治会理事会扩大组成罢课委员会，王瑞沅同志任罢委会常委。截至今天，罢课学校已经多达34所了。

裴远之：34所，昆明总共才44所学校。

雷正：对，罢课学校超过了昆明总学校数量的三分之二。昆明学联组成了罢课联合委员会，发表了罢课宣言。

裴远之：罢课宣言？

雷正：是由联大第一党支部袁永熙起草的初稿，省工委书记郑伯克修改的。随后还发表了《反对内战告全国同胞书》《告美国书》等文告，并上街宣传，呼吁各个方面支持学生的正义行动。

裴远之：国民党当局反应一定很大。

郭铁林：没错，他们想在各校组织"反罢课委员会"，可惜他们的所作所为早已令他们丧尽民心，没有群众基础，没人参加，只能自己披挂上阵，盗用民众名义来组织。前天晚上，第五军军长邱清泉奉李宗黄、关麟征之命，在灵光街薛家巷总部召开会议，组成了"反罢课委员会"，随后就派出特务，上街殴打逮捕学生，闯进学校撕毁壁报，捣毁校具。

裴远之：居然公然殴打学生？

雷正义愤填膺：截至目前，已经有25起学生被打事件和15起被捕事件了。

郭铁林：他们这样做，只会激起更强的民愤，更激烈的反抗。

裴远之表情凝重：我就担心他们的手段会越来越卑劣、越来越残忍。

郭铁林：民心所向，不是国民党所能左右的，也不是靠一点卑鄙手段就能镇压的。

雷正：昆明现在的优秀教师和学生们，百分之六十的人心向共产党，认为只有共产党才能救中国！

裴远之点头。

郭铁林：先说眼前的事吧，你知道谁要回来了吗？

裴远之：程嘉树！

郭铁林笑了：什么都瞒不过你。

裴远之：我这次回来，也是为了能见见他。

郭铁林：程嘉树决定回国任教前，国共还在谈判。但现在情势不同了，程嘉树作为高等物理人才回国，加上他之前跟我党的关系，我担心，敌人已经盯上了他。

裴远之：这是必然的，尤其是文颉，他跟程嘉树向来不和，更会借此大做文章。

昆明火车站站台　白天　外景

站台上，人头攒动，众多旅客提着行李纷纷下车。火车巨大的白色蒸汽飘飞。

林华珺、阿美和双喜在众多乘客中寻找着程嘉树的身影。林华珺刻意换上了一条崭新的裙子来接程嘉树，化了点淡妆，风情万种，楚楚动人。

双喜：怎么还没有看见二少爷？

阿美：华珺姐都不着急，你急什么？

林华珺：嘉树来信说的就是今天这班火车，就是这个车厢，估计人太多，还没有下车呢。稍等会儿吧。

不远处特务甲看见了林华珺等人，急忙转身离开。

昆明火车站站台出站口　白天　外景

出站口，熙熙攘攘，旅客们背着大包小包走出出站口。

文颉和五六个特务在出站口，观察着每一个出站的乘客。

特务甲：（急匆匆地跑来）队长，我刚刚在站台上看见嫂子和林华珺了。

文颉：林华珺在，必定程嘉树就是坐这趟火车回来的。

特务甲：现在怎么办？

文颉：（朝身后的两名特务）你俩留在这里，给我盯住了，其他人跟我走。

众特务：是。

文颉带着几名特务急匆匆地穿过纷乱的乘客，走向远处的站台。

留下的两名特务继续紧紧地盯着出站的每一个人。

昆明火车站站台　白天　外景

程嘉树拎着行李箱走下火车。

林华珺、阿美和双喜看见了程嘉树。

林华珺：（挥手）嘉树，我们在这里。

程嘉树急忙跑向林华珺、阿美和双喜，林华珺、阿美和双喜也急忙跑向程嘉树。

程嘉树：（十分兴奋）华珺、阿美、双喜，你们都来了。这么多年不见，阿美、双喜都变成大人了。华珺，你这条裙子真漂亮。

阿美：是人漂亮，还是裙子漂亮啊？

程嘉树：都漂亮。

阿美：华珺姐为了见你，今天还特意打扮了一番。

林华珺：（脸色微红，有些不好意思）阿美，别瞎说。

双喜：华珺姐，不打扮的时候是清水出芙蓉，打扮了以后，芙蓉变牡丹了，国色天香。

程嘉树：双喜，你这几年书没白读啊！

阿美：是啊，都学会拍马屁了！

四个人都笑了。

特务甲带着文颉和几名特务急匆匆地向程嘉树等人跑来。

林华珺：咱们先回去吧，嘉树坐火车一定都累了，回去了咱们慢慢聊。

程嘉树：好的。

双喜：（要帮程嘉树拿行李）二少爷，我帮你拿行李。

程嘉树：双喜，你现在可不是我们家仆人了，我自己拿就行。

程嘉树和林华珺、阿美和双喜向出站口走去。

程嘉树等人和文颉等人即将相遇。三名车站的行李员推着一辆装载了各种行李的行李车挡住了双方的视线，双方都未发现对方，各自向原本方向走去。

特务甲带着文颉和几名特务急匆匆地来到了程嘉树等人刚刚待过的位置，众人四处张望。

特务甲：刚刚明明在这里。

文颉：坏了，肯定是走岔了，快回出站口。

文颉带着几名特务急忙向出站口跑去。

昆明火车站站台出站口　白天　外景

两名特务在出站口等待，巡视着每一个出站的旅客。

程嘉树、林华珺、阿美和双喜向出站口走来。

就在这时，出站口旁边突然传来一阵鞭炮声。人群顿时惊慌起来，四处奔跑。刚刚放了鞭炮的雷正混杂在人群中，急匆匆离开。

出站口的两名特务，听见鞭炮声，急忙拔枪冲向传来鞭炮声的地方。

昆明火车站站台　白天　外景

带着特务的文颉也听见了鞭炮声，急忙拔出手枪，向出站口冲去。

昆明火车站站台出站口　白天　外景

程嘉树、林华珺、阿美和双喜看向鞭炮声传来的方向。

裴远之带着几名学联的学生，忽然出现在程嘉树面前。

裴远之：（拉着程嘉树）低头，跟我走！

几名学联的学生护在程嘉树周围。

程嘉树：裴先生。

裴远之：（对程嘉树）嘉树，跟我快走。（对林华珺）华珺，火车站有特务，文颉也在，我带嘉树先走。

程嘉树：文颉带着特务来抓我，我走了，那华珺他们怎么办？

裴远之：他们要抓的人是你，华珺是安全的。

林华珺：嘉树，听裴先生的，你快走，我没事。

程嘉树：（向林华珺点了点头）照顾好自己，注意安全。

林华珺和阿美、双喜目送着裴远之保护着程嘉树穿过出站口，走进大厅门口。

林华珺突然转身向站台方向走去。

双喜：华珺姐，你干吗去？

林华珺：双喜，阿美，跟着我，咱们给裴先生和嘉树争取点时间。

双喜和阿美急忙跟随林华珺走向站台。三人没走几步，就碰上了文颉提着枪带着几个特务，跑了过来。

文颉身边的特务立刻对阿美行礼：夫人好。

阿美懒得理会那些特务，冷眼看向文颉：你怎么在这儿，又想干什么伤天害理的事？！

文颉：（质问阿美）程嘉树人呢？

阿美不再理会文颉。

文颉：林华珺，程嘉树呢？

林华珺：抱歉，我也没有看到他。阿美、双喜，我们回去吧。

林华珺和阿美、双喜转身，向大厅门口走去。

文颉观察着四周，想要找到程嘉树。两名刚刚在出站口的特务急匆匆地跑了回来。

特务乙：报告队长，刚刚有人在那边放鞭炮，故意制造混乱。

文颉：（打了特务乙一个嘴巴）谁让你们离开的。又让程嘉树给溜了！

昆明中共地下党驻地　白天　内景

裴远之把程嘉树带进来。

郭铁林迎了上去：顺利吗？

裴远之：出了点小波折，还好华珺帮了忙。

郭铁林向程嘉树伸出手：嘉树，欢迎你归国。火车站的情况你也看到了，现在学校的情况更复杂，安全起见，暂时只能委屈你待在这里了。

程嘉树：我临回国之前，听说共产党和国民党在重庆谈判，后来还签订了协议，我以为此番回来就天下太平了，怎么突然就变了？

郭铁林嗤之以鼻：国民党谈判不过是做表面文章，实则为自己的布局拖延时间。我们的代表刚从重庆回来还没多久，蒋介石就单方面撕毁了协定。

程嘉树愕然：作为一党之首领，居然出尔反尔！这样还有什么信用可言？

郭铁林：在利益面前，他们哪管这些，为了发动内战，不惜失却人心。

程嘉树还是不死心：可我只是接受聘请回联大任教，这对他们有什么威胁呢？

裴远之对郭铁林：我理解嘉树的想法。（对程嘉树）你是觉得现在联大需要你，你责无旁贷，对吧？你满腔的热情和抱负没错，只是现在局势太危险，不能往枪口上撞，想报效母校，以后也不是没有机会，不急在这一时嘛。

程嘉树低头沉思了下，抬起头，看着郭铁林和裴远之：裴先生，你说的只是原因之一，但你们并不清楚我真正急着要回去到底是为了什么——日本政府之所以投降，原子弹爆炸功不可没。现在全世界都在研究它，中国怎么能落后呢？

裴远之听着，随之轻轻点头。

程嘉树：既然我学了物理，而且还是在世界上物理学科最先进的大学深造，我没有理由不为自己的国家、不为原子弹的研究尽微薄之力，而目前这种研究，只能在西南联大可以进行。一旦研发成功，就再没有人敢欺负我们了。

战长沙

第五部　激战·破晓

郭铁林：你说的这些，何尝不是我们的期望。只是你有所不知，现在的云南已经不是你走的时候的那种局面。原先一直站在我们这边的龙云，已经被蒋介石拘禁在重庆，目前是李宗黄接任了龙云的一切事务。

裴远之：李宗黄一上任，干的头一件事，就是登报阻止学生的一切游行活动，并四下镇压……

裴远之和郭铁林的话还未说完，就听见被派到西南联大观察情况的交通员在外面喊报告。

郭铁林：进来。

交通员快步进来汇报：不好了——

郭铁林：怎么了？

交通员：有一帮特务冲进联大，还带着棍棒，可能要出大事……

郭铁林和裴远之大惊，就要往外走。程嘉树也想跟去。

郭铁林拦住他：嘉树，特务现在在到处找你，你不能去。待在这里别出去，明白吗？

程嘉树虽然焦急，但只能勉强点头。

西南联大　白天　外景

林华珺和双喜、阿美走进了西南联大校门，远远看见有人在撕毁壁报栏的壁报，旁边还有人在厮打。三人震惊。

阿美震惊：出什么事了？

林华珺：是特务！他们在打学生！

这个时候，一个特务追着一个女生跑到了林华珺的近前，女生是附中的学生，看见林华珺叫：林老师，林老师救救我！

林华珺上前拦住特务：你们干什么？

特务二话不说，一棍子敲在林华珺身上，林华珺跌倒在地。

愤怒的双喜：王八蛋！你们凭什么打人！

双喜上前和特务厮打起来。

更多的学生被特务追着朝这边跑来，一些学生也开始集聚起来反击特务……然而，手无寸铁的学生哪里抗得过特务的棍棒，哭喊声充斥着整个校园。

附中女生过来扶起林华珺，惊慌失措：林老师，你怎么样，受伤了吗？

林华珺看到更多特务朝这边涌过来，安慰女生：我没事，赶快找地方躲起来，快！

附中女生跑远。

林华珺在混乱的人群中寻找双喜和阿美：双喜，阿美……

林华珺的声音吸引了特务的注意，一块石头砸向林华珺，她下意识地躲避，石头还是砸在了额头上，鲜血顿时涌出，模糊了视线。

林华珺站在原地一阵晕眩，两个特务抓住了她的胳膊，不由分说将她拉走。

双喜护着受伤的阿美，好不容易从人群中挤出来，却不见了林华珺的身影……

昆明中共地下党驻地　白天　内景

郭铁林和裴远之等人回来，郭铁林气愤地将帽子一把抓下：这帮狗特务，太猖狂了！

裴远之也气得嘴唇直哆嗦：那可都是手无寸铁的学生啊。

郭铁林：不仅是联大，附中、师范学院也都没能幸免，还好学生们及时反击，咱们的人也在其中展开了行动……（郭铁林忽然发现）哎，嘉树呢？

裴远之也想起了程嘉树，四处查看：对啊，嘉树呢？嘉树——程嘉树——

没有人应声。裴远之与郭铁林面面相觑，有种不好的预感。

郭铁林看到桌子上放着的几页纸，拿起看了一眼，忙招呼裴远之：远之，你来看，这是嘉树留下的。

裴远之过来一看：入党申请书。

程嘉树（画外音）：……这是我的入党申请书，其实我多年前就写好了，只是裴先生唯恐我是一时情绪使然，让我暂且自己收着。今天，我可以说，我这个决定不但没有丝毫动摇，而且愈发坚定……国难之下，我已经做了许多年鸵鸟，如今母校有难，我无法做到冷眼旁观……

郭铁林紧紧蹙起眉头。

西南联大外街道　白天　外景

程嘉树（提着皮箱）快步走到联大外面的街上，这里的情形已经和他走之前大不一样。刚转过街角，便听见几个人合唱的声音："凶手，你跑不了……"是歌咏队的同学正在排练演唱着为这次运动创作的歌曲。

许多学生在奔走发传单,一份传单发到了程嘉树手里,程嘉树看去,传单上写着:

"反内战,要和平;

反独裁,要民主!

中国人不打中国人!"

宣传队的十几个同学,拉着横幅,上书:"严惩主犯关麟征、李宗黄、李清泉!"

同学们高呼口号:强烈要求严惩凶手! 当局必须负担死难同学的抚恤费,伤残同学的医疗费!

宣传队的同学和程嘉树擦肩而过,朝城内各地走去。

程嘉树加快速度朝学校内跑去。

不远处,一个乔装成学生的特务看见程嘉树,转身离开。

西南联大图书馆　黄昏　内景

程嘉树来到图书馆,这里一片肃静,同学们静静地坐在地上,每人胸前别了一朵小白花。馆内四周点着蜡烛,两边挂着挽联,中央摆着此次被特务杀害的四名同学的棺木,图书馆已经变成了烈士灵堂,有人在轻轻抽泣。

赵忠尧、朱自清、闻一多等教授均沉痛肃立着。

程嘉树从一旁的桌子上拿起一朵白花,别在胸口。他在人群中找了找,没看到林华珺的身影,倒是先看到了赵忠尧。

程嘉树站在赵忠尧身边:赵先生——

赵忠尧看到程嘉树:嘉树,你是刚回来吗?

程嘉树点了点头:对,赵先生,我回来了。(向其他人打招呼)闻先生,朱先生,我回来了。

朱自清和闻一多看到程嘉树,甚是欣慰。

赵忠尧:回来就好,只是今天这情形你也看到了,目前的昆明,唉……

闻一多很激动:这是中华民国最黑暗的一天……本以为抗战胜利,八年来的重重苦难终于结束,却不料喘息未定,就开始了内乱。这,这是民族自杀啊!

闻一多过于激动,咳嗽了起来。

闻一多的儿子闻立鹤轻抚着父亲的背,轻轻劝道:父亲,您别激动,别激动……

程嘉树看着眼前的这一幕，又震撼，又悲愤。

外面传来了吵闹熙攘声，几位教授闻声赶了出去。

西南联大图书馆外　黄昏　外景

图书馆外，学生们拦着几个穿军装的人。

闻一多：发生什么了？

见到教授们出来，学生们让开一条道。

一个副官模样的上前，指着后面一名面色威严的军官介绍：这是我们的关麟征司令，听闻有学生遇难，特来吊唁。

闻一多不语，盯着关麟征。

关麟征有点尴尬，上前拱手：对之前的冲突所造成的伤亡，我个人深表歉意，这都是我的失责所致，所以连夜送来棺木和一点钱，还望教授和学生们——

还没说完，忽然有学生大喊：我们不稀罕你这假惺惺的道歉！

又有学生喊：道歉能让人死而复生吗？

更多的学生一起喊起来：滚出去，滚出去！

闻一多冷冷地：这里不欢迎你们，请你们离开！

众教授转身离去，学生们还在愤然呐喊，关麟征带着部下狼狈而去。

云南警备司令部审讯室　黄昏　内景

林华珺坐在审讯室内，额头伤口还在渗血，但她挺直腰背，冷冷地看着面前的文颉。

文颉正从药箱里拿出药棉和消毒药水，想为她处理一下伤口。

林华珺：拿开你的脏手！

文颉没有动怒，耐着性子：伤口不处理会感染的。

林华珺：何必惺惺作态？

文颉：你放心，这里没有人会伤害你。等我找到程嘉树，就送你回去。

林华珺：无耻！

这时，门被推开，文颉的手下站在门口。

手下：文队长，有情况。

文颉点了点头。

文颉：华珺，我做这一切都是为你好。现在的形势你应该清楚，程嘉树是共产党，你跟着他是不会有好结果的。你自己好好想想吧。

文颉离开。

云南警备司令部审讯室外走廊　黄昏　内景

文颉从审讯室走出来，他的手下立刻汇报。

手下：程嘉树回联大了。

文颉：那还不动手？

手下面有难色：队长，你还不知道吧，下午打死了四个人……

文颉：什么，竟闹出了人命？

手下：现在全昆明的学生都在声援联大，刚才关司令去了联大，被轰了出来，我们哪还敢进去抓人啊？

文颉思忖少许：这样，安排人在联大外头守着。

手下：行，我这就去安排。

文颉：等等，你再找个人去通知程嘉树……

物理实验室　夜晚　内景

程嘉树把一摞外文书籍和资料递给赵忠尧：这些都是目前学界的最新研究成果。

赵忠尧接过，激动地连声：好，好！都是我们正需要的，太及时了！

程嘉树叹了一口气：我本来以为回来可以跟您一起继续做研究，相信咱们的成果一定不会比他们的逊色，但现在看来，学校也不是一片净土了。

赵忠尧也很痛心：八年抗战，国家已经满目疮痍，国民党却还要再挑起内战！中国什么时候才能有真正的和平？

程嘉树的眼眶泛起泪花。

这时，双喜气喘吁吁地跑到门口，看到屋里的程嘉树，泪水顿时涌了出来。

双喜：少爷，你可算回来了！

程嘉树迎上前去，双喜脸上还有被殴打的瘀青，身上的衣服也被撕破了。

程嘉树：双喜你去哪儿了？我到处找不着你。你怎么这副样子，也被打了吗？

双喜：我没事，少爷，华珺姐她不见了……

程嘉树大惊：什么叫不见了，她怎么了？

赵忠尧：别着急，慢慢说。

双喜：我和华珺姐从火车站回来，遇到那帮特务打人。华珺姐看到学生被打，就上去保护她们，可不知道怎么的，突然间就不见人了。我到处找，附中、联大我都找遍了也没找着人，也没人见过她……

赵忠尧：医院找过没有？今天很多同学受伤，你们去医院找找看。

程嘉树点点头：双喜，走，我们去医院看看。

西南联大图书馆外　夜晚　外景

程嘉树和双喜快步朝校门口走去，经过图书馆，守灵的师生们还没有散去。

突然，一名"同学"撞到了程嘉树，那人扶住程嘉树，趁机在他耳边悄声道：林华珺在警备司令部，你自己去。

程嘉树一怔，那人已经走开。

双喜：少爷，那人跟你说什么？

程嘉树迟疑了一下：没什么。我们分头找。

双喜：好，我去城西的几家医院看看。少爷，你小心点，华珺姐说文颉想抓你。

程嘉树点点头：放心吧，我没事。

双喜快步跑了出去。

程嘉树望着他的背影，攥紧了拳头。

通往云南警备司令部的街道　夜晚　外景

程嘉树迈着坚定的脚步朝警备司令部走去。

云南警备司令部审讯室　夜晚　内景

文颉透过审讯室门上的小窗，看着林华珺。

她依然坐得很端正，丝毫没有阶下囚的狼狈。面前摆着饭菜，一口没动。

手下走过来，向文颉汇报：报告队长，已经通知程嘉树了。

文颉的嘴角勾起一丝冷笑：很好，我就在这里等着他。

云南警备司令部门口　夜晚　外景

警备司令部的大门就在前方，程嘉树毫不犹豫地走过去。忽然，有人来到程嘉树身后，程嘉树一回头，那人一个手刀劈在他的脖颈处，程嘉树晕了过去……

昆明中共地下党驻地　早晨　内景

曙光让程嘉树渐渐醒来。他睁开眼睛，发现自己躺在郭铁林的床上。

他坐起身，昨天被劈的脖颈处还酸痛无比。

这时，裴远之推门走了进来。

程嘉树：裴先生……

裴远之走到桌边，拿起程嘉树的入党申请书，丢到程嘉树面前：我们党不会接纳一个不听命令，不服从组织安排的人入党！

裴远之罕见地发了脾气。

程嘉树：华珺被抓了……

裴远之：你以为你去警备司令部，就能把林华珺救出来？好，就算你把华珺救出来了，你怎么办？你在美国留学这么多年，就是为了回来蹲国民党的大牢？

程嘉树：我……我知道我这么做有些……可文颉抓华珺是因为我，我不能连累她……

裴远之：程嘉树，你相信党组织吗？

程嘉树：相信。

裴远之：如果你真的相信党组织，就安心在这儿待着。我保证会把林华珺救出来。

云南警备司令部周宏章办公室　白天　内景

周宏章：你不是说，今天程嘉树会老老实实站在我面前吗？人呢？！

文颉站在周宏章面前，面对着周宏章的斥责，不敢有半句辩驳。

文颉：属下无能，本来他已经来司令部了，没想到……没想到半路被共产党劫走了。

周宏章：煮熟的鸭子你都能让他飞喽，你还有脸站在我面前？！

文颉：处长放心，就算是掘地三尺，我也会把他找出来！

说完，文颉退出办公室。

云南警备司令部审讯室　白天　内景

焦躁的文颉猛地推开审讯室的门，他双目血红，像一头困兽。

文颉冲到林华珺面前：程嘉树在哪儿？！

林华珺一如既往的平静，听到这个问题，她笑道：看来你的计划落空了。

文颉：他明知道你在这儿，却当起了缩头乌龟，根本不管你的死活！华珺，你觉得他真的爱你吗？

林华珺淡淡一笑：现在的你不配跟我谈论爱情。

曾经的文颉总是会被林华珺优雅淡然的笑容吸引，而此刻，他恨透了她的笑容。

文颉：你会后悔的，你根本就不知道自己的处境！

林华珺：你的意思是我会成为阶下囚吧？

文颉：你是民盟成员，《冬青》小报的主笔，你写了多少文章，你们的言论方向，党国一清二楚！

林华珺：清楚就好，文章就是写给你们看的。

文颉：你还真不怕死？

林华珺：怕，可我更怕变成尔等一般丑陋扭曲、腐臭肮脏的蛆虫！

文颉一巴掌扇在林华珺的脸上……

云南警备司令部　白天　外景

一辆汽车停下，叶润青从车上下来，直接走到卫兵门前，亮出了证件。

云南警备司令部周宏章办公室　白天　内景

周宏章坐在办公室里，欣赏着一盒古巴雪茄。

一名警卫站在门口喊：报告。

周宏章：进来。

警卫进门，站在周宏章对面：救济总署航空运输公司[1]董事长秘书来了。

周宏章很意外：陈纳德的秘书？

警卫：是个女的，姓叶。

周宏章：没打过交道啊，她来干吗的？

警卫：说是来拜访您。

周宏章想了一下，放下雪茄：请进来吧。

警卫出去。片刻，警卫领着叶润青走进来。

周宏章见叶润青气度不凡，连忙起身相迎。

周宏章：久闻陈纳德身边有位十分出色能干的秘书，今日一见，果然是风华绝代。

叶润青：周副处长过奖了。

周宏章：叶小姐请坐。

两人落座。警卫端上茶。

周宏章：不知叶小姐大驾光临，所为何事？

叶润青：想请周副处长帮我找个人。

周宏章：找人？

叶润青：林华珺。

叶润青的来意让周宏章有些猝不及防。

叶润青：周副处长，我这个人说话做事向来直接，咱们不用绕弯子。林华珺是联大附中的教师，也是我的好朋友。我很想知道，警备司令部为何抓一名女教师？

周宏章：行动队是抓了一个有共党嫌疑的女教师。

叶润青：有共党嫌疑？有证据吗？

周宏章：有无证据，叶小姐好像无权过问。

叶润青：我确实无权过问，只是想给您提个醒。您应该知道现在西南联大里现在摆着的四具棺材吧？你以为学校和学生是好惹的？你知道现在什么局势？举国愤慨，要求严惩凶手。委员长也在为给国民一个交代而殚精竭虑。陈纳德先生也因此在重新考虑是否还要给我国政府继续提供援助。

1　救济总署航空运输公司：由陈纳德和中国难民救济总署于1946年共同发起成立。

周宏章的笑容凝固了。

叶润青：这个节骨眼上，周副处长还要再给党国添乱吗？

云南警备司令部审讯室　白天　内景

林华珺的嘴角渗出了鲜血，两名特务将她拉到行刑架上。

旁边的炉火里烧着烙铁，已经通红。

文颉站在暗处，狠命地抽着烟，一双血红的眼睛盯着林华珺。烟烧到了他的手指，他痛叫一声，扔掉烟头，随即再拿出一根烟，可是他抖得厉害，烟掉在了地上。

手下：队长，真要用刑吗？

文颉狠狠地踩烂烟头，冲到林华珺面前，捏住她的脸。

文颉：我再给你一次机会，说，程嘉树到底在哪儿？

林华珺扭头挣脱开文颉的手。

林华珺：你身上这套西装挺贵吧？

文颉不明白林华珺什么意思。

林华珺：第一次见你，是在长沙，当时响着防空警报，程嘉树发现你一个人像无头苍蝇乱跑，便把你带进防空洞。我记得很清楚，当时的你穿的也是西装，看着挺光鲜的，可里头却是一件破烂不堪的毛衣。

文颉：你说这些干什么？

林华珺：文颉，再昂贵的西装也掩盖不了你破败卑贱的灵魂。

文颉顿时脸色煞白：用刑，直到她说为止！

门开，周宏章手下进来，看到特务正拿起烙铁。

周宏章手下走近文颉，在他耳边低语几句。

文颉看了看周宏章手下无奈地：放人！赶紧放人！

云南警备司令部门口　白天　外景

林华珺从警备司令部走出来，一眼便看见等在车旁边的叶润青。

林华珺意外且惊喜：润青。

叶润青将她扶上车。车子驶离。

叶润青：文颉竟然对你下手，简直丧心病狂！

林华珺：你是怎么知道的？

叶润青：裴先生告诉我的。（吩咐司机）先去医院。

昆明中共地下党驻地　白天　内景

坐立不安的程嘉树在屋里来回走动。门开了，郭铁林和裴远之走了进来。程嘉树连忙迎上去。

程嘉树：怎么样？

裴远之：叶润青已经把林华珺营救出来了。

程嘉树长长地舒了一口气：她还好吗？有没有受苦？我现在能去看看吗？

郭铁林：不行！

程嘉树近乎哀求了：郭铁林同志，裴先生……

郭铁林打断他：他们能释放林华珺，是因为林华珺只是民盟成员。你却不同，你早上了国民党的黑名单了。

裴远之：嘉树，华珺一切安好，你不用担心。警备司令部一定会派人盯着华珺，你绝不能去找她。

程嘉树：那我什么时候能见到她？

裴远之：再等一些时日，组织上准备安排你和林华珺离开昆明，一起去延安。

程嘉树：好，我等你的消息。

街道／西南联大门口　白天　外景

林华珺额头的伤已经包扎好了。车子朝西南联大开去，沿途她们看到各种壁报和口号标语遍布街头。

"罢联"的同学们散发各种编印宣传品。

叶润青向林华珺介绍：你被抓的这几天，"罢联"开展了大规模的宣传，控诉国民党的暴行。校方也宣布停课七天，以示严重抗议。

叶润青从座椅旁边拿起她收集的宣传品，递给林华珺。

《一二·一惨案实录》《向昆明父老沉痛呼吁》《告全国同胞书》，林华珺看着这一份份文告，红了眼眶。

叶润青感慨万分：想当初我加入国民党时，以为这是一个一心抗战、为人民争取福祉的政党，可看到的全然不是这样。国民党早已是金玉其外，败絮其中。这些年，我也是心灰意冷了。

车子开到了联大门口，联大的校门上扎着祭奠的白花，大批学生聚集在联大内，唱着声讨凶手的歌曲《凶手你逃不了》。前来吊唁的各界人士络绎不绝。

林华珺：停车。

司机停车。

叶润青：还是先回去休息吧。

林华珺：不，我要和大家在一起。

林华珺下车，迈步走进校园，叶润青也跟了上去。

西南联大图书馆门口　白天　外景

云大等各个学校的同学聚集在图书馆门口，为牺牲的四名师生守灵。

他们拉着横幅：

"反内战，要和平"

"反独裁，要民主"

"严惩主犯关麟征、李宗黄、李清泉！"

歌咏队高唱歌曲《凶手你逃不了》：

凶手你逃不了，

凶手逃不了，

就是飞上天，

就是钻下地，

你也跑不了，

凶手你逃不了

……

双喜、雷正、阿美都在。阿美的胳膊在"一二·一"当天被特务打伤了，还夹着夹板。

林华珺和叶润青走了进来，随着吊唁的人群，从桌子上取了一朵小白花别在胸前，来到灵前祭拜。

雷正和双喜、阿美看见两人，连忙迎上前。

阿美：华珺姐，你没事吧？

林华珺：我没事。

阿美：文颉那个畜生，我要跟他离婚！

双喜：少爷他……

双喜话一出口，立刻被雷正打断：去屋里说吧。

西南联大群社食堂　白天　内景

大家来到群社食堂，雷正将门关好。

双喜跟林华珺和叶润青介绍：雷正，学联现在的负责人。

林华珺和叶润青恍然，雷正走到两人面前，林华珺情急追问。

林华珺：嘉树现在怎么样？

雷正：他很好，你不用担心。这次多亏了叶润青小姐帮忙，叶小姐，谢谢你。

叶润青：客气了。你们下一步有什么打算？ 嘉树留在昆明，特务怕是不会放过他。

雷正：你说得对，程嘉树不能留在昆明，我们正在安排。华珺，裴先生希望你和嘉树一起离开。

双喜和阿美虽有些不舍，但还是希望林华珺和程嘉树能有情人终成眷属。

双喜：去吧，华珺姐，有你在少爷身边，我就放心了。

双喜想起什么，走到旁边，拎来程嘉树的行李。

双喜：这是少爷留下的行李。

阿美：华珺姐，你和嘉树哥经历那么多，不要再错过了。

林华珺眼含热泪：那你们答应我，要好好完成学业。

双喜和阿美相视一眼，齐声回答：保证完成！

叶润青：我本来以为，程嘉树这次回来，我就能喝上你俩的喜酒……（眼眶泛红）这一别，就不知道什么时候再见了。

内战的阴霾笼罩着大家，前路茫茫，众人一时无言。

林华珺：总会相见的！我相信，光明总有到来的一天。

▽ 卅七

西南联大附中外　夜晚　外景

林华珺拎着两个行李箱，从一片漆黑的校园里走出，她很谨慎地时不时观察着四周环境的情况。

偶有行人走过，林华珺警惕地往身后看了一眼，又匆匆往外走。

不远处，几名特务赶紧将头缩了回去，背靠在墙后站好。隔了一会儿，又悄悄伸出头观察林华珺的动向。

从特务的视线里，只见林华珺在路边站着，等了一会儿，见路边有辆黄包车后，便招手拦下。

特务们见到林华珺上车，彼此眼神交流后，便立刻离开了现场。

就这样，黄包车载着林华珺消失在夜色中……

云南警备司令部　夜晚　内景

文颉在桌前，坐立难安。他看不进去眼前的资料，匆匆合上后，又盯着电话看了一会儿，随后又焦虑地起身走到窗前，打量外边的情况。

警备司令部的院子里一片漆黑。

突然，有人敲门，文颉一个箭步上前，把门打开。

方才跟踪林华珺的其中一名特务出现在他办公室门口。

文颉：怎么样？什么情况了？

特务甲：报告文队长！目标上了一辆黄包车，向城外方向去，已经派人盯着了。

文颉点点头：出城各关卡交代下去了吗？

特务甲：都已经交代过了。

文颉胸有成竹：好！网已撒好，就等鱼上钩了！通知下去，准备收网！

特务甲：是，文队长！

空　镜

鸡鸣声响，天刚破晓。

晨曦中，缕缕炊烟飘在村子上空。

叶润青住所外　早晨　外景

车子发动的响声，惊扰了清晨的宁静。

一辆轿车从叶润青的住所驶出，快速向外开去，土路上瞬间扬起了尘土。

轿车一闪而过，依稀可以瞧见车里程嘉树的身影。

昆明城外树丛中　早晨　外景

埋伏着的特务们屏息凝视着。

文颉更是打起了十二分精神，紧盯住目标方向，生怕错过一丝一毫的风吹草动。

昆明城外街头　早晨　外景

载着程嘉树的轿车，在昆明城外街头疾驰而过。

昆明城外小路　白天　外景

昆明城外的一条土路上，林华珺双手紧紧地攥着头一晚双喜给她的程嘉树的行李箱。

她面向路的尽头，祈盼着程嘉树的出现。

小路的两侧树丛深处，正是文颉和行动队的藏身处。

昆明城外树丛中　白天　外景

包括文颉在内的行动队成员们，透过树丛缝隙，紧盯着远处林华珺的一举一动。

这时，有轻微的声响传来。

文颉突然竖起耳朵。

昆明城外小路　白天　外景

同样感觉到远处有异动的，还有林华珺。

她不自觉地将行李箱攥得更紧了。

远处，在小路的尽头处，渐渐扬起了一团尘土。

昆明城外小路尽头　白天　外景

轿车稳健地行驶在小路上，朝林华珺的方向开去。

昆明城外树丛中　白天　外景

气氛越来越紧张了，文颉将枪上膛，瞄准程嘉树的方向。其他行动队员也纷纷将枪上膛、瞄准。

从文颉的视线，可以看到轿车离林华珺越开越近了……

文颉发号行动命令的手举起，其他行动队员牢牢盯住他的手势，蓄势待发。

昆明城外小路　白天　外景

林华珺看到轿车离她越来越近，原本紧紧攥住行李的手松开，行李箱落地，扬起了灰。

她开心地向前跑去。

与此同时，文颉手决绝地一挥，示意行动开始。

昆明城外小路　白天　外景

林华珺一步步跑向轿车。

眼见就要相遇了，突然从四面八方的树丛里涌来很多特务，在文颉的带领下，同时朝车子疯狂地围来。

车子沿着小路越开越快，当与林华珺擦身而过时，林华珺大喊了一声"嘉树"，紧接着便追着轿车往前跑。

林华珺边跑边喊着"程嘉树"的名字。

文颉带着行动队快速冲了上来，他一把拉住林华珺，把她按在地上，可林华珺仍激烈地反抗着。

文颉：你疯啦！子弹可不长眼。（命令其他行动队员）看住她！

林华珺还想往前跑，被两名行动队员死死拽住，林华珺十分痛苦。

一辆行动队的车从树丛里开出，文颉见状，迅速跳上车，并对司机下令：快追！

昆明城外小路另一处　白天　外景

车开得飞快，一段平路接着一处急转弯。

行动队的车也紧随其后，开过急转弯处，文颉找到准头，冲着前方车子疯狂开枪。

昆明城外小路另一处　白天　外景

又过了一个拐弯口，文颉和车越来越接近。

前方，便是悬崖了，悬崖下是滚滚江水。

文颉瞄准车轮胎又是一枪，此发命中。但前方的轿车并没有就此停摆的意思，仍憋着一股劲头往前冲去。

文颉：不要命了吗？！好，那我就帮人帮到底，送你上路！

文颉对着前方轿车另一边轮胎又是一枪，同样命中。

越来越逼近悬崖了，车几乎停摆，可即使这样，他们还是拼尽了最后一口气，冲下悬崖……

文颉大喊一声：停车，快停车！

司机急刹车，文颉跳车，举着枪往悬崖处跑去。

悬崖下方，但见轿车一路扫荡下去，树摆石飞，最终，消失在无尽的深渊中。

文颉气得直跺脚。

云南警备司令部周宏章办公室　白天　内景

文颉汇报着：我们已经在悬崖下面找到程嘉树开的那辆车，车已经完全变形。

周宏章：尸体呢？

文颉：尸体暂时还没找到。

周宏章：尸体没找到，怎么能确认他就是死亡了呢？会不会让他给跑了？程嘉树有多狡猾，我们都见识过。

文颉：一定不会的，周副处长。我亲眼看见他坐在车里冲下悬崖的。

随着文颉的讲述，闪回——

昆明城外小路尽头　白天　外景

文颉小心翼翼地迈出一步，朝悬崖下方探头看去。

只见身下便是万丈深渊，江水湍急，滚滚而去。

闪回结束。

云南警备司令部周宏章办公室　白天　内景

文颉：尸体也许在坠崖途中摔落到了什么犄角旮旯里，最大的可能是被江水冲走了。程嘉树就是有九条命，这回他也铁定活不了！

周宏章若有所思地点了点头：如果千真万确，文颉，你就立了大功了！

文颉：全靠周副处长领导指挥。

文颉察言观色，看出周宏章还是将信将疑。

文颉：周副处长您放心，我们还会继续搜查，生要见人，死要见尸。

周宏章：好！文颉，我果然没看错你，你没有让我失望。

文颉：周副处长，这份报告要怎么写？

周宏章：就写共党分子程嘉树被我们处决了。

文颉：是！

云南警备司令部走廊　白天　内景

文颉走出周宏章办公室，一脸轻松得意的表情。

勤务兵走到他身边，阴沉着脸，递给他一张报纸：文队长，您快看！

文颉：怎么了？

文颉接过报纸，眉头骤然紧锁。

阿美房间　夜晚　内景

阿美在灯下，郑重地拿出叶润名送她的钢笔，在纸上写下了"离婚声明"四个字。

阿美（画外音）：

　　离婚人沙玛阿美与文颉正式脱离婚姻关系。我们两人自结婚后感情不相融洽，意见不合，为将来幸福计，我沙玛阿美提出离婚，自登报日起男婚女嫁各不相干。若结缘不合，比是冤家，故来相对；即以二心不同，难归一意，快会及诸亲，各还本道。自此永无瓜葛，一别两宽，各生欢喜。除将在政府办理手续外，特此登报声明。

声明人：女　沙玛阿美　文
中华民国三十五年一月一日

云南警备司令部走廊　白天　内景

文颉看到报上阿美刊登的单方面"离婚声明"，气得将报纸撕得粉碎。

西南联大附中林华珺宿舍　白天　内景

叶润青陪林华珺静静坐在床边，两人静默不语，气氛十分微妙。

双喜像疯魔一般，冲进林华珺宿舍，声嘶力竭：华珺姐，是真的吗？我家二少爷他真的……

双喜还没说完，林华珺就微微点了点头。

双喜：怎么会连车掉进悬崖？裴先生他们不是都安排好了吗？

林华珺：嘉树的车在前面开着，后方特务追得紧，又不停地朝他的车开枪，他们就……

双喜情绪激动，打断问道：是不是文颉干的？

林华珺点头。

双喜环视了一圈林华珺的屋子，见桌上有把剪刀，抄起剪刀就发疯似的往外冲，叶润青和林华珺见状立刻拉住了他。

悲恸、愤恨的情绪灌满了双喜的全身，他两眼通红。

叶润青：双喜，你要干吗？！拿剪刀去跟文颉的子弹拼命？！我告诉你是什么结果，没等你冲到他面前，数不清的子弹就已经把你打成了马蜂窝。你非但没有给你家少爷报仇，到了黄泉路上看到他后，他还要骂你蠢，因为你死了，文颉只会更高兴！

双喜终于沉默了，把剪刀扔在地上，抱头痛哭。

叶润青：我知道你伤心，可现在最伤心的是华珺姐。双喜，你已经不是小孩子了，不能光想着宣泄自己的情绪。华珺姐已经够难过了，你这么闹下去，只会让她更难受。

双喜：对不起，华珺姐。

叶润青拍了下双喜肩膀：双喜，你跟我出去，我们让华珺姐清静一会儿。

双喜乖乖点头。

叶润青朝林华珺点了点头，便拉着双喜出门了。

门从外面细心地关上了。

林华珺走到床前，蹲下身，从床底拖出了一个箱子，是程嘉树的行李箱。

她小心翼翼地打开程嘉树的行李箱，也是她先前一直紧攥的那一只。

行李箱里放着一些衣服、书和生活用品。

林华珺轻抚衣服，发现衣服下方有一块凸起。她掀起衣服，只见一个小盒子静静地躺在衣服和衣服之间，一看便是十分珍视的东西。

打开盒子，是一枚戒指。

林华珺颤抖着手，将戒指戴在了左手无名指，尺寸不大不小刚刚好，更为别致的是，这枚戒指上刻着那道只属于他们的心形数学题。

忍了很久的眼泪，从林华珺的脸庞滑落。

闪回——

西南联大附中门外　夜晚　外景

林华珺坐上黄包车，车往前走，她满是期待和憧憬，眼睛里闪着光，在黑夜中显得特别神采奕奕。

走着走着，突然拉黄包车的人说话了。

"林小姐，我们见过面。"

车夫转头，是郭铁林。

林华珺：哦……我想起来了，在群社食堂见过您一面，您是郭先生！

郭铁林转回头，继续拉车。

郭铁林：林小姐！你听我说，千万别回头，也不要表现出任何异常。现在在我们后方，特务正紧跟着。

林华珺点点头：您说，我听着！

郭铁林：我们得到消息，所有出城的大路都设置了关卡，并加派人手严防死守。嘉树如果要是按照原先的计划离开，是万万不可能的。

林华珺：他们这是要赶尽杀绝啊！

郭铁林：对！看来是不惜一切代价，要抓到嘉树！

林华珺：那……我们现在去哪儿？

郭铁林：我们照旧，去原计划你们碰面的地方。不能让他们起疑。

林华珺：可嘉树怎么办？

郭铁林：林小姐不用担心，嘉树那边我们已经安排好了，不过，还需要林小姐你的配合才行。

林华珺脱口而出：您告诉我怎么做，我都愿意配合！

闪回——

昆明街巷　早晨　外景

载着程嘉树的轿车开进了一处小巷。

一位与程嘉树身高、体形神似的男子已等在此处。此人谨慎地观察四周。

程嘉树快速下车，两人迅速交换打扮后，程嘉树与这名男子郑重地握了握手。

两人默契相视后，男子快速上车。

很快，轿车开出小巷，消失在了程嘉树的视线里。

闪回——

昆明街道　夜晚　外景

林华珺：我明白了，如果我离开，特务就不会相信他已经死了，还会继续追捕他，所以，我必须留下。

郭铁林：没错。也许在未来的一段时间内，你都会被特务监视……

林华珺：没关系，只要嘉树能安全脱身，我做什么都愿意！

郭铁林：谢谢你，林小姐！我们会全力保护你的安全。还有，这件事不能告诉任何人，哪怕程嘉树的亲人。

林华珺沉默了，面色凝重。

黄包车继续向前走着，只是先前她眼里的熠熠光芒也黯淡了下来，被忧愁取而代之。

闪回结束。

空　镜

尽管冬去春来，校园却依旧弥漫着肃穆和哀伤。

在"一二·一"昆明血案中殉难的四位烈士的棺木还摆放在联大图书馆内。

（字幕："一二·一"昆明惨案的真相迅速传遍全国，重庆、成都、延安、遵义、上海等地集会游行，声援昆明学生。各界人士也纷纷谴责国民党的暴行。在全国人民的压力下，蒋介石让云南警备司令关麟征自请处分，云南省代理主席李宗黄调离。）

西南联大图书馆外　白天　外景

西南联大图书馆外挂满了社会各界对四烈士寄托哀思的挽联，同学们献上的白花也陈列着。

"愧未能随英雄同死　自当继续努力敢惜余生　云南大学全体同学敬挽"

"崇高博大勇敢万人仰雄风烈士千古　民主自由解放诸贤先发难光耀万年　联大教育学系全体师生敬挽"

……

林华珺将她亲手书写的挽联挂在图书馆门口，以寄哀思。

她献上的挽联上写着："寒夜漫长痛悼星殒　前路修远切望鸡鸣　林华珺敬挽"。

这时，叶润青、阿美红着眼眶从图书馆里走出，将手中的白花也摆在了挽联处。

所到师生无不佩戴白花、黑纱，十分肃穆。不时仍有悲切的哭泣声从图书馆里传出，大家都很哀伤。

林华珺紧紧握住了叶润青和阿美的手，三个女性彼此安慰着。

（字幕：1946 年 3 月 17 日）

双喜带着一张报纸，穿过肃穆的人群，走到她们身边。

双喜：你们看，是特刊！

这是一份《"一二·一"昆明血案特刊》。上面刊登了"一二·一"期间的照片，照片上方印着一首诗。

林华珺读道：有屠刀的地方就有血，有血的地方就有希望。

叶润青接力读道：血流着，一股一股地，它将灌成大海，汇成汪洋。

阿美：激起掀天揭地的骇浪，荡起奔腾澎湃的怒潮……

双喜的情绪也很激动：我跟一群同学守在他们旁边，为他们守灵，看着他们的脸，脸上还有血迹，心里真不是滋味，这画面我会记得一辈子……

林华珺收起报纸，他们看到不远处，几个同学手上举着"死难烈士殡仪"的横幅走到了人群中，再一看身后，就连其他校舍的窗子上也都站满了人。

人群层层叠叠，密不透风。这时，闻一多、吴晗等人也来了。

见是他们，同学们自觉地让出了一条路。他们走到了正前方。

有同学说道：闻先生，您说几句吧！

在场的同学们也纷纷附和。

闻一多想了想，走到正中央，心情十分沉痛：今天这四位青年朋友就在这里安息了，他们在争取团结统一的工作中表现出了大无畏精神，他们用鲜血书写了历史，以生命换自由！我提议，向四烈士鞠躬致敬。

在场祭奠者在闻一多带领下，向着图书馆的方向深深地鞠了三个躬。

闻一多：同学们，请大家允许我说几句真心话！在我看来，"一二·一"是有史以来最黑暗的一天，但也就在这一天，死难四烈士的血给中华民族打开了一条生路。从这天起，作为四烈士灵堂的联大图书馆，几乎每日都挤满了成千成万、扶老携幼来致敬的市民，有的甚至从几十里外赶来朝拜烈士们的遗骸。

说着说着，闻一多的情绪越来越愤慨，在场师生也全神贯注地聆听着。

闻一多：从这天起，全国的反内战、争民主运动更加热烈地展开，在南北各地一连串的血案当中，终于促成了停止内战、协商团结的局面。愿四烈士的血是给新的中国的历史上写下了最初的一页，愿它已经给民主的中国奠定了永久的基石！烈士的血不会是白流的！

闻一多声音刚落，十二点的钟声便轰轰响起，既是为他演讲画上句点，也宣告出殡时间到。

闻一多举起手庄严宣誓：我们将以更坚定的步伐前进。

与祭者也跟随闻一多庄严悲怆地宣誓：我们将以更坚定的步伐前进。

闻一多：我们要集中所有力量。

与祭者：我们要集中所有力量。

闻一多：向反动的中国法西斯余孽痛击！

与祭者：向反动的中国法西斯余孽痛击！

闻一多：以告慰四位烈士的在天之灵。

与祭者：以告慰四位烈士的在天之灵。

在誓言声中，李鲁连、潘琰、张华昌、于再"四烈士"的灵柩被从图书馆里抬出，只见死者灵柩上覆盖着青天白日旗，并有"党国所赐"大字条幅。

大家心怀肃穆之情，主动为灵柩让出了一条通道。这时，叶润青带头唱起了送别歌曲《送葬歌》。

大家含泪跟着合唱：

天在哭，

地在号，

风唱着摧心的悲歌。

英勇的烈士啊，

你们被谁陷害了？

你们被谁残杀了？

那是中国的法西斯，

那是中国的反动派，

是中国人民的仇敌。

今天，

送你们到那永久的安息地，

明天，

让我们踏着你们的血迹，

誓把反动的势力消灭。

……

就这样，以"一二·一殉难烈士殡仪"横幅为前导，在主席团之后，同学们簇拥着李鲁连、潘琰、张华昌、于再"四烈士"的灵柩和像亭，高举着挽联、挽词和标语牌，高唱着悲壮的送葬歌，庄严肃穆走出联大新校舍。

昆明街道　白天　外景

昆明全城都在为四烈士送行。

各校学生、各界人士佩戴白花、黑纱，高举着"民主使徒""军阀杀人""正气长存""气薄云天"等标语牌、挽联和漫画。

闻一多拄着手杖，走在游行队伍前列。

他边走边继续带领大家发誓：我们一定要为死者复仇，血债一定要用血来偿还的。

身后的同学也跟着他念道：我们一定要为死者复仇，血债一定要用血来偿还的。

叶润青将他们的面貌用8mm摄影机记录了下来。

她举着摄影机，看到街道上全是为四烈士送行的各界人士、云南民众，大家或肃穆或恸哭。

这时，她随着队伍走过"碧鸡""金马"两座大牌，叶润青抬起头盯着，不觉间有些恍惚，她回忆起曾经也是在这里……

闪回——

前方，步行团方阵进入了他们的视野。

程嘉树和叶润名精神抖擞地走在行进队伍的行列。

闪回结束。

"润青，润青。"叶润青思绪被打断，是林华珺将她拉回到现在。

叶润青：华珺姐，你知道"碧鸡""金马"有何典故吗？

林华珺摇摇头：不知道。

叶润青：据说，每过一个甲子，"金马"与"碧鸡"各自倒映的日影与月影就会对峙，且方向相反，会形成对接的奇观。

林华珺又看了一眼两座大牌。

叶润青：以前，步行团到昆明便是经过了这里。当时，牌坊下面铺子都开着，站满了欢迎的人群。我哥还有程嘉树走在最前面……

林华珺动容，似乎也看到了当时的情形。

阿美也走到她们身边：虽然国民政府要求昆明市民"关闭店门以示抗议"，不要为四烈士送别，可你们看！

在她们视线所及，原先牌坊下密布的丝绸店、刺绣店、杂货店也照样开着门，昆明市民站在楼上、店铺口悼念着，含泪为四烈士送别。

阿美：大家自发悼念，送别烈士！政府当局不准大家喊口号，那我们就唱歌吧！

这时，烈士灵车从她们身边经过，阿美也随大家一起唱起了《送葬歌》：

天在哭，

地在号，

风唱着摧心的悲歌。

英勇的烈士啊，

你们被谁陷害了？

你们被谁残杀了？

那是中国的法西斯，

那是中国的反动派！

......

叶润青又将 8mm 摄影机对准了这一时刻。

在她的镜头里，灵车开过了。

大家一起穿过昆明曲折的老街，为四烈士送行，悲壮的歌声震荡着全城。

空　镜

延安，巍巍宝塔山，滚滚延河水。

延安窑洞　白天　内景

程嘉树和裴远之两人分别看着不同的报纸。

看着看着，程嘉树念出了声：哪一个爱正义者的心上没有我们？哪一个爱自由者的脑里没有我们？哪一个爱光明者的眼前看不见我们？

他放下报纸。

程嘉树：闻先生为四烈士写的悼诗。

程嘉树将他的报纸递给裴远之，裴远之也把自己刚才所看递给程嘉树。

裴远之：学联发表了《为"一二·一"死难烈士举殡告全国同胞书》和《为"一二·一"死难烈士举殡告三迤父老书》，感谢云南人民给予的同情和援助，你看看。

程嘉树接过报纸。

裴远之：学联号召全国人民团结起来，粉碎反动派破坏和平事业的一切阴谋！

程嘉树：裴先生，"一二·一"已经结束，联大也将很快不复存在。当初我们从北平出发，与它一起走过风风雨雨，眼看胜利在望，却又黑云压城。裴先生，如果能回昆明，和大家一起向联大道别该多好！

裴远之：嘉树，我知道你还担心华珺，他们都好。别担心！

程嘉树点点头，沉默了。

西南联大新校舍　白天　外景

联大师生们在殷切感性的目光中，热烈地鼓着掌。

在他们所聚焦的台上，梅贻琦校长站在台正中，他的两侧坐着北大、清华和南开的三校代表汤用彤、叶企孙和蔡维藩，同时还有云南士绅马伯安、熊迪之等人。

梅贻琦身后挂孙中山先生像和联大校旗。

台下，闻一多、冯友兰、郑天挺、陈岱孙、黄钰生、朱自清等联大教授也齐齐亮相。

掌声渐渐平息，梅先生将作为联大常委代表，作结业讲演。

（字幕：1946 年 5 月 4 日　昆明　国立西南联合大学结业典礼）

梅贻琦：自七七抗战，平津失陷，民国二十六年九月，清华、北大与南开合组长沙临时大学，初拟利用本校原在长沙岳麓山南为特种研究所建筑之房屋，作暂住之计，乃战事扩大，南京陷落，临时大学又奉命迁往昆明，改为国立西南联合大学。抗战八年，联大在昆明亦八年，今天是五月四日，联大最后一场期末考试也已于几日前画下了圆满的句点。而经过八年艰苦岁月，我们还有机会聚在这里，谈谈这些年的风雨飘摇、惊涛骇浪，共话以往。如今终于等到了河山既复，日月重光的这一天……现在，由我代表国立西南联合大学常委会宣布……

说到这里，一向情感不外露的梅贻琦哽咽了，台下的师生们也多眼中泛泪，情绪激动不已。闻一多等教授带头鼓起了掌，给梅校长以支持和鼓励。

梅贻琦：由我代表国立西南联合大学常委会宣布，国立西南联合大学正式结束。

台上的各校代表们情绪激动难以自抑。

梅贻琦：北大、清华和南开，三校虽历史不同、学风各异，但这八年间，三校互相尊重、信任、团结，一起走到今天。西南联大因抗战而起，如今也因战争胜利而圆满结束。凡事都讲究天时、地利、人和。天时不可逆。而西南联大能够圆满的地利，便是云南各界自上而下的支持与相助，是他们保证了办学的顺利进行，联大师生同云南人民也建立起了深厚的情谊。

梅贻琦看向台上的云南代表，向他们点头致意。

梅贻琦：犹记联大初成立时，南开张伯苓校长对北大蒋梦麟校长说，我的表你带着，这在天津俗语里，是"你做我代表"的意思；蒋校长又对我说，联大校务还请月涵先生多负责。我在学校里就像京剧中的"王帽"一角，表面上好看，实际是配角。西南联大的人和，是因为各位教授同学们而存在，你们才是西南联大真正的主角。正所谓大学者，非谓有大楼之谓也，有大师之谓也。你们是南渡的璀璨星辰，在联大的天空中闪耀！

掌声再次响起。

梅贻琦：大学四年而已，以四年之短期间，而既须有通识之准备，又须有专识之准备，而二者之间又不能有所轩轾。四年在人生中说长不长，说短也不短，而联大八年在历史长河中也不过沧海一粟，但我仍期盼，这大学四年不仅能让各位同学成为各个领域的开拓者、领导者和组织者，更希望大家能够成长为一名独立思考、理性开放、追求真知、刚毅坚卓的人！

双喜、阿美带头鼓掌，他们因为联大改变了人生的轨迹和命运。

梅贻琦：联大校歌中有一句"千秋耻，终当雪，中兴业，需人杰"，在抗战救国中，大家都奔着这样的精神，或继续学业，或奔赴前线。联大亦有从军者千余人，他们以自己的血肉身姿，拓宽了学子爱国的疆界。他们今天虽不在场，但我代表学校向从军的联大学子致敬！

泪水爬满了叶润青的脸庞，回忆也涌上她的心头。林华珺握了握叶润青的手，两人彼此安慰。

梅贻琦：这些年来，即使在日寇最嚣张的时候，我们也没有停止过办教育的信念，今后我们也会带着这份坚持，笃定地走下去。人生之中，告别时刻常常有，而再见亦会是新的开始。西南联大，再会！同学朋友们，再会……

梅贻琦向台下深深地鞠躬，热情的、激动的、感念的掌声久久地回荡着。

西南联大后山坡　白天　外景

蒙蒙细雨中，同学们行至后山坡，举行"国立西南联合大学纪念碑"揭幕式。

碑的两面，一面是纪念文字，一面是从军学子名录。

冯友兰：同学们，下面由我为大家宣读本人撰文、闻一多先生篆额、罗庸先生书丹的"国立西南联合大学纪念碑"碑文。

师生们鼓掌，冯友兰走到台前。

冯友兰：中华民国三十四年九月九日，我国家受日本之降于南京。上距二十六年七月七日卢沟桥之变，为时八年；再上距二十年九月十八日沈阳之变，为时十四年；

再上距清甲午之役，为时五十一年。举凡五十年间，日本所鲸吞蚕食于我国家者，至是悉备图籍献还。全胜之局，秦汉以来所未有也。国立北京大学、国立清华大学原设北平，私立南开大学原设天津。自沈阳之变，我国家之威权逐渐南移，惟以文化力量与日本争持于平津，此三校实为其中坚。二十六年平津失守，三校奉命迁于湖南，合组为国立长沙临时大学。以三校校长蒋梦麟、梅贻琦、张伯苓为常务委员，主持校务。设法、理、工学院于长沙，文学院于南岳。于十一月一日开始上课。迨京沪失守，武汉震动，临时大学又奉命迁云南。师生徒步经贵州，于二十七年四月二十六日抵昆明。旋奉命改名为国立西南联合大学，设理、工学院于昆明，文、法学院于蒙自，于五月四日开始上课……

在冯友兰诵读碑文声中，闪回国立西南联合大学九年间"刚毅坚卓"的画面与瞬间，还有不能被忘怀之人。

闪回画面——
南开大轰炸；
三校从北平、天津辛苦迁移至长沙；
长沙临时大学，小吴门火车站迎接新生，火车站被轰炸；
湘黔滇旅行团一路自长沙到昆明；
步行团入昆明，圆通公园里，黄师岳将联大学生交由梅贻琦点名；
文法学院迁自蒙自；
新校舍得以使用；
昆明轮番被轰炸，联大师生在如此艰苦条件下，仍然在跑警报并坚持学习；
飞虎队来滇英勇作战；
龙云为代表的云南政府和人民对西南联大的支持；
……

在叶润青 8mm 摄影机拍摄的内容中串起南开大轰炸中的死难者，还有三伢子、叶润名、罗恒等让人缅怀的面孔，以及值得纪念的动容瞬间。

第五部

激战·破晓

西南联大图书馆前草坪　白天　外景

在冯友兰对碑文的宣读声中，大家在图书馆前的草坪上合影。

照相机的"咔嚓"声，宣告了与抗战相始终的西南联大，在完成其战时大学的历史使命后，至此成为了历史。

西仓坡闻一多宿舍　白天　内景

闻一多口中一边念着"国立西南联合大学纪念碑"的碑文，一边专心致志地刻章。

闻一多：同艰难，共欢悦。联合竟，使命彻。神京复，还燕碣。以此石，象坚节，纪嘉庆，告来哲……

高孝贞坐在一旁为闻一多做旱烟。她在嫩点的烟叶子上洒点酒和糖水，揉匀后，用刀切成细细的丝，再滴几滴香油，耐心地用温火烘焙。

高孝贞时不时看向闻一多，只见刻着刻着，闻一多便要放下手中的刻刀，脸上表情有些痛苦。

高孝贞见状，起身走到闻一多身边，握住他的手，翻到手心一看，闻一多的手掌心已经红肿，层层老茧也被磨破。

高孝贞：疼吗？

闻一多：不疼。

高孝贞：都这样了，怎么会不疼？一多，休息休息吧。

闻一多：我没事！

高孝贞回身，为闻一多的烟斗添上烘焙好的烟丝。

高孝贞：刚做好的。

闻一多点上烟，吸了一口，美滋滋的：你亲手为我炮制的，味道真好！

高孝贞也一脸幸福。

这时，家里有人敲门，高孝贞去开门。

高孝贞领着一人进门：看，谁来了？

闻一多抬起头：芝生兄！

冯友兰：听说你又让弟妹头疼了。

高孝贞：你们先聊着，我去倒茶。

闻一多笑笑：方才还在读芝生兄撰写的碑文，这说曹操，曹操就到！

这时，高孝贞倒上了两杯茶。

冯友兰：今天最后一批复员学生也离开昆明了，联大功成圆满，友三兄何时回北平？

闻一多摇摇头：芝生兄可知道，民主同盟和各界人士在昆明发起了万人签名活动，要求和平。所以，我还不能走。

冯友兰：美国加利福尼亚大学希望能邀请友三兄于暑期后讲学，不知你是否愿意与我同行赴美？

闻一多：请芝生兄转达我的感谢，一多恕不能前往。

冯友兰：为和平发起的活动不在一时，可否知道友三兄不愿意同去的缘由？

闻一多：我还是想回北平。我自清华毕业，留学归国后回到母校教书至今，那里才是我的根，北方的青年人更需要我。

听到闻一多这番话，冯友兰便也不再劝说了。

西南联大校门口　白天　外景

双喜、林华珺、叶润青和阿美看着一辆载满联大学生和行李的卡车驶离，车上的人与送行人挥手告别。

不断有人在"国立西南联合大学"的校牌下合影留念，也有依依惜别、哭作一团的同学们和当地人。

接着又一辆卡车开到了校门口，拎着大包小包的同学们开始有序地排队上车。

双喜扛着他的行李：华珺姐、叶小姐、阿美，那我也走了！我们北平见！

叶润青：双喜，你这也太没良心了，不再多说几句？！

双喜不好意思地笑：我是个粗人，不太习惯这样的场合。

这时，林华珺对旁边一位负责照相的同学说：同学，能帮我们也合个影吗？

同学：好啊！

林华珺：咱们也合个影留作纪念吧！

阿美：好！

双喜：来咯！

叶润青挽住林华珺：大家站紧点，我要挨着华珺姐。

画面由左及右——阿美、叶润青、林华珺和双喜。

同学：站好了？倒数三、二、一——

照相完成，真到双喜要走的时刻了。

双喜排着队，跟着队往前挪，大家心情都很复杂。

队伍外的林华珺、叶润青和阿美也随着双喜，双喜在队伍里往前走几步，她们也跟着在队伍外往前走几步。

双喜：华珺姐，到时候相片也请帮我冲洗一份。

林华珺：一定会的！

双喜又想了想：两份吧！我也给二少爷烧一份去，让他也看看……

林华珺顿了一下，随即点头。

双喜苦笑，掩饰自己的不舍：老爷、夫人让我去长沙看着二少爷，我没完成他们交给我的任务，我没有保护好二少爷……

说着说着，双喜哭了。

叶润青安慰他：双喜，别哭，你做得已经很好了！

他们又往前走了几步，马上就要轮到双喜了，大家不舍的情绪明显更加浓厚。

双喜：几位小姐，我走了，你们要好好照顾自己。

林华珺：等我处理完这儿的事情，就回北平。

轮到双喜了，他跳上卡车，在人群中又拼命地往回挤，冲林华珺等人挥手。

双喜：华珺姐，对不起，我替我们家二少爷向你道歉，他没有能够陪伴你到联大结束。对不起，华珺姐……对不起！

大家都深受触动，流下了眼泪。

卡车启动，一点点向前开去，双喜向林华珺、叶润青和阿美拼命挥手再见，也在向联大、向他这几年的青春岁月告别。

双喜与卡车上的同学们一边挥手，一起对着"国立西南联合大学"的校门，喊着：再见！再见了！

西南联大　黄昏　外景

落日的余晖照进校园，以前热闹的校园变得十分安静。

林华珺和叶润青一起眷恋地走在校园里，走过曾经的校舍、图书馆、食堂、壁报墙、宿舍等地。

林华珺的眼前浮现出曾经在学校的时光，有与程嘉树有关的，也有其他的，就这样静谧地沉浸在回忆中。

叶润青喊了一声：华珺姐。

林华珺回头，只见叶润青又举起了 8mm 摄影机。

对着叶润青的镜头，林华珺微笑着，十分恬静好看。

叶润青：华珺姐，对西南联大你有什么想说的吗？

林华珺一边走着，叶润青一边拍着她和学校。

林华珺对着镜头：我自北大入学，在联大毕业，我相信一个人青年时代在怎样的环境中度过，便决定了他以后在面对逆境时的姿态，我庆幸在西南联大度过了人生中最重要的这几年，我满载而归。

叶润青：此刻，此情，此景，你在想着谁？

林华珺笑了，既甜蜜又苦涩：天知地知，我知他知。

摄影机后的叶润青也笑了：我也知。

青云街　夜晚　外景

叶润青：华珺姐，你有嘉树的消息吗？

林华珺摇摇头：没有。

叶润青：之后他没再与你联络？

林华珺：没有。

两人不知不觉走到了翠湖边。

林华珺：润青，这一路看着你们一个个都脱胎换骨，蜕变得越发成熟坚韧，而我呢，好像从始至终都没什么改变。

叶润青：那是因为我们以前都太幼稚了，可华珺姐你不一样，你一直就知道自己要的是什么。

林华珺：自始至终，我只有这一个小小的梦想——像父亲那样，成为一名教书育人的先生。

叶润青挽住林华珺的胳膊，两人依偎着继续往前走。

林华珺：有毕云霄的消息吗？

叶润青摇摇头。

林华珺：这么多年了，你还打算继续找下去？

叶润青：当然，我不会放弃的，我一定能找到他。

两人正说着，青云街大兴坡方向传来枪声。

林华珺和叶润青紧张地对视，便撒腿朝枪声方向跑去。

青云街大兴坡　夜晚　外景

叶润青和林华珺奔跑着，赶到了青云街大兴坡，只见地上很多血迹，在场的百姓议论纷纷。

叶润青抓住一人问：怎么了？

民众甲：特务杀人了！特务杀人了！

喊着喊着，这名民众惊魂未定地跑走。

其他百姓接着议论。

"尸体，尸体被搬走了。"

"听说有两个人！一男一女。"

"我知道是谁！李公朴先生和他夫人。"

听到这里，林华珺激动地问这位民众：你说遇枪击的是谁？

民众乙：李公朴先生和他夫人啊！

林华珺和叶润青都震惊了，最担心的事情还是发生了……

西仓坡闻一多家客厅　白天　内景

闻一多走进客厅，将钥匙放到了旁边的柜子上，走向书桌方向。

西仓坡闻一多宿舍　白天　内景

闻一多在雕刻着他的印章，可以看到上面刻着"其愚不可及"几个字。

闻立鹤急匆匆进来：父亲！

闻一多：慌什么？

闻立鹤气喘吁吁：李叔叔死了。

闻一多：谁？

闻立鹤：李公朴叔叔。

闻一多腾地站起来：怎么死的？

闻立鹤：在大兴坡被特务暗杀了。

云南警备司令部周宏章办公室　白天　内景

文颉：处长，您找我？

周宏章：民盟给李公朴组了个治丧委员会，明天要在云大给他搞什么追悼会。

文颉：这帮人，肯定又要借着追悼会的名义大发言论，抨击我们。

周宏章点头：治丧委员会是闻一多牵头搞的，他一定会去。他这张嘴，太有煽动性了。上峰不希望他去追悼会上乱说话。

听到闻一多的名字，文颉有些犹豫。

周宏章敏感地捕捉到了：我忘记了，闻一多教过你，我找错人了。你不是这次任务的最佳人选。

文颉：处长，我的任务只有一个——为党国尽忠！所有党国的绊脚石，不管是谁，都是我文颉的敌人。

周宏章：其实，上峰对这些教授的包容度还是很高的，只要他不去乱说话，不误导社会舆论，我们也不会太为难他。所以呢，能劝说，尽量就不要动武。先好言相劝吧。

文颉：要是劝不住呢？

周宏章：要是实在拦不住了，那我们也算仁至义尽了。他一心求死，我们就送佛送到西。明天不正好是追悼会嘛，干脆省点事，变成他跟李公朴两人的追悼会。

文颉：文颉明白了！

昆明阿美家　夜晚　内景

阿美从外面回来，打开灯，被吓了一跳——文颉正坐在客厅。

文颉：回来了？

阿美没理会，看都没看他一眼，径直往卧室走去，走了几步突然转身，在茶几上端了一杯水，一把泼到文颉脸上。

文颉腾地起身：你干什么？

阿美：滚！

文颉：就算离婚了，这个家也有我的一半！

阿美：杀人犯，滚！别脏了我的家。

文颉：什么杀人犯？

阿美：别装了，李公朴先生不是你们暗杀的吗？

文颉：不是我杀的。

阿美：蛇鼠一窝，都是你们的人干的，谁杀的有什么区别。

文颉：好，既然你这么想，那我也就没必要拐弯抹角了。我来就是想让你转告闻先生，明天云大李公朴的追悼会，请他切勿前去。

阿美：你们想对闻先生干什么？

文颉：你不是说我是杀人犯吗？杀人犯最擅长的是什么？

阿美：闻先生是你的恩师，你连恩师都敢下手，你还是不是人？

文颉：我就是念着师生情谊才让你去转告他。我已经做到仁至义尽了。如果他识相不去，自然高枕无忧。要是听不进劝，那我也无能为力。

阿美想打他，被文颉一把抓住手腕。

文颉：与其在我身上耗费气力，还不如赶紧去做说客。你们的时间不多了。你真想看他被送去见李公朴啊？

阿美放下了手，匆匆出门：文颉，你不会有好报的！

西南联大附中林华珺宿舍　夜晚　内景

林华珺正在制作白布黑字的横幅，上面写着"沉痛悼念李公朴先生"。

敲门声响起。

林华珺走到门口：谁？

郭铁林的声音：是我。

林华珺开门，把郭铁林请进门。

郭铁林：林老师，冒昧了。深夜叨扰，实在是有急事。

林华珺：您客气了，什么事？

郭铁林：我们刚得到情报，国民党特务已经盯紧了明天李公朴先生的追悼会，我担心闻先生如果前去的话，会有危险。

林华珺：您是说，特务会像暗杀李公朴先生那样对付闻先生？

郭铁林：国民党一直以为堵住勇于发声者的嘴，就等于控制了舆论，所以他们才会向李公朴先生下手。以闻先生的性情，一旦去了追悼会，必不会沉默。他们容不下李先生，又怎能容得下闻先生？

林华珺：那怎么办？

郭铁林：为了闻先生的安全考虑，他最好不要去！太危险了！

林华珺：可是以我对他的了解，他肯定会去。

郭铁林：你是闻先生的学生，也许他能听取你的意见。我们希望你能劝说他不要去参加追悼会！不要用自己的生命去冒险！民盟和国家需要他做更多更重要的工作！

林华珺：好的，我会尽力去说服闻先生。但是闻先生如果执意要去，怎么办？

郭铁林：那我们只能暗中保护闻先生了。

林华珺：我明白了，我这就去。

郭铁林：我不能久留，先走了。

他匆匆离开。

林华珺刚打算出门，阿美却气喘吁吁地站在门外。

林华珺：阿美，你怎么来了？

阿美：华珺姐……文颉说，如果闻先生去李先生的追悼会上乱说话，他们一定会对他下手。你快劝劝闻先生，千万不能去！

　　林华珺：阿美，我这就去！你保护好自己。

　　阿美点头：你也小心些。

西仓坡闻一多家　夜晚　内景

　　闻一多和闻立鹤回来，闻立鹤手中提着闻一多的公文包，两人满身疲惫。

　　高孝贞迎上去：累坏了吧？

　　闻一多：明天就是追悼会了，要准备的东西太多了。

　　高孝贞：我去准备晚饭。

　　闻立鹤蹲下，为闻一多捶起了腿。

　　闻一多：鹤儿，你也累了一天，休息会儿吧。

　　闻立鹤：我腿脚壮，不累。

　　闻一多只好任由他为自己捶着腿。

　　捶了一会儿，闻一多显然放松了很多，看着儿子，目光温柔。

　　闻一多：这个情景，又让我想起你们小时候了。

　　闻立鹤：父亲教我们兄妹几人背唐诗，谁要是背不下来，就要为您捶一百下腿。我们私下还笑说，父亲这是一举两得，既管教了我们，又便宜了自己。

　　闻一多：还是躲不过你们几个鬼灵精的眼睛啊。你们几个孩子啊，要是背得慢些就好了，我也就不至于只享受了那么几年。

　　两人都笑了。

　　闻一多：回忆起来，好像还是昨天的事。没想到转眼之间，你都已经比我还高了。

　　闻立鹤：父亲，以后我照旧每天给您按腿。

　　看到这一幕，厨房门口，高孝贞也欣慰地微笑起来。

　　敲门声响。

　　闻立鹤起身去开门，门口站着林华珺。

　　林华珺：立鹤，闻先生在吗？

　　闻一多：华珺啊，我在。

　　高孝贞也出来：华珺，快进来坐。

　　林华珺：师母好。

闻立鹤：我去倒水。

林华珺：不用忙了。我有些事，跟闻先生说完就走。

闻一多：喔，什么事啊？

林华珺看了一眼闻立鹤和高孝贞，有点顾忌。

闻一多领会了她的意思：我们去院子里说吧。

高孝贞和闻立鹤看出林华珺的表情焦虑，不禁有些担心。

西仓坡闻一多家院子　夜晚　外景

闻一多：华珺，怎么了？

林华珺压低声音：闻先生，明天追悼会您能不能别去了？

闻一多：为什么？

林华珺：我已经得到确切消息，如果您明天出现在追悼会上，国民党特务就会像对李先生那样对您。

闻一多沉吟了片刻，才开口：华珺，你知道吗？你出现在这里，其实正是国民党特务的阴谋。

林华珺：闻先生，我不管他们有什么样的阴谋，明天您一定不要去！真的会有生命危险，闻先生，您就听我这一次吧。

闻一多欣慰地笑了：本来，我还愤怒于他们的手段，可现在，我只觉得欣慰，因为我的学生这样爱护我。

林华珺：虽然我知道劝动您的可能性很小，可我还是想尽最大的努力。李公朴先生被暗杀时，我就在附近，亲眼看见血流满地。我不敢想象您倒在血泊中的情形。我想，师母、立鹤他们更无法承受。闻先生，您就算不为自己考虑，也应该为身边的人考虑考虑。

西仓坡闻·多家　夜晚　内景

林华珺的声音虽然不高，但屋里的高孝贞和闻立鹤还是听得一清二楚。

两人的心情都变得格外沉重。

西仓坡闻一多家院子　夜晚　外景

闻一多沉默了片刻，开口道：事已至此，我不去则何以慰死者？他们想用武器让我们沉默；我们沉默，那李先生的死将毫无价值。我们好些人已经溃退了，我怎么能同他们一样溃退。如果连声音都不能发出，还有什么自由可言？我热爱我的生命，但我更热爱自由。我没有枪，唇舌便是我的武器。华珺，你不用劝了，我明天一定会去。

林华珺：闻先生，那我也不会溃退，我跟您一起去。

门开了，闻立鹤站在门口，坚定地：父亲，我也一起去。

闻一多看着他们，感到欣慰。

高孝贞努力让自己的情绪不低落：一多、华珺、立鹤，吃饭吧。

闻一多：华珺，饭好了，你吃完再回去。

林华珺点头：好。

西仓坡闻一多家　夜晚　内景

饭后，闻一多和林华珺坐在书桌前喝茶。

林华珺看着桌上尚未完成的印章，端详着"其愚不可及"几个字。

林华珺：闻先生，这"其愚不可及"似乎蕴含深意？

闻一多：好啊。华珺，知道老师还是有话不吐不快。我在《楚辞》的课上曾讲过，在屈原时代有两种人：一种人是为了名誉可以不要生命，此谓其愚不可及；另一种是为了生命可以不要名誉，这是其智不可及。人的生命有限，但其名誉却可以千古流传，其愚不可及者智矣，其智不可及者反愚。

林华珺凝神倾听，注视着闻一多的眼神中有着崇敬和钦佩，又带着几分忧伤。

西仓坡闻一多家客厅　白天　内景

闻一多和闻立鹤走出里屋。

闻一多从房门旁边的柜子上拿起家门钥匙，犹豫了一下，又把钥匙放回柜子上。

闻一多：立鹤，咱们走吧。

闻立鹤看了一眼柜子上的钥匙，什么也没有说。

高孝贞：（从里屋走出）一多，我在家等你。

闻立鹤跟随闻一多走出了客厅。

云南大学至公堂外　白天　外景

云南大学至公堂外已是一片素白，各校师生和各界来悼念李公朴的民众云集。郭铁林、雷正、祝修远和四五名学联的学生跟随着各界民众陆续进入至公堂，所有人都胸戴白花。

文颉和行动队的人也扮作追悼民众，夹杂在人群中，紧盯着入口。

闻一多、林华珺、闻立鹤一同前来。

文颉一眼看到他们，有些气恼，快步走过去。

郭铁林也看到了他们，林华珺轻轻地向郭铁林摇了摇头。

郭铁林：（悄声地对雷正和祝修远）严密保护闻先生！

文颉拦住闻一多：闻先生，您不能进去。

闻一多：你以什么身份拦我？

文颉：我只想以您的旧日学生身份劝您，不要进去。

闻一多：旧日学生？既是旧日，那已经是过去的事了。今时不同旧日，现在你供职警备司令部，是国民党的打手，没有资格跟我讲话。

闻一多径直进去。

文颉：闻先生！我们师生四年情谊，我真的不愿看您有危险。

闻一多：如果你真的还念师生情谊，我只希望有一天你的枪口不要对准我。

文颉怔住了。

闻一多进去。

郭铁林、雷正、祝修远、林华珺等人陆续进入至公堂。

云南大学至公堂　白天　内景

闻一多走上台，至公堂内瞬间安静。

闻一多：这几天，大家晓得，在昆明出现了历史上最卑劣、最无耻的事情！李先生究竟犯了什么罪，竟遭此毒手？他只不过用笔写写文章，用嘴说说话，而他所写的、所说的，都无非是一个没有失掉良心的中国人的话！大家都有一支笔，有一张嘴，有什么理由拿出来讲啊！有事实拿出来说啊！

闻一多情绪更激动了：为什么要打要杀，而且又不敢光明正大地来打来杀，而偷偷摸摸地来暗杀！这成什么话？

台下一片掌声。

郭铁林用眼睛知会雷正、祝修远及其他学生，大家慢慢地往郭铁林身边聚拢。

文颉和特务们站在台下，脸色青一阵白一阵。

闻一多看着文颉：今天，这里有没有特务？你站出来！是好汉的站出来！你出来讲！凭什么要杀死李先生？

文颉在他的凝视之下，近乎无地自容，慢慢地低下了头。

闻一多：杀死了人，又不敢承认，还要诬蔑人，说什么"桃色事件"，说什么共产党杀共产党，无耻啊！无耻啊！这是某集团的无耻，恰是李先生的光荣！

台下掌声愈发热烈。

这时，郭铁林对雷正耳语：雷正，你带几个人到演讲台的另一侧，一定不能让闻先生有任何闪失。

雷正点了点头，向身后三名学联的学生使了一个眼色；随后，几人慢慢地向演讲台的另一侧移动。

林华珺跟闻立鹤站在不远处的人群之中，观察着远处的雷正、祝修远和暗中保护闻一多的学生们。

郭铁林密切注视着远处的文颉和几个特务。

闻一多：你们杀死一个李公朴，会有千百万个李公朴站起来！你们将失去千百万的人民！你们看着我们人少，没有力量？告诉你们，我们的力量大得很，强得很！看今天来的这些人都是我们的人，都是我们的力量！此外还有广大的市民！我们有这个信心：人民的力量是要胜利的，真理是永远要胜利的，真理是永远存在的。历史上没有一个反人民的势力不被人民毁灭的！希特勒，墨索里尼，不都在人民之前倒下去了吗？翻开历史看看，你们还站得住几天！你们完了，快了！快完了！我们的光明就要出现了。我们看，光明就在我们眼前，而现在正是黎明之前那个最黑暗的时候。我们有力量打破这个黑暗，争到光明！我们的光明，恰是反动派的末日！

文颉透过人群，观察着远处的雷正、祝修远、郭铁林和林华珺。

特务甲伸手摸腰部的手枪，文颉按住了特务甲的手，摇了摇头。

文颉：这里不行，人太多。况且处长还没有下最后的命令。

特务甲的手从腰部放了下来。

闻一多：反动派，你看见一个倒下去，可也看得见千百个继起的！正义是杀不完的，因为真理永远存在！历史赋予昆明的任务是争取民主和平，我们昆明的青年必须完成这任务！我们不怕死，我们有牺牲的精神！我们随时像李先生一样，前脚跨出大门，后脚就不准备再跨进大门！

台下掌声经久不息。

闻一多走下演讲台，郭铁林、雷正、祝修远等人悄悄地将闻一多围在了中间，将闻一多保护了起来。

文颉在人群之中密切注视着远处的闻一多。

云南警备司令部周宏章办公室　白天　内景

"啪"的一声，正在接电话的周宏章把手边的茶杯砸碎在地上。

周宏章对电话里的人：这个文颉，真是没用！既然闻一多敬酒不吃吃罚酒，就别怪我们了。动手吧！

特务甲（画外音）：是。

周宏章：你把事情干好了，文颉的位子就是你的。

特务甲（画外音）：属下明白，请处长放心。

周宏章挂断电话，生气地在房间来回踱步。

云南大学至公堂　白天　内景

学生甲：（递给闻一多一份《学生报》号外）闻先生，这是我们《学生报》刚刚赶印出来的号外，纪念李公朴先生遇难特刊。

闻一多展开《学生报》查看。闻立鹤站在闻一多身边，关注着周围的动静。

雷正、祝修远和几个学联的学生分散在闻一多周围，密切观察着周围的情况。

林华珺和郭铁林在角落里观察着不远处的文颉和特务们。

文颉和特务们站在另外一个角落，不时地看向闻一多的方向。

特务甲带着两个特务走进至公堂，来到文颉身边。

文颉：（急切地）处长有什么指示？

特务甲：（并没有理会文颉，冲其他特务）准备行动！

文颉脸色难看，看了看闻一多，不知所措。

特务甲将手伸到自己的腰间。

闻一多：（收起《学生报》号外）好，那你们就赶快安排，在会场上进行散发。

学生甲：好的，那我马上去安排。

学生甲转身，离开会场。

郭铁林向会场中的特务们扫了一眼，看到特务甲做出了摸枪的姿势，他身边另外一个特务挡住了特务甲。郭铁林紧张起来，立刻向闻一多走去，用身体挡在闻一多和特务甲之间。

郭铁林低声地：闻先生，您先别回去了，有危险！

闻一多：不回去我能去哪儿？

郭铁林：我已经联系了云南大学，给您安排了住处，我们学联的同学可以轮流保护您，等这阵风声过去了您再回家。

闻一多：他们真想杀我，一个在明，一个在暗，躲是躲不掉的。谢谢。

闻一多大步走出至公堂。

郭铁林向雷正等人使了一个眼色。雷正、祝修远带着几个学联的学生，保护在闻一多身边，林华珺、闻立鹤跟随闻一多离开。

特务甲看见闻一多离开，向身边的特务使了一个眼色，也尾随闻一多而去。

文颉还在原地发呆，看见特务甲已经出门，急忙跟了出去。

西仓坡闻一多家外　白天　外景

一辆轿车开过闻一多家门口，在家门口不远处停下，文颉和特务甲等几名特务下车。

特务甲：把车开远点！

一名特务将车开走。

文颉额头上渗出豆大的汗珠，人显得有些木讷，傻傻地站在原地，紧皱双眉。

西仓坡附近的马路府甬道　白天　外景

闻一多在林华珺、雷正、祝修远、学生甲和闻立鹤的陪同下归来。

闻一多：华珺，你们回去吧，拐过弯就到家了。

林华珺：闻先生，还是把你送到门口吧。

西仓坡闻一多家门口的马路　白天　外景

闻一多、林华珺、雷正、祝修远、学生甲和闻立鹤拐弯来到闻一多家门口的马路，向闻一多家走去。

西仓坡闻一多家门口　白天　外景

特务们在围墙后，远远地看见闻一多等人转过街角。

特务甲：来了！

特务甲从腰间抽出了20响连发的小型盒子枪，检查武器。众特务也纷纷掏出手枪。

文颉更紧张了，身边的特务甲推了他一把，文颉才意识到，自己忘了拔枪。文颉掏出自己的手枪，看着手枪，瑟瑟发抖。

西仓坡闻一多家门口的马路　白天　外景

闻一多一行人距离闻一多家大约还有一百米，马路静悄悄的。

闻一多眼看已经到了家门口，便转头告诉林华珺：我已经到家了，你们快回去吧。

林华珺和雷正、祝修远观察了一下四周，交换了一下眼神。

林华珺：先生，您保重，我们先回去了。先生再见！

闻一多：放心吧！谢谢你们。

闻一多和闻立鹤转身往家门口走去。

林华珺和雷正等人转身离开，消失在转过弯之处。

西仓坡闻一多家门口 / 马路　白天　外景

马路上静悄悄的，闻一多和闻立鹤缓缓地走向家门。

特务们纷纷子弹上膛，在墙角后的黑暗处死死地盯着闻一多。

文颉手中拿着枪，站在众特务的后面，全身发抖。

闻一多和闻立鹤越走越近。

眼看父子俩进入射程，墙后的特务们冲上去，瞄准他们就是一顿围堵扫射。

闻立鹤反应过来，第一时间护在父亲身前，但根本无用，密集的子弹犹如雨点，他的身体根本无法阻挡。

文颉躲在暗处，像是被钉在了原地一样，无法动弹，也没有开枪。

西仓坡闻一多家　白天　内景

高孝贞正在做饭，听到枪声，手里的菜掉在地上。她冲出厨房。

西仓坡附近的马路甬道　白天　外景

林华珺和雷正一行人正在返回途中，也听到了枪声，他们意识到什么，迅速跑向闻一多家的方向。

西仓坡闻一多家外　白天　外景

闻一多父子二人倒在血泊之中。

特务们这才收起枪。

一辆轿车飞驰而来，特务们纷纷上车。

文颉还在原地发愣，特务甲拽了他一把：发什么愣呢！

他将文颉拖上了车。

西仓坡闻一多家门口的马路　白天　外景

林华珺、雷正、祝修远和学生甲奔跑着，转入了闻一多家门前的马路。

一辆轿车飞驰而去，和林华珺等人擦肩而过。

林华珺看见了坐在车内发呆的文颉。

西仓坡闻一多家门口　白天　外景

林华珺、雷正、祝修远和学生甲飞快跑来，被眼前的景象震惊——闻一多和闻立鹤已经倒在血泊中。高孝贞正蹲在他们身边痛哭。

高孝贞：一多！立鹤！你们醒醒……

闻一多和闻立鹤在血泊中一动不动，高孝贞倒地休克。

林华珺眼泪夺眶而出，她对雷正哭着喊：快叫救护车！

（字幕：1946 年 7 月 15 日，闻一多和长子闻立鹤在返家途中，遭国民党特务伏击，闻一多身中十余弹，不幸遇难。闻立鹤为保护父亲，身中五枪而留下残疾。）

资料片

李公朴、闻一多相继遇害，激起全国舆论的愤怒控诉。

延安《解放日报》发表毛泽东、周恩来的悼念文章和社论。重庆《新华日报》转载这两篇社论，驳斥《中央日报》欲盖弥彰的宣传，直指国民党政权是"杀人犯的统治"。

纪录片

昆明、重庆、上海等地纷纷举行千人追悼会，"反内战""反独裁""要和平"、严惩杀人凶手的游行此起彼伏地出现……

第五部　激战·破晓

警备司令部文颉宿舍　夜晚　内景

文颉坐在桌前，思绪乱如麻。

门突然被从外面撞开。

文颉腾地起身就要从枕头下摸枪，几把枪口却已经齐刷刷地对准了他。

文颉一看，是周宏章和几个特务。

几个特务已经将他牢牢扣住，一个特务从他枕头下搜出枪，一个特务偷偷把一件血衣塞进他床下。

文颉：处长，这是干什么？

周宏章看了一眼：文颉，经调查，你是杀害闻一多的凶手之一，我奉上峰命令前来抓捕。

文颉：处长，您搞错了吧？杀闻一多是您的命令，再说我也没开枪……

周宏章却打断了他：不要垂死挣扎了，你的部下已经招供了，是你立功心切，擅自做主枪杀闻一多。

一个特务从床下搜出了刚才藏进去的血衣，连同文颉的手枪，一起交给了周宏章。

周宏章：证据确凿，你还狡辩吗？

文颉：栽赃！这是栽赃！

周宏章把血衣和枪扔到他面前：这可都是在你房间搜出来的。

文颉：这不是我的衣服！我根本没开枪！周处长，命令是你下的，我是奉你的命令，但我根本没开枪啊！

周宏章：文颉，同僚一场，你为了自保想拖我下水，我不怪你。以前有我护着你，可这次你把事闹得太大，蒋委员长亲自过问，我也没法保你了。

他示意特务带走文颉。

文颉终于明白了怎么回事：周宏章！是你！你想拿我当替罪羊！周宏章，你个王八蛋！我为你卖了这么久的命，在你眼里，我就是颗弃子！

他还想再喊，一个特务照着他后脑勺就是一枪把，文颉晕了过去。

昆明街道　白天　外景

文颉被关在囚车里，押赴刑场。

围观群众早已聚满街道两旁。

林华珺和阿美也在其中。

文颉看到人群中的林华珺和阿美，想起林华珺当初跟他的对话。

闪回——

林华珺：我也曾经因为自卑而更要自尊，但后来我发现一个人的富有不在于钱包……

林华珺：文颉，你想过没，是不是在哪一条岔路，你选错了方向，错看别人，也错看了自己？

林华珺：那个曾经上进自尊的文颉已经死了，现在在我面前的这个人，自私，冷血，为了前途可以把同学推到铡刀下，来换取自己的利益——

文颉大怒：你住口！

林华珺一扬头，冷冷地看着文颉：你怕了？你还知道害怕？哈，那是因为我说对了！其实你现在还不用怕，你要怕的是将来的下场，你知道你这种人的下场是什么吗？

闪回结束。

群众议论了起来。

"这就是杀害李闻两先生的凶手！"

"听说他曾是闻先生的学生！"

"畜生不如！"

民众压抑不住愤怒，纷纷拿起手中的烂菜叶向文颉砸去。

文颉拼命拂去砸在自己西装上的菜叶子，护着自己的西装。

文颉：不要砸我的衣服，不要！

正在这时，一颗臭鸡蛋砸在了他的西装上，文颉顿时抓狂，拼命地想擦掉西装上的污渍。

文颉：不要弄脏我的西装，这是我新买的西装！很贵！你们知不知道！很贵！你们根本买不起！不要弄脏我的西装！

接连不断的臭鸡蛋纷纷砸在了他的西装上。

文颉想擦干净，却发现再也擦不干净了。他无助地哭了，脱下西装，叠得整整齐齐地护在自己怀里。

文颉：不要弄脏我的西装。不要！你们根本不知道它有多贵，你们根本不知道我为了买它，付出了多少代价！不要弄脏我的西装！

他神经质般地复述着，紧紧地蜷缩着身子抱着西装，用生命保护着它。

空镜：白天　外景

北平街头。

纪录片

中国人民解放军进城，锣鼓喧天、鞭炮齐鸣，还有欢迎的人群！

（字幕：1949年1月31日　北平解放）

北平军事管理委员会门口／吉普车上　白天　外景

军事管理委员会门口有战士站岗。

叶润青留着短发，显得知性干练，她在门口等待着，不时向院内望去。

裴远之身着解放军军装，能看出他是一个干部，沉着稳重。他走出军管会大门，看到叶润青。

叶润青：裴先生！

裴远之：润青！

两人握手，非常激动。

裴远之：你在等方远吧？

叶润青：对啊，裴先生！

裴远之：方远就是我，是方悦容和裴远之，我会带着我和她共同的理想生活下去。

叶润青动容：方老师，您这几年过得怎么样？

裴远之：我46年去了延安，北平解放就回来了。

叶润青：以后就留在北平吗？

裴远之点头：你这几年的经历我已经有所了解，一直致力于航空事业的发展，做出了不少贡献。这次约你见面，我代表中国共产党，诚挚地邀请你加入新中国的航天事业建设，不知道你愿意吗？

叶润青：当年罗恒曾经对我说过，他们只能用一颗颗人头、一滴滴鲜血去筑造阶梯，有朝一日，我们的空军可以真正地成为让敌人惧怕的劲敌。这些年，我早已看腻了国民党的贪污腐败，一座大厦已被蛀虫蠹空，摇摇欲坠而已。在我心里只有中国共产党的领导才能有今天的新中国，我要为新中国航空事业的发展做出贡献，和罗恒一样，筑造阶梯，让我们未来的空军更加强大。我愿意。

裴远之感动。

叶润青：只是，我有个心愿尚未完成。

裴远之：我知道你的心愿，今天找你来就是要带你去一个地方。走，上车吧！

叶润青惊喜地站了起来：他……在哪里？

裴远之：当年野人山一役，我们剑川的同志去看望受伤士兵，结识了云霄，当时，云霄的腿落下了残疾，很消沉。有一天，他突然找到了我们的同志，让我们给他提供一份工作，无论什么都行，我也因此联系上了云霄。考虑到他以前是一名优秀的军械师，我把他送去了兵工研究所。这些年，他一直在那里。

叶润青听了这些话，喜极而泣。

北平某兵工厂实验室　白天　内景

一颗手榴弹摆在试验台上。

一个轮椅被推了过来，轮椅上，身着解放军干部服装的毕云霄正在跟身边的年轻研究员们说着些什么。多年沉溺研究，他比以前苍老了很多。

毕云霄从一个袋子里小心翼翼地取出了一颗手榴弹，摆在试验台上，和那颗手榴弹摆在一起。

那正是当年毕云峰给他看的那颗手榴弹。

闪回——

士兵把两颗手榴弹放到毕云霄前面的地上。

毕云峰：指给我看，哪个是咱们的，哪个是日本人的。

毕云霄看了看，发现两者区分非常明显，一种做工精细，个头不大，一种锈蚀严重，看起来十分笨重。

毕云霄不情愿地指了下那颗锈蚀严重的手榴弹。

闪回结束。

旁边几个不到二十岁的年轻战士问毕云霄：这是什么？

毕云霄：这是 1937 年，国军 29 军跟日军作战时使用的手榴弹。

战士不可思议地看着：这也能炸死人？

毕云霄：你拿起来。

战士拿起掂量着：比您新研究出来的手榴弹重多了。

毕云霄：扔下试试。

战士不敢。

毕云霄：里面没炸药。

战士用尽全力扔了出去，但手榴弹却并没有飞出去多远。

毕云霄：在战场上，这种手榴弹炸死的，更多的是我们的士兵。

战士指着试验台上的手榴弹：那我们的这颗，跟当年日本人的比呢？

毕云霄又拿出了一颗手榴弹：这是当年日军使用的手榴弹。

战士认出了：97 式。

毕云霄点头。

战士：那我就知道了！我试过，我们的手榴弹，无论是爆炸威力，还是投掷距离，都远胜于 97 式。

毕云霄：虽然我们现在还在仿制，但总有一天，我们会有自己的手榴弹。

战士们纷纷点头。

这时，一个战士进来：报告，毕工，有人找！

毕云霄有点诧异。

北京某兵工厂实验室外　白天　外景

毕云霄推着轮椅出来，室内外的光线差异让他瞬间有点睁不开眼，适应了光线后，毕云霄眼前的人影轮廓越来越清晰。

待完全看清后，他愣住了。

眼前站着的，是叶润青。跟从前相比，她的容颜似乎被冻住了，丝毫没有任何老去的痕迹，反而更添了几分成熟魅力。

旁边的战士们也看得傻眼了。

毕云霄一时不知做何反应，待回过神来，他想到的第一件事竟是要推着轮椅躲回实验室。

叶润青却已经拦在他面前，脚尖踩在他轮椅的轮子上。

毕云霄动弹不得。

叶润青：毕云霄，你本事挺大，躲到这么个地方，难怪我找了你这么多年也没找到。

毕云霄：你在找我？

叶润青：这笔账回头再算。现在，我们先把眼前的事办了。

毕云霄：什么事？

叶润青从包里取出一个文件，递给了毕云霄。

毕云霄一看，傻眼了，那是一份结婚申请。在申请人一栏，女方写着"叶润青"，男方的名字则空着。

毕云霄结巴了：结……结婚……申请……

旁边的战士纷纷起哄了。

叶润青：证婚人已经找好了，是裴先生，现在就差男方签名了，签吧。

毕云霄：签……签名？签什么名？

叶润青：签你的名字。

毕云霄：谁跟谁结婚啊？

叶润青：女方申请人是我，男方申请人是你，你说谁跟谁结婚？快签。

毕云霄：我……我……

战士们起哄着：毕工，快签啊！

毕云霄大脑一片空白，已经连话都不会说了。

叶润青从包里取出一支钢笔：笔我也带来了。

她把笔递给毕云霄，做了一个"请"的手势。

低头一瞬间，毕云霄看到了她颈间挂着的勋章，那是他当年送她的。

叶润青注意到了他的目光：你的辉煌，不只在于这枚勋章，你的辉煌在于你就是你。你错误地把爱误认为了同情，但你不知道，你是我心里的英雄，不会因为任何事情而改变。我已经找了你这么多年，我不想再等了。

战士们起哄得更厉害了：签啊！快签！

不用他们起哄，刚才那一刻，毕云霄已经明白了叶润青的心意。

他颤抖着手，在男方申请人处郑重地写下了自己的名字，一颗滚烫的泪水滴在了结婚申请书上。

裴远之走过来紧紧地握住毕云霄的手：祝贺！

毕云霄望着裴远之，不禁泪流满面。

空镜：云南大学春天　白天　外景

云南大学某教室　白天　内景

教室的讲台上，林华珺一头短发，身着双排扣列宁服，里面穿着白衬衫，领子翻出来，显得优雅而知性。她在黑板前认真地写下"温故而知新"。

林华珺：温故而知新！同学们课后要认真复习今天的课程。下课！

一名学生举手：林老师，有一道题想请您帮我解一下。

林华珺一愣：什么题？

学生走到林华珺的身边，递给林华珺一张纸条。

林华珺端详着纸条上的题目。

林华珺手里的纸条写着：$5x^2-6|x|y+5y^2=128$

林华珺：这是一道数学题啊！

台下的学生们不约而同：是数学题，解一下吧，林老师！

林华珺走到黑板前开始解题。

林华珺手拿粉笔，在黑板上开始解题：

当 $x > 0$ 时，$5x^2-6xy+5y^2=128$，

令 $u=x+y$, $v=x-y$

$u^2=x^2+2xy+y^2$, $v^2=x^2-2xy+y^2$

$5x^2-6xy+5y^2=u^2+4v^2=128$

当 $x<0$ 时, $5x^2+6xy+5y^2=128$

黑板上逐渐被写出了一个心形。

林华珺看着黑板上的心形，一瞬间被击中，慢慢放下粉笔。

林华珺再也控制不住自己的情绪，瞬间泪流满面。她回身在教室里寻找着。

这时，从教室的最后一排站起来一个人，正是程嘉树。

林华珺痴痴望着程嘉树。

阿美坐在教室里，望着林华珺和程嘉树。

叶润青、双喜、裴远之和毕云霄正站在窗外，张望着教室里。

所有学生都望着程嘉树。

程嘉树缓缓走向林华珺。

林华珺缓缓走下讲台。

程嘉树和林华珺在教室中央相遇，两人都泪流满面，终于紧紧相拥。

学生们热烈鼓掌。

叶润青、双喜、裴远之和毕云霄也热烈鼓掌。

黑场。

西南联大图书馆前草坪　白天　外景

"国立西南联合大学纪念碑"高高耸立——程嘉树、林华珺、毕云霄、叶润青、双喜、阿美相聚一起，寒暄着，拥抱着。

程嘉树和林华珺默默站在纪念碑前，久久伫立。

程嘉树和林华珺伸手轻轻抚摸着纪念碑。

程嘉树：自 1937 年 7 月 7 日到抗战胜利，整整八年时间，我们经历了三校南迁、国破家亡的时刻，但是从未放弃过学习。

林华珺看着他，眼睛里放着光芒：是啊，我留下来任教就是希望我们中国的文化血脉能有所传承。如今终于解放了，我们这么多年努力学习，不就是为了新中国的建设而做准备的吗？

毕云霄激动地说：说得没错！现在正是我们大显身手的时刻，我们一定要做点什么！

众人眼中都燃起了希望和期盼。

黑场。

北京西郊机场停机坪　白天　外景

（字幕：1951 年　北京　西郊机场）

一队军人站在跑道旁列队。

不远处，数辆军用吉普车停靠着。

以程嘉树为代表的迎接人员手捧着鲜花，翘首盼望着。

一架客机从视线中飞来，缓缓降落在停机坪。

飞机停稳以后，工作人员立刻将一条红地毯从程嘉树脚下铺到了飞机舷梯下，程嘉树等迎接人员快速迎上前去。

从舷梯落下，一名中年男子率先走出舱门，一眼便认出程嘉树。

那位中年男子很是惊喜：嘉树？

程嘉树：李老师！

两人快步迎上前，紧紧地握手。

程嘉树：李老师，美国一别，十年了。还记得当年我回国的时候，你曾跟我说，将来也一定要回祖国。

李老师：是啊，十年了，我们终于兑现了当年的承诺。

李老师转头看向其他从舷梯上下来的同伴们。

李老师热泪盈眶：我们终于踏上祖国的土地了！

现场爆发出经久不息的掌声，所有人都激动得红了眼眶。

工作人员给每一位科学家送上鲜花。

程嘉树：这一路你们辛苦了！快上车吧，周总理正等着大家，为大家接风洗尘。

黑场。

罗布泊的荒漠中　白天　外景

（字幕：罗布泊）

大漠黄沙，几十辆大大小小的汽车形成的特别车队开往沙漠深处，程嘉树和十几位专家坐在同一辆大客车上，奔赴罗布泊……

纪录片

原子弹爆炸的纪录片。

（字幕：1964 年 10 月 16 日　中国第一颗原子弹爆炸）

原子弹试验指挥部　白天　内景

指挥部里的科研人员在欢呼着。
程嘉树激动地走向毕云霄，毕云霄眼含热泪，嘴里喊着：成功了！成功了！
程嘉树抱起毕云霄的轮椅，旋转着，欢笑着……

尾　声

西南联大校歌声起：

万里长征，辞却了五朝宫阙。

暂驻足，衡山湘水，又成离别。

绝徼移栽桢干质，九州遍洒黎元血。

尽笳吹弦诵在山城，情弥切！

千秋耻，终当雪；中兴业，须人杰。

便一成三户，壮怀难折。

多难殷忧新国运，动心忍性希前哲。

待驱除仇寇复神京，还燕碣。

千秋耻，终已雪；见仇寇，如烟灭。

大一统，无倾折；中兴业，继往烈！

维三校，如胶结；同艰难，共欢悦。神京复，还燕碣！

校歌声中，画面里出现西南联大"两弹一星"元勋、中科院院士的名字、生平。

程嘉树、林华珺等六人参观联大纪念碑（剧照）

↑
林华珺读程嘉树写来的信（剧照）

←
程嘉树从美国归来（剧照）